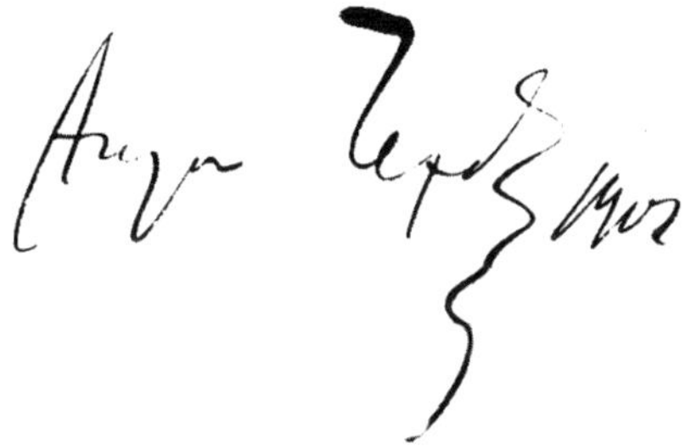

Антон Павлович Чехов

СОБРАНИЕ СОЧИНЕНИЙ

王福曾 陈殿兴——译

契诃夫中短篇小说全集 VI

上海译文出版社

目 录

1887

1888—1891

1887

美妙的收场

有一天，列车长斯特奇金值班，柳博芙·格里戈里耶芙娜到他那里。这是个四十来岁、壮实、硕大的女人。她以说媒牵线为业，还干许多别的只能低声嘀咕的营生。斯特奇金有点心慌，但像往常一样，严肃、持重，而且看来凛然不可冒犯的样子，在屋里踱步，吸着雪茄，说道：

“认识您愉快之至，谢苗·伊万诺维奇推荐您，是出于以下一点，即在一件牵涉我一生幸福而又极其重要的事情上，您能帮我。柳博芙·格里戈里耶芙娜，我现年五十二岁，也就是说，我已处在绝大多数人的子女都已长大成人的年龄段。我的职位稳定。财产虽说不多，但是，我还有能力养活我身边的心爱的人和子女。我还对您说，这是我们两个之间说，除去薪水，我还以我自己的积攒方式，在银行存了一笔款子。我为人正派，不贪酒，一辈子堂堂正正，规规矩矩，我可以做许多人的楷模。但是，我只有一个缺憾，没有家室，没有一个生活伴侣，我过的日子就像个流浪的匈牙利人，漂泊不定，没有任何的乐趣，有事也没人商量，要是病了，甚至没个人送点水和别的什么东西。除此之外，柳博芙·格里戈里耶芙娜，一个有家室的人，在社会上总比一个光棍汉名声更好些……我属于有教养阶层，我有钱，但是，如果从这个角度看我，我是哪种人？我是孤家寡人，活像个天主教徒。所以，我急切盼着喜结良缘，就是说，和一位可尊敬的女人缔结合法婚姻。”

“好事嘛！”媒婆喘口气。

“我是孤身一人，在这城里没熟人。如果人家都对我一无所知，那我到哪儿去，拜访谁去？就是为了这个，谢苗·伊万诺维奇才劝我去找一位这方面的专家，找一位以成全人们的幸福为职业的人。因此，我诚心诚意求您，柳博芙·格里戈里耶芙娜，求您帮我安排我的命运。您了解城里所有的待嫁女人，您帮我是轻而易举的事。”

“这好办……”

“请喝点，我诚心诚意请您尝尝……”

媒婆熟练地举杯送到嘴边，一饮而尽，连眉头都没皱一下。

“这好办，”她又说了一遍，“那您，尼古拉·尼古拉伊奇想找个什么样的新娘子。”

“我吗？听凭命运的安排。”

“姻缘当然是命中注定的，但是，每个人总有个口味。有的人喜欢黑头发的妞儿，有的人爱金发女郎。”

“您知道不，柳博芙·格里戈里耶芙娜……”斯特奇金着实叹了口气，说，“我是个正经人，有点脾气。对我来说，姿色和外表是次要的，因为，这您明白，好看不能当饭吃，而且漂亮的女人麻烦事太多。我的看法是，女人重要的不在外表，而在她的内心，就是说要看她的心灵和品德。请喝酒，千万别客气……如果说，有一位体态丰盈的妻子，那可就太好了，但是，对于双方的幸福来说，这无关紧要，主要的是才智。老实说，女人大可不必要才智，因为她有了才智，就会自命不凡，就要有各式各样的理想。现在看，没有教养不成，这是当然的啦，但是，有各种各样的教养。如果说，妻子会说法语和德语，这很好，要是能应付各种场面，就更好。但是，比如说，她连给你缝个纽扣都不会，这又有什么用？我属于有教养的阶层，我和卡尼捷林公爵说话，就像跟您说话一样，不过，我的性情直爽。我需要更单纯一点的姑娘。最主要的是，她要尊敬我，知道有了我她才幸福。”

“这谁都知道。”

“好吧，现在谈实质问题……我不要阔小姐。我还不至于下流到为了钱结婚。我希望，不是我吃老婆，而是希望她是属于我的，希望她能明白这一点。但我也不要穷女人。我虽然有钱，虽然我结婚不是图钱，而是为了爱而结合，但我不能娶穷女人，您自己也明白，现在物价飞涨，还要养小孩。”

“那就找个带陪嫁的。”媒婆说。

“请喝点，我诚心诚意请您……”

沉默五分钟。媒婆叹口气，斜了一眼列车长，问道：

“那您老……你不想要独身女人？有好货。弄个法国女人。或者从希腊女人里头选一个，都是很有钱的。”

列车长想了想，说：

“不，谢谢您啦。看来这对您是很有赚头的事，请问：您保一回媒拿多少钱？”

“我要的不多。您就给二十五个卢布，照常规，再添块衣料，这我就感谢不尽了……不过，有陪嫁的话，情况特殊，另说。”

斯特奇金双手交叉，放在胸前，闷声不响琢磨着，想了半天，叹口气，说道：

“这很划得来……”

“根本没啥赚头，尼古拉·尼古拉伊奇！过去，结婚的多，往往要的不多。可现在，我们挣多少钱？如果碰上开斋月，能挣上五十卢布，就谢天谢地了。老爷，靠说媒发不了财。”

斯特奇金迷惑不解，看看媒婆，耸耸肩。

“哼！……五十卢布还嫌少吗？”他问。

“当然少！过去，我们常挣一百多。”

“啊？我怎么也没想到干这种营生能挣到这个数目。五十卢布！不是所有的男人都能挣这么多！请喝点，我诚心诚意请您尝尝……”

媒婆一饮而尽，连眉头都没皱。斯特奇金从头到脚，默默打量她，说道：

“五十卢布……就是说，一年要六百卢布……请喝点，我诚心诚意请您尝尝……您瞧，柳博芙·格里戈里耶芙娜，有这么好的赚头，您要嫁个丈夫是不难的……”

“我吗？”媒婆笑了起来，“我老了……”

“一点也不……您有这样的身段，还有脸丰满，白皙，没得挑。”

媒婆扭扭捏捏。斯特奇金也扭扭捏捏，靠近坐在她身边。

“您还非常招人喜欢，”他说，“如果您碰上一位正经、拘谨、知冷知热的丈夫，还有他的薪金，再加上您的体己，您就能更讨他的喜欢，相亲相爱地过日子……”

“天知道，您在说什么，尼古拉·尼古拉伊奇……”

“怎么啦？我无所谓……”

冷场。斯特奇金大擤其鼻涕。媒婆脸色绯红，羞答答看着他，问道：

“那您挣多少钱，尼古拉·尼古拉伊奇？”

“我么？七百卢布，奖金不算在内……此外，我还有硬脂蜡烛和野兔的收入。”

“您还打猎？”

“不，我们管逃票的乘客叫野兔。”

又有一分钟两人都不吱声。斯特奇金站起来，激动得满屋子转悠。

“我不需要年轻的夫人，”他说，“我是有年纪的人。我要的是那种……像您这样的……正派，稳重……像您这样的身段……”

“上帝知道，您说的是什么……”媒婆拿手帕蒙着红红的脸蛋，嘿嘿笑着。

“干吗思前想后的？您对我的心思，对我来说您品貌相当。我为人正派，不贪杯，只要您有意，那……岂不是天作之合？请允许我向您求婚！”

媒婆流下热泪，笑笑，和斯特奇金亲了一下嘴，表示同意。

“好吧，”幸福的列车长说，“现在让我来向您解释，我希望您应有的行为和生活方式……我为人谨严、持重、正派，我认为一切都应该是高尚的，我希望我的妻子也处事谨严，而且她明白，我是她的恩人，是她的头号亲人。”

他坐下来，深深叹口气，开始向他的未婚妻阐述他对家庭生活与为妇之道的观点。

在车棚里

晚九点多钟。在宽敞的车棚里，赶车的斯捷潘，扫院子的米哈伊洛，和车夫的小孙子阿廖什卡（他是从乡下来找他爷爷的），还有，每天傍晚来这院子卖鲱鱼的鱼贩子、年已七十的老头尼坎德尔，几个人围着一个马灯，在玩“国王”牌。门大敞开着，看得见整个院子——老爷住的上房、大门、酒窖和门房。一切都笼罩在夜暗里，只有一间住人的厢房灯火通明。马车和雪橇车辕往上翘的黑影，从墙根一直延伸到门边，这黑影和马灯的光影、玩牌人的身影，交叉在一起，抖动着……车棚与马厩之间的薄薄隔壁那一边，有几匹马。有一股干草味，还有一股子老尼坎德尔身上的呛鼻子的鱼腥味。

扫院子的赢了牌，当了“国王”。照他的话说，当“国王”就要有“国王”的派头，于是使劲往他的红格子手帕里擤鼻涕。

“现在，我想砍谁的头，就砍谁的头。”他说。

阿廖沙是个八岁的男孩，一头好久没剪的浅白色头发。他还要吃两张牌才能当“国王”，带着妒意和气愤，看了一眼那扫院子的，嘴噘着，皱着眉头。

“爷爷，我送你一张牌吃，”他盘算着那张牌，说道，“我知道，你有一张红方块皇后。”

“好，好，小傻瓜，有你动脑子的时候！出牌！”

阿廖什卡缩手缩脚，出了一张方块武士。这时，院里有铃声响。

“该死的……”扫院子的嘟囔着，站起来，“我去，我这当“国王”的还得开门去。”

过了一会儿他回来，阿廖什卡已经是王子，鱼贩子是兵士，车夫是农夫。

“这事糟糕了，”扫院子的说，又坐下玩牌，“几个大夫都刚出来，子弹还是没取出来。”

“他们有啥办法！大概是脑壳打了个洞。要是子弹钻进脑袋，那大夫还有啥办法……”

“他还是昏迷不醒，”扫院子的接着说，“肯定要死。阿廖什卡[①]，别偷看牌，狗崽子，别让我揪你的耳朵！是啊，大夫们前脚出院，老子和娘后脚进院……刚到。可别又哭又号的！听说是个独苗……够惨的！”

只有阿廖沙一个心眼玩牌，大伙都回头看了看厢房灯火通明的窗子。

“已经让明天去警察分局，”扫院子的说，“要审问……可我知道什么？我看见什么了吗？刚才一大早就叫我，递给我一封信，说啦：‘丢进邮筒去。’他那眼哭得红红的。夫人孩子都不在家，玩去了……就是说，我刚拿着信出去，他就冲着自己的太阳穴打了一枪。等我回来，他的那个厨娘扯着嗓门叫，满院子都听得见。”

“真是罪孽啊，”鱼贩子哑着嗓子说道，摇摇头，“真是罪孽啊！”

“学问大，”扫院子的说着，吃了一张牌，“就要走火入魔。他常常通宵通宵不睡，老在纸上写……出牌，农夫！是个好老爷。白白净净，黑头发，高高的个儿！……是个正派的主儿。”

“好像事情就出在女人身上，”赶车的把王牌九甩在方块国王上，“像是瞧上了别的女人。喜新厌旧，这是常事。”

“‘国王’造反喽！”扫院子的说。

这时，又听见院子里有铃声。造反的“国王”气得吐口唾沫，

---

① 阿廖什卡是阿廖沙的指小表爱形式。

出去。厢房的窗子里有人影闪动，活像是一对对人在跳舞。院子里传来惊慌的说话声和匆匆忙忙的脚步声。

“说不定大夫又来了，”赶车的说，“咱们的米哈伊洛要跑断腿了……”

霎时间，听到有一阵奇怪的号哭声。阿廖什卡惊恐地看看他当车夫的爷爷，然后，看看窗子，说道：

“昨天在大门口，他摸摸我的脑袋，说：‘你这小孩是从哪个县来的呀？’爷爷，这是谁在哭？”

爷爷不搭理，挑了挑马灯的火捻。

“这人完了，”他过了一会儿说，打个哈欠，“他完了，他的孩子也完了。现在让孩子一辈子没脸见人。”

扫院子的回来，坐在马灯旁。

“死了！”他说，“打发人去养老院叫那些老太婆去了。”

“祝他升天国，永远安宁！”车夫悄声说，画了画十字。

阿廖沙看着，也跟着画十字。

“这种人不能为他祈祷。”鱼贩子说。

“为啥？”

“是罪过。”

“这是对的。”扫院子的赞成这个说法，“现在，就让他的灵魂下地狱，去见魔鬼……”

“是罪过，”鱼贩子随声附和，“这种人不得安葬，不能为他祈祷，就像落个叶子似的，没人关心。”

老头戴上帽子，站起来。

“我们的将军夫人家也出过这码子事，”他把帽檐压得低低的，说，“我们那会儿还是农奴，那小公子也是满有学问的，他也这么着对着嘴用手枪开了一枪。照成规办事，这种人下葬不能请神甫，不能做安魂弥撒，还不能葬进墓地。可夫人，就是说，也不愿让人们难堪。于是买通了警察和大夫，给她开了个文书，说是儿子得的是热病，就这么气厥而死。钱能通神。儿子下了葬，就是说，神甫来了，照样吹吹打打，葬在教堂附近，因为这教堂是过世的将军花钱盖的。他的亲属都埋在这里。就这么回事，老弟，过一个月，又过一个月，啥事没有。到了第三个月，有人禀报老夫人，说是这教堂里守墓的来了。'有什么要办的事呢？'下人领他们来见夫人。他们双膝跪倒，'请您示下，我们干不了这差事……另找别的看坟的吧，行行好，别让我们干了。'这是为什么？'都说再也不能干了。您的公子整夜地在教堂附近嗷嗷哭叫。'"

阿廖沙抖了一下，不敢看那几扇窗子，把脸紧靠在车夫的后背上。

"将军夫人开头不想听，"老头往下说，"死鬼不可能哭叫。过了些日子，守墓的又来见她，还有个文书，跟他们一块来。就是说，这文书也听到了鬼哭。将军夫人一看，这事不妙，就把看坟的都叫进她的卧室，紧关上门，说：'伙计们，'她说，'给你们二十五个卢布。这事你们悄悄地干，别让人看见，也别让人听见，把我那儿子的尸骨挖出来，把他埋在墓地外面。'当然，让他们都喝了酒……守墓人照办了。眼下墓碑还在教堂附近，可这将军公子的遗骨埋到墓地外面了……噢，老天，宽恕我们这些罪人吧！"鱼贩子叹口气，"一年里头，只能有一天，就是降灵节的星期六，才能为这种人祈祷……可不能为这种人向穷人布施，那是罪过，倒是可以喂喂鸟，好让他们的灵魂安宁。将军夫人每隔三天就到十字路口来喂鸟。有一回在十字路口，突如其来，有一条黑狗，跳过来要面包，是那种狗……都知道，这狗是怎么回事。将军夫人后来有五天不吃不喝，神经失常……突然，她跪在花园里，祈祷啊，祈祷……说再见吧，孩子们，上帝保佑你们，愿你们在天国安宁。我们走吧，米哈伊鲁什卡[1]，给我开开门。"

鱼贩子和扫院子的出去。车夫和阿廖沙不愿呆在车棚里，也跟着出来。

---

① 米哈伊鲁什卡是米哈伊尔的爱称。

“一个人好好地活着，如今却死了！”车夫看着里面仍然闪动黑影的窗子，说道，“今天早上还在院子里走动，现在是躺倒的死尸了。”

“到时候我们都要死。”扫院子的和鱼贩子出门的时候这样说。他们的身影已经淹没在黑暗中。

车夫和跟在后面的阿廖沙心里发慌，走近灯火通明的窗前。一位太太脸色极其苍白，双眼含泪；另一位是花白头发，仪表高雅的男子，两个人把两个牌桌挪到屋子当中，大概是要把死者移到桌上。罩着桌面的绿呢上还留着用粉笔写的数码。早晨满院子连跑带叫的厨娘现在站在椅子上，伸直身体使劲用床单把镜子蒙上。

“爷爷，他们在干什么？”阿廖沙小声问。

“现在要把他放到桌子上，”爷爷答道，“走吧，孩子，该睡觉了。”

车夫和阿廖沙回车棚，向上帝祷告了一阵，脱靴子。老斯捷潘躺在地上，阿廖沙在雪橇上睡。车棚的门已经关上，有一股马灯吹熄后留下的烧焦味。过了一会儿，阿廖沙抬头看看四周，透过门缝看得到那四扇窗子射出来的灯光。

“爷爷，我怕！”他说。

“噢，睡吧，睡吧……”

“我跟你说，我怕！”

“你怕啥？这么娇气！”

都不出声。

阿廖沙猛地从车上跳下来，号啕大哭，跑到爷爷身边。

“你怎么啦？你怕什么？”车夫顿时慌了，也站起来。

“有人哭！”

“谁哭哪？”

“我怕，爷爷……你听见没有？”

车夫细听。

“是有人在哭，”他说，“算了，小傻瓜。他们心里苦，才哭的。”

“我要回村去……”小孙子接着说，低声哭着，全身发抖。“爷爷，我们回村找妈妈去。我们去吧，爷爷，亲爱的，上帝为这事让你上天堂……”

“真是个傻瓜，嗯！别出声，别出声啦，我点上马灯……傻孩子！”

车夫摸到火柴，点着马灯，但灯光没能让阿廖沙平静下来。

“斯捷潘爷爷，我们回村去！”他哭着央求，“我在这儿害怕……多可怕！干吗你这魔鬼写信把我叫出村来。”

“谁是魔鬼？能对你的亲爷爷说这不三不四的话吗？我抽你一顿！”

“抽吧，你狠狠抽吧，只是你一定让我去找妈妈，你发发老天爷的慈悲吧……”

“好了，好了，小孙子，好啦！”车夫柔声柔气低语着，“没什么，别怕……我自己也胆小……你祷告上帝吧！”

门吱地响了一声，扫院子的伸进头来。

“你睡不着吗，斯捷潘？”他问道，“我这一夜就别睡了，”他走进来说，“一整夜尽是开门，关门的……阿廖沙，你哭什么？”

“害怕。”车夫替孙子回答。

空中又传来一阵哭号声。扫院子的说：

“都哭着。做娘的还不相信这是真的……伤心透了。”

“他爹在那儿吗？”

“父亲……父亲还可以。坐在角落里，不吭声。孩子们都送到亲戚那里去了……怎么着，斯捷潘？我们再玩‘国王’，怎么样？”

“好吧，”车夫挠挠后脑勺，表示愿意，“你，阿廖沙去睡吧。都要娶媳妇了，还号个没完，下流种子。去吧，孙子，去……”

有扫院子的在场，阿廖沙才安下心来。他心有余悸走到雪橇车边，躺下。他睡意蒙眬的时候，听见他们半压低嗓门说话：

“吃一张，再打一张……”爷爷说。

“吃一张，再打一张……”扫院子的也说这话。

院里有门铃响，门咿呀作响，也似乎在说：“吃一张，再打一张。”阿廖沙梦见了老爷，那眼睛真可怕，他吓得跳起来，哭了。已是早晨。爷爷打着呼噜，也不觉得这车棚可怕了。

图谋肇事犯

目击者纪闻

跑堂的把本旅店为数不多的菜码向他报了一遍，他想了想说：

“既是这样，那就给我来两盘鲜白菜汤和一只仔鸡，你们这儿有没有红葡萄酒……”

后来，大伙都瞅见他看了看天花板，对跑堂的说：

“怪事，你们这儿有这么多苍蝇！”

我们说“他”，是因为不管是跑堂的，还是店主，还是这旅店的顾客都不知道，他是何许人，何等官职，从哪里来，到我们这城市来有何公干。这是位身材魁梧，已经很有些年岁的绅士，穿着体面，看来是个善良之辈。单看他的衣服，甚至可以断定是个贵族。我们看到他身上挂着金表，领带的佩针上镶着珍珠，他的厚呢帽上放着一双有时髦纽扣的手套，这种手套只见到副省长戴过。吃饭的时候，当着我们面，他一个劲地摆谱：用左手拿餐叉，用餐巾抹嘴，要是有苍蝇掉在酒杯里，就紧皱眉头。谁都知道，凡有苍蝇的地方，餐具就不可能干净：一般的顾客就别提了，就是县警察局长、警察分局局长，还有那些过路的地主这样的人物，在这小店就餐，菜盘和酒杯端上来，如果里边混进苍蝇，谁也都从来没说三道四过。跑堂的上菜，凡是没在热水里洗过的菜盘，他是不会入口的。显而易见，他这是摆阔气，虽说实际上满不是那么一回事，却总要让人觉得他是个高不可攀的人物。

跑堂的给他端上菜汤来的时候，又来了一位更新派的陌生人物，到他的桌边。此人头已谢顶，戴着金丝眼镜。这新来的绅士穿着丝质上衣，也戴着金表，一直在说法语。他带着好奇的神情仔细打量那些饭菜和来客，以致不用费事就能看出这是个外国人。他又是何许人，从哪里来，所为何事光顾我城，我们也无从得知。

他喝完第一勺汤，这个他，就是那个领带佩针镶珍珠的那个他。他摇了摇头，冷笑着说：

“这些蠢货居然能让这白菜汤带有馊味。没法吃。听着，亲爱的，你们这儿的人都像猪一样活着吗？整个城里就没处吃到稍微可点口的菜汤。真怪！”

过后，他就跟他的外国朋友说法国话。从他们的话里我们只听到有一个“猪”①字。他从汤里挑出一个蠊虫来，对那跑堂的说：

“我没要煮蠊虫的汤。笨蛋。”

“先生，”跑堂的答道，“不是我把这小虫弄进汤里，是它自己跑进去的。您老别担心：不咬人。”

吃完了仔鸡，他要了几张纸，就在上面画圈圈，写数码。那外国佬不赞成，摇着头表示不同意，和他争吵了好长时间。那纸上黑压压地画着圈圈，写着数码，到现在店主人还保存着这个纸头。小店主人拿来给县督学过目。这督学看那些圈圈，看了老半天，临了，叹了口气，说：“天书一样难懂！”他付了这顿饭的账，而他，就是领带上有珍珠的那位他，给了跑堂的一张崭新的五卢布的票子。至于这票子是真是假，谁也不清楚，因为我们连看都不想看。

“听着，你们的店几点开门？”他问那跑堂的。

“日头升起的时候。”

“好了。明天清早五点钟来喝茶。做一盘汤，别带苍蝇的。你知道明天早上要发生什么事吗？”他一只眼狡黠地挤了一下，问道。

“好像不知道。”

“啊！明天早晨你们会大吃一惊，让你们目瞪口呆。”

---

① 原文中的外文，除特殊情况外，本书中均以楷体排印，此处为法语，以后法语不再注明，若遇法语外的其他文种，则一一注明。

他说了这句吓人的话，笑着，跟外国佬嘀咕了一句什么，就一道出了店门。两个人就宿在玛尔法·叶戈罗芙娜家。这寡妇孤身一人，一门心思信教。她可没有一丝一毫的过错，她不可能是同谋。眼下，她总是一把鼻涕一把泪地，就怕让人抓走。我们了解这女人爱胡思乱想，就劝她，说她没罪。况且，你想想，要是她事先知道这两个住客有这种邪念，她还敢让他们住吗？

第二天早上五点钟，这两个行迹不明的人已经到了小店。这回他们都带着皮包，夹着一摞书，还有一些奇形怪状的盒子。从他们的言谈和举止中，看得出他们心情激动而焦躁。他，也就是那个外国佬，开言道：

“西北方向有一片乌云。好像不会干扰我们。”

他喝了一杯茶，就把店主叫过来，吩咐他弄一张桌子和两把椅子，放在小店近旁的广场上。店主人是个大字不识的人，虽说有不祥的预感，但仍然照吩咐办了。两个陌生人拿出东西，走出店门，坐在桌边的椅子上。就在广场上，大模大样坐在众人中间，真够蠢的！他们又嘀咕了点什么，把一些纸、一些图、几块黑玻璃，还有一些长筒摆在桌子上。店主小心翼翼走到他们身边，弯腰看那桌子，他，就是那个有珍珠的他，伸手推开店主，说：

“你那大鼻子别瞎伸。”

后来，他看看表，跟外国佬叨咕了一下，就拿那黑玻璃看太阳。外国佬从那些筒中，抽出一个，也朝那儿看去……在这之后，很快就发生了一件先前从未看过的大灾难。我们大伙猛然间发现，天昏地暗，就像大雷雨要来似的。那外国佬放下筒，飞快写了点什么后，赶紧拿起一块黑玻璃。我们就听见有人喊：

“老爷们，日头给遮住了！”

真的，有个特像一口大黑锅的东西遮天盖地，逼近太阳。我们有几个人看见太阳少了一半，再看那两个陌生人还在干他们那种怪里怪气的勾当，就去报告乡警察，对他说：

“警官，这儿乱了套了，你管不管？”

“太阳不在我的管辖区里。”

由于当地官府玩忽职守，我们很快就发现，整个太阳都没了。天上有了星星。再由于这黑夜来的不是时候，故而我们这城里就发生了如下的事件。我们大伙都吓得不得了，简直慌了神了。我们都不知道咋办，吓得满广场里乱窜，你推我，我搡你，嚷着：“警察！警察！”母牛、公牛和那些马（当时，我们这里正好是赶集买卖牲口）翘着尾巴乱吼，在满城里惊慌乱跑，市民四处逃散，狗也汪汪叫着。客店房间里的那些臭虫心想黑夜来临，就纷纷从缝里溜了出来，睡觉的房客大挨其咬。助祭凡塔斯马戈尔斯基这时刚从菜园子摘了一车黄瓜，往家里拉。他吓坏了，忙从车上跳了下来，一溜烟躲到桥下。他那匹马拉着车进了别人家的院子，结果，黄瓜都让猪给啃光完事。税务官利斯捷佐夫没在家里过夜，这时只穿着衬衣，从隔壁的女人家里（为了严肃法纪，我们不能隐瞒此中细节）窜到大街上，跑进人群，失声嚷了起来：

“救救人吧，谁行啊！”

许多的太太被这人声吵醒，连鞋都没穿，就逃到大街上。还发生了许许多多，我们决定只能关上门说的邪事。惟一能临危不惧，处之泰然的，是那些消防队的，此刻，他们睡得正香哩，这一点我们要赶紧声明。凡此种种都发生在八月七日早晨。

两个陌生人造完了孽，把那些纸头收进公文包。当太阳再次出现的时候，他们坐上马车溜之乎也，不知去向。他们到底是干什么的，我们至今都琢磨不透。现将此二人特征通报如下，他，就是有珍珠领带针的他：中等身材，白净面皮，下巴颏不大不小，额头上有皱纹。外国佬：中等身材，体态肥胖，脸膛刮得精光而滑溜，下巴颏不大不小，远看像地主卡拉谢耶维奇，近视眼，不知怎么回事不戴眼镜。

该不是奥地利的特务吧？

日食发生前

仙境剧一折

太阳和月亮坐在天边，对饮啤酒。

太阳（深思地） 是啊，老弟……你是我的……就收这二十五卢布吧，多了不行。

月亮 天地良心，大人，我要花好大的代价。您老想想：天文学家先生们让日食早晨五点钟在波兰王国开场，到十二点钟在上乌丁斯克结束，这样，我要费七个小时的工夫弄这仪式……如果每个小时给我五个卢布，我都嫌少（抓了一块过路的浮云，擤鼻涕）。别太小气了，大人。我给您安排这次日食，就是律师都看着眼红。包您满意……

太阳（略停片刻） 怪了，你这是讨价还价……你忘了我请你参加这次仪式，是有世界意义的，弄一回日食，你就名声大振……

月亮（叹口气，愁苦地） 我们知道这是什么样的扬名，大人！“月亮隐藏在乌云后了”，别的就没啥了。只能大大败坏声誉……（唱起来）或者：“哨兵的刺刀上映着满月的光辉”。还有：“月亮在夜空中浮游……”我压根就不会浮游，大人，这不是欺人太甚了吗？①

太阳 是啊，的确，出版界对你的态度有点怪……不过，忍忍，老弟，到时候，历史会给你好好写上一笔……

（大地上轰轰隆隆，滚过一个垃圾车队。两个行星摘了一片乌

云，捂住鼻子）

月亮 别憋得喘不过气来……地球上的事，没法说！不值一提的星球！（唱道）我就是进了棺材，我也忘不了普希金先生辱骂我的话。“这愚蠢的月亮在愚蠢的天穹……”②

太阳 当然扫兴，但是，老弟，这也是一种宣传！我想，约翰·戈夫和卡奇反倒捞了一把，虽说普希金恶言恶语，骂了他们一通……宣传，这是很妙的一招。说不定，一旦出现日食，人们就会谈到你。

月亮 别，算了吧，大人！弄出日食来，谁最有光彩，只有您。人们不知道，您没了我，就是没了左臂右膀……没有我，谁能遮住您？要是找个律师来，他不敲您一千二百卢布才怪。我哪，好吧，您老就拿三张十卢布红票算了。

太阳（想了想） 好啦，不过以后别老计较这些小钱了。喝！（倒酒）我希望，你卖把子力气……

月亮 这尽管放心……说良心话，弄出的这日食保险是一流的……自从开天辟地以来，我供应月光，从没出过差错……一切都诚诚实实，体体面面。您老交定金吧……

太阳（给定金） 我听见水车出来……该我升空了……我想这日食安排在八月七日清早……到这时候，你务必准备停当……你尽可能让黑影把我严严实实遮住……

月亮 请问，我在什么地方遮住您呢？

太阳（想想） 向西欧夸耀一番倒是件痛快事，不过，那个地方对我们这玩意，不怎么器重……那里的外交家们自诩对日食内行，因此很难打动他们……也许就只是俄国了……天文学家们都想看看。那就把黑影投向莫斯科，但也要动点脑子。尽量让日食偏点。你只让莫斯科北部一片黑暗，甩开南部……让莫斯科南区尝尝我们

---

① 上面的引文均出自俄国一些当时比较流行的文学作品。

② 普希金的作品《叶甫盖尼·奥涅金》中的一句。

蔑视他们的味道……那个暗无天日的地方！

月亮 遵命，大人！

太阳 不过商人并不懂日食是怎么回事……他们有好多人刚从尼日尼城回家，酒还没醒过来呢，商人老婆们鬼知道她们是怎么想的……好，我们就从克林、扎维多沃，还有在天文学家聚集的地方轻轻带过，然后直奔喀山等地。我还想……（停片刻）

月亮 大人，您弄日食这玩意想干什么？

太阳 你看见没有……不过，我希望，这是我们两个人说的……我弄这日食，就是想重振我的声望……近来，据我观察，公众对我冷淡……关于我很少有人提起，对我的光芒也不屑一顾。我甚至听人说，太阳老朽了，说它不值一提，说没有我也能轻轻松松混得过去……有许多人甚至印成书否定我……我想弄个日食，让大家议论我，这是一。第二，人类都吃得脑满肠肥，烦得慌……喜欢花样翻新……你是知道的，商人老婆要是吃腻了果酱和水果软糕，就想嚼糙粮。就是说，当人类厌烦阳光的时候，就要让他们尝尝日食……不过，我该是升起来的时候了……开小铺的年轻商人已经上市了。再见。

月亮 还有一言相告，大人……（胆怯地）弄日食的时候，您这玩意节制着点……（指那啤酒瓶）不到一小时，只喝半醉就成，但愿别丢丑才好。

太阳 对，要节制点……不过，万一犯了毛病，喝过了头……那……我们就调动乌云覆盖天空，谁也就别想看见我们了……但是，再见，到时候了……（太阳升起，唉！浮云和乌云遮住了它）

月亮 我们铸成了大错！（躺下身去，盖上浮云。过一分钟听到打呼噜声）

脾气火暴的人笔记拾萃

我是一个严肃的人。我的头脑偏好思考哲学。就职业而论，我是学财政的，研究财政法，正在写学位论文，题目是：《论狗税之过去与未来》。您信不信，泡妞、唱情歌、吟风弄月，还有别的一些蠢事，我根本不挨边。

早晨。十点钟。我的妈妈给我倒一杯咖啡。我喝完，就到阳台上去，立即动手写论文。拿一张白纸，伸笔蘸墨水，写下题目：《论狗税之过去与未来》。思索片刻，下笔写："历史概述。据希罗多德[1]和色诺芬[2]著述中的某些线索判断，狗税之起源，盖始于……"

但是，这时我听到一阵极其可疑的脚步声。从阳台上往下看去，看到一位脸窄长，水蛇腰的年轻女子。她的芳名好像叫娜坚卡，或者，叫瓦莲卡。不过，这完全无关紧要。她似乎在找什么，做出没看见我的样子，低声吟唱着：

"你是否记得那洋溢着欢悦的歌声……"

我念一遍刚写过的文字，还想再写下去，但是，那女子却做出看见我的样子，拿着悲伤的腔调说道：

"你好！尼古拉·安德烈伊奇！您想想看，我有多倒霉！昨天我散步把镯子上的珠子给弄丢了！"

我又念了一回我这论文的开头，改了一个拖长尾巴的字，还要再写下去，但这女子岂肯罢休。

"尼古拉·安德烈伊奇，"她说，"劳您驾了，您送我回家吧。

卡列林家有一条大狗，我不敢一个人走。”

没办法，我放下笔，下楼来。这娜坚卡，或者，瓦莲卡，挽着我的手。我们朝着她家的别墅走去。

每当我有幸尽职尽责，手挽着一位太太，或一位小姐的时候，我就不知怎么回事，总是觉得自己是一个钓着一条大梭鱼的鱼钩。这娜坚卡，或者，瓦莲卡，这话是我们之间说，脾气怪僻（她祖父是亚美尼亚人），她有本事把她全身的重量都压在你的胳臂上，而且，像水蛭一样紧贴着你的腰。我们就这么走着……经过卡列林家的时候，我看见那条大狗，这就让我想起狗税问题。我一想起我那开了头的论文就心烦，只好叹气。

“您怎么叹气？”娜坚卡，或者，瓦莲卡问道，她自己也跟着频频叹气。

这里我要事先声明。这娜坚卡，或者，瓦莲卡（现在，我有点想起来她好像叫玛申卡）不知从哪里得来的消息，认定我爱上了她，因此，她认为她应尽宽仁博爱的义务，总是一个劲儿以悲悯的眼光看我，想着用话语抚慰我心灵的伤痛。

“听着，”她停住脚步，说道，“我知道，您为什么连连叹息。您恋爱了，对的！但是，我要以我们友谊的名义恳求您，您要相信，您爱的那个姑娘，也深深敬仰您！她不能同样回报您的爱情，她早已倾心于另一个人，但那难道是她的过错吗？”

玛申卡的鼻子又红，又发胀，她的眼里噙着泪花。她显然是在等待我的回答，不过，万幸的是，我们已经到了……玛申卡的妈妈在阳台上坐着。这是个心地和善，但又胸有成竹的女人。她看了一眼女儿动情的脸色，就久久看着我，连声叹气，好像是说：“唉，年轻人，连个遮掩都不会！”阳台上，除了她，还坐着几位花花绿绿的姑娘。在姑娘群中有我的一位住别墅的邻居，一个退伍军官。他在

---

① 希罗多德（约前 484—前 430 或前 420），希腊历史学家。

② 色诺芬（前 431—前 350），希腊历史学家。

上次战争中伤了左鬓和右腿。这个倒霉的人，跟我一样，同病相怜，都立志要在这个夏天从事文学创作。他写的是《军人回忆录》。跟我一样，每天早上，他都要着手从事这高尚的劳作，但是，只要他一提笔写："我生于……"，阳台的下边，就出现一位倩女瓦莲卡，或者，玛申卡，这上帝的带伤奴隶就被拘捕而去。

坐在阳台上的人都在剥一种烦人的浆果，是做果酱用的。我鞠躬如仪，拔腿就想走，但是，花花绿绿的姑娘尖声叫着揪着我的帽子，让我留下来。我坐下。给了我一盘浆果和一根发针。我只好剥起来。

花花绿绿的姑娘们谈的话题是男人。说有的男人清秀，有的男人英俊，但不讨人喜欢；有的不好看，但讨人喜欢；再有的，如果那鼻子不像顶针的话，也不错。等等之类。

"您呢，尼古拉先生，"玛申卡的妈妈对我说，"虽说不英俊，但讨人喜欢……您的脸上流露出一种气质……不过，"她唉声叹气，"一个男人主要的不在俊秀，而是智慧……"

这群姑娘也连声称叹，低垂了目光……她们也同意，男人主要的不在于是否俊秀，而是智慧。我斜着眼从镜子里看我这模样，想弄清楚我到底有几分惹人爱慕的地方。一看，一头毛蓬蓬的头发，毛蓬蓬的络腮胡子，唇髭，眼眉，两腮上有毛，两眼下也有毛，整个一片密林，我那大鼻子鹤立鸡群，活像个林子里的瞭望台。挺好，没说的！

"不过，尼古拉先生，您要用您的内心深处的东西，"娜坚卡的妈妈连连叹息，好像她要以此来强调她的难言之隐。

娜坚卡为我而痛苦，但是，与此同时，一想到对面坐着的是爱上她的人，这显然对她又是一桩极大的享受。谈完男人，姑娘们的话头转到爱情。谈了好长一段时间爱情，有一个姑娘起身离去。留下的人就说这离去姑娘的坏话。都说她笨，没法让人忍受，没风度，说她那肩胛骨长得不是地方。

不过，感谢上帝，我的妈妈终于打发女仆来，叫我回家吃饭。

现在，我可以离开让我反胃的这帮人，接着写我的论文了。我站起来，鞠躬。瓦莲卡的妈妈，瓦莲卡本人和那些花花绿绿的姑娘们把我围住，说我没有任何权利走开，因为我昨天信誓旦旦答应与她们一道吃饭，吃过饭还要去采蘑菇的。我俯首听命，坐下……我打心眼里火冒三丈，我觉得，再过一分钟，我不敢担保，会不会大发雷霆，但是，出于礼貌，又怕破坏了这么好的气氛，我不得不对各位小姐惟命是从。我听凭驱使。

坐下吃饭。那负伤的军官由于鬓角有伤，两边的下巴搐动着，看他吃饭的样子，就好像他戴着笼头，嘴里含着嚼子似的。我把面包搓成一个个小球，就想关于狗税的事儿，我自知脾气暴躁，强忍着不说话。娜坚卡以她悲悯的目光一直在盯着我看。冷杂拌汤、牛舌煎豌豆，烤鸡和糖渍水果。我没胃口，但出于礼貌强吃。饭后，我独自一人站在阳台上吸烟，这时，玛申卡的妈妈走到我身边，攥着我的手，上气不接下气，说道：

“不过，您别灰心，尼古拉……她有多好的心肠……多好的心肠！”

到森林去采蘑菇……瓦莲卡压着我的胳臂，紧贴着我的腰。烦得要命，但我忍着。

走进森林。

“听我说，尼古拉，”娜坚卡叹着气，“您为什么这么忧愁？您为什么沉默不语？”

好怪的丫头：我和她有什么好说的？我们有什么共同语言？

“嗯，您说点什么……”

我就想法找点通俗的，她能听得懂的话。想了想，我说：

“砍伐森林对俄国极为有害……”

“尼古拉！”瓦莲卡叹着气，她的鼻子发红。“尼古拉，我看，您要逃避推心置腹的交谈……您似乎想用沉默来折磨人……您的感情得不到回报，您就想默默独自一人承受痛苦……这多可怕，尼古拉！”她情绪冲动，抓住我的手，高声说。我看到，她的鼻子胀大了。“如果有您爱着的姑娘愿向您献出终生不渝的友谊，您会怎么说？”

我嘟囔出一句前言不搭后语的话，因为我着实不知跟她说什么好……饶了我吧：第一，我压根没爱上哪一位姑娘，第二，终生不渝的友谊对我来说，有什么用？第三，我脾气暴躁。玛申卡，或者，娜坚卡用手捂着脸，像是自言自语，低声说：

“他不说话……显然，他想让我做出牺牲。如果我还爱着另一个人，我就不可能爱他！不过……我再想想……好，我再想想……我要以全身心的力量，也许，我要以自己的幸福为代价来拯救这个人，使他摆脱痛苦！”

我莫名其妙。她真走火入魔了。再往前走，采集蘑菇。我们一直都没说话。从娜坚卡的脸上看得出她的内心在斗争之中。有狗叫声：这就又使我想起我那篇论文。我唉声叹气的。在林木间，我看见了负伤的军官。这可怜虫苦不堪言，左瘸右拐的：右边是他受伤的腿，左边吊着花花绿绿倩女群中的一位姑娘。他脸上的表情说明他决心听天由命了。

我们从林中返回别墅进茶，然后，打槌球，还听花花绿绿女孩中的一位唱抒情歌曲，那歌名是：“不，你不爱我！不！不！……”当唱到“不”字的时候，她的嘴一直向一侧耳根的方向歪斜过去。

“妙极了！”别的姑娘发出一片惊叹声，“妙极了！”

到了晚上。从林丛中钻出一轮可憎的月亮。空中一片岑寂。有一股刚新割的干草味，怪难闻的。我拿起帽子想走。

“我要告诉您件事，”玛申卡别有意味低声对我说，“别走。”

我有一种不妙的预感，但出于礼貌没走。玛申卡挽着我的手，带我顺着一条小径向前走。现在，从她的整个躯体都看得出她是苦苦挣扎。她面色苍白，呼吸沉重，像是要挣脱我的右臂。她要干什么？

“您听我说……”她低语着，“不，我不能……不……”

她想说什么，但又犹豫不决。可我从她脸上看得出她决心已定。她的眼睛一下闪亮，鼻子发胀，一把抓住我的手，冲口而出，说：

“尼古拉，我是您的！我虽不爱您，但我答应对您忠贞不渝！”

过后，她紧靠在我的胸前，突然又跳开。

“有人来了……”她低声说，“再见……明天十一点钟我在小亭里……再见！”

随后，她走去。我懵懵懂懂，朝着家里走，就觉得心头跳得厉害。《论狗税之过去与未来》这篇论文还等着我去写，但我已没法再工作下去。我火气冲天。简直可以说，我的样子让人见了害怕。真见鬼了，我不能允许让人把我当小孩耍！我脾气暴躁，跟我开玩笑，要倒霉的！女仆来叫我去吃晚饭的时候，我就对她吼：“滚开！”这么暴躁不是个好兆头。

第二天清早，是别墅区常见的天气。就是说，温度在零度以下，寒风凛冽，下着雨，泥泞，外加卫生球味，因为我的妈妈从箱子里拿出了她的大衣。糟糕透顶的早晨。这天刚好是 1887 年 8 月 7 日，发生日食那天。我要向您指出，如果发生日食，我们虽说不是天文学家，可我们每个人都能捞巨大好处。因为我们每个人都能：第一，测量太阳和月亮的直径；第二，画一张日冕；第三，测量温度；第四，在发生日食的时刻，观察动物和植物；第五，写一篇观感之类。这太重要了，我暂把《论狗税之过去与未来》搁置一下，决定观察日食。我们都起得很早。我要干的事是：测定太阳和月亮的直径。负伤的军官负责画日冕。玛申卡和花花绿绿的姑娘们做其余的事。我们大家聚在一起，等待着。

“怎么会发生日食？”玛申卡问。

我答道：

“月球在黄道的平面上运行，当它处于太阳与地球的中心连线上的时候，就会发生日食。”

“那什么是黄道？”

我就细说端详。玛申卡认真听完，乃发问道：

“用熏黑的玻璃能看到连接太阳和月亮的中心连线吗？”

我随即相告，这是人们所想象的一条连线。

“既然这是想象的线，”玛申卡大惑不解，“那月亮怎么能呆在那条线上？”

我无言以对。我觉得，一听到这样幼稚的问题，我的肝就一个劲儿地发胀。

“这些都是胡说八道，”瓦莲卡的妈妈说，“不可能知道将来会发生什么事。况且，你们一回也没到天上去过，你们怎么能知道月亮和太阳出什么事呢？这都是胡乱猜想罢了。”

但是，那黑点逐渐靠近太阳。结果，闹得天翻地覆。牛，羊和马们扬起尾巴，吼叫着，吓得在田野里乱窜。狗也叫着。臭虫们心想黑夜来临，就从缝里爬了出来，大咬还在睡梦中的人。此时，有个助祭正从菜园往自己家里拉黄瓜，吓得他从车上跳将下来，藏身于桥下。可他那匹马拉着车跑进别人家的院子，结果，黄瓜让猪给吃了个精光。有个收税官没在家里，而是在一个住别墅的女人那里过夜，他只穿了一件内衣，跑进人群里，失声叫了起来：

“救救苍生吧，谁行啊！”

许多住别墅的女人，甚至那些年轻而漂亮的女人，被人声惊醒，连鞋都没穿，就窜到大街上来。还发生了许多我还不敢乱说的事。

“噢，多可怕！”花花绿绿的姑娘们尖声叫着，“噢！多可怕啊！”

“小姐们，都来观察吧！”我冲着她们喊。“时间宝贵！”

我自己就忙着测量直径……又想起测日冕的事，就用眼睛四下里搜寻负伤的军官。他却站着，无所事事。

“您怎么啦？”我嚷道，“日冕？”

他耸耸肩。他一副可怜无告的样子，眼睛示意让我看他的两只手。这可怜虫两只臂膀上都吊着花花绿绿的姑娘们，她们都吓得紧贴着他，没法工作。我拿着笔，一秒一秒地记录时间。这很重要。

我还记录下观测点的地理位置。这也很重要。我想把直径算出来，但是，此时，玛申卡抓着我的手，说：

“别忘了，今天十一点钟！”

我抽回手，想珍惜每一秒钟接着观测下去，但是，玛申卡死死拉着我的手，紧贴着我的腰。铅笔、玻璃和草图，统统掉在草地上。鬼才知道这是干什么！该是让这姑娘明白我脾气大的时候了，让她明白我脾气火暴，要暴跳如雷。到那时候，我可就管束不住我自己了！

我还想继续观测，可是，日食已经过去。

“您看着我！”她柔声低语着。

噢，这玩笑太过火了！您信不信，人的耐性这玩意到了最后，只能酿成不幸的结局。要是发生什么吓人的事，可别怨我！我决不允许任何人拿我开玩笑，拿我不当一回事，见鬼了，我要是暴躁起来，我对任何人都不会好言相劝，让他们别搭理我。简直是见了鬼了！我豁出去了！

有个姑娘大概看到我的脸色，觉得我要爆发，显然那目的是想安抚我：

“尼古拉·安德烈伊奇，我可完成了您给我的任务了。我对哺乳动物做过观察。我看见日食发生前，一条灰狗追一只猫，后来就摇了好长时间的尾巴。”

这次日食毫无所获。我回家去。天下雨，我没到阳台上去写作。负伤的军官冒着风险去了阳台，甚至都提笔写道：“我生于……”可现在，我透过窗子一看，还是有个花花绿绿的姑娘硬是把他拖到别墅去。我没法工作，因为我怒气难消，而且觉得怦怦心跳。我没到小亭去。这未免不恭，不过，信不信由您，由于下雨，我没法去！十二点的时候，收到玛申卡一封信。信里写的都是些嗔怪的话，她求我到小亭去，还以“你”相称……一点钟，又是一封信。两点钟，来第三封信……非去不可了。不过，去之前我要想想和她说点什么。我的所作所为，应该像一个体面的人。第一，我对她说，说我爱她，那只是她的一厢情愿。但这些话对女人说不出口。对一个女人说：“我不爱您。”这就太出言不逊，正如对一个作家说“您写的作品很糟”一样。最为可取的是，我应该对玛申卡阐述我对婚姻的看法。于是我就穿上暖和的外套，拿把伞，到小亭去。我知道我的脾气暴躁，我真提心吊胆的，千万可别说过分的话，尽可能约束自己吧。

小亭里有人等我。娜坚卡脸色苍白，两眼泪潸潸的。一看见我，就高兴得叫着，扑过来，她搂着我的脖子，说：

“熬到头了！你在试探我的耐性。听我说，我一整夜没睡……我都想过了。我觉得，只要我加深对你的了解，那……我就一定会爱上你……”

我坐下，从头来阐述我对婚姻的看法。一开头我没扯很远，说话尽可能简短，我只说了一小段历史回顾。先说到印度人和埃及人的婚姻，继而说到晚近时期，还说到叔本华①的若干思想。玛申卡凝神听着，但是，猛然间，她怪里怪气，打乱我的思路，觉得有必要打断我的话头。

“尼古拉，吻吻我吧！”她说。

我惶然，不知对她说什么才好。她再次提出她的要求。没办法，我站起身来，贴近她的长脸，不过，这唤起了我儿时的一次感受，就是那次在祭奠亡灵的仪式上，硬要让我去吻祖母僵尸的情景。瓦莲卡对我的吻还嫌不足，跳起来，狠命抱着我。此刻，在小亭的门栏处，出现了玛申卡妈妈的身影……她的脸故作惊慌，对一个人“嘘”了一声，就像梅菲斯特②出现在地下室似的。

我又扫兴又恼火，回我家别墅。到了家，我正碰上玛申卡的妈妈两眼含泪拥抱我的妈妈。我的妈妈也在哭，说道：

“我也盼着这个结局的！”

---

① 叔本华（1788—1860），德国哲学家。

② 歌德《浮士德》中的魔鬼。

后来，谁管您愿意不愿意？娜坚卡的妈妈走到我跟前，抱住我，说：

“上帝赐福你们！你呵护她，爱她吧……记住她为你做的牺牲……”

眼下，我要成亲了。就在我写这几行字的时候，男傧相在这胡乱纠缠，在这催命。这些人真不了解我的脾气！我爱发怒，我不能担保不出事！见了鬼了，你们往后瞧吧！硬拉一个暴躁，火气十足的汉子去教堂行婚礼，我看，这是不明智之举，就像向笼里发狂的狮子伸手一样。你们等着瞧，等着瞧吧！

就这样，我成亲了。大家都向我祝贺。瓦莲卡偎依着我，说：

“你知道，你现在是我的了，是我的了！说你爱我！说！”

这时，她的鼻子直发胀。

从男傧相那里得知，负伤的军官想了一个妙招逃避了婚姻之神。他向一位花花绿绿的姑娘提交了一份医生证明，说由于鬓角有伤，因而神智不正常，故此，根据法律，他无权结婚。瞧这主意出的！其实我本来也想弄个证明。这时，我的一个叔叔喝得酩酊大醉。另一个叔叔糊里糊涂的（有一回把个太太的暖手笼当帽子戴）。婶母弹了好长时间的钢琴，一见到男人就吐舌头。再说，我的脾气暴躁极了，这种症候就是疑心重。但是，直到现在就是没想出好主意来？为什么？

季诺奇卡

一群结伙出猎的猎人在一间铺了新鲜干草的农家茅草屋里过夜。月光照进窗口。街上有咿咿呀呀的手风琴声。干草发出甜腻而有点让人心醉的气味。猎人们谈狗，谈女人，谈初恋，谈田鹬。所有涉及女人的艳闻都谈了个够，上百个笑料也都聊了一遍，其中一个最胖的猎人在夜暗中就像一堆干草垛，刚才一直拿着校级军官才有的那种浑厚低音说话。他大声打了个哈欠，说道：

“讨女人的爱，这没什么了不起：女人们生来就是爱咱哥们的。可是，先生们，你们里头有哪位让人恨过，让人恨得牙痒痒，恨得发狂？你们当中哪位看到过挨人恨的那份乐趣？嗯？”

没有搭腔的。

“谁也没有过，先生们？”校官的低音官腔问道，“我可让人恨过，让一位漂亮妞恨过，我可亲自研究过头一遭让人恨的滋味。头一遭让人恨，先生们，是与头一回让人爱相对而言的。不过，我现在要说的，是我还既不懂得爱，也不懂得恨的时候发生的事。那年我八岁，不过，这倒没什么：先生们，问题的关键不是他，而是她。好，且听下文。在一个美好的夏日傍晚，太阳下山之前，我和我的家庭教师季诺奇卡在儿童室里上课。这季诺奇卡不久前刚从专业学校毕业，是个十分可爱而富诗意的尤物。季诺奇卡无精打采看着窗外，说：

“‘好。我们吸进的是氧气。现在告诉我，别佳，我们呼出的是什么？’

“‘是二氧化碳。’我也看着窗外回答。

“‘好，’季诺奇卡说，‘植物呢就相反：吸进二氧化碳，呼出氧气。矿泉水里和茶炉的烟气里就含有二氧化碳……这是非常有害的气体。在那不勒斯附近，有一个叫狗洞的地方，里面就有二氧化碳。把狗放进洞里，就能把狗闷死。’

“那不勒斯附近这个倒霉的狗洞是化学上的一个悬案，没有一个家庭教师能越过这道难题的。季诺奇卡一向热情为自然科学辩护，但是，除了这狗洞故事之外，她在化学上恐怕也未必能多知道点什么。

“好了，她让我再说一遍。我就再说一遍。她问，什么是地平线。我就回答。我们正没完没了研究这地平线和狗洞的时候，我的父亲在院子里做出猎的准备。狗叫着。套好的马很不耐烦，不时两只蹄子踢动着，跟那些车夫们亲热。仆役们把大包小包，还有各式各样的东西往车上塞。马车旁边停着一辆敞篷马车。母亲和姐姐妹妹们坐在上面，要去到伊万尼茨基家去祝贺命名日。家里就留下我、季诺奇卡，还有我的哥哥，他是个大学生。说牙疼。您想象得出我那羡慕劲儿和那烦劲儿！

“‘就是说，我们吸进的是什么？’季诺奇卡看着窗外问道。

“‘二氧化碳……’

“‘对，我们认为地和天相连的地方，就叫做地平线……’

“但是，大马车走了，后面跟着敞篷马车……我看见，季诺奇卡从衣兜里掏出一张便条来，她使劲把它揉成一团，再将它按在太阳穴上，过后，脸红了一阵，看看表。

“‘要记住，’她说，‘那不勒斯附近有一个叫狗洞的地方……’她又看了一下表。到我们下课还有半个多小时。

“‘现在，上算术课。’她说。她的喘气很重，用颤抖的手翻动习题本。‘就算第325题，我……马上就来……’

“她出去。我听她轻手轻脚下楼梯。然后，我隔窗看到她的浅蓝色的裙子在院子里一闪而过，就消失在花园栅门外了。她的手忙脚乱，她双腮的红润和她的激动使我大感蹊跷。她到哪儿去了，再往后呢？我当年智力早熟，很快我就把这一切想明白了。她再往后跑到花园去，是想趁我严厉的父母不在，偷偷跑进马林果果园摘果子吃，或者，去摘黑樱桃吃！既是这样，真见鬼，我也去吃黑樱桃！我丢下习题本跑进花园。我跑进黑樱桃林，她早不在那里了。她穿过马林果林、醋栗林和守林人木棚，经过菜地，来到水池边。她脸色苍白，听到每一个细小声响都悚怵发抖。我悄悄跟着她，先生们，我看到了以下的场面。在池塘边，在两棵粗壮的古柳之间，我的哥哥站在那里。从他的脸色看不出是牙痛的样子。他迎面看着季诺奇卡。他的整个身躯像披满阳光一样，洋溢着幸福。季诺奇卡就像她被人赶进狗洞，强迫她吸二氧化碳似的，两只脚勉强走着，呼吸沉重，头向后仰去……从这一切可以看得出来，她这是平生第一次来赴约会。她往前走……有半分钟，他们彼此对视，好像不相信这是真的。后来，季诺奇卡的后背有一股力量推动，她的手搭在萨沙的肩上，她的头倚着他的坎肩。萨沙笑着，低语了一些含混不清的话。他则以热恋者的笨拙动作，双手捧起季诺奇卡的小脸。先生们，天色美极了……太阳隐没下去的山岗，两棵老柳，翠草茵茵的池岸，那天空，这一切，还有萨沙和季诺奇卡的身影都倒映在池面。你们想象得出有多静。有数不清的长触须螟虫，黄灿灿的，在青苔上面飞着。花园后面，放牧着畜群。总而言之，简直如画一般。

“眼前看到的，我只懂得一点，就是萨沙跟季诺奇卡亲吻。这不成体统。如果妈妈知道，他们就要倒霉了。我不知为什么有点怕羞，没等他们幽会完毕，我就回我的儿童室。后来，我做习题，想着，琢磨着。我的脸上流露出胜利者的微笑。一方面，探出了别人的隐私很惬意，另一方面，我可以随时让萨沙和季诺奇卡名誉扫地，为上流社会所不齿。现在，他们掌握在我的手心里，他们能否平安无事，全要看我有没有大度。我会给他们点颜色看的！

“我就寝的时候，季诺奇卡照常要来儿童室，看我是不是没脱衣服就睡了，看我做了祈祷没有。我看看她那张充满幸福感的漂亮脸蛋，暗自发笑。她的隐私憋在我的心里，真想一吐为快。需要来点暗示，看看效果，快活一下。

“‘我知道了！’我嘿嘿笑着说，‘哼！’

“‘您知道什么了？’

“‘哼！我看见您在柳树边和萨沙亲嘴了。我跟在您后边，都看见了……’

“季诺奇卡抖了一下，满脸通红。她被我的暗示惊得坐在放着水杯和烛台的椅子上。

“‘我看见你们怎么……亲嘴了……’我又说一遍，嘿嘿笑着，看着她那不安的神情，我好乐，‘嘿！我就去告诉妈妈！’

“胆小的季诺奇卡一动不动看着我，真的明白我确实知道了她的事之后，就在绝望中抓着我的手，用低抑的发颤的嗓音说：

“‘别佳，这是卑鄙的……我求求您，看在上帝的分上……做个男子汉……别对任何人说……正经人没有跟梢的……这是卑鄙的……求您了……’

“这可怜女子像怕火一样怕我的母亲。她和善而严厉，这是一。第二，我那冷笑着的嘴脸不能不是对她纯洁而充满诗意的初恋的一种亵渎，因此，可以想象得出她那心境。都是我，弄得她一夜没睡，早晨来吃茶的时候，她的眼下有黑圈……喝完茶见到萨沙，我忍不住要嘲笑他一下，夸耀一番：

“‘我知道了！我昨天看见你和季娜小姐亲嘴了！’

“萨沙看看我，说：

“‘你蠢。’

“他并不像季诺奇卡那样胆小，因此这招不灵。这就更加让我跃跃欲试。如果萨沙不害怕，显然，就是他不信我都看到和知道了。等着瞧，我会让你尝到滋味的！午饭前我做功课，季诺奇卡不正眼看我，说话结结巴巴的。她并不恐吓我，而是千方百计笼络我，给我打五分，也没向我父亲告状，说我淘气。我当时的聪明和我的年龄不相称，我要随心所欲拿她的隐私要挟：我不上课，我在教室里拿大顶，说话蛮不讲理。一句话：我的这种心理要是维持到今天，那我就是一个出色的敲竹杠的家伙。就这么着，过了一个星期。别人的隐私使我如坐芒刺，总是在挑动着我，折磨着我。我迫不及待想说出来，好看热闹。有一次吃午饭，我们家来了很多的客人，我就来了蠢劲，嘿嘿笑了一声，怀着歹毒心理，看了一眼季诺奇卡，说：

“‘我可是知道了……哼！我知道了……’

“‘你知道什么啦？’母亲问。

“我就带着更大的歹毒之意，看看季诺奇卡和萨沙。可以想象得出，那姑娘的脸色是怎样的红涨和萨沙的眼神是怎样的凶狠！我咬着舌头，没再说下去。季诺奇卡的脸色逐渐变白，咬牙切齿，什么也没吃。当天，上晚课的时候，我看见季诺奇卡的脸色有了截然不同的变化。看来好像更加严肃而冷峻，就像石雕的一样。她的怪异的眼睛直勾勾看着我。我实话告诉你们，就是追狼的猎犬也没有这种吞噬猎物的吓人眼神，我从来没看见过！当她上课时突然咬着牙，从牙缝里挤出来：

“‘我恨您！噢，要是您这卑鄙而讨厌的人能知道，我是多么恨您，恨您的剪短头发的脑袋，您的两只庸俗的招风耳，又多么让我恶心，那有多好！’

“但是，她马上就一惊，说道：

“‘这话我不是对您说的，我是复习台词……’

“后来，先生们，夜里我看见她走近我的床，久久看我的脸。她恨极了，简直就是不共戴天了。细看我这张可憎的脸已经成了她一定要做的事。我记得，那是一个美好的夏日傍晚……闻得到有干草味。万籁俱寂之类的吧。月色皎洁。我在小路上走着，想吃樱桃酱。突然，漂亮的季诺奇卡走到我跟前，她面色苍白，抓住我的手，上气不接下气，对我说：

“‘噢，我有多恨你！我再想象不出有谁像你这样丑恶！我想，你要明白这一点！’

“你们懂不懂，这月亮，这气急败坏的刷白脸色，这寂静……我这小混账居然都觉很愉快。我听着她说，看着她的眼睛……起初，我觉着愉快而新奇，不过后来，害怕了，我叫了一声，抱着脑袋跑回家去。

“我决定，最好还是向妈妈告状。我告了状，还顺便说萨沙和季诺奇卡亲了嘴。我那时不懂事，不知道深浅，否则，我就把秘密埋在心里了……妈妈听了我的话，登时大怒，说：

“‘这话不是该你说的，你还小……但是，这是给孩子们做什么榜样啊！’

“我的妈妈不仅和善，而且工于心计。她为了不把丑事张扬出去，没立即撵季诺奇卡，而是，一步一步，有条不紊，像撵走那些正经而又无法忍受的人一样，慢慢撵出去。我记得，季诺奇卡临走的时候，她朝着我家房子，朝着我靠坐着的那个窗子，瞥了最后一眼，我向你们保证，我至今还记得这一瞥。

“季诺奇卡不久就做了我哥哥的妻子。这就是你们认识的季娜依达·尼古拉耶芙娜。后来，我见到她的时候，我已是士官生。她费了好大的劲，实在认不出我这个大胡子士官生，就是可恨的别佳，不过，她仍不肯把我当亲人看待……就是现在，我去看望哥哥，尽管我有这和善的秃顶，这容人的肚皮，这谦恭的外表，她仍然不愿正眼相视，形同路人。显然，恨也和爱一样，是忘不了的……听！我听见鸡叫了。晚安！米洛德①，趴下！”

① 狗名。

医　生

客厅里很静，静得明显听到从院里飞进的牛虻碰到天花板的声音。别墅的主人奥尔加·伊万诺芙娜站在窗边，看着花坛，思索着。茨威特科夫是她的家庭医生和老相识，请来给米沙治病。他坐在安乐椅上，不断摇着两手拿着的帽子，也在沉思。客厅里和几间相邻的房里，除他们两人，没有任何人。太阳已经落山。屋角里，家具下面和窗架上面，都蒙上了落日后的重重阴影。

奥尔加打破这沉默。

“简直想象不出更可怕的不幸了，”她说，没从窗边转过身来，“您知道，没了这孩子，我的生活就毫无价值。”

“对，这我知道。”医生说。

“没有任何价值！”奥尔加再说一遍，她的声音发颤。“他对我来说就是一切。他是我的欢乐，是我的幸福，我的财富，如果像您说的，他……活不了，那留给我的就只能是一片阴暗了。我就活不下去了。”

奥尔加·伊万诺芙娜绞着手，由这个窗子走到那个窗子，来回徘徊，接着说下去：

“他生下来的时候，我本想把他送到教养院去，这您还记得，但是，我的上帝，难道那时和现在能相提并论吗？当时，我卑微、愚蠢、轻浮，但现在我是母亲……您懂吗？我是母亲，别的什么我都不想知道。现在和过去之间，是天悬地隔。”

再次沉默。医生起身从安乐椅移坐到沙发上。他焦灼地摆弄帽子，盯着奥尔加·伊万诺芙娜。从他脸上表情看，显然他想说什么，在等着恰当的时机。

“您不说话，但我还没有失去希望，”女主人转过身来说，“您为什么沉默？”

“我抱的希望并不比您小，我很想，奥尔加，但是，没有希望，”茨威特科夫答道，“要直面灾难。这孩子得的是脑结核病，要做好他会死的思想准备，因为得了这种病绝无可能治好。”

“尼古拉，您真信您没弄错吗？”

“提这种问题没有任何用处。我可以回答您的各种问题，但我们不会更轻松些。”

奥尔加·伊万诺芙娜的脸靠着窗幔，哀哀哭泣。医生站起来在客厅里走了几圈，然后，走近哭着的女人身边，轻轻碰碰她的手。从他犹豫不定的动作看，从他由于暮色凝重而显得发黑的忧郁脸相看，他想说什么。

“您听着，奥尔加，”他开言道，“给我一分钟的时间，听我说。我想问您点事。不过您现在心不在焉。我以后……往后……”

他又坐下，想事。这哀哀求告的哭泣，就像少女的哭泣一样，不见止息。茨威特科夫没等她哭完，叹口气走出客厅。他向米沙的儿童室走去。这孩子仍然仰面躺着，一动不动看着一个点，像是在倾听着。医生坐在他的床边，摸摸脉息。

“米沙，头痛吗？”他问。

米沙没立即回答。

“对。我一直在做梦。”

“你梦见什么了？”

“什么都有……”

医生既不惯于和哀泣的女人说话，也不惯于和孩童说话，摸摸他滚烫的头，低声说：

“没关系的，可怜的孩子，没关系的……在这世上没灾没病的，是活不下去的……米沙，我是谁？你能认出我吗？”

米沙没回答。

“头很痛吗？”

“很……很痛。我老做梦。”

看过他，问了看护病人的女仆几个问题，医生不慌不忙回到客厅。客厅里已经很黑。站在窗边的奥尔加·伊万诺芙娜就像一个侧面的剪影。

“点灯吗？”

没人答话。牛虻仍在飞着，不时碰到天花板上。这时听不到院子里有任何声音。就像整个世界都和这医生一道想事，不想说话。奥尔加·伊万诺芙娜已不再哭，只是仍然缄默不语，看着花坛。当茨威特科夫走到她身边，透过薄暗的暮色看了一眼她那让愁苦折磨得疲惫苍白的脸。她脸上那表情，就像她过去发作严重偏头痛病时一样，这是他常见的。

“尼古拉·特罗菲梅奇！”她叫他，“听着，要是会诊一次呢？”

“好吧，我明天办。”

从医生的语调看，显而易见，他很怀疑这次会诊有什么用。奥尔加·伊万诺芙娜还想问几句话，她哽咽得说不出来。她又把脸贴着窗幔。此刻，从院外清晰传来别墅乐队的奏乐声。听得见的不仅有小号声，甚至还有提琴和长笛声。

“如果他难受，那他怎么不出声？”奥尔加·伊万诺芙娜问道，“一整天没出一点声。他从不闹，也从不哭。我知道，这是上帝要带走这个可怜的孩子，因为我们没好好待他。多好的小宝贝！”

乐队奏完进行曲，过一分钟舞会开始，奏欢快的圆舞曲。

“老天，难道就没有一点救了吗？”奥尔加·伊万诺芙娜哀叫道，“尼古拉！你是医生，你知道该怎么办！你要明白我受不了这丧子之痛！我要活不下去的！”

医生不惯于听哭着的女人说话，叹口气，在客厅里轻轻踱步。令人压抑的短暂沉默，常被哭声和毫无意义的提问打断。乐队奏完了卡德里尔舞曲、波尔卡舞曲，又奏卡德里尔舞曲。天色已经全黑。相邻的厅里，女仆点上灯，可是，医生的帽子总不离手，他要说点什么。奥尔加·伊万诺芙娜有好几次去看儿子，在儿子身边坐上半个小时，再回到客厅。她不时又哭又抱怨。折磨人的时间拖下去，令人觉得这是没有尽头的夜晚。

半夜，乐队奏完科斯季里昂舞曲，沉寂下来的时候，医生要走。

“我明天来，”他握着女主人冰冷的手说，“您睡吧。”

他在前厅穿上外套，拿起手杖，再站了一会儿，想了想，又回到客厅来。

“奥尔加·伊万诺芙娜，我明天来。”他声音发颤，再说一遍，“听见了吗？”她没答话，似乎愁得她都不会说话了。茨威特科夫没脱衣服，也没放下手杖，靠她的身边坐下。他以轻柔的声调低声对她开腔说话，这声调和他魁梧粗壮的身躯全不相称：

“奥尔加！您的痛苦，我同情，为此……现在，说谎是罪过，我恳求您跟我说实话。您总是说，这孩子是我的儿子。这是真的吗？”

奥尔加·伊万诺芙娜沉默着。

“您是我一生中惟一钟爱的人，”他接着说下去，“您想象不出谎话对我的情感的伤害有多深……好了，我求您，奥尔加，哪怕一生中您对我只说一次实话……在这时候不能再撒谎了……告诉我，米沙不是我的儿子……我等您说。”

“他是您的。”

看不见奥尔加·伊万诺芙娜的脸，但从她声音中听得出来是在犹豫。他叹口气，站起来。

“就是在这种时候，您还是硬要说谎。”他说，那声调恢复了常态。“您丝毫没有高尚的情感可言！听着，您要理解我……您是我一生中惟一钟爱的女人。对，您过去放荡、卑下，但是，除了您，我这一辈子没爱过任何女人。现在我老了，这渺小的痴情是我的回忆中惟一的光点。您为什么还要用谎言使它黯然失色？为什么？”

“我不懂您的话。”

“啊，我的上帝！”茨威特科夫叫了一声，“您在撒谎。您非常清楚！”他叫得更响，在客厅里来回转悠，气得挥着手杖。“或许您忘了？那么，我就提醒您！做这孩子父亲的权利，应该由我和彼得罗夫，还有律师库罗夫斯基平均分享，到目前为止，他们都和我一样给儿子的抚养费！对！这我都一清二楚！过去撒谎，我可以原谅，上帝保佑，但是，现在我们都老了，这个时候，孩子都要死了，您还在用谎言折磨我！多可惜，我不会说话！多可惜！”

茨威特科夫解开衣扣，一边接着转悠，一边说：

“糟糕的女人！都到了这时候了，她还无动于衷！她现在还像九年前在‘艾尔米塔什’餐厅那样，由着性子撒谎！她怕一旦对我说明真相，我就不再给她钱了！她想，如果她不撒谎，我就不爱这孩子了！您撒您的谎吧！真卑鄙！”

茨威特科夫在地板上敲敲手杖叫道：

“真庸俗！不可救药，道德败坏的东西！应当鄙视您。我应当为我的痴情感到羞耻！对！您的撒谎大大伤害了我，我忍过，现在，够了！够了！”

奥尔加·伊万诺芙娜坐在黑暗的角落里，听得到她的饮泣声……茨威特科夫停住话头，哼了一声。谁都不说话。医生慢慢扣上外套，一边走，一边找他掉在地上的帽子。

“失态了，”他弯身向地面，低声说，“您根本没心思听我的话……上帝知道，我都扯了些什么。奥尔加，您别在意。”

他找帽子，走近那黑暗的角落。

“我伤了您，”他低抑着轻柔的嗓音说，“但我再次求您，奥尔加，对我说实话。我们不应说谎……我说走了嘴，您现在已知道，彼得罗夫和库罗夫斯基对我已不再是秘密。也许，现在更便于您说实话。”

奥尔加·伊万诺芙娜想了想，显然还犹豫，说道：

“尼古拉，我没撒谎，米沙是您的。”

“我的上帝，”茨威特科夫哎哟一声，“那我就再告诉您一点：我保留着您给彼得罗夫的信，您在信里说他是米沙的父亲！奥尔加，我知道实情，但我想从您的嘴里听到这话！您听到了吗？”

奥尔加·伊万诺芙娜没搭茬儿，还是一个劲地哭。

“我明天来。”他在前厅喊道。

他坐在马车上，一路总是耸肩，嘟哝着：

“多可惜，我不会说话！我没有打动和说服人的才能！既然她说谎，那显然是还不理解我！明摆着的事！怎么才能对她说清楚呢？怎么办呢？”

塞　壬[①]

某县调解会审法庭在一次会审后，法官们聚在议事室里，脱下制服，松口气，然后回家吃饭。审判长是个仪表堂堂的男子，蓄着浓密的连鬓胡子，他对一个刚结案的案件持“不同意见”，留下来坐在桌边，急急忙忙批写他本人意见。区调解法官米尔金是个年轻人，带着懒散而忧闷的脸色。此人以善哲学著称，他对环境不满，正在探讨人生的目标，现在，他站在窗旁，闷闷看着院子。另一个区法官和一个名誉法官已经离开。还没走的一位名誉法官是个气喘心虚，皮肤松弛的胖子。还有一个副检察官，是个年轻的日耳曼人，有着胃炎患者的脸色。大家坐在小沙发上，等审判长签好意见，然后一道去吃饭。他们面前站着法院书记日林。这是个矮小的人，耳根处有一绺短连鬓胡，脸上带着甜甜的表情。他笑得甜甜的，看着胖子，小声说：

“我们都想马上就填饱肚子，因为很累，已经三点多钟了。但是，亲爱的戈利高里·萨维奇，并不是真正的好胃口。那种狼吞虎咽的好胃口、那种好像连亲爸爸都要囫囵吞下去的好胃口，一般是在体力劳动之后，比如说，赶着猎狗打了一趟猎回来，或者，骑上租来的马，一口气狠命跑上百八十俄里。想象也能解决问题，先生。比如说，您打完猎回家，想着放开肚皮吃一顿，那就千万别想动脑子的事。动脑子的事和学问上的事从来倒人胃口。您老是知道的，哲学家和学者在吃上都是些等而下之的人类，请原谅，他们吃的东西都不如猪食。回家去的时候，您的脑子就只想那杯中物和那下酒菜。有一次，我在路上闭着眼，满脑子里就想象着辣根烤乳猪的滋味，馋得我简直就要发疯。对，坐着车进了自家的院子，这时候就从厨房里飘来一股子说不出来的味道，您知道不……”

“地道的烤鹅香味。”名誉调解法官粗声喘着气说。

“不能这么说，我亲爱的戈利高里·萨维奇，鸭子和田鹬可是比鹅不知强多少倍了。鹅的味道不那么柔嫩和醇厚。最吊人胃口的是小葱头，您知道不，刚一下锅煎的时候，您明白不，这要命的玩意，呲呲响着，弄得整个房子都闻得到。好了，您走进家门，餐桌已经摆设停当，您就坐下来，赶紧把餐巾往领带里一塞，慢条斯理，去拿斟满酒的杯子。对，这好东西别往酒盅里倒，而是用那只老掉牙的祖传银杯，或者，弄一盏大肚酒杯，上面有文字题曰：‘高僧亦可享用之物。’别马上一饮而尽，而是，先吁口气，搓搓手，若无其事的，看看天花板，然后，就这样不慌不忙，把酒送到唇边，马上，您就觉得火星子从您的胃传遍全身……”

法院书记甜腻腻的脸上浮现出满足之极的表情。

“火星子……”他眯细着眼，又说一遍，“酒一下肚，就要立马儿吃点酒菜。”

“听着，”审判长抬眼看法院书记，说道，“小点声！都是您闹的，我都写坏第二张纸了。”

“啊，我的错，彼得·尼古拉耶维奇！我就小声点，”法院书记说完，接着压低一半调门说下去，“对，我亲爱的戈利高里·萨维奇，这下酒菜也要讲究。应当知道吃点什么。要是您想知道的话，最为美妙的是鲱鱼。您弄一小块夹点葱，再蘸芥末酱。现在，我的好人，趁着您的胃里还冒着火星，您就随便吃点鱼子，或者，您要是愿意，您就再夹着点柠檬，然后，再吃口普通的腌萝卜，再往后，再来点鲱鱼，但是，您老最好弄点腌松乳蘑菇吃，要是把这蘑菇切成鱼子一样的小碎块，您明白不，再来点葱头，外加拌上普罗

---

① 希腊神话中人首鸟身的女妖，住在海中小岛上，常以歌声诱航海者触礁。

旺斯那地方的黄油……那才叫珍馐美味！不过，鳕鱼肝，那就更馋死人了！”

“是这么回事……”名誉调解法官挤挤眼，表示同意。“那个……焖白蘑菇，当下酒菜也很好。”

“对，对，对……您知道不，放上葱、桂叶和各式各样的调料，清焖白蘑菇。一掀开锅，从里面冒出一股香气，那股子蘑菇味……有的时候就要流出一滴泪来！好吧，只要从厨房一端出大馅饼，那就事不宜迟，赶紧喝第二杯。”

“伊万·古利奇！”审判长哭丧着腔调说，“就是您，我又写坏了第三张纸。”

“真见了鬼，就琢磨着吃！”哲学家米尔金一脸不屑一顾的神色。“除了蘑菇和馅饼，生活里就没别的乐趣了么！”

“这么着，吃馅饼之前，先来一杯。”法院文书低声说。他说得入了迷了，就像夜莺一样，除了自己的歌喉，别的一概听不进去。“这馅饼要做得吊人胃口，光光溜溜，让人忘了廉耻，让人欲罢不能。你就一只眼朝那饼挤一挤，切下那么小小的一条，然后就情不自禁，冲着那小块饼弹弹手指。你一口咬下去，那油就像眼泪一样，一滴一滴往下流，那馅里有鸡蛋，有鸡杂，有葱头，油腻而汁水鲜美……”

法院书记翻了翻眼，嘴巴一直向耳根斜过去。名誉法官漱了一下喉咙，大概想象着眼前也摆着饼，弹弹手指。

“鬼才知道这是干什么……”区法官唠叨着，走向另一个窗口。

“两块饼吃完，第三块要留到喝汤的时候吃，”法院书记眉飞色舞，接着往下说，“吃完了饼，要想不影响食欲，马上就吩咐上汤……菜汤要热得燎嘴。不过，我的好人，最好不过的是，要喝乌克兰式的汤，汤里有火腿，有小泥肠。这汤要放些酸奶油，鲜芹菜和茴香。用鸡杂和青菜苗煮的腌黄瓜肉汤也妙极，如果您喜欢肉汤，那最上乘的肉汤就是要配点根菜和叶菜：胡萝卜、芦笋、菜花和别的法定的诸如此类的青菜。”

“对，这玩意好极了……”审判长眼睛离开文稿，叹口气，但马上又拿起笔来，哎哟了一声，“你们就敬畏点上帝吧！就这么着，我到了晚上也写不完我的个人意见！第四张纸就又要报销了！”

“不再说了，不再说了！我的错！”法院书记道完歉，接着再小声说下去，“我说好人，吃完菜汤，或者肉汤，马上就吩咐上鱼。不出声的鱼类，口味最好的，要算酸奶油煎鲫鱼，只是为了不留土腥味和保持这鱼的细嫩，要趁这鱼活着在奶里浸几天几夜。”

“把小鲟鱼卷成一个圈圈，这种做法也很好，”名誉调解法官闭着眼说，但立即出乎人们的意料，他就地跳起来，脸上带着凶恶的表情，朝着审判长吼叫：“彼得·尼古拉耶维奇，您快完了没有？我不能再等下去了！没法等了！”

“让我写完算了！”

“好吧，那我自己先走！让他们见鬼去吧！”

这胖子挥挥手，抓起帽子，也不道声再见，就窜出房间。法院书记吁口气，弯下腰凑近副检察官的耳朵，小声接着话茬还说：

“茄汁蘑菇鲈鱼，或茄汁蘑菇鲤鱼也是一道好菜。但别让鱼填饱了肚皮，斯捷潘·弗拉特奇。这不是主菜，正餐的主菜不是鱼，不是汁水，而是炸烤。您最赏识哪种禽类？”

副检察官做出个酸溜溜的脸相，叹着气说：

“倒霉，我没您那种口福。我有胃炎。”

“算了吧，先生！胃炎是大夫们胡诌出来的病！这种病的病根，就是胡思乱想和傲气弄的。您别在意。就算您不想吃，或者有点反胃，那也别当回事，您尽管吃您的。比如说，给您上了一对野味沙雉，再比如说，外带上一对山鹑，或者，一对肥肥的鹌鹑，那您就把杂七杂八的炎都忘了，这可是光明磊落的大实话。印度火鸡如何？像一尊林中女神似的，这白白的东西有多肥腻柔嫩……”

“是啊，也许满有味道的吧，”副检察官说，他苦笑着，“我也许能吃火鸡。”

“老天啊，可那鸭子呢？就拿刚刚霜冻的时候，吃过冰碴儿的小鸭子来说吧，把这东西和土豆一块儿，放在炉里烤，土豆要切成小块，煎得透红，浸满了鸭油，还要……”

哲学家米尔金凶相毕露，显然想说点什么，但突然叭叽了一下嘴唇，大概也馋烤鸭了，没说一句话，就被一种莫名其妙的力量驱使，拿起帽子就跑了出去。

“对，我也许能吃鸭子……”副检察官叹口气。

审判长站起来，来回走了几步又坐下。

“吃完烤食，人已酒足饭饱，进入一种甜蜜的昏昏然状态，”法院书记继续说下去，“这时候，就觉得浑身舒服，心满意足。为了享受，您就再饮三杯家酿。”

审判长哼了一声，在纸上胡乱画了几笔。

“我这是毁第六张纸了，”他气急败坏，说道，“这真是不讲公德！”

“您写吧，您写吧，您多包涵！”书记低声说，“我不再说了！我小声点。我凭良心跟您说，斯捷潘·弗拉特奇，”他再用几乎听不到的声音往下说，“自制家酿比多好的香槟酒都强。第一杯下肚，您的整个内心就有幻入仙境的感觉。您就好像不是坐在自家屋里的安乐椅上，而是在奥地利的什么地方，听着又轻又柔的施特劳斯舞曲……”

“哎，我们还是走吧，彼得·尼古拉耶维奇！”检察官说，他实在不耐烦，蹬蹬腿。

“对的，”法院书记接着说下去，“品家酿酒的时候，最好再吸支雪茄，一个接一个地吐烟圈。这个时候，脑子里就出现奇而又奇的妙想，好像您就是一位大元帅，或者，您娶了一位天下第一的大美人，好像这美人整天就在您的窗前如此这般的在游泳池里游水，那池里有金鱼游来游去。她游着，您就对她说：‘小心肝，来亲亲我！’”

“彼得·尼古拉耶维奇！”审判长的同事呻吟了一声。

“对，”法院书记接茬说下去，“抽完了烟，撩着睡袍衣角，走喽，上床！就这么着仰面躺下，肚子朝上，手里拣张报纸。等到眼皮都合不上，浑身处在昏昏欲睡的状态时，看点政治新闻倒是有趣：瞧，又是奥地利国策失误啦，又是法国不肯屈就某某人啦，又是罗马教皇倒行逆施啦，看看报，很解闷的。”

审判长一下跳起来，把笔扔到一边，两手揪着帽子。副检察官忘了自己的胃炎，被他们说昏了头，按捺不住，也跳了起来。

“走吧！”他喊道。

“彼得·尼古拉耶维奇，那您的个人意见怎么办？”法院书记慌了，“您老什么时候才能写完？到六点钟，您就要回城里了！”

审判长摆摆手，奔向门口。副检察官也摆摆手，夹起皮包，和审判长一起离去。法院书记叹口气，无可奈何，看看他们的背影，于是，动手整理文件。

芦 笛

杰缅季耶夫庄园的管家梅利通·希什金在窒闷的云杉林里走得筋疲力尽，浑身沾着蜘蛛网和针叶，好不容易才走到林边。他的达姆卡是条家狗和猎犬的混种狗，一如往常，细瘦，怀着大肚子，夹着湿漉漉的尾巴，一步一步跟在主人后面，总是琢磨着，别刺伤它的鼻子。这是个阴沉不快的早晨，披着薄雾的树木和蕨草上，溅落着很大的水珠。密林的潮气中有一股刺鼻子的腐烂味。

前面，密林的尽头是一片白杨，透过白杨的枝干，远处迷漫着雾气。白杨林的后面，有个人在吹自制的牧笛。吹笛人只会不过五六个音阶，有气无力地吹着，也不想吹成个调调，但在这尖细的声音中听得出他心中的沉郁和忧伤。

在密林渐渐稀稀落落、云杉和小白杨林混杂生长的地方，梅利通看到了畜群。绊着脚的马，还有牛羊，在树丛之间徜徉。它们一边翻动那些噼啪作响的枝丫，一边在林中的草地上东寻西寻地找草吃。在林子的边缘，有个老牧人背靠一棵潮湿的杨树，站在那里。此人精瘦，穿着原色粗呢衣服，没戴帽子。他看着地下，在想心事，很明显，他在漫不经心吹那芦笛。

“你好，老爹！老天保佑你！”梅利通向他问好，他的尖细的哑声和他的高大身躯、他的膀阔腰圆、他的又胖又圆的脸，太不相称。“你这笛子吹很不错！这是给谁家放牧？”

“阿尔塔莫夫家的。”牧人不大情愿搭话，把笛子塞进怀里。

“看来，这林子是阿尔塔莫夫家的了？”梅利通向周围张望着，问道，“真是阿尔塔莫夫家的，谁想得到……迷了路了。我这脸让树枝划的全是伤。”

他坐在湿地上，拿块报纸卷烟。

与他那细嗓音一样，这人的一切都显得小巧，和他的身量，和他的膀阔腰圆，和他的那张胖脸相比，大不相称：微微的笑意，小小的眼睛，小小的纽扣，还有他的头发剪得短短，肥的油亮的脑袋上，扣着的一顶小帽子。当他说说笑笑的时候，他的刮得溜光的胖脸上和他的全身，都觉得出他有点腼腆而温和的女人味。

“这天气，老天爷不作美！”他说道，摇摇头，“人们连燕麦都没来得及收，可这雨没完没了，上帝保佑。”

牧人看看下着毛毛细雨的天空，看看森林，看看管家淋湿的衣服，想了想，什么也没说。

“整个夏天都这样……”梅利通叹口气，“庄稼人苦了，老爷们也找不到任何乐趣。”

牧人又看看天空，想了想，一顿一挫，就像一个字一个字蹦出来似的，说道：

“万事都是一个结局啊……没好结果。”

“你们那里怎么样？”梅利通一边抽烟，一边问，“阿尔塔莫夫庄院那边也看不到成群的黑琴鸡了吧？”

牧人没马上答话。他又看看天，看看四周，想了想，眨眨眼睛……看来，他很觉得他那句话非同凡响，为了抬高他这句话的价码，他就尽量拖长腔调，带着堂而皇之的派头。他的脸上带着老年人的刻薄而拘谨的表情，他的鼻梁上有一道马鞍形的沟儿，鼻孔朝天，因而，这表情就更显得狡狯、傲慢。

“不，好像看不到了，”他答道，“我们那里的一个猎户，叶列姆卡说过，过圣伊利亚节那天，在荒地附近，轰出过一窝，对，还叫着。鸟少见了。”

“是啊，老兄，少了……到处都少见！平心而论，打猎打不着什么，不值。根本就没猎物，要是有，也犯不上费那个劲。都还没长大哪！这种小东西，看着于心不忍。”

梅利通冷笑一声，挥挥手。

“世上的事就这样，让人发笑，就这样！现在的鸟真没了谱了。孵蛋的时间很晚，即使孵上蛋，到了圣彼得节都还孵不出来。这话没错！”

“万事都是一个结局啊，”牧人仰起头说，“去年就很少看到野物，今年就更少，再过五年，说不定，就根本看不到了。我是说，且别说野鸟，什么鸟都没有了。”“对，”梅利通想想，赞成他的话，“这话是对的。”

牧人苦笑一下，摇摇头。

“真是怪事！”他说，“都跑到哪里去了？我记得二十年前，这里还有大雁，有野鸭，有黑琴鸡，多得不得了！老爷们来打猎，只要一听见枪响：砰——砰——砰！沙雉、田鹬，还有杓鹬，数都数不清，小水鸭和鹬鸟就像椋鸟，或者说，像麻雀似的，一片一片的！都到哪儿去了！就是猛禽也看不到了。老鹰，隼，还有大雕也没了影了……各种各样的兽类越来越少。现在，老兄，狼和狐狸也成了稀有物，熊和水貂就更别提了。可是以前这里连驼鹿都有！四十年来，我一年一年就看这老天爷的事，悟出一个道理，就是万事只能是一个结局。”

“什么结局？”

“坏的结局，小伙子。应该想到，就是毁灭的结局……上帝创造的这世界该是毁灭的时候了。”

老头戴上帽子，仰视天空。

“可惜啊！”他沉默片刻，吁口气，“老天，多可惜啊！这当然是上帝的意志。世界不是我们创造的，不过，还是有点可惜。要是一棵树枯死，或者说，一头牛完蛋，那都值得可惜，可是，好人，要是整个世界都化成灰，是个什么样？耶稣上帝啊，有多少好东西！有太阳，有天空，有森林，有河流，有种种造物，这一切创造出来，搭配停当，和和谐谐。一切都恰到好处，各得其所。可是要这一切都毁灭！”

牧人的脸上闪过一丝苦笑，他的眼睑忽闪忽闪动着。

“你说，世界毁灭……”梅利通思索着说，“也许，这人世到了尽头了，不过，不能只拿鸟做判断。鸟未必能说明什么问题。”

“不单是飞鸟，”牧人说，“野兽也是。还有家畜，还有蜜蜂，还有鱼……不信我的话，那就去问别的老人。每一个老头都会对你说，现在的鱼也不是原先的老样了。海里、湖里、河里的鱼一年比一年少，越来越少。我记得，我们这别斯昌河里，能逮得到一俄尺长的狗鱼，还有江鳕鱼、圆腹鱼、鳊鱼。各种鱼有各种鱼的模样。可现在，你要是能捉一条小狗鱼和两寸多长的河鲈，那就谢天谢地了。真正的梅花鲈简直就没影儿了。一年一年的，越来越糟。用不了多少时候，鱼就要灭绝了。眼下就说这河吧……这河迟早也要干的！”

“这没错，会干的。”

“就这样。一年一年慢慢变得越来越浅。老弟，早先那些漩涡也没了。瞧，你看见那些树丛了没有？”老头朝着一边指去，说，“树丛后边，有个旧河道，叫大河湾。我父亲活着的时候，别斯昌河还流过那里，眼下，你瞧吧，鬼知道跑哪去了！这河道改来改去，直到河干了完事。库尔加索夫村后面，从前有沼泽和水塘，现在，哪儿去了？这些大小河沟都哪去了？我们这地方的林子里就有过一条河沟，庄稼人就往这河里面下鱼篓子，都能捉得到狗鱼。野鸭子就在河边过冬。现在，就是春汛来了的时候，也没多少水。是这么回事，老弟，无论你到哪儿，全都一塌糊涂。哪儿都一样！”

都默不作声。梅利通陷入沉思，眼睛盯着一个地方。他回想，这大自然中到底还有没有和这无所不在的灾难不沾边的乐土。像透过毛玻璃一样，迷雾和一条条的斜雨中有许多光点，但马上又暗淡下去。这是初升的太阳力图穿过云层，窥探大地。

“是，树林也这样……”梅利通小声说。

“林子也这样……”牧人跟着又说一遍，“都给砍了，林子里起火，接着就枯死，新的还没长大，等到长好了，马上又被砍光。今天长起来，瞧吧，明天就有人来砍，没完没了，直到一棵树不剩。好人啊，我从农奴解放时候起就给公家放牧，农奴解放前也是给老爷们干放牧的活儿，就在这地方看牲口，活到现在，我还不记得有哪年夏天没在这儿呆过。我一直都看老天爷的动静。我看了一辈子，现在，我明白了，一切花草树木都要慢慢稀少下去。这燕麦也好，菜蔬也好，花朵也好，都是一个结局。”

“不过人倒是变好了。”梅利通说。

“好在哪里？”

“更聪明了。”

“更聪明点了，这没错，小伙子。可这有啥用？人们在毁灭前，聪明顶啥用？想出各式各样的鬼主意也没用，照样完蛋。要是没猎可打，那打猎的要那鬼聪明有什么用？我琢磨着，老天爷给了人聪明，但把人的力气收了回去。人都变得没劲了，软弱透顶。就拿我来说吧……我一钱不值，在村子里我是个最窝囊废的庄稼汉，可是，小伙子，我有力气。你瞧，我都六十几岁了，可我白天放牲口，夜里照样干，挣它二十个戈比。我不睡觉，不怕冻。我那儿子倒比我聪明，要是让他顶替我，那他明天就嚷着要加工钱，要么，就去看病。就这样，我除了面包，啥都不吃，因为这面包是我们每天必不可少的口粮。我的父亲也除了面包啥都不吃，我爷爷也这样。可现在的庄稼人要喝茶，要喝酒，要吃白面包，他要一天到晚睡大觉，要看病，还有各式各样的娇惯毛病。这是为什么？身子虚了，他没有耐力。他倒是想不睡觉，可眼皮净发黏。没办法的事。”

“是这话，”梅利通赞成这话，“眼下，没像样的庄稼人了。”

“这过错没啥好隐瞒的，我们是在一年一年衰弱下去。如果现在说说老爷们，他们就比庄稼人更差。如今的老爷本领高强，连不该知道的事都知道，这管什么用？看看他那样子，就痛心得不得了……瘦弱体衰，像个匈牙利人，或者像个法国人，既没派头，也没风度，空有个老爷的头衔。这些没心没肺的家伙，没有职位，没有事业，啥事不干。有的端着个鱼竿钓鱼；有的肚子朝上，净念书本；有的跑到庄稼人中间胡诌八扯；有的混不上饭，就给人家当文书。糊里糊涂活着，脑子里从来就没想过学着干点正经营生。过去，老爷们有一半都是将军，可眼下都是些酒囊饭袋！”

“穷得厉害。”梅利通说。

“他们穷是因为老天爷把他们的力气给收走了。违拗上帝没好结果。”

梅利通又看定一个地方，想了一会儿，叹口气，就像那些矜持，有头脑的人一样摇摇头，说：

“这都是为什么？造孽太多，忘了上帝……就是说，末日快到了。就是说，世界不可能永世长存。到了应该明白的时候了。”

牧人叹息一声，像是想要结束这不快的谈话，离开那棵杨树，看着那些牛默默数着。

“嗨——嗨——嗨！”他喊了一声，“嗨——嗨——嗨！你们这些找死的家伙！是魔鬼把你们赶进林子里去了！嘿，嘿，嘿！”

他满脸生气的样子，走进林丛去赶牲口。梅利通站起来，轻轻在林边走动一会儿。他看着脚下，想着。他仍在苦思苦想，还有没有和死亡无缘的东西。斜飘着的雨丝中间又有点点阳光闪烁。那光点浮在林子的顶端，然后消失在湿淋淋的密叶中。达姆卡在树丛下看见一个刺猬，想露露身手，高声吠着。

“你们那里闹没闹过日食这事？”牧人从树丛中高声问。

“有过。”梅利通答道。

“是这么回事。到处都听见人们嘀咕这事。就是说，老弟，天上也乱了套了！祸不单行啊……嗨——嗨——嗨！”

牧人把牲口赶到林子边上，背靠着杨树，看看天空，不慌不忙，从怀里掏出笛子，吹了起来。还像先前那样，心不在焉，吹着，只吹五六个音。似乎他头一回摸这笛子。那笛声恍恍惚惚，没有章法，形不成个曲调，但是，寻思世界末日的梅利通却从这笛声中听出了凄切而讨厌的味道，这是他所不愿听到的。尖利的高音颤抖着，时断时续，就像嘤嘤啜泣，那芦笛似乎在宣泄着痛苦和惊惧，而低音不知为什么让人想到这雾，这使人愁闷的树林和这灰暗的天空。这样的笛声似乎和这天气，和这老人，和这老人的话，十分协调。

梅利通还想一吐为快。他走到老人身边，看着他的忧郁而倨傲的脸，看着那笛子，低声说：

“老爹，这日子更难过了……干脆没法活了。歉收、贫穷……瘟疫不断，老是得病……穷得人透不过气来。”

管家虚胖的脸涨红，一副女人发愁的表情。他摇摇手指，好像在找恰当的话，以表达他自己也说不清楚的心情，他接着说：

“八个小孩，老婆……老娘还活着。每月统共不过十个卢布，还要吃自家的伙食。由于穷，妻子脾气暴躁……我自己也喝开了酒。我是一个有分寸、拘谨、有文化的人。在家里，我得不到安宁，就整天像个狗一样背着猎枪乱跑，因为实在没办法：我讨厌这个家！”

管家又觉得他叨咕的这些话，词不达意，挥挥手，痛心地说：

“如果世界要完蛋，那就快点算了！别磨蹭，人们白跟着受苦……”

老人从嘴里抽出笛子，眯细一只眼睛，看看笛子的小吹孔，他脸色郁闷，脸上大粒的水珠，就像老泪纵横。他笑笑，说：

“可惜啊，老弟！老天爷，多可惜！土地、森林、天空……各式各样的造物。一切都是创造出来的，都是和谐无间的，这里面都是心血。一下都完了，一钱不值。最可怜的是人。”

靠近树林边缘处，雨声大作。梅利通朝着大雨滂沱的方向看了看，扣上所有的纽扣，说道：

“我要回村了。再见，老爹。你怎么称呼？”

“穷光蛋鲁卡。”

“好吧，再见，鲁卡！谢谢您这番有益的话。达姆卡，走！”

梅利通和牧人道声再见后，晃晃悠悠，顺着林边走去，后来，下坡走进渐渐快成为沼泽地的草场。他深一脚、浅一脚在水里走着。依然青绿鲜嫩的锈红色苔草，匍匐下去，好像怕被人脚踩着似的。老爹说的那条别斯昌河岸边，在一片沼泽的后面，是一带垂柳。雾气笼罩中的垂柳后面，是地主家蓝色的仓房。总觉得那个无可挽救的不幸时刻逐渐临近，到那个时候，田野漆黑一片，大地上肮脏而泥泞，到那个时候，这一带垂柳就更加忧形于色，垂柳的枝干上流着泪水，只有那些仙鹤能远离普降的灾难，它们好像不怕它们的幸运感使这凄凉的大自然难堪，它们悲天悯人的歌声响彻云霄。

梅利通慢慢走近河边，听到他身后的笛声逐渐沉寂下去。他还想倾吐胸中的闷气。他悲哀地看看四周，就更觉得这土地、太阳、森林，还有他的达姆卡太可惜。而当高扬、悠长的笛音在空中掠过，就像人哭那样颤抖着，他又觉得乱嘈嘈的大自然太让人悲哀，太可气。

高昂的笛音抖了一下，戛然而止，随之，渺无声息。

他要报仇

费奥多尔·费多罗维奇·西加耶夫在他妻子的通奸现场，撞了个正着之后，来到什穆克斯公司枪支商店，要选一支合适的手枪。他的脸上带着愤怒、屈辱和绝不回头的杀气。

“我知道我该怎么做……”他想，“家庭的原则遭到唾弃，荣誉受到践踏玷污，罪恶横行无忌，因此，我作为一个公民和一个正派的人，应该复仇。我先杀死她和她的奸夫，然后自杀……”

他还从没选过手枪，也没杀过任何人，但是，他的想象中已经描绘出三具血淋淋的尸体，打碎的头颅，流出的脑浆，一片混乱，看热闹的人群，验尸……他感到很解气，想象着亲属们和围观者的恐惧面孔，淫妇垂死挣扎的模样，还仿佛已经看到论述家庭基础瓦解的几篇社论。

商店店主是个手脚灵活的法国人，圆圆的肚皮，穿了件白背心。他笑着，脚跟碰了一下，表示敬意，把一些手枪摆在他的面前，说：

“先生，我建议您就挑这支漂亮的手枪。这是史密斯·韦森式的。这是火器科学的最新成果。它具有三倍的射距，带退壳匣，可在六百步外射击，中央射效等功能。先生，您瞧，它加工光滑，是最流行的牌子，先生……每天要卖十来支，用来防强盗、打狼和杀奸夫。火力又准又狠。它可长距离射击，子弹能从奸夫和淫妇身上打穿致死。至于自杀，先生，我倒不认为是最好的……”

店主上下扳动了几下扳机，朝着枪筒吹了几口气，瞄准，做出赞赏不已的姿态。看他那神采飞扬的脸色，你就想，他要是有了像史密斯·韦森这种好牌子的手枪，那就情愿往他自己的额头上打上一枪。

“什么价？”西加耶夫问。

“四十五卢布，先生。”

“哼！……对我来说，贵了点！”

“要是这样，先生，我就建议您买另一种牌子的，便宜点。要不要看看？您的选择余地很大，有各种价码的……比如，这列富舍式的手枪才十八卢布，但是……（那店主摆出瞧不起的神气，皱皱眉）……但是，先生，这个牌号已经过时了。现在，买这种枪的只是一些穷酸和心理变态者。用列富舍式手枪自杀，或者杀老婆，这是现今格调很低的选择。只有用史密斯·韦森式手枪才是高格调的。”

“我既不自杀，也不杀人，”西加耶夫面色阴沉，撒了谎，“我买枪不过是住别墅用的……吓唬贼的……”

“您买枪做什么，这事与我们无干，”店主眼向下视，以示谦恭，他笑笑，“我们要是老刨根问底，先生，那我们就只好关门了。为了吓贼，列富舍式不顶用，先生，因为，这枪声小，发闷，我建议您买一支莫蒂默式的火帽发火型手枪，人称决斗手枪……”

“嗯，我跟他决斗？”西加耶夫闪过一个念头，“不过，太抬举他了……杀这种人还不像杀条狗似的……”

店主以一个优美的身段转过身去，一溜小碎步，连连笑着，说着，把一堆左轮手枪放到他面前。在各种牌号的手枪中间，还是这史密斯·韦森式手枪看起来更惹人眼馋，更给人印象深刻。西加耶夫拿了一支这个牌号的手枪，呆呆看着入了神。他想象着怎样打碎那脑壳，鲜血如注，流在地毯和拼花地板上，那水性杨花的女人怎样垂死挣扎，一条腿抽搐的情景……但是，这对他怒气难消的内心来说，还不够。鲜血如注的场面、号叫和恐惧，都还不足以使他解恨……还要想更残酷的手段。

“这样，我打死他，再自杀，”他想起一个念头，“只让她活下来。让她在良心的自责中，在周围人的藐视中，苟延残喘。这对她这种神经质的人来说，要比死难受得多……”

他想象他死后的葬礼：含恨而死的他躺在棺材里，嘴上浮着宽厚的笑意，而她，像尼俄柏①一样备受良心的折磨，脸色苍白，走在棺材的后面，愤怒的人群向她投以轻蔑的仇恨目光，她无地自容……

“我看，先生，您喜欢史密斯·韦森式的手枪，”店主打断他的浮想，“如果您觉得贵，那就买好了，我可以让五个卢布……不过，我们还有别的较便宜点的牌号的手枪。”

法国人再做了个优雅的身段，转过身去，从架子上拿出十多个带匣子的手枪。“先生，三十卢布的价码。这不算贵了。况且，行情猛跌，关税，先生，每过一小时，就要提高一回。先生，我向上帝发誓，我是个守规矩的人，但我也要说点牢骚话了！请原谅，行情和关税弄得现在只有阔人才买得起这种武器！穷人只能买图拉产的手枪和涂磷的火柴，可是，图拉的枪糟透了！要是用图拉手枪打老婆，一准打到自己的肩胛骨上……”

西加耶夫突然又觉得，他要是死了，看不到淫妇受苦，不甘心，未免可惜。只有在能亲眼看到，亲身感受到报仇有了结果的时候，那仇才算报得痛快。要是躺在棺材里，万事皆休，那还有什么用。

“我要不要这么做，”他思量着，“先打死他，然后，我去参加葬礼，看看热闹，葬礼过后，我再自杀……不过，要是在葬礼之前，我就被捕，武器给收走呢……这样吧：我杀死他，她活下来，我……先不自杀，而是去自首。我总是会有时间自杀的。自首的好处是，在预审的时候，我有可能向当局，向公众和盘托出她的卑鄙行为。要是我自杀而死，那也许她就会施展她惯会说谎的本事，厚

① 希腊神话中人物。她因子女众多而夸口，刺伤阿波罗和托勒女神，托勒的孩子杀死尼俄柏所有子女。尼俄柏因痛苦而变成石头。

颜无耻，一股脑往我身上栽赃，社会上就会为她的所作所为辩解，说不定反而嘲笑我，如果我活下来，那就……”

过一分钟，他想：

“对，如果我自杀，那说不定我会遭到责难，怀疑我气量狭小……再说，我为什么自杀？这是一。第二，自杀，就是胆怯。就这样：我杀死他，让她活着，我再去受审。我要是受审，她就要出庭作证……我想象得出，我的辩护人质问她的时候，她该多么狼狈和可耻！法庭、公众和舆论肯定同情我，站在我的一边……”

他反复思索。店主把一样货色摆在他的面前，觉得有义务说服顾客。

“这是英国的新牌号，刚到的货，”他在卖弄唇舌，“但是，我要事先声明，先生，各种牌号在史密斯·韦森式手枪面前都大为逊色。大概您最近看过报了，说有个军官在我们这里买了一支史密斯·韦森式手枪。他开枪打情夫，您猜怎么啦？子弹穿了过去，然后打到铜台灯上，接着飞到钢琴上，接着来一个反弹，打死一只哈巴狗，还打伤了妻子。这能量真是呱呱叫，使我们公司大增光彩。这军官现已被捕……当然，要判他罪，送他去服苦役！第一，我们的法律过于陈旧。第二，先生，法庭一向偏袒情夫。为什么？很简单，先生！法官也好，陪审员也好，检察官也好，辩护律师也好，他们自己就姘别人的妻子。要是俄国再少一个丈夫，他们的日子岂不多一分安宁。如果政府把所有的丈夫都送到萨哈林岛去，社会上的人都会拍手称快。噢，您真不知道我对现时的法律弊端，是多么的反感！现在，姘别人妻子都成了家常便饭，就像吸别人的烟，看别人的书似的。我们的生意一年不如一年，这倒不是说，情夫越来越少了，而是说，丈夫们宁愿息事宁人，安于他们的处境，他们怕上法庭，怕服苦役。”

店主回头看看，悄声说：

“这是谁的罪过，先生？政府呗！”

“为了一个蠢猪去萨哈林岛，这也不是明智的做法，”西加耶夫反复掂量着，“要是我被判服苦役。这只能给妻子以再嫁的机会，让她再骗第二个老公。她又该趾高气扬了……这么办吧：我让她活着，我也不自杀，他呢……我也不杀。应该想出一种更理智，更打动人的办法。我要以我的轻蔑来折磨她，闹一场让她丢人的婚变诉讼……”

“瞧，先生，还有新的牌号，”店主从架子上再拿出十来支手枪，“您瞧这独特的枪机结构……”

西加耶夫做出决定以后，已经不再需要买枪，可那店主却越来越兴奋，一再把他的货摆在他的面前。受伤害的丈夫觉得良心上有愧，为了他，店主白白忙活了一阵，白说了许多的好话，赔笑脸，浪费时间……

“好吧，那就……我以后再来，或者……或者我派人来买。”

他没看店主的脸，但是，为了稍稍缓和这尴尬的局面，觉得有必要买点东西。可是，买什么呢？他向商店的四面墙上看了一下，想挑一样便宜点的货。他的目光落在挂在门边的一个绿色小网子上。

“这……这是什么？”他问。

“这是捉鹌鹑的网子。”

“多少钱？”

“八卢布，先生。”

“给我包上……”

受伤害的丈夫付了八个卢布，拿起捕鸟网子，怀着更加受伤害的心情，走出店门。

邮　车

夜里三点钟，邮差已经做好一切上路的准备。他戴上制帽，穿好外套，手里拿着一把生了锈的马刀，站在门边，等着车夫往刚赶过来的三套马车上装好邮件。睡意蒙胧的收发员坐在类似柜台样的桌子边，往表格上填写什么，他说：

"我的一个侄子要去车站。那你，伊格纳季耶夫，就让他坐上马车，把他带走。虽说邮车不让带别人，可有什么办法！他哪儿来的钱雇车。还是让他坐坐磨蹭车吧。"

"好了！"院子里有人喊。

"好啦，走吧，上帝保佑，"收发员说，"哪个车夫去？"

"谢苗·格拉佐夫。"

"来签字吧。"

邮差签了字，出来。邮局大门口的三套马车现出黑色轮廓。马儿静静站着，只有一头拉套的马两只蹄子左右倒动，不时抖着头，随之偶尔有铃声摇响。装着邮包的马车看来像一个黑色的墨点，旁边则是两个人慢慢悠悠走动着的侧影：手提箱子的大学生和车夫。这车夫抽着短烟斗。烟斗的火光在黑暗中闪动，忽明忽灭的，一瞬间，火光忽而照亮他的衣袖，忽而照亮他红铜色大鼻子上毛茸茸的胡子，忽而照亮他的两道粗眉。

邮差用手压了压邮包，把马刀放在上面，就跳上了马车。大学生有点踌躇，随后也爬了上去，没留心胳膊肘碰了他，就赔着小心说客气话："对不起！"烟斗熄灭。收发员从邮局走出来，他穿着背心和便鞋。由于夜间阴潮，他瑟缩着，连声清着嗓子，然后，围着马车转了一圈，说：

“好吧，上帝保佑！米哈伊洛，向你妈问好！向大家问好。你呢，伊格纳季耶夫，别忘了把那包东西交给贝斯特列佐夫……走吧！”

车夫一只手拢着缰绳，擤擤鼻子，摆好坐垫，嘴吧唧一声。

“代问好吧！”收发员又说了一遍。

大铃铛响着，招呼小铃铛，小铃铛也以悦耳的铃声回应。马车吱扭响了一声，往前走去。大铃铛哭，小铃铛笑。车夫欠起身子，给了那只躁动不安的拉套马两鞭子。于是，这马车就发出低抑的辘辘声，在尘土飞扬的路上跑起来。小城已然入睡。宽阔的道路两旁是黑黝黝的房舍和树木。看不见一点灯火。缀满星星的天空，拖着长长的条云，在初露曙色的地方，挂着细细的弯月。无论是繁星，还是发白的弯月，都不能照亮这夜空。很冷，很潮。秋意甚浓。

大学生出于礼貌，觉得应该和这位不拒绝他搭车的人，亲热交谈一下。他先开头：

“要是夏天，到这时候早亮了，可现在早霞都看不见。夏天过去了！”

大学生看看他，接着说下去：

“只要一看这天空就知道，秋天已到。您向右看。您看见排成一条线的那三颗星了吗？这是猎户星座。在我们这半球，到九月才看得到。”

邮差把手塞进袖子里，耳朵也缩进外衣的领口里，他一动不动，也不看天空。显然，他对猎户星座不感兴趣。他看星星已习以为常。大概早就看烦了。大学生沉默了一会儿，又说：

“冷啊！该天亮了。您知道几点钟出太阳？”

“什么？”

“现在几点钟出太阳？”

“六点！”车夫回答。

马车出城。现在两边只能看到菜园的篱笆和孤独的白柳。前面仍然是一片黑暗。到了这里，在这开阔的地方，弯月显得大了些，星星也显得更亮了些。但还是有潮气。邮差越发往领子里缩。大学生觉得有一股不快的凉气先袭到他的脚边，然后穿过邮包，来到他的手上和脸上。马车轻轻跑着。马脚下和车轮边，映在水洼里的星光跳动着。

过十分钟，天色变黑，既看不见星光，也看不见弯月。这是马车走进森林的缘故。云杉带刺的枝桠不时敲打他的帽子，蜘蛛网落在他的脸上。车轮和马蹄碰在树根上发出响声。马车像个醉汉一样东摇西晃的。

"在路上走！"邮差气愤地说，"干吗老往边上走！我这脸都让树枝刮坏了！靠右走！"

但这时险些没发生车祸。马车突然跳起来，就像抽风似的抖了一下，吱扭吱扭响着，左右强烈摇晃，以吓人的速度顺着林间小路飞跑。

"唷！唷！"车夫大吃一惊，叫起来，"唷！……这些坏蛋！"

被颠起来的大学生为了保持平衡，不从车上掉下去，向前探着身子，摸索着想抓住点东西，但是，皮邮袋挺滑溜，想揪住车夫的腰，可车夫自己也在一下一下颠着，随时都可能掉下去。在车轮轰响和马车的吱扭声中，听见那把马刀掉在地上，"当！"的一声，然后，过了一会儿，马车的后面，有个东西闷声闷气发出碰撞声。

"唷！"那车夫身子向后仰，拼命喊着，"站住！"

大学生的脸碰到他的座位上，划伤了额头，但立刻他又向后靠去，弹起来，他的脊梁撞到马车的后背上。"我掉下去了！"他头脑里闪过这个念头，但这时，车从林中飞奔而出，跑进开阔地，猛地向右一转，跑到一座木桥上，像定住了似的，停下来。由于突然停住，大学生受惯性的驱使，又向前冲了一下。

车夫和大学生两个人都大口喘气。车上的邮差不见了。他连同他那把刀、大学生的箱子，还有一个邮袋，都掉了下去。

"停住，下流坯！停住！"他在林子里叫，"该死的混蛋！"他朝着马车一边跑，一边喊。从他哭叫中听得出他心中的恶气，他一定摔得很重。“天杀的，我让你完蛋！”他窜到车边，朝着车夫挥拳头，喊道。

“发生这种事，上帝怜悯吧！”车夫正了正套在马脸上的马具，带着负罪的腔调嘟囔着，“都是这个倒霉的拉套马！这鬼东西，是小马，才拉一个星期的套。拉车倒没事，一到下坡就出岔子！摸这么两三下，就不那么胡闹了……停！嘿，鬼东西！”

就在车夫安抚马，到路上拣箱子、邮包和马刀的时候，那邮差还是哭丧着，气得他尖着嗓门，狗血淋头地骂着。车夫收拾好东西，莫名其妙牵着马走了百十来步，对那不安分的拉套马埋怨了一阵，才跳到车把式座位上去。

一场惊吓过去，大学生觉得好笑而有趣。这是他有生头一遭夜里坐邮车出门，他觉得，刚才的那场颠簸，邮差的猛然跌落，还有他后背的疼痛，是一次有趣的奇遇。他吸了一口烟，笑笑说：

“这样会把脖子摔坏的！我也差点没掉下去，我都没看见您是怎么摔下去的。我算尝到了秋天出门赶路的滋味了！”

邮差不言语。

“您押运邮件马车有很长时间了？”

“十一年。”

“哎哟！每天如此吗？”

“每天都出来。把邮件运走，马上又往回赶。怎么啦？”

这十一年间，每天都出门赶路，大概经历过不少的有趣的风波。无论在明朗的夏夜，在阴沉的秋夜，还是到了冬天，马车在呼啸着的狂烈风雪中打旋，很难不发生惊心动魄的可怕事故。恐怕那马也不止一次狂跑，马车不止一次陷在泥淖中，不止一次遇到强盗，乃至在暴风雪中迷路……

“我想象得出您这十一年发生过多少事！”大学生说，“这样走夜路一定很可怕吧？”

他说着，想让这邮差告诉他点什么，但这人神色忧郁，不说话，把脖子深深缩进领子里。与此同时，微露曙色。不知不觉天色已变。虽说天色依然幽暗，但马、车夫和道路的轮廓已清晰可见。一弯月牙越来越白，月的下面有一带白云，这云像一尊带炮架的炮，云的下缘微微发黄。很快就能看清邮差的脸。他的脸被露水打湿，脸色苍白，像死人一样呆板。他的脸上带着隐忍着怒火的阴沉表情，似乎邮差还觉得摔得浑身疼痛，还要继续向那车夫发火似的。

“感谢上帝，天已经亮了！”大学生细看他的怒气未消、冻得发青的脸，“我冻僵了。九月的夜里很冷，只要太阳一出来，也就不冷了。我们就要到车站了吗？”

邮差皱皱眉头，脸上带着要哭的脸相。

“说真的，您真爱唠叨！”他说，“难道就不能闭着嘴巴走路吗？”

大学生顿觉难堪，从此一路就再没理他。早晨很快来临。弯月变得苍白，融入暗淡的灰色天空。浮云更加发黄。星儿隐去。但东边仍像天空一样冷冰冰的，以至你不相信，太阳就隐匿在那里……

早晨的清寒和邮差的阴郁也慢慢感染了冻得发僵的大学生。他冷冷地看着大自然，只是想到，那些草木熬过这寒冷的夜晚，一定也觉得可怕和厌恶。一轮浑浊、冰冷，还未睡醒的太阳升起来。树梢并不像书上常写的那样，让初升的太阳染成金黄，阳光也没有洒满大地。昏昏欲睡的鸟儿展翅飞翔，更看不出它们的欢快。出了太阳，也和夜里一样寒冷。

大学生睡意蒙眬，马车路过一个庄园，他阴沉的目光看看还垂着的窗帘。他想，窗里的人们正睡着香甜的早觉，听不到车铃声，看不到邮差恶狠狠的脸色。如果吵醒了哪位小姐，那小姐就向另一侧翻过身去，在过分的温暖和安谧中微含笑意。她弯起腿，双手放在香腮之下，睡得更加香甜。

大学生看了一眼庄园旁边一个闪光的水池，就想那些鲫鱼和狗鱼竟然要在这么冰冷的水中呆下去……

“不让外人搭车……”邮差突然说，“不让！就是不让，干吗还坐上来……是的，我反正都一样，只是我不喜欢，不愿意。”

“要是您不喜欢，怎么早不说话？”

邮差没说什么，眼里仍然带着反感和恶意的神色。过了一会儿，马车停在车站大门口，大学生道了谢，跳下车来。邮政列车还没到。在备用线路上有一列长长的货车。煤水车上的司机和司机助手，脸都被露水打湿，他们都拿着脏兮兮的白铁茶杯喝茶。列车、站台和长凳，都看着潮湿阴冷。列车到来之前，大学生到小卖部喝茶。邮差把手缩进袖口，仍是满脸凶相，孤零零一个人在站台上踱步，看着脚下。

他是跟谁生气？跟别人？跟贫穷？跟寒秋之夜？

婚 礼

一个头戴圆礼帽，手戴白手套的傧相，气喘吁吁的，在前厅里脱下外衣，煞有介事，似乎要报告一桩可怕的消息，急急忙忙跑进大厅。

“新郎已经到了教堂了！”他大口喘着气，宣布这件事。

顿时悄无声息。大家突然觉得心头涌上一缕愁绪。

新娘的父亲，一个退伍的中校，有一张又瘪又瘦的脸，他大约觉得他这穿着紧裤腿军服的短小身材，未免不够威武，于是，就把腮帮子鼓得圆圆的，身子挺得笔直。他从小桌上拿起圣像。他的妻子是个矮小的老太婆，戴着镶有长长飘带的透花纱布帽。她端着面包和盐与他并肩站在一起。祝福仪式开始。

新娘柳芭奇卡轻手轻脚地，像个影子似的，在父亲面前双膝跪下，她的头纱在下跪的当儿，卷了起来，沾了一些散落在衣服上的花，梳好的头发里冒出几根别针。她向圣像深深礼拜，吻了吻父亲鼓得更圆的两颊，之后又跪在母亲面前。她的头纱又缠住了。两个急得不得了的小姐赶紧跑到她身边拉平，理顺，别上别针……

静无声息。大家都不发一语，都纹丝不动。只有那两个傧相，就像火性十足、四蹄烦躁乱弹的烈马，似乎在等着，一声吆喝就要冲出去的样子。

“谁来捧圣像？”听见有人慌忙低声发问。“斯皮拉，你在哪儿？斯皮拉！”

“就来啦！”前厅有个小孩的嗓音回答。

“上帝保佑您！达丽亚·达尼洛芙娜！”有人悄声安慰老太太。

这时，她的脸紧贴着女儿不住声哭着。“是啊，基督保佑您，这哪能哭啊？要高兴才是，亲爱的，别哭啦。”

祝福仪式完毕。柳芭奇卡面色发白，一种凛然不可侵犯的严肃样子，和女友们一一吻别。紧接着，人声嘈杂，你推我搡，直奔前厅。傧相们就手忙脚乱，无缘无故嚷着：“对不起！”过来给新娘穿外衣。

“柳芭奇卡，让我再看你一眼！”老太太哀叹着。

“唉，达丽亚·达尼洛芙娜！”有人连连叹气，责备着，“要高兴嘛，天知道，您都胡思乱想些什么……”

“斯皮拉！你在哪儿？斯皮拉！真拿这孩子没办法！快去吧！”

“就来！”

有个傧相拉起新娘的裙裾，长长的行列款款下楼。楼梯扶手边和各房门旁，站满了别家的女仆和保姆。她们眼巴巴瞅着新娘，听得见她们中间发出一片嘁嘁喳喳的称叹声。她们后边，还传来各种各样惶惶不安的声音：谁忘了什么东西，谁拿着新娘的花束，太太们则尖声叫着，央求着别做这别做那，因为“有兆头”。

大门口，一辆四轮轿式马车和一辆四轮敞篷马车早已停在那里。马的鬃毛上系着纸花，车夫们的臂上都缠着花花绿绿的手绢。轿式马车的车把式座位上，坐着一个彪形大汉，他留着浓密的大胡子，穿着崭新的上衣。他揎拳捋袖，头向后仰，肩膀奇宽，让人觉得这简直就不是个活人，不是个活物，而整个就是一尊石雕……

“嗬！”他尖着嗓门说话，接着马上换成浓重的低音，“不像话！（因而，令人觉得，他的脖子里长着两个喉咙。）嗬！不像话！”

大街两旁挤满了看热闹的人。

“赶过来！”傧相叫着。其实叫赶过来是扯淡，因为轿式马车早就赶了过来。门嘭的一声关上。大街上响起马车的隆隆声。

“给傧相备车！赶过来！”

傧相跳上敞篷马车。当马车起动的时候，他们欠起身子，犹如抽筋一样浑身哆嗦着，把外衣披在身上。其余的马车鱼贯而行。

“索菲娅·杰尼索芙娜，坐吧！”听到七嘴八舌的话音。“您请，尼古拉·米罗内奇！唷！别担心，小姐。大家各就各位！小心点！”

“听着，马卡尔！”新娘的父亲叫着，“从教堂回来走另一条路！有兆头！”马车在石子路轰隆走过，吵吵嚷嚷……终于都走了。一切复归于平静。新娘的父亲回家。大厅里仆役们收拾桌子。乐师们在旁边一个叫“过道”的黑屋里擤鼻涕。到处都在忙乱，人们东跑西颠，但他仍觉得这家里是空荡荡的。军人乐师们都挤在一间黑糊糊的屋里，怎么也摆不下他们那些过大的乐谱架和乐器。他们刚到，可“过道”里的空气已明显污浊，弄得人没法喘气。乐队“指挥”奥西波夫由于年迈，他的髭须和连鬓胡子黏成一团。他站在乐谱架前，一脸怒气正看那乐谱。

“奥西波夫，你还这么硬朗，”中校说，“我认识你有多少年了？二十年了吧！”

“还要更长些，大人。也许您还记得，我在您的婚礼上演奏过。”

“对，对……”中校连连叹息，陷入沉思，“老弟，就这么回事……感谢上帝，给四个儿子都娶了媳妇。现在又出嫁女儿，就剩下我们孤老两口了……我们现在再也没孩子了。还清了债了。”

“那也未可知？也许，叶菲姆·彼得罗维奇，上帝再赐给您一个，大人……”叶菲姆·彼得罗维奇一惊，看着奥西波夫，嘿嘿直笑。

“还生？”他问，“你说什么？上帝还赐给我孩子？给我？”

他笑得喘不过气来，眼里带着泪。乐师们出于礼貌，也笑。叶菲姆·彼得罗维奇用眼睛找他的老太婆，想把奥西波夫说的话告诉她，可她已经一阵风扑了过来，气呼呼的，满眼是泪。

“你就不敬畏上帝啦，叶菲姆·彼得罗维奇！”她拍着手说道。“我们两脚朝天，找遍了都找不到朗姆酒，可你在这儿闲站着！朗姆酒在哪儿？尼古拉·米罗内奇，离不了酒，可你还没事似的！去，问问伊格纳特，他把朗姆酒放哪儿啦！”

叶菲姆·彼得罗维奇去地下室，厨房设在那里。脏兮兮的楼梯上，女人和仆役们穿梭往来。有个年轻的士兵一个肩头披着军服，单膝跪在台阶上，在摇冰激凌桶。他红扑扑的脸上流着汗。从俱乐部请来的厨师们在黑暗、拥挤、乌烟瘴气的厨房里干活儿。有的掏阉鸡的肠肚；有的把红萝卜切成星星样的小块；有的脸红得像红布，往烤炉里塞烤盘。刀响，盘子响，煎油发出嗞嗞的声音。叶菲姆·彼得罗维奇进了这“地狱”，把老太婆交代的话忘得一干二净。

“伙计们，你们这地方不太窄吧？”他问。

“没什么，叶菲姆·彼得罗维奇。挤是挤点，但心情好，您尽管放心……”

“好好干，伙计们。”

在黑暗的角落里，出现了伊格纳特的身影。他是从俱乐部请来的酒柜服务员。“放心吧，叶菲姆·彼得罗维奇！”他说。“您就看好吧。您看冷饮掺点什么：掺朗姆酒？掺法国高索特索白葡萄酒？还是什么都不掺？”

叶菲姆·彼得罗维奇回来，在各房里东遛西逛，转悠了好长时间，后来，站在“过道”的门口，又跟奥西波夫聊了起来。

“就这样，老弟……”他说，“我们成了孤苦伶仃的人了。新房还没干透，年轻人先跟我们住，过后，就再见啦！反正我们也跟他们呆过一段时间了……”

两个人连连叹息……乐师们出于礼貌也连连叹息，因而，空气就显得更加浑浊。

“对，老弟，”叶菲姆·彼得罗维奇心绪懊丧，接着说下去，“就一个女儿，我们也嫁了出去。女婿是受过教育的人，会说法国话……只是喝点酒，但这年头谁不喝点酒？都喝。”

“喝点酒不算什么，”奥西波夫说，“叶菲姆·彼得罗维奇，主要的一条是，要想着正事。就拿喝酒来说吧，怎么不能喝？喝点没事。”

“当然，没事。”

忽而一阵抽泣声。

“难道他会知情吗？”达丽亚对一个老太太发着牢骚，“我的老妈妈，我们给了他一万卢布，一个子儿不少。还立了字据给女儿房子，陪嫁三百俄亩土地……说着轻巧！他知一点情吗？如今他们这些人哪里懂得感恩图报！”

放着水果的桌子已摆好。两个托盘里满满放着酒杯，一瓶瓶的香槟酒都盖着餐巾，餐厅里的茶炊发出咝咝的声响。一个没留唇髭却留着络腮胡子的仆役往纸条上写上一连串的名字，因为在晚宴入席的时候，他要唱名祝酒，这些名字要背得滚瓜烂熟。人们在轰一条从别人家跑进房里来的狗……紧张等待……但突然响起惊慌的叫声：

“来了！来了！叶菲姆·彼得罗维奇老爷，来啦！”

老太婆一下晕头转向，惊得不知所措，忙端起面包和盐。叶菲姆·彼得罗维奇把两腮鼓得圆圆的，老两口赶紧去前厅。乐师们稳重而利落，连忙调音。大街上传来马车隆隆声。又从院子里跑进一条狗。又是一阵轰鸣。那狗就嗷嗷叫……又等了一分钟。“过道”里猛烈而狂热，冲出粗野、激昂、震耳欲聋的进行曲。空中惊叹声、接吻声响成一片。仆役们表情严肃……

柳芭奇卡和她的丈夫，一个戴金边眼镜，身材魁梧的先生惊得目瞪口呆。闹哄哄的音乐、明亮的灯光、众人投来的目光、一张张陌生的脸，弄得他们不知所措……他们呆里呆气看着两旁，视而不见，懵里懵懂。

喝香槟，喝茶。一切井井有条和彬彬有礼。众多的亲戚，还有一些过去谁也没见过的古怪的老头和老太太，还有后脑勺扁平的退伍军人，代表新郎父母主持婚礼的主婚人，教父教母都围在桌边，小心翼翼，一小口一小口啜茶，谈论着保加利亚。一些小姐们像苍蝇一样挤在墙边。甚至傧相也不再惶惶不安，静静站在门口。

但是，过了一个小时，整个房子都让音乐和跳舞声震得直发颤。傧相又恢复了像要挣脱链子似的神态。餐厅里，放小菜的桌子终于消停下来，老人和不跳舞的年轻人聚在那里。叶菲姆·彼得罗维奇连喝了五杯朗姆酒，挤着眼睛，用手指打榧子，笑得上气不接下气。他心血来潮，觉得要是给这两傧相娶亲办喜事，该多有趣。他很欣赏这个想法，觉得这很幽默可笑。他很高兴，高兴得没法用言语来表达，只有笑……他的妻子从一大清早就没吃一点东西，几杯香槟酒下肚就醉了，她漾着幸福的微笑，对大家说：

“先生们，可别，可别去新房！看新房，这不雅。别去！”

这就是说：敬请光临新房！她那做母亲的虚荣心和她的全部才能都用到了这新房的布置上。那里值得夸耀一番！新房中间的床上放着叠得高高的被子、镶花边的枕套、绗得好好的丝被上面绣着莫名其妙、谁都看不懂的花字。柳芭奇卡的床上放着镶着粉红带子的睡帽，而丈夫的床上放着镶着淡蓝色穗的鼠皮色睡袍。每一个客人看一眼这新床，都有义务着实挤一下眼，随口说一声：“嗯，好！”这老太太立即容光焕发，悄声说：

“为这新房花了三百卢布，我的天。闹着玩的吗？哎，出去，老爷们不能到这个地方来。”

两点来钟进晚餐。一个长络腮胡子的听差宣告碰杯。乐队奏迎宾曲。叶菲姆·彼得罗维奇最后喝得酩酊大醉，任何人都不认识。他恍惚觉得好像不是在他自己家里，而是去做客，而别人对他不敬。他在前厅穿上大衣，戴上帽子，一边找他的套鞋，一边嘶哑着喉咙嚷着：

“这里我一刻也不想再呆下去了！你们都是卑鄙的家伙！一群无赖！我要让你们都原形毕露！”

妻子站在他身边，对他说：

“安分点吧，你这不敬上帝的东西！安分点吧，蠢货，耍威风的家伙，你真是我的克星！”

逃跑者

这事说来话长。开头，帕什卡跟他妈妈冒着雨，一会儿走过收割后的田野，一会儿走进林子里的小道，弄得他的靴子上沾了一些黄叶，一直走到天亮。后来，他在漆黑的门道里等了两个小时，等到开门。门道不像院子里那么阴冷潮湿，但是一阵风刮过来，就吹进许多的大雨点。门道渐渐塞满了人，挤得帕什卡把脸贴在一个人的带有浓重鱼腥味的皮袍上，接着打了一会儿盹。不过，门闩一响，门打开了。帕什卡跟着母亲走进候诊室。又在这儿等了好长时间。病人们都坐在凳子上，一动不动，一言不发。帕什卡东张西望看着他们，也不说话，虽说他看见有许多奇怪而好笑的事。只有一回，一个小伙子一只脚一蹦一蹦地，跳着进来。帕什卡也想学他跳着玩玩。他捅了捅母亲的胳臂肘，忍不住把嘴藏在袖子里笑。他说：

“妈妈，看，小麻雀！”

“别说话，孩子，别说话！”母亲说。

小窗口里有个没睡醒的护士露出头。

“过来挂号！”她操着低嗓音说道。

所有的人，包括那个一蹦一蹦逗人笑的小伙，都拥到小窗口边。那个护士问每一个人的名字，父称，年龄，住址和病史，还有别的什么。从母亲的答话里，他才知道他不叫帕什卡，而是叫帕维尔①·加拉季奥诺维奇，他七岁，不识字，打复活节起就得了病。

挂号完了要再等一会儿。一个穿着白围裙、腰里围着一条毛巾的大夫穿过候诊室。经过那个一蹦一蹦的小青年身边，他耸耸肩，用唱歌一样的男高音说话：

“嘿，傻小子！怎么，这不是犯傻吗？我让你星期一来，你偏星期五来。你就别再找我算了，不过，你这傻小子，腿可就完了！”

小伙做出一副可怜相，像是要乞讨似的，转了转眼珠，说：

“您行行好吧，伊万·米科拉依奇！”

“别喊什么伊万·米科拉依奇！”大夫拿他取笑，“说好了星期一来，就该听话。傻蛋。就这样吧……”

开始接诊。那大夫坐在他屋里，一个个按号叫病人。不时听到从屋里传出刺耳的尖叫、小孩的哭声，或者大夫发怒的吆喝声：

“嘿，喊什么？我是宰你啦，怎么着？乖乖坐好了！”

该轮到帕什卡了。

“帕维尔·加拉季奥诺维奇！”大夫叫道。

母亲一怔，好像没想到要叫号，就拉着帕什卡的手，把他领进屋里。大夫坐在桌边，愣着神用一只小槌敲那本大厚书。

“哪儿痛？”他并不看进来的是谁，问道。

“这小家伙胳臂上长了个疖子，老爷。”母亲答道。她脸上的表情，就好像她真的为帕什卡这小疖子心疼得不得了似的。

---

① 帕什卡是帕维尔的小名。

“给他脱了衣服！”

帕什卡气喘吁吁的，从脖子上解下手帕，过后用袖口擦擦鼻子，就不慌不忙脱皮袄。

“这老娘们，这不是来做客！”大夫生气地说。

“磨蹭什么？再说我这儿又不是只有你一个病人。”

帕什卡赶紧把皮袄扔到地上，母亲帮着他脱了衬衣……大夫懒懒看了他一眼，拍拍他的光肚皮。

“不得了，小老弟帕什卡，你倒长了老大的肚子，”他说，叹口气，“好吧，让我看看胳臂。”

帕什卡斜眼看那满是血污的水盆，看看大夫的围裙，哭了起来。

“嘀！”大夫打趣着，“这调皮小子都要娶媳妇了，还号！不害臊。”

帕什卡憋住不哭，看了看母亲，他的目光分明是求他母亲：“你回家别说我在医院哭过！”

大夫检查了他的胳臂，压了压，叹口气，咂咂嘴，后来，再压压。

“你这老娘们，怎么没人揍你，”他说，“怎么不早带他来看？这胳臂快没救了！你看，傻老娘们，这是他的关节有毛病！”

“您圣明，老爷……”母亲唉了一声。

“叫老爷哪……你让这小伙子的胳臂烂成这样，现在倒叫老爷了。没胳臂怎么干活？你一辈子养着他？你以为是你鼻子上长个粉刺哪，到现在才往医院跑，弄得这孩子的胳臂烂了半年。你们都是一路货。”

大夫点上一支烟。他一边让那烟冒烟，一边数落老娘们，脑袋随着节拍一摇一摇的，仿佛他心里在哼哼一首曲子，还一个劲儿想心事。赤身裸体的帕什卡站在他面前听着他数落，看着他的烟在冒烟。等烟灭了的时候，大夫惊醒过来，压低音调说：

“哎，听着，老娘们。现在，药膏和药水都不管事。应该让他留下住院。”

“要是应该住院，老爷，干吗不让他留下？”

“我们要给他做手术。帕什卡，你留下来，”大夫拍拍他肩膀说，“让妈妈走，我们留在这里，老弟。我这里，老弟，好极了！帕什卡，我们完了事，去逮黄雀。我还让你看狐狸！我们一块去做客！嗯？想不想？妈妈明天来看你！嗯？”

帕什卡满怀狐疑看看妈妈。

“住院吧。孩子！”她说。

“他愿意住院喽，他愿意住院喽！”大夫很高兴，叫起来，“没什么说的了！我要让他看一只活的狐狸！我们一块去赶集买水果糖吃！玛利亚·达尼索芙娜，带他上楼去！”

这大夫显然又快活又随和，挺喜欢交朋友的。帕什卡很想给他个面子，况且，他压根就没去赶过集，又很想看看活狐狸什么样，但是，没有妈妈哪行？他想了想，打算求求大夫让妈妈也住在医院，可是，还没等他张嘴，那护士就领他顺着楼梯上楼了。他走着，嘴都合不拢，左顾右盼的。楼梯、地板和门框，又大又平又亮，都上着很阔气的黄漆，散发着素油的香味。到处都是灯，还铺着地毯，墙上有黄铜的水龙头。不过，帕什卡最喜欢的还是让他睡的那张床和那条灰毛毯。他摸摸枕头和毛毯，四下里打量这病房，他得出结论，大夫的日子过得不错。

病房不大，只有三张病床。一张空着，另一张是帕什卡的，再一张床上坐着一个满脸沮丧的老头。他老是咳嗽，往一个杯子里吐痰。从帕什卡的床看出去，是一个门，门外是另一间病房的一部分，只看得见两张床。一张床上躺着一个脸色苍白，瘦得皮包骨头的人，他的头旁边放着一个橡胶冰袋。另一张床上，坐着一个庄稼人，两只胳臂伸开，头上缠着绷带，样子很像女人。

一个女护士让帕什卡坐到床上后，转身出去，过了一会儿回来，抱着一大堆衣服。

“这是给你的，”她说，“穿上吧。”

帕什卡脱了衣服，换上一套新装，还觉得挺满意。穿上衬衫、

裤子和一件灰色长袍。他上下看看自己，心满意足，心想，要是穿上这套衣服在乡下转一圈倒不错。他想象着，妈妈怎么打发他到河边菜园子去，给小猪弄点菜叶。他走着走着，男孩们和女孩们就把他团团围住，都带着艳羡的心情看他的长袍。

一个助理护士手里拿着两个锡罐、两把汤匙和两块面包进来。一个小罐放在老头面前，另一个放在帕什卡面前。

“吃吧！”她说。

帕什卡看了一眼罐里，看到里面是肥肥的肉汤，汤里有一块肉。他又想，这大夫的日子过得不错，而且，他像开头给他的印象那样，从不生气。他好久没喝肉汤了，每吃一片面包就反复舔那汤匙。后来，他的罐子里除了那块肉，什么都没剩下的时候，就斜着眼看那老头，打心眼里羡慕那老头，他还有面包吃。他叹口气，开始吃那块肉，想尽可能慢慢地吃，但他的努力终归白费：很快就把肉吃完。只剩下一块面包。没菜，光吃面包没滋没味，但无可奈何。帕什卡想想，就把面包吃光完事。这时，助理护士又拿着几个罐进来。这回罐里是土豆烤肉。

“面包怎么吃没了？”

帕什卡无以回答，他只能鼓鼓嘴巴，吹了一口气。

“嗯，怎么都吃了？”助理护士嗔怪地说，“那你拿什么就烤肉？”

她出去，又拿来一块面包。帕什卡从来没吃过烤肉，现在尝尝，觉得味道非常好。肉很快吃完，吃完肉剩下的面包，比刚才喝完汤剩下的那块大点。老头吃完饭，把留下的一块藏到小桌里。帕什卡也想这么做，但想想，还是吃了的为好。

吃得饱饱的，他就去闲逛。旁边的病房里，除去他从门口看到的几个人之外，还有四个人。其中一个人引起他的注意。这是一个高大而奇瘦的农民，他的忧郁的脸上长满了毛。他坐在床上，脑袋像钟摆一样一个劲摆着，还摇着他的右手。帕什卡直勾勾看他，看了很久。起初，这农民有节奏地摇摆脑袋，他觉得很有趣，让大家开心，但是，他一细看这农民的脸，他害怕了。他明白，这农民病得很重。到第三间病房，他看见两个农民，他们的脸黑里透红，就像抹了一层泥巴。他们一动不动，坐在床上，很难看清他们古里古怪的脸相，他们如同两尊邪教的神像。

“大婶，他们怎么这个样子？”

“小伙子，他们得了天花。”

帕什卡回到病房，坐在床上，耐心等大夫来，好跟他一块去逮黄雀，要么去赶集。可是，大夫没来。隔壁病房的门口，有个人在那里稍呆了一会儿。他弯下腰看那个头旁边放冰袋的病人，他喊了一声：

“米哈伊洛！”

熟睡的米哈伊洛没动静。护士摆摆手，走了。帕什卡一边等大夫来，一边细看旁边的老头。老头没完没了地咳嗽，往杯子里吐痰。他咳嗽声拖得很长，哇啦哇啦的。帕什卡觉得，这老头有个特点挺有趣：他咳嗽的时候，吸进空气，他的胸里就有一种哨音，发出各种各样调门的哨音。

“老爷爷，你这哨音是怎么回事？”

老人没回答。帕什卡稍等等，又问：

“老爷爷，哪儿有狐狸？”

“什么狐狸？”

“活狐狸。”

“还会在哪儿？在林子里呗！”

过了好长时间，但大夫还是没来。助理护士端来茶，把帕什卡骂了一通，说他喝茶没面包吃。护士又来叫米哈伊洛。窗外天色发蓝。病房里点上灯。可大夫还不露面。已经来不及去赶集和逮黄雀了。帕什卡伸手蹬腿，直溜溜躺在床上，想他的心事。他想起答应要给他买水果糖的大夫，想起妈妈的脸和说话声，想起漆黑的茅草屋、灶台、爱唠叨的女人叶戈罗芙娜……又想起明天妈妈就来看他，他笑了，合上眼睛。

一阵轻轻走动声吵醒了他。隔壁病房有人走动，小声说话。米哈伊洛床边，在昏黄的灯光下，有三个人影晃动。

“要不要连床一块儿抬走？”其中的一个人问。

“这样。连床抬过不去。唉，死的不是时候，愿他在天国安宁！”

一个人抓着米哈伊洛的肩膀，另一个人抓脚，轻轻抬起来：米哈伊洛的手和长袍袍裾软软的，在空中吊着。第三个人是个像女人的农民，他画着十字。三个人脚步凌乱，踩着米哈伊洛的袍裾，走出病房。

睡梦中的老头胸中打着呼哨，发出种种调门的声音。帕什卡竖起耳朵听了一阵，看看黑黑的窗子，吓得他一下从床上跳起来。

“妈——妈——妈！”他低哑着嗓门呼唤一声。

他不等有人搭腔，就向隔壁病房跑过去。那里的灯光在黑暗中微微发亮。由于米哈伊洛的死，病人们都惊恐不安，都在床上坐着。他们和黑暗混成一片，变得越来越宽，越来越大，他觉得他们还在变大。最角上的一张床上，那个农民摇头晃脑，摆着手。

帕什卡顾不得分清房门号，就冲进天花病人病房，从那里进走廊，再从走廊猛然跑进一个大房子。那里有一些怪物都有长长的头发，都是老太婆的脸，她们有的坐着，有的躺着。跑过女病房区，又来到一个走廊里，看到了熟悉的楼梯栏杆，再下楼。在这儿，他认出了早晨候诊时的候诊室，再找出去的大门。

门闩响了一声，冷风迎面扑来。帕什卡碰碰撞撞地，跑到院子里。他只有一个心思——跑，跑！他不认路，但他知道，只要他跑，就一定能回家见到母亲。夜是阴沉沉的，但云的后面是光亮的满月。帕什卡从门廊跑出来，一直向前，绕过一间草棚，撞到空荡荡的树丛里。站了一会儿，想想，又转身向医院跑。他绕过医院，又犹豫不决，停住脚步：医院大楼后面，是一片十字架闪着白光的墓场。

“妈——妈！”他叫起来，往回跑。

跑过一片威严的黑黝黝的建筑，他看到一个闪着灯光的窗口。

在黑暗中，明亮的红光点看起来挺吓人，但是，帕什卡已经怕得傻头傻脑的，也不知往哪里跑，就转身靠近窗口。窗子旁边，是个带台阶的门廊，大门上有个白牌牌。帕什卡跑上台阶往窗子里看了一眼。他突然大喜过望，高兴得喘不过气来。透过窗子他看到了那位快活而又为人随和的大夫。他正在伏案看书。帕什卡高兴地笑着，把手伸向那张熟悉的脸，想喊，但一股莫名其妙的力量，让他觉得气闷，觉得腿被猛地一击。他身子摇晃，倒在台阶上，不省人事。

当他醒来的时候，天已大亮，那个答应他去赶集、逮黄雀和看狐狸的熟悉声音，在他耳边说话：

“嘿，傻瓜，帕什卡！难道就这么犯傻吗？该揍你一顿，可惜没人揍你。”

难　题

为了避免乌斯科夫一家的家丑外扬，采取了极其严密的措施。一半仆人都打发去看戏和看马戏。另一半仆人让呆在厨房里，不许出去。吩咐下去：来客一律拒之门外。上校的妻子（他的婶婶），她的姐姐和家庭教师虽说明白其中的奥秘，但佯作不知。他们都聚在餐厅里，既不去客厅，也不去大厅。

这个闯了大祸的年轻人叫萨沙·乌斯科夫，是个二十五岁的年轻人。他早就到场。经过他的亲娘舅，一个心肠好得不能再好的人，处处护着他的伊万·马尔科维奇再三劝说，他才老老实实坐在大厅通往书房的门边，他正憋着劲要做一次坦率真诚的摊牌。

门里边的书房，正在开家庭会议。谈的是一个很不愉快、十分棘手的话题。事情是这样的：萨沙·乌斯科夫弄了一张假期票到一家银行办事处兑现，谁知这期票三天前已经过期。现在，两个叔叔和他的亲娘舅伊万·马尔科维奇就面临一个难题：或者还清期票的钱，挽救家族荣誉，或者干脆不管，听凭司法当局处理？

对于旁观者和毫不相干的人来说，这些问题不算一回事，而对于遭此不幸的人们来说，就要严肃看待了，真是难上加难。几位叔叔舅舅谈论很久，但问题还没有一丝一毫解决的迹象。

“先生们！”上校叔叔说道，听得出他的话音里含着厌倦和苦涩。“先生们，谁说家族荣誉是一种偏见啦？我根本没说过。我只是警告你们别附和这种错误观点，我只是指出这可能要犯不可饶恕的错误。这话你们是怎么理解的？我可说的不是中国话，而是俄国话！”

“亲爱的，我们理解。”伊万·马尔科维奇温和地说。

“你们就认为我不考虑家族荣誉，这能说你们理解吗？我再说一遍：对家族荣誉的误解是一种偏见。误解！这就是我要说的话！不管出于任何动机，想掩盖和纵容行骗，而使其不受惩罚，不管他是什么人，这都是违法的，这人也是不正派的。这无助于挽救家族荣誉，这是一个身为公民者所不应有的怯懦！就拿军队来说吧……对我们来说，军队的荣誉高于其他一切荣誉，但是，我们不包庇犯罪分子，而是审判他们。这是为什么？这不有损于军队的荣誉吗？正好相反。”

家父一系的另一位叔叔是税务局官员，是一个沉默寡言、头脑糊涂、神经衰弱的人，他一直不说话，要么就说，一旦涉讼，那乌斯科夫这个姓氏就要见报，照他的意见，此事要趁着没闹大就捂下去，不可张扬，但是，除了怕见报这一条以外，他也拿不出别的论据来解释他的意见。

亲娘舅、心肠好得不能再好的伊万·马尔科维奇侃侃而谈，声调柔和，嗓音发颤。他起头说，青春有权，青春就是要享乐。我们之中谁没年轻过，谁没玩乐过？且别说凡夫俗子，就是伟大的哲人，他们年轻的时候，谁没享乐过，谁没犯过错误？举个例子，就说一些伟大作家的生平吧。他们年轻的时候，谁没赌过，谁没闹过酒，谁没往思维健全的人身上发泄过愤恨？如果说，萨沙的胡闹迹近犯罪的话，那么，应该注意，萨沙几乎没受过像样的教育：他在中学五年级就被开除出校。他自幼失去双亲，因此，他小小年纪就没人照管，没受到过扎实的良好影响。他是一个神经质的人，爱冲动，浮躁，主要的是，没尝过幸福的滋味。如果说他也算犯了错误，那无论如何也应得到一切有恻隐之心的人的体恤和同情。他当然应该受到惩罚，但是，他已经受到他的良心和他现在痛苦等待亲人裁决的惩罚了。上校拿军队做比喻，这很好，这使他崇高的思想大增光彩。他召唤公民意识，这说明他的灵魂的高尚，但不应忘记，公民作为个人，和作为一个基督徒是紧密相连的……

“难道我们是要违背了公民的义务吗？”伊万·马尔科维奇情绪激动，喊道，“难道我们不应该先别忙着惩治这年纪小小的有罪过的人，而是先伸出援助之手吗？”

接着，伊万·马尔科维奇说到家族荣誉。他虽自己无此荣幸厕身于乌斯科夫家族，但他非常清楚，这个著名家族的渊源要上溯到十三世纪。他还一刻都没有忘记，他难忘的，他所热爱的姐姐就嫁给了这个家族的一个代表。总之，有许多原因，这个家系值得他珍惜，他不能设想，为了区区一千五百卢布，就使这个无限宝贵的家谱遭到玷污。如果上述理由仍嫌说服力不够，那么，他，伊万·马尔科维奇最后就要请教在座各位：何谓犯罪？犯罪乃是以作恶意念为基础的不道德行为。但人的意念是不受拘束的么？对这个问题，科学上还没有肯定的答案。学者们各持己见，莫衷一是。比如：最新的龙勃罗梭学派①就不承认有自由意念，而认为每一犯罪行为都是个人纯解剖学特点的产物。

“伊万·马尔科维奇！”上校央求着说，“我们是在严肃谈一件重要的事，可您却来扯龙勃罗梭！我的明白人，您想想：您说这些话都是为什么？难道这些哗众取宠和华而不实的话是回答我们的问题吗？”

萨沙·乌斯科夫坐在门口，听着。他既不害怕，也不觉得羞耻，更不觉得落寞，只是觉得累，内心空虚。他觉得，一切对他都无所谓：宽恕他也好，不宽恕他也好。他到这儿来等待裁决，仅仅是因为心肠好得不能再好的伊万·马尔科维奇求着他来。他对未来并不害怕。对他都无所谓，到哪里都一样：在这大厅里、在监狱、在西伯利亚，哪儿都一样。

“西伯利亚就西伯利亚，去他的吧！”

生活让他烦透了，简直成了无法承受的负担。他债台高筑，难

---

① 龙勃罗梭（1835—1909），意大利精神病学家、犯罪学家，认为人与生俱来有犯罪倾向。

以自拔。他的兜里分文没有。亲人讨厌他，朋友、女人迟早分手了事，因为他们对他的寄人篱下的地位，十分看不起。未来是渺茫的。

萨沙态度冷淡，但只有一件事让他心中气愤，就是说：门里边这些人居然都说他是无赖，是罪犯。他随时都会跳起来，冲进书房，朝着那讨厌的发脆的嗓音，吼一声：

“您在撒谎！”

罪犯，这是个可怕的字眼。杀人犯、小偷、强盗，还有那些恶人、道德败坏的人，才叫罪犯。可他萨沙和这都风马牛不相及……确实，他欠了很多的债，还不起钱。但是，欠债，不是犯罪。很少有人不负债的。上校和伊万·马尔科维奇不也是一屁股的债……

“我还有哪些罪？”萨沙想。

我是用假期票弄钱了。但这种事他熟悉的年轻人都这么干。比如，汉得利科夫和冯·布尔斯特每当他们没钱的时候，都用他们父母和熟人的名义，弄假期票提取现款，过后，家里给了钱，再把期票提前赎回来。萨沙不过干的是同一样的把戏，不过，没赎回期票，那是因为汉得利科夫答应借给他钱，他还没拿到罢了。有过错的不是他，而是环境。的确，假借别人签名，是不体面。但这毕竟不是犯罪，而是大家都玩的把戏，表面看是不光彩，可这无损于和无害于任何人，萨沙假冒上校的签名，并不想害什么人，或者想让什么人受损失。

“不，这不能说是我犯罪……”萨沙想，“我天生就不敢犯罪。我优柔寡断，爱感情用事……谁有钱，谁都会周济穷人……”

萨沙如此这般想着，可门里边还在舌战。

“先生们，这事不能老是没个了结！”上校火了，“想想看，我们宽恕了他，还了期票的钱。但是，在这之后，他就不再过放荡的生活，不再胡乱挥霍，不再借债，不再拿我们的名义找咱们的裁缝去做衣服了么？你们能保证，说他这是最后一次折腾吗？至于说到我，我不信他会改邪归正！”

作为回答，税务局官员嘟囔了点什么。在他之后，伊万·马尔科维奇流畅而柔和，再开腔说话。上校很不耐烦，不时挪动椅子，用他的烦人的响亮嗓门压倒他的话。终于，门打开，伊万·马尔科维奇从书房出来。他的清瘦、刮得光光的脸上出现许多红点。

“来吧！”他拉着萨沙的手，说道，“去，真心实意地说说。别再犟了，亲爱的，老老实实，说掏心窝的话。”

萨沙走进书房。税务局官员坐着。上校两手放在口袋里，弯着一条腿靠着椅子，站在桌前。书房里烟气腾腾，令人气闷。萨沙不看上校，也不看税务局官员。他突然觉得心里有愧，有点心虚。他慌张不安，看着伊万·马尔科维奇，低声说：

“我会付钱的……我会还的……”

“你提期票现金的时候，心里有底吗？”他听到的是那个响亮的嗓音。

“我……汉得利科夫答应到时候借钱给我。”

再往下，萨沙也说不出什么。他从书房出来，又坐在门边的椅子上。现在，他情愿一走了事，但他恨得心里发闷，他又真想留下来打断上校的话，顶撞他几句。他坐着，琢磨着，想找点带刺儿的，有分量的话，说给他那憎恶的叔叔听。可这时候，客厅的门那里，在暗影中出现一个女人的身影。这是上校的妻子。她招手叫萨沙过去，就绞着手，哭着说：

“亚历山大[①]，我知道，您不喜欢我，但是……听我一句话，听着，我求求您……我的朋友，怎么能发生这种事哪？这多可怕，多可怕！看在上帝分上，求他们宽恕，为您自己辩解几句，求求你了。”

萨沙看着她颤抖的肩膀，她两颊上的大泪珠，听到他身后那些疲惫、痛苦的人含怒的低语，他耸耸肩。他怎么也没想到，他的这些贵族至亲为了区区一千五百卢布，竟掀起轩然大波！流泪也罢，

---

① 萨沙是亚历山大的昵称。

说话发颤也罢，他都不明白是怎么回事。

过一个小时，他听出来，上校占了上风：叔叔们倾向于把此事送交司法当局处理。

“就这么定了！”上校喘着气说，“好极了！”

作出决定以后，叔叔舅舅，甚至连上校都看着显然情绪不好。谁也不吱声。“老天，老天！”伊万·马尔科维奇喘着气。“我的可怜的孩子！”

他开始轻声说话，说现在他的姐姐、萨沙的妈妈的阴魂仿佛就在书房里，只是看不见罢了。他的心里感到，这个不幸而圣洁的女人在哭泣，在懊恼，在为她的孩子求情，说为了她在九泉之下得到安宁，应该宽恕萨沙。

他听得到有人哭。伊万·马尔科维奇哭着，低声数落着，隔着门听不清说的是什么。上校站起来，来回走动，又一轮长时间的商谈。

但是，客厅里钟声敲到两点。家庭会议结束。上校为了免得看见惹他发火的那个人，没从书房到客厅，而是去了前厅……伊万·马尔科维奇走进大厅……他很激动，高兴得直搓手。他含泪的眼里闪着快活的光彩，嘴巴笑得歪了过去。

“好极了！”他对萨沙说，“感谢上帝！你可以回家去，好好睡个觉了。我们决定还期票的钱，但是，有一个条件，你要悔过，明天就到我的庄园去做事情。”

过一分钟，马尔科夫和萨沙穿上外衣，戴上帽子，下楼。舅舅悄悄说了些告诫的话。萨沙不想听，只觉得压在他身上的可怕重负慢慢滑了下去。他得到宽恕了，他自由了！那快乐劲儿像一阵风一样吹进他的胸膛，他的心有一丝甜甜的凉意。他想透透气，想大步流星走路，想生活！看了一眼街灯和黑暗的天空，他想起来，今天是“狗熊”冯·布尔斯特过命名日，他的内心就又充满了欢乐……

“我去！”他决定去。

不过，他马上想起来，他连一个戈比都没有。他那些聚会的朋友又要看不起他没钱。无论如何要弄点钱。

“舅舅，借我一百卢布！”他对伊万·马尔科维奇说。

舅舅一怔，看着他，后退到路灯柱边。

“借给我吧！”萨沙不耐烦，两脚左右挪动，都要喘不过气来了，“舅舅，我求你了！给我一百卢布！”

他的脸都变了样。他浑身抖着，逼近舅舅。

“你不给？”他看舅舅还惊诧不已，不明白是怎么回事，就说道，“听着，你要是不给，明天我就去自首！我不让你们为我付期票的钱！明天我再去用假期票换钱！”

目瞪口呆的伊万·马尔科维奇惊得说了几句语无伦次的话，忙从衣袋里掏出一百卢布的票子，递给萨沙。萨沙接过来，就急急离开他……

萨沙雇了一辆马车，心情平静下来，觉得他心里又充满了欢乐。心肠好得不能再好的舅舅在家庭会议上说的年轻人那种青春权利，现在又苏醒过来，又无所顾忌了。萨沙想象着眼前这次酒宴，他的脑子里在酒瓶、女人和狐朋狗友之中有个念头飘飘忽忽闪动：

“现在看，我是犯罪了。对，我是犯了罪了。”

捣　鬼

一、选举协会主席；

二、讨论十月二日事件；

三、协会会员冯·布隆大夫专题发言；

四、协会日常事务。

谢列斯托夫大夫，十月二日事件的肇事者要去开会。他在镜子前面已经站了好长时间，想尽量让他的脸装出懒洋洋的模样。如果他现在带着显得激动紧张的通红脸色，或者白得过火的脸色去开会，那他的对手就会想，他对他们的捣鬼看得太重。如果他的脸是一副冷淡、无动于衷、没睡醒的样子，就像高出众人一头而又厌倦了生活的人那样，那所有的对手看他一眼，就不免打心眼里暗自佩服，进而就想起一首诗的名句：

他抬起不屈的头颅
高踞于拿破仑纪念石柱之上！①

就像对他的对手和他们的污浊行为全不放在眼里的人一样，他到会比别人都晚。他悄然走进大厅，用手懒懒梳理一下头发，谁也不看，就找个桌角坐下，作出百无聊赖听会者的姿态，轻轻打个哈欠，顺手拿过一张报纸，看报……与会者都说着，争论着，闹得沸沸扬扬，又彼此提醒别乱套，他呢，一言不发，只管看报。但终于点他名字的人越来越多，那个棘手问题争执到了白热化的程度，他这才抬起心烦而倦怠的眼睛看那些同事，勉强开腔说话：

“我是不得已发言……我本不想说，因此，先生们，请原谅，我的话就不大顺耳。我就从头②吧……上次开会，有些可敬的同行声称，我在会诊的时候没照他们的意愿办，就要求我作出解释。我以为，解释是多余的，指责也属于无中生有，我请求从协会成员中除名，一走了之。现在，又一再向我发难，这很让我难过，我看，我就不能不作一番表白。那就奉陪了，我要做如下的解释。”

往下，他就一边漫不经心、摆弄铅笔、动动表链，一边发言。说在会诊的时候，他不管有没有外人在场，确乎有偶尔嗓门过高和动辄不让同事说话的现象。也确实有过一回会诊的时候，当着医生和亲人的面，问那个病人：“是哪个傻瓜给你开的鸦片？”会诊的时候不出点岔子的情况少见……但这是为什么？很简单。每当会诊的时候，同事们学识水平之低，都让他谢列斯托夫大感惊讶。本城一共有三十二位医生。他们中间多数人的学识都不及任何一个一年级大学生。例子可以信手拈来。当然，不宜提姓名③，但是，来开会的都是自己人，况且，为避免无中生有之嫌，不妨指名道姓。举例说，大家都知道，可敬的同行冯·布隆就用探针穿破了文官太太谢列日金娜的喉管……

这时，冯·布隆就跳起来，拍着手嚷嚷：

“同行，是您穿破的，不是我！是您！我可以给您拿出证据！”

谢列斯托夫不理睬他，接着往下说：

“大家还知道，可敬的同事日拉把女演员谢米拉米金娜的游走肾看成脓肿，做了一次试验性的放液穿刺，结果，很快就是死亡的结局④。可敬的同行贝斯特隆科，没把人家左脚大拇指上的指甲拔

---

① 引自俄国诗人普希金的诗《纪念碑》。此处的“拿破仑”应为“亚历山大”。

② 原文为拉丁语。

③ 同上。

④ 同上。

掉，反而拔了右脚上的好指甲。我还不能不向你们提一件事，可敬的同行捷尔哈利延茨是那么热衷于给士兵伊万诺夫插咽鼓管导管，以致两个鼓膜破裂。还要提一句，还是这位同事，拔牙的时候，把病人的下颏弄得脱了臼，直到人家答应他付五个卢布，才同意给复位。可敬的同行库利岑娶了药店老板格鲁梅尔的侄女为妻，他竟然和这老板合伙作弊。大家还都知道，我们协会的秘书，年轻的同行斯科拉帕利捷尔内和我们深深尊敬、德高望重的主席古斯塔夫·古斯塔维奇·普列赫捷利的夫人有染……我从不学无术没留神提到了道德败坏。这也好。道德刚好是我们的弱点。先生们，为了不至于空口无凭，我要向你们提到可敬的同行普济利科夫，他在特列辛斯卡娅上校夫人的命名日上说，和我们主席的夫人私通的不是斯科拉帕利捷尔内，而是我！正是这位信口雌黄的普济利科夫先生，我在去年就看见他和可敬的同事兹诺比什的妻子幽会！借此机会，我还提提兹诺比什大夫……是谁败坏医生的名声，弄的太太们不大敢到他那儿去看病？兹诺比什……是谁贪图陪嫁才娶商人的女儿的？兹诺比什！至于说到我们大家都景仰的主席，他在悄悄弄顺势疗法，还给普鲁士人送情报拿钱。普鲁士的间谍，这已经是最后的论据①！”

大夫们每当要显示他们的学问和口才的时候，都要说两句拉丁语：nomia sunt odiosa 和 ultima ratio②。谢列斯托夫不仅会拉丁语，还会法语和德语，想说什么就说什么！他要让这些人都原形毕露，戳穿这些背后捣鬼的家伙的假面具。主席按铃按得烦而又烦，可敬的同事们都从座位上跳起来，声嘶力竭叫嚷，摇着胳臂……那些信犹太教的同事凑成一堆，叫着：

“呱——呱——呱……”

谢列斯托夫旁若无人，接着往下说：

---

① 原文为拉丁语。

② 即上文的“不宜提姓名”和“最后的论据”。

“至于整个协会，就其组成和规章而言，垮台是不可避免的。协会里办事完完全全靠捣鬼。捣鬼，捣鬼，还是捣鬼！我就是这彻头彻尾阴谋诡计下的一个牺牲品，我认为有责任阐述以下观点……”

他一路阐述下去，他的一伙就鼓掌叫好，摩拳擦掌。结果在叫嚷和起哄声中，开始选举主席。冯·布隆及其同伙赞成普列赫捷利，但听众和那些思维健全的医生都嘘他们，喊着：

“普列赫捷利下台！拥护谢列斯托夫！谢列斯托夫！”

谢列斯托夫同意干，但有个条件，普列赫捷利和冯·布隆要为十月二日事件向他道歉。于是，又掀起难以想象的哄叫声。又是那些可敬的犹太教同行挤到一块儿，“咯——咯——咯”地叫起来。气急败坏的普列赫捷利和冯·布隆到了最后，要求取消他们的协会会员资格。好极了！

谢列斯托夫任主席。他上任伊始，就打扫奥吉亚斯牛圈[①]。兹诺比什，滚蛋！捷尔哈利延茨，滚蛋！那些可敬的犹太教同行，滚蛋！他要和他的一伙齐心合力，要在一月份之前，让那些在协会里背后捣鬼的家伙一个不剩。在协会所属的医院，他首先吩咐要把门诊部的墙涂饰一新，挂上布告牌：“严禁吸烟”。然后，他要把男女护士一律赶走。明令禁止到格鲁梅尔的药店买药，而要到赫利亚夏姆日茨基的店里去买。非在他的监督下，连一个手术都不能做，如此这般。而主要的是，他的名片要印上：“某地医生协会主席”。

就这样，谢列斯托夫站在自家的镜子前边想入非非。但时钟已敲到三点，提醒他该去开会。他在甜蜜的梦境中清醒过来，赶紧快让他的脸带上困倦的表情，可是，唉！他本想让他的脸带有倦色，好引人注意，但这脸不听使唤，竟然出现了痴呆颓丧的表情，像冻坏了的看家狗脸相。他想让他的脸精神饱满，但却越拉越长，变成

---

① 希腊神话：奥吉亚斯国王马厩里有数千头牲口，三十年未打扫。赫拉克勒斯引阿尔甫斯河水一天就冲洗干净。

了呆头呆脑的样子。现在他觉得，他的脸不大像狗脸，反而像鹅脸了。他下垂眼皮，眯细着眼，鼓起腮帮子，皱起眉头，可是，呸！完全不是他想象的样子。这是他天生娘胎里带来的脸相，无能为力。窄窄的额头，小小的眼睛滴溜溜乱转，整个一个投机取巧的小贩，下颏怪里怪气向前翘，一副蠢相，嘴巴和一头乱发，那样子活像一分钟前刚从台球房里被轰出来的“可敬的同事”。

谢列斯托夫看着他的脸，火冒三丈，他有点觉得，这张脸也在反他。他走到前厅穿上衣服。他又觉得，这皮衣，这套靴，这帽子都在算计他。

“车夫，到医院去！”他喊着。

他给了二十戈比，可心怀鬼胎的车夫却要二十五个戈比……他坐上四轮马车，走着，寒风扑到他的脸上，潮湿的雪迷住他的眼睛，那头瘦马一步一步磨蹭，都在暗中串通，都在背地里捣鬼……捣鬼，捣鬼，捣鬼！

老 房

房东的诉说

要拆老房，好在原地盖新房。我领着建筑师看这些空荡荡的房间，一边谈正事，一边把形形色色的陈年旧事说给他听。撕破的墙纸、晦暗的窗子、乌黑的炉台，这一切都是不久前往事的遗迹，不禁引人追忆。比如说，有一次几个酒鬼抬着死人下楼梯，一下绊了脚，跄跄踉踉，连人带棺滚了下去。活人摔得很重，死人没事一样，当把那死人从地上抬起来，再放进棺材的时候，他表情极其严肃，还摇了摇头。这边一溜三扇门：里面住着三位常常在家招待客人的小姐，因此穿着比所有房客都整洁，能按月交房租。走廊尽头的一扇门，通洗衣房，那里白天洗衣服，夜里闹哄哄的，净喝酒。这套有三间房的寓所，到处都是霉菌和杆菌。这是个不吉利的地方。这房里死过好多的房客。我绝对断定，这套房子当年中了什么人的邪，还有个什么人的阴魂始终缠着住这房的房客。有一家人的遭遇，我的印象特别深刻。您想想看，这是一个毫不出众的普通人。他有老母、妻子和四个子女。他叫普托欣，给一个公证人当文书，每月挣三十五个卢布。此人不喝酒，信教虔诚，办事认真。他到我这里来交房租的时候，总要道歉一声，说他穿得寒酸，说迟交了五天，怪不好意思的。我给他写个收条，他总是和颜悦色笑笑，连说："还要这个！我不喜欢条条！"他生活清贫，但干净利落。中间这间房，是四个子女和老太太住的。这里做饭、睡觉、待客，甚至跳舞。这个小房，是普托欣自己住。他有一张桌子，他用来办一些私人委托的事：抄写台词、誊清报表之类。右边这个房间，住着他的一个房客：钳工叶戈雷奇。此人为人拘谨，但爱喝酒。他总觉得热，所以一向光着脚走路，只穿一件背心。叶戈雷奇会修锁、手枪和儿童自行车，但也不拒绝修便宜的挂钟，也会做二十五个戈比一双的冰鞋。不过，他对这类活计不屑一顾，而认为自己是乐器专家。他的桌子上，在破铜烂铁中间，总能看到掉了琴键的手风琴，或者两边瘪下去的喇叭。他向普托欣交二个半卢布的房租，平时就是在钳工台边转悠，只是要往炉子里填块铁片的时候，才露露面。

有时候，我极偶尔到他家去串门，每一次都看到这样的场面：普托欣伏案工作，抄抄写写，他的老母和他的带着倦容的瘦弱妻子在灯下缝补衣物。叶戈雷奇就吱吱呀呀锉东西。还没完全熄灭的热火炉发出又热又闷的气息。浑浊的空气中有菜汤味、小孩尿布味，还有叶戈雷奇味，显得寒苦而窒闷，但是从干着活计的人身上，从炉边挂着的童裤里，从叶戈雷奇的铁块中，还能觉出这里的宁静、温馨、满足……门外走廊里孩子们跑着。他们的头发梳得整整齐齐，他们快快活活，他们都深信这人世上一切都会圆圆满满，只要早起和睡觉的时候向上帝做祷告，这日子就会这样持续下去，永无尽头。

现在，您想想看，就在这房子的中间，离火炉两步远的光景，有个棺材，里面长眠着普托欣的妻子。没有一个丈夫能和妻子永世厮守，但是，这个女人的死非同一般。做安魂弥撒的时候，我看了一眼她丈夫的肃穆的脸色，他的严厉的眼神，心想：

"唉，老弟！"

我就觉得，他自己，他的孩子，老奶奶和叶戈雷奇，都给这房里的一个视而不见的幽灵盯上了。我是个非常迷信的人，也许是因为我是个房主，和房客打了四十年交道的缘故吧。我相信，如果您一开牌就不顺，那您就要输得精光完事。一旦命运要让你家败人亡，那它就会穷追不舍。头一回的不幸只不过是漫长灾难的开端……就其本质而言，不幸就是滚石。只要有一块石头滑坡，那后续的就要接踵而下。一句话，做完安魂弥撒后，从普托欣家出来，我就相信，他和他这一家子要遭殃了……

果不其然，过了一个星期，公证人突然辞退普托欣，将一位小姐安排在他的位置上。为什么？让普托欣不平的不仅仅是他丢了饭碗，而且是，越俎代庖的竟然是个女孩，而不是个男子汉。为什么用这位小姐？这使他大为伤感，回到家里就狠打孩子，臭骂老母，喝得酩酊大醉。叶戈雷奇也跟他搭伙一起灌酒。

普托欣给我送房租来，但不再抱歉，虽说迟交了十八天，他从我手里接过收条，不发一语。到了下月，送钱来的是他老母。她只给了我一半房钱，说另一半过一个星期再付。到第三个月，我就再没收过一个戈比，扫院子的工人就渐渐向我告他的状，说二十三号宅的房客为人处世“不雅”。这是不妙的兆头。

您再想想这样的情景。彼得堡阴沉的晨光照进这家晦暗的窗口。老太太在炉边给孩子们沏茶。只有大孙子瓦夏一个人用茶杯喝茶，别的孩子就倒在茶盘里喝。叶戈雷奇蹲在炉前，往里面塞铁。昨夜他喝醉了酒，头昏沉沉的，两眼模糊。他打着嗝，浑身抖着，咳着。

“全让这魔鬼把我带坏了！”他咕哝着，“自己喝罢了，还带累别人。”

普托欣坐在他房间的床上，床上早就既没了被子，也没了枕头。他双手插进头发里，呆呆看着他的脚。他衣服破烂，披头散发，病恹恹的。

“喝吧，快喝吧，不然上学就迟到了！”老太太催促瓦夏，“我也该到犹太人家去擦地板了……”

全家只老太太一人不垂头丧气。她还不减当年，干起又脏又累的活来。每逢星期五，她去一个开当铺的犹太人家里擦地板；到了星期六，又到一些商人家里洗衣服。一到星期天，她从早到晚满城里跑，到处求施舍。每天她都有自己的事做。她洗衣服，擦地板，做接生婆，说媒牵线，还出去讨饭。她有时确实心里烦闷时也弄点酒喝，但她尽管醉，却忘不了她的职责。在俄罗斯，有许许多多这样坚强的老太婆，靠她们的手带来了多少温馨安宁！

“我的大衣在哪儿?”

奶奶和别的孩子们马上一致行动找大衣，找了很久，但无影无踪。到哪儿去了呢? 奶奶和瓦夏的脸立刻就吓白了。就是叶戈雷奇也觉得蹊跷。只有一个人不说话，毫无动静。他一向对各种出格的事反感，惟独这次，他做出什么都没看见和什么都没听见的样子。这就奇了。

“他拿去喝了！”叶戈雷奇说。

普托欣不吭声，就是说，这是实情。瓦夏大吃一惊。这件漂亮大衣是用他去世的母亲一件呢子大衣缝的。这件用上好的细棉布做衬里的大衣，竟被他拿到酒馆换酒喝了！就是说，大衣兜里的那支蓝铅笔，也跟大衣一块换酒了，还有那本印着“Nota bene”[①]烫金字的笔记本也没了！那笔记本里还有一支带橡皮的铅笔，此外，里面还有一些复印画片。

瓦夏本想哭的，但不敢。闹头痛的父亲一听见哭声，就要嚷，跺脚，要打人。他撒酒疯打人是很可怕的。奶奶要是护着瓦夏，父亲连奶奶也打，结果，叶戈雷奇势必也要打架，他会揪住父亲，一起跌在地上。两个人就在地上打滚，拳打脚踢，口里喷着酒气，发泄他们兽性的怒火。奶奶哭，孩子叫，邻居们就打发人去叫扫院子工人。不，还是别哭。

由于不能哭和大声发泄愤怒，他就闷声闷气地哼哼着，绞着双手，两条腿乱蹬，要么，就咬他的衣袖，他的牙咬了好长时间，就像狗咬兔子似的。他的两眼发疯一般地红，脸在绝望中也变了形。奶奶看着他，突然从她的头上摘下头巾，也手忙脚乱，不知所措。她闷声不响，眼睛看着一个地方。这时，我想，祖孙两人的头脑里都深信不疑，他们的日子过不下去了，没指望了……

普托欣没听见哭，但他从屋内一切都看在眼里。过了半个小

---

① 拉丁语，意为：注意，留心。

时，瓦夏披着奶奶的头巾去上学。他就带着我简直没法形容的脸色，出门跟在儿子后面。他想叫住孩子，安慰他，求他原谅，向他下保证，让他死去的母亲作证，但从他胸中涌出来的不是他这些话，而是痛哭流涕。早晨阴冷潮湿。快到市立学校的时候，瓦夏怕人说他像女人，就把头巾解下来，只穿一件上衣走进校门。普托欣回家嘴里嘟囔了一些听不清的话，就双膝跪在老母、叶戈雷奇和叶戈雷奇的钳工台前面。后来，他稍稍恢复理智，就跑来见我，他喘着气求我看在上帝的分上，给他找个事做。我当然总要让他抱点希望。

“我总算清醒了！”他说，“我该痛下决心了。那一阵太不像话。我该从头干起了。”

他兴致很好，说感谢我，我身为房主对这些房客先生早就看透，我看着他，很想对他说：

“晚了，亲爱的！你完了！”

普托欣离开我后，跑到市立学校。他在那里徘徊不止，等着孩子放学。

“这么回事，瓦夏！”当瓦夏终于出来，他兴高采烈，说道，“人家马上就要给我找个事做。等着瞧吧，我要给你买件皮袄……我还要送你上中学！听明白了没有？上中学！我要把你造就成贵族！我再也不喝了。我发誓，不喝了。”

他深信前途光明。但到了晚上。老太太精疲力尽，从犹太人家里干活回来，挣了二十戈比，接着就动手洗孩子的衣服。瓦夏在做算术题。叶戈雷奇没干活。是普托欣的功劳，他喝开了酒，现在正酒瘾难熬。屋里又闷又热。老太太洗衣服的盆里喷着热气。

“走吧，怎么啦？”叶戈雷奇愁眉苦脸地问道。

我这房客不做声。他兴头了一阵之后，又觉得心烦得难以忍耐。他在和酒瘾斗，和烦闷斗，和……当然，烦得他无以自拔，又犯了老毛病……

深夜，叶戈雷奇和普托欣走了。早晨，瓦夏没找到奶奶的头巾。

这就是这个宅子里发生的故事。普托欣把头巾换了酒，再也没回家。他去了哪里，我不得而知。他失踪后，老太太起初也酗酒，后来一病不起。她让人送进医院。幼小的孩子们让一个亲戚带走。瓦夏进了洗衣店。从洗衣店里给赶出来以后，他就投奔一个小姐，为她跑腿，照她的吩咐干事。人们都叫他“茶壶”。他再往后的情况，我就不知道了。

有个穷乐师就在这间房里住了十来年。他死后，在他的褥子下面发现有两千卢布。

冷　血

长长的货车已在小站边停了很久。机车就像灭了火似的，没有一点声音。列车旁和小站的门里没一个人影。

一条惨白的光带从一节车厢中射出，照到备用线的路轨上。这节车厢里有两个人坐在张开的羊皮斗篷上，一个人是个老头，他留着灰白的大胡子，穿着半大皮袄，戴着一顶挺高的粗羊皮帽，这帽子很像哥萨克高顶皮帽；另一个是个年轻人，还没长胡子，穿着旧厚呢上衣和一双脏兮兮的高筒靴。这是两个押货人。老头两腿向前伸坐着，默默地想心事。年轻人半躺着，咿咿呀呀，声音压得很低，拉着一个不值钱的手风琴。他们旁边的车壁上，挂着一盏点蜡的灯。

列车上满满装着货。如果透过昏暗的灯光看这货物，起初，你以为这是一些没有轮廓的怪东西，但肯定是活物，有点像硕大的大虾摆动着双螯和触须，它们正你拥我挤的，轻轻顺着光滑的车壁往上爬。但一细看，就在黑暗中明显看出是犄角和犄角的影子，接着就是长长的窄脊背、沾土的毛、尾巴和眼睛。这是牛和牛的身影。这节车皮里有八头牛。其中有一头牛转过身来看人，摇着尾巴，别的牛就抢着要躺下，或者想舒服点。牛们够挤的。如果有一头牛要躺，那别的牛就只好站着，一股脑彼此挤过去。没有吃草的槽，没有系牛的桩子，没有垫脚，也没一点草料。

好长时间没说话，之后，老头从衣袋里好不容易取出一块银壳表，看看时间：两点一刻。

“停了快两个小时了，”他打个哈欠说，“去催催他们，不然的话，要在这儿耗到明天早上。他们睡过头了，或者，天才知道，他们在哪儿？”

老头站起来，拖着长长的影子，轻手轻脚下车，隐没在黑暗中。他顺着车厢朝车头方向走，走过两节车厢，看见烧红的炉子开着炉门。对着炉子，一动不动坐着一个身影。他的帽檐、鼻子和双膝都被通红的火光染红。别的都是黑糊糊的，在黑暗中依稀看出这人的轮廓。

“在这里还要停很长时间吗？”老头问。

没人搭茬儿。这一动不动的身影显然睡熟了。老人很不耐烦，咳了两声。他在袭人的潮气中，缩着身子，从火车头边绕过去。不过，火车头耀眼的光芒一刹那间刺着他的眼睛，因此，在他的眼里，这夜就更加黑暗。他朝着小站走去。

月台和台阶都是潮湿的。刚刚下过雪，有的地方已经融化，白闪闪的。小车站里灯光明亮，像澡堂子似的，充满了热气，有煤油味。除了有一台磅秤和一个小黄沙发，沙发上躺着个穿列车员服装的人以外，再没别的东西。左边有两个敞开的门。从一个门里看，里面有一个发报台和一盏带绿罩的灯。从另一个门看过去，是间小房，里面有个黑柜橱整整占满半个房间。列车长和司机就坐这房的窗台上。两人手里摆弄两顶帽子，在吵嘴。

“这不是真海龙皮，是冒牌货，”司机说，“真海龙皮不这样，实话告诉您，这帽子顶多值五个卢布！”

“就您懂行……”列车长心里不痛快，“值五个卢布！那我们马上来问问这位做买卖的。马拉欣先生，”他转过身对老头说，“您瞅瞅：这海龙皮是冒牌货，还是真皮？”

马拉欣老头拿过帽子，以行家的派头把皮子摸摸，吹吹，闻闻，他怒气冲冲的脸上忽然换成鄙夷的神情，笑笑。

“肯定是冒牌货！”他快活地说，“是冒牌货。”

他们顿时吵了起来。列车长寸步不让，说这帽子是真海龙皮，而司机和马拉欣则摇唇鼓舌让他相信，满不是那么一回事。争来争去，老头猛想起他是干吗来的。

“海龙皮也罢，帽子也罢，可这车不走，先生们！”他说，“为什么？等谁？走吧！”

“就走，”列车长同意，“再抽支烟，就走。只不过没什么可忙的……反正我们到下站还要等！”

“这为什么？”

“是这么回事……晚点太多了……我们要是在一个站晚点，那以后各站就要不得已停下来，给对开过来的车让路。现在走也好，明早走也好，反正我们没法走十四次车了。也许我们要走二十三次。”

“这是怎么搞的？”

“就这么搞的。”

马拉欣看着他，想弄个水落石出，他想着，自言自语的样子，下意识地嘟囔着：

“上帝惩罚我吧，我算过了，都写在这小本本上：这一路我们要多费三十四个小时。先生们，等你们到了地方，我哪，要么牛都死光，要么到了那边，牛肉连两卢布的价钱都卖不上。这不是赶路送货，这是倾家荡产！”

列车长挑起眉毛，嘘口气，那表情似乎想说：“可惜，这没错！”火车司机不说话，脑子里琢磨着，反复看那顶帽子。从他们两个脸色看，他们都有一种心照不宣、不便开口的念头，此类念头沉默远胜于言传。老头也心里明白。他伸手进兜里，从里边掏出十个卢布的票子，不必有说词，不必改变腔调，也不必改变表情，就以只有俄罗斯人收受贿赂才有的那种自信和直率——把钱递给列车长。这人接过钱来，慢条斯理叠成四折，再不慌不忙放进衣袋里。这之后，三个人走出房门，路上顺便叫醒睡着的列车员，到月台上去。

“这天气！”列车长咳了一声，耸动着肩膀，“黑透了。”

“对，糟糕的天气……”

往窗口里看，在绿色的台灯和发报台旁边，是发报员亚麻色头发的头，很快她的头边就出现了另一个人的头，此人满脸胡子，戴着红色的制帽。这可能是站长。站长弯身伏在桌子上，念那页蓝色公文纸上的什么公事，急忙拿一根纸烟指着，一行一行往下念……马拉欣往他所在的车厢走去。

他这结伴的年轻人还是照老样半躺着，他的手风琴吱扭着，几乎不出声。他还没长胡子，差不多还是个孩子，圆圆的一张白皙的脸，宽宽的颧骨，带着孩子气的遐想表情，他的眼神完全不像一个成人，显得忧郁而顺从，但他膀阔腰圆、结实、笨重、粗鲁，跟老头一样。他一动不动，也不变换姿势，似乎他的硕大的身躯，使他不胜其负担，没劲活动的样子。好像只要他一动，立即就有一个什么重物砸下来，或者发出响声，无论牛，还是他自己，都要吓一跳似的。他慢慢腾腾，用他的粗手指触动琴键，拨出轻微、细而又细的音流，连成平庸而单调的旋律。他显然对他弹出的乐曲还满意。

一声铃响，但铃声很沉闷，就像不是出自附近，而是从很远的地方传来似的。紧接着又一阵匆忙的铃声，再往后是列车长的哨声。在死寂中过了一分钟。列车还在原地没动，但已经听到车下有一种类似雪橇滑铁压雪的模糊声响。列车连连颤动，没声了。又是一阵沉寂。不过，缓冲器当啷一声，车厢猛然一摇，好像微微跳起，所有的牛跌跌撞撞。

“让你他妈到那个世界遭罪去！”老头咕哝着，扶正被火车一震跑到后脑勺上的高帽子，“他把我这些牲口折腾死算了！”

亚沙默默站起来，有头牛摔倒，他抓住牛角，拽那头牛站起来……哐当一声过后，恢复平静。车厢下有碾雪的声音，像是列车轻轻往后倒行。

“马上又要猛撞了。”老头说。

果然，列车一阵抽搐，传来撞击声，列车连连摇动，牛们又东倒西歪。

“够呛！”亚沙倾耳细听，说道，“一定是车太重，都走不动了。”

“过去并不重，现在倒突然重了。不，孩子，这就是说，列车长没分给他油水。给他送点钱吧，要不然他就让你颠到明天早晨。”

亚沙锁上沉重的车门。车头响了一声汽笛，列车开动。

“好冷！”老头躺在斗篷上，伸直身子，头枕着包袱，嘟囔着，“在家有多舒服！温暖、干净、柔软，还有地方祈祷，这里我们连猪都不如。四个昼夜都没脱靴子了。”

亚沙在车厢的晃动中摇摆着，打开灯罩，用他的湿手指压灭芯捻。蜡烛闪了闪，像炒锅一样，发出嗞嗞声，熄灭。

“是啊，孩子……”马拉欣听着亚沙躺在他身旁，他的宽大的后背紧贴着他的背，说道，“冷啊。所有的缝都进风。要是你妈，或者你姐在这儿睡上一夜，到明天早上，非蹬腿不可。瞧，你这孩子，不想念书，像你哥哥那样，上中学多好。就这么着，跟你爹赶牛。是你自己的错，只能怨你自己……你的哥哥们现在躺在床上，盖着被子，可你呢，不长进，懒，跟牛混在一块儿……是啊……”

在列车的轰隆声中，老头的话听不见，但他又唠叨了好长时间，唉声叹气，哼哼哟哟。车厢里的冷空气越来越烈，冷得越来越让人没法喘气。浓烈的新粪味，还有蜡烛芯的烧焦味，弄得空气刺鼻难闻，睡熟的亚沙就觉得喉咙里和胸中瘙痒难忍。他一个劲地干咳，打喷嚏，老人却习以为常，全不当一回事，深深呼吸着，只是有时喉咙里响两声。

从列车的摇摆和车轮的撞击声判断，列车跑得很快，但不平稳。机车深沉地喘息，喷着气，这和列车的隆隆声很不协调，结果就形成一种鼎沸蒸腾的轰响。牛们惶惶不安，挤在一起，牛角撞在车壁上叮当作响。

老人醒来的时候，从车缝和窗口里看得见清晨蓝蓝的天空。他们冷得要命，特别是后背和两脚。列车停了。亚沙睡眠不足，脸色忧闷，围着牛忙乎着。

老头醒来心绪不好。他神色阴沉严厉，带着气愤咳着，皱着眉头看亚沙。亚沙有力的肩膀正从下方抵住牛的胸，微微顶起，使劲拖开牛绊着的腿。

“我昨天就说，绳子长了点，”老头叨咕着，“不听，‘不长，爸爸！’没法说你，由着性子干……蠢货。”

他气势汹汹打开门，一缕阳光冲了进来。车门刚好对着一列客车。车的后面，是一座带遮檐的红房，这是个有食堂的大站。列车的车顶上和平台上、地上、路轨上，都盖着刚下过的薄薄一层松软的雪。客车之间的空隙处，看得见有来来往往的旅客，还有一个红胡子、红脸膛的宪兵来回走动。一个穿燕尾服和雪白胸衣的侍者还没睡醒，冻得发颤，看样子他大约对他的活法很不满意。他在月台上跑着，手托着一个放着一杯茶和两块面包干的托盘。

老头站起来，开始朝着东方祷告。亚沙把牛安排好，将铁锹放在角落里，便站到他的身边，也祷告起来。他只是动动嘴唇，画十字。父亲虽说低声，但听着很响，每到一段祷词结尾时，都清清楚楚念出声。

“……为了下世的生活，阿门！”他大声说，吸了一口气，立即又低声念另一段祷词，末了，一字一字清晰而肯定，念道，“向你的圣坛奉献小牛！”

亚沙念完祷词，忙忙画了十字，说：

“给五个戈比。”

他拿了五戈比，提起红铜壶，到车站去打水。他大步流星跨过一道道枕木和铁轨，他的一串大脚印留在松软的雪地上。一路把壶里的剩茶倒掉。他向餐厅跑，用那五戈比硬币大声敲着他的壶。从列车里看得出，那个食堂老板用手挡他的大壶，不愿意只拿五个戈比就让人把半茶炊的水倒走。可是，亚沙自己动手拧开龙头，大张开两肘，推开阻拦，自己动手满满斟了一壶水。

“可恶的无赖！”当他向车厢这边跑的时候，那老板冲着他喊。

喝茶时，马拉欣阴沉的脸才稍微好看点。

“我们就会吃，就会喝，就是不记得正事，”他说，“昨个一整天只知道吃喝，偏偏忘了记账。瞧这记性，老天爷！”

老头大声数落昨天的开支，一笔一笔记在已撕烂了的本本上，在哪个地方，给了列车员、司机、加油工多少钱……

与此同时，客车早已开走。一个值班的火车头在备用线路上，好像并没有明确目的，就喜欢自由自在似的，跑过来，又跑过去。太阳已经升起，雪地上闪烁着阳光。车站的屋檐下，车厢的顶上滴着明亮的水珠。

喝完茶，老头懒懒的，从车厢慢慢腾腾走向车站。在一等车候车大厅中间，一个他熟悉的列车长和站长站在那里。这站长是个年轻人，留着漂亮的胡子，穿着阔气的粗呢大衣。这年轻人大概是出于习惯，老站在一个地方，姿势优雅，活像一匹良种赛马，两脚不停倒换，向四周张望，对每一个走过他身边的人都举手敬礼，眯细着眼睛……他脸色红润，透着健康、快活、精力充沛、散发着清新的气息，就像他刚刚驾驭着轻飘的飞雪，从天而降似的。列车长看见马拉欣很不好意思，叹着气，摆摆手。

“咱们不能走十四次车了！”他说，“晚点太多。另一列车已改成这个车次。”

站长飞快看过几张表报，然后他的淡蓝的眼睛看着马拉欣，笑笑，向着他喷发着清新的气息，问了他一连串的问题：

“您是马拉欣吗？您运的是牛？是八节车皮吗？现在怎么办？您来晚了，十四次我昨天夜里就发出了。我们现在怎么办呢？”

这年轻人伸出两个粉红的手指，拉拉马拉欣的半大皮袄，挪动着两条腿，亲切而肯定，向他解释，有哪些车次已经放走，又有哪些车次要来，说他会尽力而为，为马拉欣解决一切问题。从他那张脸看，他确实不仅打算讨好马拉欣，而且要讨好全世界。他是那样的走运，那样的自足和快活！老头听着，虽说他根本闹不清玄而又玄的车次编排，但还频频点头，表示赞许，还动手摸摸站长粗毛大衣上的软毛毛。他喜欢见到这位彬彬有礼，和蔼可亲的年轻人，喜欢听他说话。为了表示对他的好感，他掏出十个卢布，想想，再添加上两个卢布递给站长。站长接过来，举手行礼，以文雅的姿势将钱塞进衣袋里。

“是这么回事，先生们，我们可不可以这样安排一下？”他说，很为他这刚刚想出的主意而振奋，“一列军用列车晚点了……你们看，这列车还没来……你们何不改成军用列车车次？我就让这军列走二十八次算了。嗯？”

“遵命。”列车长同意。

“好极了！”站长好高兴，“那你们就不必再等，马上就走！我马上就让你们走！好极了！”

他向马拉欣行个礼，一路看着表报，跑回站去。老头对刚才这番谈话十分满意。他笑着，往四下里看，似乎在寻找什么：能不能在这儿再找点高兴的事？

“我们还是喝点吧。”他拉着列车长的手说。

“好像喝酒还早了点。”

“不，您一定答应我屈尊赏光。”

他们去餐厅。几杯下肚，列车长又挑下酒菜，挑来挑去，挑了好长时间。

这是个年纪不小的人，胖得出奇，有一张圆鼓鼓，没有血色的脸。这人胖得让人看着不快，皮肤松弛发黄，那些惯于酗酒和熬夜的人都这样。

“现在可以再喝一杯，”马拉欣说，“现在这么冷的天，喝点酒不算罪过。请吃，我打心眼里求您赏光。就是说，我要指望您了，列车长先生，这一路别再有任何的麻烦和不快。因为，您是知道的，干我们屠宰业这一行，每一个钟头都是宝贵的。这肉今天一个价钱，明天，瞧吧，又是一个价。晚一两天就卖不上好价钱，不但赚不到什么钱，明天回家，瞧吧，不怕您笑话，连裤子都没了。请吃，我打心眼里求您赏光……我只能靠您了，至于您想吃点什么，要点什么，我无不随时随地为您效劳。”

马拉欣奉承列车长吃得酒足饭饱，回到车厢去。

“现在我倒腾到一辆军用车次，”他对儿子说，“再往前走就痛快了。列车员说，要是早走这趟车，那明天晚八点就到。孩子，不忙活，是办不成事的……就这样……好好瞅着，学着点……”

响过第一次铃之后，有个人走到车厢前。这人脸上沾着黑黑的油污，穿着短工装上衣和一条又脏又破的裤子，裤脚没塞进靴子里。是个加油工，他刚刚为各车厢注过油，又用小锤子敲打车轮。

“先生们，这是你们运牛的车厢吧？”他问。

“是我们的，怎么啦？”

“这两个车厢有毛病。不能放行，要留下修理。”

“瞧，这太离谱了！不过是想要点酒钱，弄点油水罢了……不早说。”

“随您便，我有责任去报告。”

老头既不恼火，也不抗议，心平气和，几乎不知不觉，就从衣袋里掏出两张二十戈比票子，递给加油工。那人也心平气和，接过钱，满面春风看着老头，开腔说道：

“一定是出门做生意的吧……这是赚钱的事！”

马拉欣唉声叹气，静静看着加油工的那张黑脸，告诉他，说倒腾牲口，过去确实赚钱，现在是冒险和赔本的买卖。

“我这里有个伙计，”加油工打断他的话，“你们，商人先生，再意思意思，给点……”

马拉欣又掏钱给他那伙计……军用列车走得很快，在各站停的时间也不太长。老头心满意足。他对那个穿粗呢大衣的年轻人印象很好，很让他念念不忘。喝了点酒，他脑子略感晕眩。天气晴好。看来一切都安排得很周全。他一刻不停地唠叨，每到一站，他都要往车站的食堂跑。他觉得要找点知音聊聊。他忽而拉列车长去，忽而拉司机去，还不单是为了喝酒，而是为了消磨时间、说话、碰杯。

“你们有你们的事，我们有我们的事……”他愉快地说着，笑着，“上帝保佑我们，也保佑你们。我们都不能胡来，要按照上帝的意志行事……”

喝了酒后，他慢慢来了兴致，要做点生意上的事。他想好好做点事，想了解点情况，想无休无止地说下去。他忽而乱翻衣袋和包袱，找哪份文书；忽而回忆起什么，却又无论如何想不起来；忽而找出钱包，没有来由的，反复数钱。他忙忙碌碌，他唉声叹气，他失惊打怪，他手舞足蹈……他把首都肉商来的信件和电报、账目、邮局和电报局的收据、公文和他的笔记本，统统摆在面前，一边想，一边说，还让亚沙听着。

当公文看烦了，行情说腻了的时候，每到一站就往装牛的各车厢里跑，虽说没事可做，却手舞足蹈，失惊打怪。

“哎，我的上帝，我的上帝！”他怨天尤人，说道，“受苦受难的使徒瓦西里！虽说这是牛，虽说这是畜类，可它们也跟人一样，要吃，要喝。都四天四夜了，不喝，不吃。我的天，我的天！”

亚沙是个听话的儿子，一向围着他转，惟命是从。他不喜欢老头总往食堂跑。虽说他怕父亲，但他还是不能不说。

“您又管不住自己了！”他横眉立目，上下看着他的父亲说，“有什么高兴的事？您过命名日，还是怎么的？”

“您敢教训亲老子。”

“瞧您这习气……”

每当没必要跟着父亲后边跑的时候，他就总是静静坐在斗篷上，吱扭他的手风琴。他偶尔也下车，懒懒的，顺着列车走走。他在火车头旁停下脚步，长时间静静看着车轮，或者看着工人往煤水车上装木柴。热烘烘的火车头发出嘶哑的喷气声，木柴投进去的时候，发出新伐木头才有的清脆响亮声。司机和他的助手都是冷静淡漠的人，他们的动作莫名其妙，而且慢条斯理。亚沙在火车头边站了一会儿，懒懒的，挪着脚步到车站去。在那里，他细心看食堂里的那些酒菜，出声念那些实在乏味的广告，再不慌不忙回到车厢。他的脸上没有表现出孤寂，也看不出有任何欲求。显然，这一切对他都无所谓；在家里也好，在车厢里也好，在机车边也好……

傍晚的时候，列车停在一个大站。沿线刚刚上灯。在蓝色的背景下，在清新透明的空气中，灯光像星星一样晶莹而苍白。只有黑沉沉的屋檐下，这灯光才显得又红又亮。各条线路上都挤满了列车。似乎再有列车来，就没有地方可停了。亚沙去车站打喝晚茶的开水。月台上有一些穿着讲究的太太和中学生。如果从月台往远处看，只见车站的两侧有遥远的灯火在暮色苍茫中闪烁。这是个城市。哪个城市？亚沙无意打听。他只看到的是昏黄的灯火和车站后边寒酸的建筑，只听到的是车夫的叫声，他觉得脸上有一股刺骨的寒风吹来，心想大概这是个不起眼的城市，不舒适，枯燥乏味……

喝茶的时候，天色已全黑，车壁上还像昨天一样挂着吊灯。列车微微晃了晃，轻轻往后倒。走了一段，停下。听见有模糊不清的喊声。有个人敲缓冲器的链子，叫道："好了！"列车一动，往前走。过十来分钟，这车又往后拖。

马拉欣出了车厢，竟认不出这是哪趟列车。他的八节运牛的车厢与几节不高的敞篷货车排成一列。这几节车原先不挂在这个列车上。两三个月台上堆着粗石，其余是空的。列车边有几个不认识的列车员来回走动。对问他们的话，他们只是勉强搭理，而且听不清楚。他们没空管马拉欣的事。他们在忙着给列车编组，好尽快脱身，找个暖和地方去。

"这是多少次车？"

"十八次！"

"军用列车跑哪去了？为什么把我从军列上甩下来？"

老头得不到回答，就去车站。起初想找那位熟悉的列车长，没有找到，又去找站长。站长在他房里，伏在桌子上，翻弄一叠文件。他忙着，故意装作没看见来人。他的外表很引人注目：一头剪成短茬的黑头发，窄长的鹰钩鼻子，黑黑的脸色。横眉立目的，像是谁得罪了他似的。马拉欣就从头啰啰唆唆地诉说自己的要求。"什么事？"站长问，"怎么回事？"他仰靠着椅背，气急败坏，接着问，"什么事？为什么您不跟着十八次车走？说明白点，我一点都听不懂！怎么回事吗？您要把我分成几半吗？”

他一连串的发问，也不知究竟为了什么，他越来越火。马拉欣已经将手伸进口袋里拿钱夹，可是，这个厌烦到极点、不知为什么发火的站长，从椅子上跳起来，窜出屋去。马拉欣耸耸肩，出门，想找个人再聊聊。

由于无聊，由于想找点新的操劳事，来结束这操劳的一天，又由于迎面看到挂着“电报局”小牌的窗口，他就走到窗口前，说要发电报。他拿起笔，想了想，在蓝色的电报纸上写道：“加急。运输处长大鉴。八节车皮牲口。每到一站必有耽搁。请速派快车车次。复电费已付。马拉欣。”

发了电报，他又去站长室。那里有一个包着灰呢的小沙发，上面坐着一位仪表不凡的绅士，他留着络腮胡子，戴着眼镜，还戴着一顶熊皮帽子，穿着一件有点古怪的皮衣，这皮衣镶着皮边，带穗，袖上有开口，很像件女式皮衣。他的面前，站着另一位先生，他干瘪精瘦，穿着检票员制服。

“请原谅，”检票员面对穿古怪皮衣的先生说，“我要向你报告一件糟糕的事！Z 铁路局，不露任何声色，暗中偷走 N 铁路局的三百个货车车皮。这有据可查！我向上帝发誓！他们弄走车皮，改涂色漆，打上他们的代字。这事就要麻烦您了！N 铁路局四处派密探，到处搜寻，寻来寻去，您想想看吧，突然碰到 Z 铁路局的一辆破车皮。他们弄到修车厂去，突然，真是没想到的事，他们在车轮和车轴上看到了他们局的标记。这怎么办？嗯？这事要是我干的，必定发配西伯利亚，可铁路局呢，没事！”

马拉欣很愿意和有学问、有教养的人攀谈一番。他理了理胡子，郑重其事，也插进来说说他的事。

“先生们，就拿这件事做例子吧，”他说，“我运牛到 X 市去。八节车皮。好啦……现在就这么说吧： 每个车皮他们都按六百普特计算。八头牛哪来的六百普特，少得多，他们才不讲那个理呢……”

这时，亚沙进屋来找他父亲。他听着，想在椅子上坐坐，但是，他大概想起来体重太沉，离开椅子，坐在窗台上。

“他们才不讲那个理呢，”马拉欣接着说，“还跟我和我的儿子要钱，说我们跟牛走，等于坐三等车，要四十二个卢布。这是我的儿子亚科夫。我家还有两个儿子，都是有学问的。瞧，就我所知，铁路局把牲口商人坑苦了。过去，赶牲口要好过点。”

老头拖着长腔说话。每说一句就看一眼亚沙，好像想说：瞧，我是怎么跟有学问的人说话的！

“您看！”检票员打断他的话，“没人愤慨，没人批评！为什么？很简单！横行霸道，只有事情偶然发生，打破常规的时候，才惹人愤慨，才引人注意。可这个地方，真糟透了，已经司空见惯，成了制度，成了规矩，每一根枕木都带着这烙印，都散发着这气味，很快就成了陈规陋习了！就这么回事！”

第二遍铃响。穿古怪皮衣的先生站起来。检票员搀着他的胳臂，继续脸红脖子粗地说着，陪着他去月台。第三遍铃响过，站长冲进屋，坐在桌前。

“请问，我跟哪个车次走？”马拉欣问。

站长看着公文，怒气冲冲地说：

“您是马拉欣？八节车皮吗？你每节车皮要交六卢布二十戈比印花税。您没交印花税。总共十四卢布二十戈比。”

他收了钱，记了点什么，再把墨水吸干，带着气，呼地一下拿起一叠公文，急急走出屋去。

晚十点，马拉欣收到运输处长复电：“准予优先放行。”老头念了电报，意味深长，挤着一只眼，心满意足，放进衣袋里。

“瞧，”他对亚沙说，“瞅着点，学着点。”

半夜，列车再往前走。这夜还像昨天一样，漆黑，寒冷。每站都停好长时间。亚沙坐在斗篷上，静静拉他的手风琴。老头还想找点事干。到了一个站，他忽发奇想，要报官。应他的要求，宪兵坐下来，提笔写道：“一八八×年十一月十日，N 地铁路警察局 Z 区士官伊利亚·切列德，根据一八七一年五月十九日法令第十一款，在X站起草报告如下……”

“往下写什么？”宪兵问。

马拉欣把一些公文、邮局和电报局收据、账目之类摆在他面前。他想让宪兵写点什么，他自己也不大清楚。他想在报告里不单单写一件事，而是写整个旅程，写他的损失，写他和站长之间的谈话，写的要长点，尖锐点。

“在Z站，”他说，“请写上：站长把我的车皮从军用列车上摘掉，是因为我的模样他看着不顺眼。”

他想让宪兵一定要提他的模样。那宪兵懒懒的，听着，没等他说完就下笔写。他在报告的末尾写道：“我，宪兵士官切列德谨将上述情况，做此笔录，呈送N区区长，副本给公民加甫里尔·马拉欣一份。”老头接过副本，塞进他装得满满的衣袋里，洋洋自得回到车厢。

早晨，马拉欣心绪又不好，但这回没向儿子撒火，而是对牛大发脾气。

“牛都完蛋了！”他嘟囔着，“完蛋了！它们都要死了！上帝惩罚我吧，都要死喽！呸！”

牛已经好长时间没喝水，渴极了，就舔四壁上的白霜。马拉欣走到牛跟前，那牛就舔他冷冰冰的皮袄。从牛们闪着泪光的眼里看得出，这些牛由于渴，由于车厢里的颠簸，看起来非常疲乏，牛们又饿又烦躁。

“运你们这些倒霉东西烦透了！”马拉欣发着牢骚，“不如快点死了，还怎么样！一看你们就心烦。”

中午，列车停在一个大站。照规矩，安排牲口饮水。马拉欣给牛水喝，牛却不喝：水太凉……

又过了两昼夜，终于首都出现在朦胧的远方。旅途终结。列车还没开到城里就在一个货站停下。牛们放出车厢，摇摇晃晃，磕磕绊绊，就像走在光滑的冰上。

卸了货，兽医检疫完毕，马拉欣和亚沙住在城边省钱的小客店里。这店就坐落在做牲口生意的广场里。他们住的地方到处是灰尘，吃的是在家从未吃过的倒胃口的饭，就睡在一个蹩脚乐队的刺耳噪声中，这乐队在客房下的小店里没日没夜地吹吹拉拉。老头一大早就出门找买主。亚沙整天呆在客房，或者上街看看首都风貌。他看到的是畜粪遍地的肮脏广场，店铺的招牌，耸立在雾中的修道院齿形围墙……他有时穿过大街，去看看杂货店的橱窗，观赏那些装着形形色色点心的瓶瓶罐罐，然后，打个哈欠，无精打采回客房。他觉得首都没啥意思。

最后，牛卖给一个商人。马拉欣雇了几个赶牛的。每十头牛为一群，要把它们赶到这个城的另一头。牛们垂头丧气，疲惫不堪的样子，顺着吵吵嚷嚷的街道走过，冷淡地看着它们生平头一次，也是最后一次看到的风光。衣服破旧的赶牲口人跟在牛的后面，也是垂头丧气的样子。他们心里都烦……偶尔有哪个赶牲口人异想天开，打算跑到他经管的牲口前面走，为了表白他是个忙人，就扬起木棍照着牛背打一下。牛痛得一跳，向前跑十来步，在旁观者看来，好像这牛当众挨了打觉得丢了面子似的。

卖了牛，给家人买了一些在家乡都能买得到的礼物，马拉欣和亚沙打点着要回家。开车前三个小时，老头早就和一个买主喝了一阵，所以，又带着亚沙忙忙下楼到饭馆里，找个座位喝茶。他和那些外省人一样，从不独自一人吃喝；他需要一帮像他一样精明能干的人，凑凑热闹。

“把店主叫来！”他对跑堂的说，“就说我请他赏光喝茶。”

店主人吃得脑满肠肥，对来店的主顾全不放在心上，走来，坐在桌边。

“噢，买卖成交了！”马拉欣笑着对他说，“一头山羊卖成个老鹰的价钱。就这么回事，过去到这里来卖，肉价是三卢布九十戈比。这回来，就落到三卢布二十五戈比了。都说来晚了，要是早到三天就好了，因为眼下是卖肉淡季，圣诞节前的斋期到了……嗯？

真是乱七八糟！一头牛就要打出十四卢布的赔头。您猜猜看，运这趟牛要花多少钱？要交十五个卢布的运费。每头牛还要再拿出六个卢布，敲诈勒索、行贿、请客，这个那个……”

店主人恭恭敬敬听着，勉强咂几口茶。马拉欣哼啊唉的，拍着手，嘲笑自己的倒运，但从种种迹象看，他对受的那点损失并不在意。他都觉得无所谓，赔也罢，赚也罢，只要有人听他神聊，只要有点事可干，只要别误了上车，就行。

过了一个小时，马拉欣和亚沙背着箱笼包裹，从客房出来，下楼直奔大门，然后坐上雪橇到车站。店主人、茶房，还有几个女人出来送客。老人大受感动。他向四面八方抛撒十戈比硬币，拖长声调说：

“再见啦，都活得好好的！上帝保佑你们，愿你们万事如意。要是上帝保佑，我还活着，还硬朗，到了大斋期我还要来。再见吧！多谢啦……上帝保佑！”

坐上雪橇，老人脱了帽子，朝着雾中修道院的黑黑墙影，画了好长时间的十字。亚沙和他并排，坐在座位的边上，一只腿在一边吊着。他的脸还是老样子，毫无激情，既看不出他心情烦躁，也看不出他有任何的愿望。他既不为回家高兴，也不为没有好好看看首都觉得惋惜。

“走吧！”

车夫抽了马一鞭子，转过身来就破口大骂，嫌这行李又重又大。

花费昂贵的授课

对于一位有教养的人来说，不懂外语太不方便。沃罗托夫对此深有感触。他大学毕业，拿到学位以后，从事一点小小的学术性工作。

“这太可怕了！”他喘着气说，（虽说他才二十六岁，可他已经发胖，行动笨拙，还有点气喘病。）“这太可怕了！不懂外语，就等于鸟儿没有翅膀。这工作就没法做了。”

他下决心无论如何也要战胜他天生的懒惰，学点法语和德语，于是就找教师。一个冬日的中午，沃罗托夫在他的书房里工作，仆人来通报，有一位小姐求见。

“请。”沃罗托夫说。

走进书房的是一位穿着时髦考究的年轻小姐。她自称是法语教师阿丽萨·奥西波芙娜·安凯特，说他的一个朋友让她来见他。

“非常愉快！请坐！”沃罗托夫说，他喘着气，用手掌捂着他的睡衣领口，说道，（为了出气更顺畅些，他总是穿着睡衣工作）“是彼得·谢尔盖耶维奇让您来见我的吗？对，对……我麻烦他给……非常高兴！”

他一边和她谈事，一边又有点不好意思，带着好奇的神情看她。这是非常文雅的地道法国女子，她还很年轻。从她的苍白倦慵的脸色看，从她的剪短的鬈发和细得出奇的腰身看，只能说她不会超过十八岁。又看了一眼她的发育良好的宽肩膀，从她的漂亮的后背和她严肃的眼神看，沃罗托夫想了想，她大概不下二十三岁。也许甚至二十五岁。但后来他又觉得，她只能是十八岁。她脸上的表情是冷冰冰的，一本正经的，像一个来谈钱的人。她一次也没笑过，也没皱过眉头。只是有一次，当她听到请她来教的不是小孩，而是胖胖的大人的时候，她的脸上流露出困惑。

“就这样吧，阿丽萨·奥西波芙娜，”沃罗托夫对她说，“我们每晚七点至八点学习，至于说到您提出每次授课一个卢布，我毫无异议。一个卢布就一个卢布吧……”

他还问她，是喝茶还是咖啡，外面天气好不好。他和颜悦色，笑着，一面用手摩挲桌上的呢台布，一面亲切地问，她的出身，哪里毕业，靠什么维持生计。

阿丽萨脸上一本正经，冷冰冰地回答他，说她毕业于一个私人寄宿学校，已取得了家庭教师资格，父亲不久前死于猩红热，母亲还活着，以做假花为业，说她，安凯特小姐，午饭前在一个私人寄宿学校任教，午饭后到一些富家授课。

她走了，身后留下一缕淡淡的、轻柔的女人衣服味。沃罗托夫后来好长时间没工作，坐在桌边用手抚摸绿色的台毯，思索良久。

“和这种出来挣钱的姑娘打交道，是很愉快的事，”他想，“从另一方面说，看到甚至像阿丽萨·奥西波芙娜这样文雅漂亮的姑娘，都逃不脱穷困之苦，又很不舒服，她也要为了生计而苦苦挣扎。可怜！……”

他从未见过什么品行端正的法国女人，因而，转念又想，这个穿着文雅，两肩发育良好，腰身过于纤细的阿丽萨·奥西波芙娜除了授课之外，大概还干点别的什么事。

第二天晚上，时针指着差五分到七点的时候，阿丽萨·奥西波芙娜进来了。她的小脸冻得微红。她翻开随身带来的《马尔戈》①，没有任何开场白，就马上念道：

“法语语法规定有二十六个字母。第一个是A，第二个是B……”

---

① 法语：课本。

“对不起，”沃罗托夫笑着打断她，“我应该事先告诉您，小姐，对我来说，您略微改变一下您的教法。事情是，我精通俄语、拉丁语和希腊语……我还学过比较语言学。我觉得，我们可以略过《马尔戈》，直接阅读原著。”

他就向法国姑娘解释成人学习语言的方法。

“我有一个熟人，”他说，“他想再学几门外语，于是，就把法语版、德语版和拉丁语版的《福音书》摆在面前，齐头并进，比照着读，而且认真分析每一个词，结果呢？他用了不到一年时间就达到了目的。我们就找本书读。”

法国小姐大惑不解，看看他。显然，她觉得沃罗托夫的建议太天真，太荒唐。如果这个奇怪的建议是小孩提出来的，那她说不定就要大为光火，申斥一番，但这是一个不能申斥的胖大成人，她就只能耸耸肩，还不能让他看出来。她说：

“悉听尊便。”

沃罗托夫就到他的书橱里一通乱翻，从里面拿出一本破旧的法文书。

“这本行吗？”

“都一样。”

“那就从头学起吧。上帝保佑。从书名学起……Mémories。”

“回忆录……”

“回忆录……”

他善意地笑着，呼呼喘息着，花了一刻钟跟 mémories 这个词奋斗，de① 这个词也这样。弄得阿丽萨·奥西波芙娜很累。她无精打采回答问题，还所答非所问，显然，她太不了解她这个学生，她也不想认真了解这个学生。沃罗托夫向她提问题，同时看她的淡黄色头发，心想：

“她这鬈发不是天生的，是她卷的。这就奇了，她一天到晚工

① 法语中的介词，可理解为“的”，“从、自”。

作，还有空儿卷头发吗？”

八点整，她站起来，随即说了一句干巴巴冷冰冰的话：“再见，先生。”走出书房。她的身后仍然留下一缕轻柔的、飘忽的撩人气息。这学生又无所事事，坐了良久，坐在桌边，想心事。

以后的几天，他看清了，他这位教师小姐可爱，严肃，而且一丝不苟，但她的学识又确乎不足，她不善于教成年人。他决定不再白白浪费时间，辞退她，另请一位教师。当她第七次来的时候，他从衣袋里掏出装着七个卢布的信封，拿在手里，很难为情，开腔说话：

“很对不起您，阿丽萨·奥西波芙娜，但是，我要告诉您……我是万不得已……”

法国姑娘看了一眼信封，明白是怎么回事。自她授课以来，这是头一次她的脸抖了一下，一本正经的冰冷表情也不见了。她的脸微微发红，低垂着眼睛，手指使劲摆弄细细的金表链。沃罗托夫看着她慌乱的样子，明白这一个卢布对她是多么宝贵，失去这份收入，她又会多么心情沉重。

“我应该告诉您……”他更加不安，觉得心中紧缩了一下，嘟囔着说，又忙忙把信封塞进衣袋里，接着说道，“请原谅，我……我让您等十分钟……”

他作出根本不想辞退她、只是请她稍呆会儿的样子，到另一房间去，在那里坐了十分钟。过后回来，他就更加惶惶不安，他想，他刚才短暂离开房间，她可能有她自己的解释。他觉得很不自在。

又开始上课。

沃罗托夫对上课已没有任何兴趣。他知道这次上课反正也学不出任何名堂，就让法国姑娘胡乱讲下去，既不问她，也不打断她。她兴之所至，一堂课里就翻译了十页，可他没听进去，气喘吁吁的，由于无聊，就忽而看她的鬈发，忽而看她的脖颈，忽而看她的那双白嫩的纤手，吸吮她的衣香……

他觉得自己有不好的念头，感到心中有愧，或者，他想改变初衷了，于是，他又觉得受到伤害而恼怒，因为她对他冷淡，像对小学生一样一本正经，她不笑，像是生怕他不留神碰触她。他一直在想，怎么才能得到她的信任，怎么才能尽快彼此相知，然后再帮助她，让她知道她是怎样的不通为师之道。真可怜。

有一次，阿丽萨·奥西波芙娜盛装打扮来上课，她穿着粉红色的长裙，微露胸脯，她的身上散发出一缕香气，仿佛只要向她吹一口气，她就飘然欲仙，或者，化作一股轻烟飞散而去似的。她道歉说，只能上半个小时的课，因为她上完课马上就去舞会。

他看着她的脖颈，看着她颈边裸露的后背。他似乎明白了为什么法国女人有轻浮放荡，容易堕落的名声。他坠入了香、美、裸的十里雾中。可她不知道他在想什么，大概对他的想法也丝毫不感兴趣，就一页一页很快往下翻，一段一段往下译："您往哪儿去，看您这苍白的脸色，我很难过。"

Mémories 早就学完，现在，她又选另一本书边译边教。有一回，她提前一个小时来上课，道着歉说，她七点钟要去小剧院。上完课送走她之后，沃罗托夫穿好衣服，也去剧院。他觉得他随后就去，是为了稍事休息，散散心，他的脑子里没想阿丽萨。他不可设想，一个在学问上要有所造诣，一个正儿八经，又胖得不想走路的人，竟然抛开事业，跑到剧场去，只是为了到那儿看一眼不太熟悉，不太聪明和知识浅薄的姑娘……

可是，不知为什么在幕间休息时，他的心跳个不停，连他自己都没注意到，他就像个在休息厅和走廊里乱跑的孩童，迫不及待在找人似的。幕间休息结束时，他心里觉得孤寂。而当他看见眼熟的粉红色长裙和披着花纱的漂亮肩膀时，他的心紧缩了，似乎他有一种幸福的预感。他开心地笑着，而且，平生第一回尝到了醋意。

阿丽萨和两个模样不好看的大学生，还有一个军官在一起。她哈哈笑着，大声说话，显然在卖弄风骚。沃罗托夫从未见过她这样子。显而易见，她幸福、满足、真诚、亲切。这是为什么？为什么？也许她觉得这些人亲近，是一个圈里的，她还……沃罗托夫感到他和这个圈子之间隔着万丈深渊。他向他的这位教师行礼如仪，但她只冷冷地，向他点点头，很快从一旁走过。她明显不想让她的男伴们知道，她在教学生，她穷得只好去授课。

剧院相逢之后，沃罗托夫自感，他恋爱了……在后来的授课中，他的眼睛总是盯着这位文雅的女教师，他已无法克制自己，而是胡乱做着纯洁的和不纯洁的痴想。阿丽萨·奥西波芙娜的脸不再冷冰冰的了，每晚八点钟，她总是平静地说一声："先生，再见。"他觉得，她对他冷淡，而且还会冷淡下去。他无法自拔。

有时，在上课中间，他就浮想联翩，心中升起希望，构想各种计划，挖空心思编造表白爱情的话，他就想法国女孩都水性杨花，容易委身于人，可是，看一眼女教师的脸，他顷刻之间就万念俱灰，就像住在别墅里，遇上刮风天，端着烛台到阳台去，一下就让风吹灭似的。有一次，他如醉如痴，像说梦话似的，迷迷糊糊的，神不守舍，当她上完课出书房，到前厅去的时候，他上气不接下气，磕磕巴巴表白爱情：

"您对我来说太宝贵了！我……我爱您！请让我说吧！"

阿丽萨一下脸色变白，大概是害怕。他心想这回表爱以后，她就没法到这里来，挣这一个卢布的授课钱了。她作出惊讶的眼色，大声说：

"噢，这不可能！别说这话，求您了！别！"

事后，沃罗托夫一宵没睡，他羞愧交加，责骂自己，绞尽脑汁在想。他觉得，他这一表白，伤害了这姑娘，她就不能再到他这里来了。

他决定早晨去居民地址查询处查她的地址，再给她写一封道歉信。但是，阿丽萨来了，其实不必写信。起初，她有点尴尬，但过后就打开书，还像往常一样，口齿清楚利落地翻译那书中的句子：

"噢，这位年轻的绅士别采撷园中的花，我想把这花送给我病中的女儿……”

直到现在，她仍来上课。已经译了四本书，可是，沃罗托夫除去“mémories”这个词以外，一无所获。当有人问他的学术工作进展如何时，他就挥挥手，所答非所问，谈起天气来。

狮子和太阳

乌拉尔山这边的一个城市里，有一个消息不胫而走，说是近日有一位名叫拉哈特·赫拉姆的波斯高官莅临本城，就下榻于“日本”饭店。这个消息对老百姓来说倒无所谓：来了个波斯人，就那么回事。惟独一市之长斯捷潘·伊万诺维奇·库岑从市参议会得知有个东方要人到来，就很费了一番思索，问道：

“他要到什么地方去？”

“好像是去巴黎，或者，去伦敦。”

“哼！……就是说，是个重要角色？”

“鬼才知道。”

从参议会回到家里吃罢饭，一市之长又很费了一番思索。但这回一直思索到掌灯时分。他对这位波斯显宦的到来大感兴趣。他觉得，拉哈特·赫拉姆此行，是命运给他的安排，实现他热烈而神圣理想的天赐良机终于到来。事情是这样，库岑已有了斯坦尼斯拉夫奖章和一枚红十字章，还有一枚“水上救助会”徽章，除此之外，他定做了一个金坠子（一支枪和一个七弦琴交叉）。这坠子挂在制服扣眼上，远看去，很像一个奇特的物件，让人误以为是个奖章。众所周知，凡勋章和奖章越多者，则更想多要点。这一市之长早就想得到一枚波斯的狮子和太阳勋章，想得如醉如痴，都要想疯了。他非常清楚，要想得到这枚勋章，一不要效死疆场，二不要捐资慈幼院，三不要通过选举担任官职，而只需要恰当的机遇。现在，他觉得这机遇来了。

第二天中午，他戴上全部奖章和那个金坠，驱车去“日本”饭店。他的运气颇佳。当他走进那波斯显宦的房间时，那人正无事可做。拉哈特·赫拉姆是个高大的亚洲人，有个田鹬一样的长鼻子，一双眼球突出的蛤蟆眼，戴着圆形平顶帽。他坐在地板上，翻腾他的箱子。

“请原谅打扰您，”库岑笑着说，“我荣幸地向您作自我介绍：世袭荣誉公民和骑士、本市市长斯捷潘·伊万诺维奇·库岑。我认为有义务向您，可以说，向我们友好邻邦的代表，表示敬意。”

波斯人转过身来，用非常蹩脚的法语嘟囔了一句什么话，那话音就像木头敲木板似的。

“波斯国界，”库岑接着说他事先背熟的欢迎词，“与我们辽阔祖国的边疆紧密相连，因此，彼此的同情可以说使我有了向您表达精诚团结的愿望。”

显赫的波斯人站起来，又用木头一样的语言嘟囔了一句什么。库岑不懂外语，摇摇头表示听不懂。

“那我怎么跟您说话呢？”他想了想。“最好派人去找个翻译来，可这事微妙，不能当着别人的面说。过后，翻译会嚷嚷得满城风雨。”

库岑就回忆在报上见过的一些外国话。

“我是市长……”他低声说，“就是罗得—米尔①……木尼齐帕尔②……乌依？康普列奈？③”

他想用语言和表情来表达他的社会地位，又不知怎么做才好。墙上挂着的一幅大个标题字的画，写着“威尼斯市”，这可救了他的大驾。他用手指指指那个城市，然后指指自己的脑袋，因而，照他的意思，就成了一句话：“我是市长”。波斯人不懂，但笑笑，说着：

① 英语：Lord mayer（市长）。
② 法语：municipalais（市长）。
③ 法语：Oui? Comprenez-vous?（怎么样？明白了吗？）

"耗（好），先生……耗……"

过了半个小时，市长拍拍波斯人的膝盖，拍拍他的肩膀，说：

"康普列奈？乌依？作为罗得—米尔和木尼齐帕尔……我建议您出去小小的普罗米纳什①……康普列奈？普罗米纳什……"

库岑用一个手指指威尼斯，再用两个手指比画两条腿走路的样子。拉哈特·赫拉姆死死盯着他的奖章，显然他猜出来，这是城里最大的人物，听懂了"普罗米纳什"这个词，好意地咧咧嘴笑笑。然后，两个人穿上大衣，出了房间。到了楼下，走到通向"日本"饭店的门边，库岑想想，请这波斯人吃上一顿也不错。他停住脚步，指着那些餐桌，说道：

"按俄国人的习惯，不妨来点那个……皮由来、安特列科特②……香槟什么的……康普列奈？"

显赫的客人明白了，过了一会儿，两个人在餐厅里挑了个雅而又雅的雅座，坐下来，喝香槟，大嚼。

"为了波斯的繁荣干杯！"库岑说，"我们俄罗斯人喜欢波斯人。虽然我们信仰不同，但是，我们彼此有共同的利益，就是说彼此同情……进步……亚洲市场……和平开发，就是说……"

显赫的波斯人胃口好，又吃，又喝。他用叉子碰碰风干鱼，兴高采烈地摇了摇头，说：

"耗！好③！"

"您喜欢吃吗？"一市之长乐了，"好？好极了。"他转身对听差的说，"鲁卡，你去办一下，伙计，吩咐往这位大人的房间里送点更地道的风干鱼！"

过后，一市之长和波斯来的大官驱车去看动物园。市民看见他们的斯捷潘·伊万诺维奇喝香槟喝得脸红扑扑的，喜笑颜开，心满

---

① 法语：Promenade（散步）。不正确的音译。

② 法语：Puree，entrecote（浓菜汤，牛肉片）。

③ 原文为法语的俄语拼音。

意足，领着波斯人看几条主要大街和市场，参观城里的名胜古迹，还领他上了消防队的瞭望台。

与此同时，市民们还看到他站在雕着狮子的石头大门边，先指指让波斯人看那狮子，然后，往上指指太阳，再往后指指他的胸脯，再往后，再指指狮子和太阳，波斯人晃晃脑袋，像是表示同意的样子，他笑着，露出两排白牙。晚上，两个人坐在“伦敦”饭店，听竖琴演奏家抚琴，夜里他们到了什么地方，则不得而知。

第二天清早，市长到市参议会。下属们显然已有所闻，在做各种各样的猜测，因为秘书到他身边，带着嘲讽的笑意，笑笑，说道：

“波斯人有个习俗：如果有尊贵的客人来拜访您，您就要亲自动手杀羊待客。”

过了一会儿，有人送来一个邮包。市长打开，看见里面是一张漫画。画的是拉哈特·赫拉姆，还画市长跪在他的面前伸手对他说：

为了俄罗斯和伊朗两大帝国的友谊，
为了表示对您的敬意，无上尊贵的使者，
我恨不得变头羊把自己宰掉，
不过，可惜我——是头驴。

一市之长颇为不快，觉得心里窝火，但没维持多久。中午，他又去拜访显赫的波斯人，又请他吃一通。当再领他游览市内名胜古迹的时候，顺便又把他带到石雕大门前，又是一阵忽而指指狮子，忽而指指太阳，忽而指指自己的胸脯。两个人又到“日本”饭店进餐。进餐后，两个人嘴里叼着雪茄，脸都红扑扑的，快活得不得了。接着再次登上了消防队瞭望台。一市之长显然想让客人开开眼，就朝着下面走过的哨兵喊：

“报火警！”

但火警没报成，因为此时消防队员正在澡堂子里。

在“伦敦”饭店用过晚餐，晚餐后波斯人离去。斯捷潘·伊万诺维奇依依送别，他照俄国人的习惯，吻了他三次，甚至洒下几滴清泪。当火车起动的时候，他叫道：

“代我们向波斯致意。请转告，我们爱波斯。”

过去一年零四个月。天气严寒，到零下三十五度。刺骨的冷风吹着。斯捷潘·伊万诺维奇敞胸掀开皮衣，走在大街上。他感到恼火的是，没碰上任何人，也就谁也看不到他胸上别着的狮子和太阳勋章。就这样，他敞着胸一直遛到天黑，冻得手脚发僵。夜里他辗转反侧，无论如何也不能成眠。

他心情沉重，胸中火烧火燎的，很不安：他现在又想得到一枚“塔科瓦”勋章。想得很切，想得很苦。

飞来横祸

夜里，市银行行长彼得·谢梅内奇、会计师、副会计师，还有两个职员被抓进监狱。第二天，在这场轩然大波之后，银行监察委员会委员，商人阿夫杰耶夫，和他的几个朋友在店里闲坐，他说道：

“就是说，上帝就是这样安排的。命中注定。现在，我们在这儿吃鱼子酱，可明天呢，瞧吧，一下子进了监牢，成了要饭的，要不就是一命呜呼。什么事都可能发生。至少就拿眼下的彼得·谢梅内奇来说吧……”

他说着，眯细着醉意蒙眬的眼睛，几个朋友喝酒，吃鱼子，听着他说。阿夫杰耶夫说，昨天彼得·谢梅内奇还不可一世，人人敬重，结果呢，名誉扫地，落到了求告无门的地步，他一通大说特说之后，接着叹口气：

“罪有应得。他们这些无耻之徒活该！这些乌龟王八蛋，就会巧取豪夺，现在受到报应了。”

“伊万·丹尼雷奇，弄不好你也可能受到牵连！”一个朋友说。

“我凭什么有牵连？”

“就凭这一条。那些人弄钱，可监察委员会是干什么的？说不定你在那些账目上也签了字了吧？”

“嘿，这可不是说着玩的！”阿夫杰耶夫笑笑。“我是签了字了！把账目送到我的店里来了，签就签吧。我知道什么？不管你给我什么，我就照签不误。要是现在你拿了条子来，上面写我杀了人，我还是要签。我哪里有空细看，而且，我不戴眼镜什么都看不见。”

聊完银行的倒闭和彼得·谢梅内奇的下场，阿夫杰耶夫和他的几个朋友就动身去一个熟人家去吃馅饼。这天，是熟人的妻子过命名日。祝贺命名日的所有来客都谈银行倒闭的事。阿夫杰耶夫比谁都慷慨激昂，他确信不疑，银行的倒闭早就在他的预料之中，说两年前他就知道银行里头手脚不干净。席间大家吃馅饼，他又就他耳闻，一连说了十来件违法事件的来龙去脉。

“如果您知道，那为什么不告发？”一个来祝贺命名日的军官问他。

“不是我一个人知道，全城都知道……”阿夫杰耶夫笑笑，“况且哪有时间跑法院。去他的吧！”

他吃完了馅饼，吃正餐，又歇了会儿，然后，去他担任委员的教堂去做祈祷，祈祷完事，又去命名日宴会，接着打牌一直打到深夜。显然，一切正常。

后半夜，阿夫杰耶夫回到家里，给他来开门的厨娘，脸色苍白，浑身发抖，连一句话都说不出来。他的老妻伊丽莎白·特罗费莫芙娜，一个善于保养自己的胖老太婆，披散着花白头发，坐在客厅的沙发上，吓得缩成一团，像喝醉了酒似的，两只眼睛漫无意识地乱转。他的大儿子瓦西里，一个中学生，也是脸色苍白，吓得不得了，在她的身边拿着杯子急得手忙脚乱。

“怎么回事？”阿夫杰耶夫问，生气地斜了一眼壁炉（他们家常闹煤气事故）。“刚才侦讯官带警察来过……”瓦西里答道，“搜查过了。”

阿夫杰耶夫往四下里一看。立柜、衣橱、桌子，一切都留着刚搜查过的痕迹。阿夫杰耶夫呆若木鸡，一动不动，站了一分钟，实在不明白是怎么一回事。过后，他的五脏六腑就发颤、变大，左腿也觉得发麻。他受不了浑身乱颤，索性就趴在沙发上。他听得出他的五脏六腑一个劲翻腾，他的左腿也不听使唤在椅子背上乱撞。

有两三分钟，他回顾了他自己的全部经历，但没找到一条值得司法当局注意的罪状……

“这都是胡扯淡……”他站起来说，“这一定是有人诬告我。一定要明天就提出申诉，制止他们这么干……”

第二天早晨，阿夫杰耶夫一夜没睡好，照常去他的店里。一些顾客给他带来消息，说昨夜检察官又把银行副行长和一个文牍员送进了监狱。这条消息并没有使阿夫杰耶夫感到不安。他深信，他是遭到了诬陷，如果他今天提出申诉，那侦讯官恐怕就要为昨天的搜查受到追究。

十点钟的时候，他跑到市政府找一个秘书，此人是整个政府里惟一通情达理的人。

“弗拉基米尔·斯捷潘内奇，这是什么毛病？”他把嘴凑到秘书的耳边说，“别人贪污，可我怎么也牵连在里头？为什么？亲爱的，”他低声说，“我家夜里竟遭到了搜查！上帝保佑……他们这是中了邪了怎么的？为什么打我的主意？”

“为了别再当替罪羊，”秘书的口气很平静，“签字之先，要看看……”

“看什么？我就是把这些账目看上一千年，我也是看不出一丁点名堂的！我懂得那都是些什么鬼玩意！我是会计师吗？给我送来了，我就照签不误。”

“对不起。除此之外，您跟您那个委员会一样，都名声很糟。您就没拿出任何担保从银行借了一万九千卢布。”

“上帝保佑！”阿夫杰耶夫惊奇了，“难道借款的就是我一个人吗？全城的人都借款！我是要交利息和清还债款的。上帝保佑你！除此之外，这么说吧，平心而论，难道是我要拿这笔钱吗？彼得·谢梅内奇硬要给我。借吧，他说，借吧。他说，你要是不借，那就是看不起我，不信任我。他说，你弄这笔钱，去给你老爹盖个磨坊。我这才借的。”

“您看看：只有娃娃和绵羊才说得出这种话。不管怎么说，先生，您怎么激动都没用。法院的事您当然脱不开，但是，说不定您会弄个无罪开释。”

秘书心不在焉的态度和他平静的语调，给阿夫杰耶夫吃了个定心丸。回到店里，见到他那些朋友，他又是一通喝酒，吃鱼子酱，摇唇鼓舌，高谈阔论。搜查的事他几乎都忘了，只是有一个情况让他不安，这他不能不加以关注，即他的左腿古里古怪地发麻，不知为什么他的胃完全失去了消化能力。

那天晚上，命运又给了他致命的一击：在市杜马紧急会议上，所有的银行人员，其中包括阿夫杰耶夫在内，凡在受审和侦讯之列的，其议员资格一律革除。早晨，他还收到一纸公文，促请其即速放弃教堂委员职务。

此后，命运给他带来了不少打击，他简直数都数不清。那些离奇荒唐的日子在他面前飞逝而过。每一天都要发生一起意想不到的新事故。与此同时，侦讯官送传票来传他。从侦讯官那里回到家，他满腹冤屈，脸色通红。

“就像把刀勒在脖子上：你为什么签字？我签了，就这么回事！难道我是有心的吗？他送到店里来了，我也就签了。我都看不懂那上面写的是什么。”

来了一些年轻人，他们脸色冷漠，查封了店铺，并将室内的家具登记造册。阿夫杰耶夫还是怀疑遭人暗算，还是认为自己无辜，于是不免连连叫屈，就到各衙门里去投诉。一连几个小时他在门厅里苦等，挖空心思想出一些长长的求告说词，他哭，他骂。对于他的申诉，检察官和侦讯官只是淡淡而毫不含糊地说：

“等传你的时候，再来，现在我们没空。”

另一些人则说：

“这事我们不管。”

阿夫杰耶夫觉得通情达理的那位秘书，也是爱莫能助，只耸耸肩，说：

“都是您自己的过错。不能当替罪羊……”

老头忙乱着，他的腿还是麻木，胃的消化能力更加低下。无事可做，他心中烦闷，再加上穷困潦倒，他决定到父亲的磨坊去，或者，去找哥哥，做点面粉生意。但禁止他离城。他的家人搬到父亲家去，撂下他孤身一人。

日子一天天过去。没有家，没有工作，没有钱，这位前委员，一个受人景仰和敬重的人，整天到各个店里去找朋友，喝，吃，听人家出各式各样的主意。每当早晨或晚上，他为了消磨时间，到教堂去。他一连几个小时凝神看着圣像，并不祈祷，而是想他的心事。他于心无愧，他之所以落到这一步，他认为这只不过是一个错误，一场误会。照他的看法，这一切仅仅是由于侦讯官和官僚们年轻，没有经验。他觉得，如果有个老练的法官跟他推心置腹，详详细细谈谈，那就会一切都水落石出。他不理解这些法官，他觉得，这些法官也不理解他……

日子飞逝而过。终于，经过漫长而烦人的拖延，开庭的时间到了。阿夫杰耶夫借了五十卢布，弄了点擦腿的酒精和治胃病的草药，动身到高等法院所在的这个城里去。

公审持续了一个半星期。公审期间，阿夫杰耶夫就像个受人景仰而无辜受害的人，一直是器宇轩昂，庄严不可侵犯的样子。他坐在他的不幸的同伴中间，听着，根本不明白是怎么一回事。他心怀敌意。他感到气愤的是，法院扣了他这么久，他还没法吃到素食，辩护人也不了解他，他觉得他们说的那些话，都文不对题。他觉得，法官审理案子也太不像样。他们对阿夫杰耶夫不屑一顾。他们向他提的问题，也太不成体统，以致阿夫杰耶夫每次回答问题，都引起哄堂大笑。他竭力想说说他的种种花费和损失，说说他要求赔偿诉讼花销，那辩护人却总是回过身来，作出不可理解的脸相，听众就要笑一阵。审判长严厉申斥，说这与本案无关。他在最后申辩时，没照着辩护人教的话说，而是说了引人发笑的不着边际的话。

在那可怕的时刻，当陪审员聚在屋里商议的时候，他气呼呼地坐在小吃部里，陪审员在干什么，他完全没放在心上。他不明白，既然一切都清楚了，为什么还嘀咕那么长时间，他也不知道，他们究竟要拿他怎么样。

他饿了，让仆役给弄点便宜点的素食。花了四十戈比，给了他一条冷鱼煎胡萝卜。他吃了下去，立时就觉得这块沉甸甸的鱼压在他的胃里。接着就打嗝，烧心，疼……

后来，他听首席陪审员宣读各项问题的时候，他的五脏六腑就上下翻腾，浑身冷汗淋漓，左腿发麻。他没听，他一点都听不明白，更痛苦得不能忍受的，是因为他不能坐着，或躺着听首席陪审员宣读。终于，让他和他的同伴坐下，最高法院检察长也说了些不明不白的话。就像从地里钻出来似的，不知从哪儿冒出来几个宪兵，拿着出鞘的军刀，把被告团团围住，命令阿夫杰耶夫站起来，出去。

现在，他明白了，他的罪名成立，已在看押之下。然而，他并不害怕，也不惊奇。他的肚子里闹得一塌糊涂，他根本没精力考虑他已被看押这件事。

“就是说，不让我们回房了？”他问他的一个同伴，“可我的房里还有三个卢布和四分之一磅茶叶哪。”

他在警察分局过的夜，整夜他都觉得那条鱼恶心，惦记着那三个卢布和四分之一磅的茶叶。大清早，当天空刚刚发蓝的时候，就命令他起来走路。两个士兵枪上上着刺刀，押送他到监狱去。他觉得别的时候城里的街道，还从来没这样漫长，这样没有尽头。他不是走在人行路上，而是走在积雪融化的肮脏的大街中央。他那五脏六腑依然还在和那条鱼搏斗，左腿发麻。他的靴子是丢在法院了，还是丢在警察局了，他记不得了，脚冻得发僵……

过了五天，全体被告再次带到法庭聆听宣判。阿夫杰耶夫得知，他被判流放到托博尔斯克省。对此，他还是不觉得害怕，不觉得惊奇。不知为什么，他总以为，案子还没了结，还在拖下去，还没有作出真正的“裁决”……他在监狱里，每天都在等待这个裁决。

半年过后，妻子和儿子瓦西里来向他告别，他看这衣衫褴褛的瘦老太婆，几乎认不出她就是当年富态结实的伊丽莎白·特罗费莫芙娜，看他的儿子没穿着学生制服，而是穿着破上衣和花条布的裤子，他这才明白，他的命运已定，无论什么样的新“裁决”，都已无法挽回他的过去。自从开庭审判和在监狱羁押以来，他头一次脸上去掉了愠怒的表情，伤感地哭了。

吻

五月二十日，晚八时，N预备炮兵旅整六个连出发野营途中，在梅斯捷奇基村过夜。一些军官在大炮旁边忙乱，另一些军官聚集在教堂栏栅边的广场上，听宿营官的安排，正在忙得不可开交的时候，教堂后面来了一个骑手。他身着便服，骑着一匹怪里怪气的马。这是一匹浅黄色的小马，马颈很美，短尾巴。这马不是冲直，而是斜刺着走来，四蹄迈着细碎的舞步，就像有根鞭子抽它的腿似的。骑手走到军官们近旁，抬了抬帽子，说道：

“本地地主，冯·拉贝克中将大人有请各位军官先生即刻光临用茶……”

那马点点头，迈着舞步，侧着身子往后倒。骑手再次抬了抬帽子，转瞬之间，就消失在教堂的后面。

“鬼知道这是怎么回事？”几个军官分开回营房的时候，嘟囔着，“刚想睡觉，可这位冯·拉贝克要请喝茶！我们知道这茶是什么味！”

去年有一件事，六个连的军官们都还记忆犹新。当时正值演习，他们，还有一个哥萨克的团的军官，也是这样，让一个退役军人、伯爵地主请去喝茶。这个殷勤好客的热心肠地主好一通招待，吃饱了，喝足了，硬是不让回村里的宿营地去。这当然很好，好得不能再好，但是，糟糕的是，这位退役军人喜欢这些年轻人未免过火。他给军官们一段一段讲他的光荣史，领他们参观各个房间，展示他珍贵的油画、古老的版画、少见的枪支，还给他们念一些大人物的亲笔长信，一直弄到曙光初露，军官们熬得筋疲力尽，听着，看着，真想上床好好睡睡，他们小心翼翼地握着袖口打哈欠。到了最后，主人放他们走的时候，再睡也迟了。

这冯·拉贝克是否也是这号人？是也好，不是也好，反正是没法办的事。军官们换上笔挺的军装，洗刷过后，排成长串，去寻访这地主的庄园。到了教堂边的一个广场，有人告诉他们，去老爷家可以走下坡路，从教堂后边下去到河边，顺着河岸走到一座花园，再从那里走小路就到要到的地方了，或者，从上坡走，由教堂顺路直走，路边是地主的谷仓，这条路离村才半俄里路。军官们决定走上坡。

"这冯·拉贝克是什么人？"他们在路上议论，"是不是驻扎普列夫纳的N骑兵师师长？"

"不，那不是拉贝克，只叫拉贝，没有冯。"

"天气可真好！"

走到第一个谷仓附近，大路分岔：一条岔路直走，消失在暮霭中，另一条向右直奔地主家。军官们向右拐，开始悄声说话……路的两边是石垒谷仓的红屋顶，显得高大、阴沉，很像县城里的兵营。前面，地主家的灯火闪亮。

"先生们，好兆头！"一个军官说，"我们的'猎犬'跑到前面去了。就是说，他闻出来，前面有猎物！……"

走在最前面的，是中尉洛贝特科，他身材高大结实，但没长胡子（他都二十五岁了，不知为什么他的脸上还没长出胡子）。此人在全旅以嗅觉灵敏，善从远处判断有否女人著称。他转过身来，说：

"对，这儿一定有女人。这是我的本能感觉。"

冯·拉贝克亲自到宅门口迎接军官们。这是个仪表堂堂的老头，六十多岁，穿着便服。他握着客人的手，说他很高兴和荣幸，但为了上帝，他恳切请求军官先生们原谅，他不能请他们在他家里过夜。因为有两个姐妹和她们的孩子，还有几个兄弟和邻居来看他，以致没剩下一间空房。

将军逐一握过所有人的手，请求原谅，笑着，不过从他的表情看，他对这些客人并不像去年那位伯爵那样欢迎客人的到来，他邀请这些军官，仅仅是因为礼仪所系。军官们踏着铺着柔软地毯的楼梯上楼，一边听着他说，一边自己也觉得，他们之所以被邀到他家，仅仅是因为不邀请有失情理。再看看那些仆人忙匆匆点亮楼下大门口和楼上前厅的灯火，他们也觉得，他们给这个家带了不安和忙乱。既然主人的两个姐妹和她们的孩子，几个兄弟和邻人大概是为了家庭庆典，或者别的事故来聚会，那么，这些军官到此相扰，会受到欢迎吗?

上楼，在大厅门口，一位身材高挑匀称的老妇迎接客人，她的长长的脸上有两道黑眉，很像厄热尼皇后①。她带着亲切矜持的微笑，说她很高兴和荣幸在她的家里见到客人，接着抱歉，她和她的丈夫这回无缘邀请客人在此过夜。但每当她转过身去吩咐什么事情的时候，她的美丽而庄重的笑容迅即消失，仅此一端，就可以看出，她这辈子军官先生见得多了，她现在无暇顾及他们。如果说她邀他们来她家，也仅仅是因为她的教养和她在上流社会的地位要求她这样做。

军官们走进一个大餐厅。长长的餐桌一头，有十来位先生和太太坐在那里喝茶，他们有的年长，有的年轻。椅子后面，在轻薄的雪茄烟气氤氲中，黑糊糊的，有一群男人。他们中间，有一个细瘦的年轻人，他留着红色的络腮胡子，正在那里说英语，但口齿不清。这群人后面，穿过门，看得见是个明亮的房间，里面摆着淡蓝色的家具。

“先生们，你们这么多人实在没法一一介绍!”将军大声说，他尽力显出愉快的样子，“认识一下，先生们，各自随便吧。”

军官们有的表情严肃，甚至严厉；有的勉强笑着，觉得不自在，大家都勉强行过礼，坐下喝茶。

最觉得拘谨的是利亚鲍维奇上尉。这是个身材短小，背有点佝

---

① 厄热尼皇后，拿破仑三世的妻子。

偻的军官。他戴着眼镜，留着山猫式的络腮胡子。当有的军官表情严肃，有的勉强带笑的时候，他的那张脸，山猫式的胡子，还有那眼镜，都好像在说：“我可是全旅最腼腆，最谦卑，最平庸的人哪！”开头的时候，他进了餐厅，坐下喝茶，他无论如何也不能集中精神看一个人和一件事。那些脸，那些衣裙，那些斟满白兰地的玻璃酒杯，杯中冒出的热气，雕花的檐板，这一切都汇成了浑然一体的强大印象，使利亚鲍维奇手脚慌乱，恨不得把头藏起来。就像一个头一次登台面对听众的朗诵者似的，他看见了眼前的一切，但对看见的东西却不可理解（心理学家称这种目视可见，但不理解的患者为“精神盲”）。过了一会儿，利亚鲍维奇习惯了周围的环境，心里觉得亮堂了，就打起精神四下里张望。首先使这个自愧而孤僻的人觉得新奇的，也是他从未见过的，就是这些新相识非比寻常的大胆。冯·拉贝克，他的夫人，两位年长的太太，还有一位穿淡紫色长裙的小姐，一位后来知道是拉贝克幼子、长着红胡子的年轻人，都狡猾之至，他们似乎事先排练好的样子，分坐在军官们中间，立即挑起激烈的争论，客人们就不得不卷了进来。淡紫色裙小姐慷慨陈词，说炮兵要比骑兵和步兵轻松得多。拉贝克和几位年长的太太则反唇相讥。于是各执一词。利亚鲍维奇看着这位淡紫色裙小姐气急败坏争论着她根本不懂，又毫不相干的话题，他还注意到，她脸上的虚假微笑，时而闪现，时而消失。

冯·拉贝克和他的一家显然有意让这些军官参加争论，与此同时，他们紧盯着不放，看着他们的杯子和嘴，看他们是不是都有茶，茶里面是不是都放了糖，为什么有的人不吃饼干，或者，不喝白兰地。利亚鲍维奇越看越听，就越对这虚伪，但却训练有素的家庭感兴趣。

喝过茶后，军官们进大厅。中尉洛贝特科的嗅觉绝没错：大厅里有许多的小姐和年轻的太太。猎犬般的中尉早就凑到一位身穿黑色长裙金发妙龄小姐的近旁。他摆出微弯着身子的威武姿势，就像倚着一把无形的马刀似的。他微微笑着，挑逗地耸耸肩膀。他大概说了些很不得体的闲话，因为那金发女郎很倨傲的样子，看着他的那张嫩脸，冷冷地问他："是真事吗？"从这句无动于衷的"是真事吗？"看，如果这猎犬还算聪明，他就能得出结论，恐怕没法往上扑了。

钢琴弹得很响。忧郁的华尔兹舞曲从大厅里飞向敞开的窗口，不知为什么令人想起，现在窗外是春天，是五月之夜。大家都闻出空中弥漫着白杨树的嫩叶味、玫瑰花和丁香花的馥郁气息。利亚鲍维奇在充盈两耳的乐声中，几杯白兰地下肚，顿觉悠悠然。他斜眼看了一眼窗外，笑笑，再看仕女们的舞步，他就觉得，这白杨香、玫瑰花和丁香花香不是来自园中，而是女人脸上和衣裙上的清香。

拉贝克的儿子邀请一位细瘦的女子跳了两圈。洛贝特科从地上滑过去，飞到淡紫色裙小姐的身边，带着她在大厅里转。舞会开始……利亚鲍维奇站在门边一群不跳舞的人中，看着。他这一生还没跳过一回舞，而且也没有一次机缘搂过体面女人的腰肢。每看到别人在众目睽睽之下，搂着一个陌生姑娘的纤腰，让她把手搭在他的肩上，他就羡慕得不得了，可他无论如何想象不出自己能有此艳福。每当他嫉妒他的同伴的豪勇和利落的时候，他就觉得心里难受。他一想到他的胆怯和平庸，想到他的长长的腰板和那一撮山猫胡子，就深感自愧不如，但是，随着岁月的流逝，他对这种想法现在已习以为常，他看着跳舞的人，或那些高声说话的人，已经不再羡慕，而只是觉得有点忧伤。

开始跳卡德里尔舞。小冯·拉贝克走到那群不跳舞的人跟前，请两个军官去打台球。两个军官愿意，就跟着他走出大厅。利亚鲍维奇无事可做也想和大家一道玩玩，于是，就跟在他们后面溜了出来。他们出大厅经过一间客厅，而后走进一个窄窄的玻璃走廊，过了走廊到一间房里，他们一来，有三个睡意蒙眬的仆人身影猛地从沙发上跳起。最后，小拉贝克和那两个军官一连穿过许多房间，走进放台球的小房。

利亚鲍维奇除了玩牌，什么都不会玩。他就站在台球桌旁，看打球。他们解开衣扣，手里拿着球杆，来回走动，嘴里说着不三不四的话，不时嚷着，但谁也不明白嚷的是什么。打球的人都不理睬他，只是偶尔有谁胳臂碰了他一下，或者，不当心球杆钩了他，那人才转过身来，忙说："对不起。"第一盘还没打完，他就已经烦了。他觉得，他是多余的人，碍手碍脚的……想回大厅，就踱了出来。

在回去的路上，他碰上了一桩小小的奇遇。走到半路，他发现，他走的方向不对。他记得很清楚，在路上，应该还要看到那三个昏昏欲睡的仆人，但是，他走过五六个房间，这三个人好像钻到地底下去了。他发现走错了路，又扭回身往后走了几步，再向右拐，来到一间半明半暗的书房，他们去台球房的时候，这房没见过。稍站片刻，他犹豫不定，随手推开他遇到的第一道门，走进一间伸手不见五指的黑屋子。迎面的门缝里，透出明亮的灯光。门后隐隐约约传来忧郁的玛祖卡舞曲乐声。这里也和大厅里一样，窗子大开，有白杨树，丁香花和玫瑰花的气息……

利亚鲍维奇停住脚步，迟疑不前……这时，他忽然听到急匆匆的脚步声和衣裙的窸窣声，还有女人气喘吁吁的低语："你可来了！"接着，确凿无疑是一双香气喷喷而绵软的女人纤手，围住了他的脖子，那温暖的面颊紧贴着他的面颊，与此同时，送来一个香吻。但那送吻的女人轻轻叫了一声，利亚鲍维奇觉得，那女人忿忿而去。他也几乎没叫出声来，赶紧就朝着溢出灯光的门缝跑去……

当他回到大厅的时候，他的心在跳，手也颤抖得太显眼，赶紧把手藏到背后去。起初，他很感羞耻和可怕，以为整个大厅都知道了刚才一个女人搂抱和亲吻他的事。他满心狐疑，慌里慌张用眼睛向四周搜寻，等到他确信大厅里的人还是那样平平静静、跳舞、交谈的时候，他这才以他的整个身心去消受他此生还从来没体验过的新感觉。他觉得有点怪……他恍惚觉得，刚才让一双香喷喷、柔软的纤手环绕过的脖子，像是抹了一层油；靠近左侧胡子的腮边，那陌生女子吻过的地方，像溅上水珠一样，有一丝丝轻快的凉意。这地方他越擦，这凉意就感觉越明显。他的全身从头到脚，都充满了一种新奇怪异的感觉，而且，越来越强烈……他想跳，想说，想跑到花园去，放声大笑……他忘乎所以，不记得他是个有点驼背而毫无光彩的人，不记得他的那山猫胡子和“其貌不扬”了（有一次，女人们谈到他的外表，他无意中听到这个说法）。拉贝克的夫人从他身边走过，他就带着酣畅而亲切的笑意，对着她笑了笑，以致她停下脚步，迷惑不解，看他。

“我真喜欢您这宅子！……”他正了正眼镜说。

将军夫人笑笑，告诉他，说这房子原是她父亲的。后来，她又问他的双亲是否还健在，他在军中服役是不是有很长时间了，还有他这么瘦一类的话……她听了他一一回答之后走开，可他和她谈过话之后，他的笑容看起来就更加和蔼，他想，他周围都是些极其体面的人……

晚餐时，他呆头呆脑，端上菜来闷头就吃喝，他对什么都充耳不闻，只是在竭力思索刚才那次艳遇到底是怎么一回事……这次艳遇带有神秘和罗曼蒂克性质，个中奥秘其实也不难解释。大概是某小姐，或某少妇约定什么人到黑屋幽会，等了很久，情急之中，错把利亚鲍维奇当成情人。大概，还因为利亚鲍维奇经过那间黑屋时，停住脚步，又稍有踌躇，就是说看他那样子也在等待……利亚鲍维奇对这香吻的来历只能做这样的解释。

“她到底是谁呢？”他看着四周那些女人的脸，想道，“她应该年轻，因为老妇不会私订幽会。再者，她有学问，这从衣裙的窸窣声，从她的气息，从她的嗓音听得出来……”

他定睛看淡紫色裙小姐，他很喜欢她。她有迷人的双肩和两臂，有一张聪慧的脸和动人的嗓音。利亚鲍维奇看着她，心想一定是她，不可能是别人，不可能是别的没见过的女人……不过，她笑起来不那么真挚，长长的鼻子一皱，他觉得老气。于是，他的目光又移向那个穿黑长裙的金发女郎。这个妞儿更年轻，单纯而真诚，两鬓很美，端起酒杯喝酒的样子很动人。利亚鲍维奇现在一心断定，她就是这个女人。但他很快又发现，她的脸未免平板，就再看她旁边那位……

“难猜，”他就胡乱往下想，“如果只要淡紫色裙小姐的双肩和两臂，再加上金发女郎的鬓角，再把坐在洛贝特科左侧的那位女士的一双媚眼，那……”

他在想象中加以组合，就得出那吻过他的小姐的形象，他想象中的这个形象，在席间无论如何也找不到……

晚餐后，来客都吃得饱饱的，喝得微醉，起来告辞，表示他们的谢意。主人一再抱歉，说没能留他们在家里过夜。

“非常，非常高兴！先生们！”将军说，这一次是发自内心的（也许人们送客往往比迎客，要真诚和亲切得多），“非常高兴！希望下次路过的时候，再次光临！别客气！你们怎么走？要不要走上坡？别，还是走下坡，穿过花园，这路近些。”

军官们走进花园。没有明亮的灯光和喧嚣，花园里显得分外的黑和静。他们一直默默走到栅篱边。他们都微醺、快活、满足，但在夜暗和静谧之中，他们各自想各自的心事。他们每一个人都大概像利亚鲍维奇一样，想着一件事：什么时候有一天，他们也像拉贝克一样，有一所宽敞的宅子，有家，有花园，到那时候，他们就也有可能虽说不那么真诚，倒也能款待来客一番，让他们吃饱、喝足、满意？

过了栅篱，他们没忙着说话，而是毫无缘由地哈哈大笑。现在，他们顺着小路往下走到河边，然后，不断绕过岸边的树丛、水洼和水面的垂柳，顺着水边跑。河岸和小路隐隐约约已看不大清，对岸完全隐没在黑暗之中。黑沉沉的水面上映着的星光，摇曳着，飘动着，从这一点就能猜出水流的湍急。很静。对岸似有睡意的鹬鸟在悲鸣。这边的一处树丛中，一只夜莺全然不管这里有一群军官路过，高声唱着。军官靠近树丛，摸摸这鸟，可这夜莺照样唱它的。

“瞧它满不在乎的样儿？”他们都赞叹着，“我们就站在旁边，它全不放在眼里。这小机灵鬼？”

到了尽头，小路向上，在教堂附近接上大路。到了这里，军官们爬坡累了，要坐坐，抽口烟。对岸闪着昏暗的红光。他们闲着无聊，猜了很长时间，不知是篝火，还是灯光，还是别的什么……利亚鲍维奇也看那光亮，他觉得，这光亮朝着他频频微笑，挤眼，看样子像知道那一吻似的。

回到宿营地，利亚鲍维奇很快脱了军装，躺下。和他住在一间茅屋里的是洛贝特科，还有梅尔兹利亚科夫中尉。这是个文静、很少说话的小伙儿。他圈子里的人都说他是有学问的军官，只要有机会，他总是看一本他随身带着的《欧洲通讯》杂志。洛贝特科脱了军装，来回踱步，像是还不尽兴，就打发勤务兵去买酒。梅尔兹利亚科夫躺着，蜡烛放在枕边，专心致志看他的《欧洲通讯》。

“她会是谁呢？”利亚鲍维奇看着屋顶在想。

他觉得，他的脖子还留着那一层油，他的嘴角还留着溅上水珠般的凉意。他的想象中，闪过淡紫色裙小姐的双肩和两臂，黑色衣裙金发女郎的两鬓和诚实的眼神，那细腰，那裙衫，那胸针。他尽量想定住这些形象，可它们跳跃，飘忽，闪动。每当一个人闭上眼遐想着广阔的夜暗，看不见人影，而只有匆匆的脚步声，裙裾声，亲吻声在他的耳边响起的时候，他自己也不知为什么，顿时内心就充满了强烈的喜悦，……正当他玩味这喜悦之时，听见勤务兵回来禀报，说没弄到酒。洛贝特科大为光火，再次来回踱步。

“瞧，这不是白痴是什么？”他说，忽而在利亚鲍维奇面前，又忽而在梅尔兹利亚科夫面前停住脚步。“连酒都弄不到，还有这样的傻瓜和笨蛋么！嗯！看，这是不是个骗子？”

“这地方当然找不到酒。”梅尔兹利亚科夫的眼睛离开《欧洲通讯》，说道。

“是吗？您这么看吗？”洛贝特科不依不饶，“我的上帝，你就是把我抛到月亮上去，连酒带女人，我马上就给你们弄来！我现在就出去找……要是我找不到，你们就叫我骗子好了！”

他花很长时间穿衣服，登靴子，过后闷闷抽了口烟，要走。

“拉贝克，格拉贝克，腊贝克，”他嘟囔着，站在门厅里不动，“不想一个人去，真见了鬼了。利亚鲍维奇想不想出去遛遛？嗯？”

他得不到响应，就回来，慢腾腾脱了衣服，躺下。梅尔兹利亚科夫叹口气，把《欧洲通讯》塞到一边，吹灭蜡烛。

“是这样……”洛贝特科低声说，在黑暗中点上烟。

利亚鲍维奇蒙上头，蜷缩着，又在脑海里搜罗那些闪动的形象，把它们凑到一起。但是，他什么都没看到。他很快就坠入梦乡。他最后的一个念头是，他已经享受到了美人的温存爱抚，他这辈子已经碰上了一件超常而又离奇的，但又极其美好而愉快的艳遇，足矣。就是在梦中，他也是这样想。

他醒来的时候，他脖子上抹油的感觉和嘴角溅水的凉意都没有了，不过，昨天的意外之喜还在他的胸中涌动。他喜出望外，看着浴满朝阳金色光芒的窗棂，细听街上的车响。有人在窗口大声说话。利亚鲍维奇的连长列别杰茨基刚赶上旅部，扯着嗓门跟司务长聊天，他不会小声说话。

“还有什么事？”

“昨天钉马掌，长官，钉坏了‘鸽子’的蹄子。助理医生给糊了用醋和的泥。现在正在边上遛那匹马。还有，长官，昨天，工匠喝了个大醉，中尉下令把他拴在备用炮架的前车上。”

司务长还报告，卡尔波夫忘了带拴喇叭用的新绳和立帐篷用的木桩。说军官先生们昨天去了冯·拉贝克将军家做客。正在说着，列别杰茨基长着火红胡子的脑袋钻进窗口。他眯着他的近视眼，看看这几个军官还没睡醒的脸，打了招呼。

“一切都顺利吧？”

“辕马让新马套弄伤了耆甲。”洛贝特科打着哈欠说。

连长叹口气，想想，大声说：

“我还想到亚历山德拉·叶芙格拉芙娜那里去。看看她。好，再见。晚上我就赶到。”

过一刻钟，全旅开拔。当大队人马走过路边地主家谷仓的时候，利亚鲍维奇看了一眼右边的房子。窗口下着百叶窗帘。显然，房里的人还在睡早觉。昨天吻他的她，也在睡着。他想在想象中描绘她的睡态。卧室的窗子开着，有绿色的枝椏窥探这窗口。早晨的清凉、白杨树气息、丁香和玫瑰花香、卧床、椅子、椅子上昨夜窸窣作响的衣裙、拖鞋、桌子上的小表，他清清楚楚描绘着这一切，但是，那脸的模样，那带睡意的可爱的笑靥，这重要而特殊的东西，却像水银滑过手指一样，从他的想象中溜了出去。走了半俄里，他再回头看了一眼：黄色的教堂、房屋、河流和花园都浴在阳光里。两岸翠绿的河中映着蓝天，有的地方还泛着银色的日光，河景真美。利亚鲍维奇最后一次回顾梅斯捷奇基村。他的心中是那样的依依不舍，就像抛却了他最亲近的东西似的。

一路走去，眼前都是一些早就熟悉了的乏味景象……向左右两边看，全是青青的燕麦和荞麦田，田里乌鸦飞过来，跳过去。往前看，是尘土和后脑勺。往后看，也是尘土，还有人的脸……走在最前面的，是四名端着马刀的前卫。后面是一群歌手，歌手的后面，是骑着马的司号手。前卫和歌手们看起来简直就是送殡队伍里举火把的人。有的时候，他们忘了条令规定应保持的距离，远远走在前面……利亚鲍维奇在第五连的第一炮位。在他前面走的四个连，他都能看得到。对于不懂军事的人来说，像整个旅在行进中这样又长又臃肿的队伍，未免显得杂乱无章，不可理解。不可理解的是，有这么多人围着一门炮，还有这么多套着奇形怪状马具的马匹，拖着这一门炮，好像这炮真那么可怕和笨重似的。而对利亚鲍维奇来说，这都不足为奇，因此，索然无味。他早就知道，为什么每个连的前面，军官身边总有一个身材魁梧的军士，为什么他叫先行军士。军士的背后，是头套马的骑手，再往后是中套马的骑手。利亚鲍维奇还知道，他们骑着的左侧几匹马叫鞍马，右侧的叫套马。这也不值一提。骑手的后面是两匹辕马。一匹辕马背上的骑手脊背上还带着昨天的尘土，右腿上有一块难看可笑的木条。利亚鲍维奇知道这木条的用处，也就不觉得可笑。这些骑手，不管有多少，他们都照章办事挥着马鞭，不时地吆喝几声。大炮本身也看着不顺眼，前车上堆着盖着帆布装满燕麦的口袋，炮上还挂着茶具、士兵的背囊和口袋，这炮很像个不伤人的小牲口，它也不知怎么回事，围着这么多的人和马。它的两侧，在下风方向，有六个炮手挥着手，走着。炮的后面，又是一批先行，骑手和辕马。他们的后面，还和第一门炮一样，又是一门难看而乏味的火炮。第二门炮的后面，还有第三门，第四门。第四门炮的旁边跟着一名军官。以此类推。这个旅有六个连，每个连有四门炮。队列拖了足有半俄里长。殿后的是辎重车队。跟着车队的是低着头走路，若有所思的毛驴，叫马加尔，它低着有两扇长耳朵的头，那驴脸极惹人喜爱。这头驴是连长从土耳其带来的。

利亚鲍维奇淡淡看前看后，看后脑勺，看脸。要是在别的时候，他早就打瞌睡了，但现在他整个身心都浸沉在他的愉快思绪中。起初，当全旅开拔的时候，他就想说服自己，那一吻只不过是一次小小的奇遇，这事也许值得他去想，而实际上这很微不足道，过分费心思至少是愚蠢。不过，他很快就挥挥手，驱走这个想法，再胡思乱想……忽而他想象自己坐在拉贝克家的客厅里，和一个像淡紫色裙小姐和黑长裙金发女郎的姑娘呆在一起，忽而闭上眼，见到另一位素不相识的姑娘，但看不清楚她的长相，他想象着跟她说话，向她献殷勤，靠着她的肩膀，想象着发生了战争，生离死别，后来又重逢，和妻子儿女一起吃饭……

“刹车！”每当下山坡时，都有这样的口令。

他也跟着嚷了一声“刹车！”，又怕这喊声打断他的遐想，让他重新回到现实中来……

走过一个地主庄园，利亚鲍维奇穿过栅篱往花园里看了看。一条长而笔直的像尺子一样的小路，出现在他的眼前，路上铺着黄沙，两边是小白桦树……他心荡神驰，贪婪地想象着那黄沙土上有女人的小脚走过，突如其来，他的想象中清晰出现了那个吻过他的女人，就是他昨天晚餐时想象的那个女人。这形象停在他的脑子里，简直欲罢不能。

中午，后面辎重车队附近，有人喊：

“立正！向左看！军官先生们！”

旅长坐在两匹白马拉着的轻马车上。他在第二连的近旁停车，嚷了一些谁也听不懂的话。有几个军官骑马跑到他跟前，其中就有利亚鲍维奇。

“怎么样？有事吗？”将军眨着他的红眼珠，问道，“有病号吗？”

这又瘦又小的将军听到答话后，想了想，就对一个军官说：

“你们的第三炮辕马的骑手摘掉了护膝，把这个混蛋吊在前车上。让他尝尝滋味。”

他抬眼看利亚鲍维奇，接着说：

“你们的辕套似乎太长……”

将军又说了几句无聊的话，看了看洛贝特科，一笑。

“中尉，您今天真是愁容满面啊。”他说，“嗯？先生们，想洛普霍娃了吧？”洛普霍娃是个肥胖高大的女人，早已年过四十。将军就偏爱高头大马的女人，而不问她们的年龄几何，因此，也就认为他的下属军官也有此偏好。军官们毕恭毕敬，笑笑。旅长对他说的这番十分可笑、十分尖酸刻薄的话，很满意，大声笑了一阵，踢了踢车夫的背，行了个礼，马车向前跑去……

“我现在的这些痴想，我现在觉得这些不可能实现和超凡脱俗的事，实际上都很平常，”利亚鲍维奇想，他看着将军马车后面飞起的烟尘，“这一切都很平常，是人人都要经历的事……比如，这位将军当年也爱过，现在娶妻生子。瓦赫特尔上尉也成了亲，有人爱，虽然他的后脑勺又红又难看，腰还挺粗……萨利马诺夫粗鲁，十足的鞑靼人，但他闹了一阵恋爱，终成眷属……我和他们一样，迟早也要经历大家都经历过的事……”

他想他是个平常的人，他理应过平常的生活，一想到这里，他就觉得高兴，就觉得有了勇气。于是，他就随心所欲，大胆构想她是什么样子，构想他的幸福，而且，觉得没有什么力量能约束他的幻想……

傍晚，全旅到达目的地，军官们进帐篷休息。这时，利亚鲍维奇、梅尔兹利亚科夫和洛贝特科围坐在箱子四周吃晚餐。梅尔兹利亚科夫细嚼慢咽，不慌不忙吃着，看放在膝盖上的《欧洲通讯》。洛贝特科一刻不停，说着，自斟自饮。利亚鲍维奇整天异想天开，弄得晕头转向，默默喝闷酒。三杯进肚，他有点醉，觉得浑身无力。他不由自主，想跟伙伴们分享他的新感受。

“在拉贝克家，我有过一次奇遇……”他说，想尽量使声音带着淡漠讥嘲的味道，“你们知道么，我去了台球室……”

他就从头到尾叙述他得到一吻的故事，过一分钟停住话音……一分钟内，他就说完了事情的始末。这使他大为惊讶，竟然只说了这么小一会儿，他本以为这香吻的故事能讲到明天早晨。听完他的话，擅长撒谎，因而谁也不信的洛贝特科表示不可思议，看看他，笑了一声。梅尔兹利亚科夫挑了挑眉毛，眼没离《欧洲通讯》，平静地说：

“只有天知道！……扑到脖子上来，连名字都没叫一声……一定是个心理变态者。”

“对，一定是个心理变态者……”利亚鲍维奇同意。

“这种事我也遇到过……”洛贝特科作出惊奇的眼色，说道，“去年，我乘车去科夫诺……买的二等客车的票……车厢里塞满了人，没法睡觉。我就给了列车员半个卢布……他拿着我的行李，带我到包厢……躺下，盖上被子……您想，很黑。突然听到有人碰我的肩膀，对着我的脸喘气。我用手一摸，觉得是谁的胳臂肘……睁开眼一看，您猜怎么着，是个女人！黑眼睛，红得像鲑鱼的嘴唇，鼻孔里喷着欲火，那胸脯，软绵绵的……”

“对不起，”梅尔兹利亚科夫打断他的话头，“这胸脯还听得明白，但那么黑，您怎么能看清她的嘴唇？”

洛贝特科就狡辩，说梅尔兹利亚科夫爱钻牛角尖。利亚鲍维奇觉得话不投机。他从箱子边走开，躺下，暗自发誓今后再不坦露心中的秘密。

野外训练开始……日子千篇一律，一天天过去。这些天，利亚鲍维奇的思想、感情和举止就像个恋爱中的人。每天清早，勤务兵送水洗脸，他就用凉水浇头，每到这时，他一定要回想他生活中曾经发生过的那件美好而温馨的事。

每到晚上，同伴们都谈爱情，谈女人，他就侧耳倾听，走得靠近些，脸上的表情，就像士兵听人讲他们亲历作战的往事似的。那些夜晚，以“猎犬”洛贝特科为首的士官们就到“郊区”去作乐，利亚鲍维奇每次跟着作乐过后，都深有负罪感，暗自在心里求“她”原谅……闲着没事，或夜里失眠，他总回忆他的童年，他的父母，还有他的亲朋好友，每到这时，他就一定回想梅斯捷奇基村，那匹怪里怪气的马，想起拉贝克，想起他的很像厄热尼皇后的夫人，那间黑屋，透出亮光的门……

八月三十一日，他从野营地回去，但不是和全旅在一起，而是随同两连往回返。一路上，他都浮想联翩，就像要回故乡似的心情十分激动。他极想再看看那匹怪马，那座教堂，不大真诚待客的拉贝克一家，那间黑屋。那种欺骗热恋者的“内心呼唤”不知为什么总是悄声告诉他，他一定要再见她一面……他被一堆问题纠缠：他怎么才能见到她？和她说点什么？那一吻她是否已然忘记？他想，往最坏处说，即使他见不到她，只要他能从那黑屋边经过，回想一番，他也就足矣……

傍晚，天边出现了那座熟悉的教堂和白色的谷仓。利亚鲍维奇的心剧烈跳动。他没听清他身旁的军官跟他说了什么，他忘了一切，贪婪地看着远方闪光的河流，那座房子的屋顶，那个鸽子窝，浴着落日余辉的鸽子在那窝上盘旋。

走到教堂边，后来，听着设营官说话，他每一秒钟都在等着，从栅篱的后面走出一个骑手，邀请军官去用茶，但是……设营官说完了话，军官们匆匆散去，慢条斯理往村里走，可那骑手还没来……

“拉贝克马上就从农夫那里得知，说我们到了，一定派人来请我们。”利亚鲍维奇想，他走进茅屋，不明白为什么他的伙伴点上蜡烛，而勤务兵又为什么忙忙摆茶炊……

他心乱如麻，躺下，后来，又站起来，看看窗外，是不是骑手来了？但骑手没来。他再躺下，过半个小时，再起来，受不了心里的慌乱，索性到街上去，漫步到教堂边。广场的栅栏边，很黑，很空旷……有三个士兵站在下坡处，默不作声。他们看见利亚鲍维奇惊了一下，行过礼。他举手回礼，顺着斜坡下去，走那条熟悉的小路。

看对岸的天空，依然染着红霞。月已升起。有两个农妇大声说话，到菜园里去摘菜。菜园后面是几处黑黝黝的农舍……这边岸上，也是一派五月的景色：小路、树丛和弯向河面的垂柳……只是听不到那只勇敢的夜莺歌唱，还有白杨和青草的气息。

走到花园边，利亚鲍维奇瞥了一眼篱门。园中漆黑而宁静……只看得见近前几株白桦树的白色躯干和几段林荫路。别的东西都融合在一片黑暗之中。利亚鲍维奇潜心倾听和凝神细看，但站了大约一刻钟，没听到任何声响，没看到一丝光亮，就向后走去……

他走到河边。他的面前是将军家白色的浴室和晾在走廊栏杆上的褥单……他走上走廊，站了一会儿，没缘由地摸了摸那褥单。褥单摸来又粗又凉。他朝下看那河面……河水流得很快，在浴室木桩近旁微微听到有水流淙淙声。左岸的河面上映着红色的月光。水中的涟漪漂过月的倒影，把它拉长，冲散，好像要把它带到远方……

“太愚蠢！太愚蠢！”利亚鲍维奇看着逝去的河水想，“太不明智了！”

现在，他不再等待，那吻，那焦灼，那模糊的希冀和失望，他都已看破。他没看到将军派来的骑手，他再也见不到那位张冠李戴，错吻了他的女人，他倒不以为奇了，相反，如果他要是见到她，那才是怪事……

逝水奔向何方，为什么奔流而去。河水在五月就是这样奔流不息的。五月的河水从小溪汇入大河，再由大河奔流到海。继而水汽蒸发，转化为雨。也许还是这同样的水，再次在他眼前奔流……这是为什么？为什么？

整个世界，整个生活，利亚鲍维奇都觉得是不可理解，毫无目的的玩笑……他的目光离开水，看了一眼天空，他又想起，是命运通过这陌生女人出乎意料地给了他抚慰，他还忆起这一夏天的痴想和他编织的那些幻影，他觉得他的生活出奇地贫乏，枯燥，毫无光彩……

当他回到茅舍的时候，屋里没一个人。勤务兵向他报告，说他们都到“冯特利亚金将军”家去了，将军派人来请他们……顿时，他的胸中又掠过一阵喜悦，但他马上就压抑下去。他躺在床上，他仿佛要故意让命运懊恼似的，偏要跟它作对，就是不到将军家去。

两男孩

“瓦洛佳到了！”院里有人喊。

“瓦洛奇卡[①]到了！”娜塔莉娅跑进餐厅嚷着。

时时刻刻都盼着瓦洛佳回来的科罗廖夫全家人，一齐扑向窗口。大门口有一辆宽大的敞篷雪橇，三匹白马身上冒着浓浓的热气。雪橇上不见人，因为瓦洛佳已经到了门厅，正伸出他冻得红红的手指，解他的长耳帽。他的制服外套、帽子、套靴和两鬓的头发都沾着一层白霜。他从头到脚散发着袭人的寒气，看他那样子，就不由得也浑身打战，说：“嗬嗬嗬！”妈妈和姑姑都跑过来拥抱和亲吻他，娜塔莉娅赶紧扑到他的脚边，给他脱毡靴，几个妹妹高声叫着，门吱吱扭扭，乒乒乓乓直响，瓦洛佳的父亲穿着一件背心，手里拿着一把剪子，跑进前厅，失惊打怪叫着：

“嘿，我们从昨天就等着你回来！一路好走吗？顺利吗？我的上帝，让他跟他的父亲见见礼吧？我不是父亲么，是怎么的？”

“汪！汪！”一条叫米洛德的大黑狗一路尾巴拍打着墙和家具，粗着嗓门叫着。

这一切都汇成一团热闹闹的欢快声，足足持续了两分钟的光景。当第一次快乐的冲击波过去的时候，科罗廖夫一家人才注意到，前厅里还有一个小家伙，他包着围巾和披巾，戴着长耳帽，身上也是沾着白霜。他静静站在一件狐皮大衣挡着的阴影里。

“瓦洛奇卡，这是哪一位？”妈妈低声问。

“噢！”瓦洛佳一惊，“这位，我荣幸地介绍，这是我的同学，二年级学生，切切维岑……我带他到咱家做客。”

“非常高兴，欢迎！”父亲高兴地说，“请原谅，我这身家常打扮，没穿上衣……请！娜塔莉娅，帮这位先生脱衣服！我的上帝，把这狗赶开！真不像话！”

过了一会儿，瓦洛佳和他的朋友切切维岑坐到桌边喝茶，刚才热热闹闹见过面之后，他们还没定下神来，脸在外边冻得还是红扑扑的。冬日的阳光透过窗上的积雪和窗棂，在茶炊上跳跃，同时把它清澈的光束也浸在洗杯盆里。室内温暖和煦，两个男孩觉得暖流和寒气在他们冻得发僵的躯体内，互相争执，谁也不肯服输。

“很快就到复活节了！”父亲用褐色的烟叶卷成烟卷，拖长声调说，“夏天你妈送你走，这还是好久前的事吧？你不是回来了……孩子，日子过得真快啊！眨眼的工夫，人就老了。切切维岑先生，请吃，我恳请您别客气！我们这儿随便。”

瓦洛佳的三个妹妹——卡佳、索尼亚和最小的玛莎坐在桌边，目不转睛看着新来的陌生小孩。切切维岑和瓦洛佳身量和年龄都一般大，但他不那么胖和白，而是又瘦又黑，满脸的雀斑。他的头发硬挺，细眯眼，嘴唇很厚，总之，他长得并不好看，如果他身上没那件学生制服，那从他的外表看，就很可能以为他是厨娘的儿子。他面带忧郁，总是不说话，一次没笑过。小姑娘们看着他，马上就断定他是个有学问的聪明人。他总是在想心事，深深陷在他自己的思索中，以至有人问他什么，他就愣一下，摇摇头，请别人再说说问的是什么。

小姑娘们还注意到，连瓦洛佳这个一向快活而爱说话的孩子，这回也很少说话，也从不笑，甚至似乎让人觉得他不大乐意回家来。喝茶的时候，他跟小妹们只说了一句莫名其妙的话。他手指着茶炊说：

“在加利福尼亚，只喝杜松子酒，不喝茶。”

他也想他自己的心事，从他偶尔和切切维岑彼此交换眼神看，

---

① 瓦洛奇卡是瓦洛佳的爱称。

两小孩想的都是一码事。

喝完茶大家去儿童室。父亲和小姑娘们坐在桌边，接着做两男孩来家打断了的活计。他们用各种颜色的纸做装饰枞树的纸花和纸穗。这是很有趣而引人说笑的活儿。每做好一朵纸花，小姑娘们就大声喝彩，甚至惊叫，仿佛这纸花是从天上掉下来的。爸爸也兴高采烈，有的时候，他把剪刀扔到地上，气恼地说，这剪刀太钝。妈妈也风风火火，往儿童室跑，说：

"谁拿了我的剪刀啦？又是你，伊万·尼古拉耶维奇拿了我的剪刀。"

"我的上帝，连剪子都不给我用！"伊万·尼古拉耶维奇哭丧着嗓门说。他仰靠在椅背上，作出受人欺负的样子，但过一分钟，他又快活起来。

以前回来，瓦洛佳也做这些装点枞树的玩意，要么就往院子里跑，看车夫和牧人堆雪人玩，可现在他和切切维岑对这些五颜六色的纸，连看都不想看，甚至，一次都没到马厩去。他们坐在窗边，小声嘀咕什么。后来，他们打开地图，就翻来覆去看那地图。

"先到彼尔姆……"切切维岑小声说，"从秋明动身……然后到托木斯克……然后……然后……到堪察加……从这里，让当地土人萨莫耶德人划船带我们过白令海峡……这你就到了美洲了……那儿毛皮兽多的是。"

"那加利福尼亚呢？"瓦洛佳问。

"加利福尼亚在下面……只要一到美洲，加利福尼亚就没多远了。咱就靠打猎和抢劫养活我们自己。"

切切维岑一整天都躲着小姑娘们，还偷眼看她们。喝过茶后有五分钟的时间，剩下他一个人跟小姑娘们呆在一起。他煞有介事地咳了一声，右手擦了擦左手，面色阴郁地看看卡佳，问道：

"你看过梅因·李德①的书吗？"

---

① 梅因·李德（1818—1883），英国冒险小说家。

“没有。没看过……听我说，您会滑冰吗？”

深深陷入思索的切切维岑对这问话，没作回答，只是把两腮鼓得圆圆的，吹了一口气，好像觉得太热。他再次抬眼看卡佳，说：

“当大群的野牛奔跑在美洲潘帕斯草原的时候，大地就发颤，这时候就吓得野马连踢带跳，还一个劲叫。”

切切维岑神色忧闷，笑笑，又说了一句：

“印第安人也袭击火车。不过，最糟糕的是有白蛉虫和白蚁。”

“这是什么虫子？”

“像蚂蚁，只是有翅膀。咬人可凶了。你们知道我是什么人吗？”

“切切维岑先生呗。”

“不对。我是孟吉戈莫·鹰爪。无敌大军头领。”

小妹玛莎看看他，后来，看看窗外，天黑了，就若有所思地说：

“我们昨天吃的是扁豆。”

切切维岑老说些让人没法听懂的话，他总是和瓦洛佳私下里悄声说话，瓦洛佳也不爱玩，净想他的心事，这一切都神秘而怪异。两个大点的姑娘卡佳和索尼亚就睁大眼睛盯着这两个男孩。晚上，两男孩躺下睡觉的时候，小姑娘悄悄溜到门边，偷听他们说话。噢，他们可知道的真多！两男孩打算到美洲的什么地方去淘金。他们为上路做好了一切准备：手枪、两把匕首、干面包、取火的聚光镜、罗盘和四个卢布。她们得知，两男孩要步行几千里路，路上要和老虎猛兽搏斗，往后，就淘金和猎象牙，杀死仇敌，袭击海盗，喝杜松子酒，最后，娶天仙美人为妻和经营种植园。瓦洛佳和切切维岑说着，说着，说到兴浓处，就彼此打断对方的话。切切维岑每到这时，就自称“孟吉戈莫·鹰爪”，而叫瓦洛佳：“我的白脸哥们。”

“你记着，别跟妈妈说，”卡佳和索尼亚回去睡觉，对她说，“瓦洛佳从美洲给我们运来金子和象牙，要是你告诉妈妈，就不放他们走了。”

圣诞节前的一天，切切维岑整天看亚洲地图，还做笔记，可瓦洛佳萎靡不振，脸像让蜜蜂蜇了似的，有点发肿。他愁容满面，在各个房里转悠，什么也吃不下。只是有一回，他站在儿童室的圣像前面，画过十字，说：

“上帝，饶恕我这罪人吧！上帝，保佑我的可怜不幸的妈妈！”

傍晚，他伤心地哭了。去睡觉前，他跟父亲、母亲和妹妹们长时间地拥抱。卡佳和索尼亚知道是怎么回事，小妹玛莎什么都不知道，一丁点都不知道，只是她看了一眼切切维岑，想了想，叹着气说：

“到了持斋的时候，妈妈说，才能吃到豌豆和扁豆。”

圣诞节前大清早，卡佳和索尼亚轻手轻脚起床，去看男孩们怎么动身去美洲。她们悄悄走到门外。

“这么说你不去了？”切切维岑发狠地问，“说吧，不去了？”

“老天！”瓦洛佳低声哭着，“我怎么能走？我可怜我妈妈。”

“我的白脸哥们，我求你了，我们一块走！你说的我们一块走，是你引的我，等临走，倒胆小了。”

“我……我不是胆小，我……可怜妈妈。”

“你说：走，还是不走？”

“我走，只是……先等等。我想在家多呆些日子。”

“那我就自己走！”切切维岑下了决心，“没你照样去。你还想猎虎，还想厮杀哪！要是这样，那就把火帽给我吧！”

瓦洛佳哭得伤心极了，小姐妹也忍不住，轻声哭了。静。

“那你就不去了？”切切维岑再次问。

“去……我去。”

“那就穿衣服吧！”

为了说服瓦洛佳，切切维岑就把美洲说得天花乱坠，他学老虎叫，还形容轮船是什么样子，骂骂咧咧的，答应瓦洛佳弄到象牙、老虎皮和狮子皮，全归瓦洛佳。

这个又瘦又黑，头茬刚硬，满脸雀斑的男孩，在小姑娘们看来，简直就是个非比寻常的杰出人物。这真是个义无反顾的英雄，一个毫无畏惧的人。他的连吼带叫的劲头，站在门外听，还真的让人以为，这就是一头老虎，或者狮子。

两个小姑娘回房，穿上衣服，卡佳泪汪汪的，说道：

“唉，我怕极了！”

到下午两点吃饭前，家里还平静无事。可是，到吃午饭的时候，突然发现，两男孩不在家。派人到下人房里，到马厩里，到管家的厢房里去找，哪儿都没有。又派人到村里去找，也没在那里。后来，只好不管他们俩照样喝茶，可到了吃晚饭，妈妈就慌了神了，甚至哭了起来。夜里再去村里找，提着灯到河边去看。天啊，全家可就不得安生了！

第二天，警察来了，在餐厅里做笔录。妈妈哭着。

但是，忽然一辆敞篷雪橇停在大门口，三匹白马的身上冒着热气。

“瓦洛佳来了！”有人在院子里喊。

“瓦洛佳来了！”娜塔莉娅叫着，跑进餐厅。

小狗米洛德也粗着嗓门叫：“汪！汪！”原来两个男孩在城里市场上被扣（他们俩到那儿胡乱打听，哪儿卖火药）。瓦洛佳一进前厅就号啕大哭，扑到妈妈脖子上。小女孩们浑身打哆嗦，心里害怕，不知道会发生什么事。她们听见爸爸把瓦洛佳和切切维岑领进书房，在屋里跟他们说了好久。妈妈又是说，又是哭。

“哪能这么做呢？”爸爸劝道，“说不定学校知道，要开除你们。您不觉得害羞，切切维岑先生！这可不好！您挑的头，我想您会受到父母的责备。哪能这么干呢？你们在哪里过的夜？”

“在车站！”切切维岑满不在乎，答道。

瓦洛佳后来躺下，他的头敷着沾了醋的毛巾。派人去发电报。次日，来了一位太太，是切切维岑的母亲，领走她的儿子。

切切维岑走的时候，他的脸上带着刚强而傲慢的神色。他和小姑娘们告别，没说一句话，只是拿过卡佳的笔记本，写了几个字留作纪念：

“孟吉戈莫·鹰爪”。

混种狗卡什坦卡

说个故事

第一章 出格行为

这小红毛狗是达克斯犬和家犬混种狗，嘴脸很像狐狸，在人行道上忽前忽后跑着，惶惶然看着四周。有时，它停下脚步，哭号着，时而踮起一只冻僵的爪子，时而又踮起另一只，它想弄明白：怎么会发生这种事，它迷了路了？

它记得清清楚楚，它这一天是怎么过的，最后又怎样来到这条陌生的人行道上。

这天是这样开头的，它的主人鲁卡·亚历克山德雷奇戴上帽子，腋下夹着裹在红布里的木匠家什，吼了一声：

"卡什坦卡，走吧！"

听到呼唤它的名字，这达克斯犬和家犬混种狗就从木工台下出来，它刚在刨花上睡了一觉，舒舒服服伸个懒腰，跟着主人跑了出去。鲁卡的主顾都住得老远老远的，所以每到一家之前，木匠都要有好几回钻进酒馆，喝点提提神。卡什坦卡记得，它这一路表现得极不得体。带它出来遛，它高兴得连蹦带跳，叫着往公共马车上扑，还跑到人家院里，追别人家的狗玩。木匠常见不到它的影儿，就停住脚步，生气地吼它。有一次，他甚至气急了揪住它的狐狸耳朵，拍了一下，咬牙切齿地说：

“我让你死去，要命的东西！”

鲁卡·亚历克山德雷奇到过了主顾家，顺便看了看姐姐，在姐姐家吃过，喝过，再从姐姐家去看一个熟人装订匠，从装订匠家再去了一趟酒馆，从酒馆又到干亲家，等等。总而言之，卡什坦卡来到这陌生的人行道上的时候，天色已黑，木匠喝得烂醉。他挥挥手，气喘吁吁的，嘟囔着：

“老娘生下我就是个罪过！噢，罪过，罪过！眼下我在大街上走，看那街灯，可要是死了，不就下地狱进火海了……”

要不，他就好声好气，把卡什坦卡叫到跟前，对它说：

“你，卡什坦卡，不过一丁点大，就这些。你跟人比不算个东西，粗木匠比细木匠也这样，不算个东西……”

正当他和它聊天的时候，突然，乐声大作。卡什坦卡回头一看，见到大街上有一队大兵直冲着它走来。它受不了这音乐，弄得它心烦意乱，东跑西窜，叫了起来。让它非常惊讶的是，木匠非但不惊奇，不喊，不吼，反而喜笑颜开，挺直腰板，并拢五指敬礼。卡什坦卡见主人不抗议，就叫得更凶，不知不觉穿过大街，跑到另一条人行道上。

当它清醒过来的时候，音乐不响了，一队大兵也不见了。它再跑过大街，回到刚才主人在的地方。可是，糟了！木匠已不在那里。它赶紧往前跑，翻过来又往回跑，再一次穿过大街跑过去，但是，木匠仿佛钻到地里去了……卡什坦卡就伸着鼻子嗅那人行道，希图找到主人的脚印味，可是，刚才，不知哪个无赖穿着一双新橡皮套靴，现在那些轻微的气味跟刺鼻子的臭橡皮味混到一块，一点都闻不出来了。

卡什坦卡前前后后来回跑了一个够，还找不到主人，与此同时，天色已黑。大街两旁街灯已亮，各家的窗口闪着灯光。飘起鹅毛大雪，染白了石子路，染白了马背，染白了车夫的帽子。天越黑，周围的东西就显得越白。卡什坦卡身边，一刻不停、来来往往、穿梭一般走过素不相识的主顾，他们挡着它的视线，他们的脚老是碰它（卡什坦卡把人类分成两个不相称的部分，即主人和主顾。这两者之间有本质的区别，前者有权揍它，而对后者，它有权咬他们的腿）。不知到什么地方去的主顾们步履匆匆的，根本无暇看上它一眼。

天已全黑，卡什坦卡感到绝望和恐惧。它靠在一家大门边，哀哀哭叫。和鲁卡·亚历克山德雷奇游荡了一整天，它觉得困乏，它的耳朵和爪子冻僵了，又兼饥肠辘辘。这一天，它只有两回啃了点东西：在装订匠家吃了点糨糊和在一家饭馆的柜台边拣了块香肠皮，就这些。它要是个人的话，那他一定就要寻思：

“不，这样没法活下去了！非自杀不可！”

第二章　神秘的陌生人

可是，它什么都没想，只是一个劲地哭。绵软的、毛茸茸的雪花盖满了它的脊背和脑袋，它困乏极了，正沉沉欲睡，打着香盹，突然，大门嘭的一声，吱扭一响，碰疼它的腰。它跳起来。从打开的门里走出一个归在主顾一类的人。凑巧卡什坦卡尖叫了一声，扑到他的脚下，他就不能不看看它。他弯下身子，问道：

“小狗，你从哪儿来？我碰着你啦？噢，可怜见的，可怜见的……得，别生气了，别生气了……我的错。”

卡什坦卡透过挂在眼睫毛上的雪花，看到面前是一个矮矮的、胖胖的人，他圆圆的脸刮得光溜溜的，戴着圆礼帽，皮袄敞开着。

“干吗又哭又号的？”他伸手掸去它背上的雪，说道，“你的主人在哪儿？你一定走迷了路了。唉，可怜的小狗！那现在我们怎么办？”

卡什坦卡听这人的口气，断定这人是个温和而好心肠的人，就舔他的手，叫得更让人心碎。

“你是一条好混种狗！”陌生人说，“真像只狐狸！这么着吧，没办法的事，跟我走吧！也许你还有点用场……嘿，走吧！”

他吧唧了一下嘴唇，用手做了个姿势，那只能是一个意思：“我们走吧！”卡什坦卡乖乖跟着走去。

不过半个小时，它就已经坐在一间宽敞明亮的房间里，歪着头带着感激、好奇的神情看那陌生人。他此刻正坐桌边吃饭。他吃着，扔给它几块东西吃……起初扔给它面包和一块发绿的奶酪皮，后来，丢给它一块肉，半个馅饼，还有鸡骨头。它饿急了，这些东西很快就一扫而光，简直连滋味都没品出来。它越吃，就越觉着饿。

“可惜，你的主人没好好喂你！”陌生人看它狼吞虎咽，没嚼碎就囫囵吞下去，说道。“你多瘦啊！都皮包骨头了……”

卡什坦卡吃了很多，但还没吃够，只是觉得吃得很惬意。吃完了，它就舒舒服服往屋中间一躺，伸开四爪，觉得浑身上下又痛快又困倦，尾巴就慢慢摇了起来。当它的新主人大模大样坐在沙发上，吸雪茄的时候，它就摇着尾巴，有个问题要解决：陌生人家，木匠家，这两者孰优孰劣？陌生人家里穷气，看着不起眼。除了安乐椅、沙发、台灯和地毯，他什么都没有了。屋里显得空空荡荡。木匠家里净是东西。他有桌子，有木工台，有成堆的刨花，还有刨子、凿子、锯、养黄雀的鸟笼、大盆……陌生人家啥味都闻不出来，可木匠家里吞云吐雾，有极好闻的糨糊味，油漆味和刨花味。不过，陌生人也有他的独到之处，他让你放开肚皮吃，说公平话，当卡什坦卡趴在桌前，温存地看他的时候，他从不揍它，也不踢

它，更不对着它吼：

“滚开，顶讨厌的家伙！”

新主人吸完雪茄出去，过一分钟回来，手里拿着一个小褥子。

“嘿，你，小狗，到这儿来！”他把褥子放在沙发边的角落里，“到这儿来。睡吧！”

过后，他吹灭了灯，出去。卡什坦卡躺在小褥子上，闭上眼。街上传来狗叫声。它想搭腔，但突然，它发愁了。它想起了鲁卡·亚历克山德雷奇，他的儿子费久什卡，还有木工台下那一席舒适之地……它想起来，每到漫长的冬夜，木匠干活，或者，大声读报，他就常跟费久什卡一块玩耍……他拉它的后爪，把它从木工台下面拖出来，跟它玩各种把戏……结果，弄得它两眼发绿，浑身关节生痛。他让它立起后爪，把它当铃铛摇，就是说，使劲揪着它的尾巴，它就吱呀乱叫，他还让它闻烟草味……最让它受不了的是，这样一种玩法：费久什卡用细绳拴着一块肉，逗着卡什坦卡吃，等它吞进嗓子眼的时候，他就哈哈大笑，硬从它的胃里把肉揪出来。思念得越真切，卡什坦卡就叫声越大，哭得也更凄惨。

不过，很快疲倦和温暖压倒了愁思……它睡了。梦中，有一群狗乱跑。其中有条老卷毛狗，它的一只眼里有一点白膜，鼻子边有几绺毛。这就是它今天在街上看到的那条狗。费久什卡手里拿着一把凿子，追那狗，后来，突然，他身上也长满了厚厚的毛。他快活地叫着，跑到卡什坦卡身边。卡什坦卡和他彼此亲昵，对着闻鼻子，一块朝着大街跑去……

第三章　挺投脾气的新相识

卡什坦卡醒来的时候，天已大亮，街上传来只有白天才有的喧嚣。屋里没一个人影。卡什坦卡伸伸腰，打个哈欠，带着懊恼而忧郁的神色，在屋里绕了一圈。它闻遍了各个角落，到前厅看了看，没一点值看的东西。除了通前厅的一扇门之外，还有一扇门。卡什坦卡想想，就用两只前爪扒那门，门开了，走进另一间房。这间房的床上，有个主顾盖着毛毯睡着，它认出是昨天那个陌生人。

“呜，呜……”它闷声叫着，但想起昨天那顿美餐，就摇摇尾巴，接着再闻。它闻闻陌生人的衣服和靴子，闻出他身上马味挺重。还有一扇通卧室房门，关着。卡什坦卡抓那门，用前胸顶，推开门，立即闻到有一股奇怪可疑的气味。心想可能要碰上不快的事，卡什坦卡呜呜叫着，四处张望着，走进一间糊着脏壁纸的小屋，吓得它倒退一步。它看见了非比寻常的可怕景象。一个灰鹅把脖子和头伏在地面上，张着两扇翅膀，发出哦哦的声响，照直向它走来。鹅旁边的小褥子上，有一个白猫。看见卡什坦卡就一跃而起，背弓成半圆，抬起尾巴，浑身的毛也竖了起来，喵喵叫着。这狗受这一吓非同小可，但又不愿露出胆怯相，大声叫着，向猫扑了过去……猫就把它的背弓得更高，喵喵叫着，朝着狗头抓了一爪子。卡什坦卡后跳一步，四爪后坐，把它的嘴脸凑近那猫，发出响亮而尖利的叫声。此时，灰鹅转将身来，抄后路，用它的尖嘴啄了狗的后背一口。卡什坦卡向一旁纵身一跳，直扑灰鹅……

“这是怎么回事？”听见有人生气地大叫一声。陌生人穿着睡衣，嘴里叼着雪茄进屋来。他走近那只猫，照它弓起的背拍了一下，说：

“费奥多尔·季莫菲依奇，这是干吗？要打架吗？唉，你这个老无赖！趴着去！”

他转身又对那鹅喊：

“伊万·伊万内奇，回你的地方去！”

猫老老实实卧在小褥子上，闭上眼。从猫脸和那几根胡须流露出的意思看，它对它自己也有悔意，像是说何必要发火，何必还拉开架势打架。卡什坦卡心里委屈，叫着，鹅就伸直了脖子，快嘴快舌，激昂慷慨发表议论，听得清清楚楚，就是一点也不懂。

“算啦！算啦！”主人打着哈欠说，“要和和气气，友好相处。”他抚摸卡什坦卡，接着说，“你，红毛狗，别怕……这几个家伙很好，不会伤害你的。等等，我们怎么称呼你呢？没名哪儿成，老弟。”

陌生人想想，说：

“这么着吧……你就叫——小姑……懂了吗？小姑！”

他重复了几遍“小姑”，走出去。卡什坦卡坐下，又看。猫静静坐在小褥子上，作出睡了的样子。鹅伸长脖子，在原地转悠，继续快嘴快舌，激昂慷慨，说着什么。显然，这是一只聪明的鹅。它每发一通宏论之后，都要惊奇地往后退一步，作出很以它的演说自豪的样子……卡什坦卡听了它的一番议论，“呜呜”叫两声作为回应，接着再闻各个角落。它看见一个角落里有个小盆，里面有泡豌豆和水发燕麦粒。它尝尝豌豆，没味，尝尝麦粒，还好，就伸过嘴去吃。鹅丝毫不在意这狗吃它的东西，相反，就发表更为热情的议论，为了表示信任，它自己也凑到盆边，吃了几粒豌豆。

第四章　稀奇古怪的事

过了一会儿，陌生人又出来，随手带来一件“Π”字形的奇怪物件。这做工粗糙的门字形木梁上吊着一个铃铛，还拴着一支手枪。铃铛的舌头和手枪扳机之间连着细绳。陌生人把门字形木梁放在屋中央，拴上再解开，弄了好半天。然后，看着灰鹅，说：

“伊万·伊万内奇，请！”

鹅就走到他跟前，做出等待的姿势。

“好，”陌生人说，“从头开始。先鞠躬，后行屈膝礼！利落点！”

伊万·伊万内奇伸长脖子，向各方点头，两只鹅掌碰了一下。

“就这样，好样的……现在装死！”

鹅就仰面朝天，两只鹅掌向上举起。连续耍了几个小把戏之后，陌生人猛揪着自己的头发，脸作出惊恐的样子，嚷道：

“救命呀！起火喽！我们家着火喽！”

伊万·伊万内奇就跑近门字形木梁，用尖嘴叼住绳子，摇铃。

陌生人很满意。他摸摸鹅的脖子，说：

“好样的，伊万·伊万内奇！现在表演，你是一个古玩商人，做金子和钻石生意。现在想想看，你来到你的店铺，看到一伙窃贼。遇到这种事，你怎么办？”

那鹅用它的尖嘴叼起绳子，一拉，紧接着就是一声震耳的枪声。卡什坦卡非常喜欢这枪响，从听到枪声起，它就欣喜若狂，围着Π字梁叫。

“小姑，回原地！”陌生人吆喝它，“别叫！”

伊万·伊万内奇打了枪还不算完事。那陌生人后来，有一个小时的工夫手拉着套索，赶着它转圈，鞭子抽得啪啪响着，同时，这鹅还要跳过一个栏杆，钻过套圈，然后，站起来，就是说，坐在它的尾巴上，挥动两只鹅掌。卡什坦卡目不转睛看着伊万·伊万内奇，高兴得直叫，还有好几次叫得很响，追在鹅的后面跑着。陌生人把鹅和他自己都弄得很累，擦去额头的汗，叫了一声：

“玛利亚，把哈芙罗妮亚·伊万诺芙娜叫出来！”

过一分钟，就听见猪的哼哼声……卡什坦卡闷声呼噜着，摆出挑战的架势，准备随时走近前去会会这个没见过的家伙。门推开，有个老太婆探头往屋里看了一眼，说了一句什么，就放进一头很丑的黑猪。这猪对卡什坦卡的呼噜全不在意，就抬起它的尖嘴，快活地哼哼着。显然，看到它的主人，看到猫和伊万·伊万内奇心情十分舒畅。它靠近那只猫，用尖嘴拱了拱猫的肚皮，后来，又跟鹅不知叨咕了点什么。看它的举止，它的哼哼声和它小尾巴的摇摆，就知道这是头非常憨厚的猪。卡什坦卡马上就看清，对这些家伙发火吼叫，徒劳无益。

主人拿走Π字梁，叫道：

“费奥多尔·季莫菲依奇，请吧！”

猫站起来，伸了伸懒腰，不大情愿，像是应付差事，走到猪身边。

“好，我们开始叠金字塔。”主人发话。

他翻来覆去，花了好长时间，讲解一件什么事，后来，发口令：

“一……二……三！”伊万·伊万内奇一听到“三”，翅膀一扇，就跳到猪背上……它以翅膀和脖颈保持平衡，稳稳站在长着硬鬃毛的猪背上。费奥多尔·季莫菲依奇无精打采，懒懒的，脸上明摆着瞧不起的神情，好像不屑一顾的样子，觉得这玩意一钱不值。后来，它跳到鹅的背上，挺着两只后爪立着。结果，陌生人就把这玩意叫金字塔。卡什坦卡乐得直叫，不过，谁知猫竟打了个哈欠，失去平衡，一下从鹅背上掉下来。伊万·伊万内奇闪一下，也倒了。陌生人就嚷着，挥着手，再次来回絮叨那件事。叠金字塔整整折腾了一个小时，不知疲倦的主人再教伊万·伊万内奇骑猫，后来，又教猫学抽烟，等等。

这堂课直到陌生人擦干头上的汗，走出去才算完事。费奥多尔·季莫菲依奇厌烦地喷了喷鼻子，躺到小褥子上，闭上眼。伊万·伊万内奇扭到盆边，猪让老太婆带走。卡什坦卡这一天，大开眼界，不知不觉过去，晚上，它连同它的小褥子都送进那间有脏壁纸的小房，跟费奥多尔·季莫菲依奇，还有鹅一起过夜。

第五章 天才！天才！

一个月过去。

卡什坦卡已经惯了，每天晚上它都要美餐上一顿好吃的东西，叫它小姑，也已习以为常了。它和那陌生人，和这些新伙伴都厮混得很熟。生活过得轻轻松松。

每天的开头都一个样。醒得最早的，是伊万·伊万内奇。它马上就凑到小姑或者猫的身边，弯下脖子，热烈而自信地大讲特讲，但还是老样子，谁也听不懂说的是什么。有的时候，它高扬起头发表了好长的一段独白。刚相识那些日子，卡什坦卡就以为，它固然好说，但那是因为它绝顶聪明，可是，过了不久，它就不再对它怀有任何敬重之意，每当它凑过来，又要振振有词，发表长篇演说的时候，它也就不再摇尾巴，而是，鄙夷这个唠唠叨叨、不让人睡觉的家伙，也就顾不得礼貌，回敬它："呜呜"……

费奥多尔·季莫菲依奇是别具一格的绅士。它一觉醒来，从不吱声，也不动，甚至不睁眼。它不想睡醒，因为看来它憎恶生活。它对什么都不感兴趣，对一切都平平淡淡，马马虎虎。它对一切都不正眼相看，就是有好东西吃，也禁不住厌烦，喷喷鼻子。

卡什坦卡醒来，先到各屋转悠一圈，把各个角落闻个遍。只有它和猫获准在整个住房里走动。鹅就无权迈过有肮脏壁纸的小屋的门槛。哈芙罗妮亚·伊万诺芙娜圈在院中的猪圈里，只能在上课的时候出来。主人醒得很晚，喝足了茶，马上就让耍把戏。每天，都把Π字形梁、鞭子、套圈拿进屋来，每天干的几乎都是老一套。一上课就上三四个小时，结果，有的时候，费奥多尔·季莫菲依奇累得摇摇晃晃，像喝了酒似的。伊万·伊万内奇就大张着尖嘴，气喘吁吁的。主人则满脸通红，连额头上的汗都没劲儿擦了。

白天，上课和吃饭倒很有意思，晚上小姑就过得索然无味。常常是，主人晚上出门到什么地方去，带着鹅和猫，剩下小姑孤孤单单躺在小褥子上，这时就难免有一股愁绪袭来……它这愁劲是悄悄溜来的，慢慢的，它愁肠百结，仿佛黑暗充满这房间一样。开头的时候，这狗不想叫，不想吃，也不想到各个房间里转悠，甚至懒得睁眼看，后来，它的想象中出现了两个模糊的幻影，不是人，也不是狗，而是带着和善亲切，但又看不明白的表情。每当这影子出现的时候，小姑就摇摇尾巴，它觉得，它在什么地方见过它们，爱过它们……每次它蒙眬欲睡时，它觉得，这影子的身上有糨糊、刨花和油漆味。

当它和这新的生活水乳交融，完全适应了的时候，它就不再是一个皮包骨头的瘦家犬，而成了一个喂得足足的肥狗了。有一次，在上课前，主人摸了摸它，说：

"小姑，我们该干点正事。你别再闲逛了。我要让你出息成个演员……你想当演员吗？”

于是，它开头学各式各样的玩意。第一课，学用后爪站立和走路，这把戏它喜欢极了。第二课，学用后爪跳和抓挂在教师头上面的糖。再往后，它就学跳舞，跑着转圈，在音乐伴奏下汪汪叫，学摇铃和打枪。又过了一个月，它居然能成功顶替费奥多尔·季莫菲依奇叠“金字塔”。它学得非常上心，对自己的成绩沾沾自喜。伸着舌头跑圈也好，钻套圈也好，骑在老猫费奥多尔·季莫菲依奇身上也好，这它都觉得开心透了。每做好一次把戏，它就开怀大笑，教师连声称奇，大喜过望，搓着手。

“天才！天才！”他说，“确凿无疑的天才！你肯定成功！”

小姑也听惯了“天才”这个词儿，每到主人一说天才，它就跳起来，回头看看，好像它就叫天才。

第六章　不安的夜晚

小姑做了一个狗梦，仿佛一个扫院子的拿了一把扫帚追它，它吓得醒来。

房里静悄悄的，很黑，闷得喘不过气来。跳蚤叮着不放。小姑过去从来不怕黑，可现在，不知为什么它心里发怵，想叫。隔壁房里，主人唉声叹气的，后来，过了一会儿，猪圈里那头猪哼了一声。再次悄无声息。一想到吃，心里就好受些。小姑想起来，今天从费奥多尔·季莫菲依奇那儿偷了一根鸡爪，藏到客厅立柜和沙发之间的地方，那里布满了蜘蛛网，有很多尘土。这会儿不妨去看看，鸡爪还在不在？很可能，让主人发现，他吃了。但是，先前早上不能出房，这是规矩。小姑闭上眼，想快快睡着，因为它根据经验知道，睡得越快，早晨就来得更快。可是，突然，离它不远的地方，有个奇怪的声音，吓得它一抖，伸出四爪跳了起来。这是伊万·伊万内奇的叫声。这不像往常那样，它那种自信的，有话就要说的叫声，而是像猛烈的砸门声，那样粗野、钻心和反常。小姑在黑暗中什么也看不清，不明白是怎么回事，就更加害怕，它闷声叫着：

“呜呜……”

过了一会儿，大约是啃完一块好骨头的工夫。没再听见叫声。小姑安下心来，沉入梦乡。它梦见两条大黑狗，两条狗的腿和腰上还留着去年的几绺老毛。它们大啃大嚼，吃盆里的泔水，那盆里冒着热气，味道很香。它们不时回头看小姑，龇牙咧嘴的，叫着：“你别想吃！”但是，从房里跑出一个穿皮袄的农夫，拿鞭子轰它们。那时，小姑走到盆跟前，低头就吃。可那农夫刚走出门外，两条黑狗咆哮着再向它扑来，猛然间，又传来刺耳的叫声。

“咯！咯咯！”伊万·伊万内奇叫了一声。

小姑惊醒，一下跳起，没离开褥子就扯着嗓子狂吠。它觉得，这是伊万·伊万内奇在叫，而不是别的家伙。猪在猪圈里不知为什么又发出哼哼声。

不过，听到有鞋拖地的脚步声。主人穿着睡衣，端着蜡烛走进房来。灯光闪闪，在脏壁纸上、在天花板上跳动，驱走了黑暗。小姑看见屋里没有别的外人。伊万·伊万内奇坐在地板上，没睡。它伸着翅膀，张着嘴，看它的样子似乎很疲乏，想要喝水。老猫费奥多尔·季莫菲依奇也没睡，一定是让叫声惊醒了。

“伊万·伊万内奇，你怎么啦？”主人靠近灰鹅问，“你叫什么？是不是病了？”

鹅不吱声。主人拍拍它的脖子，摸摸它的背，说：

“你真怪。自己不睡，也不让别人睡。”

主人出去，带走了光亮，又是黑沉沉的。小姑害怕。鹅不再叫，但它觉得黑暗里有个外人。最可怕的是，没法下嘴咬它，因为他无影无踪，不露形迹。不知为什么，它总以为，这个夜晚一定要发生很坏的事。老猫费奥多尔·季莫菲依奇也心神不宁。小姑听见它在它的小褥子上辗转反侧，连连打哈欠，摇头。

街上什么地方有敲门声，猪圈里的猪哼哼着。小姑哀哀嚎叫，伸出前爪，把头伏在爪子上。在敲门的咚咚声中，在猪无缘无故难以人睡而发出的哼哼声中，在黑暗和静谧之中，它恍恍惚惚，总觉得凄怆而可怕，就像伊万·伊万内奇的惊叫一样。一切都处于惊悸不安之中。但这是为什么？这个看不见的生人是谁？紧接着，小姑的身旁，有两小点暗淡的绿光蓦地闪了一下。这是它们自相识以来，季莫菲依奇头一次到它身边来。它要干什么？小姑舔舔猫爪，也没问找它有什么事，只是变换着调门，小声呜呜叫。

"咯！"伊万·伊万内奇叫着，"咯咯！"

门又推开，主人端着蜡烛进来。鹅还是刚才的样子坐着，张着嘴，伸着翅膀。它的眼闭着。

"伊万·伊万内奇！"主人叫它。

鹅一动不动。主人坐在鹅前面的地板上。默默看了它一分钟，说：

"伊万·伊万内奇！这是怎么啦？你要死了，还是怎么回事？噢，我想起来了，想起来了！"他喊了一声，抱着自己的头，"我知道是怎么回事！这是因为你让马踩了！上帝，我的上帝！"

小姑不明白主人说的是什么，但从他的脸色看，它觉得可怕的事就要发生。它抬头看黑糊糊的窗口，仿佛那个生人正往里窥探。它汪汪叫了起来。

"它要死了，小姑！"主人说，双手一合，"对，对，它要死了！死神跑到你们房里来了，我们怎么办哪？"

主人脸色苍白，失魂落魄的，叹气，摇头，回到卧室去。小姑怕呆在黑屋子里，就尾随着主人。他坐在床上，几次连番地说：

"我的上帝，怎么办哪？"

小姑在他的脚边来回走动，它不明白它心里为什么这样烦恼，为什么大家都这样不安，为了弄清其中的奥秘，就注视他的每一个动作。费奥多尔·季莫菲依奇也来到主人卧室，也在他的脚边打转。它不时地摇头，像是要驱走愁苦心事的样子，它疑虑重重，钻到床下去看。

主人拿来一个小盘，从脸盆里往里倒了点水，又去看鹅。

“喝吧，伊万·伊万内奇。”他柔声柔气地说，把盘子放在鹅面前，“喝吧，亲爱的！”

但伊万·伊万内奇毫无动静，也不睁眼。主人把它的头往盘子里按，让鹅嘴浸在水里，可是，鹅不喝，它的翅膀更松地铺开，鹅头就一动不动，伏在盘子里。

“不，没一点办法了！”主人长叹一声，“都完了。伊万·伊万内奇完啦！”

两串晶莹的水珠顺着他两颊流下，就像打在窗子上的雨点。小姑和费奥多尔·季莫菲依奇不知道是怎么一回事，偎依着他，害怕地看着鹅。

“可怜的伊万·伊万内奇！”主人连声悲叹，说道，“我一直想着，到了春天，我就带你到别墅去，跟你一块儿到绿草地上散步。可爱的动物，我的好伙伴，你不在了！我现在要是没了你，可怎么办哪？”

小姑觉得它也会有这种事，它也会无缘无故闭上双眼，伸着爪子，张着嘴，大家都带着恐惧看着它。显然，费奥多尔·季莫菲依奇脑子里也是这么想的。老猫还从来没有像现在这样忧愁和阴沉。天刚刚亮，小姑害怕的那个无形的生人已经离开屋里。天大亮的时候，扫院子的工人提着鹅的两爪，送到不知什么地方去。过了一会儿，老太婆来，拿走了盆子。

小姑到客厅去，看柜子后面：主人是不是把鸡爪给吃了。那根鸡爪还在爬满蜘蛛网、净是尘土的老地方。但是，小姑觉得孤寂，忧闷，它想哭。那鸡骨头它连闻都不想闻，而是钻到床底下，趴在那里，尖着嗓门，轻轻叫着：

“呜，呜……”

第七章　失败的初次亮相

在一个美好的晚上，主人走进糊着脏壁纸的小屋里，搓着手说：

“我看……”

他想说什么话，但没说出口就出去了。小姑跟他上过这么多堂课，对他的表情和说话腔调它心里明白得很，它早猜出来，他心里不平静，有事，好像生气的样子。过了一会儿，他回来，说道：

“今天我要带小姑和费奥多尔·季莫菲依奇出去。你，小姑，顶替死去的伊万·伊万内奇叠金字塔。鬼才知道要出什么事！根本没好好练过，没学好，也没怎么排练。准丢脸！非砸锅不可！”

过后，他出去，一分钟后，穿好皮袄，戴着圆礼帽回来。他走到老猫身边，抓着它的两只前爪，拿起塞进皮袄的怀里。不过，费奥多尔·季莫菲依奇看起来十分冷淡，甚至都懒得睁眼。看来，对它来说，都确实无所谓：躺着也好，让它两爪立起来也好，趴在小褥子上也好，到主人的皮袄怀里也好，都一样……

“小姑，咱们走吧。”主人说。

小姑糊里糊涂，摇着尾巴，跟着走出去。过一会儿，它蹲在雪橇上主人的脚边。由于天冷和激动，主人一路瑟缩着，听见他嘟囔着：

“要丢脸的！非砸锅不可！”

雪橇停在一个奇怪的大房子附近，这房子很像扣着的汤盆。房子的长门廊有三道玻璃门，里面十来盏灯亮得刺眼。门哐当哐当的，像张开血盆大口，吞进来来往往进门的人群。人很多，不时有一些马跑过大门边，但没见一条狗。

主人抱起小姑，也把它塞到揣着费奥多尔·季莫菲依奇的皮袄怀里，里边又黑，又闷气，可是，挺暖和。两个暗绿的光点忽悠忽悠闪了闪，这是猫睁开了眼睛。它这伙伴冰凉的硬爪子碰了它。小姑舔舔猫的耳朵，它想趴得更舒服点，慌慌张张挪动着，把爪子弯到身子下面，没留神头从皮袄里伸了出来，但它马上就气呼呼叫了几声，再缩到皮袄里去。好像它看到了好大的一个房间，里面灯光微弱，满是些稀奇古怪的东西。房子两旁有一些隔板和栏杆，里面好些个可怕的嘴脸往外探头：有马，有带犄角的，有的耳朵挺长，还有一个又粗又大的脸，尾巴长在鼻子上，两根光溜溜的长骨头从嘴的两边伸出来。

猫嘶哑着嗓子喵喵叫着，但这时，皮袄掀开，主人说："下去！"费奥多尔·季莫菲依奇和小姑跳到地上。它们来到一间小房里，四面是灰色的木板墙。这里，除了一个带镜子的小桌，一个板凳和角落里的一些破烂，没有任何家具。没有灯，也没蜡烛，只是墙上楔着一个小管，上面闪着明亮的扇形灯火。费奥多尔·季莫菲依奇反复舔着刚才被小姑碰乱的毛，然后卧在凳子底下。主人还心绪不宁，搓着手，慢慢脱衣服……他就像平时在家里钻进毛毯睡觉那样，一件一件地脱，就是说，脱得只剩下内衣，然后，坐在凳子上，对着镜子，动手怪里怪气地打扮自己。首先，他往头上套假发，这假发留有中缝，两边的两撮卷毛，像两个犄角，过后，往脸上抹了厚厚一层白色，再在白脸上描出眉毛和两撇胡子，还涂红了脸颊。他的鬼把戏到这还不算完事。涂完了脸和脖子，他穿上一件异乎寻常、不伦不类的衣服，这衣服小姑无论在家，还是在街上从没见过。您想想看，那是两条肥得不能再肥，印着大花的花布裤子。这种布是市民们用来做窗帘和家具面料的。裤子的扣子一直扣到胳肢窝下。一条裤是棕色的，另一条是浅黄色的。主人装进肥裤子之后，又套上一件短上衣。这上衣有齿形的大领子，后背上绣了一个金星，再套上花袜子，穿上绿鞋……

小姑觉得眼花缭乱，心神不定。闻得出这个白脸的，装在口袋里的人，身上还有主人的气味，他的嗓音也是熟悉的主人嗓音，但是，小姑足足怀疑了好几分钟，甚至打算从这个花里胡哨的家伙身边逃走，再吼他几声。这新奇的地方，这扇形的光亮，再加上主人弄的这些鬼名堂，这一切都使它产生一种不可名状的恐惧，并且还有一种预感，它肯定要碰上可怕的事，类似碰上那张大脸上鼻子不像鼻子，倒像尾巴的事。隔墙的外边不知什么地方远远传来可恶的奏乐声，还不时听到莫名其妙的吼叫声。只有一点能让它心安些。

就是费奥多尔·季莫菲依奇出奇的平静。它在凳子底下安安稳稳睡它的觉，甚至有人挪那椅子的时候，它连眼都不睁。

有个穿燕尾服和白背心的人到屋里来，说：

“阿拉贝拉小姐马上就要退场。下一个节目，就该你们了。”

主人没说什么。他从桌下拿出一个小箱子，坐下来，再等。看他的唇角和他的双手，显然他心情激动。小姑听得出他的喘息都打战。

“若尔日先生，请上场吧！”有人在门外喊道。

主人站起来，画了三次十字，过后从凳子下抱起老猫，塞进箱子里。

“走吧，小姑！”他轻声说。

小姑懵懵懂懂靠到他的手边。他吻了吻它的头，让它并排跟费奥多尔·季莫菲依奇呆在箱子里。然后就是黑糊糊一片……小姑踩了老猫，抓破了箱子的内壁，吓得它不敢吱声。那箱子摇摇晃晃，如同漂在浪尖上，浑身发抖……

“看我的啦！”主人大喊一声，“看我的啦！”

小姑觉得喊过之后，箱子碰在什么硬东西上，往后就不再摇摆。听到有瓮声瓮气的大吼声：有人抽打着谁，这大概就是那个脸上长着鼻子不像鼻子，倒像尾巴的家伙，它吼叫着，笑起来声震如雷，震得箱子上的锁乱晃。紧接着这咆哮声之后，就是主人发出的一阵刺耳尖利的笑声，在家里还从来没听他这么笑过。

“哈！”他喊着，想尽力压倒那咆哮声，“万分尊敬的观众们！我刚下火车！我的老祖母故去了，留给我一笔遗产！这箱子里有沉甸甸的东西，没错，是金子……哈！这箱子里一下子就能倒出上百万的财宝！我们马上就打开，看吧……”

箱子的锁响了一下。雪亮的灯光直刺小姑的眼睛。它从箱子里跳出来，它在咆哮声震慑之下，撒开腿围着主人猛跑，叫得也格外响亮。

“哈！”主人喊着，“费奥多尔·季莫菲依奇大叔！亲爱的小姑！大家都是至亲，鬼让你们凑到一块来了！”

他卧在沙土上，用手抓着老猫和小姑，要拥抱它们。当他把小姑紧抱在怀里的时候，小姑回头瞥了一眼命运安排它来到的这个世界，这里的宏大让它目瞪口呆，它一刹那，又惊又喜，茫然不知所措，过后，它冲出主人怀抱，由于印象强烈，就像狼一样在原地打转。这个新天地宏阔高大，充满了耀眼的光芒。无论向哪里看，从地下到屋顶，到处都是人脸，脸，脸，再没有别的。

“小姑，请您坐下！”主人喊了一声。

小姑记得该怎么干，就跳到椅子上，坐下。它看主人。它的两眼还像往常一样，看来那样认真亲切，不过，它的脸，特别是嘴和牙齿，让它的呆板的傻笑弄得歪七扭八的。它只管哈哈大笑，跳来跳去，耸动着肩膀，做出就是在几千张人脸前面也非常开心的样子。小姑终于打心眼里觉得快活，它的整个身心觉得，它赢得了几千张脸的关注，就高高昂起它的狐狸脸，发出欢快的叫声。

“小姑呀，您先坐坐，”主人对它说，“我跟大叔跳一会儿卡玛琳斯卡亚舞。”

费奥多尔·季莫菲依奇正等着硬逼着它干这种荒唐把戏。它站着，向四周无精打采地看着。它对跳舞毫无兴致，漫不经心，满脸的晦气。看它的舞步，它的尾巴和它的胡须，就知道它对这群观众，对这耀眼的灯光，对它的主人，对它自己，都一概深恶痛绝……跳了一轮，它打了个哈欠，坐下。

“这么着，大叔，”主人说，“我们先跟您唱上一曲，然后，再跳舞。好不好？”

他从衣袋里掏出一支笛子，吹了起来。小姑就是烦音乐，心神不宁地在椅子上打转，张着嘴叫。从四面八方传来吼叫声和鼓掌声。主人鞠个躬，等静下来，再吹……在吹一个特高音的时候，楼上的观众里有人大声叫哎哟。

“怎么叫小姑！”一个小孩的嗓音嚷道，“这不是卡什坦卡吗！”

“是卡什坦卡！”一个醉汉溜尖的男高音附和着，“卡什坦卡！费久什卡，上帝惩罚我们吧，这是卡什坦卡！过来！”

楼座里有人打了一声呼哨。两个声音，一个是小孩的，另一个是大人的，都大声叫它：

“卡什坦卡！卡什坦卡！”

小姑打了个冷战，往人喊的地方看。有两张脸：一个是毛发很重，醉醺醺，嬉笑着的脸，另一个是圆乎乎，红扑扑透着惊讶的脸，一齐闪现在眼前，就像刚才的雪亮的灯光刺得它睁不开眼似的……它恢复了记忆，从椅子上摔下来，滚在沙土里，随即一跃，高兴得汪汪叫着向这两张脸奔跑而去。一片震耳欲聋的叫闹声中，夹着口哨和那孩子的尖嗓门呼喊声：

“卡什坦卡！卡什坦卡！”

小姑跳过围栏，然后跳过一个人的肩膀，蹿到包厢里，为了再往上边一层楼蹿，要翻过一堵高墙。小姑一跳，但没跳上去，顺着墙滑了下来。过后它就踩着人手，一步一步过去，舔舔一些人的手和脸，蹿得越来越高，终于爬到顶层楼座……

半个小时以后，卡什坦卡跟着两个身上有糨糊和油漆味的人走在大街上。鲁卡·亚历克山德雷奇一摇一晃的，凭着经验，本能地尽可能离阴沟远点走。

“我从娘胎里就罪孽太大……”他嘟囔着，“可你，卡什坦卡，不懂。你跟人比，就像粗木匠跟细木匠比，啥都不是。”

费久什卡戴着他父亲的帽子，在他身边走着。卡什坦卡看着两个人的后背，它似乎觉得，它一直跟在他们后头，而且暗自庆幸，它这样的生活一分钟都没间断过。它还记得那间糊着脏壁纸的小屋，那只鹅，老猫费奥多尔·季莫菲依奇，那香喷喷的狗食，上课，马戏院，可现在它觉得，这一切犹如一场漫长的、深沉的、乱糟糟的梦……

某小姐逸事

九年前，是割草的季节，时近黄昏，我和彼得·谢尔盖耶维奇，一个法院代理侦讯官，骑马到车站去取信。

天气好极了，但在回来的路上，忽听雷声隆隆。我们见到朝着我们涌来一片风雨欲来的乌云。乌云慢慢靠近我们，我们也朝着乌云走去。

在乌云的陪衬下，我家的房子和教堂显得分外白。高大的白杨树银光闪闪的。浮泛着要下雨的潮润气息和干草味。我的同伴兴致极好。我笑着，山南海北地聊着。他说，要是我们路上偶遇一个中世纪的古堡，古堡上有带齿形围墙的塔楼，有绿苔，有猫头鹰，我们到里面避雨，终于死于雷殛，要是碰上这样的奇遇，倒不错……

但是，这时黑麦和燕麦田里卷起第一道涌浪，狂风骤起，空中尘沙迷漫。彼得·谢尔盖耶维奇高声笑着，两脚夹了夹马。

“痛快！”他叫着，“真痛快！”

我被他的快活所感染，一想到我们一旦浑身淋透，说不定遭到雷击，也笑了起来。

要是在狂风中连气都喘不过来，觉得像鸟儿一样飞跑，这旋风，这疾驰，可真让人激动，心里乐滋滋的。当我们跑进我家院落的时候，风停了，很大的雨点在草丛里，在房顶上，敲得劈劈啪啪作响。马厩旁边，没有一个人。

彼得·谢尔盖耶维奇自己动手解缰绳，牵马到马栏边。他还没拴好马，我站在门口等他，看着斜打着的雨丝。这里甜腻撩人的草香比在田里还觉得浓烈。由于阴雨，天色幽暗。

“瞧这雷声多响！”彼得·谢尔盖耶维奇对我说，一阵极其强烈的隆隆霹雳声响过，那天空仿佛被劈成两半似的。“怎么样？”

他和我并排站在门边，刚才快马飞奔，他还气喘吁吁的，看着我。我注意到他痴痴地看着我。

“娜塔莉娅·符拉季米罗芙娜，”他说，“我只想着站远点，看着您，您今天真美。”

他的眼神里含着欣喜和祈求。他的脸色苍白，胡子和唇髭上的雨珠闪着光，似乎这些雨珠也含情脉脉凝视着我。

“我爱您，”他说，“我爱您，看着您就是我的幸福。我知道，您不可能成为我的妻子，但我别无所求，我什么都不需要，只想让您知道，我爱您。您别说话，别回答我的话，也全别在意，只是您要知道，您是多么珍贵，只求您让我看您就够了。”

他的激情打动了我。我看着他痴情的脸，听着他和雨声融在一起的话音，我如醉如痴，呆呆地站着。

我愿意永不休止地看着他的发亮的眼神，听着他的倾诉。

“您不说话，这太好了！”彼得·谢尔盖耶维奇说，“您再沉默下去。”

我心情很好。我满足地笑了起来，就在大雨如注中往家里跑，他也笑着连蹦带跳，跟着我跑。

挟携着骤雨的乌云消失，雷声止息，可彼得·谢尔盖耶维奇胡子上的雨珠还在闪闪发亮。直到晚餐前，整个晚上他都唱着，吹着口哨，大呼小叫地追着狗在各房里跑，几乎没把一个拿着茶炊的人碰倒。晚餐时，他胃口极好，说了一些不着边际的话，他肯定，如果冬天吃上黄瓜，那满嘴都是春天味。

睡觉的时候，我吹熄蜡烛，打开窗子，觉得我的心中有一种不可言喻的情感。我想我自由自在、身体健康、显赫、富有。我吸引着别人的爱恋，关键是我显赫、富有，而富有、显赫，这有多好，我的上帝！……后来，我觉得园中夜露的凉气吹到我身边，我在床上蜷缩着，在尽量想清楚，我到底是爱，还是不爱彼得·谢尔盖耶维奇……想不出个究竟来，睡了。

早晨，我看着床上朝阳跳跃的光点和椴树枝桠的阴影，昨天的事活灵活现，一幕一幕在我的眼前重演。我觉得生活丰富多彩，无限美妙。我唱着，快快穿上衣服，跑到花园去……

后来，结果如何呢？后来，什么事都没发生。冬天，我们住在城里的时候，彼得·谢尔盖耶维奇偶尔来我家。乡下的熟人只有在夏日的农村里，才招人喜爱，而每逢冬天，一到城里他们的魅力就丧失了一半。在城里，你和他们一起喝茶，总觉得，他们身上穿的是别人的衣服，他们拿着小匙花那么长时间搅动杯中的茶水。在城里，彼得·谢尔盖耶维奇有的时候也谈情说爱，但全无在乡中的意趣。在城里，我们都强烈感到，我们之间有一堵高墙。我显赫、富有，而他家境贫寒，他不是贵族，不过是个教堂助祭的儿子，不过是个代理法院侦讯官，就这些。我们两人中，我芳龄妙年，他呢，只有上帝知道为什么，都认为我们之间有一堵极高极厚的墙。每当他到我们城里的家的时候，他总是绷着脸笑，还对上流社会品头评足，在客厅里，当着人面他总是闷闷的，一言不发。其实，没有推不倒的高墙，可是，就我所知，现时堕入情网的男士们都胆小、委顿、懒惰、不可置信，他们容易自艾自怨，他们是失败者，说生活欺骗了他们。他们不去奋斗，而是一味地指手画脚，说上流社会庸俗不堪，殊不知，他们的批评也渐渐地流为一种庸俗。

我有人爱恋，幸福近在咫尺，幸福好像就在我的眼前。我在我的歌声中过日子，我不想了解我自己，我无所期待，也不想从生活中得到什么。岁月流逝……许多人带着他们的爱恋从我的身边走过，明媚的白日和温暖的黑夜匆匆掠过，夜莺歌唱，干草泛香，在记忆中，这一切是那么亲切动人，这一切就像从所有的人身边走过那样，也从我的身边无影无踪，飞掠而过，它恍若烟云，没留形迹，就慢慢消逝……这一切都到哪里去了？

父亲死了，我也老了。那些我所喜爱的，我感到眷恋的，充满希望的一切，雨声，雷鸣，幸福的向往，爱情的倾诉，这一切都成了追忆。现在，我在遥远的地方看到的，只是一片平阔和荒凉，那平野上没有一个人影，天的尽头也看到的是黑暗和恐惧……

铃响了……这是彼得·谢尔盖耶维奇来了。每当到冬天，我看到枯树的时候，就想到这树夏日的葱茏翠绿，我就低声诉说：

"噢，我的亲爱的！"

而当我看到和我共同度过春天的友人时，我就不免心中抑郁，而且感到了温暖，这时，我还是说这句话。

靠我父亲的安排，他早就调到城里。他见老，背也微驼。他早就不再倾吐爱情，早就不再山南海北地闲聊，对他的差事也是敷衍了事，病恹恹的，他总对一件什么事抱怨不已，他厌弃生活，勉强度日。现在，他坐在壁炉边，默默看着火光……我呢，不知说什么好，就问：

"有事吗？"

"没事……"他答道。

又是相对无言。红色的火苗在他忧郁的脸上跳跃。

我想起了过去，我的双肩突然抖了一下，低下头，伤心地哭泣。我对我自己，对这个人，感到无可忍受的遗憾。我热烈向往过去，热烈向往我们在生活中得不到的东西。可我现在，已经不想我的显赫和富足。

我大声哭着，抱着我的两鬓，低诉着：

"我的上帝，我的上帝，生活毁了……"

他坐着，不发一语，也没对我说："别哭了。"他认为该哭，到哭的时候了。我从他的眼中看出他可怜我。我也可怜他，我懊恼这个不会安排我的生活，也不会营造他个人生活的怯懦的失败者。

我送他出门，我觉得，他在前厅穿皮外衣的时候，故意拖长时间。他默默两次吻过我的手，久久看我留着泪痕的脸。我想，这时，他忆起了那次雷鸣，那条条的雨丝，忆起了我们的笑声，我当年的容貌。他想对我说点什么，他很乐于说点什么，但欲言又止，只不过摇摇头，紧紧握手。上帝保佑他吧！

送走他，我回到书房，又坐到壁炉前的地毯上。火红的木柴上盖着一层灰烬，渐渐熄灭。严冬更加猛烈扣敲着窗子，风在壁炉的烟囱里呜呜唱着。

女仆进来，以为我已睡去，叫了我一声……

无 题

公元五世纪的时候，和现在一样，每到早晨，太阳起床，每到晚上，太阳睡觉。每到早晨旭日初升的光芒亲吻露水的时候，大地苏醒，空中充溢着快乐，喜悦和希求的种种音响，而到了晚上，大地就悄无声息，落入沉沉黑暗之中。日日如此，夜夜如此。只是有的时候，阴云密布，雷霆震怒，或者，天上没有一颗昏昏欲睡的星星，或者，有个面色苍白的修士跑过来，给他的道友讲故事，说在离修道院不远的地方，他看见过一只老虎。仅此而已。以后，又是日复一日，夜复一夜。

修士们干活和跪在上帝面前祈祷，可他们的老院长就专门弹奏管风琴，用拉丁文写诗，还谱曲。这个神奇的老人有非凡的天赋。他弹管风琴有惊人的技巧，就是生命垂危，耳聋昏聩，耄耋之年的老修士，当管风琴的乐声传到他们的静室的时候，也会禁不住热泪盈眶。每当他以极其平常的语调随便说一件什么事，比如，说到树木，野兽，或者，说到大海之类，那听者一准喜笑颜开，洗耳恭听，或者，就感动得涕泪交流，仿佛老院长在心灵深处，也拨动着管风琴的琴弦。如果他发起怒来，或者，欣喜若狂，或者，说一件可怖而壮丽的事情，那他就忽发奇妙的灵感，他的眼里闪着泪光，满面通红，说话的嗓音犹如响雷，于是，那些听着他说话的修士们，就也觉得他的灵感震撼了他们的灵魂。每到这一辉煌而美妙的时刻，他的权威就无限膨胀，如果他命令哪个老修士跳到海里去，那他们绝对一无例外，高高兴兴，义无反顾服从他的意志。

往往是这样，在他们单调的生活中，他们厌倦了花草树木，春风秋月和大海的喧嚣，对这些他们都觉得腻烦了，连鸟儿的啁啾也听着不舒服，但是，老院长的天才指拨就像面包一样，不可一日或缺。

几十年过去，日日如此，夜夜如此。除去飞禽走兽，修道院附近不见一个人影。最近的人文荟萃之地也相距遥远，要想从修道院到人类聚居地，或从人类聚居地到修道院，要走过数百俄里之遥的荒原。只有那些看破了红尘，厌弃了生活，进修道院形同进墓窟的人，才下得了决心走过这片荒原。

因此，到了一天夜里，有个城里人，一个平平凡凡，眷恋尘世生活的罪人，来敲他们的大门，可以想见这些修士们该是多么地惊奇。在请求院长的祝福和跪下祈祷之前，这个人要酒喝，要饭吃。问到他何以从城里到这荒原来，他就说了好长一段打猎的故事。说他出来打猎，喝酒过量，迷路了。修士们度化他入院修道，以拯救灵魂，他笑笑，答曰："我跟你们不是同路人。"

他吃饱喝足，细细打量这些服侍他的修士，带着责怪的神情，摇摇头，说道："你们这是无所事事，修士们。你们只知道吃吃喝喝。难道就这样拯救灵魂吗？你们想想看，就在你们在静室里打坐，又吃，又喝，幻想极乐世界的时候，你们身边的人时时都在死亡和走向地狱。去看看城里是什么样子吧！有的人死于饥饿，有的人简直就找不到地方藏匿他们的财宝，他们在骄奢淫逸中沉沦下去，像溺死在蜜水里的苍蝇一样送命。人们既没有信仰，也不知道正义！谁来拯救他们？谁来度化他们？难道让我这一天到晚只知酗酒的人来干吗？难道上帝给了你们仁爱之心和信仰，就只让你们坐在这里面壁，无所事事吗？"

城里人说的醉话虽说粗俗无礼，但奇怪的是，这话却很使院长动心。院长和修士们面面相觑，他脸色发白，说道：

"道友们，他说的是实话！那些痴迷和软弱的可怜人确实在罪恶的渊薮中，由于不知信仰上帝，以致死去。可我们足不出户，好像这事与我们无关似的。我何不出去走一遭，何不教化他们敬畏他们遗忘了的上帝？”

城里人的话说动了院长。第二天，他扶着手杖，告别道友，直奔城里而去。结果，这些修士们就听不到他的音乐，他的教诲和他的诗作了。

他们冷冷落落过了一个月，又过了一个月，院长还没回来。终于，第三个月过后，才听到他那大家听惯了的长杖叩击声。修士们涌向前去迎接他，劈头盖脸问了他许许多多的问题，可是，让大家扫兴的是，院长竟伤心透顶，哭了起来，一句话也没说。修士们发现：他衰老了许多，也显得消瘦。他的脸带着倦意，流露出深深的忧伤。他哭的时候，完全是一副受过很大委屈的模样。

修士们也跟着哭，同情地问他，为什么哭，为什么他脸色抑郁，可他一言不发，躲在静室里，闭户不出。他静坐七天，不吃，不喝，不弹琴，就是哭。敲他的门，修士们求他出来，好让大家分担他的烦忧，他还是一味地沉默。

他终于出来。召集所有的修士到他的身边，他涕泪交流，他忧伤而愤怒。从头诉说他三个月来的经历。当他说到从修道院到城里，一路所见的时候，他的声调平静，两眼笑眯眯的。他说，鸟儿向他歌唱，小河流水潺潺，他的心中充满了像年轻人一样的美好的希望。他走着，觉得自己是个战士，他有克敌必胜的信心。他想着，走着，兴之所至，吟诗，作歌，不知不觉就结束了旅程。

但是，当他说到城里和那些城里人，他的声音忽地颤抖了，他的眼睛闪亮，他怒不可遏。他有生以来从未见过，甚至他都不敢想象他进城看到的那些事。在城里，他到了这把年纪，平生头一回，才看到了和明白了魔鬼是多么强大，罪恶是多么诱惑，人又是多么软弱，怯懦和渺小。一次偶然的不幸巧遇，他走进了妓院。有五十来个阔佬在那里大吃大嚼，拼命灌酒。他们喝得酩酊大醉，唱着歌。他们竟然胆大妄为，说着可怕的下流话，这些话是敬畏上帝的人绝不敢说出口的。这些人放纵无度，胡作非为，却又有那么好的命运，他们不怕上帝，不怕魔鬼，不怕死亡。他们心里想什么，就说什么，做什么，他们淫逸放纵。清亮得像玛瑙一样的美酒，泛着金光，大概是太甜美，太香醇，因为每一个喝酒的人都纵情欢笑，喝了还想喝。酒也朝着他们笑，当人们喝它的时候，它就乐得心花怒放，好像它明知道，它的醇美之中就隐藏着魔鬼的诱惑。

院长更加怒火上冲，气得他一边哭，一边接着诉说他的所见所闻。他说，在一群饮酒作乐的人群中间，有一张桌子，上面站着一个赤身裸体的妓女。你真难以想象，在大千世界之中，能看得到比这更为动人，更诱惑的尤物。这个放荡无耻的败类青春年少，一头黑黑的长发，脸色黝黑，黑眼睛，厚嘴唇，一笑就露出雪白的牙齿，她频频媚笑，似乎在说："看啊，我脱得多光，我有多美！"华美的丝锦衣裳从她的双肩滑下去，她的美妙的胴体不愿遮遮掩掩，就像破土的春草，渴求着冲出衣衫。裸体女人喝着酒，唱着歌，她随时都可以委身于任何人，只要你想。

接着，院长愤愤地挥着手，诉说那些赛马、斗牛和观剧的情景，还说到那些画家的画室，他们用泥巴捏塑的都是些裸体女人。他说着，就仿佛弹着无形的琴弦，那样激昂慷慨，那样绘声绘色和抑扬顿挫，修士们听得目瞪口呆，贪婪地听着他的诉说，兴奋得喘不过气来……院长说完了魔鬼的妩媚，罪恶的妖冶和放荡女人胴体的诱人风姿，又把魔鬼狠狠诅咒了一遍，扭身就关上了门……

第二天早晨，他从静室里出来，修道院里居然竟见不到一个修士的身影。他们都跑到城里去了。

《美妙的收场》——《无题》

王福曾　译

1888—1891

困

夜。小保姆瓦丽卡，一个十三岁的小姑娘，在摇着摇篮，摇篮里躺着一个婴儿；她用刚能听得到的声音哼着：

“宝宝，宝宝，快睡觉，

我给你唱个催眠谣……”

圣像前面亮着一盏绿色长明灯，屋子里从一个墙角到另一个墙角拉着一根绳子，上边晾着尿布和一条黑色大裤子。长明灯在天花板上照出了一个绿色大光点，尿布和大裤子则向炉子上、摇篮上和瓦丽卡的身上投射着长长的黑影。长明灯闪动的时候，光点和黑影就苏醒，晃动起来，像被风吹着似的。空气令人窒息，一屋子菜汤和新皮靴味。

婴儿在哭。他早就把嗓子哭哑了，已筋疲力尽，可仍然在嚎着，不知道什么时候肯静下来。瓦丽卡困得难受。眼皮粘在一起，头直往下垂，脖颈生疼。她的眼皮、嘴唇一动也不能动，她觉得自己的脸已干瘪，变成了木头，头变得像别针的头那么小。她梦呓般地哼着：

“宝宝，宝宝，快睡着，
我去给你煮面条……”

炉子里有只蟋蟀在吵着。隔壁房间里偶尔传出主人和伙计阿法纳西的鼾声……摇篮在哀怨地呻吟着，瓦丽卡在哼着——这一切会合成催人入睡的夜曲，躺在床上听起来那么甜美。可是现在这乐曲却令人感到气恼、压抑，因为它催人入睡，而人却不能睡。要是瓦丽卡不小心睡着了，主人会打她的。

长明灯在闪着。绿色的光点和黑影在动着，钻进瓦丽卡半睁半闭的眼睛里，在她的半睡的脑海里形成模模糊糊的梦幻。她看到朵朵乌云在天上互相追逐着，像婴儿似的喊叫着。可是刮来一阵风，乌云不见了，于是瓦丽卡看到一条泥泞的大道。大道上走着长长的车队，蹒跚着一些背着背包的人，一些黑影来来回回晃动着；路两侧透过阴森的冷雾可以看到一些树木。突然背着背包的人掉进了泥泞里。“这是为什么？”——瓦丽卡问道。“睡觉，睡觉！”——人们答道。他们都死死地睡着了，睡得好香；电线上停着一些乌鸦和喜鹊，像婴儿似的喊叫着，努力要叫醒他们。

“宝宝，宝宝，快睡觉，我给你唱个催眠谣……”瓦丽卡哼着，已看到自己在昏暗闷气的乡下家里。

她故去的父亲叶菲姆在地板上滚动着，她看不到他，可是能听到他痛得在地板上打滚的呻吟声。据他自己说，是“小肠疝气”。他痛得一句话也说不出来，直吸冷气，牙齿上下敲着，发出“噗、噗”的声音。妈妈佩拉格娅跑到主人家里告诉老爷：叶菲姆要死了。她早就去了，该回来了。瓦丽卡躺在炕上，没有睡，听着父亲的“噗、噗”声。这时传来马车驰近的声音。这是主人把城里到他家做客的一个年轻医生打发来了。医生进屋；黑影里看不到他，但可以听到他咳嗽和开门的声音。

“把灯点上。”他说。

“噗——噗——噗……”叶菲姆答道。

佩拉格娅忙到炉边去找盛着火柴的小泥碗。在沉默中过了一分钟。医生在自己的衣袋里摸到火柴，划着了。

“等等，老爷，等等。”佩拉格娅说着朝屋外跑去，过了一会儿拿来一块蜡烛头儿。

叶菲姆的两腮绯红，眼睛闪亮，目光特别锐利，好像能穿透墙壁和医生似的。

“喂，怎么啦？你这是想干什么呀？”医生弯下腰问他，“你这病得了很久了吗？”

“有什么关系呢？该死啦，老爷……我活不了啦……”

“别胡说……能给你治好！”

“随您便吧，老爷，非常感激，不过我们明白……要是该死了，就得死。”

医生在叶菲姆身上忙活了一刻来钟，然后直起腰来说：

“没有办法……你得去医院，在那儿给你动手术。马上就去……一定要去！有些晚了，医院的人全都睡了，不过没有关系，我写个纸条给你拿着。听懂啦？”

“老爷，叫他怎么去呢？”佩拉格娅说，“我们没有马呀。”

“没有关系，我请主人出车。”

医生走了，蜡烛渐渐熄灭，又响起来“噗、噗”的声音……半个小时以后，传来马车驰近的声音。这是主人派来上医院的马车。叶菲姆收拾一下就去了……

一个晴朗的早晨来临了。佩拉格娅没有在家：到医院去看叶菲姆去了。什么地方婴儿在哭，瓦丽卡听到谁在用她的声音唱：

“宝宝，宝宝，快睡觉，

我给你唱个催眠谣……”

佩拉格娅回来，画着十字低声说：

“夜里把小肠复位完，早晨他就咽气了……天国，安息……据说治晚了……该早些……”

瓦丽卡到树林里去，在那儿哭。突然有人用力打她的后脑勺，把她打得前额直撞白桦树。她抬起眼来，看到男主人站在她面前。他说：

“贱骨头，你怎么回事？孩子在哭，你却睡大觉！”

他把她的耳朵揪得好疼。她晃晃头，摇着摇篮，哼着歌儿。绿色光点和裤子、尿布的黑影晃动起来，向她挤着眼睛，不久又控制了她的大脑。她又看到了泥泞的大道，背背包的人们以及他们的影子都躺得横七竖八的，睡得好香。看着他们，瓦丽卡也非常想睡；她也想舒舒服服地躺下，可是妈妈走在旁边，催她赶路。她们娘俩要赶到城里找工作。

“看在基督分上可怜可怜我们吧！”妈妈在向行人乞讨，“行行好吧，慈善的老爷们！”

“把孩子抱过来！”一个熟悉的声音对她说，“把孩子抱过来！”那声音重复了一遍，但已发火了，“睡着啦，下贱东西？”

瓦丽卡急忙站起来，向周围看了一下，明白了是怎么回事：面前没有大道，没有妈妈，没有行人，只有女主人站在屋子中间，她是来喂奶的。膀阔腰圆的女主人喂孩子、哄孩子的时候，瓦丽卡站在旁边等着。窗外已露鱼肚白，影子和绿色光点明显地淡了。早晨马上就要到了。

“抱去！”女主人系着胸前的衣扣说，“哭，一定是被谁的毒眼看了。”

瓦丽卡接过孩子放进摇篮里又开始摇起来。绿光点和黑影渐渐消失，再没有谁往她脑袋里钻，搅乱她的大脑了。可是照样困！困

得要命！瓦丽卡把头顶在摇篮边上，用全身来摇以便战胜睡魔，可是眼皮仍然打架，脑袋发沉。

“瓦丽卡，生上炉子！”门外传来男主人的喊声。

这就是说该起床干活了。瓦丽卡放下摇篮，到柴草棚去抱劈柴。她高兴，跑和走的时候，不像坐着那么困。她抱回来劈柴，生着炉子，觉得麻木的脸上渐渐舒展开来，头脑清醒了。

“瓦丽卡，把茶炊点上！”女主人喊道。

瓦丽卡刚刚劈开松明，点着，放进茶炊下面，又听到了新的命令：

“瓦丽卡，把主人的套鞋擦干净。”

她坐在地板上擦套鞋，心想：要是能把脑袋伸进一只又大又深的套鞋里打个盹儿多好……于是套鞋就变得越来越大，像房间那么大。瓦丽卡手里的鞋刷子掉了，可是她马上就晃脑袋，瞪眼睛，定睛细看，使物体不变大，不在她眼里晃动。

“瓦丽卡，去刷刷外边的楼梯，要不，顾客看着丢脸！”

瓦丽卡刷地板，收拾房间，然后生另一个炉子，跑到铺子里去买东西。活儿很多，一分钟闲工夫也没有。

不过什么活儿也没有在厨房桌子前边站在一个地方刮土豆皮更累人的了。她的脑袋直往桌子上垂，土豆在眼里直跳动，手里的刀子直掉，肥胖的女主人挽着袄袖气哼哼地在旁边走动着，说话的声音大得震耳朵。侍候吃饭、洗衣服、缝衣服也很苦。她有时真想不顾一切，躺在地板上睡一觉。

一天快过去了。瓦丽卡看着渐渐黑下来的窗户，按着麻木的太阳穴，自己也不知为什么笑了。暮霭抚爱着她不断想合上的眼睛，应许她马上香香地睡一觉。晚上主人家里来了客人。女主人喊道：

“瓦丽卡，把茶炊摆好！”

主人家的茶炊很小，为了叫客人喝够茶，需要烧五六遍。喝完茶以后，瓦丽卡还要在那里站一个小时，看着客人，听候吩咐。

“瓦丽卡，去买三瓶啤酒来！”

她抬腿出去，尽量快跑，以便驱逐睡魔。

“瓦丽卡，去买瓶伏特加酒来！瓦丽卡，拔塞钻在哪儿？瓦丽卡，把咸鲱鱼洗干净！”

客人终于走了，灯火熄灭，主人要上床睡了。

“瓦丽卡，摇摇孩子！”传来最后一道命令。

蟋蟀在炉子里吵着。天花板上的绿光点和裤子、尿布的黑影又往瓦丽卡半睁着的眼睛里钻，对她眨眼，使她头昏脑涨。她哼着：

“宝宝，宝宝，快睡觉，
我给你唱个催眠谣……”

婴儿嚎着，已经嚎得筋疲力尽了。瓦丽卡又看到了泥泞的大道、背背包的人们、妈妈、爸爸。她什么都明白，所有的人都认识，可是她在昏昏沉沉的半睡状态里无论如何无法弄明白是什么力量束缚她的手脚，压迫她，妨碍她生活。她向四周打量着，寻找着这种力量，好摆脱它，可是没有找到。她受尽折磨，集中全副精力，凝视着天花板上直眨眼的绿光点，谛听着嚎声，终于找到了妨碍她生活的敌人。

这个敌人就是婴儿。

她笑起来。她奇怪：以前她为什么连这么简单的道理都不懂？绿光点、黑影和蟋蟀好像也笑起来，感到奇怪。

错觉支配着瓦丽卡。她从方凳上站起来，开心地微笑着，眼睛一眨不眨，在屋里踱着。想到马上就要摆脱这个婴儿，她感到心花怒放，正是这个婴儿束缚她的手脚……掐死婴儿，然后就睡，睡，睡……

瓦丽卡笑着，对绿光点使着眼色，用手指威吓着它，凑到摇篮跟前，朝着婴儿哈下腰去。把婴儿掐死以后，她马上躺倒在地板上，高兴得笑了起来：现在可以睡了。一分钟后她已经睡得像死人一样……

草　原

旅途纪事

1

七月的一天清晨，一辆没有弹簧的破旧的四轮轻便马车离开了Z省N县县城，喧嚣地行驶在大道上，这是一种老式马车，现在俄国只有商人的伙计、牲口贩子和不富裕的神甫才坐。它稍稍一动就吱吱呀呀地叫唤，系在车尾部的一只铁桶则忧郁地配合着唱第二声部。根据这些声音以及油漆剥落的车身上悠荡着的一些破皮子可以断定，它已老朽不堪，要进垃圾堆了。

车上坐着N城的两个居民：一个是N城商人库兹米乔夫，他的脸刮得光光的，戴着眼镜，头上戴一顶草帽，不像商人，倒像一个官吏；另一个是N城尼古拉教堂的堂长赫里斯托弗神甫，他是个身材矮小、头发长的老头儿，穿一件灰帆布长袍，系一条绣花褡包，戴一顶高筒宽边大礼帽。库兹米乔夫在聚精会神地思考什么问题，不时地晃一下头以驱赶睡魔，他脸上常见的盘算生意的枯燥神色正在同刚刚辞别亲人并且痛痛快快喝了一顿所留下的温和表情争执不下呢；赫里斯托弗神甫正在瞪着湿润的小眼睛注视着上帝的世界，他那么开心地微笑着，令人觉得笑意甚至漫溢到了大礼帽的帽檐上，他的脸红红的，像是冻的。他们俩都是去卖羊毛。他们辞别家人的时候都饱饱地吃了一顿油煎饼蘸酸奶油，尽管是大清早，也喝了个够……两个人的心情都好极了。

除了刚刚提到的两个人和不倦地抽打两匹机灵的枣红马的车夫德尼斯卡以外，车上还坐着一个九岁上下的男孩子，晒得黧黑的脸上泪水还没有干。他叫叶戈鲁什卡，是库兹米乔夫的外甥。他得到舅父的允许和赫里斯托弗神甫的祝福要到一个地方去上学。他的妈妈奥尔加·伊万诺芙娜，十级文官的遗孀，是库兹米乔夫的亲妹妹，想让孩子受教育进入上流社会，求哥哥去卖羊毛时把叶戈鲁什卡带着，送进学校去读书。现在这孩子并不知道上哪儿去以及去干什么；他跟德尼斯卡并排坐在车夫座上，拽着德尼斯卡的胳膊肘儿免得摔下去，他的身子不断地颠着，像水开了以后的水壶盖儿似的。由于车走得快，他的红布衫在后背鼓起了一个大包，他那顶插着一根孔雀翎子的像车夫戴的新帽子，不断地被刮到后脑勺上。他觉得自己非常不幸，想哭。

当马车路过监狱时，叶戈鲁什卡看到在白色高墙附近默默走动的哨兵、带铁栅的小窗户、屋顶上闪闪发亮的十字架，想起一周之前，喀山圣母节那天跟妈妈到监狱教堂来参加过建堂节；更早一些时候，复活节那天，他还跟厨娘柳德米拉和德尼斯卡到监狱来过，带来了一些圆柱形大甜面包、鸡蛋、馅饼和烧牛肉，犯人表示感谢，画了十字，其中有一个人还把自己亲手做的一些锡袖扣送给了他。

小孩子注视着熟悉的地方，可恨的马车却径自跑过去，把一切都留在后面。监狱过后，是被烟熏得黑糊糊的铁匠铺，接着是用石墙围起来的舒适的绿色墓地，白色的十字架和墓碑快活地从石墙里面向外窥视着，它们藏在樱桃树的绿色枝叶下边，远远看去像一些白色斑点。叶戈鲁什卡想起来，樱桃树开花时，这些白色斑点跟樱桃花混在一起，汇成了一个白色海洋；樱桃熟的时候，这些白十字架和墓碑上就点缀血红的小点。叶戈鲁什卡的父亲和祖母白天黑夜都睡在石墙里面的樱桃树下边。奶奶死了以后被放进了一个又长又窄的棺材里，眼睛不想闭，上面就压了两个五戈比的硬币。直到临死以前，她还很爱活动，常从集市上带回一些松软的撒满罂粟花籽的面包圈，现在她却在睡觉，永远睡……

墓地过后是黑烟滚滚的砖窑。黑色的浓烟一大团一大团地从又长又低的芦苇房顶下面冒出来，懒洋洋地上升着。砖窑和墓地的上空是昏黑的，团团浓烟的片片黑影在野地里爬着，爬过大道。在房顶附近的浓烟里，一些满身红色灰尘的人和马在活动着……

砖窑过后，市区就走完了，接着就是旷野。叶戈鲁什卡最后一次回头朝市内看了一眼，便把脸靠在德尼斯卡的胳臂肘儿上伤心地哭起来……

“喂，还没有哭够，真爱哭！”库兹米乔夫说，“这孩子惯坏了，又哭！不想去就留下来。谁也没有强拽着你去！”

“没关系，没关系，叶戈鲁什卡老弟，没关系……”赫里斯托弗神甫连珠似的念叨着，“没关系，老弟，求上帝保佑……你不是去学坏，是去求上进。俗话说，学习是光明，不学习是黑暗……真是这样。”

“想回去吗？”库兹米乔夫问道。

“想……”叶戈鲁什卡抽抽搭搭地说。

“那就回去算啦。反正去也是白搭工，走七里路去喝一碗粥。”

“没关系，没关系，老弟……”赫里斯托弗神甫继续说，“求上帝保佑……罗蒙诺索夫①当年跟你一样，他是坐渔夫的车去求学的，结果他成了全欧洲都佩服的人。知识同信仰加在一起就能产生上帝

① 米哈伊尔·瓦西里耶维奇·罗蒙诺索夫（1711—1765），俄国学者、诗人，俄国唯物主义哲学和自然科学的奠基者。

喜欢的成果。祷词里是怎么说的？为造物主增光，给父母安慰，替教会和祖国造福……应当如此。”

“人不一样……”库兹米乔夫点上一支便宜的雪茄说，“有的人念二十年书，结果也是白费。”

“有这样的人。”

“有的人上学有用，有的人越学越糊涂。我妹妹不明白，一心向往上流社会，想使叶戈鲁什卡成为一个学者。她不明白，跟我做生意，叶戈鲁什卡也能享一辈子福。我是想说，要是都去当学者做上流人，那谁去经商种地呢。大家都得饿死。”

“可要是都去经商种地，就没有人去研究学问了。”

他俩都认为自己说出了有说服力、有分量的话，脸上都呈现出严肃的神色，都同时咳嗽了一声。德尼斯卡听着他们的谈话，什么也没有听明白，摆了一下头，抬了抬身子，抽了枣红马一鞭子。随后是沉默。

这时行人眼前已展现出一片广阔无垠的平原，这平原被一道道丘陵切断。这些丘陵挤着，从彼此的身后探头探脑地窥视着，形成了一片高地，从路的右侧一直延伸到地平线，消失在浅紫色的远方：走啊走啊，你无论如何也搞不清楚，它是从哪儿开始，在哪儿结束……太阳已从身后县城后边探出头来，悄悄地、不慌不忙地开始了自己的工作。起初是在前方的远处，在天地相接的地方，在一些小土岗子和一架远看像一个小人儿挥舞双臂的风车附近地上爬动着一条宽阔的金黄色光带；一分钟后，稍近一些地方，也出现了一条同样的光带，向右边爬去，盖住了丘陵；一种暖烘烘的什么东西触到了叶戈鲁什卡的后背上；一条光带偷偷地从后面爬上来，从车上和马身上溜过去，奔向别的光带：突然整个草原揭开了迷茫的晨纱，闪着晶莹的露珠，笑了。

割倒的黑麦、蒿子、大戟草、野大麻——一切被晒成褐色、棕红色、半死不活的东西现在都被朝露洗过，受到太阳抚爱，复活了，想重新繁茂起来。一些扁嘴海雀快活地叫着从路的上空飞过

去，黄鼠在草丛里互相呼唤着，一些凤头麦鸡在左侧的远方哭着。一群山鹑被马车惊起，带着柔和的“忒噜噜噜”声朝丘陵飞去。螽斯、蟋蟀、蝈蝈儿和蝼蛄在草丛里叽叽喳喳地奏起了单调的乐曲。

可是过了不久，露水蒸发干了，空气凝固了，失望的草原显露出了它那垂头丧气的七月的神态。草低下了头，生气消失了。丘陵近处被晒成褐绿色，远处是淡紫色，色调像影子一样平静；平原的远方是雾蒙蒙的；草原上既无森林，又无高山，天显得特别深邃清澈：现在丘陵、平原、天空都显得茫无涯际，忧郁得失去了知觉……

多么烦闷无聊啊！马车跑着，叶戈鲁什卡看到的是同样的东西——天空、平原、丘陵……草里的音乐已经沉寂，扁嘴海雀飞走了，山鹑不见了。白嘴鸦闲得无聊，在枯萎的野草的上空盘旋着；它们彼此相像，因而使草原显得更加单调。

一只老鹰平稳地扇动着翅膀在上空盘旋着，突然停在半空中——好像为了思考生活为什么无聊，然后振动翅膀像箭一样飞去，不知道它为什么飞，它需要什么。而风车在远方扇动着翅膀……

为了打破单调，野蒿中有时出现一个白色骷髅或一块石头；有时突然钻出个灰色的石人或者一棵枯干的白柳——最高枝上停着一只蓝胸佛法僧；有时一只黄鼠从大道上横穿过去。然后眼前跑的又是野蒿、丘陵、白嘴鸦……

可是，谢天谢地，迎面总算来了一辆满载着禾捆的马车。禾捆最上边躺着一个丫头。她热得懒洋洋地昏昏欲睡，抬起头来瞅着对面来的人。德尼斯卡只顾看她了，两匹枣红马把嘴朝禾捆伸去，马车吱呀一声跟禾捆车吻到了一起，带刺的禾穗像扫帚一样在赫里斯托弗神甫的大礼帽上扫了一下。

“撞人啦，胖丫头！”德尼斯卡喊道，“瞧你的脸歪歪扭扭的，像被熊蜂蜇了似的！”

丫头瞌睡昏昏地笑了笑，动了动嘴唇，又躺下了……山丘上出现了一棵孤零零的白杨，谁栽的，为什么它出现在这里——只有上帝知道。视线很难从它那亭亭玉立的身影和绿色装束上挪开。这个美人幸福吗？夏天是酷暑，冬天是严寒和暴风雪，秋天是可怕的黑夜，一片漆黑，除了暴虐的寒风怒吼声外，什么也听不到，主要的是——终生孤独，形单影只……白杨过后，是一片麦地，像金黄色地毯，从丘陵最高处一直延伸到路边。丘陵上的麦子已割完，码成了垛；下面的麦子正在收割……六个农夫排成一排，挥动着钐刀，钐刀快活地闪着光芒，有节奏地一齐发着沙沙的响声。从农妇系禾捆的动作，从割麦人的脸以及从钐刀的闪光都可以看出来，骄阳似火，烤得他们喘不上气来。一只黑狗伸着舌头从农夫那边迎着马车跑过来，大概想叫一阵，可是在半道上就停下了，无动于衷地看着用鞭子威胁它的德尼斯卡：太热，不想叫！一个农妇直起腰来，两手托着酸痛的后背，目送着叶戈鲁什卡的红布衫，不知是红颜色使她喜欢，还是她想起了自己的孩子，反正她一动不动地站在那里，久久地目送着……

麦地闪过去了。又是烤焦的平原，晒成褐色的丘陵，灼热的天空，又是老鹰在上空盘旋。远处仍然是风车在扇动翅膀，仍然像个挥舞双臂的小人儿。这风车真叫人看腻了，好像永远也走不到它跟前，又好像它在跑着躲马车。

赫里斯托弗神甫和库兹米乔夫都沉默着。德尼斯卡往马身上打两鞭子，吆喝几声；叶戈鲁什卡已经不哭了，漠然看着路两边的景色。炎热和枯燥的草原景色已使他疲惫了。他觉得自己坐着车走了很久，颠簸了很久，太阳烤他的后背烤了很久。还没有走十俄里，他就想："该休息了！"温情渐渐从舅父脸上消失，剩下的只是盘算生意的枯燥神色。这种枯燥神色使他刮得光光的瘦脸带上了像宗教裁判官似的冷酷表情，特别是当他戴着眼镜、鼻子和太阳穴上满是尘土的时候。赫里斯托弗神甫不停地用惊奇的目光看着上帝的世界，微笑着。他在默默地想着一件美好快活的什么事，慈祥温和的微笑凝固在他脸上，好像美好快活的思绪也热得凝固在他的脑海里了……

“怎么样，德尼斯卡，我们能追上货车吗？”库兹米乔夫问道。

德尼斯卡看了看天，欠了欠身子，打了马一鞭子，然后答道：

“上帝保佑，今晚能追上。”

响起了一阵狗叫声。六七只粗大的草原牧羊犬像事先埋伏好了似的，突然凶狠地叫着朝马车扑来。这几只狗样子非常凶，脸毛茸茸的像蜘蛛，眼睛凶得发红，围住了马车，争先恐后地冲着，叫着。它们怒不可遏，好像想把马、车、人都撕成碎块……德尼斯卡很爱抽鞭子逗弄狗，遇到这种机会更是心花怒放，脸上呈现出幸灾乐祸的神情，他弯腰抽了一只狗一鞭子，狗叫得更凶了，马跑起来；叶戈鲁什卡紧紧地抱住车辕，看着狗的眼和牙，心里明白，只要一掉下去，马上就会被撕得粉碎，可是他没有害怕，而像德尼斯卡那样幸灾乐祸地看着，遗憾自己手里没有鞭子。

马车撵上了羊群。

“停下！”库兹米乔夫喊道，“拽住马！吁……”

德尼斯卡全身向后仰着，把马拽住。车停下了。

“过来！”库兹米乔夫朝牧羊人喊道，“别叫狗咬，这些讨厌的狗！”

老牧羊人衣着褴褛，赤着脚，戴着棉帽子，胯下挂着一个破背包，拿着一根顶端带钩子的长杆子——一副破烂不堪的样子。他喝住了狗，摘下了帽子，走到车前。羊群的另一端纹丝不动地站着一个同样破烂不堪的身影，他漠然看着车上的人。

“这是谁家的羊群？”库兹米乔夫问道。

“瓦尔拉莫夫家的！”老人高声答道。

“瓦尔拉莫夫家的！”站在另一端的那个牧羊人重复了一遍。

“瓦尔拉莫夫昨天从这儿过去了吗？”

“没有……他的伙计倒是过去了，这不假……”

“走吧！”

马车走起来，牧羊人和恶犬留在后面。叶戈鲁什卡懒洋洋地朝淡紫色的远方看了看，开始觉得扇动翅膀的风车渐渐近了。它越来越大，完全长大了，已清清楚楚地可以看清它的两个翅膀了。一个翅膀是旧的，带补丁；另一个翅膀是用木头新做的，在阳光里闪着亮光。

马车在朝直走着，可风车却不知为什么开始往左去。马车不停地走着，可风车仍不停地往左去，没有从视野里消失。

“波尔特瓦给儿子建了一座好风磨！”德尼斯卡说。

“为什么看不见他的庄子呢？”

“庄子在沟那边。”

不久就看到波尔特瓦的庄子了，风车仍然没有落在后面，它在用一只闪亮的翅膀看着叶戈鲁什卡，招着手。一个多么神奇的魔法师！

2

傍午，马车下了大道，向右拐去，走了几步停下了。叶戈鲁什卡听到了轻轻的非常悦耳的潺潺声，觉得脸上有一股凉爽的空气像天鹅绒一样拂过。前面大自然用巨大的怪石拼成的小丘，一位不知名的善人安装一根用药芹做的管子，那里涓涓地淌着泉水。水流落到地上，清澈，快活，闪着阳光，低声唠叨着，好像把自己想象成了汹涌奔腾的滚滚巨流似的，迅速地向左跑去。小溪在离小丘不远的地方形成了一个小水洼子；灼热的阳光和滚烫的土地贪婪地吮吸着它的液汁，消耗着它的力量；但在稍远的地方，它大概跟另一条同样的小溪汇合到了一起，因为离小丘一百来步远的下游有一片绿色的丰茂苔草，马车过来经过那里时，从那里面飞出了三只田鹬。

人们决定停在溪边休息，喂马。在马车和马的稀疏阴影里铺了一块毡子，库兹米乔夫、赫里斯托弗神甫、叶戈鲁什卡坐在上边开始吃午饭。热力凝固了赫里斯托弗神甫脑海里的美好快活的思绪，在他喝足了水，吃了一个熏鸡蛋之后，终于流露出来。他爱抚地看了叶戈鲁什卡一眼，嚼了嚼嘴里的东西，开始说：

“老弟，我自己当年也曾上过学。上帝叫我从很小的时候就懂事，因此跟别人不同，像你这么大，我已经能够用自己的聪明才智使父母和老师喜欢了。还不到十五岁，我的拉丁语已跟俄语一样流畅，可以谈话，可以写诗。记得那时我给赫里斯托弗主教大人做权杖侍者。现在仍记得清清楚楚，有一次亚历山大·帕甫洛维奇皇帝陛下命名日日祷后，主教大人在圣堂脱去法衣，抚爱地看了看我，问道：‘可爱的孩子，你叫什么名字？’[①]我答道：‘赫里斯托弗。’[②]他说：‘我们名字一样。’[③]就是说我们同名，然后用拉丁语问我：‘你是谁的儿子？’我也用拉丁语回答：‘是天鹅村西里斯基助祭的儿子。’主教大人看到我才思敏捷，对答如流，祝福我，并说：‘写信告诉你父亲，说我会关照他；对你，我要留意栽培。’在圣堂里的大司祭和神甫们听到这场拉丁语答辩也颇感惊奇，纷纷对我加以称赞。我还没长胡子的时候，老弟，就已经能读拉丁文、希腊文和法文，通晓哲学、数学、人文史以及其他种种学问了。上帝给了我令人惊奇的好记性。什么东西只要读一两遍就能背下来。我的老师和恩人惊叹不已，都认为我会大有出息，会成大学者，成教会的巨星。我自己也想上基辅去深造，可是父母不赞成，父亲说：‘你要上一辈子学，我们什么时候能把你盼回来？’听到这话，我就放弃深造，开始工作了。我当然没有能成为学者，可是我顺从了父母的心愿，使他们幸福地度过晚年，体面地安葬了他们。孝顺父母胜过吃斋和祈祷！”

“您大概把各种学问都忘了吧？”库兹米乔夫问道。

“怎么能不忘呢？谢天谢地，我已七十多啦！哲学和修辞学还记得一些，外语和数学全忘光了。”

---

① 原文为拉丁语。

② 同上。

③ 同上。

赫里斯托弗神甫眯缝起眼睛，想了想，低声念叨说：

“何谓实体？实体乃能自己存在而其存在并不需要别的事物的一种事物。”①

他晃了晃头，得意地笑了。

“精神食粮！”他说，“的确，物质食粮供给肉体营养，精神食粮供给心灵营养！”

“学问归学问，”库兹米乔夫叹了口气说，“要是追不上瓦尔拉莫夫，我们就得连学带问了。”

“人不是一根针，找得到。他如今就在这一带转来转去。”

那三只熟悉的田鹬从苔草上空飞过去，从它们的尖叫声里可以听出它们对刚才被人们从溪边赶走感到的惊慌和愤懑。马不慌不忙地吃着草料，打着响鼻。德尼斯卡在它们旁边转悠着，努力做出对主人吃的黄瓜、馅饼和鸡蛋毫无兴趣的样子，全神贯注地打着落到马肚子和脊背上的马蝇和苍蝇；要是打着了，他的喉咙里就发出一种特殊的表示解恨和胜利的声音；要是没打着，他就遗憾地咦一声，目送着逃过死亡的幸运儿。

“德尼斯卡，你在那儿干吗？过来吃！”库兹米乔夫说着，深深地喘了一口气，表示他已经吃饱了。

德尼斯卡畏畏缩缩地走到毡子旁边，挑了五根又粗又黄的黄瓜，即所谓老黄瓜（他不好意思挑又小又嫩的），拿了两个又黑又有裂纹的熏鸡蛋，然后犹犹疑疑地把手伸向一个馅饼，好像怕有人来打他那只手似的。

“拿吧，拿吧！”库兹米乔夫敦促他说。

德尼斯卡毅然决然地拿了一个馅饼，远远地退到旁边，背对着马车坐在地上。那里立即响起了咀嚼声，这声音那么大，连那两匹马都回过头来疑惑地看了看他。

库兹米乔夫吃完饭以后从马车上拿下来一个装着什么东西的袋

---

① 笛卡儿语，见《辞海》。

子，对叶戈鲁什卡说：

“我睡觉，你看着点儿，别让人家从我头下边把这个袋子抽走。”

赫里斯托弗神甫解开褡包，脱掉法衣、外套，叶戈鲁什卡看了他一眼惊呆了。他无论如何也没有想到神甫竟穿裤子，赫里斯托弗神甫下身穿的是真正的帆布裤子，裤腿塞在长筒皮靴里，上身穿的是花粗布短制服上衣。叶戈鲁什卡看着他，认为他穿着这身跟他的身份不相称的服装，再配上他的长头发和胡子，很像鲁宾逊[1]。赫里斯托弗神甫和库兹米乔夫脱掉外衣，躺在马车的阴影里，脸对着脸，闭上了眼睛。德尼斯卡嚼完嘴里的东西，仰卧在太阳地里，也闭上了眼睛。

“看着点儿，别叫谁把马牵去！”他吩咐了叶戈鲁什卡一句，马上就睡着了。

一片寂静。只能听到马打响鼻声和咀嚼声以及人的酣睡声。附近一只凤头麦鸡在哭泣；偶尔传来那三只田鹬的尖叫声——它们是飞回来看看不速之客走了没有；小溪发出柔和的潺潺声。可是这些声音并没有破坏寂静，没有搅动凝固的空气，相反，倒使自然界更加昏昏欲睡了。

叶戈鲁什卡热得直喘，现在，吃完饭以后觉得特别热，便跑到苔草那边看看周围景色。他看到的跟午前看到的一样：平原、丘陵、天空、淡紫色的远方；不过丘陵近了些，风车没有了——远远地落到后面了。往外流泉水的岩石小丘后面耸立着另一个更平更宽的小丘，那上面是一个五六户人家的小村子。房子附近既没有人，也没有树和阴影，整个村子好像在灼热的空气里闷死了，晒干了。由于无事可干，叶戈鲁什卡在草丛里捉了个蝈蝈儿，攥在手里，擎到耳朵旁边，久久地听它拉提琴。听腻了，就去追一群黄蝴蝶——它们是到苔草附近来喝水的。他不知不觉又回到了马车附近。舅父和赫里斯托弗神甫睡得很香，一定得睡两三个小

① 见笛福小说《鲁宾孙漂流记》。

时，等马休息过来……怎么消磨这么长的时间呢？到哪儿去凉快一会儿呢？真是个难题……叶戈鲁什卡机械地把嘴放到从小管子淌出来的水流下边，嘴里凉快起来，有一股药芹味儿，他起初贪馋地喝，后来是拼命地喝，直喝得嘴里的凛冽冷气传遍全身，水顺着衬衫往下淌。然后他就回到马车旁边看睡着的人。舅父的脸上仍然是盘算生意的枯燥神情。舅父狂热地爱着自己的事业，连做梦和在教堂祈祷唱《基路伯》时，想的都是自己的事业，一时一刻也放不下，现在他梦到的大概是羊毛、货车、价钱、瓦尔拉莫夫……赫里斯托弗神甫为人温和，随遇而安，爱说笑话，一辈子也没有一件事情能像蟒蛇一样把他的心紧紧缠住。他这一生中从事过许多工作，与其说使他感兴趣的是这些工作，不如说是这些工作中的操劳和交际。就拿这次旅行来说吧，使他感兴趣的与其说是羊毛、瓦尔拉莫夫和价钱，不如说是漫长的路程、途中的闲聊、马车下边的酣睡，不及时的饮食……从脸上表情可以断定，现在他梦见的一定是赫里斯托弗主教大人、拉丁语答辩、太太、油煎饼蘸酸奶油，等等，都是库兹米乔夫所不能梦到的。

在叶戈鲁什卡观察酣睡的脸的时候，突然传来轻柔的歌声。是一个女人在附近什么地方唱的。可是具体在哪儿，在哪个方向，却难以断定。歌声缥缈、袅绕、哀怨、像哭，耳朵刚刚可以听到，一会儿在右边，一会儿在左边，一会儿在上边，一会儿在地下边，好像一个隐身精灵在草原上空翱翔着，歌唱着。叶戈鲁什卡向四处看了看，弄不清楚这奇怪的歌声是从哪儿来的。后来侧耳细听，他觉得这歌是野草唱的。她已奄奄一息，必死无疑，她用歌声无言地但哀怨而真诚地在向什么人诉说着：她没有任何过错，太阳不该烤死她；她说，她非常想活，她还年轻，要不是炎热和干旱，她会很美丽的；虽然没有过错，可是她仍然在请求谁宽恕她，哀告说她痛得受不了，柔肠百转，徒唤奈何……

叶戈鲁什卡听了一会儿，开始觉得哀怨袅绕的歌声使空气变得更闷更热更呆滞……为了不听到歌声，他自己唱起来，使劲跺着脚朝苔草跑去。从苔草那里，他往四处瞭望，找到了唱歌的人。村边的一座草房旁边站着一个农妇，穿着短衬裙，两条腿又细又长，像长脚鹭鸶，她在筛什么东西，从她的筛子里懒洋洋地往一个土堆上流着白色粉末。现在可以清楚地看到是她在唱。离她几步远的地方站着一个小男孩儿，只穿一件布衫，没戴帽子。好像被歌声迷住了似的，站在那里一动不动，朝山丘下边什么地方看着，大概是看叶戈鲁什卡的红布衫吧。

歌声沉默了。叶戈鲁什卡蹒跚地回到了马车旁边，无事可做，又玩起泉水来。

袅绕的歌声又响起来。仍然是村里土堆后面那个两腿细长的农妇唱的。叶戈鲁什卡又感到无聊。他放下水管，抬起了眼睛。看到的情景出乎他的意料，他有些吃惊。头的上方一块笨重的大石头上站着一个小男孩儿，只穿一件布衫，胖乎乎的，腆着个鼓鼓的大肚子，两腿精细，就是方才站在农妇旁边的那个。这小孩儿目瞪口呆地打量着叶戈鲁什卡的红布衫和马车，好像看到阴间来客似的，感到既惊奇又有些害怕。布衫的红颜色吸引着他，使他感到可爱，马车和马车下边睡的人激起了他的好奇心，也许他自己并没有察觉，令人愉快的红颜色和好奇心吸引他离开了村子来到这里，现在大概对自己的勇敢感到惊奇吧。叶戈鲁什卡久久地打量着他，他则打量着叶戈鲁什卡，他们都沉默着，觉得有些尴尬。沉默了好久之后，叶戈鲁什卡问道：

“你叫什么名字？”

陌生的孩子脸腮鼓得更大了；他背靠在石头上，瞪大眼睛，动了动嘴唇，用嘶哑的男低音答道：

“季特。”

两个孩子相互间再没有说一句话。又沉默了一会儿，神秘的季特便用眼睛盯着叶戈鲁什卡，向后抬起了一只脚，用脚后跟找到了支撑点，爬到了一块石头上；然后他往后退着，眼睛盯着叶戈鲁什卡，像怕叶戈鲁什卡从背后打他似的，接着爬上了第二块石头，这样攀登着，直到完全消失在土堆后面为止。

叶戈鲁什卡用眼睛送走了他以后，就双手抱住膝盖，耷拉下脑袋……灼热的阳光烤着他的后脑勺、脖颈儿和后背。哀怨的歌声一会儿沉寂，一会儿又在闷热凝固的空气里飘悠着；小溪单调地潺潺流着；马在咀嚼着草料，而时间却过得很慢，好像也凝固了，停下不动了。从早晨到现在像已过了一百年……上帝是想让叶戈鲁什卡、马车和马都凝固在这空气里，变成化石，像丘陵似的，千秋万代留在一个地方吧？

叶戈鲁什卡抬起头来，用无精打采的眼睛向前方看了看。淡紫色的远方本来是纹丝不动的，现在却晃动起来，同天空一起奔向更远的地方……它带着褐色的野草和苔草，叶戈鲁什卡也用非常快的速度跟在奔跑的远方后面。一种什么力量在不声不响地要把他拽到什么地方去，炎热和令人厌倦的歌声跟在后面。叶戈鲁什卡耷拉下脑袋，闭上眼睛……

第一个醒来的是德尼斯卡。是什么东西蜇了他一下，因为他跳起来，迅速挠着肩膀说：

"可恨的笨蛋，总也死不绝！"

然后他走到溪边，喝够了水，就久久地洗起脸来。他呼哧呼哧的洗脸声和哗啦哗啦的搅水声把叶戈鲁什卡从昏睡的状态中唤醒，叶戈鲁什卡看了看他那湿漉漉的脸——脸上的水珠和雀斑使他的那张脸像大理石雕刻出来似的。叶戈鲁什卡问道：

"快走了吗？"

德尼斯卡看了看太阳的高矮，答道：

"大概快了。"

他用布衫的下摆擦了擦脸，做出一副非常认真的表情，用一只脚跳起来，说：

"来，看谁先跳到苔草那边！"

叶戈鲁什卡已被炎热和困倦折磨得筋疲力尽，但仍然跟着他跳起来。德尼斯卡已快二十，当上车夫，准备结婚了，可是仍然像个小孩子。他很爱放风筝，玩鸽子，打拐子，追着玩儿，总参与孩子们的游戏和争吵。只要主人一离开或睡着，他就会去做单脚跳或撇石子之类的游戏。每个成年人看到他跟小孩子们玩得那么认真着迷便忍不住要说一句：“真傻！”孩子们对一个大人闯入他们的领域却不认为有什么奇怪的：随他玩好啦，只要不打架就行！这就像一群小狗，看到一只大狗挤到它们堆里认真跟它们一起玩，不认为有什么可奇怪的。

德尼斯卡胜了叶戈鲁什卡，看来他很得意。他挤了一下眼睛，为了表明他一只脚可以跳随便多么远，便问叶戈鲁什卡愿不愿意跟他跳到大道上，从那儿再跳到马车那儿。叶戈鲁什卡拒绝了这个提议，因为他喘得很厉害，没有力气了。

突然，德尼斯卡的脸上呈现出一种很严肃的神情——这种神情连库兹米乔夫训斥他或对他挥舞棍棒的时候也没有出现过；他侧耳倾听着，轻轻地跪下一条腿，脸上出现了人们只有听到异教邪说的时候才会出现的那种愀然恐怖的表情。他两眼瞄着一点，手掌窝成小船的形状轻轻举起来，身子猛然扑到地上，手掌同时往草上扣下去。

“抓住啦！”他用嘶哑的嗓音胜利地喊了一声，站起来把一只大螽斯举到叶戈鲁什卡的眼前。

叶戈鲁什卡和德尼斯卡用手指摸了摸它那宽阔的绿色后背，扒拉了几下它的胡子，认为螽斯一定很舒服。然后德尼斯卡捉了一只吸血的肥苍蝇给螽斯吃。螽斯好像跟德尼斯卡是老相识似的，泰然自若地翕动着像面甲似的大颌骨，把苍蝇肚子吃完了。他们把螽斯放了，它闪了一下翅膀的粉红色衬里，落到草里，马上就奏起自己的乐章来。他们把苍蝇也放了，苍蝇虽然没有了肚子，仍然展翅朝马飞去。

马车下边传出了深深的呼吸声。这是库兹米乔夫醒了。他急忙抬起头来，不安地向远方看了一眼，目光漠然从叶戈鲁什卡和德尼斯卡身边滑过，根据这目光可以看出，他醒了以后想的是羊毛和瓦尔拉莫夫。

“赫里斯托弗神甫，该起来啦！”他着急地说，“别睡啦，已经误事啦！德尼斯卡套车！”

赫里斯托弗神甫醒时的笑容跟他睡着时是一样的。他的脸睡皱了，好像缩小了二分之一，洗完脸，穿好衣服，他不慌不忙地从衣袋里掏出一本小小的沾满油污的《圣诗集》，脸朝东低声念着画着十字。

“赫里斯托弗神甫！”库兹米乔夫责难地说，“该走啦，马已经套好啦，可您，真是……”

“马上就走……”赫里斯托弗神甫喃喃地说，“得念念赞美诗第一节……现在还没念呢。”

“赞美诗第一节以后念也可以嘛。”

“伊万·伊万内奇，我每天一定要念……不行。”

“上帝不会责怪的。”

赫里斯托弗神甫脸朝东一动不动地站在那里翕动着嘴唇念了整整一刻钟，库兹米乔夫带着近于厌恶的神情看着他，不耐烦地耸着肩膀。使他特别生气的是，赫里斯托弗神甫在每个“荣耀”之后都要吸一口气，迅速画个十字，故意提高嗓门，以使别人跟着画十字，大声重复三遍：

“哈利路亚，哈利路亚，哈利路亚，光荣归于你，上帝！”

他终于笑了笑，抬头看了看天空，把《圣诗集》揣到衣袋里，说：

“完了！”①

过了一分钟，马车上路了。马车好像在往回走，而不是往前走，人们看到的景象跟午前看到的一样。丘陵仍然消失在淡紫色的远方，一望无际；路边闪现着野蒿、石头、割倒的庄稼；草原上空飞翔的仍然是白嘴鸦和稳重地扇动着翅膀的老鹰。空气由于炎

① 原文为拉丁语。

热，寂静越来越凝固，驯服的自然界在沉默中变得麻木了……没有风，没有清爽的新鲜空气，没有云彩。

可是太阳开始西沉的时候，草原、丘陵和空气忍受不了压迫，忍无可忍，痛苦不堪，便试图甩掉身上的枷锁。丘陵后边突然升起了一朵盘卷的灰白色云彩。它递了个眼色给草原，那意思是说我准备好了，便变了脸。凝然不动的空气里猛然闯进了什么东西，刮起一阵强风，呼啸着在草原上旋转起来。荒草和往年陈蒿便掀起了一片低沉的絮语声。大道上的尘土旋转起来，跑到草地上带走了干草、蜻蜓和羽毛，变成了一根旋转着的黑色大柱子，升上天空，使太阳暗淡下来。风滚草在草原上到处磕磕撞撞蹦蹦跳跳地跑起来，有一棵风滚草被卷进了旋风，旋转着，像一只小鸟一样飞向天空，变成一个小黑点消失了。在这棵风滚草之后，又有第二棵第三棵被刮起来，叶戈鲁什卡看到两棵风滚草在蔚蓝色高空撞到一起，抓挠起来，好像在进行一场你死我活的决斗似的。

紧靠路边的地方飞出来一只小鸨。在阳光下，它的翅膀和尾巴一闪一闪地像钓鱼用的金属鱼形片或者像池塘里的螟蛾——它在水上闪现的时候翅膀和触须是结合到一起的，好像它的触须长在前后左右各种部位……小鸨像昆虫似的在空中抖动着，炫耀着绚丽的色彩，笔直地向高空飞去，后来大概是被一团飞尘吓了一跳，便朝旁边飞去，它的身影又闪现了好久……

一只长脚秧鸡受到旋风惊吓，懵懵懂懂地从草里飞出来。它是顺风飞的，不像别的鸟顶着风飞，因此它的羽毛都支棱着，看上去像一只母鸡那么大，一副怒气冲冲的样子，令人望而生畏。只有久经草原生活磨炼、对草原动乱习以为常的白嘴鸦安静地在草上飞着或者泰然自若地对什么都满不在乎地用厚嘴啄着干硬的土地。

丘陵后面传来了隐隐的雷声，刮来一阵凉风。德尼斯卡高兴地打了个口哨，抽了马一鞭子。赫里斯托弗神甫和库兹米乔夫用手拽住帽子，眼睛看着丘陵那边……下场雨多好！

好像草原再稍加努力，再坚持一下，就会取胜。可是一个隐身的压迫者却渐渐地制服了风和空气，安定了尘土，于是又像什么也没有发生过似的，万籁俱寂。云彩藏起来了，晒得黧黑的丘陵脸色阴沉起来，空气驯服地凝固了，只有受惊的凤头麦鸡在什么地方哭泣，抱怨命运……

接着傍晚就迅速降临了。

3

在苍茫的暮色里呈现出一座锈铁房盖、窗户黢黑的很大的平房。这是一座旅店，没有院墙；立在草原中央，没有任何遮拦。它旁边不远的地方是一座黑糊糊的围着篱笆的小樱桃园，窗户前边是几棵耷拉着沉重的脑袋入睡的向日葵。小樱桃园里噼里啪啦地响着一个小风车——那是为了用声响吓唬兔子的。除了草原以外，房子周围再也看不到什么、听不到什么了。

马车一停到带房檐的小台阶前面，屋里就传出来欢乐的喊声——一个是男人声，另一个是女人声，门上的木滑轮吱呀响了一声，门开了。眨眼之间马车旁边钻出来一个扇动着两手和后襟的瘦高的人影。这是旅店的主人莫伊谢·莫伊谢伊奇，他已不年轻，脸色很苍白，一口美髯墨一般黑。他穿一件旧对襟贴腰黑外套；这件外套在他的窄肩膀上像挂在衣架上似的摆动着，莫伊谢·莫伊谢伊奇高兴或害怕得拍手的时候，后襟就像翅膀似的扇动起来。除了这件外套以外，主人身上还穿着一条白色的散腿肥裤子和一件带褐色花点、像趴了一些大臭虫似的坎肩。

莫伊谢·莫伊谢伊奇认出来客之后，先是高兴得呆住了，然后是拍了拍手呻吟起来。他的后襟扇动了一下，背弯成了弓形，苍白的脸上做出了这样一种笑容，好像看到马车对他来说不仅是愉快的，而且甜得要命。

“哎呀，我的上帝，我的上帝！”他喘着，瞎忙着，妨碍着车上的人下车，用尖细的歌唱一般的声音说，“今天是我多幸福的一天哪！哎呀，我现在该做什么呢？伊万·伊万内奇！赫里斯托弗神甫！车上坐着一个多么好的小少爷啊！哎呀，我的上帝，我站在这里做什么，干吗不请客人进屋？请，屈尊……欢迎光临！把您的东西都留给我拿……哎呀，我的上帝！”

莫伊谢·莫伊谢伊奇，在马车上摸索着，帮着车上的人下车，猛然回过头来，像溺水者呼救似的用喑哑的声音拼命喊道：

“所罗门！所罗门！”

“所罗门！所罗门！”屋里一个女人的声音喊道。

门上的木滑轮吱呀响了一声，门口出现了一个年轻的矮个子犹太人，棕红色头发，大长鼻子，粗硬卷曲的头发中间秃了一块；穿一件很旧的短西服上衣，后襟剪成圆形，衣袖是短的，花呢裤子也是短的，因此他的身材也显得短小，像一只拔掉了羽毛的鸡。这就是所罗门——莫伊谢·莫伊谢伊奇的弟弟，他没有打招呼，只是有些奇怪地笑了笑，默默地走到马车旁边。

“伊万·伊万内奇和赫里斯托弗神甫来啦！”莫伊谢·莫伊谢伊奇告诉他，那声调好像怕他不信似的。“哎呀，多么叫人惊喜啊，这么好的两个人说来就来了！喂，所罗门，拿东西！高贵的客人，请！”

过了不一会儿，库兹米乔夫、赫里斯托弗神甫和叶戈鲁什卡就已走进一个阴暗空旷的大房间坐在一张大柞木桌子旁边了。这张桌子几乎是在唱独角戏，因为在这个大房间里，除了它和一张漆布带洞的破沙发以及三把椅子之外再也没有别的家具了。而且这三把椅子也不是任何人都能下决心管它们叫椅子的。它们勉勉强强可以说像椅子，漆布已破旧不堪，靠背往后仰得出奇，很像孩子们玩的雪橇。很难理解，不知名的木匠当初那么残忍地将椅子往后搣靠背的时候想使坐的人享受什么样的舒服，令人很愿意推测，这不怨木匠，而是怨某个过路的大力士，为了炫耀自己的力量把椅子靠背往后撅了一下，后来想修改一下，结果反而往后撅得更厉害了。这房间显得阴暗。墙是灰色的，天花板和窗帘架被烟熏得黑糊糊的，地板上裂了许多缝子，还不知怎么弄出了许多黑洞（可能是上面讲的那位大力士鞋后跟踩出来的），这房间好像再点十盏灯也亮堂不起来。墙上和窗上没有任何像装饰品的东西。不过一面墙上在灰色木框里挂着一张带双头鹰的什么规定；另一面墙上用同样木框挂着一幅版画，标题是《人的冷漠》。人对什么冷漠呢，却无法搞清楚，因为版画年久褪色，再加上苍蝇在上面慷慨地留下了很多屎，所以画面已看不出来了。房间里有一股霉味和酸味。

把客人引进房间之后，莫伊谢·莫伊谢伊奇，继续哈腰，拍手，欢呼，施展着浑身解数——他认为只有这样才能显得非常有礼貌、非常热情。

“我们的货车是什么时候过去的？”库兹米乔夫问道。

“一批是今儿个早上，伊万·伊万内奇，另一批是吃午饭时在这儿休息，傍晚走的。”

“啊……瓦尔拉莫夫过去了没有？”

“没有，伊万·伊万内奇。昨儿个早上他的伙计格里戈里·叶戈雷奇过去了，说瓦尔拉莫夫眼下大概在莫罗勘派教徒的村子里。”

“好极啦。就是说我们现在可以追上货车，然后再到莫罗勘派教徒那里去。”

“使不得，伊万·伊万内奇！”莫伊谢·莫伊谢伊奇吃了一惊，拍着手说，“怎么能连夜走呢？您好好吃顿晚饭，休息一宿，明儿个一早走，追谁都能追上！”

“没有空儿，没有空儿……对不起，莫伊谢·莫伊谢伊奇，下次吧，现在不是时候。我们坐一刻钟就走，过夜在莫罗勘派教徒那里也可以嘛。”

“一刻钟！”莫伊谢·莫伊谢伊奇尖叫了一声，“不能这样，伊万·伊万内奇！您是想逼我把您的帽子藏起来，把房门锁上！您哪怕吃点儿东西喝杯茶呢！”

“我们没有时间吃东西喝茶了。”库兹米乔夫说。

莫伊谢·莫伊谢伊奇侧歪着脑袋弯下两膝，像预防挨打似的向前伸出两只手掌，脸上带着甜得难受的微笑央求说：

“伊万·伊万内奇，赫里斯托弗神甫！请赏光在我这儿喝杯茶吧！难道我那么不好，连在我这儿喝杯茶也不行？伊万·伊万内奇！”

“好吧，喝杯茶可以。”赫里斯托弗神甫同情地叹了口气，“这不耽搁时间。”

“那好吧！”库兹米乔夫同意了。

莫伊谢·莫伊谢伊奇精神一振，高兴得叫了一声，那神态就像刚从冷水里跳进暖和的屋子里似的，跑到门口，像招呼所罗门那样，用喑哑的嗓音拼命喊道：

“罗莎！罗莎！摆茶炊！”

一分钟后，门开了，所罗门端着一个大托盘进来。他把托盘放到桌子上，眼睛嘲弄地看着旁边，脸上仍然带着奇怪的微笑。现在在灯光下可以看清他的微笑了，这种微笑很复杂，表达着许多情感，可是其中占主导地位的却是一种情感——明显的蔑视。他好像在琢磨一件可笑的蠢事，在对什么人受不了而加以蔑视，在为什么事感到高兴，在等待适当时机好加以嘲弄，放声大笑。他的长鼻子、厚嘴唇和狡猾的眼睛好像都在紧张地等着放声大笑。库兹米乔夫看了看他的脸，嘲弄地笑了一下，问道：

“所罗门，怎么今年夏天没有到我们N市的集市上表演犹太人？”

叶戈鲁什卡也清楚地记得，所罗门两年前曾在N市集市的一个杂耍摊上演出过犹太人生活场景，受到热烈欢迎。对提起这件事，所罗门并没有什么反应。他一句话没说，抬腿出去了，过了一会儿，端来了茶炊。

他在桌子旁边把自己的工作做完之后，便退到旁边，两臂交叉抱在胸前，两脚一前一后站在那里用嘲弄的眼神盯着赫里斯托弗神甫。他的神态里有一种挑衅性的傲慢和蔑视的意味，同时又显得极其可怜可笑，因为他的神态越放肆，他的短裤子、短上衣、滑稽可笑的鼻子和像拔光羽毛的鸡似的身材就越引人注意。

莫伊谢·莫伊谢伊奇从另一个房间里拿来一个板凳，坐在离桌子稍远的地方。

“祝大家食欲好！茶和糖随便用！”他开始照顾客人，“要吃好。两位是这里的稀客，这里的稀客，赫里斯托弗神甫，我已五年没见到了。谁也不想告诉我，这位这么好的小少爷是谁家的？”他温柔地看了看叶戈鲁什卡，问道。

“这是我妹妹的儿子。”库兹米乔夫答道。

“他这是上哪儿？”

“去上学，送他去上中学。”

莫伊谢·莫伊谢伊奇出于礼貌在脸上做出了惊喜的表情，并意味深长地晃了晃头。他朝茶炊摇摇手指头，说：

“噢，这很好！这很好！中学毕业就是老爷啦，我们见了都要脱帽啰。你会有学问、有钱又有地位，妈妈会喜欢的。噢，这很好！”

他沉默了一会儿，摸了摸膝盖，用恭敬而开玩笑的口吻说：

“要请您原谅，赫里斯托弗神甫，我准备给主教写信告您抢商人的饭碗啦。我拿一张印花纸就写：赫里斯托弗神甫嫌自己的钱少，开始做生意，卖起羊毛来了。”

“是的，老了倒想起来……”赫里斯托弗神甫说完笑了，“还俗当商人了。这时本可以安安静静坐在家里祈祷，我却像埃及法老似的坐在战车上……瞎忙！”

“但是钱会很多的！”

“多什么！不落埋怨就不错，别提钱啦。货不是我的，是女婿的！”

“那他为什么自己不来呢？”

“因为……乳臭未干哪。买了一些羊毛，可卖不出去——脑筋不够用，年轻啊。把自己的钱全投进去了，想发财，到处推销，连给价的人都没有。这么折腾了一年，然后来找我——‘爸爸，帮我把羊毛卖了吧！这种事我一窍不通！’瞧，就是这么回事。有事就来找爸爸。没有事想不起爸爸来。买的时候不问问，现在急了，找爸爸了。爸爸能有什么本事呢？要不是伊万·伊万内奇，爸爸也毫无办法。跟他们有操不完的心哪！”

“是的，跟孩子们是操心，我就是这样！”莫伊谢·莫伊谢伊奇叹了口气，“我有六个孩子。一个要教育，另一个要治病，第三个要抱着；长大了，麻烦事儿更多。不光是如今，连《圣经》里也这么说。雅各有了一些孩子，尽是哭；等孩子长大了，哭得更厉害！”

“是啊……”赫里斯托弗神甫若有所思地看着茶杯赞同地说，“说实在的，我没有什么可抱怨的，我这一辈子已心满意足啦，但愿每个人都能这样……女儿都嫁了好人，儿子都已成家立业；现在自由啦，义务已尽完啦，无牵无挂了。跟太太一起坐享清福，吃饱喝足睡够了。就逗弄孙子们玩，祈祷，别无所求。逍遥自在，无拘无束。我有生以来就没有受过什么苦，现在如果皇上问我：‘你有什么需要？有什么愿望？’我什么需要也没有！我已应有尽有，谢天谢地。全市没有一个比我更幸福的人了。不过罪孽很多，可是话又说回来啦，只有上帝没有罪孽。对吧？”

“这么说，当然对啦。”

“唉，当然，牙没有啦；年纪大了，后背酸痛……有气喘病……常生病，身体不行啦，这你自己能明白，上年纪啦！已经七十多啦！人不能长生不老啊，该知足啦。”

赫里斯托弗神甫突然想起了什么，端起杯子刚喝了口水，就噗嗤一声笑了，呛得咳嗽起来。莫伊谢·莫伊谢伊奇出于礼貌也笑着咳嗽起来。

“笑死人啦！”赫里斯托弗神甫说完，挥了一下手，“我的大儿子加弗里拉回来探望我们。他是学医的，在切尔尼戈夫省地方自治局当医生……好吧……我对他说：‘我有气喘病……你是医生，给爸爸治治吧！’他马上叫我脱掉上衣，又敲又听……揉了揉肚子，然后说：‘爸爸，您要用压缩空气治。’”

赫里斯托弗神甫前仰后合地笑着，笑出了眼泪，站了起来。

“我对他说：‘去你的压缩空气吧！’”他笑着说罢，挥舞了一下两手，“去你的压缩空气吧！”

莫伊谢·莫伊谢伊奇也站起来，两手捧着肚子发出尖细的笑声，像哈巴狗叫。

“去你的压缩空气吧！”赫里斯托弗神甫哈哈地笑着重复了一句。

莫伊谢·莫伊谢伊奇的声音高两个八度，笑得那么厉害，两腿几乎要站不住了。

“哎呀，我的上帝……”他笑着呻吟说，“让我喘口气……您说得那么可笑……哎呀笑死我了。”

他笑着，说着，同时疑虑地看了看所罗门。所罗门仍然用原来的姿势站在那里微笑着。从他的眼神和微笑里可以看出，他十分蔑视和厌恶，可是这跟他那可怜的模样很不相称，以致叶戈鲁什卡觉得他那挑衅的姿势和狠毒的蔑视神色是故意装出来以扮演小丑给贵客开心的。

库兹米乔夫默默地喝完了五六杯茶，在面前的桌子上腾出来一块地方，把在马车下边睡觉时枕过的那个袋子拿出来，解开绳扣，抖了抖。一些捆成捆的纸币抖落到桌子上。

“赫里斯托弗神甫，趁着有时间，让我们数一数吧。”库兹米乔夫说。

一看到钱，莫伊谢·莫伊谢伊奇感到尴尬，像不愿知道别人秘密的识趣的人一样，立即站起来踮起脚尖，张开两手保持身子平衡，从屋里出去了。所罗门仍留在原来的地方。

“一卢布的一捆是多少？”赫里斯托弗神甫开口说。

“是五十……三卢布的是九十……四卢布和一百卢布的都是一千。您数出七千八来给瓦尔拉莫夫，我把给古谢维奇的钱数出来。注意些，别数错了……”

叶戈鲁什卡从生下来就没有见过眼前桌子上堆的这么多钱。钱大概很多，因为赫里斯托弗神甫数出来给瓦尔拉莫夫的七千八那堆跟剩下的那堆相比显得很小。换个时候这么多钱也许会叫叶戈鲁什卡吃惊，使他想象这么一大堆钱能买多少面包圈、羊拐子、罂粟蜜饼；现在他看着却无动于衷，只是闻到这堆钱发出的一种讨厌的烂苹果味和煤油味。他在马车上颠得累了，想睡觉。他的头耷拉着，眼皮直打架，思绪乱得像一团乱麻。要是可以的话，他会高兴地把头靠在桌子上，闭上眼睛，不看灯和在钱堆上活动的手指，让昏昏欲睡的思绪更加混乱。他努力克制自己不打瞌睡，灯光、茶杯、手指都变成了双影，茶炊摇晃起来，烂苹果的气味更加强烈，更加令人讨厌。

“唉，钱啊钱！”赫里斯托弗神甫笑着叹了口气，“为你伤透了脑筋！现在我女婿大概在梦中看到我给他带了这么一堆钱回去了。”

“您女婿不懂行。”库兹米乔夫低声说，“干了外行事。您懂行，知道该怎么做。我已经说过，把这些羊毛给我，您回去吧，我在自己的价格之外多加半个卢布，这只是为了尊敬您……”

“不行啊，伊万·伊万内奇。”赫里斯托弗神甫叹了口气，“谢谢您的好意……当然，如果我说了算，那就没有什么说的，可您自己知道，货不是我的……”

莫伊谢·莫伊谢伊奇踮着脚尖进来了。他为了表示识趣，尽量不看钱堆，悄悄地走到叶戈鲁什卡身后，从后面拽了拽他的布衫，低声说：

“跟我来，小少爷，我领你去看一个那么好的小熊！那么可怕，那么气呼呼的！嘿！”

瞌睡昏昏的叶戈鲁什卡站起来懒洋洋地跟着莫伊谢·莫伊谢伊奇去看小熊。他进了一个小房间，在看到什么东西之前，首先被一股霉味和酸味呛得喘不上气来，这种霉味和酸味比大房间里厉害得多。这种气味大概是从这里传到别的房间的。这小房间的一半被一张大床占了，床上蒙着一床绗过的油渍斑斑的被子；另一半被一口大柜子和堆积如山的各种破烂儿占了，这堆破烂儿里从浆得硬邦邦的裙子到小孩子的裤子和背带什么都有。柜子上点着一支蜡烛。

叶戈鲁什卡没有看到答应给他看的熊，却看到了一个肥大的犹太女人。这犹太女人散披着头发，穿一件红底带黑花点的法兰绒连衣裙，在床和柜子之间的狭窄通道里吃力地转动着身子，发出长长的呻吟一般的叹息声，好像牙痛似的。一看到叶戈鲁什卡，她就做出一副要哭的脸相来，长长地叹了一口气，还没等叶戈鲁什卡看清楚什么，她就把一块蘸满蜂蜜的面包塞到他嘴里，说：

“吃吧，孩子，吃吧，妈妈不在身边，没有人给你东西吃。吃吧。”

叶戈鲁什卡吃起来，虽然在家里天天吃冰糖和罂粟蜜饼，并不认为半是蜂蜡和蜜蜂翅膀的蜂蜜好吃。他吃着，莫伊谢·莫伊谢伊奇和犹太女人在旁边看着，叹息着。

“你这是上哪儿去，孩子？”犹太女人问道。

“去上学。”叶戈鲁什卡答道。

“你妈妈有几个孩子？”

“只有我一个，再没有别人啦。”

“哎哟！”犹太女人叹息了一声，抬起了眼睛，“可怜的妈妈，可怜的妈妈！她会多么寂寞，要流多少泪呀！再过一年我们也要把我们的纳乌姆送出去上学啦！哎哟！”

“唉，纳乌姆，纳乌姆！”莫伊谢·莫伊谢伊奇叹了口气，苍白的脸开始神经质地搐动起来，“可他病得那么厉害。”

油渍斑斑的被子掀动了一下，从被子下面探出一个头发卷曲的小孩子的头来，脖颈很细，两只黑色的眼睛闪了一下，好奇地盯到叶戈鲁什卡身上。莫伊谢·莫伊谢伊奇和犹太女人不停地叹息着，走到柜子旁边，开始用犹太话谈起什么事情来。莫伊谢·莫伊谢伊奇说话的声音小，是男低音，他讲的犹太话总的来说像连续不断的嘎——嘎——嘎——嘎声，他的太太说话像火鸡尖细的叫声，听起来像连续不断的吐——吐——吐——吐声。他们商量的时候，从油渍斑斑的被子下面又探出一个脖颈细瘦、头发卷曲的小脑袋来，接着探出来第三个、第四个……要是叶戈鲁什卡想象力丰富的话，他会以为被子下面趴着一条百头怪蛇呢。

“嘎——嘎——嘎——嘎……”莫伊谢·莫伊谢伊奇说。

“吐——吐——吐——吐……”他的太太答道。

商谈的结果是犹太女人长叹一声打开柜子，解开一个绿布包儿，拿出来一个黑麦做的心形蜜糖饼干，递给叶戈鲁什卡，说：

“拿着吧，孩子。妈妈不在身边，没有人给你糖果吃。”

叶戈鲁什卡把蜜糖饼干揣到衣袋里，就退到门口，因为他已无法呼吸主人屋里的混合着霉味和酸味的空气了。回到大房间之后，他舒舒服服地坐到沙发上，已不再抑制自己的想象了。

库兹米乔夫刚把钱数完，装回袋子里。他对钱并不特别在意，把它随随便便装进一个肮脏的袋子里，那不屑一顾的神气，好像这不是钱，而是破纸似的。

赫里斯托弗神甫在跟所罗门闲聊。

“怎么样，无比贤明的所罗门？”他打着呵欠，在嘴上画着十字，问道，“情况怎样？”

“您问的是什么情况？”所罗门反问了一句，眼睛恶狠狠地瞪了他们一下，好像人家在暗示他的某种犯罪行为似的。

“一般情况……你在干什么？”

“我在干什么？”所罗门问完，耸了耸肩膀，“大家干什么，我干什么……您看到了：我是仆人，是哥哥的仆人，哥哥是过客的仆人，过客是瓦尔拉莫夫的仆人；要是我有一千万的话，瓦尔拉莫夫就会是我的仆人。”

“他怎么会是你的仆人呢？”

“为什么？因为没有一个老爷或百万富翁不为了多挣一个戈比而吻讨厌的犹太佬的手。我现在是个又讨厌又穷的犹太人，所有的人看我像看狗一样；要是我有钱的话，瓦尔拉莫夫也会在我面前出洋相，就像莫伊谢在你们面前出洋相一样。”

赫里斯托弗神甫和库兹米乔夫面面相觑。两人谁也没有理解所罗门的话。库兹米乔夫严厉而冰冷地看了看所罗门，问道：

“你这个浑蛋怎么能拿自己跟瓦尔拉莫夫比呢？”

“我还没有浑到拿自己跟瓦尔拉莫夫比的程度。”所罗门嘲弄地看着自己的两个交谈对手，答道，“瓦尔拉莫夫虽然是俄国人，可是灵魂深处却是个讨厌的犹太人，他一生都是为了挣钱发财，而我则把钱扔进炉子里烧了。我不需要钱、土地、羊群，不需要人家看到我害怕、脱帽。这就是说我比你们的瓦尔拉莫夫聪明，更像个人！”

过了不久，叶戈鲁什卡在半睡半醒的状态中听到所罗门用深恶痛绝的低沉嘶哑的声音激动地谈起了犹太人；起初他的俄语是正确的，可后来就变得像从前在杂耍摊上讲犹太人生活场景那样，带了很重的犹太语口音。

“别讲啦……”赫里斯托弗神甫打断了他的话，“要是不喜欢自己的信仰，可以改变嘛，耍笑是罪孽。耍笑自己信仰的人最差。”

“您什么也不明白！”所罗门粗鲁地打断了他的话，“我跟您讲东，您却扯西……”

“现在可以看得出来，你是个蠢人。”赫里斯托弗神甫叹了口气，“我尽自己所能开导你，你却发火。我跟你低声细语，你却像个好斗的公鸡，哇哇乱叫！真是个怪人……”

莫伊谢·莫伊谢伊奇进来了。他担心地看了看所罗门和客人，脸上又神经质地搐动起来。叶戈鲁什卡晃了一下头，看了看周围。他无意中看到了所罗门的脸，这时这张脸正好用四分之三对着他，长鼻子的阴影拖过整个左腮。跟这阴影混在一起的蔑视的嗤笑，闪闪发亮的嘲弄的两眼，傲慢的神色以及他那像被拔光羽毛的鸡似的整个体形都变成了双影，闪现在叶戈鲁什卡眼前；现在他看上去已不像一个小丑，有些像偶尔在梦中见到的怪物，大概有些像鬼怪吧。

"他精神不正常，莫伊谢·莫伊谢伊奇，不管他啦！"赫里斯托弗神甫微笑着说，"您应该把他安排到别处去，要不给他成家……不像个人……"

库兹米乔夫气哼哼地皱着眉头。莫伊谢·莫伊谢伊奇担心而探究地看了看弟弟和客人，严厉地说：

"所罗门，出去！出去！"

他又用犹太话补充了些什么。所罗门冷笑了几声，出去了。

"怎么回事？"莫伊谢·莫伊谢伊奇吃惊地问赫里斯托弗神甫。

"忘乎所以呗。"库兹米乔夫答道，"粗鲁无礼，自己觉得了不起。"

"我知道会这样！"莫伊谢·莫伊谢伊奇吓了一跳，拍着手说，"哎呀，我的上帝！我的上帝！"他低声喃喃自语着，"你们高抬贵手，原谅他，别生气。他就是这么一种人！就是这么一种人！哎呀，我的上帝！我的上帝！他是我的亲弟弟，可是除了跟他受罪，什么好处也得不到。因为他，您知道……"

莫伊谢·莫伊谢伊奇用一根手指在额头旁边转了转，继续说：

"精神不正常……废人一个。我不知道对他怎么办！他谁也不喜欢，谁也不在乎，谁也不怕……您知道，他对谁都嘲笑，说蠢话，当面顶撞。您无法相信，有一次瓦尔拉莫夫来，所罗门对他出言不逊，瓦尔拉莫夫用鞭子把我和他都打了……为什么打我？

难道怨我吗？上帝剥夺了他的智慧，这就是说，是上帝的旨意，难道怨我吗？”

过了十来分钟，莫伊谢·莫伊谢伊奇仍然在低声喃喃自语着，叹着气说：

“他夜里不睡，总是在想啊，想啊，想啊，想什么，只有上帝知道。夜里到他跟前，他就会生气，大笑。他也不喜欢我……他什么愿望也没有！爸爸临死的时候，给他和我各留下了六千卢布。我买下了这座旅店，结了婚，眼下还有了孩子，而他却把钱扔进炉子里烧了。太可惜啦，太可惜啦！为什么要烧呢？你不要，给我嘛，为什么要烧呢？”

突然门上的木滑轮吱呀响了一声，地板被谁踩得颤动起来。一股微风吹到叶戈鲁什卡脸上，他觉得有一只大黑鸟从他身边飞过，翅膀就在他的脸旁边扇动。他睁开了眼睛。舅舅手里拿着袋子，站在沙发旁边准备上路。赫里斯托弗神甫手里拿着高筒大檐礼帽在向什么人鞠躬，脸上不是平常那种慈祥温和的微笑，而是跟他的脸很不协调的恭谨的谄笑。莫伊谢·莫伊谢伊奇好像身子碎成了三截，在努力找着平衡，极力避免散架子。只有所罗门若无其事地站在角落里，两臂交叉抱在胸前，脸上仍然带着蔑视的嗤笑。

“伯爵夫人，请原谅，我们这里不干净！”莫伊谢·莫伊谢伊奇面带甜得难受的微笑呻吟着说。他眼睛里已经没有库兹米乔夫和赫里斯托弗神甫了，只顾用全身找着平衡，以免散架子。“我们是平民百姓，伯爵夫人！”

叶戈鲁什卡揉了揉眼睛。房间中央真的站着一位伯爵夫人——一个很漂亮的身材丰满的年轻女人，穿着黑连衣裙，戴着草帽。叶戈鲁什卡在看清她的面容以前不知为什么先想起了白天在丘陵上看到的那棵亭亭玉立的孤单白杨。

“瓦尔拉莫夫今天从这儿过去了吗？”一个女人的声音问道。

“没有，伯爵夫人！”莫伊谢·莫伊谢伊奇答道。

“要是明天看到他，请他到我这儿来一趟。”

叶戈鲁什卡完全没有料到，突然在离自己眼睛半俄寸的地方看到了天鹅绒般的黑眉毛、褐色的大眼睛和保养得很好的女人的脸腮；脸腮上有两个酒窝，从酒窝向满脸放射着微笑，像太阳向四周放射着光线似的。他闻到了一种特别的香味。

“多好的一个孩子！”贵夫人说，“谁家的？卡兹米尔·米哈伊洛维奇，瞧瞧，多漂亮！我的上帝，他在睡呢！可爱的胖娃娃……”

贵夫人用力吻了吻叶戈鲁什卡的两腮，叶戈鲁什卡笑了笑，以为自己是在睡觉，便闭上了眼睛。门上的木滑轮吱呀响了一声，他听到了匆忙的脚步声：谁进来又出去了。

“叶戈鲁什卡！叶戈鲁什卡！”响起了两个人浑厚的低语声，“起来，走啦！”

有人，好像是德尼斯卡，把叶戈鲁什卡扶起来，拽着他的一只手。路上，他把眼睛睁开了一半，又看到了吻过他的那个穿黑连衣裙的漂亮女人。她站在房间中央看着他离去，微笑着向他友好地点了点头。走到门口，他看到了一个漂亮壮实的黑发男子，戴着圆顶帽子和长筒手套。这大概是贵夫人的随从。

“吁！”外面传来吆喝牲口的声音。

走到大门口，叶戈鲁什卡看到一辆崭新的豪华四轮马车和两匹黑马。车夫座上坐着一个穿制服的仆人，手里拿着一根长鞭子。出来送客的只有一个所罗门。他脸上憋着笑，眼神说明：他在非常不耐烦地等着客人快走，以便尽情地耻笑他们。

“德拉尼茨卡娅伯爵夫人。”赫里斯托弗神甫上车时低声说。

“对，是德拉尼茨卡娅伯爵夫人。”库兹米乔夫也低声重复了一句。

伯爵夫人的到来造成的印象大概很强烈，因为连德尼斯卡也低声叨咕了一句，而且直等马车走出四分之一俄里，旅店只剩下一点昏暗的灯火时他才开始抽鞭子吆喝牲口。

4

这个不可捉摸的神秘的瓦尔拉莫夫，那么多人谈论他，所罗门蔑视他，连漂亮的伯爵夫人都要找他，他究竟是个什么人呢？半睡半醒的叶戈鲁什卡上车坐到德尼斯卡旁边以后想的正是这个人。他从来没有见过他，却常常听到人谈论他，也多次在想象中描绘过他的形象。他听说过，瓦尔拉莫夫有几万俄亩土地、近十万只羊和很多钱；关于他的生活方式和生意的情况，叶戈鲁什卡只听说过，他总是“在这一带转悠”，总是有人找他。

关于德拉尼茨卡娅伯爵夫人的情况，叶戈鲁什卡在家里也听到过许多。她也有几万俄亩土地、许多羊、一座育马场和许多钱，可是不“转悠”，而是住在富丽堂皇的庄园里。关于这座庄园，不止一次去找过伯爵夫人办事的熟人以及伊万·伊万内奇都讲过许多奇妙的东西，例如，他们说，在挂着所有波兰国王画像的伯爵夫人客厅里有一个座钟，样子是悬崖上立着一匹马，马的身子是金的，眼睛是钻石的，前蹄竖起来，上边坐着一个骑士，也是金的，每次钟打点的时候，都挥动马刀往左右劈着。他们还说伯爵夫人一年举办两次舞会，请全省的贵族和官员参加，连瓦尔拉莫夫也来；所有客人都用银茶炊喝茶，吃最不平常的东西（例如冬天圣诞节的时候吃马林浆果和麝香草莓），乐队日夜伴奏，人们跳舞……

“她多漂亮啊！”叶戈鲁什卡回忆着她的面容和微笑，心里说。

库兹米乔夫大概也在想伯爵夫人，因为马车走了两俄里左右以后，他说：

“这个卡兹米尔·米哈伊雷奇[1]吞剥她够厉害的啦！前年我去

① 米哈伊雷奇是米哈伊洛维奇的简称。

收购伯爵夫人的羊毛，记得吧，只这一次买卖，他就赚了三千左右。”

“波兰人只能如此。”赫里斯托弗神甫说。

“她毫不在乎。据说她年轻愚蠢，脑袋里什么也没有。”

叶戈鲁什卡不知为什么只愿意想瓦尔拉莫夫和伯爵夫人，特别是后者。他的瞌睡昏昏的头脑根本不愿意想普通事物，迷迷糊糊的，只能把握住一些童话般的稀奇古怪的形象，这种形象非常柔顺，不需要思考者费什么心思就能在头脑里自动产生；稍稍用力晃晃脑袋又会消失得无影无踪，而且周围的一切也不容易引起人们的正常思绪。右边黑糊糊的丘陵好像掩藏着什么神秘可怕的东西，左边地平线上面的天空布满了一片红光，弄不清楚是什么地方着火还是月亮要升起来。远方像白天一样可以看得清楚，但是那种柔和的淡紫色已经被暮霭盖住，消失了，整个草原都藏到了暮霭里，像莫伊谢·莫伊谢伊奇的那些孩子都藏在被子下面一样。

七月的夜晚，鹌鹑和长脚秧鸡已不喊叫，长满树木的山谷里夜莺也不再歌唱，已闻不到花香，可是草原仍然是美丽的，充满生气的。太阳一落，大地一笼罩上暮霭，白天的忧伤便全然忘掉，一切都被宽恕了，草原又轻轻地颤动着它那宽阔的胸膛呼吸起来。好像是因为草在黑暗中看不到自己的老态龙钟，草丛里掀起了白天没有的青春快活的喧嚷声：嚯嚯，沙沙，唧唧，低音，中音，高音——混合成了一片连续不断的单调的混声大合唱，在这种音乐的伴奏下回忆和感怀是很好的。单调的虫声像催眠曲似的催人入睡；你坐在车上觉得快要睡着了，可是不知从哪儿传来了一只未入睡的鸟儿几声断断续续的惊叫或很难断定是什么东西发出的像表示惊讶的一声“啊”，睡意就全消了。再不，有时你经过一个有灌木的小河沟，你就会听到被草原人叫做觉迷的鸟儿不知在向谁喊着：“睡哟！”“睡哟！”“睡哟！”另一只鸟则哈哈大笑或者歇斯底里大哭——这是猫头鹰。它们向谁喊叫，在这草原上有谁在听它们的叫声，只有上帝知道；可是在它们的喊声里有很多忧伤和哀怨……空气里弥漫着干草味，晒枯的野草味和迟开的野花味，这香味是浓郁的，甜腻而柔和的。

透过暮霭，什么都看得见，可是很难看清颜色和形状。一切东西呈现出来的都不是原来的样子。你走着走着，突然会看到前面紧靠路边站着一个像僧侣的人影；他一动不动地站在那里等着，手里拿着什么……那不会是剪径的强盗吧？人影渐渐近了，高大了，到了马车旁边，于是你看到的不是人，是孤零零的一丛灌木或一块大石头。这种一动不动像在窥伺谁的黑影站在山冈上，藏在土丘后面，从野蒿丛中窥视着，全都像人，叫你疑惧。

月亮升起来以后，夜呈暗灰色，暮霭已踪影皆无。空气透明，清新而温暖，什么地方都可以看得清清楚楚，甚至可以分辨出路边一棵棵野蒿秆儿。远处可以看到骷髅和石头。酷似僧侣、令人疑惧的黑影在皎洁的夜色衬托下显得更黑更阴森。在单调的虫鸣声中，越来越经常地打破宁静的夜空，传来谁“啊”的一声惊叫和没有睡着或睡着了说梦话的鸟儿的喊声。宽阔的阴影在平地上浮动着，像云彩在天空浮动一样，而迷茫的远方呢，如果长久凝视的话，你会看到那儿高高地堆积着一些模模糊糊的奇形怪状的东西……有些瘆人。撒满星星的浅绿色的夜空纤云皆无，一碧如洗，你抬头仰望，就会明白为什么温暖的空气屏息静听，为什么自然界谨慎小心，一动不敢动：它感到害怕，不愿失去生命，哪怕生命的一瞬间。天空的深邃和寥廓只有月夜在海上和草原上才能体会到。这夜空是可怕的，美丽的，温存的；它懒洋洋地看着你，招你到它身边去；它的温存使你头晕。

走过一两个小时……路上你会遇到一个沉默的古老坟丘或者不知什么人什么时候竖立的石人；一只夜鸟无声地掠过上空，渐渐地，你的脑海里会出现各种草原传说，旅途听来的故事，祖居草原的保姆讲的童话以及你亲眼看到和用心灵感受到的一切。这时，在昆虫的叫声里，在令人疑惧的黑影和坟丘里，在蔚蓝色的天空里，在月光里，在夜鸟的飞翔里，在你看到和听到的一切里，你就会开始感到美的凯旋，青春的赞美，力的颂歌和对生活的热爱；心灵给壮丽威严的祖国以回应，真想跟夜鸟一起在草原上空飞翔。在美的凯旋里，在洋溢的幸福里，你会感到紧张和惆怅，好像草原意识到：它是孤单的，它的财富和启迪没有人歌颂，没有人需要，要默默无闻地消失了；透过快活的喧嚣，你可以听到它那忧伤无望的召唤：歌手！歌手！

"吁！你好，潘杰列！一切都顺利吗！"

"上帝保佑啊，伊万·伊万内奇！"

"小伙子们，没见到瓦尔拉莫夫吗？"

"没有。"

叶戈鲁什卡醒了，睁开了眼睛。马车停下了。路的右侧向前排了很长一列货车，旁边有些人来回走动着。所有的货车装的都是大羊毛捆，所以显得又高又臃肿，马显得又小又矮。

"那么，我们现在就到莫罗勘派教徒那里去！"库兹米乔夫大声说，"犹太人说瓦尔拉莫夫在莫罗勘派教徒那里过夜，那就再见吧，弟兄们！一路顺风！"

"再见，伊万·伊万内奇！"几个声音回答说。

"小伙子们，有件事。"库兹米乔夫急匆匆地说，"你们把我的小家伙带走吧！叫他跟我们瞎颠什么？潘杰列，叫他坐你的车，他跟你们慢慢走。我们会追上的。叶戈鲁什卡，去吧！去呀，没关系！……"

叶戈鲁什卡从车夫座上下来。几只手接住他，把他高高地举起来，他落到了一个很大、很软、有些被露水打湿了的东西上。现在他觉得天离他近了，地离他远了。

"喂，拿着自己的大衣！"德尼斯卡在下面很远的地方喊道。

大衣和包裹从下边扔上来，落到叶戈鲁什卡旁边。他急急忙忙地，什么也不愿想，把包裹枕到头下面，盖上大衣，伸直了腿，由于露水冰冷，他瑟缩着，但满意地笑了。

“睡，睡，睡……”他想着。

“你们这帮家伙，可不许欺负他！”从下面传来德尼斯卡的声音。

“再见，弟兄们！一路顺风！”库兹米乔夫喊道，“拜托啦！”

“放心吧，伊万·伊万内奇！”

德尼斯卡吆喝了牲口一下，四轮轻便马车吱呀一声滚动起来，可是已不走大道，拐到别处去了。沉寂了两三分钟，好像货车全睡着了似的；只听到远处渐渐消失的拴在四轮轻便马车后边的铁桶的碰撞声。这时车队前面有人喊了一声：

“季柳哈，开——拔！”

最前面的那辆车吱呀了一下，接着是第二辆，第三辆……叶戈鲁什卡觉得他躺在上面的这辆车晃了晃，也吱呀了一声。车队动起来了。叶戈鲁什卡用一只手使劲抓住了捆羊毛的绳子，舒服得还在笑着，正了正衣袋里的蜜糖饼干，便闭上眼睛开始入睡了，像通常在家里的床上那样……

等他醒来的时候，太阳已经出来了。一个土丘挡住了它，它努力向大地上喷射着光芒，光芒有力地射向四面八方，地平线染成了金黄色。叶戈鲁什卡觉得太阳已不在原来的地方，因为昨天它是从他的背后的方向出来的，今天往左偏了很多……而且整个地形也跟昨天不同。丘陵已经没有了，不管往哪儿看，到处都是一望无际的忧郁的褐色平原；有些地方耸立着小土丘，飞着昨天的白嘴鸦。前面很远的地方，是个村子，钟楼和农舍闪闪发白。今天是星期日，乌克兰农民都呆在家里烤东西炖东西吃——这从各家烟囱里冒出来的炊烟和悬在村子上空那片瓦蓝色透明烟雾可以看出来。在农舍和教堂之间是一条蓝色的河。河那边是雾蒙蒙的远方。可是跟昨天相比，再也没有一样东西比道路的变化更大了。横贯草原的不是一条普通的道路，而是一条非常宽的气势雄伟的有大力士气派的通衢大道。路面是灰色的，被压得很平滑，上面盖了一层尘土，这跟所有的道路一样；所不同的是有几十俄丈宽，道路这么宽，叶戈鲁什卡无法理解，不禁浮想联翩。什么人在上面驰骋呢？什么人需要这么宽的路呢？无法理解，奇怪。真的可以认为俄罗斯像伊利亚·穆罗美茨和夜莺大盗这样一些巨人还没有死光，壮士的骏马还没有绝种。叶戈鲁什卡瞥了大路一眼，在脑海里立即闪现出六辆高大的战车并排驰骋的景象；那战车跟他在《创世记》的插图上看到的相似，由六匹烈马拉着，高大的车轮掀起的尘土直冲云霄，而驾车的则是一些只能在梦里和在童话世界里才能看到的英雄好汉。要是这种英雄好汉真的存在的话，跟这草原和道路多么相称啊！

路的右侧是一排电线杆子架着两条电线，越远越小，在村子附近消失在农舍和绿树后面，然后又出现在淡紫色远方，像一支支铅笔插在地上。电线上落着一些老鹰、红脚隼和乌鸦，它们冷漠地看着移动的车队。

叶戈鲁什卡躺在最后一辆货车上，因此可以看到整个车队。车队里有近二十辆货车，每三辆由一个车夫照管。在叶戈鲁什卡乘坐的最后一辆货车旁边走着一个白胡子老头儿，像赫里斯托弗神甫一样瘦小，但脸被晒成褐色，神情严厉，心事重重。很可能，这个老头儿既不严厉，也没有心事，可是他的红眼皮和又长又尖的鼻子使他的脸带上了一种枯燥严厉的神情——这种神情是习惯于总是思考严肃问题而且喜欢独处的人的脸上所常有的。他跟赫里斯托弗神甫一样，头戴一顶高筒大檐礼帽，但不是老爷们戴的那种，而是褐色毡子的，比起高筒礼帽来，更像一个平截头圆锥体。他的脚是赤着的。他在走路时常常拍大腿，跺脚——这习惯大概是严冬季节常在货车旁边挨冻养成的。他看到叶戈鲁什卡醒了，便看了看他，像冻得受不了似的缩着身子说：

“啊，醒啦，小伙子！是伊万·伊万内奇的儿子吗？”

“不，是外甥……”

“伊万·伊万内奇的？你瞧，我把靴子脱了，光着脚蹦跳。我的脚有病，着了凉，不穿靴子舒服些……舒服些，小伙子……就是说，不穿靴子……这么说是外甥？他是个好人，没说的……祝他健康……没说的……我说的是伊万·伊万内奇……上莫罗勘派教徒那里去了……噢，上帝保佑！”

老头儿说话的神态也像很冷似的，断断续续的，嘴张不大，所有的唇辅音都发不好，结结巴巴的，好像嘴唇冻僵了似的。跟叶戈鲁什卡谈话的过程中一次没笑过，显得很严厉。

往前去隔着两辆货车，走着一个人，手里拿着鞭子，穿着褐色大衣，戴着软制帽，靴勒是卷起来的。此人不老，四十上下。等他回头的时候，叶戈鲁什卡看到了他的长相：赤红的长方脸长着稀疏的山羊胡子，右眼下边生了一个瘊子。除了这个很不好看的瘊子以外，他还有一个引人注意的特点：他左手拿鞭子，右手挥舞着，好像在指挥一个隐身乐队似的；有时他把鞭子夹在胳肢窝里，这时就两手指挥，嘴里还哼哼着什么调儿。

下一个车夫是个细高挑儿，溜肩膀，后背像木板一样平。走路身子笔直，像在操练步法，又像吞了一根尺在肚子里；两臂不摇晃，而是像直挺挺的两根棍子悬在那里；腿像木头做的，走路像玩具兵，腿几乎不打弯，而且尽量迈大步；老头儿或者瘊子车夫迈两步，他才来得及迈一步，因此显得慢，好像要落在后边似的。他脸上包着一块破布，头戴一顶僧侣法冠似的帽子，上身穿一件乌克兰式常礼服，全是补丁，下身散腿穿一条蓝色的灯笼裤，脚穿树皮鞋。

再远的车夫，叶戈鲁什卡就看不清了。他趴在上面，在羊毛捆上抠了一个洞。由于闲得无聊，他就用羊毛捻线。在下边走着的老头儿并不像他的脸使人感到的那么孤傲严肃。唠叨起来没完没了。他跺着脚问道：

“你上哪儿去？”

“去上学。”叶戈鲁什卡答道。

“去上学？啊……那好，圣母保佑吧。原来是这样。一个智慧好，不如两个智慧高。上帝给人智慧。对有的人只给一个；对有的人，给两个；对有的人则给三个……对有的人给三个，真是这样……一个智慧是天生就有的，另一个是学来的，第三个是过好生活得的。瞧，小老弟，假如一个人能有三个智慧，那是很好的。不仅会活得好，而且也会死得轻松。死吗……每个人都得死。”

老头儿挠了挠前额，用红眼睛朝上瞥了叶戈鲁什卡一眼，继续说：

“马克西姆·尼古拉伊奇，斯拉夫塞尔布斯克附近的一个老爷，去年也把自己的孩子送去上学了。不知道他学习怎样，可孩子不错，挺好……都是些好老爷，上帝保佑他们健康。是的，也送去上学……斯拉夫塞尔布斯克没有那样的学校，学不到学问。没有……城市倒不错，挺好……学校是普通学校，给老百姓的孩子开的，学大学问不行……没有，真是这样，你叫什么名字？”

“叶戈鲁什卡。”

“这就是说，教名是叶戈里……殉难圣徒常胜者叶戈里，祭日是四月二十三。我的教名是潘杰列……潘杰列·霍洛多夫……姓霍洛多夫……我是库尔斯克省季姆人，也许你听说过这么个地方。弟兄们都进城当了手艺人，我是农夫……一直是农夫。六七年前，我去过那里……也就是说回家去过。到过乡下，也到过城里……我是说到季姆去过。那时靠上帝保佑，还都活得好好的，如今就不知道啦……也许谁死了……到死的时候啦，因为都老了，有的比我大。死没有什么，很好，当然没忏悔别死。没有比不忏悔就死更糟的了。这样死恶鬼高兴。要想忏悔死，免得被禁止进入上帝的宫殿，必须向殉教圣徒瓦尔瓦拉祈祷。她替大家求情。真是这样……上帝给她安排了这么个职位，是为了使每个人都有充分权利向她祈祷得到忏悔的机会。”

潘杰列唠叨着，看样子对叶戈鲁什卡是否能听到并不关心。他有气无力地讲着，声音只有自己能听见，嗓门既不提高也不降低，但在很短的时间里他能讲完很多事情。他讲的都是一些相互之间联系很少的片段，叶戈鲁什卡根本不感兴趣。他讲的目的也许只是为了出声地检查一下自己的想法在沉默地睡了一宿觉之后早晨是否都还在脑袋里。讲完了忏悔之后，他又谈起了斯拉夫塞尔布斯克附近的马克西姆·尼古拉伊奇：

“是的，送孩子……送了，真是这样……”

走在前面很远的地方的一个车夫突然离开大路，跑到路边，用鞭子往地上抽起来。那是个三十来岁的汉子，大个子，宽肩膀，淡褐色鬈发，看样子很强壮。根据肩膀、鞭子的动作和聚精会神的姿势可以断定，他打的是一个活物。另一个车夫跑过去了。这个车夫身材矮而粗壮，长着一脸黑色络腮胡子，穿着坎肩和衬衫，衬衫没有塞进裤子里。他发出男低音的带咳嗽的笑声喊道：

“哥儿们，德莫夫打死了一条毒蛇！真的！”

有一些人的智力可以根据他们的说话声和笑声判断出来。黑胡子正是这样的幸运儿：在他的说话声和笑声里可以感到他是个十足的蠢人。淡褐色头发的德莫夫抽完以后，笑着用鞭子挑起一个像绳子一样的东西朝车队扔过来。

“这不是毒蛇，是水蛇。”谁喊了一句。

那位脸上包着破布、像木偶一样走路的车夫迅速走到死蛇跟前看了看，拍了一下木棍一样的手，用低沉的哭泣似的声音喊道：

“苦役犯！你为什么要把一条水蛇打死？它碍你什么事啦，你这可恨的家伙？瞧，把一条水蛇打死了！要是这么对待你，行吗？”

“水蛇不该打，真是这样……”潘杰列平静地念叨着说，“不该……这不是毒蛇。它虽然样子像毒蛇，但性情是平和的，无辜的……喜欢人……水蛇……”

德莫夫和黑胡子大概感到羞愧，因为他俩大声笑了笑，对抱怨没有辩解，便懒洋洋地回到自己车旁边去了。最后一辆车经过死蛇附近时，站在旁边低头看蛇的那个包着脸腮的车夫转过身来看着潘杰列用哭泣似的声音问道：

“老爷爷，他干吗要打死水蛇？”

叶戈鲁什卡现在才看清楚，他的眼睛小，目光暗淡，脸色发灰，病恹恹的，脸上好像也是暗淡的，下巴发红，肿得很厉害。

“老爷爷，他干吗要打死？”他跟潘杰列并排走着，又问了一遍。

“蠢人，手痒痒，就打死了呗。”老头儿答道，“水蛇是不该打死的……真是这样……大家都知道，德莫夫是个淘气包，遇到什么打死什么，基留哈没有阻拦。必须阻拦，可他只会哈哈哈嘿嘿嘿……瓦夏，你别生气啦……干吗生气呢？打死就打死了吧……德莫夫是淘气包，基留哈是因为蠢……没有关系……蠢人，不懂事，随他们便吧。叶美良从来就不碰不该碰的东西……决不，真是这样……所以人家是有教养的人，他们是蠢人……叶美良就不同……他不碰。”

身穿褐色大衣、右眼下边长着个瘊子、指挥着隐身乐队的那个车夫，听到自己的名字就站住，等潘杰列和瓦夏走过来，跟他们并排走起来，用嘶哑的声音问道：

“谈什么呢？”

“瓦夏生气。”潘杰列说，“我跟他闲扯，劝他别生气……哎哟，我的受凉的病脚啊！哎哟！为了过礼拜天——主的节日，竟然痛起来了！”

“这是走路走的。”瓦夏说。

“不是，小伙子，不……不是走的。走路的时候好像好些；睡觉和取暖的时候——痛死我了。走路时舒服些。”

穿褐色大衣的叶美良走在潘杰列和瓦夏中间，挥舞着一只手，好像他俩准备唱歌似的。挥舞了一会儿，垂下手臂绝望地咳了一声。

“我的嗓子完了！”他说，“糟透了！昨夜和今天早晨我都像听到我们在马里诺夫斯基的婚礼上唱的《上帝啊，怜悯我们》，这歌就在脑袋里，在嗓子眼里……好像张嘴就能唱出来，可是唱不出来！嗓子完了！”

他沉默了一分钟，像在想什么，然后接着说：

“我在唱诗班里当了十五年歌手，全卢甘斯克育马场也许谁也没有这么好的嗓子，真倒霉，前年在顿涅茨河洗了一次澡，从那以后，一个音符也唱不准了。嗓子受了寒。我失去嗓子就像工人失去手一样。”

“真是这样。”潘杰列赞同地说。

“对自己，我是这么看的：我这辈子算完了，没有希望了。”

这时瓦夏无意中看到了叶戈鲁什卡，他的两眼明亮起来，变得更小了。

“小少爷跟我们一起走！”他说完，用衣袖挡住了鼻子，像害臊似的，“一个多么带劲的车夫啊！留到我们这儿赶车吧，运羊毛。”

叫少爷当车夫，这个想法他大概觉得很有趣很机智，因为他说完大笑起来，而且继续发挥这个想法。叶美良也看了叶戈鲁什卡一眼，但只是匆匆地冷漠地瞥了一下。他在想自己的心事。要不是瓦夏提醒，他可能不会留意到叶戈鲁什卡的存在。没过五分钟，他又挥舞起一只手臂来，后来向同伴讲起夜里回忆起来的那首婚礼上唱的《上帝啊，怜悯我们》如何优美时，就把鞭子夹在胳肢窝里，挥舞起两只手来。

车队在离村子一俄里远一口有桔槔的井旁边停下了。黑胡子基留哈趴在井口用水桶打水，把毛茸茸的头、肩膀和一部分胸膛都探到黑洞里去了，因此叶戈鲁什卡只能看到他快要离开地面的两条短腿。基留哈看到自己在井底深处的倒影，高兴起来，发出了低沉的愚蠢笑声，井里发出了同样的回声。他站起来的时候，脸和脖子红得跟红布一样。第一个跑过来喝水的是德莫夫。他一边喝，一边哈哈地笑着，常常放下水桶，给基留哈讲一件可笑的什么事情，然后转过身来对着草原大声骂了五六个难听的字眼。叶戈鲁什卡不懂这些字眼的意思，但是知道这是坏话。他知道亲戚朋友们都默默地讨厌这些话，自己不知为什么也赞同这种态度，习惯于认为只有醉鬼和亡命徒才会大声说出这些字眼来。他想起来他曾打死过水蛇，听着他的笑声，不由得对他产生了一种类似厌恶的感觉。恰巧这时德莫夫看到叶戈鲁什卡下车向井边走来。他大声笑着喊道：

“哥儿们，老头儿昨天生了个男孩！”

基留哈发出低沉的笑声，笑得咳嗽起来，还有谁也笑了。叶戈鲁什卡脸红了红，便彻底断定德莫夫是个很坏的人。

淡褐色的鬈发，没戴帽子，穿着一件衬衫，敞着怀儿，德莫夫显得漂亮而且非常健壮；他的每个动作都显示着他既淘气又有力量，知道自己的价值。他扭动着肩膀，叉着腰，说话声和笑声比所有的人都大，那神气好像准备用一只手举起一件很重的东西来使全世界惊奇似的。他那放肆嘲弄的目光在大路、车队、天空滑动着，好像闲得无聊要找个什么东西打死或嘲笑似的。看样子，他谁也不怕，毫无顾忌，大概根本不在乎叶戈鲁什卡的意见……叶戈鲁什卡已十分痛恨他那淡褐色的头发、干净的脸和力气，怀着厌恶和恐惧的心情听着他的笑声，考虑骂他什么来进行报复。

潘杰列也到水桶旁边来了。他从衣袋里掏出来一个做长明灯用的绿玻璃杯，用一块破布擦了擦，从水桶里舀了一杯水，喝完，又舀了一杯喝了，然后用破布把杯子包起来，放回衣袋里。

“老爷爷，你为什么用长明灯喝水？”叶戈鲁什卡感到奇怪。

“有人用水桶喝，有人用长明灯喝。”老头儿搪塞说，“每人都有自己的喝法……你用水桶喝，那也很好……”

“我的心肝儿，美人！”瓦夏突然用爱抚的哭泣似的声音喊起来，“我的心肝儿！”

他两眼盯着远处，眼里闪着亮光，脸上带着微笑，那神色就像方才看叶戈鲁什卡时一样。

“你这是说谁呢？”基留哈问道。

“一只小狐狸……仰卧在那里，像小狗似的玩儿呢……”

大家立即向远处望去，用眼睛找那只小狐狸，但是什么也没有找到。只有瓦夏的暗淡的灰色小眼睛看到了什么，并且在欣赏着。他的视力，后来叶戈鲁什卡得到证实，是强得令人吃惊的。他的视力那么好，褐色的草原对他来说，总是充满生命和内容的。他只要往远处一看，就能看到狐狸、兔子、大鸨或其它躲避人的动物。看到跑的兔子或飞的大鸨并不难，每个路过草原的人都看到过；可是并非每个人都能看到野生动物在窝里不跑、不藏、不警觉地四处张望的生活情况。瓦夏能看到玩耍的狐狸、用爪子洗脸的兔子、梳理翅膀的大鸨、在跳求偶舞的小鸨。由于有这么好的视力，所以瓦夏除了人人都看得见的世界以外，还有一个别人看不见的他自己的世界：那个世界大概很好，因为他观看和欣赏得津津有味时，别人不得不羡慕他。

当车队动身赶路的时候，教堂召集人们去做日祷的钟声响了。

5

车队停在村旁河边。太阳像昨天一样灼热，空气凝滞沉闷。河边有几棵柳树，可是树荫没有落到地上，而落到了水里，白费了。货车下边的阴影既闷热又无聊。河水映着天空，蓝晶晶的，非常吸引人。

叶戈鲁什卡现在才注意到车夫斯乔普卡——是一个十八岁的乌克兰小伙子，穿一件长衬衫，没系褡包，穿一条肥大的灯笼裤，散着腿，走路时呼扇呼扇的，像两面旗，他麻利地脱掉衣服，跑下陡峭的河岸，扑通一声跳到了水里。他扎了三个猛子，然后又仰卧水面游了一会儿，舒服得闭上了眼睛。他微笑着皱起了眉头，好像感到又痒又痛又可笑似的。

大热天，当无处躲避闷热时，洗澡者的溅水声和呼哧呼哧的喘息声听起来就像悦耳的音乐一样。德莫夫和基留哈，瞧见斯乔普卡的样子，也麻利地脱掉衣服，一个跟一个，高声笑着，预感到水里的舒服，跳到了水里。寂静的小河发出了呼哧声、溅水声和喊声。基留哈咳嗽着，笑着，喊着，好像有人要淹死他似的，德莫夫追着他，想抓住他的脚，喊道：

“喂喂喂！抓住他，抓住他！”

基留哈笑着，享受着，可是他的表情跟在陆地一样：是愚蠢而惊愕的，好像谁从背后偷偷过去给了他一斧子似的。叶戈鲁什卡也脱了衣服，但不是沿着河岸走下去，而是助跑之后从一俄丈半高的地方跳下去的。他在空中划了一道弧线，落到了水里，扎得很深，但没有扎到底：一股令人感到凉快舒服的力量把他托住，送到了水面上。他钻出来，呼哧呼哧地喘着，吹着气泡睁开了眼睛。河面正是在他的脸旁边反射着阳光。他先是两眼被晃得直冒金星，接着眼前出现了一些彩虹和黑点。他急忙又扎到了水里，在水里睁开了眼睛，看到一片暗青色，像月夜的天空。又是方才那股力量不让他沉到水底去凉快，他从水里钻出来，深深地吸了一口气，不仅胸膛里甚至肚子里都感到舒畅清爽。接着，为了尽情享受水能给予的一切乐趣，他实现了各种奢望：仰卧在水面上舒服了一会儿，然后拍水花儿，翻筋斗，爬泳，侧泳，仰泳，踩水——想干什么就干什么，玩腻了为止。对岸是一片茂密的芦苇，被阳光照得金煌煌的，芦花像一些漂亮的小刷子似的垂到水面上。有一个地方芦苇抖动起来，芦花直晃，发出噼里啪啦的响声——这是斯乔普卡和基留哈在摸虾。

“虾！瞧，哥儿们，虾！”基留哈欣喜地喊着，真的在向大家显示一只虾。

叶戈鲁什卡游到芦苇附近，一个猛子扎到水里，在苇根旁边摸起来。他在溜滑的淤泥里摸着，真是摸到了一个叫人厌恶的尖东西，也许真是虾，可是这时有人抓住他的一只脚，往上拽他。他喝了几口水，咳嗽着睁开眼睛，看到了淘气包德莫夫湿淋淋的带笑的脸。淘气包呼哧呼哧地喘着，从眼神里可以看出来，他还想继续淘气。他紧紧抓住叶戈鲁什卡的一只脚，另一只手已经抬起来想抓叶戈鲁什卡的脖子，叶戈鲁什卡怕这个大力士淹死他，便带着讨厌和恐惧的心情挣脱出来，说：

“浑蛋！我揍你的狗脸！”

他觉得这样说还不解恨，想了想，又加了一句：

“恶棍！狗崽子！”

德莫夫已若无其事地扔下叶戈鲁什卡，朝基留哈游去，喊道：

“喂！捞鱼吧！小伙子们，捞鱼吧！”

“好吧，”基留哈赞同地说，“这儿鱼大概挺多……”

“斯乔普卡，到村里去，找老乡借张鱼网来！”

“不肯借！”

“肯借！你求求他们！跟他们说，我们跟云游的教徒差不多，叫他们看在基督分上借给我们用一用。”

“这倒可以！”

斯乔普卡从水里出来迅速地穿好衣服，摆动着肥大的灯笼裤往村里跑去。跟德莫夫冲突之后，水在叶戈鲁什卡的心目中已失去了任何魅力。他从水里出来，开始穿衣服。潘杰列和瓦夏耷拉着两脚坐在陡峭的岸上看人们洗澡。叶美良脱光衣服，站在紧靠岸边没膝深的水里，一只手拽住草以免被水冲倒，另一只手抚摸着身子。他那瘦骨嶙峋的肩胛骨，右眼下边的瘊子，弯着的腰，明显怕水的样子，看上去十分可笑。脸上的表情是审慎严肃的，他气哼哼地看着水，好像要骂它一顿，以解心头之恨——它当年曾在顿涅茨河里使他感冒，夺去了他的嗓音嘛。

“你为什么不洗洗呢？”叶戈鲁什卡问瓦夏。

“不为什么……不喜欢……”瓦夏答道。

“为什么你的下巴肿了？”

“病了……小少爷，我在火柴厂做过工……医生说因此下颌就肿了。那儿空气不好，除我以外，那儿还有三个人下颌肿了，有一个人下颌完全烂了。”

斯乔普卡借了一张二人拉的鱼网回来。德莫夫和基留哈由于在水里呆的时间长，身上已变成浅紫色，嗓子也有些哑了，可是仍然高高兴兴地捕起鱼来。他们先是拉着鱼网顺着芦苇旁边的深水走。德莫夫没到脖颈，小个子基留哈没过了头，喝了几口水，吐了几个气泡；德莫夫被带刺的苇根绊倒，缠到鱼网里，他俩扑腾着，吵嚷着。他们不是在捕鱼，是在闹着玩儿。

“水深。”德莫夫用嘶哑的声音说，“什么也捞不到！”

“别拽，浑蛋！”德莫夫喊道，他想使鱼网保持正确的位置，“用两只手拿着！”

“你们在那儿什么也捞不到！”潘杰列在岸上对他们喊道，“你们这样只会把鱼吓跑，傻瓜！往左拽！那儿浅些！”

一条大鱼从鱼网上边跳了过去，大家啊了一声，德莫夫朝鱼消失的地方打了一拳，脸上流露出懊悔的神气。

“唉！”潘杰列叹了口气，跺了跺脚，“瞪着眼让一条河鲈跑了！”

往左拽网以后，德莫夫和基留哈渐渐找到了浅地方，才真正开始捕起鱼来。他们拉着网走到了离货车三百来步远的地方。可以看到：他们默默地慢慢地移动着脚步，尽量往深里、往靠近芦苇的地方拽网；为了把鱼惊动起来赶到网里去，他们用拳头打水，晃动着芦苇发出沙沙声。他们离开芦苇丛向对岸走去，在那儿拉了一阵网，然后又失望地高抬着脚步回到芦苇丛。他们在谈论什么，可是谈论什么却听不清楚。太阳烤着他们的后背，苍蝇在叮他们，皮肤由浅紫色变成了赤红色。斯乔普卡提着桶，衣袖卷到胳肢窝，用牙叼着衣襟，跟在后面。每次捕到鱼，他都举起一条在阳光下闪闪发亮的什么鱼来，喊道：

“瞧多大的河鲈！这么大的已经有五六条啦！”

可以看见：德莫夫、基留哈和斯乔普卡每次把网拽上来以后都在淤泥里翻腾好久，把什么东西放进桶里，把什么东西挑出来扔掉；有时他们把落到网里的什么东西拿起来互相传着，好奇地端详一阵，然后扔掉……

“那是什么？”岸上的人高声问道。

斯乔普卡回答了什么，可是他的话很难听清楚。瞧他从水里出来，两手提着桶，忘了把卷起的衬衫放下来，就朝车队跑来。

“已经满啦！”他呼哧呼哧地喘着喊道，“再拿一个桶来。”

叶戈鲁什卡往桶里看了一下：果然满了；一条年轻的鮈鱼从水

里向外探着不好看的嘴脸，它周围聚了一些虾和小鱼。叶戈鲁什卡把手伸到桶底搅了一下，鮈鱼藏到了虾的下面，一条河鲈和一条丁鲹浮到了水面。瓦夏也往桶里看了一眼。他的两眼一亮，脸上出现了像看到狐狸时的那种温柔的神情。他伸手到桶里拿起一条什么鱼就送到嘴里嚼起来。从他嘴里传出来嘎吱嘎吱的响声。斯乔普卡惊奇地喊道：

“哥儿们，瓦夏吃活鮈鱼！哎呀！”

“这不是鮈鱼，是鰕虎鱼。”瓦夏平静地答完，继续嚼着。

他把鱼尾巴从嘴里拿出来，爱抚地看了看，又送到了嘴里。他嘎吱嘎吱地嚼着鱼的时候，叶戈鲁什卡觉得，他眼前看到的不是人。红肿的下巴，暗淡的目光，非常锐利的视力，嘴里的鱼尾巴以及嚼鱼的得意神态使瓦夏看上去很像动物。

叶戈鲁什卡觉得在他身边没有意思，而且捕鱼已经结束。他在货车旁边转悠了一会儿，想了想，由于无聊，便向村里走去。

过了不一会儿，他已站在教堂里，把前额靠在一个散发着大麻味的人的后背上，听唱诗班唱歌。日祷已快结束。叶戈鲁什卡对教堂里唱的东西丝毫不懂，因此并不感兴趣。听了一会儿就打了个呵欠，于是就端详起人们的后脑勺和后背来。他认出来一个棕红色头发湿淋淋的后脑勺是叶美良的。他的后脑勺剪的是童花头，但比习惯剪法要高；鬓角剪得也高，两只红耳朵支棱着，像两个牛蒡叶子，似乎觉得自己长得不是地方。看着叶美良的后脑勺和耳朵，叶戈鲁什卡不知为什么认为叶美良大概是很不幸的。他想起他指挥的样子、嘶哑的声音、洗澡时胆怯的神态，便非常可怜起他来。他想对他讲几句温存的话。

“我在这儿！”他拉拉他的衣袖说。

在合唱团里唱高音或低音的人，特别是哪怕曾经指挥过一次乐队的人习惯于用严厉生硬的目光看男孩子。这种习惯，他们即使不当歌手以后也会保留下来。叶美良回头皱着眉头看了他一眼，说：

“在教堂里不许淘气！”

接着叶戈鲁什卡便朝前面挤去，挤到圣像壁附近。在这儿他看到了一些有趣的人。在最前面靠右边的地毯上站着一位先生和一位太太，身后各有一把椅子，先生穿着一套熨得笔挺的茧绸西装，站在那里像行军礼的士兵似的一动不动，高高地抬着刮得发青的下巴。立着的活领，发青的下巴，一小块秃顶和手杖都使人觉得他神气十足。由于过分神气，他的脖子使劲挺着，下巴使劲向上翘着，翘得那么用力，以致令人觉得他的头随时都可能挣脱躯干，飞到天上去。那位太太身材丰盈，已徐娘半老，披着白绸披肩，侧歪着脑袋，那眼神好像刚给谁做了一件好事，想说："哎呀，不必感谢！我不喜欢这个……"地毯周围站了许多乌克兰庄稼人。

叶戈鲁什卡走到圣像壁前，开始向当地的圣像致敬。在每个圣像前面，他都不慌不忙地行一个深鞠躬，头着地以后不马上抬起来，而是从那里看一阵身后的人，然后再直起身子来亲吻圣像。额头触到冰凉的地板，使他得到了很大的享受。当更夫拿着长钳子从圣堂里出来熄灭蜡烛的时候，叶戈鲁什卡迅速直起身来，跑到他身边问道：

"圣饼已经发完了吗？"

"没有……没有……"更夫阴沉地嘟哝道，"什么也没有……"

日祷结束了。叶戈鲁什卡不慌不忙地离开教堂到广场上闲逛。他已见识过不少农村、广场和农夫，因此现在看到的一切丝毫不使他感兴趣。由于无事可做，为了消磨时间，他走进一家杂货铺。这家杂货铺店门的上方挂着一块很宽的红布。商店的门面由宽敞昏暗的两部分组成：一部分卖布匹和食品，另一部分地上立着焦油桶，天花板上吊着夹板套包之类东西，两边都有皮革和焦油的香味。地板冲刷过，不过冲刷的人大概是个极富想象力的自由主义者，因为地板上画满了高深莫测的图案和符号。脑满肠肥的店老板站在柜台里面，肚子靠在柜台上，四方大脸，络腮胡子，看样子是俄罗斯人。他在就着块糖喝茶，每喝一口就深深地叹一口气。脸上的表情是十分恬然的，可是在他的每声叹息里却可以听出来："等着吧，我要给你点儿厉害瞧瞧！”

“给我一戈比葵花子！”叶戈鲁什卡对他说。

店老板扬起眉毛，从柜台里走出来，用一个空香膏罐给叶戈鲁什卡量了一戈比的葵花子装到他的衣袋里。叶戈鲁什卡不想离开。他久久地观察着装蜜糖饼干的箱子，想了想，指着一些由于放的时间太久已发霉的、黏在一块的夹馅蜜糖饼干问道：

“这些饼干怎么卖的？”

“一戈比两块。”

叶戈鲁什卡从衣袋里把昨天犹太女人送给他的那块蜜糖饼干掏出来问道：

“这样的饼干你卖多少钱？”

老板把饼干接过来，前后左右端详了一下，扬起一道眉毛，问道：

“这样的？”

然后扬起另一道眉毛，想了想，答道：

“三戈比两块……”

一阵沉默。

“您是谁家的？”店老板从红铜茶壶里给自己倒了一杯茶，问道。

“伊万·伊万内奇的外甥。”

“叫伊万·伊万内奇的可多啦。”老板叹了口气，越过叶戈鲁什卡的头看了看店门，沉默片刻，问道，“不想喝茶吗？”

“好吧……”叶戈鲁什卡不十分情愿地同意了，虽然他非常想喝一顿早茶。

老板给他倒了一杯茶，同时也把咬过的一块方糖递给了他。叶戈鲁什卡坐在折叠椅上喝起来。他想问问蜜饯杏仁一磅多少钱，刚要开始谈，就进来一个顾客，老板就放下茶杯，去照拂顾客去了。他把顾客领到有焦油味的那边，谈了好久。看来，顾客是个很执拗、很有主意的人，总是摇头表示不同意，朝店门退去。店老板终于在什么问题上说服了他，开始给他往一个大袋子里装燕麦。

“难道这是燕麦吗？”顾客用乌克兰话忧虑地说，“这不是燕麦，是谷壳，鸡都会见笑……不，我到邦达连科那儿买！”

叶戈鲁什卡回到河边的时候，那儿已生起一小堆篝火。这是车夫们在做午饭。斯乔普卡站在烟雾里用一把有缺口的大勺子在锅里搅着。基留哈和瓦夏的眼睛被烟呛得通红，坐在稍远的地方拾掇鱼。他们面前放着沾满淤泥和水草的鱼网，躺在上面的鱼闪闪发亮，虾在爬动着。

叶美良刚从教堂里回来，坐在潘杰列旁边，挥动着一只手，用刚刚能听得到的嘶哑声音唱着：“我们向你唱……”德莫夫在马旁边溜达。

基留哈和瓦夏把鱼拾掇完以后，跟活虾一起放到桶里洗了洗，便倒进滚开的水里。

“放腌肥猪肉吗？”斯乔普卡用勺子撇掉汤里的沫子问道。

“放腌肥猪肉干吗？鱼本身会出油嘛。”基留哈答道。

斯乔普卡在从火堆上端锅下来之前，往锅里加了三把黄米和一勺盐，最后又尝了尝，咂了咂嘴唇，舔了舔勺子，得意地啧了一声——这说明粥已经做好了。

除了潘杰列以外，都围着锅坐下，动起勺子来。

“你们哪！给孩子一勺！”潘杰列严厉地批评说，“他大概也想吃呢！”

“我们的饭是庄稼人吃的！”基留哈叹了口气。

“庄稼人吃的饭也对身体有好处，就看愿不愿意给啦。”

给了叶戈鲁什卡一勺子。叶戈鲁什卡开始吃起来，但他没有坐下，而是站在锅旁边，看着锅，像看着大坑似的。粥散发着一股鱼腥味，黄米中间常常出现鱼鳞；虾用小勺捞不上来，吃的人就用手直接从锅里拿。瓦夏在这方面特别不客气，他在锅里不仅把手弄湿了，而且把衣袖也弄湿了。不过叶戈鲁什卡仍然觉得粥很好吃，像斋戒日妈妈在家里做的虾汤。潘杰列坐在旁边嚼面包。

“老爷爷，你怎么不吃粥？”叶美良问他。

“我不吃虾……烦它！”老头儿说完，嫌恶地转过身去了。

吃饭的时候，大家闲聊起来。从闲聊当中，叶戈鲁什卡明白了：他新认识的这些人尽管年龄各异、性格不同，但有一个共同点把他们变得彼此相似，那就是他们都有一个美好的过去和一个很不好的现在。谈到过去，他们个个都眉飞色舞，对现在几乎都痛心疾首。俄罗斯人喜欢回忆，而不喜欢生活。叶戈鲁什卡尚不了解这一点。不等粥吃完，他已深信：坐在饭锅周围的都是一些被命运侮辱和损害的人。潘杰列讲，从前没有铁路的时候，他赶货车跑莫斯科和下新城，挣的钱多得无处放。那个时候商人多好啊，鱼多好啊，东西多贱哪！现在路程短了，商人吝啬了，老百姓穷了，面包贵了，什么都不如从前了，差远了。叶美良说，他从前在卢甘斯克育马场当唱诗班歌手，嗓子好极了，并且识谱能力很强，如今沦落为庄稼汉，靠弟弟的施舍过日子，弟弟供给他马，打发他出来拉脚，挣的钱拿去一半。瓦夏曾在火柴厂做过工。基留哈曾在有钱人家赶过马车，被认为是全区最好的三套马车驭手。德莫夫是一个富裕农民的儿子，生活优裕，终日游逛，无忧无虑，可是一过了二十岁，严厉的父亲就决定训练他做活计，怕他在家里被惯坏了，便打发他出来拉脚，像雇工一样。只有斯乔普卡沉默着，可是从他那没长胡子的脸上也可以看出来，他以前的生活也比现在好得多。

想起父亲以后，德莫夫就不吃饭了，皱起了眉头。他皱着眉头看了看伙伴，最后目光停在叶戈鲁什卡身上，粗鲁地说：

“你这个异教徒，把帽子摘了！难道可以戴着帽子吃饭吗？还是老爷呢！”

叶戈鲁什卡摘了帽子，一句话没有说，可是已经吃不出粥的味道，也听不见潘杰列和瓦夏替他打抱不平了。他的胸中沉重地翻腾着对“淘气包”的仇恨，决定一定要找机会报复他。

午饭后，大家都回到了各自的货车旁边，躺到阴影里。

“老爷爷，我们快走了吗？”叶戈鲁什卡问潘杰列。

“上帝让走的时候就走……现在不能走，热……噢，主啊，听你安排，圣母……躺下吧，孩子！”

不久，货车下边就传出来鼾声。叶戈鲁什卡本想再到村里去，可是想了想，打了几个呵欠，就躺到老头儿旁边了。

6

车队在河边停了一天，太阳落了以后才动身。

叶戈鲁什卡又躺在羊毛捆上，货车轻轻地吱吱呀呀地响着，摇晃着，潘杰列在下边走着，有时踩踩脚、拍拍大腿、唠叨几句。耳边响着跟昨天一样的草原乐曲。

叶戈鲁什卡把两手枕在头下面仰卧着，凝视着天空。他看到晚霞燃烧起来然后又熄灭了；保护者天使把金色的翅膀铺展在天际，准备过夜了；白昼已平安地过去，宁静平安的夜降临了，保护者天使可以安心地坐在天上的家里啦……叶戈鲁什卡看到天空渐渐昏暗，暮霭徐徐笼罩大地，星星一颗一颗地亮起来。

当你久久地凝视着深邃的天空时，不知为什么思绪和心灵都会意识到孤独。你会感到自己是绝对孤独的，以前被你看做亲人和朋友的人现在都离得无限遥远，毫无价值。从天上俯视了亿万年的星星、神秘莫测的天空以及暮霭，对人的短暂一生都是冷漠无情的，当你面对着它们，想参透它们的玄机时，它们的沉默压抑着你的心灵，这时你会想到在墓穴里等着我们每个人的那种孤独，你会觉得生命的实质是绝望的、可怕的……

叶戈鲁什卡在想着如今睡在墓地里樱桃树下边的奶奶，他回忆起：她躺在棺材里眼睛上压着铜钱，后来盖上了棺材盖，放进墓穴里；他也想起了土块落到棺材盖上发出的沉闷的响声……他想象着：奶奶在狭窄阴暗的棺材里寂寂一身，无依无靠。他想象着：奶奶突然醒来，不知身在何处，敲棺材盖，呼救，终于被恐惧折磨得筋疲力尽，又死了。他想象着妈妈、赫里斯托弗神甫、德拉尼茨卡娅伯爵夫人、所罗门等人死了以后的情景。可是他无论如何也想象不出自己死了以后被埋在离家很远的阴暗墓穴里无人理睬、无依无靠是什么滋味。他不认为自己会死，他觉得自己永远不会死……

可潘杰列却已经快死了，他走在下边，叨咕着自己心里的想法：

"不错……是些好老爷……送孩子去上学，他在那儿怎么样，没听说……在斯拉夫塞尔布斯克，我说，没有那样的学校，学大学问不行……没有，真是这样……可那孩子很好，不错……长大了会帮助父亲的。你呢，叶戈鲁什卡，如今小，长大了会养活父母的。上帝这么规定的……要孝敬父母……我也有过孩子，可都烧死了……老婆也烧死了，孩子也……真是这样，临近耶稣受洗节的一天夜里房子着火……我不在家，到奥廖尔去了。到奥廖尔……我老婆跑到了街上，想起来孩子们还在屋里睡觉，又跑进屋去，跟孩子一起烧死了……是的……第二天只找到了一些骨头。"

临近半夜时，车夫们和叶戈鲁什卡又围坐在一小堆篝火旁边。野蒿燃烧起来以后，基留哈和瓦夏到一个小河沟里打水去了。他们消失在黑影里，可是不断能听到他们的水桶撞击声和说话声：这说明小河沟不远。火光落到地上像一个闪动的大斑点，虽然有月光，可是在红斑点以外，一切都显得漆黑一团。火光耀眼，车夫们只能看清大道的一部分；装着羊毛捆的货车和马匹在黑暗之中隐约可见，像一道奇形怪状的山峦。在离火堆二十步远、大道和旷野交界的地方，立着一个已歪向一边的木制墓前十字架。在篝火还没生起来以前，还能看很远的时候，叶戈鲁什卡看到大道的另一边也有一个同样的古旧歪斜的十字架。

基留哈和瓦夏打回水来，把锅加满水，架到火上。斯乔普卡拿着有缺口的大勺子，站在锅旁边烟雾里——自己的位置上，若有所思地注视着水，等出现泡沫。潘杰列和叶美良并排坐着，在默默地想什么。德莫夫趴在地上用两个拳头支着脸腮，瞅着火堆；斯乔普卡的影子在他身上跳动着，因此他那张漂亮的脸一会儿黑，一会儿亮……基留哈和瓦夏在远处走动着捡野蒿和叶榆烧火。叶戈鲁什卡两手插在衣袋里，站在潘杰列旁边，看着火吞噬野草。

大家都在休息，都在想着什么，偶尔看看闪动着红色火光的十字架。孤坟令人感到伤感，想发思古之幽情，具有高度诗意……可以听到它在沉默着，在这沉默里可以感到躺在十字架下的陌生人的灵魂。这个孤魂在草原上是否惬意？它在月光皎洁的夜里是否感到寂寞？孤坟周围的草原显得忧伤、凄凉、充满幽思；附近的野草也显得悲凉；好像螽斯的叫声也有些克制……没有一个行人不凭吊这个孤魂，不瞻顾这座野坟，直到它远远地落在后面，被暮霭遮住……

“老爷爷，干吗这儿立个十字架？”叶戈鲁什卡问道。

潘杰列看了看十字架，又看了看德莫夫，问道：

“德莫夫，这不是钐刀手杀害商人的地方吗？”

德莫夫不情愿地用一个胳臂肘支起身子朝大道那边看了看，说：

“正是这儿……”

一阵沉默。基留哈在噼里啪啦地把枯草揉成团儿塞到了锅下边。火光亮了一下、斯乔普卡被裹在黑烟里、十字架的黑影在货车旁边的大道上闪现了一下。

“是的，杀害了……”德莫夫懒洋洋地说，“商人是父子俩，去卖圣像。住在离这儿不远的一家客店里，现在这家客店归了伊格纳特·福明。老头子多喝了点儿，吹起牛来，说他带了很多钱。大家知道，商人爱吹牛，真要不得……他们忍不住要在穷哥儿们面前夸富。那时在店里住了几个钐刀手。唉，他们听到了商人的话，就记到心里。”

“哦，主啊……圣母！”潘杰列叹了口气。

“第二天，天刚亮，”德莫夫继续说，“商人准备上路，钐刀手就跟他们搭讪：‘一起走吧，老板。热闹些，而且也安全些，因为这一带荒僻……’商人怕把圣像压坏了，就步行，这就给钐刀手提供了机会……”

德莫夫跪起来，伸了个懒腰。

“是的，”他打着呵欠继续说，“一路上倒也相安无事，可是等到商人走到这个地方，钐刀手就动手用钐刀收拾他们了。商人的儿子，是个好样的，夺过一把钐刀来还手……唉，当然，那些人得逞了，他们是七八个人嘛。他们把商人砍得血肉模糊，砍死以后，他们从路上把他俩拖开，父亲被拖到一边，儿子被拖到另一边。在这个十字架对面，路那边还有一个十字架……是不是还有——不知道……从这儿看不见。”

“有。”基留哈说。

“据说后来找到的钱很少。”

“很少。”潘杰列证实说，“找到了一百来卢布。”

“是的。钐刀手后来死了三个人，因为商人的儿子也把他们砍得够厉害的……他们血流尽，死了。一个人被商人的儿子砍掉了一只胳臂，据说，他失去胳臂还跑了四五俄里，在库里科沃附近被找到了。他蹲在那里，头耷拉在膝盖上，好像在思考什么，一看——已经没有气，死了……”

“是跟着血迹把他找到的……”潘杰列说。

大家看了看十字架，接着又是一阵沉默。不知从什么地方，也许是从小河沟里吧，传来鸟的忧伤喊声：“睡哟！睡哟！睡哟！……”

“世界上坏人太多。”叶美良说。

“太多，太多！”潘杰列赞同地说完，向火堆靠了靠，那神情好像害怕似的，“太多啦。”他继续低声说，“我这一辈子见过不少，多得不得了……说的是坏人……圣徒和虔诚教徒见过许多，有罪孽的人数不胜数……圣母，救救人们吧，发发慈悲吧……记得，三十来年前，也许还要早一些，我从莫尔尚斯克拉一个商人。这个商人长得很气派，而且有钱……那个商人……好人，不错……这样，我们路上在一家客店过夜。俄罗斯的客店不像乌克兰这地方。那儿院子都是有房盖的，像好庄园的畜棚或者打谷和存放禾捆的棚子，不过打谷和存放禾捆的棚子要高一些。我们住了下来，感觉不错。我的这个商人住一个小房间，我跟马睡在一起，一切都照规矩。这样，老弟们，我祈祷完上帝，为了睡觉，我上院子去走走。夜很黑，伸手不见五指。走了不远，大概有到货车那么远，我看到有灯光。怎么回事？店东好像早就睡了，除了我跟商人，没有住别的客人……哪儿来的灯光呢？我起了疑心……我走近一些……朝灯光走去……主啊，救命啊，圣母！我一看，紧贴地皮有一个带铁栏杆的小窗……在屋子里……我趴到地上瞧了瞧。一瞧啊，吓得我浑身打战……”

基留哈为了不弄出声响来，把一束野蒿没有揉成团就塞到火堆里。等野蒿不噼噼啪啪响以后，老头儿继续讲道：

“我朝那儿看了看，那是一个大地下室，昏暗、阴森……木桶上亮着一盏油灯。地下室中央站着十来个穿红布衫的人在挽着袄袖子磨大刀……哎呀！这就是说，我们落到了土匪窝里，眼前是一帮强盗……怎么办？我跑到商人那里，悄悄把他叫醒，说：‘老板，你别怕，我们的情况不妙……我们落到土匪窝里啦。’他吓得面无人色，问道：‘潘杰列，我们现在怎么办？我身上孤儿的钱很多……’他说，‘我的命听凭上帝安排，我不怕死，可是，断送孤儿的钱是可怕的……’这个时候能怎么办呢？大门已经锁上了，出不去……要是只围着板墙也好，可以爬出去，可是这院子是盖着房盖的！……我说：‘老板，别怕，你祈祷上帝吧。也许上帝不愿意让孤儿吃亏。你留在这里，别动声色，这工夫我也许能想出什么办法来……’好吧……我祈祷完了上帝，上帝给了我智慧……我爬到四轮马车的车篷顶上，轻轻……轻轻地，免得被人听见，拽房盖上的麦秸，拽出来一个洞，爬了出去。到了外面……后来我就从屋顶上跳下去，沿着大路拼命跑起来。我跑啊跑啊，快累死啦……一口气跑了五六里，也可能多些……感谢上帝，我看到了一座村庄。我跑到一家的房子跟前去敲窗户。‘正教徒们，’我说，‘如此这般，别让匪徒毁掉一个基督徒的魂灵……’我把全村的人都召唤起来……庄稼汉聚到一起跟我走……有的拿绳子，有的拿棒子，有的拿铁叉……我们打破客店大门就冲进地下室……匪徒们刚刚磨好刀，正准备杀商人。庄稼汉把他们全抓住捆起来，交给了官府。商人高兴得捐给了他们三张一百卢布的钞票，给了我五个铸有头像的法国金币，并且把我的名字记了下来。据说，后来在地下室里发现了很多死人骨头。死人骨头……就是说，他们抢完财物，就把人给埋了，免得留下痕迹……嗯，后来在莫尔尚斯克由刽子手把匪徒们处决了。”

潘杰列讲完故事，环顾了一下自己的听众。听众们默默地看着他。水已经开了，斯乔普卡撇着沫子。

“腌肥猪肉拿来了吗？”基留哈低声问他。

“等一会儿……马上去拿。”

斯乔普卡眼睛盯着潘杰列，好像怕潘杰列在他离开的时候开始讲似的，朝货车跑去；他很快拿来一个小木碗，在里面碾起腌肥猪肉来①。

“还有一次，也是拉一个商人……”潘杰列继续说，仍然声音低低的，眼睛一眨不眨，“现在我还记得，他叫彼得·格里戈里奇。是个好人……那个商人……我们也是那么在店里过夜……他住小房间，我跟马住在一起……店东两口子像好人，挺亲切，伙计看上去也不错，可是啊，老弟们，我睡不着，心里直闹腾！心里闹腾也没有什么。大门没有上锁，周围人很多，可是我总觉得可怕，发毛。人们早就睡了，已经夜深了，快该起床了，可我却一个人躺在带篷马车里，合不上眼，像夜猫子。老弟们，我突然听到：橐！橐！橐！有人偷偷朝马车走过来。我探头一看，面前站着一个婆娘，只穿一件衬衫，光脚……我问：‘小娘子，你有什么事？’她浑身发抖，面无人色……她说：‘快起来，好人！不好啦……主人起了歹心……要杀你的老板。我亲耳听到店东两口子低声……’唉，怪不得心里闹腾呢！我问：‘你是什么人？’她说：‘我是他们的厨

---

① 生腌肥猪肉，是俄罗斯人一种食品，平时生吃，这里碾碎当荤油用。

娘……’好吧……我从马车里爬出来去找老板。我把他叫醒，说：‘如此这般，彼得·格里戈里奇，情况很不妙……老板，睡觉还有机会，趁时间还来得及，快穿衣裳，离开这个鬼地方……’他刚开始穿衣裳，门开了，好家伙……我一看——圣母啊——进来的是店东两口子和仨伙计……就是说，伙计也被勾结入伙了……他们一定讲好，商人钱很多，事后大家分……五个人每人拿一把大刀……都拿一把大刀……店东把门锁上，说：‘向上帝祈祷吧，过路人……要是喊的话，就不让你们死前祈祷啦……’哪儿能喊呢？我们已经吓得说不出话来啦，不能喊啦……商人哭起来，说：‘正教徒们，你们见财起意，要杀我。杀就杀吧，我不是第一个，也不是最后一个；我们商人在客店里遇害的已有很多。可是正教弟兄们，你们为什么要杀害我的车夫呢？他有什么必要为了我的钱丧命呢？’他说得那么可怜！可是店东却说：‘要是我们不杀他，他就会第一个去告发我们。杀一个和杀两个是一样的。杀死多少人，都是一个死……祈祷吧，话说完啦，没有什么可商量的！’我和商人并排跪下，哭着祈祷上帝。他想起自己的孩子来，我那时候还年轻，想活……我们看着圣像祈祷起来，那可怜劲儿，现在想起来都要掉泪……女店东，那个婆娘，瞧着我们说：‘善良的好人，到了阴间不要恨我们，别祈求上帝惩罚我们，我们是因为穷啊。’我们祈祷了又祈祷，哭了又哭，上帝终于听到了我们的声音。上帝发了慈悲，就是说……就在店东抓起了商人的胡子准备用刀拉脖子的时候，突然有人从院里敲小窗！我们腿都吓软了，主人的手放下了……那人敲着窗喊道：‘彼得·格里戈里奇，你在这儿吗？准备好，走吧！’店东一看有人来接商人，便撒腿溜了……我们赶紧到院子里，套上马车——跑了……”

“是谁敲小窗呢？”德莫夫问道。

“敲小窗吗？一定是上帝的侍者或者天使啦。因为没有别人……我们从院子里出来以后，街上一个人也没有……是上帝安排的！”

潘杰列还讲了些别的故事，在他的所有故事里“大刀”都同样地扮演了角色，都同样地令人感到是虚构的。是他听别人讲的，还是在遥远的过去自己编的，后来记忆力衰退，真实的经历与虚构的故事混在一起分辨不清？都有可能，不过奇怪的是，现在以及一路上当需要讲什么的时候，他宁愿讲虚构的故事，绝口不提自己的经历。现在叶戈鲁什卡把什么都当成真的，可后来叶戈鲁什卡却感到奇怪，一个一辈子走遍俄国见多识广的人，一个妻子儿女都烧死了的人，竟会把自己的丰富经历看得不值一提，每次坐在篝火旁边不是一声不吭，就是讲些子虚乌有的事。

喝粥的时候，大家都沉默着思索刚刚听到的故事。生活是可怕而美妙的，因此在俄国不管是讲多么可怕的故事，不管你怎么用土匪窝、大刀和奇迹装饰这个故事，这个故事在听众心目中总会觉得是真实的，只有饱学之士才会投以怀疑的目光，而且即使这种人也是保持沉默的。路边的十字架，黑糊糊的羊毛捆，辽阔的原野和篝火旁边这些人的遭遇——这一切本身就是那么美妙而可怕的，以致故事或童话的种种幻想相形之下黯然失色，而同生活融合到了一起。

大家都从锅里舀粥喝，只有潘杰列把粥盛在小木碗里单独坐在旁边喝。他的勺子也与众不同，是柏木的，而且还带一个小十字。叶戈鲁什卡看着他，想起了他用长明灯瓶当杯子的事，便低声问斯乔普卡：

“为什么老爷爷单坐？”

“他信旧教。”斯乔普卡和瓦夏低声答道，说这话时的眼神表明他们好像谈论别人的弱点或隐私似的。

大家都在沉默着思索着。听完可怕的故事之后，谁也不想谈论平平常常的事情。在一片寂静之中，瓦夏突然直起身子，暗淡的两眼凝视着远方，支棱着耳朵谛听起来。

“怎么回事？”德莫夫问他。

“有个人在走路。”瓦夏答道。

“在哪儿？”

“瞧，那儿稍稍有点儿发白……”

瓦夏指的地方，除了一片黑暗之外，什么也看不见。大家听的结果也是什么也没有听到。

“他是走大道吗？”德莫夫问道。

“不，是走野地……朝这儿走呢。”

沉默了一分钟。

“也许是埋在这里的那个商人在草原上游荡吧。”德莫夫说。

大家瞥了十字架一眼，相视而笑了；都为自己的惊恐感到害臊。

“他干吗要游荡呢？”潘杰列说，“只有大地不肯接受的那些坏人夜里才游荡呢。商人没有什么……商人是被害死的……”

这时传来了脚步声。有人在匆忙赶路。

“他拿着什么东西。”瓦夏说。

他们可以听到行人踩着草的沙沙声和野蒿的噼啪声，可是在火光以外，看不见任何人。脚步声终于近了，有人咳嗽了一声。一闪一闪的火光好像让开了，眼前的帷幕拉开了，车夫们突然看到面前站着一个人。

不知道是火光闪烁造成的，还是因为大家都想首先看清来人的脸，反正结果很奇怪，人们第一眼看到的却不是脸，不是穿戴，而是笑容。这是一种非常和善、开朗、温情的微笑，像被唤醒的婴儿；这是一种具有感染力的微笑。对这种微笑，很难不报以同样的微笑。后来人们看清了，陌生人原来是个三十来岁的人，不漂亮，浑身上下没有好看的地方。这是一个高个子乌克兰人，鼻子长，胳臂长，腿长，一般说来，他身上什么都显得长，只有脖子很短，使他有些驼背。他上身穿一件干净的白衬衫，领子上绣着花，下身穿着白灯笼裤、新皮靴，跟车夫们比起来，像一个花花公子。他手里拿着一件白色的乍看令人觉得奇怪的大东西，背后探出来猎枪枪管，也是长的。

从黑影里乍一出现在光亮下边，他愣了一下，注视着车夫们约有半分钟之久，好像想说："请看看我的笑容吧！"然后他朝着火堆迈了一步，笑容更加可掬，说：

"祝你们食欲好，哥儿们！"

"请坐下一块儿吃！"潘杰列替大家回答说。

陌生人把手里的东西放到火堆旁——原来那是一只被打死的大鸨。这时他又祝愿了一次大家食欲好。

大家都走到大鸨跟前，端详起来。

"好大的鸟儿！你是用什么打的？"德莫夫问道。

"大沙弹……霰弹够不着，它不让靠近……买下吧，哥儿们！我二十戈比卖给你们。"

"我们买了有什么用？它烤了好吃，炖了吃怕硬——咬不动……"

"唉，遗憾！要是拿到庄园去卖给老爷们，他们能给五十戈比呢，可是远点儿——十五俄里哪！"

陌生人坐了下来，把猎枪摘下来放到身边。他好像困倦了，微笑着，被火光照得眯缝着眼睛，看样子在想一件很惬意的事。他们给了他一把小勺，他吃起来。

"你是干什么的？"德莫夫问道。

陌生人没有听到问话，没有回答，甚至没有瞧德莫夫一眼。这个微笑着的人大概连粥的味道也没喝出来，因为他喝粥的神态似乎是机械的，漫不经心的，有时一勺盛得很满，有时把空勺送到嘴里。他没有喝酒，却好像有些醉意。

"我在问你：你是干什么的？"德莫夫重复了一下问题。

"我？"陌生人激灵了一下，"我叫康斯坦丁，住在罗夫诺耶村，离这儿四五俄里。"

他想一开始就表明自己不是普通庄稼汉，而是比别人富裕些，他急忙补充说：

"我们养蜜蜂，养猪。"

"你跟父亲一起过，还是单过？"

“如今是单过。分开了。这个月过完圣彼得节，我成了家。现在有老婆啦！已经结婚十八天啦。”

“好事！”潘杰列说，“老婆不错……这是上帝祝福……”

“年轻的婆娘在家睡觉，他却在野地游逛。”基留哈笑起来，“怪人！”

康斯坦丁好像被刺到了最敏感的地方，精神一振，笑了起来，眼睛闪出亮光……

“哪里，她不在家！”他麻利地从嘴里拿出勺子来，高兴而惊奇地看着大家说，“她不在家！到娘家去住两天！真的，她走了，我就像单身汉一样……”

康斯坦丁挥了一下手，摇了摇头；他打算继续想下去，可是他脸上洋溢的欢快妨碍他这样做。他好像坐得不舒服，换了个姿势，笑起来，又挥了一下手。把自己心里的喜悦告诉别人感到不好意思，可是又抑制不住想跟别人分享自己的喜悦。

“到杰米多沃村回娘家去啦！”他红着脸把猎枪换了个地方说，“明天回来……说明天吃午饭时到家。”

“寂寞吗？”德莫夫问道。

“当然啦，怎么会不寂寞呢？结婚才几天，她就走……啊？噢，她还很任性，没有办法！她那么漂亮那么可爱，那么爱笑爱唱，简直像不掺假的火药那么叫人喜欢！她在家热热闹闹，她走了，我好像失去了什么，像个傻瓜似的在野地里游逛。从吃完午饭就游逛，简直想喊救命啦。”

康斯坦丁揉了揉眼睛，看了看火堆，笑了。

“这么说，你爱她……”潘杰列说。

“她那么漂亮那么可爱。”康斯坦丁不听他说，重复道，“普通人家出身的这样聪明能干的主妇，全省也找不到第二个。回娘家……她想家，我知道！我知道，我了解她这个喜鹊！她说明天吃午饭时回来……经过多少周折啊！”康斯坦丁突然提高了调门儿，换了个姿势，喊道，“如今爱我，不过想家，以前干脆不肯嫁给我咧！”

“你喝粥啊！”基留哈说。

“以前干脆不肯嫁给我咧！”康斯坦丁没有理睬基留哈的话，继续说，“我追了她三年！我在卡拉契克集市上一看到她就爱得要死，上吊的心都有……我住在罗夫诺耶，她住在杰米多沃，相隔二十五俄里，我没有任何机会。我打发人去提亲，她的答复是：不同意！哎呀，你这个喜鹊！我想尽了办法讨她欢心，又送耳环，又送蜜糖饼干，还送去了半普特蜂蜜——结果还是不同意！说起来也情有可原，细想想，我怎么能配得上她呢？她年轻漂亮，含苞欲放，我已经老啦，快三十了，而且长得实在好看——一脸大胡子像钉子，脸干干净净的，全是疙瘩。我哪儿能比得上她呢？惟一可说的是我们家有钱，可他们家日子过得也很好。家里养着三对犍牛，雇两个长工。哥儿们，一爱上就神魂颠倒了……睡不着觉，吃不下饭，满脑袋胡思乱想，真要命！想看到她，可她在杰米多沃……你们以为会怎么样？我不瞎吹，为了看她，我一星期要步行去三四次。活计全扔了！糊涂得甚至想到杰米多沃当雇工，以便离她近些。折磨得失魂落魄！妈妈找医生给我看，爸爸有十来次想打我。唉，折磨了三年，最后决定：去你娘的吧，我到城里赶马车去……就是说，没有那个命！复活节后我到杰米多沃去最后看她一眼……”

康斯坦丁向后仰起头来，发出清脆快活的笑声，好像刚才把谁骗了似的。

“我看到她跟一些小伙子在小河边。”他继续说，“我火冒三丈……我把她叫到旁边，跟她谈了也许有一个小时，左劝右说……结果答应爱我了！三年没有爱，听了我的一席话爱上我了！”

“你说什么话了？”德莫夫问道。

“说什么话？不记得……哪儿能想得起来呢？当时话像水渠里的水似的，滔滔不绝！可现在一句话也说不出来……这样，她就决定嫁给我了……现在回娘家去了，她不在家，我就到野地里转悠。在家坐不住，没有心思！”

康斯坦丁笨拙地把脚从身子下边抽出来，躺在地上伸直了身子，用拳头支起头来，后来又坐了起来。现在大家都看清了：这是一个热恋中的幸福的人，幸福到神魂颠倒的程度：他的微笑、眼神和每一个动作都流露着使他陶醉的幸福。他坐立不安，不知怎么做才能使过多的幸福感不折磨他。在外人面前倾吐完自己的心曲以后，他终于可以安安稳稳地坐下了；他凝视着篝火在思考什么。

看着幸福的人，大家都感到惆怅，也都想得到幸福。大家都沉思起来。德莫夫站起来，静静地在篝火旁边踱着，从他的步态和肩胛骨的活动方式可以看出他心里在翻腾着，在想家。他站了一会儿，看了看康斯坦丁，又坐下了。

篝火已经快灭了，火光已不闪烁，照在地上的红色斑点已开始缩小、暗淡……随着火光的减弱，月夜景色已渐渐清晰。现在已可以看清宽阔的大道、羊毛捆、车辕、咀嚼草料的马了；路的另一边已隐隐约约呈现出另一个十字架……

德莫夫一只手托着脸腮，低声唱起了一首哀怨的歌。康斯坦丁睡眼蒙眬地笑了笑，用尖细的嗓音给他帮腔。他们唱了半分钟就不唱了……叶美良精神一振，活动了一下胳臂肘和手指。

"哥儿们，"他祈求说，"我们唱一首赞美上帝的歌吧！"

他的眼睛里涌出了泪水。

"哥儿们！"他把手按到心上重复说，"让我们唱一首赞美上帝的歌吧！"

"我不会。"康斯坦丁说。

大家都拒绝了，于是他就自己唱起来。他挥舞着双手，向后仰着头，张开了嘴，可是从他的喉咙里挣脱出来的只是嘶哑的无声的喘气声。他用手、头、眼睛甚至瘊子唱歌，他热情而痛苦地唱着，他越是使劲想哪怕是挤出一个音符来，他喘出来的声音就越小……

叶戈鲁什卡跟大家一样也感到惆怅。他回到自己的车上，爬到羊毛捆上躺下了。他凝视着天空，想着幸福的康斯坦丁和他的妻子。人们为什么结婚呢？这个世界上要女人干什么？他给自己提出一些模糊的问题，他想：假如身边总生活着一个温存、快活、漂亮的女人，男人大概会感到很好的。他的脑海里不知为什么浮现出了德拉尼茨卡娅伯爵夫人的身影，心想：跟这样的女人一起生活一定很愉快，他也许会高兴地娶她，假如不是那么令人难为情的话。他想起了她的眉毛、瞳仁、马车、带骑士的座钟……寂静温暖的夜俯到他身上，在他耳边悄悄地说些什么；他觉得正是那个漂亮女人俯身含笑看着他，想吻……

篝火只剩下了两只红色的小眼睛，这两只小眼睛也越来越小。车夫和康斯坦丁坐在两只小眼睛旁边，黑糊糊的，一动不动，他们显得人数比方才多得多了。两个十字架都能看得见；很远很远的地方，在大道上有一个红色的火光——大概也是什么人在煮粥吧。

"我们的俄罗斯母亲，全世界的领袖！"基留哈突然用发疯的嗓音唱起来，但唱了一句就卡住，唱不下去了。草原上的回声接住他的声音，并把它传到远方，好像愚蠢本身被沉重的车轮拉着在草原上滚过。

"该走啦！"潘杰列说，"起来吧，小伙子们。"

大家套车时，康斯坦丁在货车旁边走动着，赞叹着自己的妻子。

"再见吧，哥儿们！"车队出发的时候，他喊道，"谢谢你们的款待！我到另一堆篝火那儿去啦。没有心思回家！"

他很快就消失在黑暗里，久久地可以听到他的脚步声，他朝火光闪烁的地方走去，去向别人倾诉自己的幸福。

第二天叶戈鲁什卡醒来的时候是清晨，太阳还没有出来。车队停了下来。一个头戴白色大檐帽、身穿用廉价灰色布料缝制的西服的人骑着一匹哥萨克小公马停在最前边那辆货车旁边在同德莫夫和基留哈谈什么。前面离货车两俄里远的地方是一些发白的又长又矮的粮仓和小瓦房，小瓦房旁边看不到院墙，也看不到树。

"老爷爷，这村子怎么这样？"叶戈鲁什卡问道。

"孩子，这是亚美尼亚村子。"潘杰列答道，"亚美尼亚人住在那里。这个民族不错……亚美尼亚人。”

穿灰衣服的人同德莫夫和基留哈谈完了，在勒着马向村里望着。

“怎么可以这么拖拉呢！”潘杰列也往村子的方向瞭望着，被早晨的凉意冻得缩着身子，叹了口气，“他派了个人去取一张什么纸，那人还没有回来……派斯乔普卡去嘛！”

“老爷爷，这人是谁？”叶戈鲁什卡问道。

“瓦尔拉莫夫。”

天哪！叶戈鲁什卡急忙爬起来，跪着朝白色大檐帽望去。这个小个子穿一身灰衣服、两只大靴子，骑一匹不好看的小公马，竟在有钱人都还在睡大觉的时候出来同庄稼汉谈话，很难令人相信就是被人人寻找、总在“转悠”、钱比德拉尼茨卡娅伯爵夫人多得多的、神秘的、不可捉摸的瓦尔拉莫夫。

“不错，好人……”潘杰列瞧着村子说，“祝愿他健康，好老爷……说的是瓦尔拉莫夫……老弟，大地就是靠这种人支撑的。真是这样……不等鸡叫，他就起床……换个人不是躺在床上睡大觉，就是在家里同客人闲聊天，可他却整天在草原上……转悠……这个人不会误事……不会！这是好样的……”

瓦尔拉莫夫目不转睛地凝视着村子，在说什么；小公马在不耐烦地捣着蹄子。

“瓦尔拉莫夫先生，”潘杰列摘下帽子，喊了一声，“派斯乔普卡去一趟吧！叶美良，喊一声，打发斯乔普卡去一趟！”

不过这时从村里总算出来了一个骑马的人。他尽力向旁边歪着身子，鞭子举得高过头顶，像表演马术似的，想使大家惊叹他的勇敢，鸟一般朝车队飞来。

“这大概是他的巡视员。”潘杰列说，“他手下这种人，也就是巡视员，有一百，也许还要多。”

跑到第一辆货车旁边，骑马人勒住了马，摘下帽子，递给瓦尔拉莫夫一个小本子，瓦尔拉莫夫从小本子里抽出了几张纸来，读完了喊道：

“伊万丘克的报告在哪儿?”

骑马人接过小本子，浏览了一下纸片，耸了耸肩膀，他开始说起什么来，大概在给自己辩解吧，然后请求再到村里去一趟，小公马突然动了一下，好像瓦尔拉莫夫变重了，瓦尔拉莫夫也动了一下。

“滚！”他气呼呼地喊了一声，对着骑马人挥舞了一下鞭子。

然后他掉转马头往这边走来，他翻阅着小本子里的文件，小公马慢慢地在车队旁边走着。等他走到最后一辆车旁边的时候，叶戈鲁什卡睁大眼睛，想更清楚地看看他的长相。瓦尔拉莫夫已经老了。一张普通的俄罗斯人的脸，晒得黝黑，被露水打得红扑扑、湿淋淋的，布满青筋，脸上长着一小撮白胡子，一副盘算生意的枯燥神情，跟伊万·伊万内奇一样，也是一个业务狂。不过在他和伊万·伊万内奇之间毕竟能感觉出差别来！伊万·伊万内奇的脸上除了盘算生意的枯燥神情以外，总有担心的神色，怕找不到瓦尔拉莫夫，怕迟到，怕放过好价钱。仰人鼻息的小人物身上的诸如此类的表现，在瓦尔拉莫夫脸上和身上都是看不到的。瓦尔拉莫夫自己规定价钱，谁也不找，谁也不依靠，虽然外表普普通通，但是处处，甚至拿马鞭的姿势，都令人觉得他意识到自己的力量和在草原上举足轻重的地位。

他骑马从叶戈鲁什卡旁边过的时候，他一眼也没看叶戈鲁什卡，只有那匹小公马肯赏光，用愚蠢的大眼看了叶戈鲁什卡一下，但是也是冷漠的。潘杰列向瓦尔拉莫夫鞠了一躬，瓦尔拉莫夫看到了，眼睛没离开文件，嘴里说了一句：

“你好，老人家！”

瓦尔拉莫夫同骑马人的谈话以及挥舞马鞭，看来给整个车队都留下了不愉快的印象。大家脸上的表情都是严肃的。骑马人被强者的愤怒弄得垂头丧气，摘下帽子，放下缰绳，站在最前边那辆货车旁边，沉默着，好像不相信自己的一天会开始得这么糟糕。

“暴躁的老头子……”潘杰列念叨说，“糟糕，这么暴躁！不过没关系，好人……不平白无故地欺负人……不错……”

瓦尔拉莫夫看完文件，把小本子揣到衣袋里，小公马好像明白了他的意思，不等他下令，就振作精神，沿大道跑起来。

7

第二天夜里车夫们也照样半路上停下来休息，熬粥。这一次从一开始，大家就感到一种无名的惆怅，天气闷热，大家喝了很多水，仍然不解渴。月亮升起来，红得厉害，满脸阴郁神色，好像病了，星星的神色也是阴郁的，夜雾沉沉，远方一片模糊，自然界好像预感到什么，正在焦虑。

篝火旁边已没有昨夜的热闹与闲聊了，大家都感到烦闷，不爱说话，潘杰列只是叹气，抱怨脚疼，常常提到暴卒。

德莫夫趴在地上默默地嚼着一根干草，脸上的表情是厌恶的——好像干草的气味难闻似的——又是凶狠的，疲惫的……瓦夏抱怨颌骨疼，预言说要变天，叶美良没有挥舞手臂，坐在那里一动不动，闷闷不乐地凝视着火堆，叶戈鲁什卡也感到不好受，慢腾腾的旅行折磨得他疲惫不堪，白昼的炎热弄得他的脑袋现在还疼。

粥熬好以后，德莫夫由于百无聊赖而开始找伙伴们的茬儿。他恶狠狠地瞪着叶美良说：

“瘊子，你干吗大模大样地坐在那里第一个动勺子！好吃懒做！总想先坐到锅旁边。当过唱诗班歌手，就以为是老爷啦！像你那样的歌手在大道上要饭的有的是！”

“你找什么茬儿？”叶美良也恶狠狠地瞪着他说。

“先坐到锅旁边，自以为了不起！”

“你不过是个混账罢了！”叶美良用嘶哑的嗓音说。

潘杰列和瓦夏知道这种谈话常常会以什么结束，便加以干预，劝德莫夫不要无故吵架，德莫夫不肯罢休，讥笑着说：

“歌手……每个人都会唱。坐在教堂台阶上去唱好啦：‘看在基督分上，给点儿施舍吧！’有什么了不起！”

叶美良沉默着，他的沉默使德莫夫火冒三丈。德莫夫更加仇恨地瞪着叶美良：

“不想搭理你，要不就教教你看清自己是什么东西！”

“干吗跟我纠缠起来没有完，你这个马泽帕[1]？”叶美良发火了，“我惹你啦？”

“你叫我什么？”德莫夫直起身来，眼里充满血丝，问道，“什么？我是马泽帕？对吗？那就给你点教训！去找吧！”

德莫夫从叶美良手里把勺子夺过来，朝旁边很远的地方扔去。基留哈、瓦夏和斯乔普卡立即起来跑去找，叶美良眼里含着祈求和疑问盯着潘杰列，他的脸突然变小，布满了皱纹；他眨了眨眼，像孩子似的哭起来。

叶戈鲁什卡早就恨德莫夫，这时突然觉得天气闷得受不了，篝火烤得脸灼热难耐，想快些跑回黑影里的货车上去，可是德莫夫凶狠无聊的眼神把他吸引过去。他想讲几句非常解恨的话。他走到德莫夫身边，呼哧呼哧地喘着粗气说：

“你最坏！我忍受不了你！”

说完以后，本应回车上去，可是他挪不动脚步，继续说：

“到了阴间，你在地狱里要被火烧！我要告诉伊万·伊万内奇！不许你欺负叶美良！”

“又钻出来一个，瞧瞧！”德莫夫冷笑了一下，“一个小崽子，嘴巴上的娘奶还没干，就想发号施令。要不要揪你的耳朵？”

叶戈鲁什卡觉得喘不上气来；他猛然全身哆嗦起来——以前从来没有发生过这种情况——跺着脚，尖叫着：

---

① 伊万·斯捷潘诺维奇·马泽帕（1644—1709），第聂伯左岸乌克兰地区盖特曼（1687—1708），主张乌克兰脱离俄国独立，1700—1721 年间北方战争中公开转向瑞典国王查理十二世一边，当时被视为卖国贼。

"揍他！揍他！"

他眼里涌出泪水，感到害臊，趔趄着朝货车跑去。他没有看到他的尖叫引起了什么反应。便躺在羊毛捆上，他哭着，抽动着手脚，低声喊着：

"妈妈！妈妈！"

这些人，篝火周围的憧憧黑影，黑糊糊的羊毛捆，一刻不停地在远方闪烁的电光——这一切都使他觉得阴森可怕。他心惊胆战，绝望地问自己：怎么会到了这么个陌生的地方，跟这些可怕的庄稼汉结伴同行？舅舅、赫里斯托弗神甫和德尼斯卡如今在哪里？怎么这么久还不来？他们是否把他忘了？一想到自己被忘在这里无依无靠，他便感到不寒而栗，几次想跳下车去，头也不回，沿着大道跑回去；可是想到路上必然要遇到的阴森忧郁的十字架，看到远方闪闪的电光，便打消了念头……只有低声叫着"妈妈！妈妈！"时，他才觉得轻松些……

车夫们大概也感到心惊胆战。叶戈鲁什卡跑着离开了火堆之后，他们先是久久地沉默着，后来是压低声音谈论起来什么东西正在到来，必须赶快收拾躲开……他们匆匆忙忙吃完晚饭，熄灭篝火，默默地套起车来。看他们匆匆忙忙的样子和断断续续交谈的神色，可以断定他们预见到了什么灾难。

动身以前，德莫夫走到潘杰列跟前，低声问道：

"他叫什么名字？"

"叶戈里……"潘杰列答道。

德莫夫一只脚踩着车轮，抓住捆羊毛捆的绳子，爬到车上。叶戈鲁什卡看到了他的脸和卷曲的头发，他的脸是苍白的、疲倦的、严肃的，但已没有怒气，他轻声说：

"叶戈鲁什卡！喏，打吧！"

叶戈鲁什卡惊奇地看了看他，这时闪电亮了一下。

"没关系，打吧！"德莫夫又说了一遍。

没等叶戈鲁什卡打他或跟他说什么，他就跳下车去，说：

"我烦闷哪！"

说完就扭动着肩胛骨一踘一踘地沿着车队朝前走去，用一种既像哭又像抱怨的声调重复着：

"我烦闷哪！主啊！你别生气，叶美良，"他从叶美良身旁经过时说，"我们的生活糟糕透啦，无法忍受啊！"

右边打了个闪，像在镜子里照出来似的，马上在远处也闪了一下。

"叶戈鲁什卡，接着！"潘杰列喊了一声，从下边递上来一件黑糊糊的大东西。

"这是什么？"叶戈鲁什卡问道。

"席子！要下雨啦，你用它遮遮雨。"

叶戈鲁什卡坐起来，看了看周围的情况。远方明显地黑了，电光闪得更勤了，像眨眼似的不停地闪着，远方的黑影像被重量压着，向右边倾斜过去。

"老爷爷，要有大雷雨吗？"叶戈鲁什卡问道。

"唉，我的受凉的病脚啊！"潘杰列没听到他的问话，跺着脚呻吟着说。

左边好像谁在天上划了一根火柴，一道苍白的磷光闪了一下就熄灭了。接着传来一阵响声，好像很远的地方有人在铁房顶上走动。大概是光脚在上面走动的，因为那被踩的铁皮发出沉闷的隆隆声。

"要下大雨啰！"基留哈喊道。

右边远方与地平线之间闪了一道电光，非常亮，把一部分草原以及乌云与晴天交界的地方都照亮了，可怕的乌云黑压压的一片，缓缓涌过来，在这片乌云的边缘还垂着一些又大又黑的奇形怪状的云块；左右两边的地平线上也是这样一些云块互相挤压着堆积在那儿，云块褴褛蓬乱的样子使乌云像一个醉醺醺的寻衅闹事的无赖，雷在清楚而不含混地唠叨着，叶戈鲁什卡画了个十字，急忙穿上了外套。

"我烦闷哪！"从前面的货车旁边传来了德莫夫的喊声。根据声音可以断定，他又开始发火了，“烦闷哪！”

猛然刮来一阵风，风力那么大，差一点把叶戈鲁什卡手里的包裹和席子刮走。席子被风吹动，向四面八方飞舞，抽打着羊毛捆和叶戈鲁什卡的脸。风呼啸着飞掠在草原上，胡乱打着旋儿，跟野草一起掀起了那么大的喧嚣声，使得雷声和货车吱呀声都听不到了。风是从乌云那边刮来的，带来了飞扬的尘土以及雨和湿土的气息。月光暗淡了，好像被弄脏了似的；星星更加忧郁，可以看到，被刮起的尘土带着它们的影子正在沿着路边匆忙地往回赶。一个个旋风现在大概打着旋儿带着地上的尘土、枯草和鸟的羽毛升到天上去了。风滚草可能正在乌云旁边飞呢，它们一定很害怕！可是尘土飞扬，除了闪电，什么也看不见。

叶戈鲁什卡估计马上要下雨，便跪起来遮上席子。

“潘杰列——耶！”前面有人喊，“啊……啊……哇！”

“听不着！”潘杰列拖着长腔大声回答。

“啊……啊……哇！啊里……呀……啊！”

雷愤怒地响起来，在天上从右边滚向左边，然后又回来，在前面的货车附近停了下来。叶戈鲁什卡画了个十字念叨说：

“圣哉！圣哉！圣哉！主——全能的上帝！愿你的荣耀充满天地……”①

天上的乌云张开大嘴喷出一道白光，马上又响起了雷声，雷声刚停，又打了一个闪，这闪那么大，竟使叶戈鲁什卡透过席子缝隙突然看到了很远很远的一段大道，看到了全体车夫，甚至基留哈的坎肩。黑色的云块已从左边升到高空，其中一块又野又笨，像一只大爪子，朝月亮伸去。叶戈鲁什卡决定紧紧闭上眼睛，不理不睬，等一切结束再说。

雨不知为什么还没开始下。叶戈鲁什卡心想乌云也许这么飘过去，便从席子里向外看了一下。黑得吓人。他看不见潘杰列，看不

---

① 见《圣经·新约·启示录》。

见羊毛捆，连自己也看不见；他朝方才月亮所在的地方瞥了一眼，那儿也跟货车上一样黑，黑暗中的闪电显得更白更刺眼，眼睛被刺得生疼。

“潘杰列！”叶戈鲁什卡叫了一声。

没有回答。不过风终于最后一次拽了一下席子，就不知跑到什么地方去了。传来一阵均匀平缓的唰唰声。一个冰凉的大水滴落到了叶戈鲁什卡的膝盖上，另一个水滴在他的手上爬动。他发现膝盖没有盖住，想正正席子，可是这时什么东西刷刷地洒落在大道上，接着洒落到车辕上、羊毛捆上。这是雨。雨跟席子好像一见如故，叽里呱啦、兴高采烈地唠起来，非常令人讨厌，像两只喜鹊唧唧喳喳没有个完。

叶戈鲁什卡跪着，准确些说是坐在靴子上。雨敲打席子的时候，他就把身子向前探着，以便用身子遮住膝盖，膝盖突然湿了。膝盖遮住了，可是没过一分钟后面腰以下部分和小腿肚子却感到湿得厉害，很不舒服。他又恢复了原来的姿势，让膝盖听凭雨淋。他开始琢磨怎样才能摸黑把看不见的席子整好。可是他的两臂已经湿了，水流进了衣袖和衣领里，肩胛骨感到冰凉。于是他决定什么也不做了，一动不动地坐着等一切结束。低声念叨着：

“圣哉！圣哉！圣哉！……”

他的头顶上突然响起了一阵可怕的震耳欲聋的坼裂声：天破了。他弯下腰，屏着呼吸，等碎块落到他的后脑勺和后背上。他无意中睁开了眼睛，看到他的手指上、湿淋淋的衣袖上、从席子流下来的水流上、羊毛捆上和下边地上迸出了一片耀眼的光芒，接着闪了五六下，传来一声新雷，也是那么响、那么可怕，天空发出的已不是隆隆声，而是干巴巴的迸裂声，像枯干的树裂开的声音。

“特啦呵！嗒呵！嗒呵！嗒呵！”雷清脆地响着滚过天空，绊了几下，在前面的货车附近还是在身后很远的地方跌落下来，发出了愤怒的一声“特啦！……”

方才闪电只是可怕，现在在这雷声衬托下则令人觉得是大祸临头了，它的魔光能透过闭着的眼皮，能使全身不寒而栗，怎样才能不看到它呢？叶戈鲁什卡决定把身子转向后边，他小心翼翼地好像怕被什么人看到似的趴下来，用手掌摸着湿淋淋的羊毛捆转过了身子。

“特啦呵！嗒呵！嗒呵！”雷声掠过他的头顶，落到货车下边，爆发出一声“咔嚓！”

眼睛又无意之中睁开了，叶戈鲁什卡看到了一种新的威胁：三个硕大无朋的巨人扛着长矛跟在车后面。电光在矛尖上闪了一下，很清楚地照亮了他们的身影。这是三个身材高大的人，遮着脸，低着头，迈着沉重的步伐。他们好像闷闷不乐，在忧虑什么。也许他们跟在车后面不是想干坏事，可是他们在旁边总叫人觉得可怕。

叶戈鲁什卡迅速把身子转向前面，全身哆嗦着喊道：

“潘杰列！老爷爷！”

“特啦呵！嗒呵！嗒呵！”天空回答了他。

他睁开眼，想看看车夫们是否存在，电光在两个地方闪了一下，把很远很远的一段大道、整个车队和全体车夫都照亮了，路上淌着雨水，水面上蹦着水泡。潘杰列在车旁边走着，他的高筒大檐礼帽和两肩上面遮了一块不大的席子；从举止上看不出惊恐不安的迹象来，好像雷把他耳朵震聋、闪电把他眼睛刺瞎了。

“老爷爷，巨人！”叶戈鲁什卡哭着对他喊了一声。

可是老爷爷没听到。他前面走的是叶美良。叶美良披着一张大席子，从头到脚都盖住了，现在看上去全身像个三角形。瓦夏什么也没有披，迈步仍然像个木偶，两腿高高地举起来，膝盖不打弯儿，在闪电的照耀下，整个车队好像不动，车夫好像凝固，瓦夏的一条腿举起来，停在空中……

叶戈鲁什卡又叫了一声老爷爷。没有得到回答，他就一动不动地坐下来，再也不期待一切会结束了。他深信：雷马上就会把他击死，无意中一睁眼睛就会看到可怕的巨人。他已经不画十字，不叫老爷爷，不想妈妈，他已经被寒冷和恐惧折磨得麻木了，他相信暴风雨永远也不会结束。

可是他突然听到有人喊他：

“叶戈鲁什卡，你睡啦？”潘杰列在下边喊他，“下来，聋啦，小傻瓜！……”

“这才是暴风雨呢！”一个陌生的男低音说完，啧啧了两声，好像喝了一杯好酒似的。

叶戈鲁什卡睁开了眼，下边车旁边站着潘杰列、呈三角形的叶美良和三个巨人。巨人们现在矮多了，叶戈鲁什卡仔细打量了他们一下，他们原来是些普通庄稼汉，肩上扛的不是长矛，而是铁叉。在潘杰列和三角形之间是一座农舍的闪着灯光的窗户。这就是说，车队停在村子里。叶戈鲁什卡扔下席子，拿起包裹，急忙下车。现在尽管仍然雷声震耳，满天闪电，但旁边有人讲话，窗户里亮着灯光，叶戈鲁什卡已不觉得害怕了。

“好雨，不错……”潘杰列念叨着，“上帝保佑……脚浇湿了一点儿，没有关系……下来啦，叶戈鲁什卡？进屋吧……没有关系……”

“圣哉！圣哉！圣哉！”叶美良祷告着，“一定什么地方雷击了……你们是当地人吗？”他问巨人。

“不，是从格利诺沃村来……我们是格利诺沃村的，在普拉杰尔老爷家干活。”

“打场吗？”

“什么都干，目前也收割小麦。啊，这闪电！好久没有这样的雷雨啰……”

叶戈鲁什卡进了屋。一个尖下颏、驼背的瘦老太婆迎接他。这老太婆手里拿着脂油做的小蜡烛，眯缝着眼，拖着长腔叹息着。

“上帝送来了多大的雷雨啊！”她说，“我家的人在草原上过夜呢，一定要受罪啦，可怜见儿的！脱了吧，孩子，脱了吧……”

叶戈鲁什卡冻得直哆嗦，难受地缩着身子，把湿透了的外套脱下来，然后宽宽地叉开两腿，张开两臂，站在那里，许久不敢动。

每一个微小的动作都会使他感到又湿又凉，很不舒服。布衫的两袖和后背都湿透了，裤子贴到了腿上，从头顶往下流着水……

“小伙子，叉腿站着干吗？”老太婆说，“去坐下！”

叶戈鲁什卡宽宽地跨着两脚，走到桌子跟前坐到长凳上，靠着谁的头。头动了一下，鼻孔里呼出了一股气，嘴咀嚼了一下，便安静下来。长凳上头以下像个丘陵似的高出来一块，上面盖着一件羊皮大衣，这是一个农妇睡在那里。

老太婆叹着气出去了，不一会儿就拿回来一个西瓜和一个香瓜。

“吃吧，孩子！再没有什么可招待你……”她打着呵欠说完，就在桌子里翻腾出一把又长又尖、很像客店里强盗杀商人用的刀来，“吃吧，孩子！”

叶戈鲁什卡像发疟子似的哆嗦着就着一块香瓜吃了一块黑面包，接着又吃了一块西瓜，结果他觉得身上更冷了。他吃东西的时候，老太婆叹息着说：

“我家的人在草原过夜……主受难……本应在圣像前点支蜡烛，可是不知斯捷潘妮达放到哪儿啦。吃吧，孩子，吃吧……”

老太婆打了个呵欠，把右手伸到背后去挠了挠左肩膀。

“现在大概是半夜两点，快起床啦。”她说，“我家的人在草原过夜……大概都湿透了……”

“老奶奶，”叶戈鲁什卡说，“我想睡觉。”

“躺下吧，孩子，躺下吧……”老太婆叹了口气，打着呵欠说，“主基督耶稣！我正睡呢，好像听到有人敲门，醒来一看，这是上帝送来了雷雨……想在圣像前点支蜡烛，可是没找着。”

她自言自语地说着，从长凳上卷起了一堆破烂儿，这大概是她的被褥，从炉子旁边的钉子上摘下两件羊皮大衣，给叶戈鲁什卡铺床。

“雷雨不停，”她唠叨着，“闪电可别引出火灾来，我家的人在草原过夜……躺下吧，孩子，睡吧……基督跟你同在，孩子……香瓜，我不收拾啦，也许你醒了以后想吃。”

老太婆的叹息和呵欠，睡梦中的农妇的均匀的呼吸声，屋里的昏暗以及窗外的雨声都令人产生睡意。叶戈鲁什卡不好意思在老太婆面前脱衣服，他只是脱了靴子，就盖上羊皮大衣躺下了。过了一分钟，他听到潘杰列低声问道：

“小家伙躺下啦？”

“躺下啦！”老太婆低声答道，“主受难！雷响个不停，没完没了……”

“马上就要过去啦……”潘杰列坐下低声说，“小些了……小伙子们都分散到各家避雨去了，留下两个看马……小伙子们哪……不行……有人偷马……坐一会儿就去换班……不行，有人偷……”

潘杰列和老太婆并排坐在叶戈鲁什卡腿旁边，低声闲聊着，不时叹口气，打个呵欠。叶戈鲁什卡无论如何也没暖和过来，他身上盖着又厚又重的羊皮大衣，可是浑身直哆嗦，手脚缩成一团，肚子里直打战……他在羊皮大衣下边脱掉了衣服，可是这无济于事，寒战越来越厉害。

潘杰列出去换班。他回来时，叶戈鲁什卡仍然没睡着，浑身直哆嗦。有什么东西在压着他的脑袋和胸膛，他感到压得难受，他不知道是什么东西：是两个老人的低声闲聊还是浓重的羊皮味？嘴里吃完西瓜和香瓜后留下了一股不舒服的金属味。再加上跳蚤咬。

“老爷爷，我冷！”他说完，听不出自己的声音来了。

“睡吧，孩子，睡吧……”老太婆叹了口气。

季特迈着两条细腿走到床前，挥舞了一阵双手，然后就长得够着了天花板，变成了风车。赫里斯托弗神甫不像坐在马车上的那副模样，而是穿着整齐的法衣，手里拿着洒圣水的刷子，在风车周围走动着，往风车上洒圣水，风车不动了。叶戈鲁什卡知道这是幻觉，便睁开了眼睛。他喊了一声：

“老爷爷！给我点儿水！”

没有人答应，他闷得难受，躺着不舒服。他起来穿好衣服，出了屋。已经是早晨了。天阴沉沉的，但已不下雨了。他哆嗦着披上湿外套，穿过泥泞的院子，一片寂静，他谛听着。一个小畜棚，芦苇做的小门半开着，映入他的眼帘。他往小畜棚里瞥了一眼，走进去，坐到昏暗角落里的一块干粪砖上。

昏沉的脑袋里乱糟糟的，嘴里发干，而且被金属味弄得不好受。他端详了一阵帽子，正了正上面的孔雀翎子，想起了跟妈妈一起去买这顶帽子的情景。他把手伸到衣袋里，摸出来一块褐色的黏糊糊的腻子。这块腻子怎么会到了衣袋里？他想了想，闻了闻：有蜜味。啊，这是犹太人给的饼干！可惜，怎么泡成这样！

他端详了一阵外套。他的外套是灰色的，缝着硕大的象牙扣子，是模仿法国式外套做的。这是一件贵重的新东西，在家里时从来不挂在厅里挂衣服的地方，而是挂在卧室里，跟妈妈的衣裳挂在一起；只有节日才允许穿。叶戈鲁什卡看了看它，可怜起它来，想起来他和外套都被抛弃了，再也回不了家了，于是便嚎啕大哭起来，差一点儿从干粪砖上摔下来。

一只大白狗被雨浇得湿漉漉的，脸上的毛一绺一绺的像卷发纸，进到畜棚里，好奇地盯着叶戈鲁什卡。看来它在考虑叫还是不叫。断定不需要叫以后，它便小心翼翼地走到叶戈鲁什卡跟前，把那块腻子吃完就出去了。

“这是瓦尔拉莫夫手下的人！”街上有人喊了一声。

叶戈鲁什卡哭够了，就从畜棚里出来，绕过水洼，到了街上。货车恰恰停在门前的道上。车夫们浑身湿淋淋的，满脚泥泞，像秋天的苍蝇似的无精打采，困倦不堪地在旁边走动着或坐在车辕上。叶戈鲁什卡看了看他们，心想：“当个庄稼汉多么无聊、多么受罪啊！”他走到潘杰列旁边，跟他并排坐到车辕上。

“老爷爷，我冷！”他哆嗦着把手往衣袖里抄着说。

“不要紧，快到地方了。”潘杰列打了个呵欠说，“不要紧，会暖和过来的。”

车队动身很早，因为天不热。叶戈鲁什卡躺在羊毛捆上，不久太阳就出来把他的衣服、羊毛捆和地上都晒干了，但他仍然冻得直哆嗦，他一闭上眼睛就又看到季特和风车。他感到恶心、浑身发沉，便竭力驱赶这些幻象，可是这些幻象刚一消失，淘气包德莫夫便两眼通红举着双拳吼着向他扑来，要不就听到他喊：“我烦闷哪！”瓦尔拉莫夫骑着哥萨克小马从眼前跑过去，幸福的康斯坦丁面带微笑拿着大鸨走过去。而这些人都令人憎恶，无法忍受，讨厌极了！

有一次——这已是傍晚了——他抬起头来要水喝。车队停在一座大桥上。桥下是一条大河，河上黑烟弥漫。透过黑烟可以看到一艘轮船在拖着驳船。前方河对岸是一座大山，山上盖满了五光十色的房屋和教堂；山脚下在一辆辆货车车厢旁边奔驰着一辆机车……

以前叶戈鲁什卡从来没有见过轮船、机车、大河。现在看到这些，他既没有害怕，也没有吃惊；他脸上连一点类似好奇的神色都没有。他只是觉得恶心，他急忙把胸膛趴到羊毛捆边上。他吐了，潘杰列看到这种情形，咳了一声，摇了摇头，说：

“我们的小伙子病了！大概是肚子着凉……小伙子……出门在外……糟糕！”

8

车队停在离码头不远的一家货栈里。下车的时候，叶戈鲁什卡听到了一个很熟悉的声音。一个人扶着他下车，说：

“我们昨天晚上就到了……今天等了你们一天，昨天想追上你们，可是不巧，我们走了另一条路。哎呀，你把外套揉成这个样子！等着舅舅说你吧！”

叶戈鲁什卡凝视着说话人的大理石般的脸，想起来这是德尼斯卡。

“舅舅和赫里斯托弗神甫现在在房间里。”德尼斯卡接着说，“他们在喝茶呢，走吧！”

他把叶戈鲁什卡领到一座二层大楼，这座楼黢黑阴森，像N市慈善堂。穿过门廊、阴暗的楼梯和又长又窄的走廊，他俩进了一个小房间，伊万·伊万内奇和赫里斯托弗神甫果然坐在茶桌旁边。看到孩子，两个老人脸上显出了惊喜的神色。

“啊，叶戈鲁什卡先生！”赫里斯托弗神甫用戏谑的口吻招呼着，“未来的罗蒙诺索夫！”

“啊，贵族驾到！”库兹米乔夫也高兴得开起玩笑来，“欢迎，欢迎。”

叶戈鲁什卡脱掉大衣，吻了吻舅舅和赫里斯托弗神甫的手，坐到桌旁。

“路上怎样，可爱的小男孩[①]？”赫里斯托弗神甫问着，给他倒着茶，照常容光焕发地微笑着，“大概腻烦了吧？千万不能坐货车或牛车走路！走啊走啊，真要命，往前一看，仍然是平展展的草原：看不见边儿！不是走路，纯粹是活受罪。你怎么不喝茶？喝吧！你在车上颠簸的时候，我们把所有事情都漂漂亮亮地干完了。上帝保佑！羊毛卖给了切列帕欣，价钱不错……挣了不少。”

叶戈鲁什卡一看到亲人就抑制不住要抱怨的愿望。他没有听赫里斯托弗神甫说什么，心里在琢磨从哪儿开始以及抱怨什么。可是赫里斯托弗神甫的声音听起来好像尖溜溜的，不舒服，妨碍他集中注意力，搅乱了他的思路。没有坐过五分钟，他就站起来，到沙发上躺下了。

“怎么这样！”赫里斯托弗神甫惊奇地说，“不喝茶啦？”

叶戈鲁什卡琢磨着抱怨什么，前额倒到沙发的靠背上突然哭了起来。

“怎么这样！”赫里斯托弗神甫重复了一句，站起来朝沙发走去，“叶戈鲁什卡，哭什么？怎么啦？”

“我……我病了！”叶戈鲁什卡说。

---

① 原文为拉丁语。

“病了？”赫里斯托弗神甫不安起来，“这可不好，老弟……出门在外怎么可以病呢？哎呀，老弟，你……嗯？”

他把手贴到叶戈鲁什卡的头上试了试，碰了碰他的脸腮，说：

“是的，头发热……你大概是感冒了或者吃了什么……祈祷上帝吧。”

“给他奎宁吃……”伊万·伊万内奇焦虑地说。

“不，得给他些热东西吃……叶戈鲁什卡，想喝点儿汤吗？嗯？”

“不……不想……”叶戈鲁什卡答道。

“你冷吗？”

“原来是冷，现在……现在是热，浑身疼……”

伊万·伊万内奇走到沙发前摸了摸叶戈鲁什卡的头，焦虑地咳了一声，回到了桌旁。

“这么办吧。你把衣服脱了，睡一觉。”赫里斯托弗神甫说，“你需要睡够觉。”

他帮助叶戈鲁什卡脱掉衣服，给了他一个枕头，帮他盖上了被，被上边又压上了伊万·伊万内奇的外套，然后踮着脚尖回到桌子旁边坐下。叶戈鲁什卡一闭上眼睛马上就觉得自己不是在房间里，而是在路上的火堆旁边，叶美良在挥舞着一只手，德莫夫瞪着血红的眼睛趴在地上讥讽地瞧着他。

“揍他！揍他！”叶戈鲁什卡喊道。

“说胡话……”赫里斯托弗神甫说。

“真操心！”伊万·伊万内奇叹了口气。

“得用油和醋给他搽搽身子。上帝保佑，明天会好的。”

为了摆脱讨厌的梦幻，叶戈鲁什卡睁开眼睛看起灯火来。赫里斯托弗神甫和伊万·伊万内奇已经喝完茶，在低声谈什么。赫里斯托弗神甫在开心地微笑着，看来他无论如何也忘不了羊毛卖了个好价钱，使他快活的不是挣钱，而是这样一个打算：他到家后要把一大家子人召集到一起，挤眉弄眼地笑一阵，先骗他们，说羊毛赔本卖了，然后再把鼓鼓囊囊的钱包交给女婿，说：“喏，拿着，要这样做事才行！”库兹米乔夫看样子并不满意。他脸上仍然是盘算生意的枯燥神色。

“唉，要是知道切列帕欣肯出这样价钱，”他低声说，“那我在家里就不卖给马卡罗夫那三百普特了！真后悔！可是谁知道这儿提价了呢？”

一个穿白布衫的人进来收拾茶炊，并把屋角圣像前面的长明灯点上了。赫里斯托弗神甫对着他的耳朵低声嘀咕了句什么，那人像搞什么密谋似的做出了一个神秘的表情——那意思是说明白啦，出去不大一会儿，又回来在沙发下边放了一个小碟子。伊万·伊万内奇在地板上铺好被褥，打了几个呵欠，懒洋洋地祈祷完便躺下了。

“明天我想上教堂去……”赫里斯托弗神甫说，“我有一个在那儿管理教堂用具的朋友，日祷后得去看看主教，据说他病了。”

他打了个呵欠，吹灭了油灯，现在只有长明灯亮着。

“据说他不接见人，”赫里斯托弗神甫一边脱衣服，一边继续说，“见不着他，我也要去。”

他脱掉长袍，一个鲁宾逊出现在叶戈鲁什卡面前。这个鲁宾逊在小碟子里搅和好了什么，走到叶戈鲁什卡跟前，低声说：

“罗蒙诺索夫，你没睡吗？起来！我用油和醋给你搽搽身子，这很好，祈祷上帝保佑吧。”

叶戈鲁什卡迅速坐了起来。赫里斯托弗神甫给他脱掉衬衣，缩着身子，断断续续地喘着，好像他自己痒似的，搽着叶戈鲁什卡的胸膛。

“以圣父、圣子、圣灵的名义……”他祷告着。“背朝上趴下！……就这样，明天会好的，以后可要留神……像火一样热！在路上遇雨啦？”

“是。”

“那怎么会不得病呢？以圣父、圣子、圣灵的名义……怎么会不得病呢！”

赫里斯托弗神甫给叶戈鲁什卡搽完，帮他穿上衬衣，盖好被，画了个十字就走开了。接着叶戈鲁什卡看到他向上帝祈祷。老人大概会背很多祷辞，因为他站在圣像前低声祷告了很久嘛。祷告完以后，他就对着窗户、门、叶戈鲁什卡、伊万·伊万内奇画了十字，躺在小沙发上，没枕枕头，盖着长袍睡了。走廊上的钟打了十下。叶戈鲁什卡想起来还要过很多时间才能等到早晨，愁得把头靠到沙发的靠背上，不再驱赶使他感到压抑的朦胧梦幻，可是早晨来得比他预期的快得多。

他觉得他把前额靠到沙发靠背上并没有躺多久，可是睁眼的时候，从房间的两扇窗户已都斜着向地板上投射阳光。赫里斯托弗神甫和伊万·伊万内奇都不在屋里。房间已收拾过，明亮、舒适，充满赫里斯托弗神甫身上常有的柏树和干矢车菊味道（他在家里常用矢车菊做洒圣水的刷子和神龛的装饰，因此他身上满是矢车菊的味道）。叶戈鲁什卡看了看枕头、斜着进来的阳光和自己的靴子——靴子已刷干净，并排摆在沙发前面，他笑了。他感到奇怪：他不是躺在羊毛捆上，周围干爽，天花板上也没有雷电。

他从沙发上跳下来，开始穿衣服。自我感觉好极了。昨天的病已全好了，只是觉得腿和脖子有些疲乏。这就是说油和醋起了作用。他想起了昨天模模糊糊看到过的轮船、机车和大河，便急忙穿好衣服，想跑到码头上去看看。等他盥洗完毕，穿上红布衫的时候，门锁突然响了，门槛上出现了赫里斯托弗神甫，他戴着高筒大檐礼帽，拿着权杖，帆布长袍外面罩了一件紫色丝绸法衣。他微笑着，容光焕发（老人们刚从教堂回来都是容光焕发的），把圣饼和一个什么纸包儿放到桌子上，祷告了一会儿，说：

“上帝发慈悲啦！喂，身体怎样？”

“现在好啦。”叶戈鲁什卡答完，吻了吻他的手。

“上帝保佑……我是做完日祷回来……去看了一个在教堂管用具的熟人，他请我到家喝茶，我没去。我不喜欢一大早到别人家里做客。不管它啦！”

他脱掉法衣，抚摸了一下胸膛，不慌不忙地打开纸包儿。叶戈鲁什卡看到了一听鱼子罐头、一块干咸鱼脊肉和法式面包。

“路过一家鲜鱼店买的。”赫里斯托弗神甫说，“平日没有必要奢侈，想到家里有个病人，好像情有可原，鱼子很好，是鲟鱼子……”

穿白衬衫的人端来了茶炊和餐具。

“吃吧。”赫里斯托弗神甫把一块面包抹上鱼子酱递给叶戈鲁什卡说，“现在好好吃好好玩，时候一到就要学习啦。记住，学习要聚精会神，要刻苦用功，为的是有出息。需要背的东西要背会，需要用自己的话讲述内容的地方就要学会用自己的话去讲述。要把各门学科都学好，有的人数学很好，可是对彼得·莫吉拉[①]却从未听说过；有的人知道彼得·莫吉拉，却不会解释月亮的情况，不，你应该学得什么都懂！要学会拉丁文、法文、德文……地理，当然，历史、神学、哲学、数学……当你不慌不忙地怀着祈祷努力把什么都学会了以后，你就去做事。当你无所不知的时候，你在任何情况下都会应付自如。你要先学习，积蓄天惠，将来上帝会指点你去干哪一行。当医生啦，当法官啦，当工程师啦……”

赫里斯托弗神甫在一小块面包上抹了一点点鱼子酱送到嘴里，说：

“使徒保罗说：为学不可猎奇，不可芜杂。当然，巫术魔法或者像扫罗[②]似的从阴间召唤亡魂的事，或者学了对自己对别人都没有好处的学问，最好都不学。只可以学上帝允许学的东西。你要思考……圣使徒会说各种语言，你也要学外语；伟大的瓦西里[③]学过数学和哲学，你也要学；圣涅斯托耳[④]写历史，你也要学历史写历史，

---

① 彼得·西梅奥诺维奇·莫吉拉（1597—1647），乌克兰教会政治和文化活动家，基辅与加利西亚都主教（1632—1647）。

② 见《圣经·旧约·撒母耳记上》。

③ 伟大的瓦西里（约330—379），基督教教会活动家，被尊为教会之父。

④ 涅斯托耳，希腊史诗中皮罗斯的统治者，以睿智著称。

要学圣徒的榜样……"

赫里斯托弗神甫喝了一口茶，擦擦胡子，晃了晃头，说：

"好！我受的是旧教育，而且许多东西已经忘了，即使这样，我生活得也跟别人不同。甚至不能相提并论。比方说，在大庭广众之中，在宴会上或者开会的时候用拉丁语说点儿什么，或者谈点儿历史或哲学，人们高兴，我自己也高兴……再比方说，地区法院来审理案件，需要举行宣誓仪式，别的神甫都缩手缩脚，我跟法官、检察官、律师却不拘礼节：谈谈学问，喝杯茶，开开玩笑，打听点什么……他们也高兴。所以，老弟……学习是光明，不学习是黑暗。学习吧！学习当然不容易：如今学费很贵……你妈妈孀居，靠抚恤金过日子，不过……"

赫里斯托弗神甫担心地看了看门，继续说：

"伊万·伊万内奇会帮助你。他不会不管你，他没有儿女，会帮你的，别担心。"

他作出一副严肃的神色，更加低声说：

"叶戈鲁什卡，你要记住，上帝保佑，可别忘了妈妈和伊万·伊万内奇。圣训教导要孝敬母亲，伊万·伊万内奇是你的恩人，代替你父亲。要是你有朝一日成了学者，可不要因为人们比你蠢而嫌弃他们，瞧不起他们，要是那样，你可就要糟糕啦！"

赫里斯托弗神甫举起一只手，用尖细的嗓音重复说：

"就要糟糕啦！糟糕啦！"

赫里斯托弗神甫讲起兴头来了，讲到吃午饭也不会停止，可是这时门开了，伊万·伊万内奇进来了。他匆忙打过招呼，就坐到桌子旁边，大口喝起茶来，说：

"好啦，事都办完了。本来今天就可以回家。还有叶戈鲁什卡的事要办，得把他安排好。妹妹说她有个女友叫纳斯塔西娅·彼得罗芙娜住在这儿，也许可以收他寄住。"

他在皮夹子里翻了一下，找出一封揉皱的信来，念道：

"'面交下小街纳·彼·托斯库诺娃，住自家房屋。'现在得去找她，真操心！”

喝完茶，伊万·伊万内奇和叶戈鲁什卡很快就离开了货栈。

“真操心！”舅舅嘟哝道，“你像牛蒡籽粘到我身上，真没有办法！你们要上学，要当贵族，我却跟着你们活受罪……”

他们穿过院子时货车和车夫已经不在了，车夫们一早就赶车上码头去了。院子的一个偏远角落里停着那辆四轮轻便马车，两匹枣红马拴在旁边吃燕麦呢。

“再见吧，马车！”叶戈鲁什卡在心里说了一句。

先是沿着一条林荫路往山上爬了好久，然后穿过一个大集市广场，伊万·伊万内奇在这儿向一个警察打听下小街在哪儿，警察笑了笑，说：

“啊！远着哪！从这儿往牧场那边走！”

路上遇到过出租马车，可是对出租马车，舅舅只有在特殊情况下而且过大节日的时候才肯享受。他和叶戈鲁什卡在石铺街道上走了好久，然后又沿着只有人行道、没有石铺马路的街道走，终于走上了一些既没有石铺马路又没有人行道的街道。当腿和舌头把他们引到下小街的时候，他们已满脸通红，摘下帽子擦起汗来。伊万·伊万内奇向坐在小铺儿门口的一个老头儿打听：

“请问，托斯库诺娃的家在哪儿？”

“这儿没有姓托斯库诺娃的。”老头儿想了想，答道。“也许是季莫申科吧？”

“不，是托斯库诺娃……”

“对不起，没有托斯库诺娃……”

伊万·伊万内奇耸耸肩膀，继续向前走去。

“别找啦！”老头儿在身后喊道，“我说没有就是没有！”

“请问大婶，”伊万·伊万内奇问一个在拐角摆摊卖葵花子和梨的老太婆，“托斯库诺娃的房子在哪儿？”

老太婆惊奇地看着他笑了。

“难道她现在有自己的房子吗？”她问道。“天哪，她女儿出嫁，她把房子给了女婿已经八年啦！现在房子是女婿住着哪。”

她的眼睛在说：“你们这些傻瓜，怎么连这么点儿事都不知道？”

“那她现在住在什么地方呢？”伊万·伊万内奇问道。

“天哪！”老太婆惊奇得拍着手喊道。“她早就住在租的住宅里啦，她已把房子给了女婿八九年啦。您怎么啦！”

她大概在等着伊万·伊万内奇也惊奇起来喊：“这不可能！”可是伊万·伊万内奇却平静地问道：

“她租的住宅在哪儿呢？”

老太婆卷起衣袖，用裸露的胳臂指着，用刺耳的尖声喊着：

“一直走，一直，一直，一直……过了小红房，左手有个小胡同，进了小胡同，右边数第三个大门……”

伊万·伊万内奇和叶戈鲁什卡走到小红房，往左拐进小胡同，朝右边数第三个大门走去。这个很破旧的灰色大门的两侧是灰色的板墙；板墙上裂了一些大缝子，右侧向院外倾斜得厉害，眼看要倒了，左侧往院里倾斜；大门笔直地立在那里，好像在考虑往哪儿倒更方便些，是往前倒好还是往后倒。伊万·伊万内奇打开旁门，同叶戈鲁什卡进了院。院子很大，长满了野蒿和牛蒡。在离大门一百步远的地方是一座小房，红房盖，绿护窗板。一个胖女人站在院子中间，卷着衣袖，一手撩起围裙，一手往地上撒着什么，嘴里用跟那个小商贩一样尖细的声音唤鸡：

“啾！啾！啾！啾！”

她身后是一条尖耳朵的棕红狗。狗一看到生人，便朝旁门跑来，用高音叫起来（所有棕红狗的叫声都是高音）。

“您找谁？”女人手搭凉棚看着伊万·伊万内奇喊道。

“您好！”伊万·伊万内奇也对她喊道，一边用手杖赶着狗。“请问纳斯塔西娅·彼得罗芙娜·托斯库诺娃住这儿吗？”

“住这儿！找她干什么？”

伊万·伊万内奇和叶戈鲁什卡走到她跟前。她怀疑地打量着他俩，又问了一遍：

“找她干什么？”

“也许您就是纳斯塔西娅·彼得罗芙娜吧？”

“对，我就是！”

“很高兴……您从前的女友奥尔加·伊万诺芙娜问候您。这是她的儿子。我呢，您也许记得，是她的亲哥哥伊万·伊万内奇……您是我们N市的人……您在那儿出生，出嫁……”

一阵沉默。胖女人呆呆地看着伊万·伊万内奇，好像不相信或者不明白似的，后来才大喜过望，拍了一下手掌——围裙里的燕麦全撒了——眼睛里迸出了泪花。她激动得喘着粗气，尖叫着：

“奥尔加·伊万诺芙娜！我亲爱的！哎呀，我这么傻站着干吗？我的好小天使……”

她抱起了叶戈鲁什卡，眼泪弄湿了他的脸，她哭起来了。

“天哪！”她激动地搓着手指说，“奥尔加的儿子！多叫人高兴！完全像妈妈！一模一样！你们站在院里干吗？快进屋！”

她一边走，一边哭着、喘着、说着，急忙回到屋里，客人跟在后面。她把客人领进一间摆满圣像和花盆的窒闷的小厅，说：

“我没有收拾！哎呀，圣母！瓦西里萨，去把护窗板打开吧！我的小天使！无法形容的漂亮孩子！我不知道奥尔加有这么个儿子！”

等她平静下来，跟客人熟了以后，伊万·伊万内奇请求跟她单独谈谈。叶戈鲁什卡走进了另一个房间：这个房间里摆着一台缝纫机，窗上挂着一个鸟笼子，里面养着一只椋鸟，屋里也摆了许多圣像和花盆，跟厅里一样。缝纫机旁站着一个小姑娘，晒得黑黑的，脸腮像季特，鼓鼓的，穿一件干干净净的花布连衣裙，目不转睛地看着叶戈鲁什卡，看来她觉得很拘束。叶戈鲁什卡看了看她，沉默了一会儿，问道：

“你叫什么？”

小姑娘动了动嘴唇，作出要哭的样子，低声说：

"阿奇卡……"

这是卡佳的小名。

"他要住在您这里，假如您同意的话。"伊万·伊万内奇在厅里低声说，"我们每月付给您十卢布，他这个孩子不淘气，老实……"

"真不知道跟您说什么好，伊万·伊万内奇！"纳斯塔西娅·彼得罗芙娜要哭似的叹着气说，"十卢布是不少，可是照管别人的孩子叫人害怕！万一病了什么的……"

叶戈鲁什卡被叫进厅里的时候，伊万·伊万内奇已手里拿着帽子站在那里告辞了。他说：

"怎么样？现在就让他留在你这里吧。再见！叶戈鲁什卡，留下吧！"他对外甥说，"在这儿别淘气，听纳斯塔西娅·彼得罗芙娜的话……再见！我明天还来。"

他走了。纳斯塔西娅·彼得罗芙娜又把叶戈鲁什卡抱起来，叫他小天使，哭够了，就开始摆桌子。三分钟后，叶戈鲁什卡已跟她并排坐在桌旁，回答着她没完没了的询问，吃着油腻滚热的菜汤。

晚上，他又坐在这张桌子旁边，一手支着头听纳斯塔西娅·彼得罗芙娜讲。她一会儿笑，一会儿哭，讲他妈妈年轻时的事，讲她自己出嫁的事，讲自己的儿女……蟋蟀在炉子里叫着，油灯的燃烧器在隐隐约约地响着。女主人低声讲着，常常激动得把顶针掉到地板上。卡佳，她的小外孙女，就爬到桌子底下去捡，她每次都在桌子下边坐很久，大概在端详叶戈鲁什卡的脚吧。叶戈鲁什卡听着，打着瞌睡，打量着老太婆的脸、长着黑毛的瘊子、泪痕……他感到忧伤，很忧伤！他被安排在大柜子上睡，并且告诉他夜里要想吃东西的话，就到小走廊上，那儿窗台上用碟子扣着一个做好的小鸡。

第二天早晨，伊万·伊万内奇和赫里斯托弗神甫来辞行。纳斯塔西娅·彼得罗芙娜很高兴，要摆茶炊，伊万·伊万内奇很忙，摆摆手说：

"我们没有工夫喝茶啦！马上就走。"

临别前，大家都坐下静默了一分钟。纳斯塔西娅·彼得罗芙娜深深地叹了一口气，用含着泪水的眼睛看了看圣像。伊万·伊万内奇站起来，说：

“这么说，你留下啦……”

盘算生意的枯燥表情突然从他脸上消失；他的脸稍稍红了一下，伤感地笑了笑，说：

“记住，好好学习……别忘了妈妈，要听纳斯塔西娅·彼得罗芙娜的话……要是你好好学习的话，我不会不管你。”

他从衣袋里掏出钱包来，转过身去，背对着叶戈鲁什卡在零钱里翻腾了好久，找出了一个十戈比银币给了叶戈鲁什卡。赫里斯托弗神甫叹了口气，不慌不忙地给叶戈鲁什卡祝福，说：

“以圣父、圣子、圣灵的名义……要学习，要劳动，老弟……要是我去世的话，要记住我，拿着吧，我也给你十戈比……”

叶戈鲁什卡吻了吻他的手。一个什么声音在他耳边悄悄告诉他说他再也见不着这个老人了。

“纳斯塔西娅·彼得罗芙娜，我已向学校递了申请。”伊万·伊万内奇说话的声音好像厅里停放着死人似的，“八月七号您领他去考试……那就再见吧！上帝保佑你们万事如意。再见啦，叶戈鲁什卡！”

“你们喝杯茶吧！”纳斯塔西娅·彼得罗芙娜呻吟着说。

叶戈鲁什卡泪眼模糊，没看到舅舅和赫里斯托弗神甫已经出去了。他跑到窗前，他们已不在院里了。刚才还吠叫的棕红狗已带着尽完义务的神气从大门口跑了回来。叶戈鲁什卡自己也不知为什么从屋里跑了出去，等他跑出大门的时候，伊万·伊万内奇摇着手杖，赫里斯托弗神甫摇着权杖正在往墙角那边拐。叶戈鲁什卡觉得跟这两个人迄今为止所经历的一切已像过眼烟云一样永远消失了，他疲倦地坐到板凳上，用痛苦的眼泪迎接了未知的新生活，这种新生活对他来说已经开始……

这种新生活会怎样呢？

灯 火

门外的狗惊慌地叫起来。工程师阿纳尼耶夫、他的助手大学生冯·施滕贝格和我走出工棚去看看狗在对着谁叫。我是客人，本来可以不出去，可是说老实话，我喝完酒头有些晕，乐得出来呼吸一下新鲜空气。

“谁也没有……”我们出来以后，阿纳尼耶夫说，“你怎么瞎叫呢，阿佐尔卡？浑蛋！”

周围一个人影也看不到。浑蛋阿佐尔卡是一只黑色的看家狗，大概为了让我们原谅它瞎叫吧，犹疑地走到我们跟前摇起尾巴来。工程师弯下腰摸了摸它两耳之间的部位。

“畜生，你怎么无缘无故地叫呢？”他用和善的人同小孩子和狗谈话的声调说，“做了个不好的梦吗？医生，我要请您注意，”他转身对着我说，“这东西非常神经质！您可以想象，它受不得孤独，总做可怕的梦，做了噩梦就难受，你要对它喊一声，它就会歇斯底里发作似的闹一阵。”

“不错，是一只很娇气的狗……”大学生附和说。

阿佐尔卡一定明白了他们在谈论它；它抬头哀嚎起来，好像想说：“是的，我有时痛苦得要命，可是请原谅！”

这是一个八月的夜，星斗满天，但却漆黑异常。也许因为我生平从来没有置身于现在偶尔陷入的特殊环境吧，我觉得这星光灿烂的夜是阴森冷漠的，比它实际上要黑。我站在一条正在修筑的铁路线上。已筑完一半的高高的路基，一堆堆沙、土和碎石，一座座工棚，一个个大坑，到处散扔的手推车，工人住的土窑周围的土台——所有这一切杂乱无章的景象，被黑夜染成了一种颜色，把大地变得荒诞离奇，像开天辟地以前的混沌时期似的。我面前的一切乱得一塌糊涂，在挖得乱七八糟的大地上看到人的轮廓和笔直的电线杆子都叫人觉得奇怪：人和电线杆子都破坏着画面的结构，好像不是这个世界的东西似的。万籁俱寂，只听得头上很高的地方，电线在哼着无聊的歌儿。

我们爬到路基上，从高处眺望大地。在离我们五十来俄丈远的地方，土坎、土坑、沙石堆都跟夜雾融为一体，那儿闪着一点昏暗的灯火。在这灯火后面是另一点灯火，接着是第三点，再过去一百来步是并排两只红眼睛——这大概是哪个工棚的窗户——和一长排这样的灯火，这排灯火越远越密，越远越暗，一直延伸到天际，然后呈半圆形，向左拐去，消失在远方的夜雾里。灯火屹然不动。在灯火里，在夜的寂静里以及在电线的忧郁的歌声里，令人觉得有一种共同的东西，好像有一个重要秘密被埋在路基下面，知道这个秘密的只有灯火、黑夜和电线……

"天哪，多么好的地方啊！"阿纳尼耶夫赞叹说，"多么辽阔多么美丽！瞧这路基！老兄，这不是路基，这是一座勃朗峰！值千百万……"

工程师微有醉意，触景生情，欣赏着点点灯火和值千百万的路基，拍了拍大学生的肩膀，用开玩笑的口吻说：

"怎么，冯·施滕贝格先生，有感触吗！看看自己的工作成果大概是很惬意的吧？去年这一带还是一片旷野，荒无人烟，现在瞧：生活，文明！这一切多好啊，真的！我们修筑铁路，而在我们之后，经过个一二百年，人们就会在这儿盖工厂、办学校、开医院——于是机器就沸腾起来啦！您说呢？"

大学生站在那里一动不动，两手插在衣袋里，凝视着灯火。他没有听工程师讲话，在想什么；看样子，他现在的心情是既不想说，也不想听。他久久地沉默之后，转身对我低声说：

"您知道这些没有尽头的灯火像什么吗？它们使我想起了早已

逝去的几千年前的往事，像亚玛利人或非利士人的军营，好像旧约时代的一个民族安营扎寨，等着早晨同扫罗或大卫决一死战①。只差号角声和哨兵用埃塞俄比亚语的问答声了。”

“有些像……”工程师赞同地说。

恰巧这时沿着铁路线刮过一阵风，带来一种声音像兵器的磕碰声。一阵沉默。我不知道现在工程师和大学生在想什么，可是我却觉得真在面前看到了一幅早已逝去的景象，甚至听到了哨兵用陌生语言的互相问答声。我的想象力在匆忙地描绘着帐篷、奇形怪状的人、他们的服装、盔甲……

“是的。”大学生在沉思中自言自语地说，“在这个世界上曾经生存过非利士人和亚玛利人，他们进行过战争，扮演过角色，现在连他们的痕迹也找不到了。我们将来也会这样。我们现在修筑铁路，站在这里发议论，过个两千来年，这条路基，这些干了一天重活正在酣睡的人们，连一点儿尘土都剩不下。这实质上是可怕的！”

“您把这些想法扔掉……”工程师严肃地用教训的口吻说。

“为什么呢？”

“因为……这种思想应当用来结束生活，而不是用来开始生活。您太年轻，不该有这种思想。”

“为什么呢？”大学生又问了一遍。

“什么人生短暂渺小啦，什么生活无目的啦，什么人生难免一死啦，什么墓穴阴暗啦，等等，以及诸如此类的高级思想，老弟，我认为对老年人来说是好的、自然的，因为它们是长期思索的结果，是通过痛苦得来的，的确是精神财富；对刚刚开始独立生活的青年来说，这种思想简直是不幸！不幸！”阿纳尼耶夫重复了一句，挥了一下手，“我看，在你这个年龄肩膀上干脆没有脑袋也比顺着这种路子去思索强。男爵，我这是认真对您讲的，我早就准备跟您谈谈这个问题，因为从我们认识的第一天起我就注意到您对这种可诅

---

① 见《圣经 · 旧约 · 撒母耳记上》。

咒的思想有偏爱！”

“天哪，为什么这种思想是可诅咒的呢？”大学生微笑着问道；从他的声音和表情可以看出来，他之所以回答只是出于普通的礼貌，对工程师挑起的争论，他丝毫不感兴趣。

我的眼皮直打架。我幻想：散步以后，我们马上互道晚安，躺下睡觉。可是我的幻想并没有很快实现。我们回到工棚以后，工程师把空瓶子收到床底下，又从大柳条箱里拿出两瓶未开封的，打开以后，坐到办公桌旁，显然想继续边喝边唠边工作。他抿着杯中酒，用铅笔在一些图纸上做着记号，继续向大学生证明大学生的思想是不对的。大学生坐在他旁边检验着一些数字，沉默着。他跟我一样，既不想说，也不想听。我为了不妨碍他们工作，等着随时有人请我上床睡觉，坐在离办公桌远远的工程师的弯腿行军床上，无聊地等着。已经是半夜十二点多了。

由于无事可做，我就观察起这两个新朋友来。阿纳尼耶夫也好，大学生也好，我从前都没有见过，只是我在所描写的这个夜里才认识他们。晚上很晚我骑马从集市上回我做客的那位地主家里去，摸黑走错了路，迷失了方向。在铁路线附近转悠，看到夜色越来越浓，我想起窥伺徒步和骑马的行人的“光脚铁棒”来，便胆怯敲了遇到的第一个工棚的门。阿纳尼耶夫和大学生热情地欢迎了我。像萍水相逢的陌生人之间常有的情况一样，我们很快就熟了，成了朋友；先是喝茶，然后是喝酒；我们已经觉得像多年的老朋友了。一个来小时之后，我已经了解到他们是什么人，命运怎样把他们从首都带到了遥远的草原，他们也了解了我是什么人，从事什么工作，有什么思想方式。

工程师阿纳尼耶夫膀阔腰圆，从外表看，他已像奥赛罗开始“步入老年之谷”①，开始发胖了。他正处于媒婆们所说的“男人正当年”的时期，也就是说，既不年轻也不老，喜欢吃吃喝喝，夸耀

① 见莎士比亚《奥赛罗》第三幕第三场。

夸耀过去，走路稍稍有点儿喘，睡觉鼾声响亮，对待周围的人已能表现出稳重平和的态度来——这种态度是有地位的人在升为校官、开始发胖的时候养成的。他的头发和胡须离发白还很远，可是他已不知不觉地屈尊俯就地称年轻人为“老弟”，并且觉得自己有权善意地嘲弄年轻人的思想方式了。他的动作和声音是稳重、平静、自信的，就像一个人清楚地知道自己已挣扎上了一条康庄大道，已有了固定的事业、固定的饭碗、固定的观点……他那晒得黝黑、长着大鼻子的脸和肌肉发达的脖子好像在说：“我吃得饱，身体好，心满意足，将来你们年轻人也会吃得饱，身体好，心满意足……”他身穿斜领花布衬衫和肥大的亚麻布裤子，裤腿塞在大皮靴里。某些细节，例如花哨的粗毛线腰带、绣花的衣领和胳臂肘上的补丁使我能够断定他已结婚，而且妻子一定很爱他。

冯·施滕贝格是交通学院的大学生，年轻，二十三四岁，只有淡褐色头发和稀疏的胡须以及相貌中的某些粗鲁枯燥成分使人想起他的远祖德国奥斯特泽男爵来，其余——名字、信仰、思想、风度和表情都是纯粹俄罗斯的。他跟阿纳尼耶夫一样，也穿一件花布衬衫，下摆没有塞在裤腰里，也穿一双大靴子，有些驼背，早就没有理发了，晒得黝黑；他不像大学生，不像男爵，像个普通的俄罗斯手艺人。他话语和动作很少，喝酒勉强，不想喝；机械地检验着数字，好像总在想什么。他的动作和声音也是稳重平静的，不过他的平静跟工程师的完全不同。晒得黝黑的、微带嘲弄神色的、沉思的脸，稍稍皱着眉头看人的眼睛以及全身都表现着心灵的凝滞，头脑的慵懒……他的眼神好像在说：一切都无所谓，灯亮也好，不亮也好；酒好喝也好，难喝也好；检验的数字对也好，不对也好……在他聪明平静的脸上，我看出来：“我还没有看到固定的事业、固定的饭碗、固定的观点有什么好的地方。这一切都毫无意义。我以前在彼得堡，现在坐在这个工棚里，秋天再回彼得堡，然后春天再回来……这一切有什么用，我不知道，谁也不知道……因此也就没有什么可议论的……”

他对工程师的话不感兴趣，只是用宽容的、心不在焉的态度听着，就像高年级军校学员听好心的老军士发议论似的。好像工程师所说的一切，在他看来都不新鲜，要是他自己不是懒得张嘴的话，他会说出一些更新更聪明的话来。阿纳尼耶夫并没有停下来，他已放弃了开玩笑的语调，他语气严肃，甚至有些激动，这跟他的平静的表情是完全不相称的。看样子，他对抽象问题并不是漠不关心的，他喜欢抽象问题，但不善于、不习惯加以表述。这对他的话影响很大，以致使我并没有马上明白他想说什么。

“我十分痛恨这种思想！”他说，“我年轻时沾染过这种思想，现在也没有完全摆脱干净，我要对您说——也许是因为我蠢，也许是这种思想跟我不对路——它除了恶，没有给我带来别的。这很明显！人生无目的，现世生活渺小短暂，所罗门的‘万事皆空’，这些思想曾经是，现在仍然是人类思维领域里迄今为止最高的终极阶段。思想家走到这个阶段就必须刹车啦！前面没有路了。正常头脑的活动到此结束，这是自然的，合乎情理的。我们的不幸就在于我们是从这个终点开始思索的。正常人用来结束的东西，我们用它来开始。我们从一开始，从头脑刚刚开始独立工作，就攀登最高的终极阶段，对那些低级阶段连知道也不想知道。”

“这有什么不好的呢？”大学生问道。

“要知道这是不正常的！”阿纳尼耶夫用差不多是生气的目光看了他一眼，喊道，“要是我们找到了一种方法可以不靠低级阶段的帮助爬上最高阶段的话，那全部漫长的阶梯即有声、有色、有思想的全部生活对我们就失去任何意义啦。这种思想在您这个年龄只能带来祸害和荒谬，您从您的独立的理性生活的每一步都可以看出来。比如，您现在坐下读达尔文或莎士比亚的什么著作。您刚读完一页，毒害就开始显示出来：您的漫长的生活，莎士比亚或达尔文在您看来都是胡扯、荒谬，因为您知道：您要死，莎士比亚和达尔文也都已经死了，他们的思想没有能救他们自己免于一死，也救不了世界和您；这样，既然生活失去了意义，那么，这些知识、诗歌和崇高思想便只不过是成年孩子无益的游戏、多余的玩具罢了。于是您读到第二页就停下了。再比如人们把您作为一个聪明人来向你请教，例如问战争问题：战争是否应该进行，是否合乎道德？您对这个问题的回答只能耸耸肩膀，用两句老生常谈搪塞过去，因为对您来说，在您的思想看来，几十万人横尸战场或寿终正寝是绝对一样的；二者的结果是一个——化为尘土，被遗忘。我们修筑铁路。试问，我们干吗伤脑筋、发明创造、打破陈规、怜惜工人、关心器材是否被偷呢，假如我们知道两千年后这条铁路将化为尘土的话？等等，等等……您会同意，在这种不幸的思维方式支配下，不可能有任何进步，不可能有科学、艺术乃至思维本身。我们自以为比群众，比莎士比亚聪明，而实质上是我们的思维工作等于零，因为降到低级阶段去——我们没有愿望，往高级阶段去——已无路可走：我们就停在冰点上——悬在空中……我在这种思想压迫下生活了将近六年，我可以对着上帝发誓，在这段时间里，我没有读过一本有用的书，智力和道德水平没有丝毫提高，难道这不是不幸吗？另外，我们不光自己受害，而且还毒害我们周围人的生活。要是我们带着厌世主义离开生活，到山洞里去修行或赶快去死，那倒也好。可是我们却顺从普遍的规律生活下去，有感情，爱女人，教育孩子，修筑铁路！”

“我们的思想不关任何人痛痒……”大学生漫不经心地说。

“不对，这是您——唉，别这么说！您还没有真正尝过生活的味道，等您活到我这个年纪，您就知道生活是怎么回事了！我们的思维不像您想的那么安分。在实际生活里，在跟人的接触中，它只能导致可怕和愚蠢的后果。我自己有过这样的经历，对最凶恶的敌人，我也不希望他有这样的经历。”

“例如？”

“例如？”工程师反问了一句。他想了想，笑了一下，说：“例如，就拿这件事来说吧。准确些说，这不是一件事，而是一篇有头有尾的小说。极好的一课！啊，多么好的一课啊！”

他给我们和他自己斟上酒，喝完，用手摸了摸宽阔的胸膛，继续讲起来，多半是对我讲的：

“那是一八七〇……年的夏天，战争结束不久，我大学刚毕业。我到高加索去，路过滨海城市N，在那儿逗留了四五天。必须说明，我是生在N市，长在N市，因此，毫不奇怪，我觉得N市非常舒适、温暖、美丽，虽然首都来的人住在这里像住在任何一个小城市一样会感到无聊和不舒适。我伤感地从我曾经读过书的中学旁边走过，伤感地在非常熟悉的市立花园散了散步，伤感地企图更近一些看看那些久未见到但却记在心里的人们……处处感到伤感……

“这期间有一天傍晚我到检疫站去了。所谓检疫站是一片稀疏的小树林，以前在被人遗忘的鼠疫流行时期，那儿的确曾设立过检疫站，现在那儿是别墅区。上那儿去，要坐马车在一条很好的松软的土路上走四俄里。一路上可以看到：左边是蔚蓝色的大海，右边是一望无际的忧郁的草原，极目而望，心旷神怡。小树林位于海边。打发走了出租马车，我就进了熟悉的大门，第一件事就是沿着林荫路朝我童年喜欢的那座小石亭子奔去。我认为，这座用笨拙的柱子支着的沉重的圆形亭子集旧式墓碑的抒情风格和索巴克维奇的粗糙作风[①]于一身，是全市最有诗意的地方。它立在陡峭的海岸的边缘上，从这里可以清楚地看到大海。

“我坐在长凳上，身子靠着栏杆向下眺望。从小亭子下去，有一条羊肠小路在几乎是陡立的海岸上绕过一些大土块和牛蒡直达沙滩，沙滩附近，不高的海浪在懒洋洋地翻着白沫，柔声低语着。大海像七年前我中学毕业到首都去时一样的壮丽，无垠而冷漠，远处有一抹黑烟——那是轮船在经过。除了这一抹隐约可见、一动不动的黑烟和一些在海水的上空闪现的海鸥以外，再没有任何东西来为海和天构成的单调画面增添生气了。亭子的左右两侧延伸着凸凹不平的黏土海岸……

---

① 见果戈理《死魂灵》。

“你们知道，当一个心情忧郁的人独对大海或者令他感到宏伟的一般景物时，不知为什么他的忧郁情怀里总要夹杂着一种担心，怕自己一生默默无闻、不能留名后世，他会不由自主地掏出笔来在随便什么东西上留下自己的名字。因此，僻静的角落，例如我所在的这个亭子，便常常遭到刀和笔的刻画。现在我记得，我在栏杆上就看到过：‘科罗利克夫 1876.5.16 来此一游。’科罗利克夫旁边还有个当地的幻想家签字，并且补充了一句普希金的诗：‘他站在荒漠的大海旁边，伟大的思绪充满心田。’他的笔体也是幻想式的，软绵绵的，像一块湿绸子。有个叫克罗斯的人，大概是个很微不足道的小人物，深感自己渺小，便把名字刻得又深又大，每个字母刻得有一俄寸大。我也不由自主地掏出笔来在一根柱子上签名留念。不过这跟事情无关……请原谅我不会简练……

“我感到惆怅，也觉得有些无聊。无聊、寂静和海浪的低语渐渐把我引导到我们方才谈到的思想上。那时，七十年代末，这种思想在人们中间刚刚兴起；后来，在八十年代初，才逐渐通过人们渗入文学、科学和政治。我当时不超过二十六岁，可是我已经清楚地知道：人生无目的、无意义，一切都是欺骗，都是梦幻，萨哈林岛上的苦役生活同法国旅游胜地尼斯的生活就其实质和结果来说毫无差别；康德的大脑和苍蝇的大脑并无本质不同，人世间没有是非善恶之分，一切都是瞎扯、胡闹，都该见鬼去！我活着是为了对某种看不见的力量赏光，那意思好像在说：那力量，瞧，我把生命看得一文不值，却在活着！我的思想是一种，但有各种变体，在这一点上，很像一个高明的厨师，能把一种土豆做成上百种美味的菜肴。无疑，我当时是片面的，甚至在某种程度上是狭隘的，可是我当时却觉得我的眼界无边无际，我的思想像大海一样广阔。唉，根据自身的经验，我可以断定，我们谈的这种思想在其本质里含有一种吸引人的麻醉剂，像香烟或吗啡似的。它能变成一种习惯，一种需要。我们会利用独处的每一分钟和每一个适当的机会来享用生活无目的、墓穴阴暗之类的思想。我坐在亭子里的时候，林荫路上有些长着长鼻子的希腊族孩子在稳重地散步。我看了他们一眼，就利用这个适当的机会开始想道：

“‘试问，这些孩子干吗要生下来活下去呢？他们的生存有什么意义吗？长大了，自己也不知为什么，毫无必要地在这个穷乡僻壤过一辈子，然后死掉……’

“我看着这些孩子甚至感到难受：他们稳重地走着，神气地交谈着，好像他们真的认为自己没有色彩的小生命有什么了不起的价值，知道为什么活着……我记得，那时远远地在林荫路的尽头出现了三个女人的身影。三个姑娘，一个穿粉红色连衣裙，两个穿白色连衣裙，挽着胳膊，并排走着，聊着，笑着。我目送着她们，心想：

“‘现在闲得无聊，找个女人玩两天倒不错！’

“我这时想起来，我在彼得堡有个女友，从最后一次见她到现在已三周了，现在找个女人玩两天，很是时候。中间穿白连衣裙的姑娘比她的同伴更年轻漂亮；根据风度和笑声来判断，是中学高年级学生。我不无邪念地打量着她的胸脯，同时心里想着她：

“‘学会了音乐和风度，嫁个希腊佬，灰暗愚蠢地过一辈子，毫无必要地，自己也不知为什么生一大堆孩子，然后死掉。愚蠢的一生！’

“必须说明，一般说来，我是个善于把高级思想和最卑下的庸俗行为结合起来的能手。墓穴阴暗的想法并不妨碍我重视胸脯和大腿。我们可爱的男爵也一样，他的高纯度的思想并不妨碍他星期六到附近村里去偷情。说句良心话，我记得，我那时对女人的态度是最具有侮辱性的。瞧，现在我想起来当时的一些想法都感到脸红，可当时我却觉得心安理得。我的父母为人高尚，我是基督徒，受过高等教育，本性不坏也不蠢；当我付给女人德国人所说的嫖资①时，或者用侮辱的目光盯着女中学生时，我并未感到丝毫不安……不幸

① 原文为德语。

就在于，青春有自己的权利，而我们的思维原则上毫不反对这些权利，不管这些权利是好是坏。谁认为人生无目的、人难免一死，谁就对同自然界和人类罪恶做斗争抱漠不关心的态度：不管你斗不斗争，到头来都免不了死去、烂掉……其次，先生们，我们的思维甚至能使很年轻的人产生所谓理智性。我们的理智大大压倒感情。直觉、灵感全被琐碎的分析淹没了。哪儿理智占上风，哪儿就有冷漠。不必隐讳，冷漠的人是不承认贞洁的。贞洁这种品德只有温暖、热情，善于爱的人才熟悉。第三，我们的思维否定人生的意义的同时，也否定每个人的人格的意义。显然，假如我否定一个女人的人格的话，那么，对我来说，她是否被侮辱是绝对无所谓的。今天我侮辱了她的人格，付给了她嫖资①，明天就不会记得她了。

"话说我坐在亭子里打量着姑娘们。这时林荫路上又出现了一个女人身影，没戴帽子，一头金发，肩上披着一方白色的编织披肩。她在林荫路上散了一会儿步，就走进亭子，扶着栏杆冷漠地眺望着大海。她进来的时候，对我毫不理睬，好像没有看见我这个人似的。我从脚到头（而不是像女人打量男人似的从头到脚）打量了她一下，认为她年轻，不超过二十五岁，漂亮，身材秀美，完全可能已不是待嫁的姑娘，属于富有者阶层。一身家居打扮，但入时、雅致，像N市所有受过教育的太太们的打扮一样。我端详着她美丽的腰身和手臂，心想：

"'跟这个玩玩吗……不错……大概是哪位医生或中学教师的夫人……'

"可是跟她玩玩，也就是说把她变成旅游者梦寐以求的即兴罗曼司的女主角并不容易，未必可能。这是我端详了她的脸以后感觉到的。她的眼神和表情都表明：大海、远处那抹黑烟和天空早已使她厌倦，看腻了，看来，她感到委顿、无聊，在想着一件不愉快的事情，任何女人，当她觉得身边有个陌生男人时脸上都会有一种故

---

① 原文为德语。

作镇静的慌乱表情，而她的脸上却连这种表情也没有。

“金发女郎冷漠地瞥了我一眼，坐到长凳上，沉思起来。根据眼神，我断定，她没有心思理睬我，我的一身首都打扮甚至没能激起她的普通的好奇心。不过我仍然决定跟她搭讪，我问：

“‘请问这位女士，公共马车晚上几点回市内？’

“‘好像是十点或十一点……’

“我谢了谢，她看了我一眼，又看了一眼，她的冷漠的脸上突然闪现了一下好奇的神色，接着流露的是类似惊讶的表情……我急忙装出漫不经心的样子，采取了恰如其分的姿态：上钩了！她好像被什么东西蜇了一下，突然从凳子上站起来，温柔地笑了笑，匆忙地打量着我，小心翼翼地问道：

“‘请问，您莫非是阿纳尼耶夫先生？’

“‘是的，我姓阿纳尼耶夫……’我答。

“‘您认不出我来啦？认不出来啦？’

“我有些尴尬，凝视了她一下，你们可以想象出来，我不是根据她的容貌长相，而是根据她的温柔而疲乏的微笑认出她来的。这是娜塔莉娅·斯捷潘诺芙娜，人们都叫她小猫儿，七八年前我还穿中学生制服的时候曾经被她迷得神魂颠倒。‘往昔的旧事，远古的传说’①……我记得：那时的小猫儿娇小玲珑，是十五六岁的女中学生，体现着中学生的审美理想，是自然界特意为精神爱恋创造的尤物。那小姑娘多美呀！白皙、柔弱、轻盈，像一根羽毛，好像轻轻一吹，就能把她吹到天上去；脸上的表情是温柔的，眼神好像总在探询什么；小手细嫩；柔软的长发垂到腰上，柳腰纤细，神采飘逸，光艳照人，像皎洁的月光，一句话，在中学生的眼里简直美得无法形容……我被她迷得神魂颠倒！夜里睡不着，写诗……有时傍晚她坐在花园长凳上，我们一帮中学生就聚在她旁边，虔敬地观赏……对于我们的称赞、我们的装模作样、我们的唉声叹气，她一

① 语出普希金长诗《鲁斯兰与柳德米拉》。

句话也不说，只是被傍晚的潮气冻得缩着身子，眯缝着眼睛，温柔地笑笑，这时非常像一只可爱的小猫儿，我们观赏着她，都想抚爱她，摸摸她，像抚爱一只小猫那样——因此就给她起了‘小猫儿’这样一个绰号。

“七八年不见，小猫儿发生了很大变化。她变得壮实、丰满了，完全不像毛茸茸软绵绵的小猫儿了。她的容貌不能说是老了，褪色了，而好像是暗淡了，变得严厉了；头发好像短了，身材高了，肩膀宽了一倍，主要的是脸上出现了母性和柔顺的表情——这是她这个年龄的富有者阶层的妇女脸上常有的，当然我以前在她脸上没见过……一句话，从前中学时代的精神爱恋对象剩下的只有温柔的微笑了……

“我们交谈起来。她听说我当了工程师，高兴得要命。她高兴地看着我的眼睛说：

“‘这多好啊！啊，多好！你们真行！你们那一届没有一个失败的，全都出息了。一个当了工程师，另一个成了医生，第三个是教师，第四个据说现在在彼得堡，是名歌唱家……你们真行！啊，这多好啊！’

“小猫儿的眼睛里闪烁着由衷喜悦的光芒。她像姐姐或从前的老师那样欣赏着我。我看着她可爱的脸蛋儿，心想：‘今天能跟她玩一下多好！’

“‘记得吗，娜塔莉娅·斯捷潘诺芙娜？’我问，‘有一次我在花园里送给您一束花带一个纸条。您读完纸条，满脸惶惑……’

“‘不，不记得啦。’她笑着说，‘我倒记得您为了我想找弗洛连斯决斗……’

“‘您瞧，我不记得啦……’

“‘是的，过去的事过去了……’小猫儿叹了口气，‘曾几何时我是你们的小上帝，现在该我仰脸看你们啦……’

“从进一步的谈话里，我得知小猫儿中学毕业两年后嫁给了一个半希腊血统、半俄罗斯血统的当地人，此人好像是在银行还是在保险公司做事，同时做小麦买卖。他的名字挺怪，好像是叫波普拉基还是斯卡兰道普洛，鬼知道，忘了……总的说来，小猫儿关于自己谈得很少，不爱谈。谈话只是围绕着我进行。她向我打听学院、我的伙伴、彼得堡、我的计划，我的话使她喜形于色，连连喊道：‘啊，这多好！’

“我们走到海边，在沙滩上散了一会儿步；后来，海上刮来潮湿的晚风，我们又回到了上边。我们总是谈我，谈过去。我们一直散步，直到别墅窗户上晚霞的反照开始熄灭。

“‘到我那里喝茶去。’小猫儿提议说，‘茶炊大概早就摆到桌上了……家里只有我一个人。’当透过金合欢的绿色枝叶看到她的别墅时，她说，‘丈夫总在市里，只是深夜才回来，而且还不是每天都回来，说实话，我闷得要死。’

“我走在她后边，欣赏着她的后背和肩膀。我很高兴她已结婚。对片刻之欢来说，有夫之妇比起大姑娘来是更合适的材料。还使我高兴的是她丈夫没在家……不过我同时也感到好事不会得手……

“我们进了屋。小猫儿的房间都不大，天花板很低，摆的是别墅专用家具（俄国人在别墅里爱用不舒适的、笨重的、扔了可惜放又无处放的旧家具），可是根据某些细节仍然可以断定，小猫儿和丈夫生活不差，一年花销有五六千。我记得，在被小猫儿称为餐厅的房间的中央放着一张不知为什么钉了六条腿的圆桌，上面摆着茶炊和茶杯，在桌子边上放着一本打开的书、一支铅笔和一个笔记本。我瞥了书一眼，认出来那是马利宁和布列宁合编的算术习题集。打开的地方呢，我记得是《比例规则》。

“‘您这是辅导谁呢？’我问小猫儿。

“‘谁也不辅导……’她答道，‘随便消遣……闲得无聊，想起了老古董，解解题。’

“‘你们有孩子吗？’

“‘有过一个男孩，没活一个星期就死了。’

“开始喝茶。小猫儿欣赏着我，又说起我成了工程师多好，为我的成就高兴。她越说，越真诚地微笑，我就越觉得占不到她的便宜。我当时已是追逐女人的专家，能准确判断成功和失败的可能。要是您追逐的是个傻瓜或者是个像您一样的偷情者或者是个把您看成异己的女骗子，那您可以大胆指望成功。要是您遇到的是个不蠢的严肃的女人，脸上表现着委顿、柔顺和友好，真诚地欢迎您大驾光临，而主要的是尊敬您，那您就可以打道回府了。在这种情况下，要想成功，一天不行。

“小猫儿在灯光下比白天更楚楚动人。我越来越喜欢她，看样子她对我也有好感。而且环境对偷情也再合适不过了：丈夫不在家，仆人不在旁边，周围一片宁静……尽管我觉得成功的希望很小，但我还是决定发动进攻试试。首先必须采用亲昵的语调，把小猫儿那种严肃的感怀的心情变得轻松些……我开始了：

“‘娜塔莉娅·斯捷潘诺芙娜，让我们换换话题吧。谈点儿快活的……首先请允许我根据老习惯叫您小猫儿。’

“她允许了。我继续说：

“‘小猫儿，请问这里的女士们是犯什么毛病啦？她们怎么啦？从前是那么恪守妇道，现在可好，不管打听谁的情况，听到的答复都是吓人的……一位小姐跟军官跑了，另一位小姐拐走了一个中学生，一位太太撇下丈夫跟演员私奔了，另一位太太离开丈夫，去找了个军官，等等，等等……像一场传染病！哎哟，这样下去，你们这地方一个姑娘、一个年轻媳妇也剩不下啰！’

“我是用卑污挑逗的语调谈的。要是小猫儿听了笑起来，我就接着说：‘留神哟，小猫儿，可别叫什么军官或演员把你拐走！’要是她听了这话垂下眼睛，说：‘谁愿意拐我这样的？有更年轻更漂亮的……’那我就对她说：‘得啦，小猫儿，我第一个就会高兴拐您！’这样谈下去，好事就十拿九稳了。可是小猫儿听了我的话并没有笑，神情反而严肃起来，叹了口气，说：

“‘人们说的这些话都是真的……撇下丈夫跟演员私奔的是我

的堂妹索尼亚。这当然不好……每人都应忍受命运给他的安排，但是我不责怪他们……客观情况有时比人有力！'

"'这话不错，小猫儿，可是什么客观情况能产生这样一场传染病呢？'

"'这很简单而且可以理解……'她扬起眉毛说，'我们这儿受过教育的姑娘和媳妇实在是走投无路啊。升学或去当教师，也就是说像男人那样过有思想有目标的生活，并不是每个人都能办得到的。必须嫁人……请问嫁给谁呢？你们男孩子念完中学都到外地念大学去了，再也不想回来了，在首都结婚，可姑娘们却留在这里！您叫她嫁给谁呢？唉，由于没有像样的有教养的人，只好嫁给各种经纪人和希腊佬了，他们只会在俱乐部里酗酒闹事……姑娘们这样出嫁，不该……婚后生活会怎样呢？您自己明白，一个受过教育、有教养的女人同一个愚蠢难处的男人生活在一起，她一遇到一个知识分子、军官、演员或医生，就会爱上他，就会觉得当前的生活无法忍受，就会撇下丈夫跑掉。不能责怪她们！'

"'既然如此，小猫儿，那为什么要出嫁呢？'我问。

"'当然不该出嫁啦。'小猫儿叹了口气，'可是每个姑娘都觉得有个丈夫总比没有强……阿纳尼耶夫先生，一般说来，这儿的生活是不好的，很不好！做姑娘时感到闷，出嫁以后仍然感到闷……人们笑索尼亚跑了，而且是跟个演员跑的，可是要是看看她的内心痛苦，就不会笑啦……'"

门外阿佐尔卡又叫了起来。它凶狠地不知对谁呜呜地哼了一声，然后又哀号起来，全身猛然撞到工棚的墙上……阿纳尼耶夫心疼得皱起了眉头：他中断了讲述，出去了。我们在工棚里听到他在门外安慰狗，嘴里念叨着"好狗！可怜的狗！"约安慰了两分钟。

"我们的阿纳尼耶夫先生爱说话。"冯·施滕贝格笑着说，"好人！"沉默了一会儿，他补充了一句。

工程师回来，给我们斟了酒，微笑着，摸着自己胸膛继续讲起来：

“方才说到我的进攻没有成功。没有办法，我只好把肮脏念头留待更适当的机会来实现，接受了失败，也就是说，不强求了。而且在小猫儿的声音、傍晚的空气和寂静的影响下，我自己也渐渐地陷入一种淡淡的感伤之中。记得我坐在敞开的窗户旁边，看着窗外的树和渐渐暗下来的天空。金合欢和椴树的轮廓跟八年前一样；也跟当年孩提时代一样，远处叮叮咚咚地响着破钢琴声；游人在林荫路上来来往往漫步的样子也跟当年一样，可是人已不是那些人了。在林荫路上漫步的已不是我，不是我的伙伴，不是我爱恋的对象，而是一些陌生的中学生，陌生的姑娘。我感到伤感。我打听熟人的情况，有五六次小猫儿回答说‘死了’。我的心情跟参加了一次好人的追悼会似的。我坐在窗旁，看着散步的游人，听着叮咚的钢琴声，第一次亲眼看到一代人多么迫不及待地替换另一代人，就连七八年并不长的时间在人的一生中也非同小可!

“小猫儿拿出来一瓶桑托林果酒放到桌上。我喝完，不能自已，开始滔滔不绝地讲起什么来。小猫儿听着，仍然欣赏着我这个人和我的才华。而时间在流逝着。天色已暗得使金合欢和椴树的轮廓融合到一起了，林荫路上已经无人散步，钢琴声已消失，听得到的只有单调的海的喧嚣。

“年轻人都是一样的。你只要表示喜欢他，欢迎他，给他酒喝，让他知道你对他的谈吐感兴趣，他就会坐在你那里忘记时间，讲啊，讲啊，讲起来没有完……主人已眼皮打架，该睡觉了，可他仍坐在那里讲。我也是这样。我偶尔看了一下表：已经十点半了。我开始告辞。

“‘喝了这杯饯行酒吧!’

“我喝了饯行酒，又滔滔不绝地讲起来，忘了应该告辞，又坐下了。可是这时传来了男人的谈话声、脚步声和马刺的磕碰声。有什么人从窗下过去，在门口停下了。

“‘好像丈夫回来了……’小猫儿侧耳细听着说。

“门响了一下，说话声已到了门斗；我看到从饭厅门口过去了两个人：一个是胖子，身材魁梧，黑头发，鹰钩鼻子，头戴草帽；另一个是年轻军官，身穿白制服上衣。从门口过的时候，他们冷漠地朝我和小猫儿瞥了一眼。我觉得他们俩都醉了。

“‘就是说，她对你撒谎，你就信了！’一分钟后传来一个鼻音很重的高声谈话声，‘第一，这不是在大俱乐部里，而是在小俱乐部里。’

“‘尤皮特，你生气了，这就是你不对……’另一个声音边笑边咳嗽着说，显然是军官的声音，‘喂，我可以在你这儿过夜吗？说实话：方便不方便？’

“‘这算什么问题？！不仅可以，而且应该。你想喝什么，啤酒还是葡萄酒？’

“他们跟我们隔着两个房间，大声交谈着，看来，他们无论对小猫儿还是对她的客人都不感兴趣。小猫儿在丈夫回来以后发生了明显的变化。她的脸先是红了一下，然后流露出担心、惭愧的神色；她有些不安，我觉得她为丈夫害臊，不愿我看到他，希望我走。

“我告辞出来。小猫儿送我到门口。我清楚地记得她脸上带着温柔忧郁的微笑和爱抚柔顺的眼神，她握着我的手对我说：

“‘大概我们永远也见不着了……好吧，愿上帝保佑您万事如意。谢谢您！’

“没有一声叹息，没有多说一句话。送我的时候，她手里拿着一支蜡烛，明亮的光点在她脸上和脖子上跳动着，好像在追逐着她的忧郁的微笑。我想象着从前常常想抚摸一下的那个小猫儿，凝视着眼前的小猫儿，不知为什么想起了她的‘每人都应忍受命运给他的安排’，心里觉得不好受。我的感觉，我的良心都在对我这个幸福而冷漠的人说，我面前站的是一个善良、多情但饱受痛苦折磨的好人……

“我鞠躬告别，朝大门走去。天色已黑。南方七月天短，黑得早。十点有时就黑得伸手不见五指了。我划了二十来根火柴照路，

还几乎是摸着走到了大门，出了大门，我就喊：‘出租马车！’一点声息也没有。‘出租马车！’我又喊了一句，‘喂！公共马车！’

“既没有出租马车，也没有公共马车。死一般的寂静。我只听见瞌睡昏昏的海在喧嚣和我的心脏因为喝了桑托林果酒而剧烈地跳动。抬头看看天，天上一颗星星也没有。又黑又阴。显然，天上布满了乌云。我不知为什么耸着肩膀，愚蠢地微笑着，又喊了一次，这次已不那么有信心了。

“‘呃！’回声回答我。

“徒步在旷野里走四俄里而且还是摸黑——这前景并不是愉快的。我下不了徒步走的决心。我久久地思索着，喊着马车，后来是耸着肩膀，毫无目的地懒洋洋地回到小树林里。小树林里黑得吓人，树木之间有些地方闪烁着别墅窗上的昏暗的灯光。乌鸦被我的脚步声惊醒，看到我为了照亮通往亭子去的路而划着的火柴的光，吓得从一棵树飞到另一棵树上，碰得树叶发出沙沙的响声。我又懊悔又羞愧，乌鸦好像懂得我的心情，哇哇地叫着嘲弄我。我懊悔的是不得不徒步回去，羞愧的是我像个孩子在小猫儿那儿竟扯起来没有完。

“我找到亭子，摸着长凳坐下。远处，在海岸下边，海在浓重的夜色中气哼哼地低声絮叨着。记得，我像瞎子一样，既看不到海，也看不到天，连坐在里面的亭子也看不见。我觉得，这整个世界是由我那个喝得醉醺醺的脑袋里翻腾的思绪和在远处发着单调喧嚣声的看不见的大海组成的。后来，打瞌睡时，我觉得，喧嚣的不是大海，而是我的思绪，全世界是由我一个人组成的。这样，我把全世界集中到自己一身之后，忘了马车，忘了回市内，忘了小猫儿。这时，我的全部心身都沉浸在我非常喜欢的一种感觉里。这是可怕的孤独感：您感到整个黑暗混沌的宇宙里只有您一个人。这种高傲的恶魔式的感觉只有俄国人才会有，因为他们的思想和感受像他们的平原、森林、白雪一样辽阔、无垠、严酷。假如我是画家，我一定要画这样一幅画：一个俄国人岿然不动地盘着两腿、双手抱着脑袋沉浸在这种感受里……而跟这种感受并存的则是人生无目的、死、墓穴阴暗之类的思想……这种思想一文不值，不过脸上的表情一定是壮丽的……

“我坐在那里打瞌睡，觉得温暖宁静，因此不想站起来。突然在海的单调喧嚣声中出现了一种声音，打破了我的沉思遐想……有人在林荫路上匆匆地走着。走到亭子跟前，这人就停住，抽抽搭搭地哭起来，用哭哭啼啼的小姑娘的声音问道：

“‘天哪，什么时候是个完哪？主啊！’

“根据说话声和哭声来判断，这是个十一二岁的小姑娘。她犹犹豫豫地进了亭子，坐下，出声地念叨起来，又像祈祷又像诉苦……她抽抽搭搭地慢慢说着：

“‘主啊！这是无法忍受的啊！任何人也忍耐不了！我忍受着，沉默着，可是你要明白，我也想生活啊……啊，天哪，天哪！’

“以下说的也都是这一类话……我想看看小姑娘，跟她谈谈。为了不吓着她，我先大声喘了口气，然后小心地划了一根火柴……明亮的光在黑暗中闪了一下，照见了那个哭的人。这人是小猫儿……”

“瞎编！”冯·施滕贝格叹了口气，“漆黑的夜，喧嚣的海，痛苦的‘她’，怀着宇宙孤独感的‘他’……胡诌瞎扯！只差佩短剑的切尔克斯人了。”

“我讲的不是故事，而是真实经历。”

“好，就算是真实经历……这什么问题也说明不了，早就人人皆知……”

“先别瞧不起，让我讲完嘛！”阿纳尼耶夫气恼地挥了一下手说，“请不要妨碍我！我不是给您讲，而是给医生讲……话说，”他脸对着我，不断用眼瞟着大学生——大学生已低下头去检验数字。看来，大学生对于气了一下工程师，感到很满意。

“话说小猫儿看到我没有奇怪，也没有吃惊，好像早就知道在亭子里会见到我似的。她急促地喘着，全身哆嗦着，像得了寒热病似的；脸上满是泪水。我一根接一根地划着火柴，看到脸上已不是方才那种聪明、温顺、委顿的神情，而是另一种神情——这种神情我至今还不能理解。脸上没有痛苦，没有不安，没有忧伤，没有任何能表现她的话和泪的神情……说实话，大概由于我不理解吧，我觉得这是木然的醉酒的神情。

“‘我再也不能……’小猫儿用啼哭的小姑娘的声音念叨说，‘我没有力量了，阿纳尼耶夫先生！请原谅，阿纳尼耶夫先生……我不能这样生活……我要到市内找妈妈去……送我去吧……求求您，送我去吧！’

“在哭泣的人面前，我既不会劝说，也不会沉默。我茫然失措；为了安慰她，我说了些废话。

“‘不，不，我要去找妈妈！’小猫儿斩钉截铁地说完，站起来用力抓住我的手（她的手和衣袖都被泪水浸湿了）。‘请原谅，阿纳尼耶夫先生，我一定去……再也不能……’

“‘小猫儿，现在一辆马车也没有啊！’我说，‘您怎么去啊？’

“‘没关系，我徒步走……不远。我再也不能……’

“我感到惶惑，但没有感动。我觉得，小猫儿的眼泪、哆嗦和木然的表情像法国或乌克兰的通俗喜剧：为了一点点空洞无物的悲哀，能流一桶泪水。我不理解她，而且知道，既然我不理解她，就应该保持沉默。可是我不知为什么，也许是为了使我的沉默不至被理解成愚蠢吧，我认为需要劝她回去，不要去找妈妈。哭的人不喜欢人家看到他的眼泪，可我却一根一根地划着火柴，直到把盒里的火柴划完才肯罢休。我为什么需要这种不厚道的照明呢，到现在我也不明白。一般说来，冷漠的人常常是笨拙的，甚至是愚蠢的。

“小猫儿终于挽起我的胳臂，我们上路了。出了大门，我们往右拐，不慌不忙地在松软的土路上慢慢走着。天很黑，等我的眼渐渐习惯了黑暗以后，我开始能分辨出路边古老而瘦弱的柞树和椴树的轮廓。不久右边隐隐约约地呈现出一抹黑影，那是凸凹起伏的陡峭的海岸，不时被一些窄而深的沟壑切断。沟壑的边缘上，长了一些不高的灌木，像一些人坐在那里。我害怕起来，疑惧地瞟着岸边，海的喧嚣和旷野的寂静都使我心惊胆战。小猫儿沉默着。她不停地哆嗦着，没走半俄里就已经累了，喘起来了。我也沉默着。

“离检疫站一俄里的地方，有一座被废弃的、烟囱很高的四层大楼，以前是蒸汽磨粉厂。它孤零零地立在海岸上，白天从海上和陆地上都远远地就能看得见它。因为是被废弃，里面不住人，而且因为里面有回声清楚地重复着过路人的脚步声和说话声，所以它显得神秘。你们想象得出来，漆黑的夜里，我挎着一个逃离丈夫的女人，走在一座又长又高的大楼旁边，它重复着我的每一步的脚步声，它那上百扇黑窗户像眼睛似的盯着我。正常青年在这种情况下会浪漫起来，而我看着漆黑的窗户却想：‘这一切的确令人动情，可是有一天这座建筑物，小猫儿和她的痛苦，我和我的思想都将荡然无存……万事皆空……’

“我们走到磨粉厂附近，小猫儿忽然站住，把手抽出去，说（已不是用小姑娘的声音，而是用她本来的声音）：

“‘阿纳尼耶夫先生，我知道这一切使您感到奇怪。可是我实在太不幸啦！您甚至想象不出来我多么不幸！无法想象！我不对您讲，因为连讲也不能讲……这种生活，这种生活……’

“小猫儿没有把话说完，咬着牙呻吟着，好像极力忍着痛苦不喊出来。

“‘这样的生活！’她带着恐惧的神情拖着长腔、略带南方的即乌克兰口音重复道（乌克兰口音，特别是女人的，能使激动的话语变得像歌唱一样）。‘这样的生活！啊，上帝啊，我的上帝啊，这是怎么回事？啊，我的上帝，我的上帝！’

“她好像希望参透自己生活的奥秘似的，惶惑地耸着肩膀，摇着头，拍着手。她说话跟唱歌一样，优美地摆动着身体，使我想起一个著名的乌克兰女演员来。

“‘主啊，我像在大坑里！’她激动地搓着手继续说，‘哪怕是叫我快活一分钟呢，过一过别人过的那种生活！啊，我的上帝，我的上帝！活到这样丢人现眼的地步：当着外人的面儿，深夜离开丈夫，像一个不正经的女人似的。以后还能有什么好的希望呢？’

“我欣赏着她的动作和声音，突然为她跟丈夫不和而感到高兴。‘跟她玩一下多好！’我闪现出这样一个念头；这个无情的念头停留在我的脑海里，一路上不曾离开，越来越吸引我……

“离开磨粉厂又走了一俄里半，需要往左拐经过墓地进城。在墓地拐角的地方有一座石砌风磨，旁边有一座供磨粉工人住的小房。我们走过了风磨和小房，向左拐，走到了墓地的大门。小猫儿在这儿停下说：

“‘我回去了，阿纳尼耶夫先生！您自己走吧，我一个人回去。我不怕。’

“‘真是！’我吃了一惊，‘要走就走嘛……’

“‘我多余发火……全是由一件小事引起的。您的谈话使我想起了过去，产生了种种念头……我感到忧伤，想哭，恰在这时丈夫当着军官的面儿对我说了句粗话，我受不了……我干吗进城找妈妈去……难道这样我就会幸福些吗？必须回去……不过继续走吧！’小猫儿说完，笑了，‘没有关系！’

“我记得，墓地大门写着：‘时候要到，凡在坟墓里的，都要听见他的声音。’①我清楚地知道，迟早会有一天我、小猫儿、她的丈夫、穿白制服上衣的军官都得躺在围墙里面黑黝黝的树底下，而且知道跟我并排走的是一个不幸的被侮辱的人——对这一切我都有清楚的认识，可是同时又有一种令人不快的担心，怕小猫儿回去，怕自己说话不当。我的脑海里高级思想从来也没有像这夜这样紧密地和最卑下的兽欲交织在一起……可怕！

“离墓地不远，我们找到了马车。我们坐到了小猫儿妈妈住的大街，便把马车打发走了，徒步在人行道上。小猫儿一直沉默着，

---

① 引自《圣经·新约·约翰福音》第五章第二十五节。

我眼看着她，心里生自己的气：‘为什么还不开始？到时候啦！’在离我下榻的旅馆二十来步远的地方，小猫儿在路灯旁边站下，哭了。

“‘阿纳尼耶夫先生！’她哭着，笑着，用水汪汪的闪亮的眼睛看着我的脸，说，‘我永远忘不了您的同情……您多好啊！你们都是好样的！诚实、宽厚、热心、聪明……啊，这多好！’

“她把我看成是一个有知识、各方面都先进的人；在她那满脸泪痕的带笑的脸上，除了我在她心里激起的欢欣鼓舞外，还表现着一种悲哀：她很少见到这种人，她没有福气成为这样一个人的妻子。她念叨着：‘啊，这多好！’孩子般的喜悦、眼泪、温柔的微笑、从头巾里露出来的柔软的秀发以及漫不经心的蒙在头上的头巾，在路灯的照耀下使我想起了从前的我想抚摸的小猫儿……

“我忍耐不住，开始抚摸她的头发、肩膀、手臂……

“‘小猫儿，你想怎样？’我念叨着，‘你想要我带你到天涯海角吗？我带你离开这个深渊，给你幸福。我爱你……我们走吧，我的美人儿？同意？好吗？’

“小猫儿脸上满是惶惑的神情。她从路灯旁边退了几步，吃惊地瞪着大眼看着我。我紧紧地抓住她的手，狂吻着她的脸、脖子、肩膀，继续向她发誓、许愿。在男女情爱上，发誓和许愿几乎是生理需要，缺了不行，有时明知是在撒谎，没有必要，可是仍然要发誓，要许愿。吃惊的小猫儿不断地后退着，瞪着大眼看着我……

“‘不要！不要！’她念叨着，用手推着我。

“我紧紧抱住她，她忽然放声大哭起来，脸上又出现了木然迟钝的表情，跟我在亭子里划着火柴看到的一样……我不问她是否同意，不容她分说，强把她往我住的旅馆里拉……她呆呆地站在那里不走，我拽着她的胳臂，几乎是把她拖进去……记得，我们上楼梯的时候，有个帽子上镶着红箍的人吃惊地打量了我一下，对小猫儿点了点头……”

阿纳尼耶夫脸红了，停了下来。他默默地在桌子旁边走了几步，悔恨地挠了挠后脑勺；他感到有一股冷气穿过他那宽阔的后背，他用力活动了几下两肩和肩胛骨。回忆往事使他感到羞愧和难受，他在进行自我斗争……

“不好！”他喝干了杯里的酒，摇了一下头，说，“据说，每次讲妇科病的绪论时，教师们总要建议医科大学生们在脱去女患者衣服，触摸她们以前，先要想到他们每个人都有妈妈、姐妹、未婚妻……这个建议不仅对医科大学生适用，对所有在生活中这样那样接触女人的人都适用。如今我有了妻子和女儿，我多么理解这个建议啊！多么理解啊，我的上帝！不过请听下去……小猫儿成了我的情妇之后，对事情的看法却跟我不同。首先，她爱得热烈深沉。我认为这不过是普通的即兴罗曼司，她却认为是她一生的转折点。我记得，当时我觉得她像疯了。她有生以来第一次尝到幸福，年轻了五六岁，满脸春风，幸福得不知道做什么好，一会儿笑，一会儿哭，不停地吐露自己的幻想：明天我们一起上高加索，秋天再从那儿回彼得堡，幻想着我们以后怎样生活……

“‘至于我丈夫，你不用担心！’她安慰我说，‘他必须同意跟我离婚。全市都知道他跟科斯托维奇的大女儿私通。办了离婚手续，我们就结婚。’

“女人爱上谁，就能很快适应谁，像猫能很快适应主人一样。小猫儿在我的房间里呆了一个半小时左右，就已经觉得跟在家里一样了，对待我的东西像对待自己的东西似的。她把我的东西收拾进提包里，责备我没有把一件新的贵重大衣挂在钉子上，而像抹布似的扔在椅子上，等等。

“我看着她，听着她唠叨，感到疲乏和懊悔。一个有地位的诚实的痛苦的女人，竟那么容易地在三四个小时之内就变成了偶然遇到的男人的情妇，这使我感到有些厌恶。瞧，这竟使我这个正经人不喜欢。其次，还有一点也使我不愉快，那就是像小猫儿这样肤浅而不严肃的女人太看重生活，竟把对男人的爱这样的小事看成幸福、痛苦、生活转折……另外，我欲望已得到满足，现在觉得后悔自己做了蠢事，不该跟这个女人发生关系，如今不得不欺骗她了……必须说明，我尽管不正经，却不能容忍撒谎。

“记得小猫儿坐在我的脚旁边，头枕在我的膝盖上，用闪闪发亮、柔情缱绻的眼睛看着我，问道：

“‘科利亚，你爱我吗？很爱？很爱？’

“她幸福得笑起来……我觉得这自作多情，太肉麻，不聪明，这时我已想在一切方面寻求‘思想深度’了。我说：

“‘小猫儿，你该回家了；否则你的亲人发现你不在会到处找你的。而且天亮到你妈妈家里也不好交代……’

“小猫儿接受了我的意见。临别时，我们讲定：第二天中午我同她在市立花园见面，后天我们一起去皮亚季戈尔斯克。我将她送到街上。记得一路上我温柔地真心实意地抚爱她，有时甚至忽然非常可怜她竟那么一心一意地信赖我，因而决定带她到皮亚季戈尔斯克去，可是想起来我提包里只有六百卢布，秋天摆脱她要比现在困难得多，于是便急忙把可怜她的念头压下去了。

“我们走到小猫儿妈妈的住宅。我按了一下门铃。门里传来脚步声，小猫儿神情突然严肃起来，看了看天，给我像给小孩子似的画了几遍十字，然后把我的手拉到唇边吻了吻。

“‘明天见！’她说完就消失在门里了。

“我到对面的人行道上往屋里看了看。起先窗户都是黑的，后来其中一个出现了蓝莹莹的微光，这是蜡烛点着了；烛光增大，放出光芒，我看到有几个人影跟这烛火一起在房间里晃动着。

“‘没有想到！’我心里想。

“回到旅馆房间，我脱了衣服，喝完桑托林果酒，吃了点白天在市场上买的鱼子，不急不忙地躺到床上，沉入旅游者的香甜安详的梦乡。

“早晨醒来头痛，心情不好。好像有什么事情使我担心。我想弄清是什么事情，便问自己：

“‘怎么回事？什么事情使我担心呢？’

“对担心的原因，我的解释是怕小猫儿这时来找我，妨碍我离开这里，我将不得不费尽心机对她撒谎。我赶紧穿好衣服，把东西收拾好，吩咐门房把我的行李晚七点送到候车室，便离开了旅馆。我在一个当医生的朋友那里呆了一天，傍晚上车离开了N市。瞧，我的思维并没有妨碍我背信弃义地卑鄙逃跑……

“我坐在朋友那里以及后来坐车上火车站时，我总是提心吊胆的。我觉得是怕见到小猫儿出丑。在候车室里，我故意在厕所里呆到第二遍铃响。往车厢走的时候，我感到胆战心惊，生怕被抓住，好像从头到脚全是偷来的东西似的。我多么迫不及待地提心吊胆地等第三遍铃响啊！

“救命的第三遍铃终于响了，火车开动起来。火车过了监狱、兵营，驰到了旷野；令我十分惊讶的是我仍然感到不安，我仍然觉得自己是个极想跑掉的贼。多么奇怪！为了散散心，让心情安闲下来，我往车窗外看着。火车正在沿海边行驶。海上风平浪静，快活而安闲地倒映着几乎一半被晚霞染成柔和的火红色的蓝天。海上有些黑糊糊的渔船和木排。N市干净漂亮得像个玩具矗立在高高的海岸上，已披上一层暮霭。教堂金顶、房屋窗户和碧草绿树反射着落日余晖，燃烧着，熔化着，像金子在熔化……田野的芬芳和湿润的海风掺杂在一起。

“火车在飞驰着。耳边是乘客和列车员的欢声笑语。人人都感到快活轻松，可是我那种不理解的不安却越来越增长……我看着笼罩着N市的薄薄的暮霭，想象着一个女人神情木然地在这片暮霭之中、在教堂和房屋之间奔走着到处找我，用小姑娘的声音或者像乌克兰女演员那样曼声呻吟着：‘啊，我的上帝，我的上帝！’我想起来她昨夜把我当作亲人给我画十字时脸上严肃的表情和充满忧虑的大眼睛，下意识地端详着她昨天吻过的那只手。我挠着这只手问自己：

“‘我是堕入情网啦？’

“只有夜里，乘客都入睡以后，独自面对自己的良心时，我才明白了以前无论如何未能明白的事情。在昏暗的车厢里，小猫儿的形象寸步不离地站在我面前，我清楚地意识到我干了一件不啻于杀人的坏事。良心折磨我。为了消除这无法忍受的痛苦，我让自己相信：万事皆空，我和小猫儿都要死去烂掉；与死相比，她的痛苦算不得什么，等等……归根结底，自由意志是不存在的，因此我没有过错。可是这些论据只是使我气恼，很快就被其他一些想法淹没了。小猫儿吻过的那只手上有怀念的感觉……我一会儿躺下，一会儿起来，停车时到站台去喝酒，强制自己吃夹馅面包，又叫自己相信人生是无意义的，可是这些办法都无济于事。我的脑袋里紧张地进行着奇怪的也可以说是可笑的工作。各种各样的思想杂乱无章地互相挤着，纠缠着，妨碍着，而我这个思想家却前额顶在地上，什么也不明白，在这一堆有用的和无用的思想中间我无论如何找不到方向。原来我这个思想家连思维的技术也没有掌握；不会支配自己的头脑，就像不会修表一样。我有生以来第一次努力紧张地思索问题。我感到奇怪，心想：'我要疯了！'谁的脑袋不是经常地动脑筋，而只是在紧急的关头才动脑筋，谁就会常常想到疯的问题。

"我这样痛苦了一夜，一天，又一夜，终于相信我的思维对我的帮助极其有限，最后看清了我是个什么人。我明白了：我的思想一文不值，在遇到小猫儿以前我还没有开始思维，甚至根本不懂什么是严肃的思想；如今经过痛苦折磨之后，我明白了：我既没有信仰，没有一定的道德规范，也没有心肝和理智；我的精神财富不过是一些专业知识、片段、无用的回忆、别人的思想；我的心理活动不复杂，单纯，原始，跟未开化的雅库特人一样……如果说我不喜欢撒谎，不偷东西，不杀人，没有犯明显的大错，那这不是靠信仰——我没有信仰，而只是因为保姆讲的童话和尽人皆知的劝善说教束缚着我的手脚，这些东西融化在我的血肉里，在不知不觉之中指导着我的生活，虽然我认为它们荒谬……

"我明白了：我不是思想家，不是哲学家，只不过是个高超的演奏家。上帝给了我具有天才萌芽的健壮强大的俄罗斯大脑。你们想想，这颗大脑二十六岁，未经训练，不知停滞，没有任何负担，只是稍微蒙上了一层工程方面的知识；它年轻，渴望工作，到处寻找工作，突然一个完全偶然的机会使它遇到了一个美丽丰润的关于人生无目的、墓穴阴暗的思想，它贪婪地吸收，把广阔的空间都交给它支配，开始跟它做各种游戏，像猫跟老鼠游戏似的。这个大脑既无渊博知识，又无体系，但这没有关系。它用其天生的能力以自学者的方式掌握广阔的思想，不出一个月，大脑的主人已能用一种土豆做出上百种美味佳肴，自以为是思想家……

“我们这一代人把玩世作风，玩弄严肃思想的态度带进了学术、文学、政治，带到一切只要他们不懒于去的任何领域；跟演奏员态度一样，也把冷漠、无聊、片面性带了进去；我觉得，我们这一代人已经在群众中培养出前所未有的对待严肃思想的新态度。

“自己对待严肃思想的不正确态度和完全无知，我是通过这场灾难才认识到的。我现在觉得，我的正常思维是我重新做人以后开始的；所谓重新做人就是良心把我赶回 N 市，我没有遮掩，像一个孩子在小猫儿面前忏悔，取得了她的谅解，跟她一起大哭了一场……”

阿纳尼耶夫简短地描绘了一下跟小猫儿最后一次见面的情形，停了下来。

“原来如此……”工程师讲完以后，大学生漫不经心地说，“世界上有这样的事！”

他的脸上仍然是一副懒得动脑筋的神情，看来阿纳尼耶夫的故事丝毫没有打动他。等工程师休息了一会儿，又开始发挥自己的思想、重复他开头讲过的话时，他才恼火地皱起了眉头，从办公桌前站起来，走到自己的床前。他铺好被褥，开始脱衣服。

“您现在的神气好像真说服了谁似的！”他恼火地说。

“我能说服谁呢？”工程师问道，“老弟，难道我追求这个吗？放心吧！说服你们是不可能的！你们只有通过自己的体验和痛苦才能相信！……”

“再说，这是奇怪的逻辑！”大学生一边穿着睡衣，一边嘟哝道，“您所不喜欢的那种思想对青年人是致命的，而对老年人却是正常的。好像您谈的是白头发……老年人的特权是从哪儿来的？根据是什么？如果说这种思想是毒药，那对所有的人来说都应该是毒药。”

“哎，不对，老弟，别说啦！”工程师说完，狡猾地挤了挤眼睛，“别说啦！首先，老年人不是演奏家。他们的厌世主义不是外来的、偶然的，而是自己头脑里产生的，是在研究了各种黑格尔和康德、受够了痛苦折磨、做了大量错事之后产生的，一句话，是在由下到上经历了全部阶梯之后产生的。他们的厌世主义有自身的体验和牢固的哲学发展作基础。第二，老年思想家的厌世主义不像我们是挂在嘴上的，而是悲天悯人，极其痛苦的；具有基督教的内容，因为它是来源于对人的爱和关心人的思想，丝毫没有在演奏家那里看到的利己主义。你们厌恶生活是因为它对你们掩盖了它的意义和目的，你们害怕自己死；而真正的思想家则是因为所有的人认识不到真理而痛苦，替所有的人担心。比如离这儿不远住着一个受雇于公家的看林人叫伊万·亚历山大雷奇，是个好老头。他曾在什么地方当过教师，偶尔写点儿什么，不知道他干过什么，但是个非常聪明的人，哲学修养极深。他读过很多书，现在仍然经常在读。不久前我在格鲁佐夫斯克工段遇到过他……当时那儿正铺枕木和铁轨。工程并不复杂，可是他不是这方面的专家，觉得像变戏法似的。铺一根枕木，再把铁轨固定上，一个有经验的技工用不了一分钟。当时工人情绪很高，活儿干得的确巧妙、麻利，尤其是其中一个家伙用锤子钉道钉，一锤就能把道钉钉好，锤把儿差不多有一俄丈长，每根道钉长一英尺。伊万·亚历山大雷奇久久地凝视着工人们，深受感动，含着眼泪对我说：‘多可惜，这些出色的人都免不了要死！’这种厌世主义我理解……”

“所有这一切什么也证明不了，什么也说明不了。”大学生往身上盖着被单说，“所有这一切都是臼中捣水白费工！任何人都是什么也不知道的，而且任何问题也不能用空话证明。”

他从被单下边瞧了瞧，抬起头来，恼火地皱着眉头连珠似的说：

“只有很天真的人才能相信空话和逻辑，认为空话和逻辑具有决定性意义。用空话可以证明和推翻任何论断。用不了多久，人们就会把说话技巧完善到这么一种程度，能像数学那么精确地证明二乘二等于七。我喜欢听，喜欢读，可是要想叫我相信，那就敬谢不敏啦，我不会也不想相信。我只相信上帝；对于您呢，即使您讲到太阳从西边出来，再用五百个小猫儿来诱惑我，我也不会相信，除非我失去理智……晚安！”

大学生把头藏到被单下边，翻身对着墙，希望以此来使人明白，他既不想听也不想说了。争论就这样结束了。

躺下睡觉前，我和工程师又到工棚外面去了。我又一次看到了灯火。

“我们闲扯使您厌倦啦！”工程师打着呵欠看着天空说，“可是，老兄，有什么办法呢？在这个寂寞的地方，惟一的乐趣是喝酒发议论……主啊，多好的路基啊！”当我们走到路基旁边时，他感动地说。“这不是路基，是大阿勒山。”

他沉默了一会儿，接着说：

“这些灯火使男爵想起了亚玛利人，可我却觉得它们像人的思想……每个人的思想也是这样杂乱无章地沿着一条线向着目标延伸，在茫茫黑夜里什么也不能照亮，徒劳无益地消失在远方的老年后边……不过议论够多了！该睡啦……”

我们回到工棚，工程师请我一定睡到他的床上。

“哎，请吧！”他两手按在心口上祈求说，“请求您啦！不要替我操心。我在随便什么地方都能睡，不过现在不会很快就躺下……赏脸吧！”

我同意了，脱掉衣服躺下了，他坐到桌旁又看起图纸来。

“我们这些人哪，老兄，是顾不上睡觉的。”我躺下，闭上眼睛以后，他低声说，“谁有老婆孩子，谁就顾不得睡觉啦。眼前要顾吃穿，将来要防万一。我有两个孩子：一个男孩，一个女孩。男孩长得好看……还不到六岁，就已经非常能干……我这里什么地方有他们的照片……唉，我的孩子们哪，我的孩子们！”

他在纸堆里翻出来几张照片观赏着。我睡了。

阿佐尔卡的叫声和人们高声谈话声把我吵醒了。冯·施滕贝格穿着内衣，光着脚，头发蓬乱，站在门槛上大声跟谁谈话。天已放亮……阴沉的蓝色曙光窥视着门、窗户和板缝，微弱地照着我的床、堆满文件的办公桌和阿纳尼耶夫。他铺着毡斗篷仰面朝天睡在地板上，腆着肥厚的毛茸茸的胸膛，枕着皮枕头，鼾声如雷。我打心眼里可怜大学生——他每夜都要跟他睡到一起啊。

“我们为什么要收下呢？”冯·施滕贝格喊道，“这跟我们没有关系嘛！找恰利索夫工程师去！这些铁锅是谁发来的？”

“尼基京……”一个男低音郁闷地答道。

“找恰利索夫工程师去……这不归我们管。站着干吗？去啊！”

“先生，我们到恰利索夫先生那儿去过！”男低音更加郁闷地答道，“昨天我们在线路上找了他一整天，他的工棚的人说他到德姆科夫斯克工段去了。行行好，收下吧！我们还要拉到什么时候呢？我们拉着它们沿着线路到处走，不知要拉到什么时候……”

“那儿怎么回事儿？”阿纳尼耶夫醒过来，急忙抬头用嘶哑的声音问道。

“从尼基京那儿运来一些铁锅。”大学生说，“请求我们收下。我们干吗要收下呢？”

“把他们赶走！”

“行行好吧，先生，帮着想个办法！马已两天没吃草料啦，东家大概要发火了。我们得拉回去吗？铁路既然定购了，那它就应当收下……”

“你要明白，傻瓜，这不归我们管！找恰利索夫去！”

“怎么回事？那是什么人？”阿纳尼耶夫又发出了嘶哑的喊声，

“叫他们通通滚！”他骂了一句，站起来朝门口走去，“怎么回事？”

我穿好衣服，两三分钟以后走出了工棚。阿纳尼耶夫和大学生都穿着内衣光着脚在向一个庄稼汉热烈而不耐烦地解释什么；那个庄稼汉摘掉帽子、手里拿着鞭子站在他们面前，看样子并没有听懂他们的话。他们俩脸上都露出一副为最普通的日常琐事操劳的神色。阿纳尼耶夫喊道：

“我要你的锅干吗？往头上戴吗？你要是没找到恰利索夫，那就找他的助手去，别打搅我们！”

大学生看到我，大概想起了夜间的谈话，瞌睡昏昏的脸上为普通琐事操劳的神色不见了，呈现出一副懒得动脑筋的表情。他对着庄稼汉挥了一下手，若有所思地退到旁边去了。

这是一个阴霾的早晨。夜间灯火闪烁的铁路线上，出现了刚刚睡醒的工人。传来说话声和手推车的吱呀声。工作日开始了。一匹套着绳索挽具的小马已爬上路基，拼命抻着脖子拉一车沙子……

我开始告辞……夜里讲了许多，可是我觉得一个问题也没有解决；如今，早晨，在我的记忆里像在过滤器里一样，全部谈话只剩下了灯火和小猫儿的形象了。骑到马上，我最后一次看了看大学生和阿纳尼耶夫，看了看两眼混浊、像喝醉了似的神经质的阿佐尔卡，看了看在晨雾中出没的工人，看了看路基、抻着脖子的小马，心想：“在这个世界上，你什么也弄不明白！”

当我打了马一下，沿着铁路线跑起来时，当过了一会儿我面前只有一望无际的忧郁的草原和阴霾冷漠的天空时，我想起夜里曾试图解决的问题。我思考着，而晒焦的草原，寥廓的天空，远处黑糊糊的柞树林和雾蒙蒙的远方都好像在对我说：“不错，在这个世界上，你什么也弄不明白！”

太阳冉冉升起……

烦　恼

地方自治局医师奥夫奇尼科夫，三十四五岁，是个恶病质和神经质的人，在同事中间以发表过一些医学统计短文和热衷所谓“日常生活问题”著称。一天早晨他在医院巡视病房，身后照例跟着他的医士米哈伊尔·扎哈雷奇。米哈伊尔·扎哈雷奇是个上年纪的人，长着一张胖脸、一头油污伏贴的头发，一只耳朵上挂着耳环。

刚刚开始巡视，一个微不足道的情况就引起了医师的怀疑：医士的西装坎肩皱皱巴巴的，直往上翘，尽管医士不断地往下拽，想把它拽平。医士的衬衫也压得皱皱巴巴的。黑上衣、裤子甚至领带上都粘着白色的鸭绒……显然，医士夜里睡觉没有脱衣服；从他现在拽坎肩、整理领带的神色可以看出来：他的衣着使他感到尴尬。

医师注意看了他一下，明白了是怎么回事。医士没有打晃儿，回答问题条理清楚，可是忧郁迟钝的脸，无神的两眼，脖子和两手的颤抖，服饰的邋遢，而主要的是他努力掩饰自己的神色证明了他刚从床上爬起来，没有睡好，还在醉着，醉得很厉害，从昨天……他正处在“宿醉未醒”的难受状态，感到痛苦，看样子很不满意自己。

医师不喜欢医士，而且对此有他自己的原因，觉得非常想对他说：“我看您是醉了！”他突然觉得坎肩、长襟上衣、肥大的耳朵上的耳环使他厌恶，可是他控制着自己的反感，说话仍像往常那样柔和而有礼貌：

“给格拉西姆牛奶了吗？”

"给了……"米哈伊尔·扎哈雷奇答道，语气也是柔和的。

跟患者格拉西姆谈话的时候，医师看了体温记录表一眼，觉得厌恶的感情又冲上心头，他憋住气以便不说话，可是没憋住，便喘着粗气粗鲁地问道：

"为什么体温没登记？"

"不，登记了！"米哈伊尔·扎哈雷奇柔和地答道，可是往表里看了一眼，看到体温确实没有登记，他不知所措地耸了一下肩膀，嘟哝道，"不知道，这，大概，娜杰日达·奥西波芙娜……"

"从昨天晚上起就没登记！"医师继续说，"只知道酗酒，真够受的！您现在醉得一塌糊涂！娜杰日达·奥西波芙娜在哪儿？"

助产士娜杰日达·奥西波芙娜没有在病房，虽然每天早晨换药时她应当在场。医师往周围看了一下，觉得病房没收拾，东西扔得乱七八糟，该干的事什么也没有干，一切都像医士那件厌恶的坎肩一样，皱皱巴巴的，粘着鸭绒。他真想把身上的白围裙扯下来，大喊一通，抛弃一切，吐口唾沫，一走了事。可是他努力控制住了自己，继续巡视。

看完格拉西姆，要看一个外科患者，他是整个右手患蜂窝组织炎，需要换药。医师坐在他面前的方凳上，观察着他的手，慢慢地拆着绷带，心想：

"他们这是昨天在命名日的宴会上喝的……等一会儿，我叫你们过过命名日！不过，我能把他们怎么样呢？什么办法也没有。"

他摸完患者红肿的手上的脓包说：

"手术刀！"

米哈伊尔·扎哈雷奇想努力表明自己两腿站得稳、能工作，便拔腿跑开，马上找来一把手术刀。

"不是这把！拿把新的来。"医师说。

医士急忙迈着碎步走到桌子跟前，在一个装着包扎材料的箱子里急忙翻腾起来。他低声跟护士们嘀咕了好久，在桌子上挪动着箱子，弄出沙沙的响声，两次把什么东西掉到地上。医师坐在那里听着嘀咕声和沙沙声，感到非常生气。他问：

“快了吗？您一定忘在下面啦……”

医士跑过来，递给他两把手术刀，不小心对着他呼了一口气。

“不是这些！”医师生气地说，“我明明白白地告诉过您：拿新的来。不过，走开吧，去醒醒酒，您身上酒气熏人，像酒馆一样！您不能工作！”

“您还要什么样的手术刀呢？”医士生气地问道，慢腾腾地耸着肩膀。

患者和护士都盯着他，他感到羞愧；为了表示自己不羞愧，他勉强笑了笑，重问了一遍：

“您还要什么样的手术刀呢？”

医师觉得气出眼泪来了，手指直哆嗦。他努力控制着自己，用颤抖的声音说：

“醒酒去！我不愿意跟醉汉说话……”

“您可以对我的工作提出要求。”医士继续说，“可是，假如我喝了酒，那谁也没有权利指责我。我是在工作吧？您还要求什么呢？我是在工作吧？”

医师跳起来，不假思索，抡起拳头就用力打了医士的脸一下。他不明白自己为什么要这样做，可是他得到了极大的满足：这一拳恰恰打在脸上，打得一个体面、有家室、敬畏上帝、知道自己价值的人晃了一下，像皮球一样跳了起来，坐到方凳上。他很想再打一下，可是在那张厌恶的脸旁边看到护士们的煞白、吃惊的脸以后，他不再感到满足，挥了一下手，就跑出了病房。

在院里，他遇到了来医院上班的娜杰日达·奥西波芙娜，一个二十七岁的老处女，脸色白中透黄，头发散披在肩上。她的粉红色花布连衣裙下摆很窄，因此她的步子迈得小而快。她衣服发着窸窣的响声，走一步扭动一下肩膀，像打拍子似的，晃着头，好像在心里唱着一首快活的什么歌儿。

“啊，水妖！”医生心里说，他想起医院里都称她水妖；他想到现在就要破坏她这个迈着小碎步、顾影自怜的花花小姐的兴头，感到很高兴。

“您上哪儿去啦？”走到她跟前，他喊道，“为什么您不待在医院里？体温没有记录，到处杂乱无章，医士喝醉了，您睡到十二点！……请另找高就吧！您不要再在这儿工作了！”

回到家里，医师扯掉白围裙和系在腰里的毛巾，怒冲冲地扔到墙角里，在书房里来回踱着说：

“天哪，这是些什么人哪，是些什么人啊？成事不足，败事有余！没有力量再工作下去了！不能啦！我走！”

他的心剧烈地跳动着，全身直哆嗦，想哭一场。为了摆脱这种感觉，他安慰自己，说自己是对的，打医士打得好。他想，首先令人厌恶的是医士进医院工作并不是通过正常途径，而是靠了在地方自治局主席家当保姆的姑妈（他这个有势力的姑妈看着都叫人恶心：来看病时，在医院里跟在家里一样随便，竟要求不排号儿）。医士纪律性差，专业知识少，而且对所知道的东西并不理解。他酗酒，放肆，肮脏，收患者贿赂，偷着卖地方自治局的药品。而且大家都知道：他私自行医，给年轻市民治隐疾，而且用的是自己的什么药。他若是个普通骗子倒也好些——普通骗子很多，可他是个自以为是的骗子，而且暗中表示不服气。他背着医师给来院就诊的患者拔罐子、放血，参加做手术时从来不洗手，总是用肮脏探针在伤口里搅动——这一切就足以表明他多么放肆地蔑视医师精深严格的医术。

医师等手指停止颤抖以后，就坐到桌前给地方自治局主席写信。信是这么写的：“尊敬的列夫·特罗菲莫维奇！如果贵局收到此信后不解雇医士米哈伊尔·扎哈雷奇并授权给我自行挑选助手的话，我将认为自己被迫（当然不无遗憾）请求您不再认为我是N医院的医生，并请费心找人接替我的工作。柳博芙·费奥多罗芙娜和‘刀笔吏’均此问候不另。此致敬礼　奥夫奇尼科夫。”医师念了一遍，觉得信写得太短，而且不够冷峻。而且问候柳博芙·费奥多罗芙娜和“刀笔吏”（主席小儿子的绰号），在正式公文里是非常不得体的。

“提‘刀笔吏’干吗？”医师想了想就把信撕了，重新起草。“尊敬的先生……”他一边想着，一边坐到敞开的窗前看着一些大鸭子领着一些摇摇摆摆、磕磕绊绊的小鸭崽在赶路，一定是到池塘去，一只小鸭崽捡了一块肠子吃，噎着了，惊慌地嘎嘎叫着；另一只小鸭崽跑过去，从它嘴里把肠子拽出来，也噎着了……远处，在板墙附近，一些幼嫩的椴树在草地上投下了绣花似的阴影，厨娘达里娅在阴影里采酸模做菜汤……这时传来了谈话声……车夫佐特手里拿着笼头在跟系着脏围裙的医院勤杂工玛努伊洛站在柴草棚旁边谈什么，边谈边笑。

“他们是在谈我打了医士……”医师想，“今天全县都要知道这件丑闻了……现在写信：‘尊敬的先生！如果贵局不解雇……’”

医师清楚地知道，地方自治局无论如何不会拿他去换医士，宁愿全县一个医士没有，也不愿失去奥夫奇尼科夫医师这样的优秀人才。列夫·特罗菲莫维奇接到信一定马上就坐车来找他，张嘴就会说：“老弟，您打什么主意？怎么搞的？为什么？他在哪里？把这个坏蛋带来！赶走！一定赶走！叫他明天不要再来这里！”然后他会跟医师一块吃午饭，饭后仰卧在这个深红色沙发上，用报纸盖着脸打呼噜，睡醒了，喝完茶，带着医师去过夜。结果，医士继续留在医院里，医师也不申请辞职。

医师内心深处不希望有这样的结局。他希望让医士的姑妈获胜，希望地方自治局无视他八年辛勤工作，不加挽留，甚至高兴地接受辞呈。他幻想着他将离开工作惯了的医院，给《医生报》写信，同行寄慰问信来……

路上出现了水妖的身影。她迈着小碎步，衣服发着窸窣声，走到窗前，问道：

“奥夫奇尼科夫先生，您想亲自接待患者，还是吩咐别人接待？”

她的眼神在说："你方才是一时冲动，现在已冷静下来，感到羞愧，可我宽宏大量，不理会这些。"

"好，我马上去。"医师说。

他又系上围裙，扎上毛巾，到医院去了。路上，他想："我打完他跑了不好……好像是我感到羞愧或者害怕……扮演了中学生的角色……很不好！"

他觉得，他进病房，病人会不好意思看他，他自己也会感到尴尬，可是当他走进病房时，病人都安静地躺在床上，几乎没有注意到他。肺病患者格拉西姆的脸上十分冷漠，好像在说："他没按您的要求办，您稍稍教训了他一下……不这样不行。"

医师在那只红肿的手上拉开了两个脓包，包扎好了，又到女病房，给一个农妇的眼睛做了手术；水妖总跟在他旁边，帮助他，那样子好像什么也没有发生、一切正常似的。巡视完病房，开始接待门诊患者。医师的小小诊室窗户是开着的，只要坐在窗台上稍稍弯一下腰，就能看到离自己一俄丈远的那片小草地。昨晚下了一场很急的暴风雨，因此草有些被吹倒了，草叶上闪着亮晶晶的水珠。离窗户不远有一条通往河沟的小路像洗过一般，路两旁乱扔的破药瓶子也被雨水洗过，迎着太阳发出刺眼的光芒。小路的后边挤着一些枝叶茂密葱茏的小云杉；云杉后边是一些白桦，树干像白纸一样白，透过被风微微吹动的绿叶可以看到深邃的蓝天。有人往窗外看的时候，在小路上蹦蹦跳跳的椋鸟就会把愚蠢的鼻子转过来，决定：吃惊还是不吃惊？它们决定吃惊以后，就会像嘲弄医师不会飞似的快活地叫着陆续飞到白桦树梢上去……

透过浓重的碘酒气味，人们可感到清爽芬芳的春天气息……呼吸起来多舒服！

"斯皮里多诺娃！"医师召唤患者。

诊室里进来一个穿红连衣裙的年轻农妇，对着圣像祈祷了一会儿。

"哪儿不舒服？"医师问道。

农妇不信任地看了看进来的门和通药房的门，向医师跟前靠了靠，低声说：

“没有孩子！”

“谁还没有挂号？”水妖在药房喊道，“过来挂号！”

医师给农妇检查着，心里想：“他这个畜生使我生平第一次动手打人。我从来没有打过人。”

农妇走了，进来一个患花柳病的老头儿，接着是一个有三个孩子的农妇得了肺病。工作紧张地进行着。医士没有露面。水妖在药房里发着窸窣的响声，叮叮当当地撞碰着器皿，叽叽嘎嘎地快活地嚷着，不断地进诊室来帮着做手术或者取处方，完全是一副若无其事的样子。医师听着她的声音，心想：

“她高兴我打医士。她跟医士就像猫跟狗似的不和嘛。要是把他解雇，她会高兴死。护士们看样子也高兴……这多叫人厌恶！”

在接待患者最紧张的时候，他突然觉得，助产士、护士甚至病人的若无其事的快活神态是故意装出来的。他们好像知道他羞愧痛心，可是为了顾全他的面子，故意装作不知道。他呢，为了向他们表明他毫不羞愧，装出生气的样子，喊道：

“喂，那是谁！把门关上，过堂风会把人吹病的！”

他已感到羞愧和难受了。看完四十五个病人以后，他不慌不忙地离开了医院。助产士已回家一趟又回来了，肩上披着鲜红的披肩，嘴里叼着香烟，散披的头发上插了一朵花，匆匆忙忙地从院子里往外走，大概去出诊或者做客。患者坐在医院的门槛上默默地晒太阳。椋鸟仍在唧唧喳喳地追赶甲虫。医师朝两边看了看，心想：在这平静安详的生活里只有医士和他的生活像钢琴上的两个坏键子惹人注意，毫无益处。医士现在大概已躺在床上，想睡但睡不着，心里在想自己不对，受到侮辱，失掉了工作。他的处境是痛苦的。医师呢，以前从未打过人，觉得自己好像永远失去了清白似的。他已不再责怪医士，不再为自己辩解，只是不明白：怎么会发生这种事？他一个正派人从来连狗都不打怎么会打人？回到家里，他躺在书房的沙发上，脸对着墙，开始想道：

“他这个人不好，对工作有害：在他工作的三年里，我不知生了多少气。但我的行为无论如何是不对的。我利用了强者的权利。他是我的下级，有过错，而且喝醉了酒；我是他的上级，有理而且没喝酒……也就是说，我比他强。第二，我当着那些把我看成权威的人的面打了他，因此就给这些人树立了一个讨厌的榜样……”

医师被人叫起来吃午饭……他喝了几羹匙菜汤，离开饭桌，又躺到沙发上，继续想道：

“现在怎么办呢？要尽快使他得到满足……可是怎样做呢？决斗，他是个讲求实际的人，会认为决斗是愚蠢行动，或者干脆不懂决斗是怎么回事。要是我在那间病房里当着护士和患者的面向他道歉呢，那得到满足的是我，而不是他；他是个蠢人，会把我的道歉看作是怯懦的表现，认为我怕他到上司那儿告我。况且这种做法最终还会动摇医院的纪律呢。给他钱？不，这不道德，像是收买。假如现在把问题提请我们的直接上级即地方自治局解决呢……它能够给我批评或者解雇我……可是它不会这么做。况且地方自治局也不便干预医院的内部事务，它对此没有任何权利……”

午饭后过了三个来小时，医师到池塘游泳，想道：

“我是否采取人人在这种情况下都采取的办法呢？就是让他到法院告我。我是绝对有错误的，我不辩解，法官会判我拘留。这样，被侮辱者将得到满足，那些把我看做权威的人将看到我是不对的。”

这个想法中了他的意，他高兴起来，认为问题已顺利解决，不会有更公正的解决办法了。他钻进水里，看到一群群金黄色小鲫鱼从他身旁游走。他想道：

“就这样，好极啦！让他去告……这对他更方便些，因为我们的工作关系已破裂，我们中间必定有一个人在这次事件之后不能留在医院里……”

傍晚，医师吩咐套车，他要到驻军首长那儿去玩文特牌。正当他戴上帽子，穿好外套，准备妥当，站在书房中间戴手套的时候，外屋门吱呀一声开了，有人轻手轻脚地进了门斗。

“谁？”医师问。

“是我……”进来的人轻声答道。

医师马上心跳起来，他由于羞愧和某种无名的恐惧而全身发冷。医士（来人就是他）轻轻地咳嗽了一声，畏惧地进了书房，沉默了一会儿，他用低沉歉疚的声音说：

“请原谅我，奥夫奇尼科夫先生！”

医师茫然失措，不知道说什么好。他知道医士来低头请求原谅并不是出于基督徒的温顺精神，也不是想用温顺精神消灭侮辱者，而只是出于一个简单的考虑：“我勉强自己，请求原谅，大概不会赶走我，夺去我的饭碗……”还有什么比这对人的尊严更具有侮辱性呢？

“请原谅……”医士重复了一遍。

“请听着……”医师张嘴说，尽量不看医士。他仍然不知道说什么好，“请听着……我侮辱了您理应……理应受到惩罚，即满足您的要求……决斗，您不承认，不过我自己也不承认。我侮辱了您，您可以到民事法院告我，我应受惩罚……我们已不能留在一起共事了……我们中间有一个人，我还是您，应当离开！（‘我的上帝，我跟他讲的，不是我想讲的！’医师吃了一惊，‘多蠢，多蠢！’）一句话，去告我吧！我们已不能在一起共事了！……不是我走就是您走……明天就去告吧！”

医士皱着眉头看了看医师，黯淡浑浊的眼睛里迸出最明显的蔑视。他一贯认为医师是个不实际的任性的小孩子，现在蔑视他，是因为他哆嗦，说话莫名其妙地啰唆……

“我去告。”他阴沉狠毒地说。

“去告吧。”

“您想什么？以为我不去告吗？我去告……您没有权利打人。您应当感到害臊！只有喝醉的乡巴佬才动手打人，而您是个受过教育的人……”

医师胸中的满腔怒火突然爆发，他声嘶力竭地喊道：

“滚出去！”

医士不情愿地抬腿往外走（他好像还有什么话要说），到了门斗，在那儿停下思索了一下，打定了什么主意以后，就毅然决然地出去了……他走以后，医师自言自语地说：

“多蠢！多蠢！这一切多蠢多庸俗！”

他已感到自己方才对待医士的态度像个小孩子，已经明白叫医士到法院去告的想法是不聪明的，不会解决问题，倒会使问题复杂化。

他坐到马车上以及后来在驻军首长家玩文特牌的时候，他心里想：

“多蠢！难道我那么没有知识，那么不了解生活，竟连这么简单的问题也解决不了？那怎么办呢？”

第二天早晨，医师看到医士的妻子坐车要到什么地方去，心想：“她这是去找姑妈。去好了！”

医院没有医士工作照常进行。必须给地方自治局写一份报告，可是医师仍然没琢磨好腹稿。现在报告的内容应当是：“请解雇医士，尽管有过错的是我，不是他。”要把这个意思表达得不蠢，问心无愧，对一个正派人来说，几乎是不可能的。

两三天之后，有人告诉医师，说医士到地方自治局主席那儿去告状，主席一句话没容他说，就跺着脚对他喊：“我了解你！出去！我不想听！”医士离开地方自治局主席，就到地方自治局递交了一封密告信，没有提被打的事，也没有为自己请求什么，只是向地方自治局告密，说医师有几次当他的面说地方自治局和主席的坏话，说医师治病方法不对，不按时下地段巡视，等等。医师听到这些以后，笑了，心想：“这个糊涂虫！”他为医士做蠢事感到害臊和可怜；一个人为了保护自己做的蠢事越多，就越说明他软弱，没有保护自己的能力。

我们所描写的那个早晨过了整整一个星期，医师接到了民事法官的通知。他在收据上签字时想：

“这十分愚蠢……想不出比这更愚蠢的事来了。”

当他在一个阴霾寂静的早晨坐车到民事法官那儿去的时候，他已不感到羞愧，只感到生气和厌恶。他生自己的气，生医士的气，生环境的气……他恼火地想：

“我要在法庭上说：你们全见鬼去！你们全是蠢驴，什么也不明白！”

到了民事审判厅，他看到被叫来作证的三个护士和水妖坐在门槛上。看到护士和快活的助产士（她已等得不耐烦，直跺脚，看到即将被审判的主角时甚至露出了高兴的笑容），怒气冲冲的医师真想像鹰隼一样飞到她们头上大喝一声：“谁让你们离开医院的？马上回去！”可是他控制住了自己，努力装出心情平静的样子，穿过一堆庄稼汉，进了审判厅。审判厅里空无一人，民事法官的法链挂在椅子的靠背上。医师到文牍员的屋里。在这里他看到了一个年轻人，脸瘦削，穿着一件亚麻布西服上衣，衣袋鼓鼓的，这人就是文牍员；医士也在这里，坐在桌子旁边，闲得无聊在翻看判罪案卷。看到医师进来，文牍员站了起来，医士满脸羞惭，也站了起来。

“法官先生还没来吗？”医师不好意思地问道。

“还没有。在家里……”文牍员答道。

审判厅设在民事法官家的大院里的一间厢房里，法官自己住在正房里。医师离开审判厅，不慌不忙地朝正房走去。他进屋的时候，法官正在餐厅里喝茶，没有穿外衣和坎肩，只穿一件衬衫，敞着怀儿，站在桌子旁边，两手拿着茶壶在往杯里倒黑糊糊的像咖啡似的浓茶；看到了客人，他迅速地把另一个茶杯挪到自己跟前，倒上茶，没有寒暄，开门见山地问道：

“您加糖还是不加糖？”

民事法官早年本来是在骑兵里服役的，如今由于多年劳绩被选为四级文官，可是仍然没有脱掉军服，也没有丢掉军人习惯。他留着警察局长式的长胡子，裤子上镶着线；他的言谈举止浸透着军人的潇洒风度。他说话时头微微向后仰着，常常发出圆润的将军们爱用的语气词“呃……”耸动着肩膀，玩弄着眼神；问候或敬烟时鞋底蹭出沙沙的响声；走路时刺马针响得那么谨慎而柔和，好像刺马针的每一声响都会给他带来不堪忍受的痛苦似的。让医师坐下喝茶以后，他抚摸着自己的宽阔的胸膛和肚子，深深地叹了口气，说：

“呃……也许您想喝……呃……伏特加酒，吃点什么？呃？”

“不，谢谢，我还饱着呢。”

两人都感到不可避免地要谈到医院里发生的那件丑事，两人都有些尴尬。医师沉默着。民事法官优雅地挥了一下手，捉住了一只叮他胸膛的蚊子，从各个角度仔细端详完了之后，又把它放了，然后深深叹了一口气，抬眼望着医师一顿一挫地问道：

“喂，您怎么不把他赶走？”

医师从他的声音里听出了同情的调子，突然可怜起自己来，感到一周以来已被这场风波折磨得疲惫不堪。他带着忍无可忍的神情从桌子旁边站起来，气恼地皱着眉头，耸着肩膀说：

“赶走！你们大家说得倒轻松……奇怪，你们怎么会这么看问题！难道我能赶走他吗？您坐在这里以为我在医院里说了算，想做什么就做什么！奇怪，你们怎么会这么看！难道我能赶走医士吗？他的姑妈在地方自治局主席家里当保姆，而地方自治局主席也需要医士这样的告密者和奴才呀！我能有什么办法呢，地方自治局根本不把我们医师当回事，处处给我们设置障碍！去他娘的吧，我不想再干了，这是我的全部看法！不想再干了！”

“唉，唉，唉……老弟，您太看重，可以说……”

“首席贵族在不遗余力地证明我们是虚无主义者，监视我们，对待我们像对待自己的文书一样。他有什么权利趁我不在的时候到医院去审问护士和患者？难道这不是侮辱人吗？你们那个白痴谢苗·阿列克谢伊奇，自己耕田，不相信医学，因为他身体好，吃得饱，壮得像头牛嘛，当面大声叫我们白吃饱，指责我们吃闲饭！去他娘的吧！我从早到晚工作，不知道休息，我在这里比这些白痴、伪君子、改革家以及其他小丑加到一起还有用！我在工作中间丧失了健康，他们不但不感谢我，反倒说我吃闲饭！太感谢你们啦！每个人都认为自己有权把鼻子伸到别人的工作里去教训别人、监督别人！你们的地方自治局成员卡姆恰特斯基在地方自治局会议上批评医生碘化钾用多了，建议我们使用可卡因时要谨慎！试问，他懂什么？关他什么事？他为什么不教您判案呢？”

“可是……可是……他是个势利眼，糊涂虫……老弟对他不能认真……”

“势利眼，糊涂虫，可是你们却把他这个吹牛说谎的人选进了地方自治局，允许他到处伸鼻子！瞧，您笑了！在您看来，这都是小事，不屑一顾，可是您要明白，这类小事那么多，已形成了全部生活，就像一粒粒尘土堆成大山一样！我不能再干下去啦！没有力量啦，亚历山大·阿尔希波维奇！请您相信，这样下去，过不了多久，我不仅会用拳头打人，而且会对人开枪的！请明白，我的神经不是铁丝。我也跟您一样是人……”

医师的眼里流出了泪水，声音颤了一下，他转过身去，看着窗外。一阵沉默。

“呃，老弟……”法官沉思着说，“另一方面呢，要是冷静地考虑的话，那……（法官捉住了一只蚊子，狠狠地眯缝起眼睛来，从各个角度端详了一番之后，就把它掐死扔进了漱口杯里）那您瞧，还真没有必要赶走他咧。把他赶走，换一个人也是一样，也许更坏。您换一百个，也找不到一个好人……全都是坏蛋。（法官抚摸了一下胳肢窝，慢慢地吸着了一支香烟）对这种坏现象必须容忍。我应当奉劝您，现在要找能够信赖的诚实的不酗酒的工作人员，只能在知识分子和庄稼汉中间找，也就是说在这两极里找。比如，您可以找到最诚实的医生，最出色的教育家，最诚实的农夫或者铁匠，而中间阶层的人，也就是那些离开了平民百姓但还没有走进知识分子行列的人是不可靠的。因此极难找到诚实的不酗酒的医士、文书、管家，等等。非常困难！我在司法界工作多年，从来没有找到过一个诚实的不酗酒的文书，尽管被我赶走的数不胜数。人们没有任何道德约束，更谈不上原则了，可以说……”

医师心想：“他说这些干吗？我们谈的都是用不着的。”

法官继续说：

“就在上个星期五，我的久仁斯基给我制造了这么一个麻烦。晚上他招来一帮酒鬼，谁知道他们是些什么人，在审判厅里喝了一夜。您喜欢这样吗？我毫不反对喝酒。随你便，要喝——喝好啦，可是为什么把一些不了解底细的人领进审判厅？因为，您知道，从案卷里偷份文件，偷张期票什么的——一分钟就能办得到！您以为怎样？这次夜宴之后，我花了两天时间检查所有文件，看丢了什么没有？………唉，对这个坏蛋能怎么办呢？赶走？那好……可您怎能保证新换的不更坏呢？”

“是啊，怎么能赶走呢？”医师说，“赶走一个人，说起来容易……我怎能赶走他、剥夺他的饭碗呢，假如我知道他有家小，而且要挨饿？叫他带着家小上哪儿去呢？”

他想：“鬼知道是怎么回事，我讲的不是该讲的话！”他觉得奇怪：他怎么也不能把自己的意识固定在一个明确的思想或者某一种情感上。他想：“这大概是因为我肤浅，不会思维。”他继续说：

“中间阶层的人，如您所说，不可靠。我们可以督促他，骂他，打他耳光，可是也应当设身处地替他想想。他不是普通百姓，也不是老爷先生，非驴非马；过去受苦，现在每月只拿二十五卢布工资，家小忍饥挨饿，自己听人驱使，未来仍然是每月二十五卢布，仰人鼻息，工作一百年也如此。他既无学历，又无财产。读书，上教堂，他没有时间；我们的熏陶，他受不到，因为我们不让他靠近。他就是这样一天一天地混吃等死，到死也不会有发迹的希望，吃不饱饭，终日提心吊胆，怕被从公家住宅赶出去无处安顿孩子。试问，他怎么能不酗酒、不偷东西呢？哪儿谈得上什么原则呢！”

他心里想：“我们好像在解决社会问题呢。天哪，离题多远！干吗说这些话呢？”

门铃声响了。有人坐马车进了院，先奔审判厅，后来就折到正房的门口。法官朝窗外看了一眼说：

“他亲自来了。唉，你们吃不了得兜着走啦！”

“请你快些放我回去……”医师请求说，“要是可以的话，请先审理我的案子。真的，没有时间。”

“好，好……不过，老弟，我不知道此案是否归我管辖。您跟医士可以说是工作关系，而且您是在履行职责时打他的。不过，我不十分清楚。我们马上问问列夫·特罗菲莫维奇。”

传来一阵急促的脚步声和吃力的喘息声，门口出现了一个头发花白、秃顶、留着长胡子、眼皮红肿的老人——这就是地方自治局主席列夫·特罗菲莫维奇。他吃力地喘着说：

“你们好……哎哟，老天爷！法官，吩咐人给我拿克瓦斯来！真要命……”

他坐到圈椅上，可是马上就迅速跳起来，跑到医师跟前，生气地瞪着眼，用尖细的男高音说：

“非常地特别地感谢您啦，奥夫奇尼科夫先生！谢谢您的恩典！千秋万代不会忘记！朋友之间是不该这么做的！无论如何，您这样做简直是不够意思！为什么您不通知我？我是您的什么人？敌人还是外人？我是您的敌人吗？难道我什么时候拒绝过您的什么请求吗？嗯？”

主席瞪着眼睛，活动着手指，喝完克瓦斯继续说：

“非常非常感谢您啦！为什么不通知我？要是您对我有感情的话，您会到我家友好地对我说：‘老兄，列夫·特罗菲莫维奇，如此这般……发生了这么一件事，等等……我转眼之间就会给您把所有问题都解决好，那就用不着出这个丑……那个浑蛋像疯了似的，在县里到处窜，挑拨是非，造谣中伤，而您呢，说起来叫人害臊，请原谅我说话不好听，鬼知道您想干什么，竟叫那个浑蛋告您！丢脸，纯粹丢脸！人们都纷纷问我怎么回事，可我这个主席却什么也不知道。您用不着我！非常非常感谢您啦，奥夫奇尼科夫先生！”

主席深深地鞠了一躬，这一躬鞠得那么深，竟把脸憋得通红，然后走到窗前，喊道：

“日加洛夫，把米哈伊尔·扎哈雷奇叫来！告诉他马上来！这可不好啊，大夫！”说完，离开了窗户，“连我妻子都生气了，她对您多好啊。先生们，你们太自作聪明啦！你们煞费心机，好像这样才是聪明办法，合乎原则。而且花样翻新，可结果却只有一个：把问题搞复杂……”

“您不用聪明办法，会有什么结果呢？”医师问道。

“我们会有什么结果？那结果就是：要不是我马上赶来，你们不仅会自己丢脸，也会使我们丢脸……算你们走运，我赶来了！”

医士进来，站在门口。主席侧着身子对着他，两手插在衣袋里，咳嗽了几声，说：

“马上请求医师原谅！”

医师脸一红，跑到另一个房间去了。

“瞧，医师不肯接受你的道歉！”主席继续说，“他希望你不是用空话，而是用实际行动表示悔改。你能保证今后服从领导、不再酗酒吗？”

“保证……”医士用低沉的声音阴郁地说。

“你要小心！上帝保佑你！在我这里你眨眼的工夫就会丢掉饭碗！要再出现问题，可别指望宽恕……好，回家去吧……”

医士本来已准备接受倒霉的结局，事情的这种转折使他大喜过望。他高兴得甚至脸色都变得煞白了。他想说什么，往前伸了一下手。但是什么也没有说，只是愚蠢地笑了笑，走了。

“问题解决了！”主席说，“什么法庭也不用了。”

他如释重负地喘了口气，那神气好似刚刚完成了一件很困难的重要事情似的，看了看茶炊和茶杯，搓了搓手说：

“使人和睦的人有福了……[1]萨沙，给我倒一杯。不过，你先叫人拿点儿吃的来……也拿点儿酒来……”

“先生们，这样不行！”医师走进餐厅说，他搓着手，脸仍然通红，“这……这是闹剧！不像话！我不能接受，即使打二十次官司也比这样闹剧式地解决问题强。不，我不能接受！”

“您要怎么样呢？”主席顶了他一句，“赶走吗？好，我赶……”

“不，不是赶走……我不知道该怎么样，可是，先生们，这样对待生活……哎哟，我的上帝！这叫人受不了！”

医师烦躁起来，开始找帽子，没有找着，便疲惫地坐到圈椅上。

“不像话！”他又说了一遍。

“老弟，”法官低声说，“我对您有些不理解，可以说……这件事您有过错啊！打嘴巴在十九世纪末，不管怎么说，总有些那个……他是坏蛋，可是您应当承认，您的行为也不检点……”

“当然！”主席赞同说。

酒和菜肴端上来了。临别，医师机械地干了一杯酒，吃了一个小萝卜。回医院的路上他的思想像秋天早晨的草似的蒙上了一层迷雾。他想：

“难道这一个星期受了那么多折磨，伤了那么多脑筋，说了那么多话，竟是为了使一切这么荒谬庸俗地结束！多蠢！多蠢！”

他感到羞愧：竟把一些外人牵扯进个人问题里。他为对这些人说的那些话，为喝的那杯酒感到羞愧——他是有随便喝酒、随遇而安的习惯。他为自己肤浅、不明事理的头脑感到羞愧……回到医院，他马上巡视病房。医士跟在他旁边，像小猫似的轻轻地迈着脚

---

① 《圣经 · 新约 · 马太福音》第五章第九节。

步，轻轻地回答问题……医士、水妖、护士都装出若无其事的样子。医师自己也努力使人觉得他泰然自若。他吩咐，发火，跟患者说笑，可是心里总在嘀咕：

“愚蠢，愚蠢，愚蠢……”

美　人

1

记得我还是五六年级小学生的时候跟爷爷从顿河州的大克列普科伊村到顿河畔罗斯托夫去。那是八月的一天，骄阳灼人，无聊得要命。天气炎热，干燥的热风迎面刮来阵阵尘土，眼睛睁不开，嘴里发干，既不想睁眼看什么，张嘴说什么，也不想动脑筋想什么。瞌睡昏昏的乌克兰车夫卡尔波挥鞭子打马抽到我的帽子上，我没有抗议，没有出声，从半睡状态醒过来以后只是忧郁而温顺地看看前方，想知道：透过飞扬的尘土能否看到一个村庄？我们是停在一个叫巴赫奇萨拉赫的亚美尼亚大村子爷爷认识的一个有钱的亚美尼亚人家里喂的马。我有生以来从未见过什么人比这个亚美尼亚人更像漫画人物了。一个头发剪得短短的小脑瓜上长着两道低垂的浓眉，一个鹰钩鼻子，一把老长的白胡子，一张宽阔嘴，嘴里衔着樱桃木做的长烟袋，这个小脑瓜被笨拙地粘在一个又瘦又驼的穿着一身怪打扮的躯干上。上身是一件红色的短上衣，下身是一件肥大的宝蓝灯笼裤；走路腿向两边撇着，鞋在地上擦着发出沙沙的响声；说话时烟袋叼在嘴里，带着纯亚美尼亚人的自尊：不微笑，瞪着眼睛，努力少理睬客人。

在这个亚美尼亚人家里虽然没有风，没有飞扬的尘土，但也是不舒服、闷气、枯燥的，跟在草原上、路上一样。我热得浑身无力，坐在墙角一个绿箱子上。没刷油漆的木板墙、家具和用赭石染的地板发着被太阳晒焦的干木头味儿。不管往哪儿看，到处都是苍蝇，苍蝇，苍蝇……爷爷跟亚美尼亚人低声谈着牧场、放牧、绵羊……我知道：茶炊一个小时才能安排好，爷爷喝茶少于一个小时不行，然后得躺下睡两三个小时；我要在这儿等半天，然后又是炎热，尘土，颠簸。我听着他们两人喃喃的低语声，开始觉得：这亚美尼亚人，这碗柜，这苍蝇，这喷洒着灼热阳光的窗户，我都看了好久好久了，在极其遥远的未来还要不停地看到它们，我的心里充满了对草原、对太阳、对苍蝇的厌恶心情……

一个包着头巾的乌克兰婆娘先端来了茶具，然后又端来茶炊，亚美尼亚人不慌不忙地走到外屋去喊道：

"玛霞！来倒茶！你在哪儿？玛霞！"

传来一阵急促的脚步声，房间里进来一个十五六岁的姑娘，穿着一件朴素的花布连衣裙，系着一方白色的小头巾。她刷洗茶具、倒茶的时候，是后背对着我，所以我只能看到她腰身纤细，光着脚，两个裸露的小脚后跟被低垂的裤腿遮盖着。

主人请我喝茶。我坐到桌旁，姑娘给我递茶，我抬头看了一下姑娘的脸，突然觉得像一阵风吹过我的心灵，把日间各种印象以及跟这些印象连在一起的枯燥、尘土统统都刮走了。我看到了一个在现实和梦中所见到的最漂亮的、美丽迷人的容貌。站在我面前的是一个美人，我一眼就看出来了，像辨认闪电那么迅速。

我敢起誓，玛莎，或者像她爸爸叫她的那样——玛霞，是真正的美人，可是我却无法证明这一点。有时，西方天际杂乱无章地堆着一些云片，太阳藏在后面，把这些云片和天空染成血红、橙黄、金黄、淡紫、粉红等各种颜色；一块云片像修士，另一块云片像鱼，第三块云片像裹着缠头的土耳其人。夕阳余辉燃遍三分之一天空，闪烁在教堂的十字架上、地主宅院窗户的玻璃上，映照在河里、水洼里，抖动在树木的枝叶上；远处，在霞光里一群大雁在飞往什么地方过夜……赶牛的牧童，坐车经过水坝的土地丈量员以及散步的大人老爷们全都注视着晚霞，一致认为这晚霞美得要命，可是谁也不知道、说不出美在什么地方。

不是我一个人认为这亚美尼亚姑娘美。爷爷，一个八十岁的老翁，为人严肃，对女色和美景态度冷漠，连他也亲切地盯着玛莎，看了足有一分钟，问道：

"这是您的女儿，阿韦特·纳扎雷奇？"

"是的。是我的……"主人答道。

"好漂亮的姑娘。"爷爷夸奖说。

这亚美尼亚姑娘的美，画家可能称之为古典式的端庄美。这是这样一种美，观赏这种美的时候，您不知从哪儿会得到一种信念，认为您看到的容貌是规范的，头发、眼睛、鼻子、嘴、脖颈、胸脯和年轻躯体的所有动作融合成一曲完整和谐的和弦，大自然在这里连一丁点失误都没有；您不知为什么会觉得理想的美女鼻子就是应当像玛莎这样直，稍带一点儿弯钩儿，眼睛应当这样又大又黑，睫毛应当这样长，眼神应当这样令人陶醉，她的黑色的卷曲的头发和眉毛跟她的前额和脸腮的柔和白色也恰到好处，像绿色的芦苇配寂静的小溪一样；玛莎的白脖颈和幼嫩的胸脯还没有发育成熟，可是您觉得要想把它们雕塑成这样，必须具备巨大的创作天才。您看着她，渐渐就想对她说句什么非常愉快、真诚、美丽的话，像她自身那么美丽的话。

起初我感到不快和羞愧，因为玛莎毫不理睬我，总是低着头；我觉得，好像有一种特别的、高傲而幸福的空气把她跟我隔开了，并且嫉妒地挡住她，使她看不到我的目光。我想：

"这大概是因为我满身尘土，晒得黝黑，因为我还是个孩子吧。"

不过后来我却渐渐地忘记了自己，全神贯注地去感受美去了。我已经不记得无聊的草原、尘土了，听不到苍蝇嗡嗡飞了，喝不出茶的香味了，只是感到桌子对面站着一个美丽的姑娘。

这美给我的感受有些奇特。不是欲望，不是狂喜，不是快感，玛莎在我心里激起的是沉重的、尽管也是愉快的惆怅。这惆怅是不明确的、模糊的，像梦。不知为什么，我可怜自己，可怜爷爷，可怜亚美尼亚人，也可怜这个亚美尼亚姑娘；我觉得，我们四个人好像都失去了一种重要的、生活中不可或缺的什么东西，这东西永远也找不到了。爷爷也有些忧伤。他已不谈牧场和绵羊了，而是默默地若有所思地偶尔看看玛莎。

喝完茶，爷爷躺下睡觉，我到屋外坐在门口的台阶上。这座房子跟村里所有房子一样，完全处在太阳的暴晒之下：没有树木，没有凉棚，没有任何能遮蔽烈日的东西。亚美尼亚人的大院子里长满了滨藜和锦葵，尽管炎热，但仍然洋溢着热闹欢乐的气氛。院子被一些低矮的篱笆分割开，在一道篱笆里面正在打场。在场院正中央钉了一根木桩，上边并排拴了十二匹马，形成一个长长的半径，绕着那根柱子奔跑着。旁边走着一个乌克兰人，穿着长坎肩和肥大的灯笼裤，扬起鞭子抽马，发出啪啪的响声，吆喝着（那声调好像想嘲弄嘲弄马，向它们炫耀他对它们掌有生杀大权似的）：

"啊啊啊，该死的！啊啊啊……瘟不死的！怕啦？"

那些马——枣红马、白马、花斑马都不明白为什么叫它们踩那些麦秸，围着一个地方打转。它们跑得很不情愿，好像力不胜任似的，抱怨地晃着尾巴。风从它们的蹄下卷起一团团金黄色麦壳云带到篱笆外很远的地方。在一些高高的新麦垛旁边，有些婆娘拿着耙在忙活着，还有几辆大车在走动着；在麦垛后面另一个院里，也有十二匹马围着一根木桩跑着，也有一个乌克兰人扬起鞭子抽马，发出啪啪的响声，嘲弄着马。

我所坐的台阶滚热，稀疏的小栏杆和窗框上晒得流出木胶来，在台阶和护窗板下边的一道道阴影里挤着一些红色甲虫。太阳烤着我的头、前胸和后背，可是我觉察不到这些，只是觉得背后前厅里和房间里的地板上响着光脚走路的声音。玛莎收拾完茶具之后，就带着一阵风从我身旁踩着台阶跑过去，像小鸟一样飞进一个连着正房的被烟熏黑了的小房子，那儿一定是厨房，因为从那儿飘来烤羊肉味儿，还有亚美尼亚人气哼哼的说话声。她消失在黑暗的门里，门槛上出现了一个红脸膛、穿一条绿灯笼裤的亚美尼亚驼背老太婆。老太婆生气，在骂谁。不一会儿，玛莎出现在门槛上，脸在厨房里热得通红，肩上扛着一个硕大的黑面包，她被面包压得优美地弯着腰，穿过院子朝场院跑去，跨过篱笆钻进了金黄色麦壳云里，消失在大车后边。赶马的乌克兰人放下鞭子，停止吆喝，默默地朝大车那个方向看了一分钟；当这个亚美尼亚姑娘又出现在马旁边，跳过篱笆时，他目送着她，用一种好像很伤心的语调对马喊道：

“死去吧，鬼东西！”

接着，我不断地听到她光脚走路的脚步声，看到她神色严肃急切地在院子里跑来跑去。她一会儿带着一阵风踩着台阶从我身旁跑过去，一会儿跑进厨房去，一会儿跑到场院去，一会儿跑到大门外边去。我的头来回转着，几乎要跟不上她的身影了。

她的美貌越在我眼前晃动，我就越感到惆怅。我可怜自己，可怜她，也可怜那个乌克兰人——她每次穿过麦壳云往大车那边跑的时候，他都用忧郁的目光目送她。我这种心情是对她的美貌的嫉妒，还是感到惋惜，因为她不属于我，而且永远不会属于我，还是我模模糊糊感到她的少有的美是偶然的，无益的，像大地上的一切，不是永恒的；也许我的惆怅是一个人观赏真正的美的时候所产生的一种特殊的情感，谁知道呢！

三个小时的等待不知不觉地过去了。我觉得还没有看够玛莎，卡尔波已到河里给马洗澡回来，开始套车了。湿淋淋的马舒服得打着响鼻，踢着车辕。卡尔波喊着：“捎！捎！捎！”爷爷醒了。玛莎给我们吱呀一声打开大门，我们上车，出了院子。一路上我们都默不作声，好像互相赌气似的。

两三个小时以后，当罗斯托夫和纳希切万遥遥在望的时候，一直沉默的卡尔波迅速回头看了一眼，说：

“亚美尼亚佬的丫头真不错！”

说罢，抽了马一鞭子。

2

另一次是读大学的时候坐火车到南方去。那是五月。好像是在别尔哥罗德和哈尔科夫之间的一个火车站上，我离开车厢到站台上散步。

车站花园、站台、旷野都已铺上了黄昏的阴影；候车室挡住了落日，可是根据机车冒出来被染成柔和粉红色的一团团浓烟来判断，太阳还没有完全落下。

在站台上散步的时候，我看到大多数散步的乘客都聚在一个二等车厢附近，那神态好像这个车厢里坐着一个什么名人似的。在这个车厢附近遇到的好奇的人们中间，有一个是跟我坐在一起的炮兵军官，他像所有萍水相逢的人一样，聪明、热情、可亲。我问：

"你们在这儿看什么呢？"

他什么也没有说，只是用眼睛暗示我一个女人的身影。那是一个妙龄女郎，约十七八岁，一身俄罗斯打扮，没戴帽子，一件短斗篷满不在意地搭在肩上，不是乘客，大概是站长的女儿或者妹妹。她站在车窗旁边同一位上年纪的女乘客闲谈。在还没有意识到看到的是什么以前，我突然产生了一种当年在亚美尼亚村里所体验过的感觉。

这姑娘是一个绝色美人，对这一点，无论我还是跟我一起看她的人，都没有怀疑。

要是照惯例按部位描写她的外貌的话，她身上真正美的只有在头上用一根黑带子扎了一下、散披着的波浪起伏的浓密的金发；其余的一切要么是不端正，要么是很平常。也许是她献媚的特殊风度，也许是因为近视，她的两眼眯缝着，鼻子微微翘着，嘴小，侧面轮廓不明显，两肩窄得跟年龄不相称，可是她给人的印象却是真正的美。看着她，我可以相信：俄罗斯女人的容貌为了好看，不需要五官端正，甚至给这个姑娘把翘鼻子换成像那个亚美尼亚姑娘那样的从雕塑角度看毫无缺陷的鼻子，那她的容貌也会失去其全部魅力。

姑娘站在车窗旁边闲谈着，被傍晚的潮气冻得瑟缩着身子，不断地朝我们这边瞥着，一会儿用双手叉叉腰，一会儿抬手理理头发，说着，笑着，脸上的表情忽而惊奇，忽而恐惧；我不记得她的身体和脸上有一刻安静过。她的美的秘密和魅力就在这些细微的无比优美的动作里、微笑里、表情的变化里、对我们的迅速一瞥里，就在这些优美动作里渗透着青春、清新，渗透着欢声笑语透露出来的纯洁心灵，渗透着我们在小孩、小鸟、小鹿、小树身上那么喜欢看到的那种柔弱神态。

这是蝴蝶式的美，跟华尔兹舞、花园里的蹦蹦跳跳、欢笑、快活相映成趣，跟严肃思想、悲哀和安静是格格不入的，好像只要站台上刮一阵微风或下一场雨，柔弱的躯体马上就会衰枯，娇气的美就会像花粉一样荡然无存。第二遍铃响过后，军官跟我一起回车厢的时候，自言自语地“嗯”了一声。这声“嗯”是什么意思，我不想妄加猜测。也许他感到忧伤，不愿意离开美人和春日傍晚回到闷气的车厢里去；也许他跟我一样，下意识地为美人、为自己、为我、为恋恋不舍地回车厢的全体乘客感到惋惜。路过车站窗户的时候，看到窗户里电报机旁坐着一个电报生，棕红色头发蓬乱，颧骨高耸，脸色苍白，军官叹了口气说：

“我打赌，这个电报生一定爱上了那个漂亮姑娘。生活在这荒野之中，同住在一个屋檐下，要不爱上这个仙女，是要有非凡的克制力的。朋友，一个驼背、头发蓬乱、脸色灰白、正派、不蠢的人爱上这个漂亮而有些蠢的姑娘，而这个姑娘又毫不理睬他，这是多么不幸，多大的嘲弄啊！也可能更糟：这个电报生爱上了这个姑娘，而他却有妻子，而妻子也跟他一样，驼背，头发蓬乱，正派……简直是苦难的生活！”

在我们的车厢附近，站着一个列车员。他两肘靠在站台的栏杆上，凝视着美人站的那个方向，被不眠之夜和列车颠簸弄得满是倦容、肌肉松弛的脸上表现出了陶醉和极其惆怅的神色：好像在这个姑娘身上，他看到了自己的青春、幸福、不饮酒的生活、清洁、妻子、儿女；好像他惋惜并且全部身心都感到，这个姑娘不属于他，他未老先衰，体态笨重，满脸油腻，离普通人即乘客的幸福生活像离天那么远。

第三遍铃响，传来开车的哨音，列车懒洋洋地开动了。我们的车窗外边闪过了列车员，站长，花园，美人带着她那美妙的、孩子般调皮的微笑……

我把头探出窗外向后看着，看到她目送着列车，在站台上走着，经过电报生的窗户，抬手理了理头发，跑进花园去了。候车室已不遮挡西方的天空，旷野一览无余，可是太阳已经落了，团团黑烟飘散在绿天鹅绒般的越冬庄稼幼苗的上空。春天的空气里，黑暗的天空里，车厢里，到处都令人感到惆怅。

方才见过的那个列车员走进车厢来开始点蜡烛。

命名日

1

在命名日午宴上陪着客人吃过八道菜、不停地应酬寒暄之后，过命名日者的妻子奥尔加·米哈伊洛芙娜到花园里来了。不停地微笑和说话的义务、餐具的撞击声、仆人的糊涂、每道菜之间的漫长间隔以及为了对客人掩饰身孕而穿的紧身衣，把她折磨得疲惫不堪。她想走得离房子远些，坐在树阴里休息一会儿，想想她两个月之后要生的孩子。从大林荫路向左拐到一条狭窄小径上之后，就会想起孩子来，对此她已习以为常。在这儿的李子树和樱桃树的浓阴下，干树枝擦着她的肩膀和脖颈，蛛网不断粘到她的脸上，她的脑海里就会出现一个性别不清、相貌模糊的小人儿形象，她就会开始觉得：脸和脖子发痒不是蛛网刺激的，而是这个小人儿亲切地挠的。小径尽头是一道稀疏的篱笆，篱笆那边是一些盖着陶制盖儿的矮宽的蜂箱，当凝滞的空气里弥漫着干草和蜂蜜的气味、耳边响着蜜蜂柔和的嗡嗡声的时候，这小人儿就会完全占据奥尔加·米哈伊洛芙娜的身心。于是她就坐到树条搭成的窝棚旁边的一条小长凳上开始遐想。

这次，她也是走到小长凳旁边，坐下，开始思索。可是她的脑海里出现的却不是小人儿，而是她刚刚撇下的大人。她是女主人，撇下客人，使她感到非常不安；她想起，她的丈夫彼得·德米特里奇和舅舅尼古拉·尼古拉伊奇在餐桌上争论陪审制度问题、报刊问题和妇女教育问题，丈夫争论照例是为了在客人面前炫耀自己的保守主义，而更主要的是为了表示不赞成舅舅的见解，因为他不喜欢舅舅；而舅舅反对他，在他的每个字眼上挑毛病，则是为了向吃饭的人显示，他虽已五十九岁了，却仍保持着青年人的朝气和自由思想。奥尔加·米哈伊洛芙娜在午宴快结束的时候再也憋不住，开始笨拙地为女子高等学堂辩护。并不是女子高等学堂需要辩护，不过是因为她想给丈夫增加些不快，她认为丈夫是不公平的。客人们被这种争论弄得厌倦了，可是他们全都认为需要参加争论，说了很多，虽然他们全都跟陪审制度、跟妇女教育毫无瓜葛……

奥尔加·米哈伊洛芙娜坐在篱笆的这一边，靠近窝棚。太阳藏到了乌云后边，树木和空气都潮乎乎的，像要下雨似的；尽管如此，仍然是又热又闷。树下圣彼得节前夜割倒的草，散扔在那里，悲伤地展现着干枯的五颜六色的花儿，散发着浓重腻人的香味。一片寂静。篱笆那边响着蜜蜂单调的嗡嗡声……

突然传来脚步声和说话声。有人沿着小径朝养蜂场走来。

"闷得慌！"一个女人的声音说，"您看会不会下雨？"

"会下，我的美人儿，可是在入夜以前不会。"一个很熟悉的男人声音懒洋洋地答道，"会下一场好雨！"

奥尔加·米哈伊洛芙娜盘算：要是她赶紧藏到窝棚里，人们看不到她，就会走过去，她就用不着说话和勉强微笑了。她提起衣襟弯腰进了窝棚。她的脸、脖子和手臂马上被一阵闷热的像蒸汽似的空气包围起来。要是没有闷热，没有黑麦面包、莳萝和树条混杂在一起的浑浊气味使人喘不上气来，这昏暗的窝棚倒是躲开客人思考小小人儿的好地方。舒适，清静。

"这儿多好啊！"女人的声音说，"坐一会儿吧，彼得·德米特里奇。"

奥尔加·米哈伊洛芙娜从树条的缝隙里往外看。她看到了丈夫彼得·德米特里奇和女客小柳芭，一个十七岁的小姑娘，刚从女子寄宿学校毕业。彼得·德米特里奇礼帽戴在后脑勺上，因为午餐时喝了很多酒，所以懒洋洋的，摇摇摆摆地在篱笆附近用一只脚把干草拨成堆；小柳芭热得满脸通红，像往常一样漂亮，倒背着手站在那里注视着他的魁伟身体的懒洋洋的动作。

奥尔加·米哈伊洛芙娜知道女人喜欢她的丈夫，因此不爱看到他跟女人们在一起。彼得·德米特里奇把草搂到一起，以便跟小柳芭坐在上面闲扯，并没有什么；漂亮的小柳芭温柔地看着他也没有什么；不过奥尔加·米哈伊洛芙娜仍然感到对丈夫不满、害怕，并为现在能偷听到他们谈话而高兴。

“坐下吧，迷人的姑娘。”彼得·德米特里奇坐到干草上伸着懒腰说，“这么坐。讲点儿什么给我听听。”

“得啦！我讲起来，您就该睡着啦。”

“我会睡着？决不会！有这样两只眼睛看着我，我会睡着？”

丈夫的话，以及丈夫在女客面前仰身叉腿地坐在那里，帽子滑到后脑勺上，这也都没有什么。他被女人们宠坏了，知道女人喜欢他，养成了对待女人的特殊风度；都说这种风度给他锦上添花。他对小柳芭的态度跟对所有女人的态度一样。可是奥尔加·米哈伊洛芙娜仍然感到嫉妒。

“请告诉我，”小柳芭沉默了一会儿问道，“传说您惹了官司，真的吗？”

“我？是真的……被当成了坏蛋，我的美人儿。”

“为什么呢？”

“什么也不为，不过……多半是为了政治。”彼得·德米特里奇打了一个呵欠说，“左右两派斗争。我是蒙昧主义者，保守派，在正式文件里大胆使用了一些对我们的地区民事法官沃斯特里亚科夫以及弗拉基米罗夫之流，对这些一贯正确的格莱斯顿[①]具有侮辱性的字眼。”

---

① 格莱斯顿（1809—1898），英国自由党领袖，曾任三届英国首相，对内实行一些不彻底改革，对外实行殖民地扩张。

彼得·德米特里奇又打了一个呵欠，接着说：

“我们的制度是这样的：您可以褒贬太阳、月亮，褒贬任何东西，但千万不能触动自由主义者！千万不能！自由主义者是一种干透了的毒菌，用手一碰，就会变成一团飞尘把您包围起来。”

“事情是怎么引起的呢？”

“没有什么特别的。这场轩然大波是由一件小事引起的。有个出身寒微、为人猥琐的教师向民事法官沃斯特里亚科夫提出诉状，指控酒馆掌柜的在公众场合用语言和行动侮辱他。从全部情节可以看出：当时教师和酒馆掌柜的都醉得一塌糊涂，两人的行为同样卑劣。假如有侮辱的话，那一定也是相互的。沃斯特里亚科夫本应对两人课以同样罚款，以惩罚他们扰乱治安，然后赶出审判厅了事。可我们呢？我们总是不看人，不看事，而是看招牌，看标签。既是教师，就不管他为人多坏，就一定永远都是对的，因为他是教师；酒馆掌柜的永远是错的，因为他是酒馆掌柜的，奸商。沃斯特里亚科夫判了酒馆掌柜的拘留，酒馆掌柜的把案子提到调解法官会审法庭。会审法庭郑重地批准了沃斯特里亚科夫的判决。我持有个人意见……稍稍急躁了些……就是这么回事。”

彼得·德米特里奇讲话的语调平静，带着满不在乎的嘲讽语气。事实上，面临的审判是使他甚感不安的。奥尔加·米哈伊洛芙娜记得，他从倒霉的会审法庭回来以后曾极力对家里人掩饰自己的沉重心情和对自己的不满。他是个聪明人，不能不感觉到他的特殊意见走得太远，需要撒多少谎才能对自己、对别人掩盖住这种感觉！他说了多少无用的话，发了多少牢骚，强作了多少笑脸！知道了要追究他法律责任之后，他突然感到疲惫，垂头丧气，开始睡不好，比平时更经常地站在窗前用手指敲玻璃。他羞于在妻子面前承认自己心情沉重，她对此感到不满……

“据说您到波尔塔瓦省去过？”小柳芭问道。

“是的，去过。”彼得·德米特里奇答道，“前天回来的。”

“那儿大概好吧？”

“好。甚至很好。应当告诉您，我去的时候正赶上割草季节，这是乌克兰最富有诗意的季节。我们这儿大房子、大花园，有许多人和事，因此您看不到割草，一切都是不知不觉地就过去了。那儿我的村子周围有十五俄亩草地，平坦空旷，了无遮拦；不管您站在哪个窗户前面，都可以看到人们割草。在草地上割，在花园里割；没有客人，也没有杂事，因此您不由自主地看到的、听到的、感到的全是割草。室内室外全是干草味儿，从早到晚听到钐刀响。一般说来，乌克兰是个可爱的地方。您信吗，当我在有桔槔的井边喝生水、在犹太酒馆喝劣质伏特加酒时，当寂静的傍晚远处飘来乌克兰人提琴和铃鼓的响声时，有一个迷人的想法吸引着我——那就是在村里呆下去，对付着生活，远离这些会审法庭、聪明的谈话、发哲学议论的女士、冗长的午餐……”

彼得·德米特里奇没有说谎。他感到沉重，的确想休息一下。他到波尔塔瓦省去，完全是为了不看到自己的书房、仆人、熟人以及一切能使他想起自己被伤害的自尊心和犯错误的事情。

小柳芭突然跳起来，吓得直挥手。

“哎呀，蜜蜂！”她尖叫着，“蜇人！”

“得啦，它不蜇人！”彼得·德米特里奇说，“看您多胆小！”

“不行，不行，不行！”小柳芭喊道，眼睛瞟着蜜蜂迅速地往后退。

彼得·德米特里奇跟在她后面，用爱抚而忧伤的目光看着她。看她的时候，他一定想到了自己的村子和隐居生活，也许——谁知道呢？——还会想到他在那个村子里会生活得温暖舒适，假如他的妻子是这个姑娘——年轻、纯洁、清新，没有被女子高等学堂毒害过，没有怀孕……

谈话声和脚步声消失以后，奥尔加·米哈伊洛芙娜就从窝棚里出来，往家走去。她想哭。她已很嫉妒丈夫。她理解：彼得·德米特里奇感到疲惫、懊悔、羞愧，而人在羞愧的时候首先想躲开亲人，去跟外人谈心；她也理解：小柳芭跟在屋里喝咖啡的所有女人一样是不危险的。可是总的说来，一切都是不可理解的、可怕的，奥尔加·米哈伊洛芙娜已经觉得彼得·德米特里奇已有一半不属于她了……

"他没有权利！"她努力思考自己的嫉妒和对丈夫的不满，自言自语地说，"他没有任何权利。我马上就跟他把话说清楚！"

她决定马上找到丈夫，告诉他：他受到别的女人的喜欢，自己也追求这个，像追求天上的吗哪[①]似的，这恶心，很恶心：他把理应属于妻子的一切交给外人，有心事不肯对妻子讲，却对随便遇到的漂亮脸蛋儿倾吐，这是不公平的，不诚实的。妻子有什么对不起他的地方？她有什么过错？最后，他的谎言早就令人厌烦了：他总是装腔作势，卖弄风情，不说心里话，不叫人看到本来面目。干吗要撒谎？撒谎是一个正派人应该做的吗？撒谎，既是对撒谎者本人的侮辱，也是对他所欺骗的人的侮辱，也是不尊重事实。难道他不明白：他坐在法官席上卖弄风情，装腔作势，或者在吃午餐的时候大谈政权机关的特权，只是为了使舅舅难堪；难道他不明白：这样做的同时，他会把法庭、他自己以及听他、看他的人贬得一文不值？

走到大林荫路之后，奥尔加·米哈伊洛芙娜便装出刚去安排完家务的样子。凉台上，男人们正在喝蜜酒，吃浆果。其中有一个人——法院的侦查员，一个上年纪的爱说笑的胖子，大概在讲一个不体面的笑话，因为他看到了女主人，便猛然捂住自己的厚嘴唇，瞪大眼睛坐下了。奥尔加·米哈伊洛芙娜不喜欢县里的官员们。她不喜欢他们笨头笨脑、装腔作势的妻子，不喜欢他们播弄是非，经常做客，阿谀奉承她的丈夫，尽管他们心里厌恶他。现在他们喝足吃饱却不肯离去，她感到厌倦得要命，可是为了不显得冷淡，她亲切地对法院侦查员笑了笑，伸出一根手指吓唬他一下。她微笑着穿

① 上帝从天上降给以色列人的食物，事见《圣经·旧约·出埃及记》第十六章。

过大厅和客厅，装出刚去吩咐了什么、安排了什么似的。她心里想：“可千万别被谁拦住！”可是自己却在客厅里站住了，为的是出于礼貌听听一个年轻人弹奏钢琴，站了一会儿，她喊了声“好，好，乔治先生！”，鼓了两下掌，就继续向前走了。

她在书房里找到了丈夫。他坐在桌子旁边思考什么。他的神情是严肃、沉思、歉疚的。这已不是午餐时争论的、客人们看到的那个彼得·德米特里奇，而是疲惫、歉疚、懊悔的，只有妻子能看到的另一个彼得·德米特里奇。他到书房里来，大概是为了拿烟。他面前是打开的烟盒，里面已装满了烟，一只手放在抽屉里。拿完烟，就怔在那里了。

奥尔加·米哈伊洛芙娜可怜起他来。非常明显，他感到疲惫，坐立不安，也许在进行自我斗争。奥尔加·米哈伊洛芙娜默默地走到桌子旁边。为了表示她不记得午餐时的争论，已不生气，她把烟盒关上，放进丈夫的侧衣袋里。她想：

“对他说什么呢？我要说，谎言跟树林一样，往里走得越深，往外挣扎就越难。我要说，你被自己虚假的角色迷住，走得太远了；你侮辱了喜欢你而且没有做对不起你的事情的人。去向他们道歉。嘲笑自己吧，这样你会感到轻松。要是想安静独处，那我们就一起离开这里。”

彼得·德米特里奇跟妻子的目光遇到一起之后，脸上猛然换成午餐时和在花园时的那种冷漠略带嘲讽的表情，打了一个呵欠，站起身来，看了一下表，说：

“现在是五点多，要是客人开恩十一点离开，我们还要等六个小时。快活，没有说的！”

说完，用口哨吹着什么曲子，迈着通常那种潇洒的步子慢慢地走出了书房。可以听到他迈着潇洒的步子穿过大厅，然后又穿过客厅，不知为什么潇洒地笑了，对弹奏钢琴的年轻人说：“好！好！”他的脚步声不久就消失了，大概到花园去了。奥尔加·米哈伊洛芙娜心里感到的已经不是嫉妒，不是不满，而是对他的脚步声、虚伪的笑声、说话声的由衷的厌恶。她走到窗前朝花园里看了看。彼得·德米特里奇已走在林荫路上。他一手插在衣袋里，一手打着榧子，微微仰着头，迈着悠闲潇洒的步子，那样子好像对自己、对午饭、对消化、对自然界都很满意……

林荫路上出现了两个小学生，那是女地主奇热夫斯卡娅的儿子，刚到，跟他们在一起的是他们的家庭教师——一个穿着白制服上衣、很瘦的裤子的大学生。孩子和大学生走到彼得·德米特里奇跟前停了下来，大概是祝贺他命名日快乐。他漂亮地耸动着肩膀，摸了摸孩子的脸腮，漫不经心地，眼睛看着别处把手伸给了大学生。大学生一定是夸奖了天气，拿它同彼得堡的天气做了比较，因为彼得·德米特里奇说（他的声音很高，那腔调不像是同客人闲谈，倒像是对法警或者对证人讲话似的）：

“怎么？你们彼得堡冷？可我们这里，老弟，却空气清新，物产丰富。嗯？什么？”

说完，便一只手插在衣袋里，另一只手打着榧子，继续往前走了。当他消失在榛树丛后面以前，奥尔加·米哈伊洛芙娜一直看着他的后脑勺纳闷儿。他一个三十四岁的人，将军般神气的步伐是从哪儿来的呢？沉重潇洒的步态是从哪儿学来的呢？说话时声音颤抖、官气十足的腔调、“怎么”“嗯”“老弟”之类的口头语是从哪儿学来的呢？

奥尔加·米哈伊洛芙娜回忆起来：婚后最初几个月，她为了不一个人呆在家里寂寞，曾进城到会审法庭去旁听过。彼得·德米特里奇有时代替她的教父阿列克谢·彼得罗维奇伯爵主持会审法庭。他坐在主席座上，身穿制服，胸前挂着法链，完全换了一个人。庄严的手势，雷鸣般的声音，“怎么”“嗯”，满不在乎的语调……常人身上的一切，奥尔加·米哈伊洛芙娜在家里看惯了的他的本色，都化成了尊严，上面坐的不是彼得·德米特里奇，而是另外一个被人们称为主席先生的人。意识到自己是权力的化身，使他不能安安稳稳地坐在那里，他要寻找机会摇铃，严厉地扫视听众，喊……他怎么近视了聋了，突然看不清听不清了，他威严地皱着眉头，要求说话的人声音大些，走近些。显赫的地位使他看不清相貌、听不清声音了，好像这时即使奥尔加·米哈伊洛芙娜本人走到他跟前，他也会喊一声："您姓什么？"对农民证人，他称呼"你"；向着听众的喊声，在大街上都可以听得到；而对律师的态度，简直令人看不下去。要是高级律师发言，他就稍稍侧歪着身子、眯缝起眼睛看天花板，想借以表示这儿根本不需要高级律师，他瞧不起他，不屑于听；假如发言的是一个衣着寒酸的普通律师，他就聚精会神地听，用轻蔑的嘲讽的眼光打量他，那意思是说：瞧，现在的律师是什么样子？"您想用这个说明什么？"——他打断他的话。要是玩弄辞藻的律师用了一个外来语，比如把фиктивный（虚拟的）说成фактивный，他就会突然振奋起来，问道："什么？怎么回事？фактивный？什么意思？"接着就教训说："不要用自己不懂的字眼。"律师讲完话离开审判台时满脸通红，浑身是汗。他就得意地微笑着庆祝胜利，仰到椅子的靠背上。在对待律师的态度上，他有些模仿阿列克谢·彼得罗维奇伯爵，可是，比如伯爵说"辩护暂停"时，伯爵的语气总是带着老人般的宽厚和自然，而彼得·德米特里奇的语气却是粗鲁做作的。

2

传来鼓掌的声音，这是年轻人演奏完了。奥尔加·米哈伊洛芙娜想起了客人，便匆忙地走进客厅。她走到钢琴跟前说：

"我听入迷啦。听入迷啦。您有令人惊奇的才能！不过您不认为我们的钢琴走调儿吗？"

这时两个小学生和跟着他们的大学生进来了。

"我的上帝，米佳和科利亚？"奥尔加·米哈伊洛芙娜迎着他们走过去，拖着长腔高兴地喊道，"长得这么大啦！简直认不出来啦！妈妈在哪儿？"

“祝您丈夫命名日快乐。”大学生无拘无束地说，“祝万事如意。奇热夫斯卡娅女士让我代她祝贺，请您原谅。她身体不怎么好。”

“她太不肯赏脸啦！我等了她整整一天！您是早就从彼得堡回来的吗？”奥尔加·米哈伊洛芙娜问大学生，“那儿天气怎样？”不等回答，她亲切地看了两个小学生一眼，重复说：“长得这么大啦！跟保姆到这儿来才几天哪，如今已成了小学生啦！老的老了，年轻的成长起来啦……你们吃午饭了吗？”

“哎，请别费心啦！”大学生说。

“你们不是没有吃吗？”

“请千万别费心啦！”

“可是你们想吃吧？”奥尔加·米哈伊洛芙娜用粗鲁生硬的声调问道，她无意中流露出了不耐烦的神色，但她马上咳嗽了一声，笑了笑，脸红了一下，“长得这么大啦！”她柔和地说。

“请别费心啦！”大学生又说了一遍。

大学生要求她不必费心，但孩子们不吱声；显然三个人都想吃。奥尔加·米哈伊洛芙娜把他们领到餐厅，吩咐瓦西里摆桌子。

“你们妈妈不好！”她让三个人坐下，说，“把我全忘了。她不好，不好，不好……就这么把原话告诉她。那么您念什么系呢？”她问大学生。

“医学系。”

“瞧，我对医生还有好感呢。我很遗憾丈夫不是医生。做手术解剖尸体什么的要有多大的勇气啊！可怕！您不怕吗？我觉得，要是我的话，会吓死的。您当然喝伏特加咯？”

“请别费心啦。”

“刚走完路需要，需要喝一点儿。我是个女人，但有时也喝一点儿。米佳和科利亚喝葡萄酒。葡萄酒劲儿不大，别怕。他们长得真大！简直可以找媳妇啦。”

奥尔加·米哈伊洛芙娜不停地说着。她根据经验知道，招待客人时说的比听的省心得多。说的时候不需要集中注意力、思考对问题的答案和变更脸上的表情。可是她无意中提了一个严肃问题，大学生便滔滔不绝地讲起来，她也只好听了。大学生听说她曾读过女子高等学堂，说话便力求显得认真些。

“您读什么系？”她问，忘了这个问题曾经问过一次。

“医学系。”

奥尔加·米哈伊洛芙娜想起来好久没到女客那边去了。

“是吗？这就是说您要当医生咯。”她站起来说，“这很好。我遗憾没有去读医学班。先生们，你们在这儿吃完午饭就到花园去吧。我给你们介绍几位小姐。”

她走出来，看了一下表：差五分六点。她奇怪时间过得这么慢，到半夜客人离开还有六个小时，她吓了一跳。怎么消磨这些时间？说些什么话？如何对待丈夫？

客厅里和凉台上已空无一人。客人都到花园里去了。槌球场传来谈话声和欢笑声。奥尔加·米哈伊洛芙娜急忙往槌球场赶去，心想：

“需要建议他们喝茶前到桦树林里散步或者划船去。叫老头子们坐下玩文特牌……”

仆人格里戈里拿着一些空瓶子从槌球场迎面走来。

“女客们在哪里？”她问道。

“在悬钩子丛。老爷也在那里。”

“啊，我的上帝！”槌球场有人拼命喊道，“同样的话，我已说过一千次啦！要了解保加利亚人，就必须亲眼看到他们！不能根据报纸判断！”

也许是因为听到这个喊声，也许是因为别的什么原因，奥尔加·米哈伊洛芙娜突然感到浑身非常疲乏，特别是腿与肩。她突然想不说，不听，不动。她疲惫而吃力地说：

“格里戈里，您上茶或干别的什么事的时候，请不要找我，不要问我，不要跟我说什么……自己拿主意……而且……而且走路别出声。求您啦……我不能，因为……"

她没有说下去，继续朝槌球场走过去，可是路上想起女客们，便折向悬钩子丛。天空、空气、树木仍然是阴沉潮湿的，像要下雨；天气又热又闷；一群群乌鸦预感到要变天，叫着从花园上空飞过去。离菜园越近，林荫路便越荒芜、阴暗、狭窄。在一条被茂密的野梨树、酢浆草、小柞树、啤酒花掩盖起来的林荫路上，一群群黑色的小蚊子把她包围起来，她用两手捂住脸，努力想象小人儿……在她的脑海里闪过了格里戈里、米佳、科利亚，早晨来祝贺的乡下人……

听到脚步声，她就睁开了眼睛。是舅舅尼古拉·尼古拉伊奇快步向她走来。

"是你，亲爱的？很高兴……"他喘着开始说，"说两句……"他用手帕擦了擦刮得光光的红下巴，然后向后退了一步，拍了一下手掌，瞪大了眼睛，"天哪，这要继续到什么时候呢？"他上气不接下气地连珠似的说，"我问你：界限在哪儿？且不说他那杰尔日莫尔达[①]式的目光毒害着周围的人们，他侮辱我和每一个诚实的有头脑的人的心目中一切神圣优秀的东西——且不说这些，他哪有点儿礼貌呢！怎么回事？又喊又叫，装腔作势，硬充拿破仑，不让人说话……不像样子！哪儿来的矫揉造作的手势、将军式的笑声、屈尊俯就的语调！请问你们：他是什么人？我问你：他是什么人？他不过是个妻子的丈夫，一个稍有地产的九级文官，幸而娶了个有钱的妻子！一个暴发户，士官生，这种人多得很！谢德林[②]笔下的人物！我敢对上帝起誓，二者必居其一：或者他是患了自大狂，或者是老糊涂阿列克谢·彼得罗维奇伯爵说对了：现在的孩子和青年成熟得晚，四十岁还玩赶马车、当将军的游戏！"

"对呀，对呀……"奥尔加·米哈伊洛芙娜赞同地说，"请让我

---

① 果戈理《钦差大臣》中的人物，行为粗暴，好强迫命令。
② 萨尔蒂科夫-谢德林（1826—1889），俄国作家。

过去吧。”

“现在你想想会有什么后果？”舅舅挡住她的去路，继续说，“这种玩弄保守主义、扮演将军的游戏会有什么下场？已经要吃官司啦！要吃官司啦！我很高兴！大喊大叫，敲桌子瞪眼，已经闹到被告席上去啦！而且不是地区法院，而是高等法院！好像再也想不出更坏的情况了！其次，他跟所有的人都吵翻了！今天是命名日，瞧，沃斯特里亚科夫、亚洪托夫、弗拉基米罗夫、舍武德、伯爵……谁都没有来。看上去他比伯爵要保守得多，可连伯爵都没有来。永远也不会来啦！瞧吧，他不会来的！”

“哎呀，我的上帝，这跟我有什么关系？”奥尔加·米哈伊洛芙娜问道。

“有什么关系？你是他的妻子，你聪明，读过女子高等学堂，有能力把他造就成一个诚实的工作者！”

“女子高等学堂不教如何影响脾气古怪的人。看样子我应该请你们大家原谅我读过女子高等学堂啦！”奥尔加·米哈伊洛芙娜尖刻地说，“听着，舅舅，要是整天对着你的耳朵只演奏一个音阶的话，你会坐不住，跑掉的。我天天听一样的东西，天天听一样的东西，已经听了一年啦。先生们，毕竟需要有怜悯心哪！”

舅舅作出一个很严肃的表情，然后探究地看了看她，撇着嘴讥讽地笑了笑。

“原来如此！”他像老太婆似的拉着长腔说，“对不起！”他说完客气地鞠了一躬，说，“既然你已受他影响改变了信仰，那早就该坦率地告诉我。对不起！”

“是的，我改变了信仰！”她喊道，“高兴吧！”

“对不起！”

舅舅最后一次客气地鞠了一躬，不知为什么这一躬是朝着旁边鞠的，全身缩着，磕了一下脚后跟，退回去了。奥尔加·米哈伊洛芙娜心里说：

“老糊涂，回家得啦。”

女客和青年，她是在菜园的悬钩子丛里找到的。一些人在吃悬钩子，另一些人悬钩子吃腻了，就在麝香草莓畦子里转悠，或者在找甜豌豆。在离悬钩子丛不远的地方，在一棵枝桠很多、周围用从旧篱笆上抽下来的板条支着的苹果树附近，彼得·德米特里奇在割草。他的头发耷拉在前额上，领带松开了，表链从纽扣眼里脱落出来。他的每一步和每一个挥钐刀的动作都使人感到技巧和力量。他旁边站着小柳芭和邻居布克列耶夫上校的两个女儿娜塔莉娅和瓦莲京娜——人们称呼她们娜塔和瓦塔，两人都贫血，胖得过分，长着淡黄色头发，十六七岁，都穿白连衣裙，非常相像。彼得·德米特里奇在教她们割草。他说：

"这很简单……只要会拿钐刀，不急躁，也就是说不要过分用力就行。瞧，这样……您现在是否试试？"他把钐刀交给了小柳芭，"割呀！"

小柳芭笨拙地拿起钐刀，脸一红，笑了起来。

"别胆怯呀，柳芭！"奥尔加·米哈伊洛芙娜大声喊着，为的是让所有女客都听到她在陪着她们，"别胆怯呀！必须学习哟！要是嫁个托尔斯泰主义者，会叫您割草的。"

小柳芭举起钐刀，又笑起来，笑得没有力气，马上又把钐刀放下了。跟她讲话像跟大人一样，使她感到又害羞又舒服。娜塔没有笑，没有胆怯，表情严肃冰冷，拿起钐刀一挥，就把钐刀缠到草里了；瓦塔也没有笑，像她姐姐一样严肃冰冷，默默地拿起钐刀一挥，钐刀就钻进土里去了。做完这两个动作之后，姊妹俩就挽着胳臂默默地到悬钩子丛旁边去了。

彼得·德米特里奇笑着，淘气着，像个孩子似的，他孩子般淘气的时候心情特别和善，那样子比任何时候都好看得多，奥尔加·米哈伊洛芙娜就是喜欢他这个样子。可是他淘气的时间一般并不长。这次也是如此，玩完钐刀以后，他不知为什么认为需要使自己的淘气行为带上严肃的色彩。他说：

"我割草的时候，你们知道吗，我觉得自己更健康、更正常。

要是叫我只动脑筋，我觉得好像会精神失常。我觉得我生来不是一个文化人！我愿意割草、耕地、播种、驯马……”

彼得·德米特里奇跟女客们聊起了体力劳动的益处、文化，后来又扯到金钱的害处、私有财产。奥尔加·米哈伊洛芙娜听着丈夫的话，不知为什么想起了自己的嫁妆。她想：

“我比他有钱，终有一天他会不肯原谅我的。他高傲自负。在许多方面靠我，他大概会因此恨我的。”

她在布克列耶夫上校旁边停下来。布克列耶夫上校正在吃悬钩子，也参加了闲聊。他一边让路给奥尔加·米哈伊洛芙娜和彼得·德米特里奇，一边说：

“请过去。这儿的最熟……这样，在普鲁东[1]看来，财产就是盗窃。不过，说实话，我不承认普鲁东，也不认为他是哲学家。对我来说，法国人不是权威，去他们的吧！”

“谈到各种普鲁东和巴克尔[2]，我一窍不通。”彼得·德米特里奇说，“关于哲学问题，要跟她谈，跟我的夫人谈。她读过高等学堂，对叔本华和普鲁东这些人都研究透了………”

奥尔加·米哈伊洛芙娜又感到无聊。她又到了花园沿着狭窄的小径在苹果树和梨树之间走着，脸上又是去办一件很重要的事情的神色。瞧，园丁住的小房。园丁的妻子瓦尔瓦拉坐在门槛上，她的四个孩子，大脑壳，头发剪得短短的，也在那里。瓦尔瓦拉也怀孕，也准备生产了，据她自己推算，预产期是在伊林节前。奥尔加·米哈伊洛芙娜打过招呼后默默地打量了她和孩子们一下，问道：

“喂，你感觉怎样？”

“没有什么……”

---

① 普鲁东（1809—1865），法国经济学家、社会学家，无政府主义创始人之一。语出其著作《什么是私有财产？》

② 巴克尔（1821—1862），英国社会史学家，其著作《文明史》（1857—1861）当时在俄国风行一时。

一阵沉默。两个女人好像默默地理解了对方的意思。

“第一次生产怪吓人的。”奥尔加·米哈伊洛芙娜想了想说，“我觉得自己挺不住，会死的。”

“我也有过这种感觉，可是却活得好好的……没有关系！”

瓦尔瓦拉是第五次怀孕，有经验，有些傲视自己的女主人，说话带着教训的口吻，奥尔加·米哈伊洛芙娜不由自主地感到了瓦尔瓦拉的权威；她想谈谈自己的恐惧、婴儿、感觉，可是她怕瓦尔瓦拉认为这是小事，幼稚无知。于是她便沉默着，等着瓦尔拉瓦说些什么。

“奥尔加，回家啦！”彼得·德米特里奇在悬钩子丛喊道。

奥尔加·米哈伊洛芙娜喜欢沉默着、等着、看着瓦尔瓦拉。她愿意这样默默地毫无必要地在这儿站到深夜。可是需要回家了。她刚离开小房，小柳芭、瓦塔和娜塔就迎面跑来。瓦塔和娜塔离她还有一俄丈远的时候，便同时停下了：小柳芭已跑到她跟前，搂住了她的脖子，吻着她的脸和脖子，说：

“亲爱的！好人！最好的好人！到岛上去喝茶吧！”

“到岛上去！到岛上去！”长相一样的瓦塔和娜塔同时喊道，脸上都没有笑容。

“可是要下雨的呀，可爱的小姐们。”

“不会的，不会的！”小柳芭装出要哭的样子喊道，“大家都同意去！亲爱的！好人！”

“大家都准备到岛上去喝茶。”彼得·德米特里奇走过来说。“安排吧……我们大家坐船去，茶炊和其他一切派仆人用马车运去。”

他跟妻子并排走，挽起她的胳臂。奥尔加·米哈伊洛芙娜想对丈夫说几句难听的刺耳的话，提提自己的嫁妆也好，她觉得越刺耳越好。她想了想说：

“为什么阿列克谢·彼得罗维奇伯爵没有来？多遗憾！”

“我很高兴他没有来。”彼得·德米特里奇撒谎说，“我讨厌死这个白痴啦。”

“可是午饭前你还那么焦急地等过他哪。”

3

半个小时以后，客人们已聚在河边拴船的桩子附近。大家又说又笑，由于意外的麻烦，还没有全上船。三只小船已挤得满满当当的，两只小船还空着。这两只船的钥匙找不到，从河边不断派人去找。一些人说在格里戈里手里，另一些人说在管家手里，还有些人建议找铁匠来把锁砸开。人们七嘴八舌地同时讲着，互相打断着，都想把对方的声音压下去。彼得·德米特里奇不耐烦地在河边走着，喊道：

“怎么搞的！钥匙永远都应该放在前厅的窗台上！谁敢从那儿拿走？管家要是需要，可以弄一只专用船嘛！”

钥匙终于找到了。然而又发现缺两支桨，又忙乱了一阵。彼得·德米特里奇觉得一步一步地走无聊，就一下子跳到了一只用杨木剜出来的又窄又长的独木舟上，晃了一下，险些掉到水里，然后独木舟离开了岸。其他的小船也在高声欢笑和小姐们的尖叫声中相继离岸。

布满阴云、白蒙蒙的天空、岸边的树木、芦苇、船以及船上的人和桨倒映在水里，像照在镜子里一般；在船下面的无底深渊里也有一个天，也有鸟在飞。庄园所在的一侧，河岸又高又陡，长满了树木；另一侧河岸则是缓坡，坡上是浸水草地，一些水洼闪着亮光。船行五十来俄丈以后，透过悲伤地俯在缓坡上的柳树已可以看到草房和牛群，传来歌声、醉汉的喊声和手风琴声。

河上到处有小船出没，那是渔夫们在下夜网。一只小船上坐着一些游乐的业余音乐家，弹奏着自制的小提琴和大提琴。

奥尔加·米哈伊洛芙娜坐在舵旁边。为了取悦客人，她殷勤地笑着，不停地说着，同时常常用眼瞟着丈夫。他站在自己的独木舟上，用一支桨划着，走在最前面。他的轻飘的尖头独木舟——客人们都叫它划子，彼得·德米特里奇自己却不知为什么叫它片杰拉克利亚——跑得很快，一副活泼狡猾的样子，好像厌恶沉重的彼得·德米特里奇，等着适当的机会好从他脚下溜走。奥尔加·米哈伊洛芙娜不断地看着丈夫，她讨厌他的漂亮（尽管大家都喜欢）、他的后脑勺、他的姿势、他对女人的亲昵态度；她厌恶而且嫉妒船上坐的所有女客，同时又吓得直打哆嗦，怕摇摇晃晃的独木舟把丈夫翻到水里出事。

"稳一点儿，彼得！"她提心吊胆地喊道，"到船上来吧！我们已相信你勇敢啦！"

跟她坐在一只船上的人也使她感到不快。这都是些普通的不蠢的人——这种人有的是，可是现在他们每个人都使她觉得非常蠢。在他们每个人身上，她看到的只是虚伪。她想："瞧，那个划桨的栗色头发的年轻人，戴着金丝边眼镜，留着漂亮的小胡子，是个脑满肠肥的富家子弟，永远幸福的公子哥儿，人们都认为他是个诚实的具有自由思想的先进人物。他大学毕业回县里定居还不到一年，已经大言不惭地说自己是'地方自治活动家'。可是一年以后，他会像别的许多人一样，寂寞难耐，迁到彼得堡去；为了给自己的逃跑辩解，他会到处讲地方自治局毫无用处，说他上当了。他的年轻妻子从另一只船上目不转睛地盯着他，相信他是'地方自治活动家'，就像她一年以后会相信地方自治局毫无用处一样。瞧，那位脸刮得光光的胖先生，戴着镶有宽帽箍的草帽，嘴里叼着名贵的雪茄。他喜欢说：'该丢掉幻想切实工作啦！'他养着约克夏猪、布特列罗夫[①]种蜜蜂，种着欧洲油菜、菠萝，开着油坊、干酪制造厂，使用意大利复式簿记。但是为了秋天同情妇到克里米亚去，他每年夏天都要出卖森林采伐权，并典押部分土地。瞧，舅舅尼古拉·尼古拉伊

① A.M.布特列罗夫（1828—1886），俄国著名化学家，并对农业、在高加索种茶感兴趣。

奇，虽然生彼得·德米特里奇的气，却不知为什么没有回家！”

奥尔加·米哈伊洛芙娜看了看其他船，看到的也是一些没有风趣的怪物、演员和鼠目寸光之徒。她把县里认识的人逐个回忆了一遍，没有想起一个人有什么值得称道的地方。她觉得所有的人都是没有才气、平庸、目光短浅、狭隘、虚伪、冷酷的，说的不是想说的话，做的不是想做的事。无聊和绝望使她感到窒息，她突然想不笑，想跳起来喊一句“你们叫我讨厌！”——然后跳下河游到岸上去。

“诸位，我们用船拖彼得·德米特里奇吧！”有谁喊了一声。

“拖！拖！”大家赞成说，“奥尔加·米哈伊洛芙娜，拽住您丈夫的船。”

要想拽住丈夫的船，坐在舵旁边的奥尔加·米哈伊洛芙娜应当不失时机抓住片杰拉克利亚船头上的锁链。当她弯腰去抓锁链的时候，彼得·德米特里奇皱起眉头吃惊地看了看她，说：

“可别弄感冒了！”

奥尔加·米哈伊洛芙娜心想：“你既然担心我和孩子，那为什么要折磨我？”

彼得·德米特里奇承认失败，不想在独木舟上被拖着走，便从独木舟上跳到小船上；小船上本来人已挤得满满当当的，他跳得又不利索，小船狠狠地歪了一下，大家都吓得喊了一声。

奥尔加·米哈伊洛芙娜心想：“他这么跳是为了讨女人喜欢。他知道这漂亮……”她的手脚开始颤抖起来，她认为这是无聊、生气、强作笑容和全身不舒服造成的。为了对客人掩饰手脚的颤抖，她努力大声说、笑、活动……她想：“万一突然哭起来，我就说牙痛……”

船终于在“好望角”靠岸了。这是一个半岛，是因为河流在这儿拐了个锐角弯儿造成的，上面长满了桦树、柞树、柳树和杨树。树下边已摆上了桌子，茶炊在冒烟，瓦西里和格里戈里穿着制服，戴着编织的白手套，已开始在餐具旁边忙活。“好望角”对岸，停着运食品的马车。从车上卸下来的装着食品的篮子和包裹用一只很像片杰拉克利亚的小船运到这岸上来。仆人、车夫甚至坐在船上的庄稼汉脸上都是隆重的过命名日的神情——这种神情只有孩子和仆人脸上才会有。

在奥尔加·米哈伊洛芙娜泡茶沏茶的时候，客人们在喝果子露酒，吃甜食。接着就出现了野餐时喝茶常有的使女主人感到无聊和厌倦的忙乱。格里戈里和瓦西里刚把沏好的茶分送出去，一些手已端着空杯伸到奥尔加·米哈伊洛芙娜的眼前。一个人说不加糖，另一个人说浓一些，第二个人说稀一些，第四个人说谢谢。这一切，奥尔加·米哈伊洛芙娜必须记住，然后喊："伊万·彼得罗维奇，不加糖，是您的？"或者："诸位，谁要稀一些的啦？"可是要稀一些或不加糖的人自己也不记得自己的请求了，谈兴正浓，无暇顾及，随便接过一杯就算了事。桌子旁边有一些闷闷不乐的人像影子似的在游荡，装作在草里找蘑菇或者读箱子上的商标——这是一些因茶杯不够而没拿到茶杯的人。奥尔加·米哈伊洛芙娜问他们喝茶了没有，问到谁，谁就请她不必费心，说："我等一会儿。"虽然对女主人来说，客人不急，但对她来说，抓紧一些更好。

有的人只顾闲聊，茶喝得慢慢腾腾的，茶杯拿在手里半个小时不放下；另一些人，特别是那些午饭时多喝了酒的人，则不肯离开桌子，一杯一杯地喝起来没有完，奥尔加·米哈伊洛芙娜沏茶刚能供应他们喝。有一个年轻的活宝咬着糖块喝茶，一边喝一边说："我这个凡人喜欢纵容自己喝中国茶。"他不断地深深地叹口气说："请再来一小杯！"他茶喝得多，糖块嚼得喀嚓喀嚓响，以为这一切奇特可笑，以为自己学商人学得很像。谁也没想到这些小事会使女主人感到痛苦，而且也很难想到，因为奥尔加·米哈伊洛芙娜总是在殷勤地笑着，闲扯着。

可她感到不舒服……人多、笑声、问题、活宝、惊讶忙乱的仆人、围着桌子转的孩子都使她烦躁；瓦塔像娜塔，科利亚像米佳，弄不清谁喝过茶，谁没有喝过茶，这也使她烦躁。她觉得她脸上勉强的殷勤的微笑正在变为恶毒的凶相；她每一分钟都觉得马上要哭。

“诸位，下雨啦！”谁喊了一句。

大家抬头看了看天。

“是的，真下雨啦……”彼得·德米特里奇说完，擦了擦脸腮。

天只掉了几个雨点儿，真正的雨还没有下，可是客人们已扔下茶，急着要走了。起初大家都想坐马车走，然而后来却改变主意，奔船去了。奥尔加·米哈伊洛芙娜借口需要快些回去安排晚饭，请大家原谅她离开大家坐马车回去。

坐到马车上，她首先收起自己强作微笑的脸，休息一下。她带着恶毒的凶相穿过村子，带着恶毒的凶相回答了路上遇到的庄稼汉的问候。到家以后，她从后门进了卧室，躺在丈夫的被褥上。

“我的上帝。”她咕哝道，“干吗要找这份罪受呢？干吗这些人要挤在这里装出快活的样子来呢？为什么我要微笑、要言不由衷呢？我不理解，不理解！”

传来脚步声和说话声。这是客人回来了。

“让他们回来好啦。”奥尔加·米哈伊洛芙娜想，“我再躺一会儿。”

可是使女到卧室里来说：

“太太，玛利亚·格里戈里耶芙娜要走！”

奥尔加·米哈伊洛芙娜跳起来，整整发型，急忙离开了卧室。她朝玛利亚·格里戈里耶芙娜走去，用抱怨的声调说：

“玛利亚·格里戈里耶芙娜，这是怎么回事？您干吗这么急着走？”

“不行啊，亲爱的，不行！我坐得已经太久啦。家里孩子们等着哪。”

“您不够意思！为什么不把孩子带来？”

“亲爱的，要是您允许，我找一个平常日子把他们带来，可是今天……”

“哎，请带来。”奥尔加·米哈伊洛芙娜打断她的话说，“我会很高兴的！您的孩子那么可爱！替我吻吻他们……不过，真的，您使我不高兴！干吗急着走，我不理解！”

“不行啊，不行……再见啦，亲爱的。注意身体。您目前的身体状况……”

两人亲吻了一下。把客人送到马车上以后，奥尔加·米哈伊洛芙娜就到客厅去陪女客。客厅里已点上了灯火，男人们已坐下玩牌。

4

晚饭后午夜十二点一刻客人开始离开。送客人的时候，奥尔加·米哈伊洛芙娜站在门口台阶上不停地说：

“真的，您披着披肩吧！天有些凉。可别感冒了！”

“别担心，奥尔加·米哈伊洛芙娜！”客人们坐到车上答道，“好，再见吧！记住，我们等你们哟！别失信！”

“吁——吁——吁！”车夫拽住马。

“走吧，丹尼斯！再见吧，奥尔加·米哈伊洛芙娜！”

“替我吻吻孩子们！”

这辆马车离开，马上消失在黑影里。门前路上昏黄的灯光里又出现了两匹或三匹急躁的马和向前伸着两手的车夫的身影。于是宾主又开始吻别，责备和请再来或披上披肩。彼得·德米特里奇从前厅跑出来扶着女客们上车。

“你现在奔往叶夫列莫夫希纳，”他教车夫怎么走，“走马尼金诺近些，不过那儿路不好。可别翻了……再见吧，我的美人！向您的画家致一千次问候！”

“再见吧，亲爱的奥尔加·米哈伊洛芙娜！回屋吧，别感冒了！外面阴冷！”

“吁——吁——吁！调皮！”

“你们这几匹马哪儿弄来的？”彼得·德米特里奇问道。

“这是大斋期间买海达罗夫的。”车夫答道。

“好马……”

彼得·德米特里奇拍了拍拉边套的马的臀部。

“好，走吧！一路顺风！”

终于最后一个客人也走了。路上昏黄的灯光晃起来，移向旁边，缩小，消失了——这是瓦西里把挂在门口的灯拿走了。过去几次送完客人以后，彼得·德米特里奇和奥尔加·米哈伊洛芙娜通常要在大厅里面对面跳起来拍着手唱道：“走啦！走啦！走啦！”现在奥尔加·米哈伊洛芙娜顾不上这个啰。她走进卧室，脱了衣服就上床了。

她觉得马上就能睡着，而且会睡得很香。腿和肩膀隐隐作痛，头因为说话太多而发沉，全身仍然觉得不舒服。她蒙上头躺了两三分钟，从被下面伸出头来，看了看灯光，听了听，没有声音，笑了笑。

“好，好……”她咕哝着，把腿蜷起来，她觉得腿因为路走得太多而变长了。“睡，睡……”

腿不知怎么放好，全身不舒服。她把身子翻到另一侧。卧室里有一只大苍蝇嗡嗡地飞，慌乱地撞着天花板。她也听到格里戈里和瓦西里轻轻地迈着脚步在大厅里收拾桌子。奥尔加·米哈伊洛芙娜觉得：只有这些声音静下来，她才能睡得着，身上才会舒服。她又不耐烦地把身子翻到另一侧。

客厅里传来丈夫的声音。一定是谁留下过夜，因为彼得·德米特里奇在大声对谁说：

“我不认为阿列克谢·彼得罗维奇是个虚伪的人。可是他不由自主地令人觉得他是这样的人，因为，先生们，你们总是不想看到他的本来面目，认为他的痴呆是特殊智慧，认为对人的亲昵态度是宽厚，认为毫无观点是保守主义。退一步说，就算他是个纯度为百分之八十四的保守主义者。可是就其实质来说，什么是保守主义呢？”

彼得·德米特里奇对阿列克谢·彼得罗维奇的不满，对客人的不满，对自己的不满，如今全倾泻出来了。他把伯爵和客人全骂了；由于对自己的懊恼，他什么话都想说，什么牢骚都想发。送走客人以后，他在客厅里踱了一会儿，在餐厅、走廊、书房走了一圈儿，然后才经过客厅走进卧室。奥尔加·米哈伊洛芙娜仰卧在床上，被只盖到腰——她已觉得热，恶狠狠地注视着在天花板上乱撞的苍蝇。

“莫非有谁留下来过夜吗？”

“叶戈罗夫。”

彼得·德米特里奇脱了衣服，躺在自己的被褥上。他默默地点着一支烟，也开始注视苍蝇。他的目光是严峻不安的。奥尔加·米哈伊洛芙娜默默地看着他的漂亮的侧影，这样看了约有五分钟。她不知为什么觉得：要是丈夫转过脸来说一句“奥尔加，我难受”，她会哭起来或笑起来，她会感到轻松。她认为腿痛，浑身不舒服，是因为精神紧张的缘故。

“彼得，你在想什么？”她问。

“什么也没想……”丈夫回答。

“你近来有些事瞒着我。这不好。”

“为什么不好？”彼得·德米特里奇冷淡地答道，而且没有马上回答她，“我们每个人都有自己的私生活，因此也一定有自己的隐私。”

“私生活，隐私……这都是说说的！你要知道，你在侮辱我！”奥尔加·米哈伊洛芙娜起来，坐在床上说，“你心里难受，为什么要瞒着我？为什么你认为跟别的女人谈比对妻子谈更好？我今天听到你在养蜂场跟小柳芭谈啦。”

“好嘛，祝贺你。你听到，我很高兴。”

这意思是说：让我安静些，别妨碍我思考！奥尔加·米哈伊洛芙娜生气了。她今天一天积在心里的不满、怨恨、愤怒突然沸腾起来：她想马上，不等明天，把话对丈夫全说出来，侮辱他，报复……她努力克制自己不喊起来，说：

“要知道，这一切都叫人恶心，恶心，恶心！今天我恨了你一天——这都是你造成的！”

彼得·德米特里奇也坐了起来。

“恶心，恶心，恶心！”奥尔加·米哈伊洛芙娜继续说，她已全身哆嗦起来，“我没有什么可祝贺的！祝贺你自己倒好些！丢人，现眼！说谎说到跟妻子在一个房间感到害臊的程度！你是一个虚伪的人！我看透你啦，你的一举一动，我都清楚！”

“奥尔加，你心情不好的时候，请告诉我。我可以到书房去睡。”

说完，彼得·德米特里奇拿起枕头离开了卧室。奥尔加·米哈伊洛芙娜没有预料到会发生这种情况。有几分钟，她默默地张着嘴，全身哆嗦着，看着丈夫走出去的门，努力理解这个举动的含意。是虚伪的人争论时自知理亏惯用的一种伎俩呢，还是对她的自尊心的蓄意侮辱？如何理解？奥尔加·米哈伊洛芙娜想起她当军官的堂兄——一个快活的人，常常带笑对她讲，夜里“老婆开始数落”他的时候，他通常是拿起枕头吹着口哨到书房去，这样妻子就陷入愚蠢可笑的境地。这个军官娶的是一个有钱、任性、愚蠢的女人，他并不尊重她，只是容忍她而已。

奥尔加·米哈伊洛芙娜从床上跳起来。在她看来，她目前只有一件事可做：赶快穿好衣服，永远离开这个家。这座住宅是她自己的，可是这会使彼得·德米特里奇更难堪。她不考虑是否有必要这么做，便快步走到书房去把自己的决定告诉丈夫（“婆娘逻辑！”她脑海里闪了一下），临别再说几句侮辱性的刺耳的……

彼得·德米特里奇躺在沙发上装作读报。旁边椅子上点着一支蜡烛，脸被报纸挡得看不着。

“劳驾解释一下这是什么意思？我问您！”

“问您……”彼得·德米特里奇学她的口吻，没有露出脸来。

"我厌烦啦，奥尔加！真的，我疲倦了，而且我现在没有心思谈这个……明天吵吧。"

"不，我很了解你！"奥尔加·米哈伊洛芙娜继续说，"你恨我！是的！是的！你恨我，因为我比你有钱！你永远不会原谅我这一点，永远要对我说谎！（'婆娘逻辑！'她脑海里又闪了一下。）我知道，你现在在笑我……我甚至相信：你跟我结婚只是为了取得财产资格和这些可恶的马……我多么不幸啊！"

彼得·德米特里奇的报纸掉到地上，坐了起来。突如其来的侮辱使他感到震惊。他孩子般软弱无力地笑了笑，茫然失措地看着妻子，像防备挨打似的把两手伸向妻子，祈求地叫了一声：

"奥尔加！"

他预料她还会说些可怕的话，便把上身靠到沙发背上，他的整个魁梧身躯也像微笑一样显得孩子般软弱无力。他咕哝道：

"奥尔加，你怎么能说这种话？"

奥尔加·米哈伊洛芙娜清醒过来。她突然感到自己对这个人怀着疯狂的爱，想起来：这个人是她的丈夫彼得·德米特里奇；没有这个人，她一天也活不下去；他也疯狂地爱着她。她声嘶力竭地嚎啕着，抱头跑回卧室。

她倒在床上。卧室里响起使她手脚抽搐、喘不上气来的短促的歇斯底里的嚎啕大哭。想起隔三四个房间有客人过夜，她便把头藏到枕头下边以消除哭声，可是枕头滑到了地板上，她弯身去够，自己也险些滑下去。她要拽被来蒙脸，可是手不听使唤，痉挛地抓住什么撕什么。

她觉得一切都完了，她为了侮辱丈夫而说的不实之词把她的全部生活都粉碎了。丈夫不能原谅她。她给他的是这样一种侮辱，这种侮辱是任何温存、任何誓言都消除不掉的……她怎能向丈夫证明她自己也不相信自己说的话呢？

"当然！当然！"她喊道，没察觉枕头又滑到地板上去了，"看在上帝分上！看在上帝分上！"

客人和仆人一定被她的喊声吵醒了，明天全县都会知道她发作过歇斯底里，人们都要指责彼得·德米特里奇。她努力克制自己，可是哭声却越来越大。

“看在上帝分上！”她声嘶力竭地喊道，自己也不知道为什么喊，“看在上帝分上！”

她觉得身下的床陷下去了，两条腿让被缠住了。彼得·德米特里奇穿着睡衣拿着蜡烛走进卧室来，说：

“奥尔加，别哭啦！”

她起来，跪在床上，被蜡烛照得眯缝着眼，边哭边说：

“你要理解……你要理解……”

她想说，客人、他的虚伪、她自己的虚伪使她感到痛苦，忍无可忍，可是她只能说出：

“你要理解……你要理解！”

“喏，喝下去！”他递给她水，说。

她顺从地接过杯子，喝起来，可是水直晃，洒到她的手上、胸上、膝盖上……她想：“我现在一定难看得要命！”彼得·德米特里奇默默地安置她躺下，给她盖上被，拿着蜡烛出去了。

“看在上帝分上！”奥尔加·米哈伊洛芙娜又喊起来，“彼得，你要理解，你要理解！”

突然一种什么东西压迫着她的腹部和后背的下方，压得她中断了哭声，痛得直咬枕头。可是痛马上就过去了，她又嚎啕起来。使女进来，给她整了整被，吃惊地问道：

“太太，您怎么啦？”

“滚开！”彼得·德米特里奇走近床前，严厉地说。

“你要理解，你要理解……”奥尔加·米哈伊洛芙娜又喊起来。

“奥尔加，求你啦，安静些！”他说，“我本来没想惹你生气。要是知道会惹你生这么大的气，我不会离开卧室。我不过心里难受。作为一个诚实的人，我跟你说……”

“你要明白……你说了谎，我也说了谎……”

“我理解……好啦，好啦，够啦！我理解……”彼得·德米特里奇坐到床上在她身边温柔地说，“你气头上说的话可以理解……我对上帝起誓：世界上我爱你胜过爱一切；跟你结婚的时候从来没有想到你有钱。我无限地爱你，只是爱……你要相信。我从来没缺过钱，也不懂得钱的价值，因此我感觉不出我们俩财产状况的差别。我总觉得我们俩一样有钱。至于说我在一些小事上虚伪，那……你当然是对的。我的生活，迄今为止安排得不那么认真，好像不撒一些小谎不行。现在我自己也难受。别谈这个啦，求你啦！……”

奥尔加·米哈伊洛芙娜又感到剧烈的疼痛，便抓住丈夫的衣袖。

“痛，痛，痛……”她急促地说，“哎哟，痛啊！”

“这些该死的客人！”彼得·德米特里奇站起来嘟哝说，“你今天不该到岛上去！”他喊道，“我这个糊涂虫怎么没有制止你！我的上帝！”

他后悔地挠了挠后脑勺，挥了一下手，离开了卧室。

后来他又进来几次，坐在她的身边，说了许多话，一会儿温柔体贴，一会儿怒气冲冲，可是她并没有十分听清他的话。她的嚎啕大声和剧痛交替出现，每一次痛都更厉害更持久。起初痛的时候，她憋住气，咬枕头，后来她就不顾脸面声嘶力竭地喊叫起来。有一次她看到丈夫坐在身边，想起来她侮辱了他，也不考虑是幻觉还是真的彼得·德米特里奇，便两手抓住他的手吻起来。

“你说谎，我也说谎……”她辩解起来，“你要理解，你要理解……我痛苦，忍耐不住……”

“奥尔加，屋里不止我们俩！”彼得·德米特里奇说。

奥尔加·米哈伊洛芙娜抬起头来，看到瓦尔瓦拉跪在抽屉柜前在拉最下层的抽屉。上面几层抽屉已全拉开。拉开抽屉柜的抽屉之后，瓦尔瓦拉站起身来，累得满脸通红，带着冷静的胜利神情正在开小匣子。

“玛利亚，我打不开！”她低声说，“你来开吧。”

使女玛利亚在用剪子清理烛台，要安新蜡烛。她走到瓦尔瓦拉身边，帮她开匣子。

“什么锁的东西都不能有……”瓦尔瓦拉低声说，“大姐，把这个盒子也打开。老爷，”她对彼得·德米特里奇说，“派人去告诉米哈伊尔神甫把圣像壁中门打开吧！必须打开！”

“想怎么办就怎么办吧。”彼得·德米特里奇急促地喘着气说，“不过千万快些把医生或助产士请来！瓦西里去了？再派一个去。派你丈夫去吧！”

奥尔加·米哈伊洛芙娜想：“我要生啦。”她呻吟着说：

“瓦尔瓦拉，孩子活不了啦！”

“不要紧，不要紧，太太……”瓦尔瓦拉低声说，“上帝保佑，会活的！会活的。”

奥尔加·米哈伊洛芙娜又痛醒的时候，已经不嚎不挣扎了，只是呻吟。连不痛的时候她都忍不住呻吟。蜡烛还亮着。可是曙光已透过窗帘射了进来。大概是早晨五点左右。卧室圆桌旁边坐着一个系着白围裙的陌生女人，神色很持重。从坐的姿势可以看出来，她已坐很久了。奥尔加·米哈伊洛芙娜猜出来她是助产士。

“快结束了吗？”她问道。她在自己的声音里听到了一种以前从来没听到过的不熟悉的调子。她想：“我一定难产，要死了。”

彼得·德米特里奇轻手轻脚地走进来，穿着打扮已跟白天一样，站在窗前，背对着妻子。他掀起窗帘，看了看窗外。

“好大的雨啊！”

“几点啦？”奥尔加·米哈伊洛芙娜问道，她想再听一听自己声音里的那种不熟悉的调子。

“差一刻六点。”助产士答道。

奥尔加·米哈伊洛芙娜看着丈夫的头和被雨点敲打着的窗户玻璃，心想：

“要是我真死了怎么办？他没有我怎么活？跟谁一起喝茶吃

饭，晚上跟谁闲谈睡觉？”

她觉得他是个小孤儿，她可怜起他来，想对他说些愉快的温柔的安慰的话。她想起来春天时他想给自己买几条猎狗，而她却认为打猎是残酷危险的游戏，没有同意他去买。

“彼得，去给自己买几条猎狗吧！”她呻吟着说。

他放下窗帘，走到床前想说什么，可是这时奥尔加·米哈伊洛芙娜觉得疼痛难耐，不顾脸面地声嘶力竭地喊了起来。

由于疼痛、不断喊叫和呻吟，她已麻木了。她能听到看到，有时还能说，但理解力很差，只能意识到痛或者马上要痛。她觉得：命名日是好久好久以前的事了，不是昨天而是一年前的事；她的充满疼痛的新生活持续的时间比她的童年、在女子寄宿学校和女子高等学堂读书、出嫁加起来的时间还长，并且将永远永远无尽无休地继续下去。她看到给助产士端来茶，看到叫她去吃早饭吃午饭；看到彼得·德米特里奇经常进来久久地在窗前站着，然后出去；看到一些陌生的男人、使女、瓦尔瓦拉进进出出……瓦尔瓦拉直说“会活”“会活”，谁要是把抽屉推上，她就生气。奥尔加·米哈伊洛芙娜看到房间里和窗户上光线在变换：一会儿昏暗，一会儿像雾一样模糊，一会儿明亮，像昨天吃午饭时那么亮，一会儿又昏暗……每一次变化都像童年、像在女子寄宿学校、女子高等学堂读书那么久……

傍晚来了两个医生：一个瘦骨嶙峋的，秃顶，留着一把棕红色大胡子；另一个人长了一张犹太人的脸，黝黑，戴一副廉价眼镜。他们给奥尔加·米哈伊洛芙娜做了个什么手术。陌生男人触动她的身体，她毫无感觉。她已不知羞耻，没有意志了：每个人都可以对她为所欲为。即使这时有人拿刀向她扑来，或者侮辱彼得·德米特里奇，或者剥夺她对小小人儿的权利，她也不会说一句话。

做手术时，给她使用了氯仿。她后来醒来的时候还在继续痛，而且痛得难以忍受。是深夜。她想起来，曾经有过这样一个夜晚：静静的，点着一盏油灯，助产士一动不动地坐在床边，抽屉都开着，彼得·德米特里奇站在窗前；可那是很久很久以前的事……

5

“我没有死……”当又恢复意识并且已经不痛的时候，奥尔加·米哈伊洛芙娜想。

卧室两个窗户敞开着，射着晴朗的夏天的阳光，窗外花园里麻雀和喜鹊一秒钟也不停地在吵着。

抽屉柜的抽屉已经锁上，丈夫的被褥已收拾利索。助产士、瓦尔瓦拉、使女，都不在卧室，卧室里只有彼得·德米特里奇一人，他仍然一动不动地站在窗前，看着花园。听不到孩子的哭声，没有人祝贺，没有人高兴，显然小小人儿没有活。

“彼得！”奥尔加·米哈伊洛芙娜喊了丈夫一声。

彼得·德米特里奇回过头来。大概最后一个客人离开以及奥尔加·米哈伊洛芙娜侮辱丈夫，已过去很长时间了，因为彼得·德米特里奇明显消瘦了。

“你要什么？”他走到床前问道。

他朝旁边看着，嘴唇翕动着，孩子般软弱无力地苦笑了。

“一切都结束了吗？”奥尔加·米哈伊洛芙娜问道。

彼得·德米特里奇想要回答，可是嘴唇哆嗦起来，嘴像老人一般地歪向一边，像没有牙的舅舅尼古拉·尼古拉伊奇。

“奥尔加！”他激动地搓着手指叫了一声，眼里突然涌出硕大的泪珠，“奥尔加！我不需要你的财产资格、会审法庭（他哽咽了一下）……不需要特殊意见、这些客人、你的嫁妆……我什么也不需要！为什么我们没能保住我们的孩子？啊，还说什么呢！”

他挥了一下手，走出了卧室。

而对奥尔加·米哈伊洛芙娜呢，已绝对无所谓了。她的脑海里还留存着氯仿造成的昏迷，心灵是空虚的……两个医生给她做手术时，她对生活的那种漠然态度仍然没有消失。

发 作

1

医科大学生迈尔和莫斯科绘画雕塑建筑学校学生雷布尼科夫一天晚上来找他们的朋友法律系学生瓦西里耶夫，提议一起去逛C巷。瓦西里耶夫起初再三不同意，不过后来还是穿上衣服跟他们走了。

烟花女，他只是听说过，在书上读到过，可是她们住的烟花巷，他却从来没有去过。他知道，有些道德败坏的女子在环境、坏影响、贫困等等可怕外力的迫使下出卖贞操。她们不知道纯洁的爱情，没有儿女，享受不到公民的权利，母亲和姊妹为失去她们而痛哭，学术界认为她们是罪恶，男人对她们不客气地称呼“你”。可是，尽管如此，她们仍然是人。她们认识到自己的罪孽，希望脱离苦海。拯救自己的办法，她们可以有广泛的选择。固然，社会不肯宽恕人们的过去，可是在上帝那里，埃及的圣马利亚并不被认为比其他圣徒低下。每次在街上根据打扮或做派认出烟花女或者在漫画杂志上看到她们的画像时，瓦西里耶夫都要想起他在什么地方曾经读到过的一个故事：一个有自我牺牲精神的纯洁青年爱上了一个烟花女，向她求婚，而她却认为自己不配享有这种幸福便服毒自杀了。

瓦西里耶夫住在一个通往特维尔大街的胡同里。他跟两个朋友离开家的时候已十一点左右。刚下过第一场雪，自然界完全处在这场初雪的笼罩之下。空气里是雪的冰冷的气息，脚下是雪发出的柔和的咯吱咯吱声，地上、房顶上、树上、路边的长凳上——到处都是蓬松、洁白、清新的初雪，因此房屋的外貌已跟昨天不同，路灯更亮，空气更清新，马车响声更低；呼吸着清新、微寒的空气，心里不由自主地涌现出一种像洁白、清新、蓬松的初雪似的情感。

"不由自主地朝着这忧郁的岸边，"医科大学生用悦耳的男高音唱起来，"一股神秘的力量吸引着我……"①

"瞧这磨坊……"绘画大学生接着唱道，"它已经坍塌……"

"瞧这磨坊……它已经坍塌……"医科大学生扬起眉毛忧伤地晃着脑袋重复唱道。

他停了一会儿，擦了擦前额，回忆了一下歌调，高声唱起来（唱得那么好，使得过路人都回头看了看他）：

"在这儿自由的爱曾经迎接过自由的我……"

他们仨进了餐厅，没有脱大衣，在小吃部每人喝了两杯伏特加酒。在干第二杯以前，瓦西里耶夫发现自己的酒里有一小块软木瓶塞，便把杯子举到眼前，近视地眯缝着眼，久久地端详着。医科大学生没有理解他的表情的含意，说：

"喂，看什么？请别发哲学议论！酒就是为了给人喝的，鲟鱼肉就是为了给人吃的，女人就是为了给人消遣的，雪就是为了给人踩的。像人一样过一个晚上也好嘛！"

"我随便看看……"瓦西里耶夫笑着说，"难道我拒绝喝了吗？"

喝完酒，他胸膛里热呼呼的。他动情地看着自己的两个朋友，欣赏他们，羡慕他们。这两个健壮快活的人一切都称心如意，他们的思想和心灵是多么地成熟，是多么地洒脱！他们喜欢唱歌，喜欢看剧，喜欢画画，喜欢说，喜欢喝，喝完以后第二天

---

① 这里以及以下唱的都是达尔戈梅日斯基的歌剧《水妖》（1855）中的公爵的咏叹调。

脑袋不痛；他们又有诗意又放荡，又温柔又粗鲁；他们又会工作，又会发怒，又会无缘无故地大笑，又会说蠢话；他们热情、诚实、忘我，作为人，丝毫不比他瓦西里耶夫差，他谨言慎行，小心翼翼，把每一件小事都提到问题的高度来看待。他要像两个朋友那样生活，放开手脚，解除自我监督，哪怕一个晚上也好。需要喝伏特加酒吗？他喝，即使明天脑袋痛裂了也不在乎。领他去玩女人吗？他跟着。他要放声大笑，胡闹，快活地回答行人的嘲弄……

他笑着从餐厅里出来。他喜欢他的这两个朋友：一个戴着揉皱的宽檐礼帽，要表现不修边幅的艺术风格；另一个戴着海狗皮帽，并非穷人，但却要装成穷知识分子。他喜欢雪、暗淡的路灯光、行人在初雪上留下的清晰的黑脚印。他喜欢这空气，特别是这种清新、柔和、处女般娇憨的情调——自然界的这种情调一年只能看到两次：一次是万物被雪覆盖的时候；另一次是春天晴朗的白昼或月夜河上冰裂的时候。

"不由自主地朝着这忧郁的岸边，"他低声唱起来，"一种神秘的力量吸引着我……"

这个调子不知为什么一路上没有离开他和他的朋友的嘴边，三个人机械地唱着，各唱各的，互不配合。

瓦西里耶夫想象着十来分钟后他和他的两个朋友要去敲开门，通过黑暗的小走廊和房间溜到女人的身边，他将在黑影里偷偷地划一根火柴，猛然间照见一张痛苦的脸和歉疚的微笑。陌生的金发女郎或黑发女郎大概会披散着头发，穿一件白色的睡衣；她会被亮光吓一跳，难堪得要命，说："哎呀，您这是干吗！快熄灭！"这一切都是可怕的，但有趣，新奇。

2

朋友们从喇叭广场拐到格拉乔夫卡，不久就进了瓦西里耶夫只是听说过的那条烟花巷。看到两侧灯火通明的窗户和敞开的大门，听到许多钢琴和提琴的欢快的声音——这声音从所有的门里飞出来，搅在一起，形成奇特的嘈杂声，好像有个隐身乐队在黑暗的屋顶上空调弦似的。瓦西里耶夫惊奇地说：

“这么多家！”

“这算什么！”医科大学生说，“伦敦比这多十倍。那儿这样的女人有十来万。”

马车夫坐在车夫座位上那么平静淡漠，像在所有胡同里一样，人行道上走的行人跟在其他街道上走的一样。没有人急促不安，没有人把脸藏在大衣领子里，没有人责难地摇头……在这冷漠的态度里，在这钢琴提琴声音大杂烩里，在这灯火通明的窗户里，在这些敞开的大门里，可以感到一种坦率、无耻、放肆的为所欲为的情调。大概很久以前奴隶市场上也是这么欢乐热闹，人们的步态和表情也这么冷漠吧。

“我们从头开始吧。”绘画大学生说。

朋友们走进一道用反射灯照明的狭窄的小走廊。他们打开门的时候，从前厅黄沙发上懒洋洋地站起来一个穿黑色束腰短外套的人，脸没有刮，睡眼惺忪，一副奴才相。屋里一股洗衣房味道，而且还夹杂着醋味。前厅里有一扇门通往一个灯火通明的房间。医科大学生和绘画大学生站在这个房间门口，两个人都抻着脖子同时往房间里看了看。

“波纳-塞拉，谢涅雷，里歌列多-古格诺兑-塔拉韦阿塔！”①绘画大学生说着，演戏似的鞠了一躬。

“嘎弯纳-塔拉卡诺-披斯托列托！”②医科大学生说完，把帽子

① 用意大利语单词拼凑的句子，冒充意大利语，翻译出来是：晚上好，先生们，利哥莱托（意大利作曲家威尔地所作的歌剧名）-胡格诺派教徒-茶花女（歌剧名，作者同上）。

② 用俄语单词加意大利语词尾造的一些单词，冒充意大利语，翻译出来是：哈瓦那-臭虫-手枪。

压在胸膛上，深深地鞠了一躬。

瓦西里耶夫站在他俩身后，也想像演戏似的鞠一躬，说句蠢话，可是他只是微笑着，感到有些像害臊似的不自然，急切地等着看下文。门口出现了一个小姑娘，十七八岁，一头金发剪得短短的，穿一件天蓝色短连衣裙，胸前系着个白蝴蝶结，说：

“你们干吗站在门口？脱掉大衣进大厅里来吧。”

医科大学生和绘画大学生继续说着意大利话，进了大厅。瓦西里耶夫犹犹疑疑地跟在后面。

“先生们，脱掉你们的大衣！”龟奴严厉地说，“这样不行。”

除了金发女郎以外，大厅里还有一个女人，很胖很高，长相不像俄国人，裸露着双臂，坐在钢琴旁边，在膝盖上摆纸牌卦。她丝毫没有理睬客人。

“别的姑娘在哪儿？”医科大学生问道。

“她们在喝茶。”金发女郎答道，“斯捷潘，”她喊了一声，“去告诉姑娘们，大学生来了！”

过了一会儿，大厅里进来了一个姑娘。她穿一件鲜红底子带蓝条的连衣裙，脸上笨拙地涂着厚厚的脂粉，额头藏在头发下面，眼睛一眨不眨地吃惊地瞪着。一进来，她就用女低音粗声粗气地唱起了一首什么歌。接着进来了第二个，第三个……

这一切并没有使瓦西里耶夫看到任何新奇的东西。他觉得，这大厅、钢琴、镶着廉价镀金框的镜子、蝴蝶结、带蓝条的连衣裙和迟钝冷漠的面孔，他已在什么地方见过，而且不止一次。黑暗，寂静，歉疚的微笑，他预料在这儿见到并使他吃惊的一切，他连影子也没有看到。

一切都平淡、庸俗、无趣。只有一点稍稍激起了他的好奇心，那就是窗帘架、拙劣的绘画、衣着打扮、蝴蝶结上所表现出来的、可怕的、好像故意琢磨出来的俗气。这种俗气代表着一种普遍的特点。瓦西里耶夫心想：

“这一切都多么鄙陋傻气！在我现在看到的污七八糟的景象里

有什么东西能诱惑一个正常的人去犯下可怕的罪孽——用一卢布买下一个人的肉体呢？为炫耀、美丽、优雅、情欲、口味而造的任何孽，我都能理解，可这儿是怎么回事呢？为什么人们要在这儿造孽呢？不过……不要想吧！”

“大胡子，请我喝一杯黑啤酒！”金发女郎对他说。

瓦西里耶夫突然感到难为情。他有礼貌地鞠了一躬，说：

“可以……不过，小姐，请原谅我……我不能陪您喝，我不会喝酒。”

五分钟后，三个朋友又向另一家走去。

“唉，你方才为什么要买黑啤酒？”医科大学生在路上生气地说，“简直像个百万富翁！无缘无故地扔了六卢布！”

“她既然想喝，干吗不让她高兴呢？”瓦西里耶夫辩解说。

“高兴的不是她，而是老鸨。是老鸨吩咐她们要客人请客的，老鸨可以从中获利。”

“瞧这磨坊……”绘画大学生唱起来，“它已经坍塌……”

到了另一家妓院，三个朋友只在前厅站了一会儿，没有进大厅。跟在第一家妓院一样，也有一个身穿束腰短外套、睡眼惺忪、满脸奴才相的人从前厅沙发上站起来。看着这个龟奴、他的脸和旧的短外套，瓦西里耶夫心想：一个普通俄国人要经过多少磨难才会被命运抛到这里当龟奴？他以前在哪儿做什么？他的前途是什么？他有无妻室？他的妈妈在哪儿？是否知道他在这儿当龟奴？于是瓦西里耶夫便不由自主地在每家妓院里首先注意龟奴。一家妓院，好像是第四家，龟奴是一个瘦小枯干、坎肩上挂着表链的人。他在读《快报》，没有理睬进来的客人。端详了一下他的脸，瓦西里耶夫不知为什么认为有这样长相的人能盗窃、能杀人、能背信弃义。此人的长相的确有趣：大额头，灰眼珠，小小的扁鼻子，紧闭的小嘴唇，脸上的表情愚钝而放肆，像年轻的猎狗追赶野兔时的神情。瓦西里耶夫心想能摸摸他的头发软硬多好。他的头发一定像狗毛那么硬。

3

绘画大学生因为喝了两杯黑啤酒，突然有点儿醉了，异常兴奋起来，挥舞着两手命令说：

“到另一家去！我领你们去一家最好的！”

把两个朋友领到他认为最好的那家妓院以后，他表示希望跳一场卡德里尔舞。医科大学生嘟哝说这要付给乐队一卢布，可是同意做 vis-à-vis①。开始跳了起来。

在最好的妓院里也跟在最坏的妓院里一样没有审美趣味。这里也是那种镜子和画儿，那种发型和打扮。打量着环境和服饰，瓦西里耶夫已经明白，这不是没有审美趣味，这可以说是C巷的审美趣味，甚至可以说是风格，是在其他任何地方也找不着的，这种丑陋是自成体系的，不是偶然的，是长期形成的。逛过八家以后，衣服的色彩，曳地长后襟，鲜艳的蝴蝶结，水手服，脸腮上抹的浓厚的紫色胭脂，已都不使他感到惊奇：他明白了，在这里都需要这样，要是有一个女人打扮得像人样，或者墙上挂一张像样的版画，那整条烟花巷的情调就会受到破坏。他想：

“她们多么不会出卖自己呀！难道她们不懂：罪孽只有美丽而且加以掩饰的时候，只有戴上善的外壳的时候才有魅力？朴素的黑连衣裙，苍白的脸，凄惨的微笑和昏暗的灯光比这些粗俗的妖艳影响力更大。愚蠢！既然她们自己不懂，客人就应该教她们，不是吗……”

一个穿着镶白毛皮边波兰女装的姑娘过来，坐在他旁边，问道：

“可爱的黑发美男子，您怎么不跳舞呢？您怎么这么寂寞？”

“因为寂寞嘛。”

---

① 卡德里尔舞四人一组：两男两女。vis-à-vis（法语），指配对的男舞伴。

"请我喝杯葡萄酒就不会寂寞啦。"

瓦西里耶夫什么也没有说，沉默了一会儿，问道：

"您几点上床睡觉？"

"五点多。"

"几点起床？"

"有时两点，有时三点。"

"起床后干什么？"

"喝咖啡，六点多吃午饭。"

"午饭吃什么？"

"普通饭菜……一个菜汤，一盘煎牛排，甜食。我们的鸨母给姑娘的伙食很好，您问这个干吗？"

"为了闲聊……"

瓦西里耶夫想跟这个姑娘谈许多事情。他非常想知道她是哪儿人，父母是否健在，他们是否知道她在这里，她怎么到了这家妓院，她快活称心还是悲伤忧愁，想不想有一天摆脱目前的处境……可是他想不好从哪儿开始，如何提问才不致使问题显得不礼貌。他想了好久，问道：

"您多大啦？"

"八十啦。"姑娘说了句俏皮话，含笑看着跳舞的绘画大学生用手和脚玩出来的花样。

她不知为什么哈哈大笑起来，大声说了句很长的下流话，声音大得所有的人都听到了。瓦西里耶夫目瞪口呆，不知使脸带上什么表情好，勉强笑了笑。只有他一个人笑了笑，别人——他的朋友、乐师和女人们甚至没有看坐在他身边的这个姑娘一眼，好像都没听见似的。

"请我喝一杯葡萄酒！"那姑娘又说。

瓦西里耶夫感到讨厌她衣服上的白毛皮边，讨厌她的声音，便离开了她。他已觉得又闷又热，心脏开始缓慢而剧烈地跳动起来，像锤子敲打似的：怦！怦！怦！

“走吧！”他拽了绘画大学生的衣袖一下，说。

“等等，让我跳完嘛。”

在绘画大学生和医科大学生继续跳舞的时候，瓦西里耶夫为了不看女人，便端详起乐师来。弹钢琴的是一个仪表堂堂的老人，戴眼镜，脸像法国元帅巴赞[①]，拉提琴的是一个留着淡褐色胡子的年轻人，衣着极为时髦。这青年长相不俗，神情并不疲惫，相反，倒是一脸聪明相，朝气蓬勃。他的衣着考究而雅致，提琴拉得富有情感。问题：他和这个仪表堂堂的老人怎么会到这里？为什么他们坐在这里不害臊？他们看着女人的时候心里在想些什么？

要是弹钢琴拉提琴的人衣着褴褛，面有饥色，闷闷不乐，醉醺醺的，长相瘦瘪或者愚蠢，那他们到这里来演奏也许是可以理解的。眼前他毫不理解。他想起来曾经读过的那个烟花女的故事，如今他认为，那个面带歉疚微笑的女人形象跟他现在见到的毫无共同之处。他觉得他见到的不是一些沦落风尘的女子，而是一个跟他格格不入、他所不理解的完全特殊的另一个世界，以前要是在舞台上看到或在书里读到的话，他是不会相信的……

衣服镶白毛皮边的女人又哈哈大笑起来，并大声说了句叫人恶心的话。他感到厌恶，脸红了一下，便抬腿往外走。

“等等，我们也走！”绘画大学生对他喊道。

4

“方才跳舞的时候，我跟我的舞伴交谈过。”三个人全到了街上以后，医科大学生说，“谈的是她的第一次罗曼史。他——她的英雄，是斯摩棱斯克的一个会计，有妻子，五个孩子。她当时十七岁，住在父母身边，父母是卖肥皂和蜡烛的。”

“他怎样征服了她的心呢？”

---

① 巴赞（1811—1888），法国元帅。

“他给她买了五十卢布的内衣。鬼知道是怎么回事！”

瓦西里耶夫听了医科大学生的讲述，心想：“瞧他竟能套出自己舞伴的罗曼史来。我却不能……”他说：

“先生们，我回家啦！”

“为什么？”

“因为在这里我坐立不安。而且我感到无聊和厌恶。这里有什么快活的？哪怕有些正常人也好，可这里全是野人和动物。我无论如何要回去啦。”

“唉，瓦西里耶夫，亲爱的……”绘画大学生抱住瓦西里耶夫用哭咧咧的声调说，“走吧！再逛一家，然后就去他娘的……走吧！亲爱的瓦西里耶夫！”

瓦西里耶夫被说服，跟着上了楼梯。地毯，镀金的栏杆，开门的仆役，装饰前厅的壁画嵌板都令人觉得仍然是C巷的风格，不过经过完善，能使人感到富丽堂皇而已。

“真的，我要回家啦！”瓦西里耶夫脱大衣的时候说。

“唉，唉，亲爱的……”绘画大学生说完，吻了吻他的脖子。

“别任性……好瓦西里耶夫，要够朋友嘛！一块儿来了一块儿走。你太不通人情啦。”

“我可以在街上等你们嘛。真的，我在这儿感到恶心！”

“唉，唉，瓦西里耶夫……恶心，你可以观察嘛！明白吗？观察！”

“必须客观地看待事物。”医科大学生认真地说。

瓦西里耶夫进了大厅坐下了。大厅里除了他和他的两个朋友以外，还有许多客人：两个步兵军官，一个戴金丝框眼镜的白发秃顶的先生，两个没有胡子的测地学院学生，一个醉得很厉害、长相像演员的人。姑娘们都忙着照拂其他客人，丝毫没有理睬瓦西里耶夫。只有一个打扮得像阿依达[1]的姑娘瞥了他一眼，不知对什么笑了

[1] 意大利作曲家威尔地（1813—1901）的同名歌剧的主人公。

笑，打着呵欠说：

“来了个黑发男子……”

瓦西里耶夫心跳起来，脸上觉得发烧。他在其他客人面前为自己到这里来感到羞愧，而且感到厌恶和痛苦。他想到自己一个正派而多情（迄今为止他都是这样看自己）的人竟恨这些女人，对她们，除了厌恶以外，没有任何感情。他已不可怜这些女人、乐师和龟奴了。他想：“这是因为我没有努力去理解她们的缘故。她们比起人来，更像动物，但是她们毕竟是人，她们有心灵。必须先理解她们，然后才能指责……”

“格里沙，你别走，等着我们！”绘画大学生对他喊了一句，就不见了。

不久，医科大学生也不见了。

“不错，必须努力理解，这样不行……”瓦西里耶夫继续想道。

于是他便用心端详每个女人的脸，寻找歉疚的微笑。可是，要么他不会看表情，要么就是没有一个女人感到歉疚，他在每一张脸上看到的只是普通的庸俗无聊、心满意足的愚钝神情。愚蠢的眼神，愚蠢的微笑，愚蠢的刺耳声音，无耻的动作——别无其他。看来，她们每人过去都有一段跟会计和五十卢布内衣有关的罗曼史，现在在生活里没有美好的向往，只有咖啡，三个菜的午饭，葡萄酒，卡德里尔舞，睡到两点……

找不到歉疚的微笑，瓦西里耶夫就开始找聪明的脸。他的目光停留在一张苍白、略有困意、倦怠的脸上……这是个已不年轻的黑发女人，衣服上装饰着一些闪光的亮片，她坐在圈椅上，瞅着地板在想什么。瓦西里耶夫在大厅里走了一个来回，好像无意似的坐到她身边。他想：“需要从庸俗的问题开始，逐步过渡到严肃的问题……”

“您的衣裳多好看哪！”他用手指碰了一下围巾上的金流苏，说。

“有什么穿什么……”黑发女人无精打采地说。

“您从哪个省来的？”

“我？远啦……切尔尼戈夫省。”

“一个好省份。那儿好。”

“那儿好——这山望着那山高。”

瓦西里耶夫心想：“可惜我不会描写风景。描写切尔尼戈夫的风光可以打动她的心。她既是那儿生的人，一定喜欢那个地方。”

“您在这儿寂寞吗？”他问。

“当然寂寞。”

“既然寂寞，为什么不离开这里？”

“上哪儿去？去乞讨吗？”

“乞讨也比住在这里轻松些。”

“您怎么知道？乞讨过吗？”

“没有钱交学费的时候乞讨过。即使没有乞讨过，也可以明白。乞丐无论如何是个自由人，而您却是奴隶。”

黑发女人伸了个懒腰，用惺忪的睡眼目送着用托盘端着含气矿泉水的龟奴。

“请喝杯黑啤酒吧。”她说完，又打了个呵欠。

瓦西里耶夫心想：“请我喝杯黑啤酒……要是这时你哥哥或者妈妈进来，你怎么办？你说什么？他们会说什么？我看，到那时才该要一杯黑啤酒，我想象……”

突然传来哭声，从龟奴进去送含气矿泉水的那个隔壁房间里快步走出来一个淡色头发的男子，满脸通红，眼睛里充满怒火。后面跟着高大肥胖的老鸨，尖声喊道：

“谁也没有给您权利打姑娘的耳光！我们这儿的客人比您强，而且不打人！骗子！”

吵闹起来。瓦西里耶夫吃了一惊，吓得脸色煞白。隔壁房间里有人在嚎啕大哭，哭得很伤心，像一般受到欺负的人的哭声一样。瓦西里耶夫明白了：这里的确住着人，真正的人，像各地的人一样：生气，痛苦，哭泣，求助……他心里对妓女痛恨和厌恶的情感换成了可怜她们、仇恨欺负人的人的情感。他奔到有人哭的房间，透过大理石桌面上摆的酒瓶子，他看到了一张满是泪痕的痛哭的脸，向着这张脸伸出双手，朝桌子迈了一步，可是马上便吓得跳了回来：哭的妓女喝醉了。

穿过闹哄哄地围着淡色头发男子的人群时，他灰心丧气，像孩子似的害怕起来，他觉得在这个他所不理解的陌生世界里，人们想追他，打他，辱骂他……他从衣挂上取下大衣便撒腿向楼下跑去。

5

他站在妓院旁边，靠在板墙上等着两个朋友出来。钢琴和提琴快活、豪放、无耻、忧伤的声音在空中搅在一起，这嘈杂的声音仍然像一个隐身乐队在黑暗的妓院上空调弦。要是抬头看看黑暗天空的话，那就可以看到在这黑色背影上撒满了活动的白点：这是下雪了。雪花进到光亮里像羽毛似的懒洋洋地盘旋着，更加懒洋洋地落到地上。雪花成群地在瓦西里耶夫周围盘旋着，挂到他的胡子上、睫毛上、眉毛上……马车夫、马和行人都变成了白的。瓦西里耶夫心想：“雪怎么能下到这个巷子里来！这些妓院应该受到诅咒！”

因为他是从楼梯上跑下来的，所以两条腿累得发软，他喘着，好像刚爬过山似的，心跳着，可以听到怦怦的声音。他想赶紧离开这条巷子，回家去，可是更想等朋友出来，好对他们发泄心中的愤懑。

妓院里许多事情，他并未了解到，正在毁灭的妓女的心灵对他来说仍然是秘密，可是有一点是清楚的，那就是情况比可以想象的糟得多。如果那个服毒自杀的妓女被称为沦落风尘的女子的话，那么，对如今在声音大杂烩里跳舞、说些令人厌恶的脏话的女人便很难找到恰当的称谓了。她们不是正在毁灭的，而是已经毁灭的女人。

他想："有罪孽，但没有人意识到，也没有人希望得到拯救。人们卖她们，买她们，把她们淹没在醇酒和秽行之中，可她们却像绵羊一样鲁钝、冷漠、懵懂，上帝呀，我的上帝呀！"

对他来说还有一点是清楚的，那就是一切被称为人的尊严、人格、人的形象的东西都被彻底玷污了，或者被玷污得像醉鬼爱说的"烂醉如泥"了。在这个问题上有过错的不只是一条烟花巷和一些鲁钝的女子。

一帮被雪盖得白白的大学生快活地说笑着从他身边过去。其中一个细长身材的人停下来，端详了一下他的脸，用醉醺醺的声调说：

"我们一类的！醉啦，老兄？啊，老兄！没关系，玩吧！逛吧！别悲伤，老兄！"

他抓住瓦西里耶夫的两肩，把潮湿冰凉的胡子贴到他的脸腮上，接着滑了一下，晃了晃，挥舞着两手喊道：

"站稳！别摔倒！"

喊完，笑起来，跑着赶自己的伙伴去了。

透过一片喧嚣声传来绘画大学生的喊声：

"你们没有权利打女人！我不允许！该死！你们这些恶棍！"

医科大学生出现在妓院门口。他往两边瞧了瞧。看到了瓦西里耶夫，吃惊地说：

"你在这里？唉，真的，绝对不能带雷布尼科夫到任何地方去！他是个什么人呢，我不懂！跟人闹起来了！听到了吧？雷布尼科夫！"他朝门里喊了一声，"叶戈尔！"

"我不允许你们打女人！"楼上传来绘画大学生的刺耳的声音。

一个笨重的什么东西从楼梯上滚下来。这是绘画大学生从楼上摔下来了。他显然是被推下来的。

他从地上爬起来，拍净帽子上的土，怒气冲冲地朝楼上举起拳头威吓着喊道：

"坏蛋！强盗！吸血鬼！我不允许你们打人！不允许打一个喝

醉了的弱女子！哎呀，你们……”

“雷布尼科夫……唉，雷布尼科夫……”医科大学生开始央求他，“向你保证，下次再也不跟你一起出来啦。真的！”

绘画大学生渐渐平静下来，三个朋友一起往家走。

“不由自主地朝着这忧郁的岸边……”医科大学生唱着，“一股神秘的力量吸引着我……”

“瞧这磨坊……”绘画大学生过了一会儿接着唱道，“它已坍塌……我的妈，好大雪！瓦西里耶夫，你干吗走了？你是个胆小鬼，婆娘，如此而已。”

瓦西里耶夫走在两个朋友身后，看着他们的后背，心想：“二者必居其一：要么我们只是觉得娼妓是罪恶，我们夸大了事实；要么娼妓的确是习惯上所认为的罪恶——那我的这两个可爱的朋友就是奴隶主、强奸犯和杀人凶手，像《庄稼地》杂志上画的叙利亚和开罗的居民一样。他们现在又唱又笑，又高谈阔论，难道不是他们刚刚剥削了饥饿、无知、鲁钝的妓女吗？是他们——我是见证人。他们的人道精神、医学、绘画有什么用呢？这些凶手的科学、艺术和崇高情感使我想起一个笑话中讲的腌肥猪肉来。两个强盗在树林里杀害了一个乞丐，开始分衣物的时候在背囊里发现了一块腌肥猪肉。一个强盗说：‘很是时候，我们吃吧。’另一个大吃一惊，说：‘怎么行呢？你忘了今天是星期三斋戒啦？’于是便没有吃。他们杀了人，离开树林的时候相信自己是严格遵守斋戒的。而这两个人呢，买完了女人的肉体，走在这里，以为自己是画家，是学者……”他气哼哼地不客气地说：

“你俩听着！你们为什么到这里来？难道，难道你们不知道这可怕吗？你们的医学说，这些女人个个都提前死于肺病或其他别的病；艺术说，她们道德上死得更早。她们每个人的死亡原因都是因为她们要接待许多男人，假定说每个人平均一生要接待五百个男人吧。五百个男人杀害一个妓女。在这五百个人里也有你俩！现在，如果你俩一生中经常到这里以及诸如此类的地方来，每个人以二百五十次计算，那就是说，你俩就杀害了一个女人。难道这不明白吗？难道这不可怕吗？两个人，三个人，五个人共同杀害一个愚蠢饥饿的女人！哎呀，难道这不可怕吗，我的上帝？”

“早就知道会有这个结果。”绘画大学生皱着眉头说，“不该找这个浑蛋木头人！你以为现在你脑袋里是伟大的思想吗？不，鬼知道是什么，但绝不是思想！你现在用仇恨和厌恶的眼光看我；我认为，你再盖二十家这样的妓院要比这样看我好些。在你的目光里罪孽比整条烟花巷的罪孽还多！走，迈尔，让他见鬼去吧！浑蛋木头人，如此而已……”

“我们人类互相残杀，”医科大学生说，“这当然是不道德的，可是发哲学议论无济于事。再见！”

在喇叭广场上，三个朋友互相告别以后分手了。剩下一个人以后，瓦西里耶夫加快了步伐。他怕黑暗，怕纷纷扬扬的大雪——这雪好像要把全世界盖上似的，怕被飞雪遮得发暗的路灯灯光。他心里充满了一种无名的恐惧。迎面偶尔走来几个行人，他惊恐地躲开他们。他觉得：女人，全是女人从四面八方走来，从四面八方看着他……

“我这是开始了。”他想，“开始发作了……”

6

他在家里躺在床上浑身哆嗦着说：

“活的！活的！我的上帝，她们是活的！”

他千方百计地发挥自己的想象力，忽而把自己想象成妓女的哥哥；忽而把自己想象成妓女的父亲；忽而把自己想象成两腮涂着脂粉的妓女本人，这一切都使他感到恐怖。

他不知为什么觉得：他应当无论如何立即解决这个问题，这不是别人的问题，是他自己的问题。他竭尽全力战胜绝望。坐到床上，两手抱着脑袋，开始思考：如何拯救他今天见到的那些女人？

作为一个有学问的人，解决一切问题的程序，他是清楚的。他虽然激动，但也要严格恪守这个程序。他回顾了问题的历史、文献，凌晨三点多的时候他在屋里来回踱着回忆当前为拯救妇女而进行的各种实验。他有很多好朋友住在法尔茨法因、加利亚什金、涅卡耶夫、叶奇金……的公寓里。其中有不少正直忘我的人。有些人曾试图拯救妇女……瓦西里耶夫想：

“这些为数不多的尝试可以分成三类。第一类是把妓女从妓院里赎出来，给她租一间房子，买一台缝纫机，让她从事缝纫。赎的人有意无意地把她变成了自己的外室，等毕业要走的时候就把她像东西似的移交另一个正派人。烟花女仍然是烟花女。第二类把妓女赎出来之后也是给她租一间房子，买一台不可缺少的缝纫机，教她识字，教育她，教她读书。这女人在感到有趣、新鲜的时候靠缝纫生活，可是后来感到寂寞就开始背着教育者偷偷地接待男人或者跑回原来的妓院——那儿可以睡到下午三点，有咖啡喝，有饱饭吃。第三类是最热心、最富有自我牺牲精神的人，他们迈出了勇敢坚决的一步：他们娶了妓女。无耻的或被娇惯坏了的愚昧无知的动物变成妻子、女主人以及母亲以后，她的生活和世界观就发生了天翻地覆的变化，因此后来在妻子和母亲身上就很难看出从前烟花女的痕迹了。是的，结婚是最好的大概也是惟一的手段。”

“可是办不到！”瓦西里耶夫出声地说完，便倒在床上，“我第一个不能结婚！要办到这一点，必须成为圣徒——不懂嫌弃、不知厌恶才行。不过，假定说，我、医科大学生、绘画大学生战胜自己，肯结婚，她们全都可以出嫁。可结论是什么呢？结论是什么呢？结论就是：莫斯科这儿的妓女全出嫁，斯摩棱斯克的会计又会诱惑出来新的一批堕落者，这批新的堕落者就会跟萨拉托夫、下新城、华沙……来的堕落者一起来填补空缺……伦敦的十万妓女往哪儿安置？汉堡的往哪儿安置？”

灯里的油已耗尽，灯开始冒烟。瓦西里耶夫没有理会。他又踱起来，继续琢磨着。现在换了个角度提问题：怎么做才能使人们不需要妓女呢？为此，必须使那些买她们肉体、戕害她们的男人感觉到自己扮演奴隶主角色是不道德的，由此而感到畏惧。必须拯救男人。他想：

“科学与艺术显然无能为力……这儿惟一的出路是劝阻。”

于是他便开始想象：明天傍晚他将站在巷口，对每个行人说：

“您上哪儿去，干吗去？敬畏上帝吧！”

他要对冷漠的马车夫说：

“你们站在这儿干吗？你们为什么不发怒，不愤慨？你们既然信仰上帝，知道这是罪孽，人们为了这种罪孽要下地狱，你们为什么不吱声？固然，他们跟你们非亲非故，可是他们也有像你们似的父亲弟兄啊……”

有一个朋友谈到瓦西里耶夫时说他是个有天才的人。有人有写作天才，有人有演戏天才，有人有绘画天才，而他有的却是特殊的天才——同情人的天才。他对别人的痛苦非常敏感。正如一个好演员能在自己身上反映别人的动作和声音一样，瓦西里耶夫在心灵里能反映别人的痛苦。看到别人流泪，他就会哭；在病人旁边，他就会有病、呻吟；看到暴行，他就会觉得这暴行是加在他身上的，他会像孩子般害怕，怕过之后，他就会跑上前去帮助受欺凌者。别人的痛苦使他激动、着急、坐卧不安，等等。

朋友的话是否对，我不知道；但是当瓦西里耶夫觉得问题已得到解决时那种表现却很像灵感降临一样。他放声大哭，纵情大笑，出声地说着明天要说的话，对听他劝告并跟他并肩站在巷口进行劝阻的人充满热爱；他坐下写信，对自己发誓……

说这像灵感，还因为持续的时间不长。瓦西里耶夫不久就疲倦了。伦敦、汉堡、华沙的妓女通通压到他心上，像座座大山压在大地上一样；他在这无数的妓女面前胆怯了，张皇失措了，他想起来自己没有口才，胆小怯懦，冷漠的人群未必肯听他一个人——三年级法学大学生的话，真正的劝阻不但要言教，而且要身教……

天亮以后街上响起马车辚辚声的时候，瓦西里耶夫躺在沙发上一动不动，眼睛呆呆地盯着一个地方。他已经既不想妓女嫖客，也不想劝阻了。他的全部注意力都集中在折磨他的内心痛苦上。这是一种隐隐的不固定、不可捉摸的痛，像哀伤，像极度恐怖，像绝望。他能够指出哪儿痛：在胸膛里，心底下，但却无法比拟。他以前有过厉害的牙痛，得过胸膜炎和神经痛，可是这一切同内心痛相比是微不足道的。内心痛的时候简直不想活。毕业答辩，优秀论文，喜欢的人，拯救正在毁灭的妓女的计划——这些昨天使他或者喜爱或者无所谓的事情，如今想起来就使他气恼，如同街上的马车声，走廊上有人跑的脚步声，明亮的阳光……假如现在有人在他眼前完成一件伟大的善举或令人发指的暴行，那这两种行为都会同样使他感到厌恶。他脑海里懒洋洋地翻腾着的思想里面，只有两个想法不使他感到气恼：一个——他有权随时杀死自己；另一个——这种痛不会超过三天。第二个想法，他是从经验中得来的。

躺了一会儿，他站起来，搓着手踱步，但不像往常从一个墙角到另一个墙角来回踱，而是沿着墙走四方形。他不时往镜子里瞥一眼。他的脸苍白、消瘦，太阳穴陷下去，眼睛大了，黑了，呆滞了，不像自己的了，流露着无法忍受的精神痛苦。

中午绘画大学生来敲门，问：

"格里沙，在家吗？"

没有得到回答，他站了一会儿，想了想，用乌克兰话自言自语地说：

"没有。可恶的家伙上学校去了。"

说完，走了。瓦西里耶夫躺到床上，痛得把头藏到枕头下面哭了起来，泪流得越多，内心痛苦就越可怕。傍晚，他想起来要面临黑夜的折磨，便感到可怕的绝望。他急忙穿好衣服，离开房间，敞着房门，毫无必要、漫无目的地跑到街上。没问自己上哪儿去，便快步沿花园街走起来。

雪下得跟昨天一样大，是解冻的天气。瓦西里耶夫抄着手，被有轨马车的响声、铃声和来往行人吓得哆哆嗦嗦的，沿着花园街走到苏哈列夫塔，然后又走到红大门，从那儿拐向巴斯曼大街。他进酒馆喝了一大杯伏特加，可是并没有因此感到轻松些。走到逍遥游，他往右拐，走进了生平从未走过的一些胡同。他走到一座古桥，桥下是喧闹的亚乌扎河，从这儿可以看到红兵营窗户上的一排排灯光。为了用一种新的感觉或另一种痛苦分散内心痛苦，可他不知道如何做好，便哭着，哆嗦着把大衣和上衣的扣子解开，使胸膛露出来迎着潮湿的雪和风。可是这也没能减轻痛苦。于是他便趴到桥栏杆上朝下看了看黑色的波浪翻滚的亚乌扎河，他想头朝下跳下去，这倒也不是因为厌恶生活，要自杀，而只是想哪怕是受点伤，用一种痛苦分散另一种痛苦。可是黑水、黑暗，被雪覆盖的荒凉的河岸是可怕的。他哆嗦了一下，便继续向前走去。他过了红兵营然后往回走，下到一个小树林里，从小树林又上了桥……

"不，回家，回家！"他想，"在家里好像好一些……"

于是便往回走。回到家里，他甩掉湿大衣，摘了帽子，沿着墙踱起来，不知疲倦地一直走到早晨。

7

第二天早晨，绘画大学生和医科大学生来找他的时候，他穿着撕破的衬衫，双手咬得伤痕累累，在屋里折腾，痛得直呻吟。他看到朋友嚎啕着说：

"看在上帝分上！你们愿意把我领到哪儿就领到哪儿，觉得怎么办好就怎么办，看在上帝分上，快救我吧！我会杀死自己的！"

绘画大学生脸色煞白，不知所措。医科大学生也差些哭起来，可是认为学医的人一生任何场合都应当沉着冷静，便冷漠地说：

"你这是旧病发作了。不过没有关系。我们马上找医生去。"

"上哪儿去都行，但是千万快些！"

"你别激动。必须克制自己。"

绘画大学生和医科大学生手哆嗦着给瓦西里耶夫穿好衣服，领他到了街上。路上，医科大学生说：

“米哈伊尔·谢尔盖伊奇早就想跟你认识啦。他人很可亲，医术高超。1882年毕业，已有大量经验。对学生像对伙伴似的。”

“快些，快些……”瓦西里耶夫催促说。

米哈伊尔·谢尔盖伊奇医生是个胖子，淡色头发，接待朋友们的态度客气、稳重、冷漠，只用一个脸腮笑了一下，说：

“画家和迈尔已跟我谈过您的病了。很高兴为您效劳。开始吧，请坐……”

他让瓦西里耶夫坐到桌子旁边一把大圈椅上，把装着香烟的盒子向他那边推了推。

“开始吧？”他抚摩着膝盖说，“开始……您的年龄？”

他提问题，医科大学生代替回答。他问：瓦西里耶夫的父亲是否得过特殊疾病，是否有狂饮症，是否残忍或有其他什么怪癖。关于他的祖父、母亲、姊妹、弟兄，他也提了同样的问题。听说他母亲嗓音极好，有时在剧院演出时，他突然振奋起来问道：

“对不起，您是否记得，演出是不是您妈妈的嗜好？”

二十分钟过去了。医生总在抚摩着膝盖问同样的话，瓦西里耶夫感到厌倦，说：

“医生，据我对您的问题的理解，您想知道，我的病是否是遗传的。它不是。”

接着，医生问瓦西里耶夫年轻时是否有过秘密罪孽，脑袋是否受过外伤，有没有迷恋什么，有没有怪癖、特殊的爱好。对于勤恳的医生所提的问题一半不予回答，丝毫不会损害健康，可是米哈伊尔·谢尔盖伊奇、医科大学生和绘画大学生脸上的表情却表示，好像瓦西里耶夫即使有一个问题不回答，也会使一切变得无可挽回。得到回答以后，医生不知为什么都记到一张纸片上。得知瓦西里耶夫博物系毕业后如今在读法律系的时候，医生沉思起来……

“去年他写了一篇优秀论文……”医科大学生说。

“对不起，不要打断我，您妨碍我集中注意力。”医生说完，一个脸腮笑了笑，“是的，这对既往症当然也起作用。强脑力劳动，过度疲劳……是的，是的……您喝伏特加吗？”他问瓦西里耶夫。

“很少。”

又过了二十分钟。医科大学生开始低声讲起自己对发作的最直接原因的看法，说前天绘画大学生、瓦西里耶夫和他一起到C巷去过。

他的两个朋友和医生谈论妓女和那条不幸的巷子时语调冷漠、平淡、冰冷，使他感到非常奇怪……

“医生，请您只告诉我一件事，”他克制着自己不出言粗鲁，“娼妓是罪恶不是？”

“亲爱的，谁争论呢？”医生说话的神情好像对这些问题自己早已解决了似的，“谁争论呢？”

“您是精神病医生？”他粗鲁地问道。

“不错，是精神病医生。”

“也许你们大家都是对的！”瓦西里耶夫站起来从一个墙角到另一个墙角来回踱着说，“也许！可是我觉得这一切是奇怪的！我读了两个系，人们认为是丰功伟绩；我写了一篇三年后将被扔掉被遗忘的文章，人们把我捧上了天；而我不能像谈论这些椅子似的那么冷漠地谈论堕落的妇女，人们却给我治病，说我是疯子，并且感到惋惜！”

瓦西里耶夫不知为什么突然感到一种无法忍受的怜悯心情，他可怜自己，可怜伙伴，可怜前天见到的那些人，可怜医生。他哭起来，倒在圈椅上。

两个朋友疑惑地看着医生。医生的神情好像非常理解这种眼泪和绝望，他自认为是这方面的专家。他带着这种神情走到瓦西里耶夫跟前，默默地给他喝了些什么药水，等他安静下来以后，给他脱了衣服，开始检查他的皮肤感觉，膝跳反射，等等。

瓦西里耶夫好些了。他离开医生的时候，已感到羞愧，马车声已不使他气恼，心上的重压渐渐减轻，像消融了似的。他手里有两个药方：一个开的是溴化钾，另一个开的是吗啡……

这两种药他以前也服用过！

他在街上站了一会儿，想了想，告别了朋友，懒洋洋地往大学走去。

鞋匠和鬼

这是圣诞节前夜。老婆早就在炕上打呼噜了，灯里的油已耗尽，可费奥多尔却仍然坐在那儿做活。他早就该扔下活计到街上逛去，可是大钟胡同的一个顾客两个星期前定做了一双皮靴，昨天来骂了一顿，吩咐无论如何今天晨祷前要把靴子做好。费奥多尔一边做活一边嘟囔：

"苦役犯过的日子！一些人早就睡了，另一些人在街上逛，你却坐在这儿为他娘的什么顾客缝靴子……"

为了避免无意中睡着，他常常从桌子底下拿出一个酒瓶子来对着嘴喝两口，每喝一口就摇摇头，大声说：

"请行行好告诉我，为什么顾客们逛大街，我却必须坐在这儿替他们缝靴子？因为他们有钱，我是穷光蛋吗？"

他恨所有的顾客，尤其是住在大钟胡同的那个。那位先生脸色阴沉，长头发，黄脸膛儿，戴着一副蓝色大眼镜，说话哑嗓儿。姓的德国姓，很怪，叫起来怪绕嘴的。他是什么身份、什么职业，无法弄清楚。两个星期前费奥多尔去量尺寸的时候，他，那个顾客，正坐在地板上在研钵里捣什么东西。费奥多尔还没来得及打招呼，研钵里的东西就突然燃烧起来，喷出明亮的红色火焰，发出一股硫黄和烧焦的羽毛味儿；房间里充满了粉红色的浓烟，呛得费奥多尔打了五六个喷嚏。回家的路上，他心里说："敬畏上帝的人是不会干这种营生的。"

瓶里的酒喝光以后，费奥多尔把靴子放在桌子上沉思起来。他用拳头支着沉重的脑袋，开始想自己暗无天日的贫困的苦日子，想阔佬高大的住宅、四轮轿式马车、大把大把的钞票……要是他娘的阔佬房子倒了、马死了、皮大衣貂皮帽子坏了，那该多好！要是阔佬变成没有饭吃的穷光蛋，穷鞋匠变成阔佬在圣诞节前夜对别的穷鞋匠大发脾气，那该多好！

这样想着，费奥多尔猛然想起自己的活计，睁开了眼。他端详着皮靴，心想：

“真怪！靴子早就做好了，我却仍然坐在这里。得给顾客送去！”

他把活儿用红头巾包起来，穿好衣服就拿着上街了。街上下着又小又硬的雪粒，打在脸上像针刺一般。天又冷又黑，路很滑，煤气路灯发着黯淡的光，不知为什么街上有煤油味儿，呛得费奥多尔咳嗽起来。马路上阔佬的四轮轿式马车熙来攘往，每个阔佬手里都拿着一个鸡腿和一瓶伏特加酒。阔太太们从马车和雪橇上看着费奥多尔，向他伸着舌头，笑着喊道：

“穷光蛋！穷光蛋！”

费奥多尔身后走着大学生、军官、商人和将军，他们嘲弄地向他喊着：

“酒鬼！酒鬼！皮鞋匠黑心肠，不把上帝放心上！穷光蛋！”

这一切实在令人气恼，不过费奥多尔没有吱声，只是吐了几口唾沫。可是华沙来的鞋匠师傅库兹马·列别德金遇到他，说了句：“我娶了位富家小姐，我雇伙计干活，你是穷光蛋，没饭吃。”费奥多尔听了，忍耐不住，追起他来，一直追到大钟胡同。他的顾客就住在从拐角数第四座楼的最上层的一所住宅里。到他家去必须穿过一个很长的阴暗的院子，爬上很高很滑而且在脚下直摇晃的楼梯。费奥多尔进屋的时候，他像两个星期以前一样，也是坐在地板上在研钵里捣什么。

“先生，靴子送来了！”费奥多尔阴沉地说。

顾客站起来，默默地开始准备试靴子。费奥多尔想帮他忙，跪下一条腿，给他拽下来一只旧靴子，可是马上就跳开，吓得躲到门旁去了。顾客长的不是脚，而是马蹄子。费奥多尔心想："哎呀！竟有这样的事！"

第一件应该做的事就是画个十字，然后扔掉一切跑到楼下去；不过他马上又想，遇见鬼是他生平第一次，大概也是最后一次，要是不加以利用是愚蠢的。他克服了害怕心理，决定试试运气。他把手倒背起来，免得在胸前画十字，他恭敬地咳嗽了一声，说：

"据说世上没有比鬼更可恶更坏的东西了，可是我呢，先生，却认为鬼是最有学问的。请原谅我说话直率，鬼虽然长着蹄子和尾巴，可是他脑袋里的智慧比有些大学生多。"

"你说这话，我喜欢你。"受到恭维的顾客说，"谢谢你，鞋匠！你有什么要求？"

于是鞋匠便不失时机地抱怨起自己的命运来。他从童年时代就羡慕有钱人讲起。不是所有的人都有高楼大厦住，都有骏马骑，对此他总是感到愤愤不平。请问为什么他穷呢？华沙来的库兹马·列别德金有自己的房子，老婆戴漂亮的女帽，他什么地方长得不如华沙来的库兹马·列别德金？他的鼻子、手、脚、头、后背长得跟有钱人一样，为什么别人游逛，他就应该干活？为什么他得娶玛利亚而不能娶身上有香水味儿的贵夫人？在有钱的顾客家里，他常常看到漂亮的小姐，她们毫不理睬他，只是偶尔笑着低声互相说："这个鞋匠鼻子多红！"的确，玛利亚是个贤惠、善良、能干活的婆娘，可是她没有受过教育，手重，打人很痛，当她面儿谈论政治或其它高深问题时，她会插嘴说些可怕的浑话。

"你有什么要求呢？"顾客打断了他的话。

"鬼先生，我想请您开开恩把我变成富人！"

"可以。不过为此你应该把灵魂交给我！趁公鸡还没有叫，你在这张纸上签个字，保证把灵魂交给我。"

"先生！"费奥多尔客气地说，"您定做靴子的时候，我并没有提前收您的钱。先得把活儿做出来，然后才能要钱哪。"

"唉，好吧！"顾客同意了。

研钵里突然蹿出一股明亮的火焰，屋里充满了粉红色的浓烟以及烧焦的羽毛和硫黄味儿。浓烟散尽之后，费奥多尔揉了揉眼睛，看到自己已不是费奥多尔，不是鞋匠了，他变成了另一个人，穿着西服坎肩，戴着表链，穿着一条新裤子，坐在一张大桌子后面的圈椅上。两个仆人给他端来食品，低低地鞠躬，说：

"请用，老爷！"

好丰盛啊！仆人端来一大块烤羊肉，一盆黄瓜，然后又用锅端来一只烤鹅，过了一会儿，又端来烧猪肉炖辣根。一切都那么高雅文明。费奥多尔吃着，在吃每道菜之前先喝一大杯上等伏特加，像个将军或伯爵似的。吃了猪肉之后，又端来鹅油粥，鸡蛋配腌肥猪肉和烤肝，他一边吃，一边赞赏。可是还有什么呢？又给他端来葱肉饼和蒸萝卜配克瓦斯。他想："大人老爷们怎么会不被这种饭菜撑破肚皮呢？"最后给他端来一大坛子蜂蜜。饭后，戴蓝眼镜的鬼出现了，他低低地鞠了一躬，问道：

"费奥多尔·潘捷列伊奇，午饭满意吗？"

费奥多尔肚子胀得一句话也说不出来。胀得不好受，为了消遣，他端详起左脚的靴子来。

"做这双靴子，我起码要收七个半卢布。是哪个鞋匠做的？"他问。

"库兹马·列别德金。"仆人答道。

"把这个浑蛋叫来！"

不久华沙来的库兹马·列别德金来了。他恭敬地站在门口问：

"先生，有什么吩咐？"

"住嘴！"费奥多尔喊完，跺了一下脚，"不许说话，要记住自己的鞋匠身份，记住自己是什么人！笨蛋！你不会做靴子！我要打你这个狗娘养的！你来干什么！"

"来拿钱。"

"拿什么钱？出去！星期六来！来人，把他打出去！"

他马上想起来顾客原来是怎么嘲弄他的，心里感到不好受，为了消遣，他从衣袋里把厚厚的钱夹掏出来，开始数钱。钱已很多，可他还想更多。戴蓝眼镜的鬼给他拿来另一个钱夹，更厚，可他还想更多：数的时间越长，他越不满意。

晚上，鬼给他领来一个穿红连衣裙、乳房高耸的太太，说这就是他的新妻子。夜深以前，他跟她不断地接吻，吃蜜糖饼干。夜里他躺在松软的鸭绒褥子上，翻来覆去不能入睡。他害怕，对妻子说：

“钱多，可别让贼偷去。你点着蜡烛去看看！”

他一夜没睡，不断起来察看钱柜是否完整无损。早晨，他要到教堂去参加晨祷。在教堂里是穷富一律平等的。穷的时候，费奥多尔的祷词是：“主啊，宽恕我这个罪人吧！”现在有钱了，仍然是这样。有什么区别呢？死后，有钱的费奥多尔并不是埋在金子里、钻石里，也是埋在黑土里，跟最穷的穷光蛋一样。费奥多尔也跟鞋匠一样要在同样的火里燃烧。这一切使费奥多尔感到气恼；另外，那顿该死的午饭胀得他浑身难受。他脑袋里想的不是祷词，而是钱柜、小偷和自己被出卖、被毁掉的灵魂。

他从教堂里出来一肚子火气。为了排遣不好的心绪，他像从前常做的那样，扯着嗓子唱起歌来。他刚唱，一个警察就跑过来，行了个举手礼，说：

“老爷，绅士是不能在街上唱歌的！您不是鞋匠！”

费奥多尔后背靠在板墙上考虑如何消遣的问题。

“老爷！”清扫工对他喊道，“不要往板墙上靠得太厉害，会把大衣弄脏的！”

费奥多尔到商店买了一架最好的手风琴，在街上边走边拉。行人都用手指点着他、笑他。

“还是个老爷呢！”马车夫嘲弄他说，“像个鞋匠……”

“难道绅士们可以不顾体面吗？”警察对他说，“您该再到小酒馆去胡闹一下！”

“老爷，行行好吧，看在上帝分上！”乞丐从四面八方把费奥多尔围起来叫着，“行行好吧！”

从前他当鞋匠的时候，乞丐是丝毫不理睬他的，现在却挡住了他的去路。

在家里迎接他的是他的新妻子——穿着绿袄红裙的贵夫人。他想抚爱她，敲她后背一下，手已经举起来了，可是她却生气地说：

“乡巴佬！大老粗！不会跟贵夫人打交道！要想表示爱情，得吻小手儿，不许你打人。”

费奥多尔心想：“唉，这算什么生活！过日子嘛！不许你唱歌，不许你拉手风琴，不许你跟婆娘玩……呸！”

他刚坐下跟太太喝茶，戴蓝眼镜的鬼就出现了，说：

“喂，费奥多尔·潘捷列伊奇，我准确地履行了自己的承诺。现在该你签字啦，请跟我来。现在你知道阔佬生活是怎么回事了，够啦！”

于是他就把费奥多尔拉到地狱，直接扔到火堆里，小鬼们从四面八方飞过来，喊道：

“糊涂虫！笨蛋！蠢驴！”

地狱里煤油味很浓，能把人呛死。

突然一切都消失了。费奥多尔睁开眼，看到自己的桌子、靴子和洋铁做的油灯。玻璃灯罩已熏黑，灯芯上的一点点火光冒着难闻的滚滚黑烟，像烟囱似的。旁边站着戴蓝眼镜的顾客，生气地喊道：

“糊涂虫！笨蛋！蠢驴！我要教训教训你，骗子！两个星期前接的活儿，到现在还没做出来！你以为我有时间一天跑五趟来找你吗？坏蛋！畜生！”

费奥多尔晃晃脑袋赶走睡意，继续做起靴子来。顾客又骂又吓唬，闹了很久。等他终于平静下来以后，费奥多尔阴沉地问道：

“老爷，您是做什么的？”

“我是做焰火爆竹的。我是烟火制造技师。”

晨祷的钟响了。费奥多尔交了活儿，收了钱，就到教堂去了。

街上四轮轿式马车和盖着熊皮的雪橇熙来攘往。人行道上跟普通老百姓走在一起的有商人、贵夫人、军官……可是费奥多尔已不羡慕别人，不抱怨自己的命运了。现在他觉得富人穷人一样糊涂。一些人能够坐四轮轿式马车，另一些人可以扯着嗓子唱歌，拉手风琴，而等待他们的则是同样的东西，那就是坟墓。生活里没有任何东西值得哪怕是把最小的一部分灵魂交给魔鬼。

打　赌

1

这是一个漆黑的秋夜。老银行家在书房里从一个墙角到另一个墙角来回踱着回忆他十五年前秋天举办晚会的情景。在这个晚会上有很多聪明人，谈了很多有趣的问题。其中也谈到了死刑问题。客人中有很多学者和新闻工作者，大多对死刑持否定态度。他们认为，这种刑罚方式已经陈旧，不适合基督教国家，而且是不道德的。在其中有些人看来，各地应用终身监禁代替死刑。银行家说：

“我不赞同各位的看法。死刑和终身监禁，我都没有试过；不过，要是允许先验地[①]判断的话，我认为死刑比终身监禁更道德、更人道。死刑一下子把人处死，终身监禁却是慢慢折磨。哪个刽子手更人道？是几分钟把您处死的刽子手呢，还是折磨您许多年才把您处死的刽子手？”

“两种方式是同样不道德的，”客人中有人说，“因为它们追求的是一个目的——剥夺生命。国家不是上帝。无法恢复的东西，它无权想剥夺就剥夺。”

客人中有一个二十五六岁的年轻律师。当问到他的意见时，他说：

“死刑和终身监禁都是一样不道德的，可是如果建议我在二者之间做出选择的话，那我当然选择后者。好死不如赖活着嘛。”

人们热烈地争论起来。银行家当时比较年轻，容易激动，突然忍耐不住，用拳头敲了一下桌子，对青年律师喊道：

“不对！我敢用二百万打赌，您在单人囚室连五年也呆不了。”

“要是说话算数，”律师回答说，“我打赌，不是呆五年，而是呆十五年。”

“十五年？好！”银行家喊道，“先生们，我赌二百万！”

“我同意！您赌钱，我赌自己的自由！”律师说。

于是这个野蛮的毫无意义的赌约就产生了。银行家当时钱多得无数，任性而轻率，打赌使他兴高采烈。晚餐时，他嘲笑律师说：

“悔悟吧，年轻人，还不晚，对我来说，二百万微不足道，而您却要冒着失去一生中三四年最好的时光，我说三四年，因为你呆不了更长的时间。而且，不幸的人，不要忘了自愿监禁比强制监禁更难忍受。一想到您每一分钟都有权获得自由，会妨碍您呆在单人囚室里。我可怜您。”

现在银行家在书房里踱着，回忆起这一切，问自己：

“干吗要打这个赌？律师失去十五年时光，我扔掉二百万，有什么好处？这能向人们证明死刑比终身监禁是坏还是好吗？不能，不能。胡闹，毫无意义。我是饱汉的任性，律师不过是贪财……”

接着，他回忆起所描写的那个夜晚以后的情景。当时决定律师将在严密监视下在银行家花园里的一座厢房里度过监禁期。讲定的条件是：律师在十五年之内无权跨越厢房的门槛，无权看到活人、听到人的声音、收到书信和报纸。他可以弹乐器，读书，写信，喝酒，吸烟。赌约规定，他只能默默地通过特意修建的小窗口同外界联系。所需的一切东西——书籍、乐谱、酒等，他写便条索取，要多少都可以，但必须通过窗口。赌约规定了各种详情细节以保证严格履行单人监禁的条件，律师必须坐满十五年，时间从 1870 年 11 月 14 日 12 点起，到 1885 年 11 月 14 日 12 点结束。如律师稍有破坏这些条件的企图，即使在期满两分钟前，即意味着解除银行家支付

---

① 原文为拉丁语。

二百万的义务。

根据律师写的简短便条判断，监禁的第一年他深深感到孤独和寂寞的痛苦。从他的厢房里无论白天黑夜都经常传出钢琴的声音！他放弃了喝酒吸烟。他在便条上说，酒会激起欲望，而欲望则是囚徒的大敌，况且喝好酒而看不到任何人是再无聊不过了。而烟呢，则会污染室内的空气。第一年，他要的主要是些内容轻松的书：爱情纠葛复杂的小说、刑事小说以及幻想小说、喜剧等。

第二年，厢房里的音乐声消失了，律师在便条里只要古典著作。第五年又传出音乐声，他要酒喝。从小窗口观察他的人说，这一年他只是吃，喝，躺在床上，常打瞌睡，气哼哼地自己跟自己说话。没有读书。有时夜里坐着写东西，写很久，早晨把所写的东西撕成碎片。人们不止一次听到他哭。

第六年的下半年囚徒开始研究外语、哲学和历史。他贪婪地从事这些学科的研究，银行家给他定购的书刚能供上他的需要。在连续四年之间，根据他的要求定购了近六百册书。在这个狂热时期，银行家收到了他的囚徒的这样一封信："我的亲爱的狱卒！我用六种语言给你写此信。请给懂行的人看看。让他们读读。要是他们一个错误也找不出来，恳求您吩咐人在花园里鸣枪。枪声将告诉我我的努力没有白费。各个时代各个国家的天才说着不同的语言，但他们身上燃烧的是相同的火焰。如果您能了解，我因为能理解他们而心里所感到的非凡幸福，那该多好！"囚徒的愿望实现了。银行家吩咐人在花园里放了两枪。

第十年以后，律师只是坐在桌子旁边读福音书。银行家觉得奇怪：一个四年间啃完六百册艰深著作的人竟花了将近一年的时间读一本易懂而且不厚的书。读完福音书以后读的是宗教史和神学。

监禁的最后两年，囚徒读的书极多，且毫无选择。他忽而钻研自然科学，忽而要拜伦或莎士比亚的作品。他有些便条里同时既要化学、医学教科书，又要小说，要什么哲学论文或神学论文。他读书像海难后在船的碎片中间挣扎一般：为了活命，忽而拼命抓这块碎片，忽而拼命抓那块碎片！

2

老银行家回忆起这一切，想道：

“明天十二点他将获得自由。根据规定，我应当付给他二百万。付出这笔钱去，就一切都完了，我将彻底破产……”

十五年前，他钱多得无数；如今，他怕问自己什么多：钱多还是债多？交易所赌博，冒风险投机和容易激动（这个毛病到老也没能改掉）使他的事业渐渐衰落；无畏、自负、高傲的富翁变成了一个中等银行家，证券的任何涨落都使他心惊胆战。

“倒霉的打赌！”老银行家绝望地抱着自己的头自言自语地说，“为什么这个人不死！他才四十。他把我最后的钱拿去，结婚，享福，玩股票，而我则像个穷光蛋，羡慕地看着他，每天听他重复同样的话：‘我的生活幸福全托您的福，请允许我帮助您！’不，这太叫人受不了啦！避免破产和耻辱的惟一出路是叫这个人死！”

钟打了三下。银行家听了听：家里人全睡了，只有窗外的树枝在寒风中瑟瑟作响。他努力不弄出声音来，从保险柜里拿出那把十五年来没开过的门的钥匙，穿上大衣，离开了房间。

花园里又黑又冷。下着雨。潮湿的狂风吼着刮过花园，不让树木安静。银行家努力看，仍然看不见土地，也看不见白色雕像、厢房、树木。走到厢房所在的地方，他喊了更夫两声。无人回答。显然，更夫躲雨去了，现在大概在厨房或温室里睡大觉呢。

老银行家想：“要是我有勇气实现自己意图的话，受到怀疑的首先是更夫。”

他摸黑找到了台阶和门，进了厢房的门斗，摸索着进了一条小走廊，划了根火柴。走廊里没有人，有一张没铺被褥的床，墙角有一个黑糊糊的铁炉子。通囚徒房间的门上封条完整无损。

火柴熄灭以后，老银行家激动得浑身直哆嗦，往小窗口看了一眼。

囚徒的房间里烛光昏暗。囚徒坐在桌子旁边。只能看到他的后背、头发和手。桌子上，两张圈椅上和桌子旁边的地毯上，到处是翻开的书。

过了五分钟，囚徒一动没动。十五年的监禁教会了他坐着不动。银行家用手指敲了敲窗户，囚徒仍然一动不动。于是银行家便小心翼翼地揭下门上的封条，把钥匙伸进锁孔里。生锈的锁头发出嘶哑的声音，门吱呀一声开了。银行家预料马上会听到惊奇的喊声和脚步声，可是过了五分钟，门里仍然没有声息。他决定进屋去。

桌子后边坐着一个不像一般人的人。这是一架包了皮的骷髅，留着女人的卷曲的长发和蓬乱的大胡子。脸色发黄，有些像黄土的颜色，两腮深陷，后背又长又窄，支着头的那只手瘦削得叫人看着害怕。头上已有白发。看着他老人般疲惫的脸，谁也不会相信他刚刚四十。他睡着了……在他低垂着的头前放着一张纸，上面用小字写了些什么。银行家想："可怜的人！睡着啦，大概在梦里看到了二百万了吧！可我只要把这个半死的人提起来扔到床上，用枕头轻轻一闷，即使最认真的法医也找不出他杀的痕迹来。不过先看看他写了些什么吧……"

银行家从桌子上把那张纸拿起来，看到上面写的是：

"明天十二点我将获得自由和同人们交往的权利。可是在离开这间屋子、看到太阳之前，我认为有必要对你们说两句话。我发自内心而且在看着我的上帝面前向你们声明，我蔑视自由、生命、健康以及被你们书里称为人世间幸福的一切。

"十五年来，我仔细地研究了人世生活。固然，我没有看到大地和人，可是在你们的书里，我喝过醇酒，唱过歌，在森林里追逐过麋鹿和野猪，爱过女人……你们天才诗人用魔法创造出来的像白云般轻盈飘逸的美人夜里来访问我，给我讲过令我陶醉的神奇童话。在你们的书里，我攀登过厄尔布鲁斯山和勃朗峰，从那儿看到过太阳在早晨怎样冉冉升起，傍晚怎样把火红的金子撒遍天空、海洋和山峰；我从那儿看到过闪电在我的头上劈开乌云发出耀眼的光芒；我看到过绿色森林、田野、河流、湖泊、城市；听到过水妖的歌唱和牧笛的奏鸣；摸过飞来同我谈论上帝的美丽恶魔的翅膀……在你们的书里，我跳入过无底深渊，创造过奇迹，屠杀过，烧毁过城市，宣传过新宗教，征服过许多国家……

“你们的书给了我智慧。不知疲倦的拥有聪明才智的人类世世代代所创造的一切，在我的头颅里压缩成一小块儿。我知道我比你们所有人聪明。

“因此我蔑视你们的书，蔑视人世的一切幸福和智慧。一切都微不足道，昙花一现，过眼烟云，像海市蜃楼。即使你们高傲、睿智、美丽也无济于事，死神会像对待地板下边的老鼠一样对待你们，使你们从地球上消失，你们的后代、历史、不朽的天才将同地球一起变成冰块或火焰。

“你们失去了理智，走的不是该走的路。你们把谎言当成真理，把丑恶当成美丽。如果由于某种情况，苹果树和橙子树不结苹果和橙子，而结出青蛙和蜥蜴来或者玫瑰发出马汗的气味来，那你们会感到惊讶，而我对于你们用天换地，感到惊讶。我不想理解你们。

“为了用行动表示对你们追求的东西的蔑视，我放弃二百万的要求，虽然我曾经像幻想天堂一般幻想过这笔钱，但是我现在蔑视它。为了剥夺自己得到这笔钱的权利，我在规定的期满前五个小时出去，借以破坏赌约……”

银行家读完，把纸放回桌子上，吻了吻怪人的头，哭了起来，离开了厢房。他从前即使在交易所输掉大笔钱的时候也没有像现在这么蔑视自己。回到卧室，他躺在床上，激动和泪水使他久久不能入睡……

第二天早晨，更夫脸色煞白来向他报告，说他们看到住在厢房里的人从窗户跳出来，朝大门走去，后来就不见了。银行家跟仆人一起到厢房确认了囚徒的逃走。为了免得日后多费唇舌，他从桌子上把那张放弃权利的声明拿起来，回去锁在保险柜里。

公爵夫人

某男修道院被叫做“红门”的大门里进来了一辆由四匹膘肥体壮的漂亮骏马拉的轻便弹簧四轮马车。站在贵族客房附近的一群修士司祭和见习修士老远根据车夫和马就认出来车上坐的夫人是他们极其熟悉的公爵夫人薇拉·加夫里洛芙娜。

一个穿仆役制服的老人从车夫座上跳下来，扶着公爵夫人下了车。她撩起深色面纱，不慌不忙地走到修士司祭们跟前接受了祝福，然后朝见习修士亲切地点了一下头，便进了客房。

“怎么，想自已的公爵夫人了吧？”她对端食物进来的修士们说，“我已经整整一个月没有到你们这里来了。瞧，现在来了，好好瞧瞧自己的公爵夫人吧。修士大司祭在哪儿？我的上帝，我要急死啦！一个非常，非常好的老人！你们有这样的修士大司祭应当感到自豪。”

修士大司祭进来以后，公爵夫人激动地喊了一声，双手交叉抱在胸前走到他跟前接受祝福。

“不，不！让我吻吻！”她说完，抓住他的手贪婪地吻了三次，“我多高兴啊，神甫，终于看到您啦！您大概把自己的公爵夫人忘咯，可我却每一分钟都在想念您这可爱的修道院呀。住在您这里太好啦！在这远离尘世的神仙生活里，神甫，有一种特殊的美，我却只能意会，无法言传！”

公爵夫人两腮绯红，眼里含着泪水。她的话滔滔不绝，热烈激动。修士大司祭是个七十来岁的老人，严肃，不漂亮，拘谨，沉默着，只是偶尔像军人似的断断续续地说：“是，夫人……我听着……

我明白……”

“您要在我们这儿住很久吗？”他问。

“今天在你们这儿过夜，明天去看克拉夫季娅·尼古拉耶芙娜——我们好久没见面了，后天回来住个三四天，我想在您这儿养养神，神甫……”

公爵夫人喜欢到这个修道院来。近两三年来，她看上了这个地方，夏天几乎每个月都要来住两三天，有时住一个星期。勤谨的见习修士、寂静、低矮的天花板、柏树的清香、俭朴的食品、窗上挂的廉价窗帘——这一切都使她感动、陶醉、心旷神怡。这种环境使她容易内省、心境平和。在客房里只要呆上半个小时，她就会觉得她自己也开始变得勤谨俭朴，身上也有柏树的清香，往事已成遥远的过去，失去了价值。于是公爵夫人就开始想，她虽然才二十九岁，但却很像老修士大司祭，也像他一样，天生不是享受富贵荣华和爱情的，而是过寂静的远离尘嚣的像这客房一样暗淡的生活……

有这样的情景：斋戒的修士在埋头诵经，突然一缕阳光射进阴暗的修道室，或者一只小鸟落到修道室的窗台上唱起歌来，于是严峻的修道士便会不由自主地笑一下，在他心里就会像从岩石下流出潺潺的小溪那样从沉重的罪孽感下面涌出一丝静静的纯洁的喜悦。公爵夫人觉得，她就像阳光和小鸟一样，从外界带来欣慰。她的殷勤的微笑，温柔的眼神，说话的声音，开的玩笑以及穿着朴素的黑连衣裙的娇小匀称的身材一定会在普通严峻的人们心里激起温和喜悦的情感。每个人看着她，都会想：“上帝给我们派来了天使……”她感到每个人会不由自主地想到这点，便笑得更殷勤，努力做得像一只小鸟一样可爱。

喝完茶，休息了一会儿，她便出去散步。太阳已经落了，修道院花坛里刚浇过水的木樨向公爵夫人散发着充满水汽的芬芳，教堂里传出男人低缓的安详的歌唱声，远处听起来悦耳而且忧伤。那是在举行彻夜祈祷。闪着柔和灯光的窗户，昏沉的暮色，手里捧着募捐箱坐在教堂门前圣像旁边的老修士的身影洋溢着如许浓郁的安详宁静的气氛，竟使得公爵夫人不知为什么想哭……

大门外边墙和桦树林之间摆着一些长凳的林荫路上暮色已浓。天迅速黑下来。公爵夫人在林荫路上走了一会儿，就坐到长凳上沉思起来。

她想，修道院的生活静谧安详，像这夏日的黄昏，如终生住在这里，那该多好；要是能忘却负心放荡的公爵，忘却自己的庞大家产，忘却每天来骚扰她的债主，忘却自己的不幸，忘却使女达莎——她今天早晨竟敢给她脸色看，要是能把这一切全忘却，那该多好。要是终生能坐在这长凳上穿过白桦树干欣赏林外景色，那该多好：瞧，山下片片晚雾在飘荡；瞧，晚归的白嘴鸦黑压压一片，像面纱罩在远处那片树林的上空；瞧，那两个见习修士，一个骑花斑马，一个步行，在赶马去夜牧，喜得自由，像孩子般淘起气来，他们的年轻的声音在凝滞的空气里清脆地响着，每句话都可以听得清清楚楚。坐在这里倾听天籁也别有情趣：听，一阵风吹过去，摇动着白桦的树梢；听，一只青蛙在拨动着陈年败叶发出沙沙的响声；听，钟楼上的钟打了一刻……真愿意一动不动地坐在这里听和想，想，想……

走过一个背着背囊的老太婆。公爵夫人想叫住她，对她说几句亲切温存的话，帮帮她，可是老太婆一次也没有回头，拐到墙角那边去了。

过了不大一会儿，林荫路上出现了一个戴草帽的白胡子高个儿男人。走到公爵夫人面前时，他摘帽鞠了一躬，根据他的大块秃顶和鹰钩鼻子，公爵夫人认出此人是五年前曾在她的杜博夫基庄园担任过医生的米哈伊尔·伊万诺维奇。她想起来，有人曾告诉她，说这个医生的妻子去年死了，她想略表同情，安慰安慰他。

“医生，您大概认不出我来了吧？”她亲切地笑着问道。

“不，夫人，我认出来了。”医生又一次摘掉帽子说。

“好，谢谢，我还以为您把自己的公爵夫人忘了呢。人们只记得自己的仇敌，而对于朋友则会忘记的。您是来祈祷的吗？”

“我每星期六在这儿过夜，履行职责。我负责这儿的医疗工作。”

“日子过得怎样？”公爵夫人叹了口气，问道，“听说您的太太去世了！多么不幸！”

“是的，夫人，这对我来说是极大的不幸。”

“没有办法！我们应当顺从地接受不幸。没有上帝的意旨，一根头发也不会从人的头上掉下来。”

“是的，夫人。”

对于公爵夫人的亲切温柔的微笑和叹息，医生的回答是冷淡的“是的，夫人”。他脸上的表情也是冷淡的。

公爵夫人想：“再对他说点儿什么呢？”

“我们多久没有见面咯！”她说，“五年啦！这期间有多少水流进海里去了，发生了多少变化啊，想想都怪吓人的！您知道，我出嫁了……从伯爵夫人变成了公爵夫人。已离过一次婚啦。”

“是的，我听说过。”

“上帝给我安排了许多考验！您大概也听说过，我几乎要破产了。为了替不幸的丈夫还债，我把杜博夫基村、基里亚诺沃村和索菲诺村全卖了。我只剩下了巴拉诺沃村和米哈尔采沃村啦。回头看看真叫人害怕：发生了多少变故，多少不幸，犯了多少错误啊！”

“是的，夫人，犯了许多错误！”

公爵夫人感到有些难为情。她了解自己的错误；这些错误是极其隐秘的，只有她自己能够想，能够说。她忍不住问道：

“您指的是什么错误？”

“您自己提到了，因此您知道……”医生说完冷笑了一下，“有什么好谈的呢！”

“不，请您谈谈，医生。我会很感激您的！请不要跟我客气。我愿意听真话。”

“我不能对您妄加评论。”

“不能妄加评论？这么说，您是知道些什么咯，请说说！”

"既然想听，那我就说啦。不过，遗憾，我不善于言谈，不一定能把话讲清楚。"

医生想了想，说：

"错误很多，可是说实话，其中主要的错误，在我看来，是在您的各个庄园里占统治地位的那种……那种总的精神，瞧，我不会表达，也就是说，主要的是对人的不爱、厌恶。这在各个方面都可以感受到，您的全部生活体系都是建立在这种厌恶上。您厌恶人的说话声、脸、后脑勺、脚步声……一句话，厌恶构成人的一切。各个门口和楼梯口都派一些脑满肠肥、粗鲁懒惰的穿仆役制服的卫士把守，为的是不放衣冠不整的人进屋；前厅摆着一些高靠背椅子，为的是举办舞会和接待宾客的日子里仆人的后脑勺不致把墙上的壁纸蹭脏；各个房间里铺着粗毛地毯，为的是不听到人的脚步声；每个进屋的人都一定受到警告，说话的声音要轻，话要少，不要说对想象和神经有坏作用的话。而在书房里您从来不把手伸给别人握，不让别人坐下，就像眼前您不把手伸给我，不请我坐一样……"

"请握吧，要是想握的话！"公爵夫人伸出手去笑着说，"为这些小事生气，实在……"

"难道我生气了吗？"医生笑了，可是马上就发起火来，摘下帽子挥舞着激动地说，"老实说，我早就等机会把心里的话都说给您听听。我想说您像拿破仑，把所有的人都看成炮灰，但是拿破仑总还有些什么主张，可您除了对人的厌恶，什么也没有！"

"我厌恶人？"公爵夫人惊讶地耸着肩膀笑了笑，"我？"

"不错，您厌恶人！您需要事实？好吧！您有三个厨师因为被炉灶的火烧瞎了眼睛，现在住在米哈尔采沃，靠乞讨为生。在您的几万俄亩土地上，健壮漂亮的人都被您和您的帮凶搜罗去当跟班、仆役和车夫。所有这些两条腿的动物都被培养成了奴才，贪吃、粗鲁，一句话，不像个人样……年轻的医士、农学家、教师，总之，所有知识分子工作人员都被迫放下工作离开诚实劳动，为了保住饭碗而去参加木偶戏的演出，每个正派人都为此感到害臊！有的青年用不着工作三年就会变成伪君子、马屁精、告密者……这好吗？您的波兰管家，那些下贱的间谍，那些卡济米尔和凯坦们从早到晚在您的几万俄亩土地上搜刮，敲骨吸髓，以迎合您的需要，请原谅我语无伦次，不过这没有关系！普通老百姓在您那里不被当人看。而且，即使那些到您那儿去的公爵、伯爵、高级僧侣，您也认为他们只是摆设，而不是活人。不过主要的……使我最为愤慨的主要是，您有一百多万家产，却不肯为人们做一点点好事！一点儿也不肯！”

公爵夫人坐在那里，感到惊讶、委屈，不知说什么好，不知如何自持。从来没有人用这种腔调跟她说话。医生难听的气愤的声音和笨拙结巴的语句像锤子似的在她的耳朵和脑袋里敲出砰砰的响声，后来她还感到指手画脚的医生好像在用帽子打她的头。

“不对！”她用央求的声调轻轻地说，“我为人们做了许多好事，这您是知道的！”

“得啦！”医生喊道，“难道您竟继续认为您的慈善活动是认真的有益的吗？不认为那是木偶戏吗？那是彻头彻尾的木偶戏，演的是对人的爱，是大张旗鼓的演戏，连小孩子和糊涂老太婆都明白！就拿您的那个——叫什么来着？——孤老婆子收养院来说吧，您曾叫我去担任主任医师，您自己则担任荣誉监护人。我们的上帝啊，多么可爱的慈善机关哪！盖了一座大房子，铺了镶嵌地板，屋顶上安了风向标，从农村里搜罗了十来个老太婆，让她们盖绒毯、铺荷兰亚麻布床单、吃冰糖。”

医生幸灾乐祸地对着帽子噗嗤笑了一声，接着急速而结巴地继续说：

“都是演戏！收养院的基层工作人员把毯子和床单都锁起来，怕老太婆们弄脏了——让那些穷老婆子睡地板上好啦！老太婆们不敢往床上坐，不敢穿新袄，不敢在光滑的镶嵌地板上走。什么东西都藏起来，准备检阅用，防老太婆们像防贼一样。老太婆们忍气吞声，日夜祈祷上帝让她们早日离开监禁，摆脱您委派去监视她们的那些脑满肠肥的坏蛋，免得听他们所谓拯救灵魂的训导。那么，高级工作人员是怎么做的呢？简直妙极啦！每周两个晚上有三万五千个信使[1]骑马来通知：第二天公爵夫人也就是您要光临收养院。这就是说，明天要扔下病人，穿戴整齐，去接受检阅。好，去就是啦。老太婆们已换上干净的新装，排成一排，站在那里恭候大驾光临呢。督察员——一个退伍的卫戍兵带着告密者的谄笑在她们旁边转悠着。老太婆打着呵欠，面面相觑，但不敢有微词。我们大家在等着。小管家骑马来了。半个小时以后，大管家骑马来了。然后是总管家骑马来了，然后又是什么人，又是什么人……骑马来的人络绎不绝！人们的脸上都是神秘庄重的表情。我们等啊等啊，站得不耐烦，不断看表——全都鸦雀无声，因为我们互相仇视，势不两立。过了一个小时，又过了一个小时，远处终于出现了一辆四轮马车，于是……”

医生发出尖细的笑声，用尖细的声音说：

“您从四轮马车上下来，穷老婆子根据卫戍兵的号令开始唱：‘既然我们的主在锡安获得荣耀，语言无法说明……’[2]不赖吧？”

医生用男低音哈哈大笑起来，挥了一下手，好像想表示他笑得一句话也说不出来了。他笑得沉重、尖刻、咬牙切齿，像阴毒的人的笑，从他的声音、脸色和有些无礼的闪亮的眼睛可以看出，他对公爵夫人、收养院和老太婆都极为蔑视。在他的全部拙笨粗鲁的讲述里没有任何可笑和欢快的东西，可是他却得意地甚至高兴地笑着。

“那么学校呢？”他笑得喘不上气来，继续说，“记得吧，您曾亲自教过农夫的孩子？一定教得很好啦，因为不久孩子们就都跑光了，结果后来不得不打他们，花钱雇他们来听您的课。记得吧，您曾打算要用奶嘴喂那些在地里干活的农妇的婴孩吃牛奶。妈妈们都把孩子带到地里去了，没有人肯让孩子接受您的效劳，您在村里找

---

① 暗引果戈理讽刺喜剧《钦差大臣》中赫列斯达科夫的台词。
② 俄国东正教会在葬礼和其他隆重场合所唱的圣歌。

不到孩子，大哭了一场，记得吧？后来村长命令妈妈们轮流把孩子留下给您开心。奇怪呀！人们都躲着您的慈善行为，像老鼠躲猫似的！为什么呢？原因很简单！不是像您经常解释的那样，因为我们的老百姓愚昧，不知好歹，而是因为在您玩的这些花样里——请原谅我说话不好听——没有一丝一毫的博爱和慈善！只有一个愿望，那就是用活玩偶开心……谁看不出人跟哈巴狗的区别，谁就不应当举办慈善事业。请您相信，人和哈巴狗的区别是很大的！”

公爵夫人心跳得可怕，耳朵里怦怦地响着，她仍然觉得医生在用帽子敲她的头。医生的话讲得快、激动、不漂亮、结巴，而且带着多余的手势。她只明白了一点：跟她讲话的是个粗鲁、没有教养、凶狠、忘恩负义的人，可是这个人对她有什么要求，他在说些什么，她却一点儿也没听明白。

“走开！”她举起手来，好像要挡住医生的帽子，免得打到她头上似的，用哭叫的声音喊道，“走开！”

“看看您是怎么对待自己的职员的吧！”医生继续发火，“您不把他们当人看，认为他们是最坏的骗子。例如，请问您为什么把我解雇了？我为令尊服务了十年，然后又为您服务。我工作诚实，没有节假日，受到方圆一百俄里内的人们的爱戴，可是突然有一天有人向我宣布我被解雇了！这为什么？到现在我也不明白！我是医学博士、贵族、莫斯科大学毕业，有妻子儿女，竟那么卑微，可以不说明原因就被撵走！为什么要跟我客气呢？我后来听说，我妻子背着我偷偷地去找你，替我求情，去了三次，您一次也没有见她。据说她曾在前厅哭了。对此，我永远不会宽恕她，尽管她已去世！永远不会！”

医生停下，咬着牙，努力思索还能说些什么很难听的报复性的话。他想起了什么，阴沉冰冷的脸上突然容光焕发。

“就拿您对待这座修道院的态度来说吧！”他急切地讲起来，“您从来不肯放过任何人，越是神圣的地方，越容易受到您的善心和天使心肠的荼毒。您为什么到这儿来？请问修士对您有什么用？海丘巴跟您有什么关系，您跟海丘巴又有什么关系？[①]仍然是耍弄人，作贱人，别无其他。因为您不信仰修士的上帝，您心里只有在招魂会上靠自己心智得出的自己的上帝；您瞧不起教堂的仪式；日祷和彻夜祈祷，您都不参加，睡到中午才起床……您干吗要到这儿来？……您带着自己的上帝到别人的修道院里来，以为修道院会把这看作是自己的莫大荣幸！当然不是！您问问，您的来访给修士们制造了多少麻烦？您是今天傍晚到的，可前天经营处就派人骑马来通知说您要来了。昨天给您准备房间，等您。人们忙了一整天。今天先遣队—— 一个放肆的使女来了，在院子里跑来跑去，唧唧喳喳，问这问那，指手画脚……我受不了！今天修士们紧张了一天：因为要是不举行迎接仪式，就会惹来麻烦哪！您会向大主教告状嘛！'大人，修士们不喜欢我。不知道怎么把他们得罪了。的确，我是个罪孽深重的人，可是我多么不幸啊！'有个修道院已因为您的关系受过申斥了。修士大司祭是个忙人、学者，没有一分钟空闲时间，而您却不断地叫他到您的房间去。您对老人，对神职人员毫无敬意。要是您施舍多，那倒也好，不至于叫人那么愤慨，可是修士从您那里得到的钱总共连一百卢布也不到！"

公爵夫人每当受到骚扰、不被理解、感到委屈、不知道说什么好做什么好的时候通常是开始哭泣。现在她也终于捂上脸用尖细的孩子般的声音哭起来。医生猛然住嘴，看了看她。他的脸色阴沉严峻起来，低声说：

"请原谅，夫人。我受恶的情感支配，忘乎所以。这不好。"

他难为情地咳嗽了一声，忘记戴上帽子，便匆忙离开了公爵夫人。

天上已出现了星星。修道院的那边大概升起了月亮，因为天空

---

① 语出莎士比亚的悲剧《哈姆雷特》第二幕第二场，原句是："海丘巴对他有什么关系，他对海丘巴又有什么关系？……"文中引用时略有改动。转义指某人对某事无直接关系。海丘巴系荷马史诗《伊利亚特》中特洛伊王普里安之后。

已显得明朗，澄澈而柔和了。蝙蝠沿着修道院的白墙无声地飞着。

钟慢腾腾地打了三刻，几点不清楚，大概是八点吧。公爵夫人站起来轻轻地朝大门走去。她感到自己受了委屈，哭了，觉得树木、星星、蝙蝠都在可怜她；钟打出来的声音之所以悠扬也完全是为了对她表示同情。她哭着想，如能终生进修道院该多好：在寂静的夏日傍晚，受到欺凌、侮辱、不被人们理解的她将孤独地在林荫路上漫步，只有上帝和星空看得到受难者的眼泪。教堂里仍在继续进行彻夜祈祷。她站下倾听歌声。这歌声在凝滞、黑暗的空气里多么好听啊！在这歌声里哭泣、痛苦多么甜蜜啊！

回到客房，她照镜子看了看哭过的脸，搽了一些粉，然后坐下吃晚饭。修士们知道她喜欢醋渍鲟鱼、小蘑菇、马拉加葡萄酒和在嘴里能发出柏树清香味的普通蜜饯饼干，她每次来，都把这些东西端给她。吃着小蘑菇，喝着马拉加葡萄酒，她想象着：人们把她弄得彻底破产，然后抛弃她；她的管家、伙计、办事员、使女，尽管她对他们恩重如山，仍然背叛她，开始对她说粗话；地球上的人全都攻击她，诽谤她，耻笑她；她将放弃公爵称号，离开奢侈生活和社会，进修道院修行，不责难任何人；她将为自己的仇敌祈祷，于是人们突然理解了她，来求她宽恕，可是为时已晚……

晚饭后，她跪在墙角的圣像前面读了两章福音书。然后使女给她铺好被褥，她躺下睡觉。在白被单下面伸了个懒腰，她像人们哭完以后叹气那样甜蜜地深深地叹了一口气，闭上眼睛，渐渐进入梦乡……

早晨醒来，她看了一下自己的小表：八点半。床旁边的地毯上落了一条窄窄的明亮的阳光，那是从窗户上射进来的，微微照亮了房间。黑窗帘后面的窗户上苍蝇在嗡嗡地叫着。

“早哪！”公爵夫人想了想，又闭上了眼睛。

她在床上伸着懒腰，想起了昨天遇见医生的情景以及临睡前的那些想法，想起了她是不幸的，后来又想起了现在住在彼得堡的丈夫以及管家、医生、邻居、认识的官员。……一长串熟悉的男人面庞在她的脑海里闪过。她笑了笑，心想：这些人要是能洞察她的心灵、理解她的话，都会拜倒在她的脚下……

十一点一刻，她把使女叫来。

“达莎，穿衣裳吧。”她懒洋洋地说，“不过你先去告诉他们套车吧。我得到克拉夫季娅·尼古拉耶芙娜那儿去。”

她从客房里出来上车，明亮的阳光照得她眯缝着眼睛。她满意地笑了：天气好得出奇！她眯缝着眼睛环顾着站在门口给她送行的修士们，和蔼可亲地点着头说：

“再见吧，我的朋友们！后天见！”

使她喜出望外的是医生也跟修士站在一起。他的脸是苍白而严肃的。他摘掉帽子歉疚地笑着说：

“夫人，我早就在这儿等您啦。请原谅，看在上帝分上……昨天我受到不好的报复心驱使，对您说了些……蠢话。一句话，请您原谅。”

公爵夫人和蔼可亲地笑了笑，把一只手伸到他的唇边。他吻了吻，脸红了一下。

公爵夫人极力装得像一只小鸟，便轻盈地上了车，向四面八方点着头。她心里感到快活、明丽、温暖，连她自己都觉得她的微笑非常亲切温柔。当马车驰向大门以及后来在尘土飞扬的大路上驰过农舍、果园、长长的货车队和到修道院来拜神的人群时，她仍然眯缝着眼睛温柔地微笑着。她想，除了给所到之处带来温暖、光明和喜悦，宽恕所受到的侮辱，对仇敌报以亲切微笑以外，再没有更令人愉快的事了。路上的庄稼汉向她鞠躬致敬，马车发出轻柔的沙沙声，车轮带起一片片飞尘，被风刮到金色的燕麦地里，公爵夫人觉得她的身子不是在马车的靠垫上颠簸，而是在云中飞翔，她自己也像一朵轻盈透明的白云……

“我多么幸福啊！”她闭上眼睛自言自语地说，“我多么幸福啊！”

被迫声明

1876年7月7日晚八时三十分我写成一个剧本。如果我的敌人想知道它的内容，那就请看吧。我把它交给社会和报刊评判。

马的猝死
又名俄国人民的博大胸怀

一幕戏剧素描

剧中人物

柳布文　年轻人

费尼科夫伯爵夫人　他的情妇

费尼科夫伯爵　她的丈夫

尼尔·叶戈罗夫　出租马车夫 NO.13326

地点：光天化日之下的涅瓦大街

第一场

（伯爵夫人和柳布文乘尼尔·叶戈罗夫的马车疾驰）

柳布文（拥抱状）：啊，我多么爱你呀！但在我们赶到车站坐上火车以前，我总不放心。我心里觉得你那个坏蛋丈夫正在后面拼命赶我们。我的两腿直哆嗦。（对尼尔）快走，混账东西！

伯爵夫人：快，车夫！用鞭子抽它！你不会赶车，脓包！

尼尔（抽打马状）：驾，驾，瘟不死的！老爷赏小费哪。

伯爵夫人（喊状）：抽它！抽它！使劲抽这个废物，我们要赶不上车啦！

柳布文（拥抱着她，欣赏着她的非凡美丽）：啊，我的爱！那个时刻马上，马上就要到啦，你将完全属于我，决不属于你的丈夫！（回顾，惊恐状）你丈夫赶来了！我看到他啦！车夫，快走！快，坏蛋，该死的东西！（捶尼尔后背）

伯爵夫人：打他后脑勺！来，让我用伞打……

尼尔（拼命打马）：驾，驾！动一动啊，该死的！（疲惫不堪的马倒下，咽气）

柳布文：马死啦！啊，可怕！他赶上我们咯！

尼尔：可怜的马呀，如今让我靠什么糊口啊？（扑在心爱的马的尸体上，嚎啕状）

第二场

人物同上，伯爵登场

伯爵：你私奔?！站住（拽住妻子的一只手）贱人！我没有爱你吗？没有给你吃的吗？

柳布文（胆怯状）：我溜吧！（在围观群众的喧嚣声中逃走）

伯爵（对尼尔）：车夫！你的马死了，拯救我的家门免遭耻辱。多亏它意外死去，否则我就赶不上这对私奔的狗男女啦。喏，给你一百卢布！

尼尔（慷慨状）：高贵的伯爵！我不需要您的钱！我心爱的马的死保护了您的家庭基础，意识到这一点对我就是足够的奖赏啦！（激动的群众把他抬起来往高处扔着）

幕　落

1886 年 2 月 30 日，我的这个剧本由舞台艺术爱好者在贝加尔湖滨演出。当时我就加入了剧作家协会，从财务主任迈科夫那里领到应得的稿酬。从此我再也没有写任何剧本，也没有领任何稿酬。

这样，我作为上述协会会员，拥有这个称号所赋予的权利，谨以本党的名义坚决要求：第一、主席、财务主任、秘书以及委员会向我公开道歉；第二，使上述公职人员落选，由我党党员取代；第三，协会年预算中每年应拨出二万五千卢布来购买汉堡彩票，每次得奖金额由全体会员平分；第四，全体大会和非常会议上应奏军乐并提供体面的冷餐；第五，鉴于协会的全部收入只归有剧本在省内上演的三十名会员支配，其余三百九十名会员一分钱得不到——因为他们的剧本哪儿也不演，为了公正和平等，吁请最高政府禁止这三十个会员上演其剧本以免破坏维持正常秩序所必须极端的均衡。

最后，我认为必须提出警告，上述要求如有一条得到否定答复，我将被迫放弃会员称号。

剧作家与歌剧作曲家协会会员

阿卡基·塔兰图洛夫

编者按：发表剧作家与歌剧作曲家协会可敬会员的这份声明，我们希望它起码会得到该协会半数可敬会员的完全支持——这些会员的功勋同阿卡基·塔兰图洛夫一样伟大。俄罗斯戏剧正是这样一个重要文学领域。在这个文学领域里阿卡基·塔兰图洛夫们能够赢得永不凋谢的荣誉，使他们名闻遐迩，从芬兰冰冷的悬崖到火热的侧幕，从被震动的克里姆林宫到剧作家与歌剧作曲家协会全体会员大会上的叽叽喳喳……

乏味的故事

某老人手记

1

俄国有个功勋教授，姑隐其姓，名和父称是尼古拉·斯捷潘内奇，是三级文官，勋章获得者；他曾得过那么多俄国勋章和外国勋章，全戴出来的时候，学生们就称他为“圣像壁”——教堂里挂圣像的墙壁。他的朋友都是最有声望的人。起码近二十五至三十年以来俄国没有一个著名学者不跟他有密切交往；现在他已顾不上交际了，可是如果谈过去的话，他那张长长的德高望重的朋友的名单是以皮罗果夫①、卡维林②和诗人涅克拉索夫的姓名结束的。他们跟他有最真挚最深厚的交情。他是所有俄国大学和三所外国大学的名誉教授，等等，等等。所有这一切再加上许多可说而没有说的情况就构成了他的声望的内涵。

这里说的是我的声望是很高的。我的名字在俄国每个识字的人都知道，国外在讲台上提到它的时候都要加上“著名的尊敬的”修饰语。它属于这样一些为数不多的幸运的名字，在演讲中或在出版物上辱骂它或不用尊重的语气提到它都会被认为是没有教养的表现。其实也理应如此。因为我的名字是跟一个著名的天赋极高而且无疑是有益的人联系在一起的。我勤劳，有耐性，像骆驼一样，这是很重要的；而且有天才，这一点更重要。况且，顺便说一句，我是个有教养、谦虚、诚实的人。我从来没有钻进文学和政治领域出过风头，从来没有跟无知的人论战以哗众取宠，从来没有在宴会上和同事的葬礼上发表过演讲……我的学术名声没有任何污点，它没有什么可抱怨的。它是幸运的。

这个名字的载体，也就是我，是一个六十二岁的人，秃顶，满口假牙，患有无法治愈的*痉挛性颜面神经痛*[3]。我的名字多么辉煌漂亮，我本人就多么暗淡丑陋。我的头和手因为身体虚弱而发颤；脖子跟屠格涅夫作品的一个女主人公相似，像低音提琴的把手，胸凹，背窄。说话或讲课的时候，嘴向旁边歪着；笑的时候，脸上布满了老年人死亡前兆的皱纹。我的可怜的相貌没有任何能给人留下深刻印象的地方；大概只有*痉挛性颜面神经痛*发作时我脸上才会出现一种特别的表情，这种表情能给每个看到我的人一个严酷的印象："看来这个人快要死了。"

讲课仍然不错，我可以连续两个小时抓住听众的注意力。我的热情、优美的表述和幽默几乎完全掩盖住了我嗓音的缺点：我的嗓音干巴巴的，又尖又细，像故意装出的假嗓子。写东西不行。大脑主管写作能力的那部分已不肯工作了。记忆力衰退，思路缺乏连贯性；每次把思路表述到纸上的时候，我都觉得自己失去了对思路有机联系的敏感，结构单调，句式贫乏呆板。写出来的东西常常不是我想写的；写到结尾，记不得开头。常常忘记最普通的字眼；为了避免书信中的废话和没有必要的插入句（二者都是智力下降的明显证明），总是要耗费许多精力。值得注意的是，越是简单的信，我写起来越吃力。写科学论文，我觉得比写贺信或报告得心应手得多。还有一点：用德语或英语写，对我来说，比用俄语写容易。

谈我现在的生活方式的话，我应当首先提到失眠，我近来不断

---

① 尼古拉·伊万诺维奇·皮果罗夫（1810—1881），俄国外科医生、解剖学家，战伤外科学和外科解剖学奠基人，1847年起为院士。

② 康斯坦丁·德米特里耶维奇·卡维林（1818—1885），俄国历史学家、法学家。

③ 原文为拉丁语。

受到失眠的折磨。要是有人问我：你生活的主要的基本的特点是什么？我会回答：失眠。像从前一样，我按着老习惯，半夜十二点整脱衣上床。很快就能睡着，可是一点多就醒，那感觉好像根本没睡似的。这时不得不从床上爬起来，点上灯，在房间里来回踱着步端详早已熟识的绘画和照片。这样踱一两个小时，踱腻了，就坐到桌子前边。坐在那里一动不动，什么也不想，什么愿望也没有；要是眼前有本书的话，就机械地拿过来，毫无兴趣地读起来。例如，不久前我就曾一夜之间机械地读完了一本书名很奇怪的小说。这本小说叫《燕子在唱什么》①。或者，为了使注意力有事情做，我就要自己数数，数到一千；或者想象某一个同事的长相，开始回忆他是哪年在什么情况下任职的。我喜欢侧着耳朵听声音。一会儿隔着两个房间传来我的女儿丽莎很快说完的一句梦话；一会儿妻子拿着蜡烛从大厅里走过，每次一定要把火柴盒掉到地上；一会儿干得崩裂的立柜吱呀响一声；或者是灯的燃烧器突然呜呜地响起来——不知为什么这些声音使我感到焦躁。

夜里不睡——这就意味着每分钟都意识到自己不正常，因此我急不可耐地等待早晨和白天的到来，那时我就有权利不睡了。要熬过很长难挨的时间，院子里的公鸡才肯叫。公鸡是第一个向我通报好消息的使者。它一叫，我就知道再过一个小时楼下门房就该醒了，他生气地咳嗽着，不知为什么要上楼来一趟。然后窗上就渐渐出现鱼肚白，街上开始传来人声……

我的一天是从妻子走进来开始的。她进来的时候穿的是裙子，还没有梳头，但已洗过脸，散发着花露水的味道，那样子好像偶尔进来看看似的，每次都说同样的话：

“请原谅，我待一会儿就走……你又没有睡？”

然后她就熄灭灯，坐到桌子旁边开始说起来。我不是先知，但我知道她要说什么。每天早晨都是一样的话。通常在担心地问完我

---

① 德国作家弗里德里希·施皮尔哈根的长篇小说。

的健康情况以后就突然想起我们在华沙服役当军官的儿子来。每月二十日以后我们要给他汇五十卢布去，这是我们谈话的主要内容。

“这对我们来说当然是很重的负担，”她叹口气说，“可是在他没有彻底自立以前，我们应当帮助他呀。一个男孩子在异国他乡，薪俸微薄……不过要是你愿意，下月我们就不汇五十，汇四十。你看怎样？”

每天的事实能够使妻子相信，开销并不因为我们常谈它就会变得少些，可是妻子不承认事实，每天早晨一定要谈我们的军官，同时告诉我谢天谢地面包贱了，但砂糖贵了两戈比。讲这些话的时候，那腔调好像在向我报告新闻似的。

我听着，机械地答应着，可能因为夜里没有睡觉吧，脑袋里出现了一些奇怪而无用的想法。我看着妻子，像小孩子一样感到惊奇。我疑惑地问自己：面前这个只关心日常琐事、为一块面包而提心吊胆、两眼因为常常忧虑债务和贫困而暗淡无神、只知道谈开销、只会对便宜货微笑、很胖很笨重的老太婆难道就是当年我曾经为了其清晰的头脑、纯洁的心灵、美丽的容貌以及像奥赛罗爱苔丝德蒙娜似的，为了她对我的科学的“同情”①而热烈爱过的那个亭亭玉立的瓦丽亚吗？难道她就是曾经给我生了个儿子的我的妻子瓦丽亚吗？

我凝视着这个虚胖笨重的老太婆的脸，想找到我的瓦丽亚，可是在她身上残留下来的只是对我的健康情况的担忧和把我的薪俸叫做我们的薪俸、把我的帽子叫做我们的帽子的习惯。看着她，我感到心疼，为了尽量给她些许安慰，我允许她随便讲她想讲的话，甚至当她不公正地指责人或数落我不搞临床、不出版教科书的时候我都保持沉默。

---

① 暗引莎士比亚悲剧《奥赛罗》第一幕第三场下列诗句：

她是因为我曾受危险而爱我，
我亦因她的同情而爱她。（梁实秋译）

我们谈话的结尾总是一样的。妻子总是猛然想起来我还没喝茶，便惊慌起来。她站起身来说：

“我怎么还坐在这里呢？茶炊早就摆到桌子上了，我还在这儿闲聊。上帝啊，我的记忆力怎么这么差啦！”

她迅速地走到门口停下来，为的是跟我说：

“我们欠叶戈尔五个月啦。你知道吗？不应当欠仆人工钱，我讲过多少次啦！每月给十卢布比五个月一下给五十卢布轻松多啦！”

出门以后，她又停下来说：

“谁也没有我们可怜的丽莎更叫我心疼的了。她在音乐学院学习，经常跟上流社会接触，可穿戴实在不像样子。那件皮大衣穿着上街没有脸见人。要是她是别人家的女儿，倒也没有什么，可大家都知道她父亲是著名教授，三级文官！”

用我的名望和官衔责难完我之后，她终于走了。我的一天就这样开始了。接下去也并不好过。

我喝茶的时候，我的女儿丽莎走过来，她穿着小皮大衣，戴着小帽子，拿着乐谱，已做好了去音乐学院的准备。她二十二岁。看上去更年轻些，长相不错，有些像我妻子年轻时的样子。她温柔地吻吻我的鬓角和手，说：

“爸，你好。身体怎样？”

小时候她很喜欢吃冰棍儿，我常领她去冰点店。冰棍儿是她衡量一切美好事物的标准。要是她想夸奖我，她就说：“爸，你是奶油冰棍儿。”她的手指都是用冰棍儿命名的：一个叫阿月浑子冰棍儿，另一个叫奶油冰棍儿，第三个叫马林果冰棍儿，等等。她早晨来向我请安的时候，我通常让她坐到膝盖上，吻着她的小手指头，念叨着：

“奶油的……阿月浑子的……柠檬的……”

现在我按老习惯吻着丽莎的手指，念叨着：“阿月浑子的……奶油的……柠檬的……”结果完全不同。我像冰棍儿一样冰冷，我感到害臊。当女儿过来，嘴唇接触到我的鬓角时，我浑身哆嗦，好像有一只蜜蜂在蜇我的鬓角，勉强笑着把脸扭开。自从患失眠症以后，我脑袋里总有一个问题：我的女儿常常看到我，一个老人、名人，因为欠仆人工钱而羞愧脸红；她看见我常常为一些琐碎的债务问题操心而扔下工作，在屋里急得团团转，几个小时几个小时地踱着步考虑解决问题的办法。她为什么一次没有背着妈妈来悄悄地对我说"爸，这是我的表、手镯、耳环、衣服……拿去当了吧，你需要钱……"？她看到我和妈妈爱虚荣，千方百计地对人们掩饰自己的穷困状况，为什么不肯放弃学音乐这种昂贵的享受？我不会接受表、手镯或牺牲，真的，我需要的不是这些。

我顺便也想起了在华沙当军官的儿子。他是个聪明、诚实、不酗酒的人。但对我来说，这不够。我想，假如我有一个老父亲，假如我知道他有时因为穷困而羞愧，那我就会把军官的位置交给别人，自己则去另找工作。关于儿女的这种想法毁坏了我的情绪。其实与他们有什么关系呢？对一些普通人只是因为他们不是英雄而怀恨在心——只有心胸狭隘或凶狠阴毒的人才会这样做。

差十五分十点，我得给可爱的学生们上课。我穿好衣服，出门上路。这条路我已走了三十年了，对我来说，有它自己的历史。瞧，那座带药房的灰色大楼，以前那儿是一座小房子，里面是啤酒馆；在这个啤酒馆里，我推敲过自己的博士论文，写好了给瓦丽亚的第一封情书——那是用铅笔在一张开头空白地方印着"病历"①的纸上写的。瞧，那座食品杂货店，掌柜以前是个犹太人，曾赊给我烟卷；后来是个胖婆娘，她喜欢大学生是因为"他们每个人都有母亲"；现在是一个红头发商人，为人很冷漠，用铜茶壶喝茶。瞧，阴郁的年久失修的大学大门，身穿光板皮袄、百无聊赖的扫院子的校工，扫帚，雪堆……外省来的新生以为科学殿堂真是殿堂，大门的样子不会给他们留下好印象。一般说来，大学校舍的破旧，走廊的阴暗，四壁的油烟，光线的不足，台阶、衣挂和长凳的凄凉样子，

① 原文为拉丁语。

是俄国悲观主义史上造成悲观主义的许多原因中的首要原因。我们的花园也是如此。从我当学生的时候起，它好像就是这个样子：没有好，也没有坏。我不喜欢它。假如把痨病鬼似的椴树、锦鸡儿和稀疏的紫丁香换成高大的松树和茂密的柞树，那会聪明得多。大学生的情绪大多是由环境造成的，在他们学习的地方，他们每一步只应该看到高大、强壮、优美……上帝保佑，千万不要叫他们看枯瘦的树，打碎了玻璃的窗，灰色的墙和包着破漆布的门。

我走到自己系门口的时候，门就开了，迎接我的是我的老同事、同龄人和同名者——门房尼古拉。他把我让进门，高兴地发着咯咯声说：

“好冷啊，大人！”

或者，要是我的大衣湿了，他就说：

“下雨啦，大人！”

接着他跑在我前面把我要通过的门都推开。在办公室里，他细心地给我脱掉大衣，在这段时间里他来得及向我报告一件大学新闻。由于大学所有门房、更夫之间经常亲密交往，他能知道四个系、办公厅、校长室、图书馆所发生的一切事情。没有他不知道的事！比方说校长或系主任退休成为大家关注的焦点的时候，我就听到他跟年轻的更夫们谈话时列举过几个候选人，并解释说某人部长不会批，某人自己放弃，然后就扯起办公厅收到的一些秘密文件的离奇细节，部长同督学的秘密谈话，等等。如果把这些细节抛开的话，他一般来说总是正确的。他给每个候选人的鉴定，虽然是独特的，但也是准确的。要是您想知道谁哪一年通过了博士论文答辩，任职，退休或去世，那您就求助这个老兵的广博的记忆好啦。他不仅能告诉您年月日，而且能告诉您当时的详情细节。只有满怀爱心的人，才能记得这么牢。

他是大学传说的保护者。他从以前各任门房那里继承了许多大学生活传说，在这笔遗产之中，他又增加了自己在任职期间所积累的财富。要是您想听，他会给您讲许许多多长长短短的故事。他能给您讲无所不知的非凡的博学之士，一连几个星期不眠不休的勤奋学者，为数众多的科学殉道者和牺牲品。在他的讲述里，善总是战胜恶，弱者总是战胜强者，智者总是战胜蠢者，谦虚者总是战胜高傲者，年轻者总是战胜年老者……没有必要把这些传说和故事都当成真的，可是如果过滤一下的话，过滤器上就会剩下有用的东西：我们的好传统和受到普遍承认的真正英雄的名字。

我们的社会里对学者世界的了解仅限于一些关于老教授如何心不在焉的笑话和两三句俏皮话——这些俏皮话有说是格鲁贝尔[①]说的，有说是我说的，有说是巴布欣[②]说的。对一个有教养的社会来说，这是不够的。如果它像尼古拉那样爱科学，爱学者和大学生的话，那我们早就有整部整部的史诗、传说和言行录了，遗憾的是这些文献，我们现在并没有。

尼古拉向我报告完新闻以后，就使脸带上严肃的表情，于是我们的业务性谈话就开始了。这时要是旁边有人听到尼古拉多么得心应手地运用科学术语的谈话，他大概会认为这是一个学者伪装成老兵。顺便说说，关于大学门房学识渊博的传说是太言过其实了。的确，尼古拉知道一百多个拉丁文名称，会组装骷髅，有时还能准备实验标本，还能用一段很长的什么学术著作的引文逗学生发笑，可是，比方说并不难理解的血液循环理论，现在对他来说仍然是模糊不清的，像二十年前一样。

我的病理解剖员彼得·伊格纳捷维奇坐在办公室桌子前面，低头看书或看标本。他勤劳、谦虚，可是没有才华，三十五六岁，已经秃顶了，而且腆着个大肚子。他从早到晚工作，阅读大量文献，读过的东西都能记得清清楚楚的——在这方面，他不是普通人，是“金不换”；可是在其他方面他却是一匹只知干活的役马，或者换个

① 文采斯拉夫·利奥波多维奇·格鲁贝尔（1814—1890），彼得堡内外科医学科学院解剖学教授。

② 亚历山大·伊万诺维奇·巴布欣（1835—1891），莫斯科大学生理学和组织学教授。

说法，是一个有学问的笨伯。役马跟天才不同的地方是：他的眼界狭窄，只懂专业；在自己的专业之外，他幼稚得像个小孩子。记得一天早晨我进办公室说：

“想想多么不幸！据说斯科别列夫[①]去世了。”

尼古拉画了个十字，彼得·伊格纳捷维奇却转过身来问我：

“哪个斯科别列夫？”

还有一次——这是稍早一些时候的事——我宣布彼罗夫[②]教授去世了，非常可爱的彼得·伊格纳捷维奇问道：

“他是讲什么课的？”

好像即使帕蒂[③]对着他的耳朵唱，中国大军攻入俄国，脚下发生地震，他也不会动一动，仍然会安安稳稳地坐在那里眯缝着一只眼睛看显微镜。一句话，世事跟他毫无关系。我真愿意出高价看看这个面包干跟老婆睡在一起是什么样子。

他的另一个特点：狂热相信学术著作，主要是相信德国人写的一切都完美无缺。他相信自己，相信自己的标本，知道生活的目的，但丝毫不知道天才们为之熬白了头发的怀疑和失望。亦步亦趋地崇拜权威，没有独立思考的要求。使他放弃什么信念是困难的，同他争论是徒劳无益的。假如一个人深信最好的科学是医学，最好的人是医生，最好的传统是医学传统，您跟他争论一下试试。医学的不光彩的过去只留下了一个传统——现在医生们系的白领带；对学者以及一般有教养的人来说，只能存在一般大学传统，不能细分为医学传统、法学传统，等等，可是彼得·伊格纳捷维奇很难赞同这一点，他会跟您争论到世界末日。

---

① 米哈伊尔·德米特里耶维奇·斯科别列夫（1843—1882），1877—1878年间俄土战争中极为著名的将军。

② 瓦西里·格里戈里耶维奇·彼罗夫（1833—1882），俄国画家，19世纪民主现实主义艺术重要代表之一。

③ 阿黛丽娜·帕蒂（1843—1919），意大利歌唱家，当时曾不止一次在俄国巡回演出过。

他的未来，我想象得很清楚。他一生会制作几百个异常干净的标本，写出许多枯燥但得体的综合报告，出版十几种忠实的翻译，但他发明不出火药来。因为发明火药，需要幻想，创新，善于推测，而彼得·伊格纳捷维奇丝毫不具备这些品质。简短地说，他在科学中不是主人而是雇工。

我、彼得·伊格纳捷维奇和尼古拉，压低声音谈话，我们有些不自然。当听到门外的大教室里像海潮似的人声鼎沸的时候，你会有一种特殊的感觉。三十年间，我没有能习以为常，每天早晨都有这种感觉。我神经质地扣着衣扣，向尼古拉提一些没用的问题，发火……好像是我胆怯，但这不是胆怯，而是别的什么感觉，我叫不上来，也描写不出来。

我毫无必要地看着表说：

"怎么样？得走啦。"

我们走的顺序是这样的：尼古拉拿着标本或挂图走在最前面，我跟着他，役马谦虚地低着头跟在我后面，或者，如果需要的话，人们用担架抬着尸体走在最前面，随后是尼古拉，等等。我一出现，学生们就起立，然后坐下，海潮的声音猛然减弱。终于是一片寂静。

我知道要讲什么，可是不知道怎么讲，从哪儿讲起，到哪儿结束。脑袋里没有一个现成的句子。不过我只要环视一下教室（教室的结构是逐渐高起来的半圆形的），说出一句刻板的："上次课我们讲到……"词句就会滔滔不绝地从心里往外涌！我的话又快又热情，好像没有一种力量能打断它。要想课讲得好，就是说不枯燥而且对学生有益，除了天才以外，必须有技巧和经验，必须对自己的能力、听课学生和所讲的内容有最清晰的认识。此外，必须精明，密切注意听众，一秒钟都不能松懈。

一个好乐队指挥在传达作曲家思想的时候，同时做二十件事情：读总谱，挥动指挥棒，留意歌手，一会儿指点大鼓，一会儿指点圆号，等等。我讲课时也是如此。我面前是一百五十张各不相同的面孔和三百只直盯着我的脸的眼睛。我的目标就是战胜这条多头蛇。如果我讲课时能对这条多头蛇的注意力集中的程度和理解力有清楚的认识，它就在我的掌握之中。另一个敌人则在我自己身上。这就是千变万化的形式、现象和规律，以及由它们制约的我自己的思想和别人的思想。我每一分钟都应当敏捷地从这大量的材料中把最重要最需要的东西抓出来并像说话的速度那么迅速地赋予自己的思想以这条多头蛇所能理解而且能激发它的注意力的形式，同时要留神不要想到什么说什么，而是根据我所要描绘的画面的正确构图的需要安排顺序。其次，我力求使自己的语言文雅，定义简洁准确，句子简单漂亮。每一分钟我都应控制自己，要记住我只有一小时零四十分钟。一句话，工作不少。要在同一时间内把自己表现为既是学者又是教育家和演说家，如果在您身上演说家战胜了教育家和学者或者相反，那就不好啦。

讲过一刻钟或半小时，你就会看到，学生开始看天花板，看彼得·伊格纳捷维奇，有人在掏手帕，有人在换坐的姿势想坐得更舒服些，有人在若有所思地微笑——这就是说注意力疲倦了。必须采取措施。一有适当机会，我就讲一句双关语。一百五十张脸全都开心地笑了，眼睛闪烁着快活的光芒，短暂地响起海潮的声音。我也笑。注意力恢复了，我可以继续讲课了。

任何运动、任何娱乐和游戏都不及我在上课时所得到的那种享受。只有在课堂上我才能豪放不羁，并且明白了所谓灵感并不是诗人虚构的，是实际存在的。我想，赫拉克勒斯[①]在完成了最伟大的英雄业绩之后也没有体验到我每次课后所体验的那种甜蜜的疲倦。

这是以前的事啦。现在在课堂上我感受到的只是折磨。上课不到半个小时，我就开始感到两腿和两肩疲乏得受不了；于是就坐到椅子上，但坐着讲课我不习惯；过一分钟又站起来，继续站着讲；

---

① 希腊神话中最伟大的英雄，神勇无敌，完成十二项英雄业绩。

然后又坐下。嘴里发干，嗓子嘶哑，头晕……为了不让学生察觉我的这种状态，我就常常喝水，咳嗽，擤鼻涕，装出伤风的样子，双关语用的不是地方，终于不得不宣布提前下课。可是主要是我感到羞愧。

我的良心和理智告诉我，现在我能做的最好的事情就是对学生讲一次告别课，向他们说几句临别赠言，祝福他们，然后把自己的位置让给比我年富力强的人。可是，让上帝审判我吧，我没有勇气按照良心告诉我的去做。

不幸的是我不是哲学家，不是神学家。我清清楚楚地知道，我顶多还能再活半年，好像现在使我最感兴趣的应当是考虑在黑暗的墓穴里如何生活以及在那里睡觉做什么梦的问题。可是不知为什么我的心灵不愿意考虑这些问题，虽然理智意识到这些问题的全部重要性。像二三十年前一样，现在临死以前使我最感兴趣的仍然是只有科学。在咽气之前，我将仍然相信：科学是人类生活中最重要、最壮丽、最有用的东西，它过去一贯是，将来仍然是爱的最高表现，人类只有靠着它才能战胜自然界和自己。这个信念也许是幼稚的，根据不足的，可是我的信念是这样而不是别样，这不能怪我，我无法在自己的头脑里战胜这个信念。

不过问题不在这里。我不过是请大家体谅我的弱点，理解这样一个事实：迫使一个关心骨髓命运胜过关心宇宙终极目的的人离开讲台和学生，这跟不等他咽气就把他塞到棺材里钉起来是一样的。

失眠以及不断极力克制越来越厉害的疲倦的结果，使我身上发生了一种奇怪的现象。上课讲到一半时，我突然心里想哭，眼睛发痒，我强烈地歇斯底里般地想伸出两手大声抱怨一番。我想大声喊：我，一个著名人物，被命运判了死刑，再过半年左右这个课堂已将由别人来主持了。我想喊：我被毒害了；一些新的过去没有的想法毒害了我的最后的日子，并且像白蛉一样叮咬着我的大脑。这时我的处境在我的想象中是那么可怕，我想使我的听众都大吃一惊，从座位上跳起来，惶恐万状，绝望地喊着向门口奔去。

度过这种时刻是不容易的。

2

下课以后，我就坐在家里工作。读杂志，批阅学生的学位论文，或者备课，有时写点儿东西。工作常被打断，因为需要接待来访者。

门铃响了。这是同事来谈工作。他拿着帽子和手杖进到我的屋里来，朝着我伸出帽子和手杖说：

“我一会儿就走，只一会儿！坐下，同事①！我只说两句话！”

第一件事就是我们努力互相表明我们都是非常有礼貌的，很高兴见到对方。我扶他坐到圈椅上，他扶我坐到圈椅上；同时我们小心地抚摩抚摩对方的腰，触触对方的纽扣，好像我们在摸摸试试，怕被对方烫着。两人都笑着，虽然我们都没有讲什么可笑的事。坐下以后，我们就把头凑近些，开始低声谈起来。不管我们打心眼儿里多么喜欢对方，我们仍然免不了说各种中国式的客套话如“承蒙正确指出”或“我已有幸对您提过”来装饰我们的话语；我们仍然不能不哈哈大笑，假如我们俩谁说句俏皮的话，尽管并不俏皮。谈完工作，同事就猛然站起来，用帽子指着我的办公桌开始告别。我们又互相触摸着，笑着。我把他送到门斗，在这儿帮着他穿大衣，他则千方百计地拒不接受这种崇高的荣誉。接着叶戈尔给他开门，他就说我会感冒，我则做出甚至要到街上送他的样子来。等我终于回书房的时候，我的脸还继续笑着，大概是因为惯性的缘故吧。

过了不一会儿，门铃又响了。有人进到门斗里，在久久地脱着外衣，咳嗽着。叶戈尔进来通报说来了一个学生。我说：请。过了一分钟，一个长相招人喜欢的青年进来。我跟他关系紧张已经一年了：他考试时回答得很糟，我给了他个不及格。这样的好汉，每年

---

① 原文为拉丁语。

有六七个。用学生的话来说也就是需要“卡一卡”或者给不及格的学生。其中那些因为天资差或有病而考试不及格的学生，通常都是采取忍受的态度，不跟我讨价还价；只有油头滑脑的公子哥儿才跟我讨价还价，到家里来找我，因为考试不及格破坏了他们的食欲，影响他们经常看歌剧的娱乐活动。对第一类学生，我予以宽容；对第二类学生，我要“卡”他们一年。

“请坐，”我对客人说，“有何见教。”

“请原谅打搅您，教授……”他不看我的脸，结结巴巴地说，“我本来不敢打搅您，如果不是……您的课我已考了五次……没及格，请您通融一下，给我个及格，因为……”

所有懒学生的论据都是一样的：他们别的课考得都很好，只有我的课没及格，尤其令人惊奇的是，他们对我的课总是很用功，掌握得极好；没及格只是由于某种莫名其妙的误会。

“对不起，我的朋友，”我对客人说，“我不能给您及格。回去读读讲义然后再来。那时再看情况。”

沉默。我想稍微折磨折磨这个学生，因为他喜欢啤酒和歌剧胜过喜欢科学。我叹了口气说：

“我看您现在能做的最好的事情是干脆离开医学系。如果以您的才能您的努力还是不能及格的话，那显然您既没有当医生的愿望，也没有这种天赋。”

公子哥儿的脸拖长了。他讪笑着说：

“请原谅，教授，这样做起码从我这方面看是奇怪的。学了五年，突然……离开！”

“哼！损失五年总比以后终身从事自己所不喜欢的工作强嘛。”

然而我马上就可怜起他来，急忙说：

“不过随您便。那么，您再稍稍读一读功课再来吧。”

“什么时候来？”懒汉低声问道。

“什么时候想来都可以。哪怕明天呢。”

在他的和善眼神里我看出来：“来倒可以，可来了你这个畜生又会逼我！”

“当然，”我说，“您在我这儿再补考十五次，您的学问也不会因此更多些。但这可以培养您的性格。这您也要感谢我。”

一阵沉默。我站起来等客人走。可他却站在那里，瞅着窗外，捻着小胡子在想什么。我感到无聊。

公子哥儿的嗓音是悦耳的、圆润的；眼睛是聪明的、充满讥笑的；脸上的表情是和善的，有些像没有睡够似的，因为啤酒喝得勤、在床上睡得久的缘故。看样子，他可以给我讲很多关于歌剧、关于自己的猎艳奇遇、关于同窗好友的许多有趣的故事，可是遗憾谈这些是不允许的，我倒是很愿意听的。

“教授，我向您保证，要是您给我及格，我就……”

一听提到“保证”，我就摆摆手坐到桌子前面。他想了一会儿泄气地说：

“那就再见……对不起。”

“再见，我的朋友。祝愿您健康。”

他犹犹疑疑地朝门斗走去，在那儿慢腾腾地穿好外衣，到了街上大概又想了好久，除了想出“老鬼”来称呼我之外，什么也没有想出来。他到末等餐馆去喝啤酒吃午饭，然后回家去睡觉。诚实的劳动者，安息吧！

门铃第三次响了。进来的是一个年轻的医生，穿一身黑色新西服，戴一副金丝框眼镜，当然系着白领带。他作自我介绍。我请他坐下谈，问他有什么事。献身科学的年轻人不无激动地告诉我他今年通过了博士课程考试，现在只剩下写博士论文了。他希望得到我的指导，如果我能给他一个论文题目，他将不胜感激。我说：

“很愿意效劳，同行。可是让我们先谈谈什么是博士论文吧。博士论文通常是指构成独立创造活动对象的文章。不是这样吗？用别人的题目在别人指导下写成的文章则称为……”

博士生沉默着。我发火，从椅子上跳起来气呼呼地喊道：

“我不明白您为什么来找我！我这里开小铺吗？我不卖题目！

我一千零一次地求你们别打搅我！请原谅我不礼貌，可是这实在使我厌烦！”

博士生沉默着，只有他的颧骨附近泛起了轻微的红晕。他的脸表现着对我的名望和学识的深深的尊敬，可是从他的眼神里我却看出来他既蔑视我的嗓音，也蔑视我的可怜的长相和神经质的手势。我大发雷霆，他认为我是个怪人。我气呼呼地说：

“我这儿不是小铺！而且奇怪！为什么您不想独立？为什么您那么讨厌自由？”

我说的很多，他一直沉默着。我的火气终于渐渐消了，不言而喻，是我投降了。博士生将从我这里得到一个一钱不值的题目并将在我的督导下写出来一篇谁也不需要的博士论文，隆重地通过枯燥的答辩，得到他不需要的学位。

铃声可以连续不断，但这里我只描写四次。第四次门铃响了，我听到了熟悉的脚步声、衣服的窸窣声、亲切的说话声……

十八年前我的一个同事眼科专家过世，留下了七岁的女儿卡佳和六万多卢布。在遗嘱中，他指定我为孩子的监护人。九岁以前，卡佳住在我家，后来被送进了女子寄宿学校，只是假期住在我家。我没有时间教育她，只是抽空照看她一下，因此关于她的童年，我能讲的很少。

我记得并且喜欢回忆的第一件事就是她非常信任别人的神情：带着这种神情，她进了我们的家；带着这种神情，她找医生看病；她的小脸上的这种神情总是光彩照人。有时，她托着脸腮坐在旁边，眼睛总是聚精会神地看着什么；这时不管是看我写东西和翻弄书也好，不管是看我的妻子忙活家务也好，不管是看厨娘在厨房刮土豆皮也好，也不管是看狗玩把戏也好，她脸上都是一种表情，就是：“这个世界上所发生的一切都是美好的、聪明的。”她好奇，很愿意跟我交谈。有时她就坐在我对面的桌子上，注视着我的动作，向我提问题。她想知道我在读什么，我在大学做什么，我怕不怕死尸，我的薪俸哪儿去了。

“大学里的学生打架吗？”她问。

“打呀，亲爱的。”

“您罚他们跪吗？”

“罚啊。”

大学生打架，我罚他们跪，她觉得可笑，她笑了。她是个温顺的有耐性的善良的孩子。我常常看到她的什么东西被夺走，她受到不应受的处罚，或她的好奇心没有得到满足，这时她脸上在常有的信任人的神情之上又增加了伤心的神色——只有这一点点变化。我不善于保护她，只有看到她脸上出现了伤心神色的时候我才想起把她叫到身边用老保姆的腔调说一句：“可怜的孤儿！”

我还记得她爱打扮、爱洒香水。在这方面，她像我。我也喜欢漂亮衣服和好香水。

遗憾的是，我未曾有时间和愿望注意她的爱好是如何产生和发展的；这种爱好在她十四五岁的时候已完全被她控制了。我讲的是她对演剧的爱好。当她从女子寄宿学校回来度假期住在我家的时候，她谈什么都没有像谈演剧和演员那么兴高采烈。她总谈演剧，我们都听腻了。妻子和孩子们都不听了。只有我没有勇气不听。当她想要找人分享自己的赞叹时，她就到我的书房来，用祈求的语调说：

“尼古拉·斯捷潘内奇，让我跟您谈谈演剧吧！”

我指着表对她说：

“给你半个小时。谈吧。”

后来她就带回来许许多多她所崇拜的男女演员的照片；再后来她就尝试着参加了几次业余演出，终于，在女子寄宿学校毕业后，她向我宣布：她生来是当演员的。

我从来不赞同卡佳对演剧的迷恋。我认为，如果剧本好，为了造成应有的印象，没有必要劳动演员。只是阅读就够了。如果剧本不好，任何表演也不能使它变好。

年轻时我常到剧院去看剧，现在家里人也一年租两次包厢，带我去“散散心”。当然，我不足以有权利评论戏剧，不过，我还是得说一点儿。我认为，剧院跟三四十年前比，并未见好。我仍然在剧院的走廊和休息室里找不到一杯干净的水。引座员仍然因为我穿着大衣看剧而罚我二十戈比，虽然冬天穿着大衣看剧并没有什么可指责的。幕间休息时仍然毫无必要地演奏乐曲，在看剧得来的印象之外再加一些新的不需要的印象。男人们仍然在幕间休息时到小吃部喝酒。如果在小事上都看不出进步来，那在大的方面找进步就是徒劳的。当演员从头到脚都被剧院传统和偏见束缚着，努力把一句简单普通的台词“活还是不活”①不简简单单地念，不知为什么一定要带着咝咝的声音而且浑身抽搐，或者，当舞台上企图无论如何使我相信恰茨基虽然跟一些浑蛋白费了很多口舌而且爱上了一个傻姑娘，但他却是一个很聪明的人，而《智慧的痛苦》②不是一出枯燥的戏的时候，舞台上散发着一种守旧气氛，这种气氛四十年前曾使我感到无聊，那时舞台是用典型的惨叫和捶胸来款待我的。我每次从剧院出来，都比进去的时候更保守。

对多愁善感的盲目轻信的民众，可以使他们相信现在这样的剧院是学校。可是那些熟悉真正学校的人，是不会上这个钩的。我不知道五十至一百年以后会怎样，但在目前条件下剧院只能是娱乐场所。可是这种娱乐代价太高，不宜继续享用。它从国家那里夺走了成千上万个年轻健壮有天才的青年男女，这些人如果不去演剧的话，可以成为好的医生、农夫、教师、军官；它夺走了观众的晚上时间——智力劳动和朋友交谈最好的时间。这里就不谈金钱损失以及当观众看到舞台上对凶杀、通奸或诽谤做的不正确阐释时所蒙受的精神损失了。

卡佳完全是另一种看法。她想叫我相信，剧院，即使目前这个

① 莎士比亚悲剧《哈姆雷特》中的一句台词。

② 俄国作家格里鲍耶陀夫（1795—1829）所作喜剧。恰茨基是该剧中的主要人物。

样子，也高于课堂，高于书本，高于世界上的一切。剧院是集各种艺术于一身的一种力量，演员是传教士。任何艺术、任何科学单独都不能像舞台那样有力而准确地影响人类心灵，因此难怪一个中等演员在全国的名望远远大于一个最好的学者或画家。任何群众性活动也不能像舞台活动那么给人以享受和满足。

于是有一天卡佳就加入巡回演出剧团，走了，好像到乌法去了，随身带去了许多钱、美好的希望和贵族式的事业观。

最初几封信是在路上写的，令我惊叹不已。我一边读，一边忍不住惊讶，这么一些小纸片怎么能容纳那么多青春的活力、心灵的纯洁、神圣的天真和精确切实的议论——这些议论能使优秀的男性头脑黯然失色。伏尔加河，自然景色，所到的城市，同事，自己的成功与失败，她不是在描写，而是在讴歌；字里行间充满了我在她脸上经常看到的那种对人的信任。信里同时含有大量的语法错误，标点符号几乎一个没有。

没过半年，我接到了一封颇有诗意的兴高采烈的信，开头是“我爱上了”。信里附了一张照片，上面是一个年轻男子，脸刮得光光的，戴着宽檐礼帽，肩上搭着围巾。紧接着的几封信，仍然兴高采烈，但里面已出现了标点符号，语法错误消失了，散发着强烈的男人气息。卡佳在信里说，如果能在伏尔加河流域找个地方建立一个股份制的大剧院会是很好的，可以吸收富商和船主参加；钱会很多，观众会很多，演员可以入股……也许这一切的确很好，可是我觉得，诸如此类的想法只能出自男人的头脑。

无论如何，头一年半至两年，看来一切都是顺利的：她情有所钟，相信自己的事业，生活是幸福的；可是在后来的信里我却觉察到了情绪低落的明显标志。开始是她向我抱怨自己的同事——这是第一个也是最坏的一个征兆。要是一个年轻的学者或文学家开始自己的活动时就痛苦地抱怨学者和文学家，那就是说他已经厌倦，已不适合从事这种工作了。她在信中说，她的同事不参加排练，不了解角色，从排演一些荒谬的戏以及在台上的演出作风可以看出来，他们每个人都十分不尊重观众；人们只关心票房价值；为了多卖票，演正剧的女演员去唱靡靡之音，演悲剧的男演员则去唱快活的讽刺歌谣，嘲弄丈夫戴绿帽子、妻子不贞怀孕，等等。一般说来，值得惊奇的是，到外省去巡回演出的事业到现在没有垮，靠这种腐朽的脆弱的机体怎么能维持下来？

我给她写了一封回信，很长，但应当承认，也很枯燥。我在信中说："有一些德高望重的老演员跟我很要好，我常常跟他们闲谈。从他们的谈话中我明白了：指导他们活动的与其说是他们的理智和自由，毋宁说是社会的时尚和情绪；他们中间最优秀的人物一生中也曾既演过悲剧，也演过轻歌剧、巴黎闹剧和神仙剧；不管演什么，他们都觉得自己是走在笔直的大道上，并且是有益的。你可以看到，这就是说，罪恶的原因不能到演员身上去找，而应当更深刻些到艺术本身和社会对这种艺术的态度中去找。"没想到我这封信激怒了她。她回信说："我们谈的不是一个问题。我谈的不是跟您有交情的德高望重的人，而是一帮坏蛋，他们跟德高望重沾不上边。他们是一群野人，他们之所以上舞台，只是因为别处不要他们；他们之所以自称为演员，只是因为他们恬不知耻。没有一个天才，可是庸才、酒鬼、阴谋家、诽谤者却很多。我无法表达我多么痛苦，因为我那么热爱的艺术落到了我所厌恶的人的手里；我痛苦，还因为一些优秀人物只是从远处看罪恶，不想靠近一些，非但不替我辩护，反而用艰涩的笔调写一些老生常谈和谁也不需要的道德说教……"以下还是这一类话。

又过了一些日子，我收到了这么一封信："我被惨无人道地骗了。不能再活下去了。请支配我的钱，如认为需要的话。我曾经把您当做父亲和惟一的朋友爱过。永别了。"

原来她的"他"也是"野人"。后来根据一些暗示，我猜到她曾企图自杀过。好像是服了毒药。她后来可能大病了一场，因为我收到的下一封信是从雅尔塔寄的，大概是医生劝她去的。这封信里她请我尽快往雅尔塔给她汇一千卢布去，结尾是："请原谅这封信写得那么忧伤。昨天我埋葬了自己的孩子。”在克里米亚住了近一年，她回到了家里。

她在外地游荡了将近四年。应当承认，在这四年当中，我在与她的关系上扮演了一个相当不好的奇怪角色。当她早些时候向我宣布要去当演员以及后来她在信里向我提到她自己的爱情的时候；当她周期性地受到挥霍情绪支配，我根据她的要求给她一会儿汇一千一会儿汇两千的时候；当她来信说想死以及后来来信说孩子死了的时候，我每次都茫然失措，我对她的遭遇的关心只是表现在：我想了很多，写了一些本来完全可以不写的枯燥的长信。然而我却代替她的父亲，爱她如同亲生女儿一般哪！

现在卡佳住在离我半俄里远的地方。她租了一套五室的住宅，布置得相当舒适，合乎她的口味。要是有人画她的居住环境的话，那么画面上压倒一切的情调就会是慵懒。为了慵懒的肢体——软沙发床、软凳；为了慵懒的脚——地毯；为了慵懒的眼——浅色的暗淡或模糊的色调；为了慵懒的心灵——墙上挂了许多廉价的、工艺独创性压倒了内容的纸扇和小画，到处是小桌子和小架子——上面摆着完全无用、没有价值的小摆设，窗上挂着一些不成形状的破布当窗帘……所有这一切再加上怕明亮的光线，怕对称和空旷，除了心灵的慵懒以外，还说明口味的反常。卡佳整天躺在沙发床上看书，大多是看长篇和中篇小说。她一天只是午后出门一次，目的是来看我。

我工作，她就默默地坐在离我不远的沙发上，围着披肩，好像她觉得冷似的。也许是因为我对她有好感；也许是因为她还是个小姑娘时就常到我书房里来，我已习惯了，她在旁边并不妨碍我集中注意力。我偶尔机械地向她提个什么问题，她给以很简短的回答，或者，为了休息一会儿，我转身看她若有所思地翻看医学杂志或报纸。这时我发现她脸上已没有昔日信任人的表情了。现在的表情是冰冷淡漠、心不在焉的，像需要久等客车的旅客脸上的表情。她的穿着仍然漂亮朴素，但是漫不经心的。她整天在沙发床和摇椅上躺着，衣服和发型上留下了不少痕迹。她已不像以前那么好奇。她已不向我提问题了，好像在生活中什么都体验过，不期待听到任何新东西了。

四点，大厅和客厅里开始有人走动。这是丽莎带着一些女同学从音乐学院回来了。可以听到她们在弹钢琴，试嗓子，嘻嘻哈哈地笑着，叶戈尔已在餐厅摆饭桌，传来餐具的碰撞声。

“再见。”卡佳说，“今天我就不去看您家的人了。请她们原谅。没有工夫。请您来看我。”

等我把她送到门斗的时候，她严肃地从头到脚打量着我，不满地说：

“您在不断地消瘦！怎么不治？我去请谢尔盖·费奥多罗维奇。让他给您看看。”

“不必啦，卡佳。”

“我不懂您家的人在看什么！真是些好人，没说的。”

她急躁地穿着皮大衣。这时从她那漫不经心梳理的头发上一定要掉下来两三个发卡子。她懒得整理发型，也没有工夫。她笨拙地把脱落的发绺塞到帽子里就走了。

等我走进餐厅的时候，妻子问我：

“卡佳方才在你那儿啦？为什么她不过来？简直奇怪……”

“妈！”丽莎用责难的口气说，“要是不愿过来，那就随人家便吧。我们不能跪下求啊。”

“不管怎么说，这是瞧不起人。在书房坐三个小时竟会想不起我们来。不过随她的便吧。”

瓦丽亚和丽莎都厌恶卡佳。这种厌恶心情，我无法理解，大概要想理解，必须变成女人才行。我敢用脑袋打赌，我几乎每天在课堂里看到的一百五十个青年男子和我几乎每周会见的上百个中老年男子里未必找得到一个人能理解对卡佳以前的行为——未结婚就生孩子——所持的这种厌恶心情；同时我无论如何也想不起来我认识的已婚未婚的女士中有谁自觉或本能地不怀有这种心情。这不是因为女人比男人更恪守道德；道德如果不能摆脱凶狠情感的话，跟恶行差别很少。我认为这不过是因为女人落后而已。我认为，当代男子看到不幸时所产生的忧郁的同情和痛心比女人的厌恶更能表明文化和道德的成熟。当代妇女跟中世纪妇女一样，是泪水多、心肠硬的。有人建议像教育男人那样教育女人，我认为是有道理的。

妻子不喜欢卡佳，还因为她当过演员，因为她忘恩负义，高傲，乖僻以及一个女人总能在另一个女人身上找到的那些许许多多的缺点。

在我家吃午饭的，除了我和我家的人以外，还有女儿的两三个女同学和格涅克尔——丽莎的崇拜者和追求者。这个年轻人，淡黄色头发，三十来岁，中等身材，很胖，宽肩膀，棕红色的络腮胡子直长到耳朵下边，短髭用了染须剂使他光滑的胖脸带上了玩偶的表情。他穿一件很短的西服，坎肩是花的，裤子带大方格，上边很肥，下边很瘦；穿一双平跟黄皮鞋。他的两眼鼓鼓的，像虾眼，领带像虾肚子，我甚至觉得这个年轻人浑身有一种虾汤的气味。他每天都到我家来，可是我家谁也不知道他的出身，不知道他在哪儿读过书，靠什么生活。他不会弹也不会唱，可是却跟音乐和歌唱有某种关系，在什么地方替某人卖钢琴，常到音乐学院去；他认识所有的名人；在音乐会上指手画脚；评论音乐，宛如一个大权威，我觉察到人们都愿意赞同他的意见。

富人身边总有一些食客，科学和艺术也是如此。好像世界上没有一种艺术或科学能摆脱像这位格涅克尔一类的“异物”。我不是音乐家，可能对格涅克尔的看法会有错误，况且我还不了解他。可是，当有人弹琴或唱歌的时候，他站在钢琴旁边聆听时的那副权威神气，使我觉得太可疑了。

即使您比绅士还绅士一百倍而且是三级文官，不过假如您有个女儿的话，那您仍然没有任何保障能避免求爱、提媒和结婚的小市民习气进入您的家里和情绪里。比如我就无论如何看不惯格涅克尔每次坐在我家时我妻子脸上那种郑重其事的神情，看不惯仅仅是为了使格涅克尔看看我们生活多么阔绰而摆在桌子上的拉裴特葡萄酒、波尔图葡萄酒和核列斯葡萄酒。我不欣赏丽莎在音乐学院学来的断断续续的哈哈大笑和有男人到我家来时眯缝眼睛的风度。主要的是我无论如何不能理解一个人既然跟我的习惯、我研究的科学、我的全部生活方式毫无瓜葛，完全不像我所喜欢的人，为什么每天来找我，每天跟我一起吃午饭。妻子和仆人神秘地低声告诉我这是“未婚夫”，可是我仍然不理解他来干什么。跟他在一起吃饭就像叫我跟一个南非祖鲁人一起吃饭一样使我感到莫名其妙。我的女儿（我习惯于把她看作小孩子）竟会爱这条领带、这两只眼睛、这两面软绵绵的脸腮……

从前我对吃午饭或是喜欢或是无所谓；可现在呢，吃午饭不是使我感到无聊就是感到生气。自从我升任三级文官当了系主任以后，我家的人不知为什么认为必须彻底改变我们的食谱和午饭程序。原来我当大学生和医士时就已吃惯了的菜没有了，给我吃的是漂着白冰溜的浆状汤和马德拉葡萄酒浸泡的腰子。高级官衔和崇高名望使我永远吃不到白菜汤、美味的大馅饼、填满苹果馅的鹅和鳊鱼粥了；使我永远失去了女仆阿卡莎——一个爱说话、逗人乐的老太婆，现在侍候吃午饭的是右手戴着白手套、愚钝傲慢的叶戈尔。吃饭时间很短，可是却觉得长得过分，因为无话可说。往日的快活气氛，无拘无束的闲聊，说笑，笑声没有了；互相体贴没有了；我们在餐厅聚会使孩子、妻子和我都激动的欢乐没有了；对我这个忙人来说，午饭是休息、同家人团聚的时间，对妻子和孩子来说，是节日，固然时间很短，但是欢快的，因为他们知道我有半个小时不属于科学，不属于学生，而只属于他们，不属于任何人。只喝一小盅就会醉的气氛没有了；阿卡莎没有了；鳊鱼粥没有了；吃午饭时总要发生的一些小插曲，如猫和狗在饭桌下边打架啦，卡佳腮帮子上的绷带掉到汤碗里啦，现在没有了，伴随着这类小插曲的嘈杂声也没有了。

描写现在吃午饭的情景是跟午饭本身一样没有味。妻子脸上是庄严隆重、装腔作势和日常操心的神情混合在一起。她不安地看着我们的盘子说：“我看您不喜欢烤菜……告诉我：不喜欢，是吗？”这时我必须回答：“你多余担心，亲爱的，烤菜很好吃。”于是她就说：“你总是护着我，尼古拉·斯捷潘内奇，不肯说实话。格涅克尔先生怎么吃得那么少？”在吃午饭的过程中，她总是不断说着这一类话。丽莎则断断续续地哈哈笑着，眯缝着眼睛。我看着她们母女俩，只有现在在午饭餐桌上，我才完全清楚了：她俩的内心生活早就脱离了我的视线。我觉得我曾经跟真正的家人在家里生活过，现在我是在非真正的妻子家里做客吃午饭，看着非真正的丽莎。她俩身上发生了明显的变化，我把发生这种变化的漫长过程忽略了，因此我什么也不明白是不奇怪的。这种变化的原因是什么？我不知道。也许全部不幸是上帝没有把给我的那种力量给妻子和女儿。我从小就习惯于对抗外界影响，得到了足够的磨炼；生活里的灾难如出名，升任高官，由俭入奢，结交显贵等等，几乎对我没有影响，我无动于衷；可是对未经磨炼的弱者——妻子和丽莎，这一切却像雪崩一样，把她们压垮了。

小姐们同格涅克尔谈赋格曲和对位法，谈歌唱家和钢琴家，谈巴赫和勃拉姆斯，妻子怕别人怀疑她不懂音乐，便同情地对他们微笑着，含糊其辞地叨咕着：“这优美……真的？您瞧瞧……”格涅克尔神气十足地吃着东西，神气十足地说着俏皮话，宽容地听着小姐们的议论。有时他想讲讲蹩脚的法国话，这时他不知为什么认为需要尊称我为“阁下”。

我脸色阴沉。看来，我使他们感到不舒服，他们也使我感到不舒服。我以前等级观念很轻，可是现在好像正是这种等级观念在折磨我。我努力在格涅克尔身上只找坏毛病，很快就找到了，我苦恼：坐在未婚夫位置上的不是我的圈子中的人。他在我旁边对我还有另一方面的坏作用。通常，我一人独处，或跟喜欢的人在一起的时候，我从来不想自己的功勋，要是开始想的话，我就觉得那点成就平平常常，好像我是昨天才成为学者似的；跟格涅克尔在一起，我的功勋显得像一座耸入云霄的高山，格涅克尔们则在山脚下蠕动，肉眼刚刚能看得见。

午饭后，我回到书房吸烟斗，一天一次，这是好久以前从早到晚吸烟的坏习惯残留下来的。我吸烟的时候，妻子进来，坐在旁边，要跟我谈谈。像早晨一样，我提前就知道我们要谈什么。她坐下说：

"我们需要认真谈谈，尼古拉·斯捷潘内奇。丽莎的事……你怎么不管呢？"

"什么意思？"

"你装作什么也没有看到，这不好。不能漠不关心……格涅克尔对丽莎有意……你怎么看？"

"说他是坏人呢，我不能，因为我不了解他；至于我不喜欢他呢，我已经对你说过一千次了。"

"可是这样不行……不行……"

她站起来激动地踱着，说：

"不能用这样的态度对待这么重大的事……"她说，"当问题涉及女儿的幸福的时候必须抛弃个人好恶。我知道你不喜欢他……好……要是现在我们拒绝他，搅乱了，那你用什么保证丽莎会一辈子不怨我们？现在未婚夫并不多，也许找不到另一个……他很爱丽莎，看样子丽莎也喜欢他……当然，他没有固定职业，可是有什么办法呢？上帝保佑，以后会找到固定职业的。他家庭很好，有钱。"

"这你从哪儿了解的？"

"他说的。他父亲在哈尔科夫有一座大公馆，在哈尔科夫附近有一座庄园。一句话，尼古拉·斯捷潘内奇，你一定得到哈尔科夫去一趟。"

"去干什么？"

"去了解……你那儿有认识的教授，他们会帮你。我本想自己去，可是我是女人哪。我不能……"

"我不去。"我闷闷不乐地说。

妻子吃了一惊，脸上呈现出痛苦的神气。

“去吧，尼古拉·斯捷潘内奇！”她啜泣着哀求我，“看在上帝分上，拿掉我心上这块石头吧！我不放心！”

我看着她心疼，亲切地说：“好吧，瓦丽亚，要是你希望我去，那我就到哈尔科夫去一趟，把你想办的事都办了。”

她用手帕捂着眼睛回自己屋里哭去了。这儿只剩下我一个人了。

过了不一会儿，端来了灯。圈椅和灯罩往墙上和地板上投射出我熟识的、早就使我厌烦的阴影，看着这些阴影，我就觉得已是黑夜，可恨的失眠已经开始了。我躺在床上，然后又起来，在屋里走一会儿，然后再躺下……通常，午饭后傍晚前，我的神经性激动达到顶峰。我开始无缘故地哭泣，把头藏在枕头下边。这时我怕有人进来，怕突然死去，怕别人看到我的泪水，我心里有一种无法忍受的痛楚。我觉得再也看不到这灯、这书、这地板上的阴影了，再也听不到客厅里传来的说话声了。一种看不见的神秘力量在粗暴地推我离开家。我跳下床，匆忙穿好衣服，小心翼翼地免得被家人察觉，悄悄地到了街上。上哪儿去呢？

对这个问题，我心里已早有答案：找卡佳去。

3

她通常是躺在土耳其沙发或沙发床上读什么东西。看到我来了，就懒洋洋地抬头，坐起来，伸一只手给我。我沉默片刻，休息了一会儿，说：“你总躺着，对身体不好。找点儿事情做吧！”

“嗯？”

“我是说叫你找点儿事情做。”

“做什么呢？女人只能当普通女工或者演员。”

“那有什么呢？要是不能当女工，就去当演员嘛。”

她沉默着。

“嫁人吧。”我半开玩笑地说。

“无人可嫁。而且也没有必要。”

“这么生活不行。”

“没有丈夫吗？倒好像很重要啊！男人要多少有多少，假如想要的话。”

“这不好，卡佳。”

“什么不好？”

“我是说你刚才说的话不好。”

她看到我伤心的样子，并且为了抵消坏印象，便说：

“走吧。到这儿来，瞧。”

她把我领进一个很舒适的小房间，指着写字台说：

“瞧……我给您准备的。您就在这儿工作。每天来，把要做的工作带来。在家里，人们只会妨碍您。您愿意在这儿工作吗？想来吗？”

为了不使她因遭到拒绝而伤心，我回答说愿意到这儿来工作，这个小房间我很喜欢。然后我们就坐在这个小房间里闲聊起来。

在温暖舒适的环境里同可亲的人在一起，不像以前那样使我心满意足，现在使我非常想抱怨，想唠叨。我觉得不知为什么，要是抱怨一阵，唠叨一阵，我心里就会轻松些。

“我的情况不好，亲爱的！”我叹了口气说，“很不好。”

“怎么回事？”

“是这么回事，我的朋友。一个国王最好、最神圣的权利是特赦权。我以前总觉得自己是个国王，因为我无限制地行使这个权利。我从来没有责难谁，对人宽厚，愿意宽恕任何人。别人抗议和气愤的时候，我只是规劝和说服。我一生孜孜以求的只是想使家人、学生、同事、仆人都觉得我这个人不难相处。我知道，这种对人的态度也教育了我周围的人。可现在我不是国王了。我心里产生了一些只有奴隶才可以有的情感：我脑袋里没日没夜地出现一些狠毒的念头，一些我从前没有的情感也在我心里做了窝。我仇恨，我蔑视，我愤慨，我发怒，我害怕。我过分严厉，过分苛求，易动怒，不和气，疑心重。甚至以前只是使我说句俏皮话或一笑置之的事情，现在也使我大动肝火。我的逻辑也变了：以前我只是蔑视钱，现在不是对钱有恶感，而是对有钱的人有恶感，好像他们有罪过似的；以前我仇视暴力和专横，现在我仇视使用暴力的人，好像有罪过的只是他们，而不是我们大家，因为我们不善于互相教育嘛。这意味着什么呢？如果说新的思想和新的情感是由于信念的改变产生的话，那么这种改变是从哪儿来的呢？难道是世界变坏、我变好了，还是以前我视而不见，漠不关心？如果这种改变是由体力和智力衰退引起的——我有病，体重每天都在减少，那么我的情况就很可怜咯：这就是说，我的新思想是不正常的，不健康的，我应当为它感到害臊，认为它是渺小的……"

"这跟病没有什么关系。"卡佳打断我的话说，"不过是您睁开了眼睛罢了，就是这么回事。您看到了不知为什么您以前不想看到的事。我看您首先应当跟家庭彻底决裂，离开。"

"你说傻话。"

"您已经不爱她们了，何必口是心非呢？难道那是家吗？两个市侩！她们今天死了，明天不会有人察觉她们不在。"

卡佳厌恶我妻子和女儿跟她俩厌恶她一样强烈。在我们这个时代未必可以谈论人们互相蔑视的权利。可是如果站在卡佳的观点上并且承认这种权利存在的话，那么毕竟可以看到她有权蔑视她俩，就像她俩有权蔑视她一样。

"市侩！"她重复了一句，"您今天吃午饭了吗？她们怎么没有忘记叫您吃饭？她们怎么到现在还记得您的存在？"

"卡佳，"我严厉地说，"请你别说了。"

"您以为我高兴谈她们吗？要是干脆不认识她们，我才高兴呢。亲爱的，听我的话：抛开一切，走吧。到国外去。越快越好。"

"胡扯什么？大学怎么办？"

“大学也抛开。管它干吗？反正也没有什么用？您已经讲了三十年课啦，您的学生在哪儿？教出了许多著名学者吗？数数看！为了繁殖这些靠剥削愚昧患者发大财的医生，用不着一个既是天才又是好人的人。您是多余的。”

“我的上帝，你多么偏激啊！”我感到可怕，“你多么偏激啊！住嘴，要不，我走啦！我不会同意你的偏激看法！”

侍女进来，叫我们去喝茶。谢天谢地，在茶炊旁边，我们的话题变了。抱怨完了以后，我就想放任老人的另一个毛病——回忆往事。我对卡佳讲自己的过去，使我十分惊奇的是，我竟对卡佳讲了一些连自己都没有想到竟还记得清清楚楚的细节。她感动地自豪地屏息静听着我倾诉。我特别喜欢讲读宗教学校时幻想考大学的事。我讲：

“有时在宗教学校花园散步，顺风传来远处小酒馆的手风琴声和歌声或者从学校墙外驰过一辆带铃铛的三套马车，这就足以突然使幸福感不仅充满胸膛，而且充满肚子、腿、手臂……听着手风琴声或者渐渐消逝的铃铛声，心里就想象着自己已是一个医生，描绘着未来的画面——一幅比一幅美。现在，你看到我的理想实现了。我得到的比当时所能梦想的多。我当了三十年受人爱戴的教授，有过出色的同事，得到了崇高的名望。我热恋过，通过热恋结了婚，有了孩子。一句话，要是回顾过去的话，我觉得我的一生是一曲由天才谱写的美丽乐章。现在我剩下的只是别把结尾破坏了。为此，需要死得像个人样。假如死真是一种危险的话，那就必须以一个教师、学者和基督教国家公民应有的姿态迎接这种危险：以生气勃勃的心情平静地迎接它。可是我却在破坏这个结尾。我要淹死啦，跑来向你求助，你却说：淹死吧，理应如此。”

不过这时门铃响了。我和卡佳都猜出来是谁了，同声说：

“这一定是米哈伊尔·费奥多雷奇。”

果然，一分钟后我的同事、语文学家米哈伊尔·费奥多雷奇进来了。他是个高个子，身材匀称，五十上下年纪，浓密的花白头发，黑眼眉，脸刮得光光的。他是个和善的人，善于同人共事。他出身于一个古老的贵族世家，他的族人相当幸运而且有天才，在我国文学史和教育史上起着显著作用。他本人聪明，是天才，很有教养，可是不无怪癖。在某种程度上我们大家都怪，都是怪人。可是他的怪癖却有些特殊，对他的熟人不无危险。在他的熟人中间，我知道有不少人由于他的怪癖而看不到他的为数众多的优点。

他进来，慢慢摘掉手套，用柔和的男低音说：

“你们好。喝茶？正好。冷得要命。”

接着他就坐到桌子旁端起茶杯，讲起来。他讲话最大的特点是总是用开玩笑的口吻，哲理和俏皮话混在一起，像莎士比亚剧中的盗墓人。他总是谈严肃的问题，可是他的话任何时候都不严肃。他的议论总是偏激、尖刻，可他的语调却是柔和、平静、谐戏的，因此他的激烈言辞和骂人话结果并不刺耳，很快就会习惯。每天晚上他都带来五六个大学生活中的笑话。他坐下以后通常是从这些笑话开始讲起。他讥笑地蹙动着黑色的浓眉，叹口气说：“哎哟，世界上竟有这样可笑的人！”

“讲讲！”卡佳说。

“今天我下课在楼梯上遇到了这个老白痴，我们的NN……他像往常一样，向前伸着马嘴一样的下巴，走过来，正在找人听他抱怨偏头痛、老婆和不愿听他课的学生。哎，我想，看到我了——这下子完了，不用想工作……”

接着就是诸如此类的笑话。他有时也这样开头：

“昨天我参加了ZZ的公开讲演。我很惊讶，我们的养育者——母亲[1]——不该夜里提到她——竟决定向公众展示像ZZ这样的笨伯和货真价实的糊涂虫。他是全欧洲最蠢的人！真的，全欧洲白天打灯笼也找不到第二个这么蠢的！你们想象一下，他念讲稿叫人听起来像嘬冰糖似的：咻咻咻……他慌慌张张的，自己看不清自己的讲

① 原文为拉丁语。古时人们对自己毕业的高等学校的称谓。

稿，思路慢得要命，像修士大司祭骑自行车似的，主要的是无论如何也无法弄明白他想讲什么。无聊极了，苍蝇都会闷死。那种无聊劲儿只有在大礼堂一年一度举行的结业典礼上读传统讲演稿——但愿它见鬼去——能跟它相比。”

于是话题一转，说：

“三年前，尼古拉·斯捷潘内奇记得，我曾不得不读过这种讲演稿。天气又热又闷，制服箍着胳肢窝——难受死了！我念了半个小时，一个小时，一个半小时，两个小时……我心里说：‘谢天谢地，还剩十页了。’结尾四页完全可以不念，我想把它略过去，这样就只剩下六页了。可是我用眼向前边扫了一下，看到第一排并排坐着一个戴绶带的将军和一个高级僧侣。这两个可怜虫无聊得要死，强瞪着眼睛怕睡着，可是仍然努力使脸挂上聚精会神的表情，好像我念的他们全懂而且喜欢。我想，好吧，既然喜欢，那就听吧！故意难为他们！把最后四页全念了。”

他讲话时，像所有善于逗笑的人一样，只是眼睛和眼眉笑。他的眼睛这时没有厌恶，没有狠毒，只有很多机智和那种独特的狐狸的狡猾，这种狡猾只有在很善于观察人的眼睛里才可以看到。要是继续谈他的眼睛的话，那我还觉察到一个特点。当他从卡佳手里接过一个杯子，或听她发表什么议论，或她离开房间出去一会儿他用眼睛目送她的时候，我觉察到他的眼里有一种温和的崇敬的纯洁的神色……

侍女把茶炊撤走，在桌子上摆了一大块奶酪，一些水果和一瓶克里米亚香槟酒——这种葡萄酒相当不好，是卡佳在克里米亚住的时候喜欢上的。米哈伊尔·费奥多雷奇从小架子上拿来两副扑克牌，摆起纸牌卦来。据他说，某些纸牌卦需要聚精会神认真思考，可是他仍然一边摆一边说话消遣。卡佳注意地观察着他的牌，很少说话，主要是用表情帮助他。葡萄酒，她一晚上至多喝两盅，我喝四分之一杯，瓶里剩下的全归米哈伊尔·费奥多雷奇，他酒量很大，从来不醉。

摆纸牌卦时，我们谈论各种问题，主要是高层次的问题，受到抨击最厉害的是我们最爱的东西，即科学。米哈伊尔·费奥多雷奇一顿一挫地说：

“谢天谢地，科学已经过时了。它的歌儿已经唱完了。是这样的。人类已感到需要用什么东西代替它了。它是在偏见的基础上成长的，是用偏见喂养大的，现在是集偏见之大成，像它早已过时的老祖母炼金术、形而上学和哲学一样。而且事实上它给了人类什么呢？因为在有科学的欧洲人和没有任何科学的中国人之间差别是极小的，纯粹是表面上的。中国人不懂科学，可他们因此失去什么了呢？”

“苍蝇也不懂科学，”我说，“可是从这儿能得出什么结论来呢？”

“您多余生气，尼古拉·斯捷潘内奇。我只是在这里，在我们之间说说……我比您想象的谨慎，不会在大庭广众面前这么说，上帝保佑！群众中有一种偏见，认为从事科学和艺术高于务农经商，高于从事手工业。我们这些人就是靠这种偏见养活的，我们是不会去破除这种偏见的。上帝保佑！”

摆纸牌卦的时候，年轻一代也受到了责难。米哈伊尔·费奥多雷奇叹了口气说：

“现在的学生也不如从前了。且不说理想之类的问题，哪怕能正确地学习和思考也好！正像莱蒙托夫的一句诗所说的：‘我忧虑地看着我们这一代’①。”

“是的，大不如从前了。”卡佳赞同地说，“请说说，最近五至十年出过一个杰出的学生吗？”

“不知道别的教授怎么样，我好像不记得。”

“我曾经见过许多大学生和你们的年轻学者，见过许多演员……您瞧怎样？不仅从来没有遇到过一个英雄或者天才，甚至连

---

① 莱蒙托夫抒情诗《沉思》（1838 年作）第一行。

一个惹人注目的人也没有遇到过，都是些平庸无能之辈，志大才疏……”

所有这些关于青年今不如昔的谈话，我每次听到都觉得不是滋味，好像无意中偷听到了有人在说我女儿的坏话。我愤慨，因为这种指责是全面否定的，是建立在缺乏理想或者今不如昔之类空泛陈旧的大帽子上的。任何指责，即使是在女士们中间提出来的，也应当尽量表述得准确些，否则那就不是指责，而是有失正派人身份的诽谤。

我这个老人已工作了三十年，没有看到今不如昔，没有看到缺乏理想。我的门房尼古拉在这方面的经验是有其价值的。他说现在的大学生不比过去好，也不比过去差。

要是问我在哪方面不喜欢我现在的学生，我不能很快答得出来，而且也说不出来许多，但是我要说得相当确切。他们的缺点，我知道；用不着求助于空泛模糊的老生常谈。我不喜欢他们吸烟、喝酒、晚婚；不喜欢他们粗心，常常对自己身边有人忍饥挨饿熟视无睹，不偿还从大学生互助会借的债。他们不懂现代外语，俄语也不通顺。昨天我的一位教卫生学的同事向我抱怨说他的课需要用双倍时间讲，因为学生物理不好，一点气象学知识没有。他们喜欢现代作家，甚至不是最好的作家也喜欢；可是对莎士比亚、马可·奥勒留[1]、爱比克泰德[2]或帕斯卡[3]这样一些古典作家却毫无兴趣。这种不会区分伟大与渺小的毛病，最主要的是由于他们脱离生活实际造成的。对于多少带有社会性的问题（如移民开荒问题），他们宁愿通过发问卷征求意见的方式解决，而不愿走科学研究和实验的道路，虽然这后一条道路，完全可以由他们选择，而且最符合他们的

---

① 马可·奥勒留（121—180），古罗马皇帝（161—180），晚期斯多葛派哲学主要代表之一。

② 爱比克泰德（约 50—约 138），古罗马哲学家，晚期斯多葛派哲学主要代表之一。

③ 帕斯卡（1623—1662），法国数学家、物理学家、哲学家。

宗旨。他们愿意当住院医师，当助手，当实验员，当实习医师，准备在这种位置上呆到四十岁，虽然独立性、自由感和主动权对科学研究的重要性不亚于，比方说，对艺术或商业。我有学生和听众，但没有助手和继承人，因此，我喜欢他们，怜悯他们，但不能以他们自豪，等等。

这种缺点，不管多么多，也只能使鼠目寸光之辈产生悲观和谩骂的情绪。这些缺点都是偶然性、暂时性的，完全是由生活条件决定的，经过十来年，就会消失，或者说让位给另一些缺点，即新的缺点——没有缺点是不可能的，这些缺点又会使鼠目寸光之辈惊慌失措。大学生的缺点常常使我不满，但这种不满同他们给我的快乐相比，是微不足道的：三十年来，我同他们交谈，给他们上课，旁观他们之间的关系，以及拿他们同他们圈子以外的人比较时经常感到快乐。

米哈伊尔·费奥多雷奇诽谤着，卡佳听着。他俩没有察觉指责他人这种看来无害的娱乐渐渐地把他们拖入多么可怕的深渊。他们没有感到，普通的闲聊在逐渐变成挖苦和嘲弄，两人都开始使用诬蔑手法。米哈伊尔·费奥多雷奇说：

"有些人真叫人笑破肚皮。昨天我上我们的叶戈尔·彼得罗维奇那儿去，遇到了你们医学系一个学生，好像是三年级的。长相吗……像杜勃罗留波夫①，一副沉稳的神态。我跟他交谈起来。我说：'有这么一回事，年轻人。有个德国人——我忘了姓什么了——从人脑里新提取出一种叫白痴素的物质。'您猜怎么样？他竟相信了，甚至在脸上还表现出敬意来，那意思像是说：瞧我们的同行真行！还有一次，我在剧院看戏。我的前面坐着两个人：一个是我们系的，看样子是学法律的；另一个头发蓬乱，是医学系的学生。医学系的这个学生醉得一塌糊涂，根本不看台上演什么，坐在那里打

---

① 杜勃罗留波夫（1836—1861），俄国革命民主主义者，哲学家、文艺评论家。

瞌睡。当台上有演员开始高声道白或者只是提高嗓门的时候，他就精神抖擞起来，捅自己伙伴的肋一下，问道：'他说什么？崇好？'他的伙伴答道：'崇高。'他就扯着嗓子喊道：'好！崇好。好！'您瞧，这个醉鬼到剧院来，不是为了欣赏艺术，而是为了听什么崇高。他需要崇高。"

卡佳一边听一边笑。她的笑有些怪：吸气和呼气迅速而节奏准确地互相交替着，好像她在拉手风琴似的，而且脸上只是鼻孔笑。我心情沮丧，不知道说什么好。我憋不住，火冒三丈，从座位上跳起来喊道：

"住嘴，够啦！你们干吗像两个癞蛤蟆似的坐在这里毒化空气？够啦！"

不等他们诽谤完，我就准备回家了。而且也该走了：十点多啦。

"我再坐一会儿。"米哈伊尔·费奥多雷奇说，"允许吗，卡佳？"

"允许。"卡佳答道。

"好①。那就叫人再拿一瓶来。"

他俩拿蜡烛送我到门斗，我穿大衣时，米哈伊尔·费奥多雷奇说：

"您近来瘦得可怕，明显见老，尼古拉·斯捷潘内奇。怎么啦？病了吗？"

"是的，有些病了。"

"而且不治……"卡佳不高兴地插了一句。

"怎么不治呢？怎么能这样呢？会爱护自己的人，上帝才会加以爱护啊。问候您家里的人，请她们原谅我没有去看她们。过几天出国前我去辞行。一定去！下周走。"

离开卡佳家的时候，我的心情沉重：对我的病的议论使我生

---

① 原文为拉丁语。

气，吃惊，对自己不满。我问自己：是否真需要找个同事看看？我马上就想象出来：我的同事听完我自述病情以后，默默地退到窗前，稍加思考，就转过身来，力求不使我从脸上看出真相来，用冷漠的语调说："暂时看不出什么特殊的问题来，可是，同事，我仍然要劝您停止讲课……"这就把我最后的希望剥夺了。

谁没有希望呢？现在，当我自己给自己诊治时，我常常希望是我的无知把我骗了：关于我在自己身上发现的蛋白质和糖分，关于心脏，关于我早晨已在自己身上看到过两次的浮肿，我都希望是我错了；当我像疑病患者那么热心地翻阅内科治疗学教科书，每天更换药物时，我总觉得会碰上令人欣慰的什么东西。这一切都是浅薄的。

不管天上是乌云密布还是月明星稀，我每次回家的路上都要看着天空想不久死神就要来带我走了。看来，我这时的思想应该像夜空一样深邃，是明朗的、惊人的……可是不！这时我想的是自己，是妻子、丽莎、格涅克尔，是学生，总之，是人；我其实没有好好想，想得肤浅，是骗自己的。这时我的世界观可以用著名的阿拉克切耶夫[①]在其一封私人信件中说过的这样一句话来概括："世间一切善里均不能没有恶，而且恶总多于善。"也就是说，世界上一切都是龌龊的，活着没有什么意思，已经度过的那六十二年算是白活了。我觉察到这种想法，努力说服自己：这种想法是偶然的，暂时性的，在我身上扎根并不深，可是我马上就问自己：

"既然如此，那为什么每天晚上想去找那两个癞蛤蟆？"

于是我发誓以后永远不再去找卡佳，虽然我知道明天会照样去找她。

拉门铃以及接着上楼的时候，我觉得我已没有家，也不想恢复它。显然，我的新的思想，即阿拉克切耶夫的思想并不是偶然的暂

---

① 阿列克谢 · 安德烈耶维奇 · 阿拉克切耶夫（1769—1834），俄国 19 世纪亚历山大一世时陆军大臣，以推行残暴统治制度著称。

时性的，已经控制了我的全部身心。我带着病痛的心灵，身上像增加了千斤重担似的，勉强挪动着手脚，忧郁慵懒地上了床，不久就昏昏入睡了。

接着就是失眠……

4

夏天来到，生活也发生了变化。

一天早晨，丽莎过来对我用嬉戏的口吻说：

“请大人动身，一切都已准备妥当。”

我这个大人被领到街上，上了马车。坐在马车上走着；无事可做，我就从右往左倒着读招牌。俄语 трактир（酒馆）变成了 риткарт 。这词适合做一个外国男爵的姓：里特卡特男爵夫人。后来到了旷野，路过一片墓地，没有给我留下任何印象，尽管不久我也将躺在那里。接着是经过一片树林，然后又是旷野。没有什么意思。车走了两个小时，把我这个大人拉到了一座别墅，我被安排进楼下一个贴着浅蓝色壁纸的明快的小房间。

夜里仍然失眠，但早晨不用强打精神起来听妻子唠叨，可以躺在床上了。躺在床上却睡不着，只是迷迷糊糊地处在一种半昏迷状态，知道没有睡着，但却在做梦。中午起床，按照老习惯坐到桌前，但不是工作，而是读卡佳给我寄来的一些黄皮法国小书消遣。当然读俄国书更爱国一些，但是应当承认，我对俄国书并没有特殊好感。除了两三个年老的作家之外，全部当代文学在我看来并不是文学，而只是一种仅仅为了得到人们赞扬而存在的手工业，可是人们并不愿意享用它的产品。不带保留的“但是”，这种手工业的最好产品也不能称为出色作品而给以真诚的夸奖。关于我近十至十五年所读的文学新作也应当这么说：没有一部出色作品，而且评价不能不带保留的“但是”。聪明，高尚但是没有才气；有才气，高尚但是不聪明；或者有才气，聪明但是不高尚。

我不是说法国小书都是又有才气又聪明又高尚。法国小书也并不使我满意。但它们不像俄国书那么枯燥，而且在里面常常可以发现创作的主要成分——人身自由感，这是俄国作家所没有的。我不记得俄国文学新作哪一本书不从第一页开始作者就用各种清规戒律束缚自己。有的怕谈裸体，有的用心理分析捆绑自己，有的需要对人的“温暖态度”，有的在开头几页大肆描写风景，免得被人怀疑有倾向性……有的在作品中一定要作为小市民出现，有的在作品中一定要当贵族，等等。处心积虑，小心谨慎，老谋深算，可是没有自由，没有勇气写自己想写的东西，因而也就没有创作。

所有这一切指的是所谓美文学。

至于俄国的学术著作，比如社会学、艺术学方面的著作，我不读是因为害怕。我在青少年时代不知为什么怕门房，怕剧院引座员；这种怕的感觉一直残留到现在。我现在也怕他们。据说，只有对不理解的东西才会感到可怕。事实上也的确很难理解：为什么门房和引座员那么神气，那么傲慢，那么盛气凌人。读学术著作时，我感到的正是这样一种莫名其妙的恐惧。架子十足的派头，漫不经心的将军腔，对外国作者的狎昵态度和讲空话时的那种煞有介事的骄矜——这一切都是我不理解，感到害怕的；这一切都不像我读医学和自然科学时所习惯的那种谦虚儒雅的语调。不仅是著作，连俄国严肃学者翻译或校订的译著，我读起来都难受。语调傲慢的序言，妨碍我集中注意力阅读的大量译者注以及慷慨的译者用括号大量插入正文的问号和*原文如此*[①]，我觉得既是对作者人身的侵犯，也是对我这个读者的独立人格的侵犯。

有一次我被作为鉴定专家请到地区法院。中间休息时，有一位跟我一起当鉴定专家的同行提醒我注意检察长对被告（其中有两位知识妇女）的粗暴态度。我对同行说，这种态度并不比学术著作里存在于作者彼此相待的态度更粗暴。我觉得我的话丝毫没有夸大。

---

① 原文为拉丁语。

实际上这种态度是那么粗暴，以致只能怀着沉重的心情谈论它。他们相互之间，或者对待他们所评论的作者，他们要么卑躬屈节，要么，相反，就加以蔑视，远比我在这篇手记里或心里蔑视我未来女婿格涅克尔更大胆。指控无责任能力，指控别有用心，甚至指控刑事犯罪已是学术著作的司空见惯的装饰。这已经是青年医生在论文中爱说的*最后的论据*①了。这种态度必然反映在年轻一代作家的风尚里。因此在我国美文学近十至十五年来新作中所出现的男主人公嗜酒、女主人公不够贞洁，等等，我是丝毫不奇怪的。

我读着法国小说，不时抬头看看窗外——窗户是开着的。我可以看到板墙的锯齿形顶端、两三棵细瘦的小树，以及板墙外面的大道、田野、一片宽阔的松林。我常常欣赏一个男孩一个女孩——两人都是浅色头发——穿着破衣服爬上板墙笑我秃顶。在他们闪闪发亮的小眼睛里，我看出来："瞧，秃子！"这大概是惟一对我的名望和官衔毫不在乎的人。

如今来访者已不是每天都有了。我这里只提一提尼古拉和彼得·伊格纳捷维奇来访的情形。尼古拉只是节日来，好像是来谈工作，其实多半是为了看我。他来的时候醉醺醺的，以前他在冬天是从来不这样的。

"你有什么辩解的？"我到门斗迎他，问道。

"大人！"他一只手放在心口上，用热恋者狂喜的目光看着我说，"大人！让上帝惩罚我吧！让雷就在这儿劈死我吧！嘎乌得阿姆斯·伊基土尔·尤威涅斯土斯②！"

接着他便贪婪地吻着我的肩膀、衣袖、纽扣。

"咱们那儿一切正常吗？"

"大人！像在真……"

---

① 原文为拉丁语。

② 用俄语音调说的拉丁语。原文是：Gaudeamus igitur, juvenes dum sumus（趁着年轻，我们要快活）。这是一首旧时的大学生歌曲的第一句。

他毫无必要地不停地赌咒起誓，不久就使我厌烦了，我打发他到厨房去，那儿招待他吃午饭。彼得·伊格纳捷维奇也是节日来，他是特意来看我、跟我交流思想的。他通常坐在桌子附近，衣着整洁，彬彬有礼，规规矩矩坐在那里，不肯把一条腿架在另一条腿上或把两个胳臂肘儿支在桌子上。他自始至终都是用低沉平静的声音流畅而像背书似的讲着从杂志和书上读来的各种他认为很有趣的重要新闻。这些新闻互相雷同，大致可归纳为如下模式：有个法国人发现了什么；另一个德国人则说他剽窃，指出这项发现某美国人1870年就已完成了；第三个人——也是德国人——智慧超过两人，证明他俩都错把显微镜下的气泡当成了深色色素。彼得·伊格纳捷维奇，即使想逗我发笑的时候，用的句子也是长而绵密的，像博士论文答辩似的，详细列举着资料来源，力求在年月日、杂志期号、作者姓名等方面都准确无误，而且提名字时一定连姓一起提，如说到普梯，决不简单说普梯，一定要说让·亚克·普梯。他有时留在我们这儿吃午饭，在吃午饭的整个过程中，他仍然讲他那些重要新闻，使在座的人大为扫兴。要是格涅克尔和丽莎当着他的面谈论起赋格曲和对位法、勃拉姆斯和巴赫来的话，他就腼腆地低下头，感到难为情；人们当着我和他这样严肃的人的面谈论这么庸俗的问题，使他感到害臊。

我现在的心情只要跟他在一起呆五分钟，就会感到厌烦，好像已经看着他、听他讲了一百年了。我讨厌这个可怜虫。他的低沉平静的声音和书本语言使我寂寞得要死，他讲的新闻使我变得麻木不仁……他对我怀有最好的情感，他来跟我说话只是为了使我高兴，而我对他的回报却是像对他施行催眠术似的盯着他，心里念叨："走吧，走吧，走吧……"可是他不接受我的暗示，仍然是坐着，坐着，坐着……

他坐在这儿的时候，我无论如何不能不想："我死之后，很可能任命他来接替我的职位。"可怜的学生在我的想象中变成了溪流干涸了的绿洲，于是我就冷落他，一声不吱，脸色阴沉，好像这种想法的出现怨他，而不是怨我自己似的。当他照例开始抬高德国学者的时候，我已不像以前那样善意地取笑他，而是闷闷不乐地嘟囔道："您的德国人是蠢驴……"

这就像已故的尼基塔·克雷洛夫①教授有一次跟皮罗果夫在雷瓦尔河里洗澡，河水很凉，因此对水生气而骂"坏蛋德国人！"一样。我对待彼得·伊格纳捷维奇的态度是恶劣的；只有当他走后我从窗户看到他的灰色礼帽在板墙外边闪现的时候，我才想冲着他喊一句："原谅我，亲爱的！"

我们的午饭吃得比冬天还枯燥。如今使我厌恶和蔑视的那个格涅克尔几乎每天都在我家吃午饭。以前我是默默忍受，现在我则说一些刺痛他的话使妻子和丽莎脸红。在狠毒情感支配下，我常常说蠢话，自己也不知道为什么要说。有一次我怀着蔑视的心情久久地盯着格涅克尔，无缘无故地冒出了一句：

> 苍鹰有时候比鸡飞得低，
> 可鸡永远也飞不到云里……②

最使人不快的是格涅克尔这只鸡竟比教授这只苍鹰聪明得多。格涅克尔知道我的妻子和丽莎站在他那边，所以对我的讥刺就采取宽宏大量、置之不理的策略（那意思就是说老头子糊涂了，跟他有什么可谈的呢？）或者用跟我开玩笑的办法搪塞过去。值得惊奇的是一个人会变得多么小肚鸡肠！我竟能在吃午饭的整个过程中幻想：格涅克尔一旦是个骗子，丽莎和妻子明白了她们的错误，我就要嘲笑她们。我在一只脚已踏进坟墓的时候，竟会有诸如此类的荒谬想法！

现在也有时发生一些我以前只是听说过的误会。不管多么难为

① 尼基塔·克雷洛夫（1807—1879），莫斯科大学罗马法教授。
② 见克雷洛夫寓言《鹰与鸡》。

情，我还是要描写其中的一次。这是几天前午饭后发生的。

我坐在自己房间里吸烟斗。妻子像往常一样进来，坐下，说现在天气暖和而且有空闲时间，最好到哈尔科夫去了解一下我们的格涅克尔是个什么人。

“好吧，我去……”我赞同地说。

妻子满意地站起来，走到门口又回来说：

“顺便说说，我还有一个请求。我知道你会生气，可是我有责任提醒你……请原谅，尼古拉·斯捷潘内奇，我们的熟人和邻居开始议论，说你到卡佳那儿去得太勤了。她聪明，有教养，我不争论，跟她在一起消磨时间是令人愉快的，可是以你的年纪和社会地位到她那儿寻找愉快是很奇怪的……况且她的名声……”

我觉得大脑猛然失去了血液，两眼直冒金星，我跳起来，两手抱着头，跺着脚，声嘶力竭地喊道：

“走开！走开！走开！”

大概我的脸很可怕，我的声音很怪，因为妻子突然脸色煞白，也声嘶力竭地拼命喊着什么。听到我们的喊声，丽莎、格涅克尔进来了，接着叶戈尔……

“走开！”我喊道，“出去！走开！”

我的两腿失去了知觉，好像两腿已经完全没有了，我觉得倒在了谁的手上，有很短的时间我听到了哭声，接着就昏厥过去，持续了两三个小时。

现在谈谈卡佳。她每天傍晚前到我这儿来。邻居和熟人当然难免看到。她来了就走，带我坐她的马车去兜风。她有一匹马，今年夏天又买了一辆轻便二轮新马车。总的说来，她过日子是大手大脚的：租了一座独门独院的带大花园的昂贵别墅，把市内家里的家具全搬了来，雇了两个侍女，一个车夫……我常常问他：

“卡佳，把你爸爸留下的钱挥霍完了以后，你靠什么生活？”

“到时候看吧。”她答道。

“我的朋友，这些钱是值得更严肃地对待才是。它是一个好人用诚实的劳动挣来的呀。”

“这您已经跟我说过了。我知道。”

我们驱车先在旷野里跑，然后到我从窗户里看到的那片松林里跑。我仍然觉得自然界是美丽的，尽管小鬼已在我耳边嘀咕，说这些松树和云杉，飞鸟和白云，再过三四个月我死以后不会觉察到我已不在人世。卡佳喜欢驾驭马车，天气很好，而且我又坐在身边，所以她很高兴。心情好，便没有讲尖刻的话。她说：

“您是个很好的人，尼古拉·斯捷潘内奇。您是个少见的奇人。没有一个演员能演好您。比方说，我、米哈伊尔·费奥多雷奇，任何一个蹩脚的演员都能演好；而您呢，却无人能演好。我羡慕您，羡慕得要死！您看我是个什么人呢？嗯？”

她想了一会儿，问我：

“尼古拉·斯捷潘内奇，我是个反面人物？是吗？”

“是。”我答道。

“嗯……我该怎么办呢？”

怎么回答她呢？“劳动吧”，“把财产分给穷人吧”，或者“认识自己吧”，这些话说起来轻松，正因为说起来轻松，我才不知道如何回答好。

我的内科同事教人治病时，说“要具体情况具体处理”。必须听取这个劝告，要知道教科书里推荐的手段对一般模式最好，完全适用，而在具体场合却会完全不适用。在医治思想病痛方面也完全如此。

可是又需要回答些什么，于是我说：

“我的朋友，你的空闲时间太多。你必须做点儿什么。真的，你为什么不再去当演员呢，既然你有这种天赋？”

“不能。”

“你说话的腔调和神气好像你是牺牲品似的。我的朋友，这我不喜欢。怨你自己。回想一下，你是从对人、对制度发怒开始的，但是你并未做任何努力使人和制度变得好一些。你没有同邪恶做斗争，而只是感到厌倦；你不是斗争的牺牲品，而是本身软弱的牺牲品。哎，当然，你当时年轻，没有经验，现在一切都会不同。真的，去当演员吧！你将劳动，为神圣的艺术……”

“别说违心话啦，尼古拉·斯捷潘内奇。”卡佳打断了我的话，“让我们一劳永逸地讲定：我们可以谈演员，谈作家，但不要惊动艺术吧。您是一个少有的好人，但您对艺术并不那么了解，您不会打心眼里认为它是神圣的。对艺术，您没有鉴赏力。您一辈子都忙，没有时间接受艺术熏陶培养鉴赏力。总之我不喜欢这样谈论艺术！”她神经质地继续说，“我不喜欢！人们已经把它庸俗化了。够啦！”

“谁将它庸俗化了？”

“有人用酗酒，报纸用狎昵的态度，聪明人用哲学。”

“跟哲学没有关系。”

“有关系。要是有人发哲学议论的话，那就是说他并不理解。”

为了不使她的话走向偏激，我急忙转换话题，然后久久地沉默着。直到我们从松林里出来朝卡佳的别墅驰去的时候，我才回到原先的话题上，问她：

“你还没有回答我：为什么你不愿意去当演员呢？”

“尼古拉·斯捷潘内奇，这实在太残忍了！”她喊道，突然满脸通红，“您想要我把实情出声地说出来吗？好吧，既然您……您喜欢！我没有天才！没有天才……自尊心却很强！这就是原因！”

她这样坦白完了之后，便把脸转过去，为了掩饰手发抖，她用力拽缰绳。

快到她的别墅的时候，我们从远处看到米哈伊尔·费奥多雷奇在大门旁边溜达，急不可耐地等着我们。

“又是这个米哈伊尔·费奥多雷奇！”卡佳不高兴地说，“请带他离开我吧！讨厌死了……叫他走吧！”

米哈伊尔·费奥多雷奇早就该出国了，可是他一周一周地往后推着。近来他身上发生了一些变化：他消瘦了，喝葡萄酒也醉了——以前从来没有这种情况，黑色的眉毛开始变得花白了。我们的马车在大门口停下来的时候，他不掩饰自己的喜悦和焦急心情，他急急忙忙地扶卡佳和我下车，一会儿问这，一会儿问那，他笑着，搓着手；以前我只是在他的眼睛里觉察到的那种温和的崇敬的纯洁的神色，现在洋溢在他的整个脸上。他高兴，却为自己的高兴害臊，为自己每天晚上到卡佳这儿来害臊，每次都要找个明显荒谬的借口，如："我办事路过这里，心想进去坐一小会儿。"

我们三个进到屋里，先喝茶，然后桌子上就出现了我早就熟悉的两副扑克牌，一大块奶酪，水果和一瓶克里米亚香槟酒。我们的话题并不新，还是冬天那些。大学、大学生、文学、剧院都受到了挖苦，空气里恶言恶语的毒素更多更浓了：现在毒化它的已不是冬天时的两只癞蛤蟆，而是整整三只了。除了柔和的男中音的咯咯声和像拉手风琴似的哈哈声以外，侍候我们的侍女还能听到闹剧里将军笑出来的那种不好听的刺耳的嘿嘿声。

5

自然界有时把雷鸣、电闪、雨急、风骤集中在一夜之间，可怕极了。我个人的生活中也有过这样可怕的一夜……

我半夜过后醒了，突然从床上跳起来。我不知为什么觉得自己马上要意外地死了。为什么会有这种感觉呢？身上并没有马上要死的感觉，可是心里却非常害怕，好像突然看到了一片巨大的不祥的火光。

我迅速点上灯，捧起水瓶喝了口水，就跑到敞开的窗前去证实。外面的天气很好。空气里弥漫着干草和另外一种什么东西的芬芳。我看得见板墙的锯齿形顶端，窗前瞌睡昏昏的小树、大道、黑糊糊的松林；天上一轮皓月，碧空如洗。万籁俱寂，树叶纹丝不动。我觉得一切都在注视着、谛听着我如何死……

我心惊胆战，关上窗户，跑到床上。我要给自己号脉，在手腕上没有找到，就到太阳穴上找，到下巴上找，然后又到胳膊上找，到处都是冰凉滑腻的汗水。呼吸越来越急促，全身颤抖着，内脏翻腾着，脸上和秃顶上有一种像落了一层蜘蛛网似的感觉。

怎么办？把家里人叫醒？不，没有必要。我不知道妻子和丽莎进来以后会干什么。

我把头藏在枕头下面，闭上眼睛，等着……我的后背冰冷，好像往身体里面抽缩似的；我觉得好像死神一定从背后悄悄接近我……

“吱吱！”寂静的夜空里突然传来了尖叫声；我不知道这声音是从哪儿来的：是我的胸膛里发出来的，还是街上传来的？

“吱吱！”

天哪，太可怕啦！我想再喝点儿水，可是我不敢睁眼，怕抬头。我的恐惧是下意识的、本能的；我无论如何也不能理解为什么害怕：是因为想活下去呢，还是因为有一种我从未体验过的新的疼痛在等待我？

楼上有人不知是在呻吟还是在笑……我侧耳倾听起来。过了一会儿楼梯上传来了脚步声。不知谁在匆忙下楼然后又上楼。过了一分钟又传来了下楼的脚步声；这人停在我的门外，在听我屋里的动静。

“谁？”我喊道。

门开了。我大胆地睁开眼睛，看到了妻子。她脸色煞白，眼睛带着泪痕。

“你没有睡吗，尼古拉·斯捷潘内奇？”她问道。

“有什么事？”

“看在上帝分上去看看丽莎吧。她不知怎么了……”

“好吧……我去……”我叨咕着，心里很高兴有人跟我在一起，“好吧……马上走。”

我走在妻子后边，听她讲述，但是我激动得什么也没听明白。妻子手里的蜡烛照出来的明亮光点在楼梯上跳着，我们修长的身影在抖动着，我的两脚不断绊到睡袍的下摆上，我喘息着，觉得有个什么东西在追我，想要抓住我的后背。我想："我马上就要死在这楼梯上了。马上……"可是我们上了楼梯。穿过了带意大利式窗户的昏暗走廊，进了丽莎的房间。她只穿一件衬衣，搭拉着赤裸的两腿坐在床上，呻吟着。

"哎呀，天哪……哎呀，天哪！"她被我们的蜡烛照得眯缝着眼睛，叨咕着，"我不能，不能……"

"丽莎，我的孩子，"我说，"你怎么啦？"

她一看到我就喊起来，搂住了我的脖子。

"亲爱的爸爸……"她哭着喊道，"我的好爸爸……亲爱的小不点儿……我不知道怎么啦……难受！"

她抱我，吻我，叨咕着一些只有她小的时候我才听她说过的亲热的话。

"放心吧，我的孩子，上帝跟你在一起。"我说，"不要哭。我自己也不好受。"

我给她盖被子，妻子给她水喝，我们俩在床前忙活着，肩膀碰肩膀。这时我想起来我们当年一同给孩子们洗澡的情景。

"帮帮她吧，帮帮她！"妻子央告说，"想个什么办法！"

我能有什么办法呢？什么办法也没有。女儿心里有什么事，我毫不明白，一无所知，我只能念叨：

"不要紧，不要紧……会好的……睡吧……睡吧……"

恰恰在这个时候我们院里的狗突然叫了起来，先是低声，犹犹疑疑的，后来就变成了高声，是两条狗的声音。我从来不把狗叫猫头鹰叫之类征兆当回事；可是这次我却感到心悸，我急忙给自己解释狗叫的原因。我心里说：

"没有什么……这是一个机体对另一个机体的影响。我的强烈的神经紧张传给了妻子、丽莎、狗，就是这么回事……预感、预见都是用这种传感来解释的……"

过了一会儿，我回到自己的房间给丽莎开药方，我已不想自己快要死了，心里只是感到难受、厌烦，甚至觉得遗憾没有意外地死去。我久久地一动不动地站在房间中间考虑给丽莎开什么药，楼上的呻吟声已渐渐减弱，我决定什么药也不开了，可是我仍然站在那里……

死一般的寂静，静得像一个作家所形容的那样，连耳朵里都嗡嗡作响。时间过得极慢，窗台上那道月光一动不动，像凝固了似的。天亮还早呢。

可是板墙上的边门响了，有人蹑手蹑脚地走到窗下，从小树上撅了一根树枝儿轻轻地敲起窗户来。

"尼古拉·斯捷潘内奇！"我听到有人低声叫我，"尼古拉·斯捷潘内奇！"

我打开窗户，像在梦境里似的：窗下边靠墙站着一个穿黑衣服的女人，在皎洁的月光下瞪着两只大眼睛看着我。她的脸被月光照得像大理石刻出来的似的：苍白、严肃、怪诞，下巴抖动着。

"是我……"她说，"我……卡佳！"

月光下，女人的眼睛都会显得又大又黑，人会显得又高又苍白，大概因此我没有马上认出她来。

"你怎么啦？"

"请原谅，"她说，"我突然不知为什么忧闷得受不了……忍不住就到这儿来了。您窗上有亮儿，于……于是我就下决心敲窗户……对不起……啊，要是您知道我心情多么沉重就好啦！您在做什么？"

"什么也没做……失眠。"

"我有一种预感。不过无所谓。"

她扬起眉毛，眼里噙着泪水，脸上又焕发出我所熟悉的、但久已不见的、信任人的神情。

"尼古拉·斯捷潘内奇！"她向我伸出两手祈求地说，"我的亲爱的，我请您……求您……要是您不蔑视我对您的友谊和尊敬的话，就请您答应我的请求吧！"

“什么事？”

“把我的钱拿去吧！”

“唉，怎么会有这样的想法！我拿你的钱干吗？”

“拿着到外地治病去……您需要治病。拿着？嗯？亲爱的？拿吗？”

她贪婪地看着我的脸，重复着：“嗯？拿吗？”

“不，我的朋友，我不能拿……”我说，“谢谢。”

她转过身去，低下了头。大概我拒绝的语调已使她感到不能再继续谈钱的问题了。

“回去睡吧。”我说，“明天见。”

“这就是说，您不认为我是您的朋友，对吗？”她忧郁地问道。

“我并没有这么说。可是您的钱现在对我没有用。”

“对不起……”她把声调降低了一个八度音说，“我理解您……向我这样一个……退休女演员借钱……不过，再见……”

她走得那么急，我甚至没来得及跟她说声再见。

6

我已到了哈尔科夫。

因为克服我目前的情绪是徒劳无益的，而且我也无能为力，所以我决定使我的最后的日子过得无可指责，即使从形式方面看也好；既然我对待家里人的态度不对（对这一点我有清楚的认识），那我就努力去做她们希望我做的事吧。需要上哈尔科夫，就上哈尔科夫。况且我近来已对一切都采取漠然置之的态度；因此上哈尔科夫也好，上巴黎也好，上别尔季切夫也好，不管上哪儿，都绝对无所谓。

我是中午十二点到的，住在一家离大教堂不远的旅馆里。我在车上晕车，又吹了过堂风，现在坐在床上抱着头等颜面痉挛病发作。本应今天去找熟悉的教授，但是不想动，而且也没有力气。

走廊上值班的仆人进来问我带没带自己的被套和床单。我留他谈了五六分钟；我向他提了有关格涅克尔（我就是为了解他来的嘛）的几个问题。这个仆人原来是哈尔科夫土生土长的，对这个城市了如指掌，但他不记得有姓格涅克尔的人家。我打听庄园，情况相同。

走廊上的钟打了一点，然后打了两点，三点……等死的最近几个月，我觉得比我的整个一生还长得多。从前我不能容忍时间像现在过得这么慢。从前等火车或坐在考场，十五分钟就长得像一百年一样；现在我可以整夜坐在床上一动不动，完全无动于衷地想到明天还是这样单调的长夜，后天也是……

走廊上钟打了五点，六点，七点……外边天已经黑了。

一面脸腮隐隐作痛——这是痉挛病开始发作了。为了分散注意力，我站在从前不能对事采取漠然置之的观点上问自己：为什么我一个名人、三级文官会住在这个小房间里坐在铺着灰色公用被褥的小床上？为什么我要看着这个简陋的白铁洗脸盆、听着走廊上破钟的刺耳响声？难道这跟我的名望和崇高地位相称吗？我对这些问题的回答只是苦笑一下。年轻时我夸大了名望和名人似乎享有的特殊待遇的意义，这种天真我觉得可笑。我出名，当人们提到我的名字时都带着敬意，我的照片曾经登在《庄稼地》和《世界画报》上，我的传记，我甚至在一本德国杂志上读到过——这一切有什么用呢？我孤零零的一个人来到生疏的城市里坐在生疏的床上，用手搓着痉挛的脸腮……家里的麻烦，债主的追逼，列车员的粗鲁，护照制度的不方便[①]，餐车上饭菜的又贵又不卫生，对人的态度上普遍存在的愚昧和粗鲁——这一切以及列举起来需要太多时间的其他种种给我制造的不快一点不比给任何一个名声不超过邻里的小市民少。我的地位的特殊性表现在什么上呢？假定说我的名声再大一千倍，我是祖国引为自豪的英雄；各种报纸纷纷发布我的病情公报；同

① 俄国公民当时在国内外旅行都需要持护照。

事、学生、公众的慰问信纷至沓来，可是这一切并不能不使我忧郁孤独地死在他乡生疏的床上——这当然谁也不能怨，可是我这个罪人不喜欢自己的名望，我觉得它好像骗了我。

十点多我就睡了，尽管颜面痉挛病发作了，但睡得很熟，要是不被叫醒的话，可能睡很久。一点多突然有人敲门。

“谁？”

“电报。”

“明天送来也可以嘛。”我从走廊值班员手里接过电报时生气地说，“现在我再也睡不着了。”

“对不起。您的灯亮着，我以为您没有睡呢。”

我拆开电报，先看了一眼落款：妻子来的。她有什么事？

“昨天格涅克尔已与丽莎秘密举行婚礼。速归。”

我读完电报震惊了好一会儿。使我震惊的不是丽莎和格涅克尔的行为，而是我听到他们结婚的消息以后的冷漠态度。据说哲学家和真正的智者都是冷漠的。这话不对，冷漠是心灵的麻痹，是人未死心先死。

我又躺到床上开始考虑用思考什么问题来消遣。思考什么呢？好像什么都思考过了，现在已没有任何问题能引起我的思考兴趣。

天开始亮的时候，我双手抱膝，坐在床上，无事可做，就努力来认识自己。“认识自己”是个极好的有益的古训，只是可惜古人未曾想到指出实践这个古训的方法。

从前当我需要了解别人或自己的时候，我不看行为，因为行为里一切都是受到制约的，我看愿望。告诉我你的愿望是什么，我就能告诉你：你是个什么人。

现在我拷问自己：我的愿望是什么？

我希望我们的妻子、儿女、朋友、学生爱的不是我们的名望、招牌和标签，而是普普通通的人。还有什么愿望呢？我希望有助手和继承人。还有什么？希望一百年后醒来，哪怕是睁开一只眼看看科学怎样了。希望再活十年……还有什么愿望呢？

再没有了。我想了好久，再想不出什么来了。不管我想多久和想什么问题，有一点对我是清楚的，那就是在我的愿望里没有一种主要的东西，一种很重要的东西。在我对科学的偏爱里，在我想要活下去的愿望里，在坐在生疏的床上认识自己的努力里，在各种思想情感和对各种事情的认识里，没有一个可以把这一切联合成一个整体的总的思想。每种情感，每种思想在我身上都是孤立存在的；在我对科学、剧院、文学、学生以及我的想象所勾画的一幅幅画面里，即使最高超的分析家也找不到被称为总的思想或活人的上帝这样一种神圣的东西。

既然没有这种东西，那就是什么也没有。

在这种贫乏的情况下，重病、死的恐惧、环境与人的影响就足以把我以前认为是自己的世界观的东西和生活目标、欢乐有趣的东西打得粉碎，荡然无存。因此，我的一生的最后几个月被一些只有奴隶和野人才可以有的思想和情感弄得暗淡无光，现在我心如死灰，不在意黎明的到来，是毫不奇怪的。当一个人身上没有一种东西高于强于各种外界影响的时候，只要有一次严重的伤风就足以使他失去心理平衡，而把每只鸟认为是猫头鹰，把每种声音当成狗叫。他的具有伟大或渺小思想的悲观主义和乐观主义只不过是一种症状而已。

我被战胜了。既然如此，那就没有什么可继续思考的了，没有什么可说的了。我将默默坐着听天由命。

早晨走廊值班员送来茶和一份地方报纸。我机械地浏览着第一版的声明，社论，报刊摘要，新闻……在新闻栏里我读到了这样一条消息：“我国著名科学家、功勋教授尼古拉·斯捷潘内奇昨日乘特别快车抵达哈尔科夫，下榻于某旅馆。”

看来响亮的名字创造出来的目的是为了离开它的所有者单独生存的。现在我的名字安静地在哈尔科夫游荡，再过三个来月，它将被用金字刻在墓碑上，像太阳本身一样，闪闪发光，尽管这时我已被青苔盖住……

轻轻的敲门声。会有谁来找我呢？

“谁？请进！”

门开了，我吃了一惊，后退了一步，急忙把睡袍的衣襟掩上。站在面前的是卡佳。她上楼梯累得呼哧呼哧地直喘，说：

“您好。没有想到？我也……也到这儿来了。”

她坐下，眼睛不看我，结结巴巴地继续说：

“您怎么不说话？我也来啦……今天……知道您在这个旅馆就来找您来了。”

“见到你很高兴。”我耸着肩膀说，“可是我感到惊讶……你像是从天上掉下来的。来干什么？”

“我吗？随便……想来就来了。”

沉默。她猛然站起来，走到我跟前。

“尼古拉·斯捷潘内奇！”她脸色煞白，两手抱在胸前，说，“尼古拉·斯捷潘内奇！我不能这样生活下去了！不能！看在真正上帝的分上，请快些，立即告诉我，我应该怎么办？告诉我，应该怎么办？”

“我能告诉你什么呢？”我惶惑地说，“什么也不能。”

“告诉我，求您啦！”她浑身颤抖着气喘吁吁地继续说，“我向您发誓，我不能这样生活下去了！没有力量了！”

她坐到椅子上放声大哭起来。她头向后仰着，又搓手又跺脚；帽子从头上滑下来，搭拉在橡皮帽带儿上，头发乱了。

“帮帮我吧！帮帮我吧！”她祈求说，“我不能这样下去了。”

她从旅行背包里掏手帕，同时带出几封信来，这些信从她的膝盖上落到地板上。我从地板上捡起的时候认出其中一封是米哈伊尔·费奥多雷奇的笔体，无意中看到了一个“热……”字。

“我什么也不能告诉你，卡佳。”我说。

“帮帮我吧！”她抓起我的一只手吻着，哭着说，“因为您是我的父亲哪，是我惟一的朋友啊！因为您聪明，有学问，年纪大啊！您是老师啊！告诉我：我应该怎么做？”

“说良心话，卡佳，我不知道……”

我茫然失措，感到为难，她哭得我心烦意乱，两腿差点儿要站不住了。

“卡佳，咱们吃早饭吧。”我强作笑容说，“别哭啦！”

接着用低落的声调补充了一句：

“我不久于人世了，卡佳……”

“哪怕说一句话呢，哪怕说一句话呢！”她哭着向我伸出双手，“我怎么办？”

“真是个怪人……”我嘟囔说，“我不理解！那么聪明的一个人却突然变得这样！大哭起来……”

沉默。卡佳整理了一下头发，戴上帽子，然后把信搓揉成一团塞到背包里——这一切都是默默地不急不忙地进行的。脸、胸和手套都被泪水浸湿了，但脸上的神情是干巴巴的，严酷的……我注视着她，感到羞愧，因为自己比她幸福。缺少研究哲学的同事所说的总的思想，我只是行将就木的时候才发现的，而这个可怜的人，她的心灵却没有庇护所，而且一辈子都不会有！

“卡佳，吃早饭吧。”我说。

“不，谢谢。”她冷淡地答道。

在沉默中又过了一分钟。我说：

“我不喜欢哈尔科夫。灰色太多。简直是一个灰色的城市。”

“是的，大概……不漂亮……我不在这儿久住，路过。今天就走。”

“上哪儿？”

“上克里米亚……就是说上高加索。”

“原来如此。去很久吗？”

“不知道。”

她站起来，冷冷地笑了一下，眼睛不看我，伸给了我一只手。

我想问她：“就是说你不参加我的葬礼咯？”可是她不看我，她的手冷冰冰的，像是陌生人的手。我默默地把她送到门口……她从我的房间里出去，在长长的走廊走着，没有回头。她知道我在目送她，拐弯时大概会回头。

不，没有回头。她的黑色衣服最后闪现了一下，脚步声消失了……永别了，我心爱的人！

贼

医士叶尔古诺夫不中用，是全县著名的牛皮大王和酒鬼，复活节后第一周的一天傍晚在列皮诺镇为医院采购完了东西往回走。为了使他不在路上耽搁，早些到家，医生把自己最好的马给他骑去。

起初天气不错，风和日丽，可是晚上八点来钟却刮起了厉害的暴风雪，离家总共只剩下六七俄里的时候，医士迷了路……

他不会驾驭马，又不认识路，只好撞运气，让马随便走，指望马能自己找到路。过了两个来小时，马累得筋疲力尽，他也冻得难受，他已感觉到这不是往家走，而是回列皮诺镇，不过这时透过风雪的吼声传来了隐隐约约的狗叫声，前方出现了一个昏暗的红点，渐渐呈现出了两扇大门和一道长板墙，墙上满是尖头向上竖着的钉子，墙头上探出来一个斜的桔槔，风赶走了眼前的雪雾。原先红点的地方出现了一座低矮的小房，高高的芦苇房盖，三个窗户，其中一个是从里面用红布之类的东西挡的，所以透出了亮光。

这是什么地方呢？医士想起来，在离医院五六俄里远路右边有一家客店，店东叫奇里科夫。他还想起来，这个奇里科夫不久前被一帮马车夫打死，身后剩下了老太婆和女儿。女儿叫柳布卡，两年前曾到医院去看过病。这家客店名声不好，深夜进去而且骑的是别人的马，不无危险。可是别无良策。医士摸了摸背囊里的手枪，威严地咳嗽了一声，用鞭子敲了敲窗框，喊道：

"喂，谁在里面？老太婆，行行方便，放我进去暖和暖和！"

一条黑狗嘶哑地叫着扑到马腿下边，接着扑过来一条白狗，又扑过来一条黑狗——总共扑过来十来条狗！医士看准了一条最大的，挥起鞭子，用力抽了它一下。这条长腿公狗抬起尖嘴巴，刺耳地尖叫起来。

医士站在窗前敲了好久，终于板墙里面靠房子旁边的那些树上的白霜变红了，大门吱呀一声开了，出现了一个手里拿着风灯、裹着围巾的女人身影。

“老奶奶，让我进去暖和暖和。”医士说，“回医院迷路了。天气糟透啦。别怕，自己人，老奶奶。”

“自己人都在家里，外人我们没有请。”这女人不客气地说。“敲窗户干吗？大门没有上闩嘛。”

医士进了院，停在房门口。

“老太婆，吩咐伙计把我的马牵走。”他说。

“我不是老太婆。”

这女人真不是老太婆。风灯熄灭以后，她的脸可以看清楚了。医士看到两道黑眉毛，认出来是柳布卡。

“现在有什么伙计呢？”她一边往屋里走，一边说，“有的喝醉睡了，有的一早就上列皮诺去了。过节嘛……”

在棚子下边拴马的时候，叶尔古诺夫听到马嘶声，在黑影里看到了一匹马，不知是谁的，摸到马背上有一副哥萨克鞍子。这就是说，屋里除了女主人以外还有别人。为了防备万一，医士把自己的马鞍子卸了下来，跟买的东西一起拿进了屋里。

他进去的房间很宽敞，烧得很热，有一股刚刷过地板的气味。桌子后边圣像下面坐着一个瘦削的矮个儿庄稼汉，四十来岁，淡褐色的小胡子，穿着蓝布衫。这是卡拉什尼科夫，出名的骗子和盗马贼，他的父亲和叔叔在博加廖夫卡开酒馆，伺机出卖盗来的马。他不止一次到医院来过，但不是来看病，而是来找医生谈马：问医生先生有没有马要卖，是否愿意用枣红骒马换浅黄骟马。现在他的头发打了发蜡，一只耳朵挂了一个闪闪发亮的银耳环，一身过节的打扮。他在皱着眉头、张着嘴巴聚精会神地看一本揉皱了的带图的大书。另一个庄稼汉伸直身子躺在炉子旁边的地板上，脸、肩膀和胸膛都用一件短皮大衣盖着——他一定在睡觉。在钉着闪亮铁掌的新皮靴旁边化了两摊黑糊糊的雪水。

卡拉什尼科夫见医士进来，打了个招呼。

“唉，这个鬼天气……”叶尔古诺夫用手掌揉着冻僵的膝盖说，“脖子里灌满了雪，全身都湿透了。我的手枪好像也……”

他把手枪掏出来翻来覆去地打量了一番，又放回背囊里。可是手枪没有引起任何注意：庄稼汉在继续看书。

“唉，鬼天气……迷了路，要不是这儿的狗叫，好像要完蛋了。那就要出大问题咯。女店东上哪儿去了？”

“老太婆上列皮诺去了。丫头在准备晚饭……”卡拉什尼科夫答道。

一阵沉默。医士哆嗦着，哼哼着，呵着手掌，缩成一团，装出冻得难受的样子。院子里狗仍然在叫着。开始感到无聊了。

“你是博加廖夫卡人吗？”医士严肃地问庄稼汉。

“不错，是博加廖夫卡人。”

由于无事可做，医士就开始回想博加廖夫卡村。这是个大村子，坐落在一条深谷里面。要是月夜走在大道上，朝下往黑洞洞的深谷里看一眼，然后再抬头看看天空的话，你就会觉得月亮好像是挂在无底的深渊上，这儿就是世界的尽头。往下去的路又陡又窄，弯弯曲曲的，到村里去防治传染病或接种牛痘的时候，一路上要不停地扯着嗓子喊叫或者打口哨，否则，要是对面来一辆车，那就要进退两难啦。博加廖夫卡村的庄稼汉以善于侍弄果园和盗马出名。他们的果园极为富饶：春天全村都淹没在雪白的樱桃花里，夏天樱桃卖三戈比一大水桶。给三戈比，随便摘。婆娘们都漂亮，吃得饱，爱打扮，即使平日，也什么不做，都坐在墙根土台上，互相在头上找虱子。

这时传来了脚步声。柳布卡进屋里来了，这姑娘二十来岁，穿一件红连衣裙，光脚……她瞥了医士一眼，在屋里从一个墙角到另一个墙角来回踱了两趟。她不是一般走法，而是挺着胸膛迈碎步。

看来她喜欢光着脚在刚刷过的地板上啪嗒啪嗒地走动，她是故意把鞋脱掉的。

卡拉什尼科夫不知为什么笑了笑，用一个手指头招柳布卡到身边来。柳布卡走到桌旁，他指给她看驾着三匹马飞向天空的先知伊利亚。柳布卡两肘支在桌子上，一条棕红色的大辫子，顶端系着红缎带，从肩膀上耷拉下来，几乎要够着地板了，她也笑了笑。

“出色的好画儿！”卡拉什尼科夫说，“出色的好画儿！”他重复了一遍，并且用两手做了个姿势，好像要把伊利亚手里的缰绳拿到自己手里似的。

风在炉子里吼着。什么东西发出呜呜声和吱吱声，好像一条大狗在掐死一只小耗子似的。

“瞧，闹鬼啦！”柳布卡说。

“这是风。”卡拉什尼科夫说。他停了一会儿，抬眼看了看医士，问道：“叶尔古诺夫先生，在你们有学问的人看来，这个世界上究竟有鬼没有？”

“怎么对你说呢，老兄”？医士说完，耸了耸肩膀，“要是从科学的角度来看，当然是没有鬼，因为那是偏见；可是要照普通看法，像我们现在这样议论的话，那就有鬼，简短说……我一生经历过许多……毕业后我到龙骑兵团当了军医士，当然也参加过战争，我得过奖章和红十字勋章，《圣斯特凡诺和约》[①]签订后回到了俄罗斯，进了地方自治局医院。由于这么复杂的经历，我可以说见到了那么多事情，别人做梦也梦不到。也看到过鬼，当然不是有角或者有尾巴的鬼——那是瞎扯，而是另一种样子的鬼，老实说，类似鬼。”

“在哪儿见过？”卡拉什尼科夫问。

“在各种地方。不用说远的。去年——真不该晚上提到它——差不多就在附近碰到过一个。我记得，是到戈雷什诺村去接种牛痘。像往常一样，一辆轻便马车，一匹马和必要的器具，另外，我

① 《圣斯特凡诺和约》，1878 年俄国和土耳其在圣斯特凡诺签订的和约。

身上还有怀表之类的东西，因此我路上很小心，怕遇到……各种流浪汉是不少的。快到蛇沟了——这个可恶的地方，开始下沟的时候，突然过来一个人，黑头发，黑眼睛，脸像被烟熏黑的锅底……走到马跟前，一把抓住左边那根缰绳：站住！打量了马一下，然后当然也打量了我一下，然后扔下缰绳，没有说不好听的，张嘴就问：‘你上哪儿去？’他龇牙咧嘴，眼睛冒着凶光……我心想，唉，你这个小丑！我说：‘去接种牛痘。你干什么？’他说：‘既然这样，那就给我也种吧。’他把胳臂撸起来，伸到我鼻子底下。我当然没有跟他说什么，马上给他种上了，为了摆脱他嘛。后来我看了看柳叶刀，那上边长满了锈。”

在炉边睡觉的那个庄稼汉突然翻了个身，掀掉身上的短皮大衣，医士大吃一惊，眼前看到的正是在蛇沟曾经遇到的那个陌生人。此人的头发、胡子和眼睛像烟子一般黑，脸黑黝黝的，而且左腮上有一个像扁豆大小的黑痣。他面带嘲笑地看了看医士，说：

“抓左边的缰绳不假，种牛痘是您瞎编，先生。种牛痘的事，我们连谈也没有谈。”

医士感到难堪，说：

“我不是讲你。躺你的吧。”

黑庄稼汉一次也没到医院来过，因此，医士不知道他的来龙去脉，如今端详着他，断定他一定是个吉卜赛人。这庄稼汉站起来，伸着懒腰，大声打着呵欠，走到柳布卡和卡拉什尼科夫跟前，坐到旁边，也看起书来。他困倦的脸上呈现出艳羡的神色。

“瞧，梅里克，”柳布卡对他说，“给我弄来这样的马。我要上天。”

“有罪孽的人是不能上天的……”卡拉什尼科夫说，“圣洁的人才可以。”

后来柳布卡摆好餐桌，端来一大块腌肥猪肉，一些酸黄瓜，一木盘切碎的熟肉，后来又端来一个煎锅，上边香肠配白菜，还发着吱吱的响声。桌子上也出现了一玻璃坛子伏特加酒，往盅里倒的时候，屋里便出现了橙子皮味儿。

卡拉什尼科夫和黑汉子梅里克只顾自己闲谈，丝毫不理睬医士，好像屋里根本没有他这个人似的，这使医士感到不快。他也想跟他们闲扯，吹吹牛，喝个痛快，吃个饱，要是可以的话，也跟柳布卡胡闹一番。吃晚饭的过程中，柳布卡在他身边坐了五六次，好像无意似的，不断用漂亮的肩膀碰他，用两手抚摩自己粗壮的大腿——这是一个健壮、爱笑、轻佻的姑娘，坐不住：一会儿坐下，一会儿站起来；坐着也不老实，一会儿前胸对着邻座的人，一会儿后背对着人家，像个淘气的孩子，而且胳臂肘或膝盖一定要碰着别人。

还有一件事也使医士感到不快：两个庄稼汉每人只喝了一盅就不喝了，他一个人喝觉得不好意思。可是他忍不住又喝了一盅，然后又喝了第三盅，把香肠全吃了。为了使庄稼汉不排斥他，跟他闲扯，他决定奉承他们几句。

“你们博加廖夫卡人是好样的！”他说完，点了点头。

“在哪方面？”卡拉什尼科夫问道。

“在偷马这方面就是。偷马是好样的！”

“唉，你可真找到好样的啦！除了酒鬼就是没出息的小偷。”

“那是从前，过去的事啦。”梅里克沉默了一会儿说，“如今好样的只剩下一个老菲利亚啦，而且他还是个瞎子。”

“不错，只剩下菲利亚啦。”卡拉什尼科夫叹了口气，“他现在差不多七十来岁了。一只眼被德国移民给剜了，另一只眼看不清楚，长了白内障。以前派出所所长一看到他就喊：‘喂，你呀，沙米利！’乡亲们也是沙米利、沙米利地喊着，如今除了独眼龙菲利亚再也没人叫他别的咯。他真是个好样的！跟柳布卡死去的爹有一次夜里潜入罗日诺沃村——那儿当时驻扎了一些骑兵，盗出来九匹最好的军马，竟没有惊动哨兵，早晨把马二十卢布全卖给了吉卜赛人阿丰卡了。好样的！现在的人只会趁人家喝醉或睡着的时候偷马，而且不怕上帝惩罚，还把醉汉脚上的鞋也偷走，然后提心吊胆地骑着那匹马到二百俄里以外的市场上去卖，像个财迷似的讨价还价，直到被警察抓住，这个浑蛋才肯罢休。这不是闯荡江湖，而是丢人现眼！一帮孬种，没有说的。”

“那么梅里克呢？”柳布卡问道。

“梅里克不是我们村的。”卡拉什尼科夫说，“他是哈尔科夫省人，米日里奇村的。是个好样的，不假，没有什么可挑剔的，好人。”

柳布卡狡猾而高兴地看了看梅里克，说：

“不错，难怪好人们将他塞进冰窟窿里给他洗澡啦。”

“怎么回事？”医士问。

“是这么回事……”梅里克说完，笑了笑，“菲利亚偷了萨莫伊洛夫卡佃户们三匹马，这些佃户认为是我偷的。萨莫伊洛夫卡佃户有十个人，加上伙计有三十个人，全都是莫罗勘派教徒……有一个在市场上跟我说：‘梅里克，来看看，我们从集市上买来几匹新马。’我当然好奇，到他们那儿去了，他们三十来个人全在，把我反剪双臂，带到河上。他们说：‘我们叫你看看马。’一个冰窟窿已经挖好，他们在旁边一俄丈远的地方又挖了一个冰窟窿。然后拿了一根绳子打了个扣套在我胳肢窝下面，绳子的另一头儿系到一根弯曲的棍子上，把棍子伸到一个冰窟窿里，从另一个冰窟窿里拽出来。我穿着皮大衣和靴子就被扑通一声推进冰窟窿里！他们就站在冰上面有的用脚踢我，有的用劈柴斧打我，然后把我从另一个冰窟窿里拖了出来。”

柳布卡哆嗦了一下，全身缩成一团。

“起先我冻得像火燎的一样。”梅里克继续说，“拖出来以后，我一动也不能动，躺在雪上，这些莫罗勘派教徒站在旁边用棍子打我的膝盖和胳臂肘。痛死啦！他们打完就走了……我浑身都结了冰，衣裳冻成了冰块，站起来，一点力气也没有。幸亏有个婆娘路过，把我救了。”

这时医士已喝了五六盅了，心里高兴，也想讲点离奇的经历，显示自己也是条好汉，天不怕地不怕。

“在我们奔萨省有一次……”他要开始讲了。

也许是因为他喝多了，醉醺醺的，也许是因为他的谎言被当场揭穿了一两次，两个庄稼汉丝毫不理睬他，甚至停止回答他的问题。而且他们在他面前谈话毫无顾忌，这就是说他们眼里没有他。

卡拉什尼科夫举止端庄，像一个稳重审慎的人，说话严密，每次打呵欠都对着嘴画十字，谁也不会想到他是个贼，是个偷穷汉的没有心肝的贼，已蹲过两三次监狱，村社已决定判他流放西伯利亚，可是他的父亲和叔叔——跟他一样的贼和坏蛋——却把他赎出来了。 梅里克则举止粗犷。他看到柳布卡和卡拉什尼科夫欣赏他，便也自认为是一条好汉，一会儿叉腰，一会儿挺胸，一会儿挺直身子，弄得凳子吱吱直响……

吃完晚饭，卡拉什尼科夫没动地方，对着圣像祷告了一下，握了握梅里克的手，梅里克也祷告了一下，握了握卡拉什尼科夫的手。柳布卡把餐具收拾干净，拿来一些薄荷蜜糖饼干、炒榛子和瓜子放到桌子上，并且拿来两瓶甜葡萄酒。

“但愿柳布卡她爹安德烈·格里戈里奇早升天国，永远安息。”卡拉什尼科夫跟梅里克碰杯的时候说，“他在世的时候，我们在这儿聚会，有时也在马丁兄弟那儿，我的上帝！我的上帝！全是些什么人哪，谈些什么话啊！谈吐好极啦！参加聚会的有马丁，有菲利亚，有费奥多尔……一切都高尚，有分寸……玩得多痛快啊！那么痛快！那么痛快！”

柳布卡出去，过了一会儿围着绿头巾、戴着珠串进来，说：

“梅里克，瞧，今天卡拉什尼科夫给我带来了什么！”

她照了照镜子，晃了几次脑袋，想让珠串发出响声。她打开柜子，一会儿拿出一件带红蓝小花点的花布连衣裙，一会儿拿出一件带褶边的像纸一样发出沙沙响声的红连衣裙，一会儿拿出一条蓝色泛着彩虹色彩的新头巾——她显摆这些东西的时候，笑着，拍着手，好像感到惊讶：她竟有这样的好东西。

卡拉什尼科夫调好了巴拉莱卡琴，弹了起来。医士怎么也搞不清楚他弹的是什么曲子，是欢快的曲子还是忧伤的曲子，因为它一会儿忧伤，叫人甚至想哭，一会儿又欢快。梅里克猛然站起来，用靴后跟在一个地方跺了一会儿，接着张开两臂，用靴后跟从桌子走到炉子，从炉子走到柜子，突然像被什么东西蜇了一下似的，跳起来，在半空中磕了一下铁掌，就蹲下，两腿交替向前伸着跳起来。柳布卡，挥舞了一下双臂，拼命尖叫了一声，便跟到他后边；起初，她侧着身子，阴险地蹭着，好像要偷偷地凑到他身后打他似的，接着像梅里克那样踩起了脚后跟，然后又像陀螺似的转了一会儿蹲下，她的红连衣裙鼓了起来，像一口大钟一样；梅里克凶狠地瞪着她，龇着牙，跳着蹲身伸腿舞步向她追去，想用可怕的两条腿踩死她，而她则跳起来，向后甩了一下头，挥舞着两臂，两脚微微点地，在屋子里飘舞起来，像一只大鸟展翅飞翔……

医士坐在柜子上看他们跳舞，心想："嗬，这丫头像一团火！多够味！把什么都给她，还嫌不够……"他感到遗憾：为什么他是个医士，而不是个普通庄稼汉？为什么他穿的是西服，戴着有镀金小钥匙的表链，而不是穿蓝布衫，腰里扎一根绳子当腰带？那样他就可以大胆地唱歌、跳舞、喝酒，用两臂去搂抱柳布卡，像梅里克……

由于激烈的跳动和喊叫，餐具柜里的餐具发出叮叮当当的响声，蜡烛的火焰直跳。

珠串的线断了，珠子撒了一地，绿头巾从头上掉了下来，柳布卡变成一片红云和两只黑眼睛在屋里闪动着，而梅里克呢，马上就要把手脚甩掉了。

这时梅里克最后一次跺了一下脚，便纹丝不动了……柳布卡累得筋疲力尽，气喘吁吁地靠到他胸上，像靠到柱子上似的，梅里克抱着她，看着她的眼睛，温柔爱抚地像开玩笑似的说：

"我要探听出来你家老太婆把钱藏在什么地方，打死她，用小刀割断你的喉管，然后放火烧掉客店……人们会认为你们是烧死的，我带着你们的钱上库班去，在那儿置一些马群、羊群……”

柳布卡什么也没有说，只是歉疚地看了看他，问道：

“梅里克，库班好吗？”

梅里克什么也没有说，走到柜子旁边坐下，沉思起来：大概幻想起库班来了。

“我得走啦。”卡拉什尼科夫站起身来，说，“菲利亚一定在等我了。再见，柳布卡！”

医士到院子里去看着，怕卡拉什尼科夫把他的马骑走。暴风雪仍在继续刮着。一团团的飞雪，长尾巴拖着野蒿和灌木，在院里飞驰，板墙外边的野地里，一些穿白色尸衣的巨人挥舞着肥大的衣袖在打旋，摔倒，摔倒又爬起来，为的是挥舞着双手去打架。啊，风啊，风！赤裸的白桦和樱桃树受不了它这粗鲁的爱抚，低低地俯到地上哭道：

“上帝，为了什么罪孽你把我们禁锢在地上，不肯给我们自由？”

“吁！”卡拉什尼科夫严厉地喊了一声，坐到自己的马上。一扇大门已经开了，旁边积了一个大雪堆，“好，走吧！”卡拉什尼科夫喊道。他的矮腿小马迈步走起来，雪堆陷到了马肚子。卡拉什尼科夫被大雪覆盖，浑身发白，不久就骑马消失在大门外了。

医士回屋的时候，柳布卡正在地板上爬着捡珠子。梅里克不在。医士枕着短皮大衣躺到长凳上，想：“好丫头！唉，要是梅里克不在这儿多好！”

柳布卡在长凳旁边爬着，搅得他神魂不安，他想：要是梅里克不在这儿，他一定会起来抱住她，下一步怎么办，看情况再说。固然，她是个姑娘，但未必是处女；即使是处女，在贼窝里还用客气吗？柳布卡捡完珠子就出去了。蜡已燃尽，火已烧到烛台的纸上。医士把手枪和火柴放到身边，吹灭了蜡烛。圣像前的长明灯厉害地闪动着，闪得眼痛，一些亮点在天花板上、地板上、餐具柜上跳动着，柳布卡乳房高耸的健壮身影在这些光点里晃动着：一会儿像陀螺似的打转，一会儿让跳舞累得筋疲力尽，气喘吁吁……

“唉，要是梅里克叫鬼抓去多好！”他想。

长明灯最后闪了一下，噼啪响了一声就灭了。有人，一定是梅里克，进屋坐到长凳上。这人吸了一口烟，火光刹那间照亮了黝黑的脸腮和黑痣。讨厌的烟呛得医士的嗓子发痒。

“你的烟真难闻，讨厌死了！”医士说，“甚至叫人恶心。”

“我的烟里掺了燕麦花。”梅里克沉默了一会儿答道，“抽起来胸膛觉得轻松些。”

他抽了一会儿烟，吐了几口痰，又出去了。过了半个小时，门斗里突然闪出了灯光，梅里克穿着短皮大衣戴着帽子进来，随后柳布卡也端着蜡烛进来了。

“留下吧，梅里克！”柳布卡用祈求的声调说。

“不，柳布卡，别留我啦。”

“听我说，梅里克。”柳布卡的声音温情脉脉地说，“我知道你找到妈妈的钱会把她和我都害死，然后到库班去爱别的姑娘，随你便吧。我只求你一件事，心肝儿：留下！”

“不，我想逛逛去……”梅里克系着腰带说。

“你怎么逛呢……你是走来的嘛，怎么去逛呢？”

梅里克低头对着柳布卡的耳朵嘀咕了句什么，她看了看门，含泪笑了。

“他在睡呢，这个冤种……”她说。

梅里克抱着她，用力吻了吻，就出去了。医士迅速跳起来，把手枪揣到兜里，朝他追去。

“让开！”他对柳布卡说。柳布卡已迅速把门闩上，站在门槛上。“让开！干吗挡路？”

“你出去干吗？”

“看看马。”

柳布卡从下往上狡诈而柔媚地瞟了他一眼。

“看马干吗？看看我嘛……”说完，弯下腰去用一根手指碰了碰他表链上的镀金小钥匙。

“让开，要不，他把我的马骑走啦！”医士说，“让开，鬼东西！”他喊完，气得打了她肩膀一下，胸膛用全力顶过去，想把她从门前推开，可是她紧紧拽住门闩，像铁打的一般，“让开！”他累得筋疲力尽，喊道，“跟你说，他把马骑走啦！”

“他能骑哪儿去？他哪儿也骑不去。”

她吃力地喘着，揉着被打痛的肩膀，又从下往上瞟了他一眼，脸红了红，笑了。

“别走，心肝儿……”她说，“我一个人闷得慌。”

医士看了看她的眼睛，想了想，抱起她来，她没有反抗。

“好啦，别任性，让开！”他请求说。

她沉默着。

“我听到啦，”他说，“你方才对梅里克说你爱他。”

“说算什么。爱谁，我心里知道。”

她又用手碰了碰小钥匙，低声说：“把这个给我……”

医士把小钥匙摘下来，给了她。她猛然伸长脖子听了听，脸色马上变得冷若冰霜，医士觉得她的目光冰冷狡诈。他想起马来，这时已不费力把她推开，跑到院子里。棚子里一头猪在睡梦中匀称而困乏地哼哼着，一头奶牛在用犄角敲着什么……医士划着火柴，看到了猪、牛和四面八方朝火光扑过来的狗，可是马连影子也没有。他喊着，挥舞着手臂赶着狗，在雪堆里磕磕绊绊地跑出大门外去，在黑暗中张望着。他用尽力气也只能看到雪花飞舞，叠成种种形状：有的像一张煞白的死人脸笑着从黑影里向外看，有的像一匹驰骋的白马，上面骑着一个穿细纱连衣裙的女郎，有的像一队白天鹅从头上掠过……医士又气又冷，浑身哆嗦着，不知如何是好，朝狗群开了一枪，一只狗也没有打着，然后就奔回屋里。

他进门斗的时候，清楚地听到有人从房间里溜出来，门响了一声。房间里黑洞洞的。医士推了一下门：锁的。于是他一根一根地划着火柴，又回到门斗，从门斗进了厨房，从厨房进了一个小房间，里面四面墙上挂满了裙子和连衣裙，一股矢车菊和莳萝的味道，墙角摆着一张床，上面枕头摞得像一座山；大概是老太婆——柳布卡的妈妈住在这里；从这儿他进了另一个房间，也是个小房间，在这儿他看到了柳布卡。她躺在一口大柜子上，盖着一床用花布碎片拼成的绗过的棉被，假装睡着了。头的上方亮着一盏长明灯。

“我的马在哪儿？”医士声色俱厉地问道。

柳布卡一动不动。

“我的马在哪儿？我问你！”医士更加声色俱厉地问了一遍并扯起她的被来，“我问你哪，狗东西！”他喊道。

她马上起来，跪在床上，一手掩着睡衣，一手使劲拽住被，身子往墙上靠着……她厌恶地恐惧地看着医士，两眼像被捉住的野兽似的狡诈地注视着医士的每一个细微的动作。

“说，马在哪儿，要不我打死你！”医士喊道。

“走开，坏蛋！”她嘶哑地说。

医士抓住她睡衣的脖领，一下把睡衣撕破了；忍不住便用力抱住了姑娘。姑娘气得嘶嘶叫着，在他的怀抱里滑了一下，腾出一只手来——另一只手被撕破的睡衣缠住了——打了他头顶一拳。

他被打得一阵头昏，耳朵里嗡嗡直响，他后退了一步，这时又挨了一下，这次是打在太阳穴上。他摇摇晃晃地抓住门框没有摔倒，回到了他放东西的那个房间，在长凳上躺了一会儿，然后从衣袋里掏出火柴来，划着一根吹灭，扔掉，再划第二根，这样把火柴毫无必要地全划光了。

这时窗外已出现鱼肚白，公鸡叫了。医士头仍然痛，耳朵嗡嗡直响，好像坐在铁桥下面听头上过火车似的。他勉强穿上短皮大衣，戴上帽子，鞍子和买的东西不见了。背囊是空的：难怪他方才从院里回来时有人从房间里溜出去呢。

他到厨房里拿了把火钩子防狗，走到院里，身后的门敞开着。暴风雪已停息，院里静悄悄的……出了大门以后，皑皑的雪原像死了一般，早晨的天空一只飞鸟也没有。路两侧以及前方远处一些小树林泛着蓝色。

医士开始琢磨，医院的人会怎样迎接他，医生会对他说什么。这些问题需要事先想周全，准备好答案，但思想集中不起来。他一路上只想着柳布卡，想着夜里遇到的两个庄稼汉；他回忆：柳布卡第二次打完他，弯腰到地板上捡被，散开的大辫子落到地板上。他脑袋混乱了，他想：这个世界上干吗要有医生、医士、商人、文书、庄稼汉，而不全是自由人？有自由的鸟、自由的野兽、自由的梅里克嘛，他们谁也不怕，谁也用不着！是谁想出来的，是谁说的：要早晨起床，中午吃午饭，晚上睡觉；医生比医士老；只能住在屋里，只能爱自己的老婆？为什么不能倒过来：半夜吃午饭，白天睡觉？啊，要是能不问是谁的马，跳上去，在田野里、树林里、山谷里像鬼一样跟风赛跑，随便爱姑娘们，嘲笑所有的人……

医士把火钩子扔到雪里，前额靠到雪白冰凉的白桦树干上沉思起来。他的灰色单调生活、薪俸、服从、药局、没完没了的瓶瓶罐罐和斑蝥硬膏使他觉得讨厌恶心。

"谁说放荡是罪过？"他恼火地问自己。那说这话的人从来没有像梅里克和卡拉什尼科夫那么自由地生活过，没有爱过柳布卡；他们一辈子靠乞讨生活，过得毫无乐趣，只爱自己那癞蛤蟆似的老婆。

现在他对自己是这么想的：假如他到如今还没有成为贼、骗子乃至于强盗的话，那只是因为他没有那种本领或者没有遇到合适的机会。

一年半后。医士这时早就被医院解雇无事可做，春天复活节后有一天很晚在列皮诺从酒馆里出来，在街上漫无目的地闲走。

他走到了郊外。这儿弥漫着春天的气息，刮着和煦的微风。满天星斗静静地注视着大地。我的上帝，天多么深邃，多么寥廓！医士想：世界造得很好，可是人为什么要分成不嗜酒的和嗜酒的，有工作的和被解雇的，等等？为什么不嗜酒的和有饭吃的人安稳地在家里睡大觉，而嗜酒的挨饿的人却要在野地里游荡，没有栖身之所？为什么没有工作、不领薪俸的人一定要没有饭吃，没有衣服和鞋子穿？这是谁想出来的？为什么飞禽走兽不工作也不领薪俸，却生活得无忧无虑？

远处地平线的上方突然升起了一片漂亮的紫红色的火光。医士站在那里久久地注视着这片火光，一直在想：为什么他昨天拿了别人的一个茶炊在酒馆里换酒喝就是罪孽呢？为什么？

大道上过来两辆马车，一辆上睡着个婆娘，另一辆上坐着个没戴帽子的老人……

"老爷爷，这是哪儿着火了？"医士问。

"奇里科夫客店……"老人答。

医士想起来一年半以前，在冬天，他在这个客店里的遭遇，想起了梅里克夸下的海口；他想象着老太婆和柳布卡被杀死后烧着的景象，羡慕起梅里克来。当他又回酒馆的时候，路上看着有钱的酒馆掌柜、牲口贩子和铁匠的住宅，琢磨着：夜里摸进有钱人家里倒不错！

古谢夫

1

天色已黑。不久就要入夜了。

无限期休假的列兵古谢夫在床上微微抬起身子低声说：

“巴维尔·伊万内奇，听得到吗？苏城有个兵跟我说，他们的船航行时撞上一条大鱼，船底撞了个窟窿。”

他说话的对象身份不明，病号舱的人都叫他巴维尔·伊万内奇；巴维尔·伊万内奇沉默着，好像没有听见。

又是沉寂……风在缆索上呼啸，螺旋桨在砰砰响，浪哗哗地拍着，床吱嘎吱嘎地叫着，不过耳朵对这一切早已习惯，觉得周围一切都已入睡，无声无息。寂寞。三个病号——两个步兵一个水兵——玩了一整天纸牌，已经睡着，在说梦话呢。

船好像又开始颠簸起来。古谢夫身下的床慢腾腾地上升又下降，像叹气时的胸膛——一次，两次，三次……什么东西落到地板上，发出清脆的响声：大概是杯子。

“风挣脱了锁链……”古谢夫一边说，一边侧耳听着。

这次巴维尔·伊万内奇咳嗽起来，气恼地说：

“你一会儿船撞到了鱼上，一会儿风挣脱了锁链……说风挣脱锁链，难道风是野兽吗？”

“基督徒都这么说。”

“基督徒跟你一样无知……他们什么话不说？要自己肩膀上长脑袋，动脑筋想想。没有头脑的人！”

巴维尔·伊万内奇晕船，船颠簸的时候，他通常是生气，为一点极小的事就发火。在古谢夫看来，是绝对没有什么值得生气的。船撞到鱼身上或者风挣脱锁链，有什么奇怪的呢？假如那鱼有山大，背像鲟鱼那么硬，假如世界的尽头有一些石砌的厚墙，墙上锁着一些凶狠的风……要是风不是挣脱锁链，那它为什么在海上像疯了似的又冲又扑，跟狗一样？要不是被锁起来，没有风的时候，它在哪儿？

古谢夫久久地想着像山一般大的鱼和长锈的大锁链，后来想腻了，就想故乡。他在远东服役了五年，如今正在回故乡去。他眼前描绘出一个被雪覆盖的大池塘……池塘的一边是红砖色的陶瓷厂，大烟囱冒着滚滚黑烟；另一边是村子……从村边数第五家的院里出来一辆雪橇，上面坐着哥哥阿列克谢，身后是小侄子万卡，穿着大毡靴，另外小侄女阿库莉卡，也穿着大毡靴。阿列克谢喝了酒，万卡在笑，阿库莉卡的脸看不着——她裹着头巾。

“说不定会把孩子冻坏的……”古谢夫想。他低声祷告说：“主啊，给他些智慧吧，叫他孝敬父母，不要比父母精明……”

“需要钉新鞋掌。”有病的水兵在用低沉的声音说梦话，“不错，不错！”

古谢夫的思绪断了，池塘不见了，突然凭空出现了一个没有眼睛的大牛头，马和雪橇已不奔跑，而是在黑烟里打旋。不过他仍然高兴，总算见到了亲人。他高兴得喘不上气来，浑身酥麻，手指直颤。

“主让我们见面了！”他说了句梦话，但马上睁开眼睛，摸黑找水喝。

他喝完水躺下，又是雪橇奔跑，然后又是没有眼睛的牛头，黑烟，白云……这样直到黎明。

2

起先在黑影里出现了一个小小的蓝色的圆圈儿——那是个圆形

小窗；后来古谢夫渐渐看清楚了邻床的病友巴维尔·伊万内奇。这人是坐着睡的，因为躺着喘不上气来。他的脸是灰色的，鼻子又长又尖，眼睛——因为他瘦得厉害——显得很大；太阳穴深陷，胡须稀疏，头发老长……看脸无法了解他是什么身份：是老爷、商人还是庄稼汉？根据他的神情和长头发判断，他好像是个斋戒者，修道院的见习修士，可听他谈吐呢，好像又不是修士。他被咳嗽、闷热和疾病折磨得疲惫不堪，吃力地喘着，翕动着干瘪的嘴唇。觉察到古谢夫在看他，便转过脸来，说：

“我猜到了……是的……我现在全明白啦。”

“您明白什么啦，巴维尔·伊万内奇？”

“是这么回事……我总觉得奇怪，人们不叫你们这些重病号在当地静养，却把你们送到船上来，这儿又闷热又颠簸，一句话，一切都会置你们于死地。如今我全明白了……不错……你们的医生把你们送到船上来，是为了摆脱你们。跟你们忙活够了，你们在他们眼里不过是牲畜……你们不给他们钱，跟你们白忙，而且死了还影响他们的治愈率，因此你们是牲畜！摆脱你们并不难……为此，只需要：第一，丧尽天良；第二，瞒过轮船领导。第一条可以不算，因为在这方面我们全是表里不一；第二条稍使花招总能得逞。在四百个健壮的陆海军士兵里夹带五个病号不显眼。把你们赶到船上，跟好人混到一起，匆匆忙忙过完数，在忙乱中看不出破绽来，船开以后发现甲板上躺着一些瘫痪和后期肺病病号……”

古谢夫不懂巴维尔·伊万内奇说的话，以为是在批评他，便辩解说：

“我躺在甲板上是因为我没有力气，从驳船上往轮船上卸我们的时候，我冻坏了。”

“可恨！”巴维尔·伊万内奇继续说，“主要的是，他们明明知道你们受不了长途跋涉，却仍然叫你们上船。唉，即使你们能硬挺到印度洋，那么以后呢？想想吓人……这就是对忠实圆满服役的报答！”

巴维尔·伊万内奇两眼冒火，厌恶地皱着眉头，喘着粗气说：

“这种人就应当在报上狠狠地揭露！”

有病的两个步兵和那个有病的水兵醒了，已在玩牌。水兵半卧在床上，两个步兵坐在地板上，姿势极不舒适。一个步兵右手打着绷带，臂肘缠得像一顶帽子，所以他用右胳肢窝或臂肘弯拿牌，用左手出牌。船颠簸得厉害。站不起来，不能喝茶，也不能吃药。

“你当的是勤务兵？”巴维尔·伊万内奇问古谢夫。

“不错，是勤务兵。”

“我的上帝！我的上帝！”巴维尔·伊万内奇说，伤心地摇着头，“强迫一个人背井离乡，到一万五千俄里以外的地方来得肺病，请问是……是为什么？就是为了叫他给戈比金大尉①或者德尔卡海军准尉②当勤务兵。有什么道理呢！”

“活儿不难，巴维尔·伊万内奇。早晨起来擦擦皮靴，弄好茶炊，收拾收拾房间，然后就没有活儿啦。中尉整天制图，你干什么都行：愿意祈祷——祈祷，愿意看书——看书，愿意逛大街——逛大街。但愿每个人都能过上这种日子。”

“不错，很好！中尉制图，你就整天坐在厨房里想家……制图……问题不在制图上，而在人的一生！人生不能重复，必须怜惜它。”

“当然，巴维尔·伊万内奇，坏人不管在家还是出门在外都没有人怜惜，可是你要是安分守己，有什么必要欺负你呢？老爷们有修养，明白……五年我没蹲过禁闭，至于打呢，让我想想，不超过一次……”

“为什么？”

“因为打架。我的手重，巴维尔·伊万内奇。有四个蛮子③进到

---

① 戈比金（Копейкин），此姓是由俄国最小的辅币“戈比”而来。果戈理《死魂灵》中人物。

② 德尔卡（Дырка），此姓原有窟窿的意思。见果戈理的喜剧《结婚》。

③ 当地俄国人对住在原乌苏里边疆区华人的称呼。

院里来，好像是送劈柴，记不清了。唉，闲得无聊，我把他们一个肋骨打伤了，另一个可恶的家伙鼻子出了血……中尉从窗户上看到，生气，给了我一耳刮子。”

“你是个愚蠢可怜的人……”巴维尔·伊万内奇低声说，“什么也不懂。”

轮船颠簸弄得他疲惫不堪，闭上了眼睛。他的头一会儿仰到后面，一会儿垂到胸前。他几次想躺下，但不行：喘不上气来。

“你为什么打那四个蛮子？”过了一会儿他问。

“不为什么。他们进院，我就打了。”

又是沉默……打牌的又激动又辱骂地玩了两个来小时，可是颠簸把他们也弄疲倦了，他们扔下牌躺下了。古谢夫眼前又出现了大池塘、陶瓷厂、农村……又是奔驰的雪橇，又是万卡在笑，傻姑娘阿库莉卡敞开皮大衣，伸出双脚，那意思是说：大家瞧瞧，我的毡靴子跟万卡的不一样，是新的！

“都五岁多了，还不懂事！”古谢夫在梦中说，“别蹬腿，给当兵的叔叔拿杯水喝。给你礼物。”

瞧安德龙背着火石枪拿一只打死的兔子，后面跟着老犹太鬼伊赛奇克，劝他用兔子换一块肥皂；瞧门斗里的黑牝牛；瞧多姆娜在缝布衫，不知哭什么，又是没有眼睛的牛头、黑烟……

上面有人大声喊了一声，跑过去几个水手，好像在甲板上拖过一个笨重的东西，或者是什么东西噼啪一声裂开了。又跑过去一些人……是否发生了什么不幸？古谢夫抬起头来听了听，看到两个步兵一个水兵又在玩牌；巴维尔·伊万内奇坐在那里翕动嘴唇。闷得慌，没有力气呼吸，想喝水，可水太烫，难以下咽……船颠簸不停。

一个玩牌的步兵突然发生了一种奇怪现象……他管红桃叫红方块，数不清数儿，牌掉到地上，然后吃惊地傻笑着，用眼睛看了看大家。

“我马上，弟兄们……”他说着倒到地板上。

大家都莫名其妙。喊他，他不答应。

“斯捷潘，也许你不好受吧？嗯？”手臂上包着绷带的步兵问道，“也许需要叫神甫？嗯？”

“斯捷潘，你喝水吧……”水兵说，“喏，老弟，喝吧。”

“唉，你用杯子碰他牙齿干吗？”古谢夫生气了，“你看不到吗，傻瓜？”

“什么？”

“什么！”古谢夫嘲弄他说，“他已经没有气儿了，死啦！你还——什么！多么糊涂的人哪，我的上帝！……”

3

船已不颠簸了，巴维尔·伊万内奇也高兴了些。他已不生气了。他的神色是夸耀、挑逗、嘲弄的。他好像想说：“不错，我马上要给你们讲一个故事，叫你们全都笑破肚皮。”小圆窗开着，柔和的微风吹着巴维尔·伊万内奇。传来说话声和船桨击水声……窗下有人在用尖细难听的嗓门唱什么：一定是中国人在唱。

“是的，我们已在停泊场了。”巴维尔·伊万内奇嘲弄地笑着说，“再有个把月，我们就到俄罗斯了。嗯，尊敬的丘八先生们，我到了奥德萨，马上就去哈尔科夫。哈尔科夫我有个文学家朋友。我去找他，跟他说：喂，老兄，暂时先把你那些婆娘偷情、风花雪月的题材放一放，该揭露两条腿的败类吧……给你主题……”

他想了一分钟什么，然后问道：

“古谢夫，你知道我怎么蒙骗他们的吗？”

“蒙骗谁，巴维尔·伊万内奇？”

“船上这些……你知道吗，船上只有一等舱和三等舱，三等舱只允许庄稼汉也就是下等人坐。要是你穿西服，哪管远看像老爷或者资产者呢，那就得坐一等舱。无论如何，你要拿出五百卢布来。我问，你们干吗订下这种规矩？是不是想提高俄国知识分子的威望？‘丝毫不是。我们不让您去，不过是因为有地位的人不能坐三等舱，因为那儿很脏很乱。’是吗？谢谢你们关心有地位的人。不过那儿乱也好，脏也好，反正我拿不出五百卢布来。我没有盗窃国库，没有剥削少数民族，没有从事走私活动，没有把谁打得死去活来，因此您看我有权坐一等舱吗？有权把自己算作俄国知识分子吗？但他们是不可理喻的……只好采取蒙骗手段。我披上破呢子大衣，穿上大靴子，装出一副醉汉无赖的面孔，走到代理人面前：‘先生，给我一张船票……’”

“那您是什么身份呢？”水兵问道。

“神职人员。我的父亲是个诚实的神甫。我总对当今世界的大人物直言不讳，因此吃了不少苦头。”

巴维尔·伊万内奇说累了，开始喘起来，可是他仍然继续说着：

“是的，我总是直言不讳……我谁也不怕，什么也不怕。在这方面我跟你们差别是很大的。你们是些愚昧无知的瞎子，什么也看不见；看见的事情，你们也不懂……告诉你们，说风挣脱锁链，说你们是牲畜，是佩彻涅格人[①]，你们也相信；人家打你们的脖子，你们反倒去吻人家的手；某个穿浣熊皮大衣的动物掠夺了你，扔给你们几个铜板当小费，你们就高兴地说：‘老爷，让我吻吻您的手。’你们是贱民，可怜的人们……我是另一回事。我是自觉地生活，像鹰隼在天空翱翔一样什么都能看见，什么都明白。我是抗议的化身。看到暴虐——我抗议；看到伪善——我抗议；看到欢呼胜利的猪——我抗议。而且我是不可战胜的，任何西班牙宗教裁判所也不能使我沉默。是的……割掉我的舌头——我就用表情抗议；把我关进牢房——我就在里面喊，让一俄里外都能听见，或者绝食，使他们的黑心上增加一普特[②]重量；打死我——我就阴魂不散。所有的熟

① 东南欧突厥系的古民族，此处意为野蛮人。

② 俄重量单位，1 普特等于 16.38 公斤。

人都对我说：‘您是最令人忍受不了的人，巴维尔·伊万内奇。’我为这个名声感到自豪。在远东工作三年，留下的记忆是一百年：同所有人都吵翻了。朋友们从俄罗斯来信说：‘别来。’可我偏要去……是的……瞧这就是生活，我这样理解。这可以叫做生活。”

古谢夫没有听，他在看着窗外。一只小船披着刺眼灼热的阳光在透明的淡绿色海水里晃着。船上站着一些赤身露体的中国人，向上伸着装着金丝雀的鸟笼子，嘴里喊着：

“唱啊！唱啊！”

另一只小船撞了这只小船一下。一只汽艇驶了过去。还有一只小船，上面坐着一个胖中国人，在用筷子吃大米饭。海水在懒洋洋地荡漾着，白色的海鸥懒洋洋地在水上翱翔着。

古谢夫看着胖中国人，他打着呵欠，心想：“揍这个胖子一下不错……”

他在打盹，觉得整个世界都在打盹。时间过得很快。不知不觉一天过去了，不知不觉夜幕降临了……轮船已不停在原地，在朝着什么地方前进着。

4

过了两天，巴维尔·伊万内奇已经不是坐着，而是躺着了，眼睛闭着，鼻子好像更尖了。

“巴维尔·伊万内奇！”古谢夫叫他，“喂，巴维尔·伊万内奇！”

巴维尔·伊万内奇睁开眼睛，翕动着嘴唇。

“您不舒服吗？”

“没什么……”巴维尔·伊万内奇喘着答道，“没什么，甚至，相反……倒好一些了……瞧我已经可以躺着啦……轻一些了……”

“谢天谢地，巴维尔·伊万内奇。”

“拿自己同你们比，我可怜你们……苦命人。我的肺健康，咳嗽是胃造成的……我能经受得住地狱的折磨，别说红海啦！况且我对自己的病和药都抱批判态度。可你们……你们却愚昧……你们难哪，很，很难！”

船不颠簸，风平浪静，可是又闷又热，像在澡堂似的；不仅说话困难，连听话都困难。古谢夫两手抱着膝盖，把头放在膝盖上，在想着故乡。我的上帝，这么闷热的时候想想白雪和寒冷多舒服啊！你坐在雪橇上，马突然被什么东西惊了，狂奔起来……马像疯了似的，不管有没有路，是不是沟渠和峡谷，在村里到处跑着，越过池塘，经过陶瓷厂，跑到了野外……陶瓷厂工人和行人都拼命喊着：“拽住！拽住！”可是干吗要拽住呢！让凛冽的寒风打脸、咬手好啦，让马蹄蹦起来的雪块落到帽子上、脖子里、胸膛上好啦，让雪橇滑木吱呀吱呀响好啦，让马的套索和橇辕横木断就断了吧，随它们的便吧！多有意思啊：雪橇翻了，你被狠狠地甩到雪堆里，脸钻进雪里，爬起来的时候浑身皆白，胡子上带着冰溜儿，帽子手套都不见了，腰带开了……人们哈哈笑着，狗汪汪叫着……

巴维尔·伊万内奇半睁开一只眼，看着古谢夫轻轻问道：

“古谢夫，你们的指挥官盗窃吗？”

“谁知道呢，巴维尔·伊万内奇？我们不知道，这种事到不了我们耳朵里。”

接着沉默了好久。古谢夫想着，说着梦话，不断地喝水；他觉得说话困难，听话也困难，他害怕别人跟他说话。过了一个小时，两个小时，三个小时，黄昏了，接着夜幕降临了，可他没有察觉这些，仍然坐在那里想寒冷的故乡。

好像有人进到了病号舱里。有说话的声音，不过五六分钟以后，什么声音也没有了。

“早升天国，安息吧。”手臂上扎绷带的士兵说，“一个不肯安闲的人！”

“什么？”古谢夫问道，“谁怎么啦？”

“死了。方才抬上去的。”

“噢。”古谢夫打着呵欠咕哝道，“早升天国。”

“古谢夫，你认为怎样？”手臂上扎绷带的士兵沉默了一会儿问道，“他能升天国不能？”

“谁？”

“巴维尔·伊万内奇。”

“能。他受了好久折磨……况且他是神职人员家庭出身。当神甫的亲戚多。会给他祈祷的。”

手臂上扎绷带的士兵坐到古谢夫的床上低声说：

“古谢夫，你在这个世界上也住不久了。你到不了俄国。”

“医生或者医士说什么了吗？”古谢夫问道。

“用不着谁说什么，可以看出来……快死的人一眼就能看出来。你不吃不喝，瘦了——看着吓人。一句话，肺病。我说这话，不是想惊扰你，而是想提醒你，也许你想领圣餐和受涂圣油仪式。你要有钱的话，交给上级军官吧。”

“我没给家里写信……”古谢夫叹了口气，“死了，家里不能知道。”

“能知道。”有病的水兵声音低沉地说，“人死了，这里记到值班日志里，到奥德萨会交给军事长官一份摘录，军事长官会把它寄到乡里或其他应寄的地方……”

这番谈话之后，古谢夫觉得害怕了，开始有一种愿望在困扰他。他喝水——不是；把头伸到小圆窗口吸了一口滚热潮湿的空气——不是；努力去想寒冷的故乡——不是……他终于感到，要是在病号舱里哪怕再呆一分钟，那他一定会憋死。

“弟兄们，我难受……”他说，“想到上面去。求求你们，把我领上去！”

“好吧。”手臂上扎绷带的士兵同意了，“你走不上去，我抱你上去。搂着我的脖子。”

古谢夫搂着士兵的脖子，士兵用健康的手把他抱到上面。甲板上横七竖八地躺满了无限期休假的陆海军士兵。躺的人很多，通过很困难。

“下来吧。”手臂上扎绷带的士兵低声说，“跟我慢慢走，拽住衬衣……”

一片漆黑。无论甲板上，桅杆上，还是周围海上都没有光亮。在船头的最尖端站着一个哨兵，一动不动，像一尊雕像，似乎也睡着了。好像轮船得到了自由，愿意上哪儿上哪儿。

“现在要把巴维尔·伊万内奇扔到海里啦……”手臂扎着绷带的士兵说，“装进袋子里往水里扔。”

“不错，规矩是这样。”

“在家乡躺在地下要好些。起码妈妈能到坟上哭哭。”

“当然啦。”

闻到了牲畜粪和干草味。船舷旁边低着头站着一些牛。一头，两头，三头……八头！还有一匹小马。古谢夫伸手想抚爱它一下，可是它摆了一下头，露出牙齿来，要咬他的衣袖。

“可恶……”古谢夫生气了。

他跟士兵轻轻向船头走去，然后站在船舷旁边默默地一会儿往上看看，一会儿往下看看。上边是深邃的天空，璀璨的星星，安详宁静，跟在家乡农村看到的一模一样；下边则是漆黑一团，杂乱无章。不知为什么滚滚巨浪要喧嚣。不管哪个浪都一样，都想高过别的浪，压碎别的浪，赶走别的浪；后边的浪也同样凶残无理，喧嚣着，翻着白浪花，朝着前面的浪压来。

大海既没有思想，也不懂怜悯。假如这轮船再小一些，不是用厚钢板做的，那么，巨浪就会毫不怜惜地粉碎它，把所有的人，不分圣徒与罪人，统统吞噬掉。轮船也是一副没有思想的残忍神情。这个钢铁怪物向前冲着，在前进的路上劈碎千千万万个波浪；它不怕黑暗，不怕狂风，不怕空旷，不怕孤独，什么都无所谓；要是海洋也有自己的人类的话，它这个怪物也会把这种人不分圣徒与罪人统统压得粉碎。

“我们现在在哪儿呢？”古谢夫问道。

“不知道。一定在大洋里。”

“看不到陆地……”

“哪儿能看到呢！据说七天以后才能看到哪。”

两个兵看着反射着磷光的白色浪花，沉默着，思考着。首先打破沉默的是古谢夫。他说：

“没有什么可怕的。不过使人觉得瘆得慌罢了，像坐在黑暗的树林里似的，如果，假定说，现在放下一个小舢板，军官命令到一百俄里以外的海上去打鱼，那我会去的。或者，假如说现在有个基督徒掉到水里，那我会跳下去救的。德国人，蛮子——我不会去救；为了基督徒，我可以跳下去。”

“死可怕吗？”

“可怕。我舍不得家业。我哥哥在家，不老成：酗酒，无缘无故打婆娘，不孝敬父母。没有我，什么都要完蛋。老爹老娘说不定得去讨饭。不过，老兄，我的腿站不住了，这儿闷……回去睡吧。”

5

古谢夫回到病号舱，躺到床上。那个模糊的愿望仍在困扰他。他无论如何弄不明白自己想要干什么。胸膛憋得慌，脑袋里突突地跳，嘴里干得动舌头都困难。他似睡非睡，说梦话，一夜受着噩梦、咳嗽、憋闷的折磨，早晨才睡熟。他梦到兵营里面包炉刚烤完面包，他就拿桦树条进去洗蒸汽浴①。他睡了两天，第三天中午上边下来两个水手把他抬走了。

他被缝在一块帆布里，为了使他重一些，里面放了两块生铁炉条。他被缝在帆布里像一个大萝卜：上粗下细……太阳快落的时候被抬到甲板上，放到一块板子上；板子的一端搭在船舷上，另一端

① 俄国人洗澡先在烧得温度极高的屋子里烤出汗来，用桦树条抽打身体，然后再出来用冷水或温水洗。

放在一个下面垫着方凳的箱子上。周围站着无限期休假的士兵和全体船员，都脱掉了帽子。神甫开始：

“我们的上帝永远永远千秋万代都是慈悲的！”

“阿门！”三个水手唱道。

无限期休假的士兵和船员画着十字，不断朝滚滚波涛看着。奇怪，一个人缝进帆布里就要飞到波涛里去了。难道任何人都会发生这种情况吗？

神甫向古谢夫身上撒了一把土，鞠了一躬。人们唱起了《永垂不朽》。

值班水手掀起板子的末端，古谢夫从板子上滑下去，头朝下飞起来，在空中翻了一个个儿，扑通一声落到水里！浪花盖住了他，刹那间他好像裹上了花边，不过这一瞬间过后，他就消失在波涛中了。

他迅速地下沉着。他能沉到底吗？据说到底有四俄里呢。他沉下去八九俄丈后，就越沉越慢了，有节奏地摇晃着，好像犹豫起来似的，被海流往旁边带着，沉得更慢了。

这时他在下沉的路上遇到了一群被叫做舟鰤的小鱼。这些小鱼看到一个黑糊糊的东西，便愣住，突然全都掉头跑掉了。过了不到一分钟，它们又像箭似的向他奔来，在他周围的水里曲曲折折地游起来……

接着出现了另一个黑糊糊的东西。这是鲨鱼。它大模大样地，好像没有看到古谢夫似的毫不在意地游到他的身子下边，他向它脊背上沉去，它翻过身来，肚子朝上在温暖透明的水中享享福，懒洋洋地张开长着两排利牙的血口。舟鰤们兴奋起来，它们停下，看看随后会发生什么事。鲨鱼玩了一会儿，就毫不在意地把嘴放在他的身体下边，用利牙小心地一撕，帆布袋便从头裂到了脚，一根炉条掉出来，吓了舟鰤们一跳，炉条打了鲨鱼的肋一下，迅速向海底沉去。

而水面上这时在太阳下沉的地方则堆积起来一些云朵，一个云朵像凯旋门，另一个云朵像狮子，第三个云朵像剪刀……云朵后面射出来一道宽阔的绿光，一直伸延到中天，过了一会儿，在这道绿光旁边又出现了一道紫光；紫光旁边又出现了一道金光，然后又出现了一道粉红色的光……天空染成了淡紫色。看着这壮丽迷人的天空，大海起初脸色阴沉，不久自己也带上了人类语言难以形容的亲切、欢快、热烈的色彩。

婆娘们

赖布日村教堂正对面有一座石头基础、铁皮房盖的二层楼。主人姓卡申，外号久嘉，全家住在一层；二层夏天很热，冬天很冷，供过往官吏、商人、地主住。久嘉租种了一些地，在大路边上开了一家酒馆，并且出售焦油、蜂蜜、牲畜和妇女头饰，已挣了八千多卢布存在市内银行里。

大儿子费奥多尔在工厂里当总机械师，庄稼汉说他爬高了，如今谁也管不着他了；他的老婆索菲娅不好看而且有病，留在家里，住在公公身边，总是哭哭啼啼的，每个星期日都到医院去治病。二儿子阿廖什卡有些罗锅，跟爸爸住在一起，不久前给他娶了媳妇，媳妇叫瓦尔瓦拉，是穷人家的姑娘：这个婆娘年轻、漂亮、健壮、爱打扮。官吏和商人在这儿住宿的时候，总要她弄茶炊、铺床。

六月的一天傍晚，太阳落山，空气里弥漫着干草味儿、刚下的牲畜粪味儿和刚挤出的牛奶味儿，久嘉大院里来了一辆普通马车，上面坐着三个人：一个三十来岁的男子，穿帆布西装；旁边坐着一个七八岁的男孩，穿一件钉着大骨头扣子的黑色长外套；一个年轻小伙子，穿红布衫，是车夫。

小伙子把马卸下来，牵着上街遛去了。来客洗完脸，对着教堂祈祷完，在马车旁边铺上车毯就同男孩坐下吃起晚饭来，他吃饭的神气沉着稳重。久嘉一辈子见过许多过往客商，根据做派断定这是一个务实、严肃，知道自己价值的人。

久嘉只穿一件坎肩儿，没戴帽子，坐在台阶上，等过客开口。过往客人晚上临睡前总要讲讲各种故事，对此他已习惯而且喜欢。

他的老伴阿法纳西耶芙娜和大儿媳妇索菲娅在棚子里挤牛奶。二儿媳妇瓦尔瓦拉坐在二楼敞开的窗口嗑葵花子。

“这个孩子是您的儿子吧？”久嘉问过客。

“不，是养子，孤儿。我收养他是为了积阴德。”

交谈起来。过客原来是一个爱谈而且健谈的人。久嘉从谈话中得知，他是市里的小市民，有房产，叫马特维·萨维奇，现在是去看从德国移民手里租的果园；男孩叫库济卡。晚上又热又闷，谁也不想睡。当天黑下来，天空出现了最初几颗苍白的星星时，马特维·萨维奇开始讲这个孩子的来历。阿法纳西耶芙娜和索菲娅站在远处听着。库济卡到大门口去了。

“老爷爷，说起来话可长啦。”马特维·萨维奇开始讲起来，“要是一丝不漏全讲，一宿也讲不完。十来年前，我们这条街上在我隔壁的一栋房子里——如今那儿是蜡烛厂和油坊——住着一个老寡妇，叫卡普伦采娃。她有两个儿子：一个在铁路上当列车员，另一个叫瓦夏，跟我同岁，在家里跟妈妈过。老卡普伦采夫在世时养了一些马，置了五辆车，打发车到城里拉脚。老寡妇没把这件营生扔掉，指挥车夫不次于死去的老头子，有时一天可净挣五卢布。小伙子也有收入。他饲养良种鸽子卖给爱买的人，有时他站在房顶上，往高扔笤帚，吹口哨，筋斗鸽就飞到天上去了，可他还嫌不够高，仍然想让它们飞得更高。他常捉黄雀和椋鸟，编鸟笼……一些无谓的小事，可是干这些小事一个月竟也能赚十来卢布。唉，过了一段时间，老太婆双腿瘫痪，躺到床上去了。因此，家里便没有了主妇，这就像一个人没有了眼睛一样。老太婆忙碌了一阵，终于想到给儿子娶个媳妇。于是找来媒婆、互相商量商量，这样婆娘们一来二去的，瓦夏终于去相亲了。他看上了寡妇萨莫赫瓦莉哈的女儿玛申卡。两家没有多加考虑就同意了，不出一个星期就把事情办妥。姑娘年轻，十七岁，身材矮小，但长得白净，受看，完全像个千金小姐；嫁妆也不错：五百多卢布，一头奶牛，被褥……老太婆放下心来，婚礼后第三天就撒手归西，无疾而终了。新婚夫妇安葬了老人，就过起日子来。好日子过了半年，新的不幸就突然降临。真是闭门家中坐，祸从天上来：衙门派人叫瓦夏去抽签。他这个可怜虫被派去当兵，连优待也没有。剃了前额，就把他赶到波兰王国去了。上帝的旨意，没有办法呀。跟妻子在院里诀别，倒还没怎么的，可当他最后一次看鸽子棚的时候，他的眼泪便像小河一样流了下来。看着叫人可怜。起初，为了不寂寞，玛申卡把妈妈接来；妈妈在这儿住到她生产，就是等这个库济卡生下来，以后就到奥包扬另一个也已出嫁的女儿家里去了，剩下玛申卡一个人带着孩子。五个车夫都爱喝酒胡闹；马、大板车需要照管；一会儿板墙倒了，一会儿烟囱里油烟着火——这都不是女人家干得了的事，于是她就每件小事都找我这个邻居。唉，我就去安排安排，提提建议……当然免不了要进屋喝杯茶，谈谈。我当时年轻，爱发议论，什么问题都喜欢谈，她也受过教育，有礼貌。她总是穿得干干净净的，夏天打把阳伞。我有时开导她，跟她谈宗教或者政治，她觉得我看得起她，就拿出茶和果酱……一句话，为了长话短说，老爷爷，我只告诉你，没过一年，我就被人类大敌——魔鬼迷住了心窍。我开始觉察到，哪一天不去看她，就坐立不安，寂寞无聊。总在寻找去看她的借口。有时我说：'您该安防寒的双层窗了。'在她家里呆一天，安双层窗，想方设法留两扇明天再来安。有时我说：'瓦夏的鸽子得数数了，可别丢啦。'——全都是这一套。有时隔着板墙跟她闲聊。终于为了不绕远，我在板墙上开了个小门儿。这个世界上许多罪孽是女人引起的。别说我们凡人，连那些圣贤也常常失足。玛申卡没有赶开我。她不去怀念丈夫、保守贞节，却爱上了我。我开始发觉，她也魂不守舍，常常在板墙旁边转悠，从板墙缝里往我的院子里看。我的脑袋里胡思乱想起来。复活节后那个礼拜的星期四早晨，天刚亮，我去集市路过她家大门口，神差鬼使，我朝她院里看了一下——她家大门上边安了个铁栅栏——看到她已起床，站在院里喂鸭子。我忍不住喊了她一声。她走过来，从铁栅栏里看着我。她小脸儿白白的，眼睛含情脉脉，尚有睡意……我很喜欢她这个样子，就开始赞美她，好像我们不是站在大门口，而是在命名日的庆典上似的，她脸上泛起红晕，笑着，看着我的眼睛，两眼一眨不眨。我失去理智，开始向她吐露爱情……她打开边门放我进去，从这个早晨开始我们就像夫妻一样生活起来。”

小罗锅阿廖什卡从街上跑进院来，气喘吁吁地谁也没看就跑进屋去，过了一分钟拿着手风琴从屋里跑出来，兜里的铜板叮当响着，边跑边嗑着葵花子消失在大门外边。

“他是您的什么人？”马特维·萨维奇问。

“儿子，阿廖什卡。”久嘉答道，“玩去了，坏蛋。上帝委屈他长了个罗锅，我们就不很管他了。”

“他总跟小伙子们一起玩，没完没了的。”阿法纳西耶芙娜叹了口气，“谢肉节前给他娶了媳妇，寻思能好些，结果更坏。”

“没有用。白白地便宜了人家的姑娘。”久嘉说。

教堂后边有人唱起了一首好听的忧伤的歌儿。听不清歌词，只能听到声音：两个男高音，一个男低音。因为大家都谛听起来，院子里静悄悄的……两个声音突然哈哈大笑起来，不唱了，剩下一个男高音继续唱，调子拔得那么高，竟使得大家不由自主地抬头往天上看去，好像这声音高得够着了天似的。瓦尔瓦拉从屋里出来，像遮阳光似的手搭凉棚朝教堂那边看去。

“这是神甫的两个儿子跟老师唱的。”她说。

三个声音又合唱起来。马特维·萨维奇叹了口气，继续讲起来：

“事情没有完哪，老爷爷。两年以后，我们收到瓦夏从华沙的来信，说长官打发他回家养病，他身体不好。这时我已抛弃了糊涂想法，有人已替我找了一个好未婚妻，不过我尚不知道如何结束这场苟合。我每天都想跟玛申卡谈，可是不知道怎么谈才能不使她大哭大闹起来。这封信正好帮了我的忙。我跟她一起读了信，她脸色煞白。我说：‘上帝保佑，如今你又要跟丈夫一起过咯。’她说：‘我不跟他一起过。’‘他是你的丈夫啊。’我说。‘难哪……我从来没有爱过他，是迫不得已嫁给他的，妈妈叫我嫁的。’我说：‘糊涂虫，不要狡辩。你说，你跟他在教堂举行了婚礼没有？’她说：‘举行啦，可是我爱你，要跟你生活到死。让人们笑话好啦……我不理……’我说：‘你信上帝，读过《圣经》，上面怎么写的？’”

“嫁了丈夫就应当跟丈夫一起过嘛。”久嘉说。

“夫妻本一体，相连不可分。我说：‘咱俩错了，不能再错下去了，要有良心，要敬畏上帝。在瓦夏面前承认错误吧。他是个老实胆小的人，不会打死谁。而且在今世受合法丈夫的折磨总比末日审判时受罪强。’这婆娘不听我的，固执己见，说什么也不行！‘我爱你’——就是这么一句话。瓦夏是星期六圣灵降临节前一天早晨回来的。我隔着板墙什么都看得清清楚楚的：他跑进屋去，过了一分钟就抱着库济卡出来，又笑又哭，吻着库济卡，看着鸽棚——又舍不得丢下库济卡，又想去摆弄鸽子。他是个温柔、有感情的人。一天平平静静地过去了。召唤人去做彻夜祈祷的钟响了，我想：明天是圣灵降临节，为什么他们的大门和板墙上不装饰上绿树枝？我想情况不妙。我到他们家去，看到瓦夏坐在房间中央的地板上，眼神像喝醉了似的，眼泪哗哗直淌，两手抖着，从包裹里拿出来一些面包圈儿、项链、蜜糖饼干以及其他各种礼物扔到地板上。库济卡当时三岁，在旁边爬着嚼蜜糖饼干，玛申卡站在炉子旁边，脸色煞白，浑身哆嗦，嘟囔着‘我不是你的老婆，不愿意跟你过’以及其他各种蠢话。我对瓦夏一躬到地，说：‘我们对不起你，瓦西里[①]·马克西梅奇，请原谅，看在基督分上！’然后站起来，对玛申卡说：‘您呢，玛利亚·谢苗诺芙娜，现在应当给瓦西里·马克西梅奇洗脚、喝鱼汤。你要做他的温顺的妻子；对我呢，那就替我祈祷上帝，求仁慈的上帝宽恕我的罪孽吧。’好像受到天使的启发，我开导她，话说得那么动情，甚至流出了眼泪。过了两天，瓦夏来找我，说：‘马特维，我原谅你和我的妻子，你们没有什么。她是个士兵的

---

① 瓦西里是瓦夏的大名。

老婆，女人家，年轻，很难守得住。她不是第一个，也不是最后一个。我只请求你一件事，就是像在你们之间任何事情也没发生过那样，不动声色，照常过日子，我要处处讨她欢心，叫她重新爱我。'瓦夏把手伸给我握了握，喝了杯茶，高高兴兴地走了。唉，我想，谢天谢地，结果这么好，我心里感到高兴。可是瓦夏刚出院子，玛申卡就来了。纯粹是惩罚！搂着我的脖子，哭着央求说：'千万别抛弃我；没有你，我不能活。'"

"多下贱哪！"久嘉叹了口气。

"我冲着她喊，跺脚，把她推到门外，扣上门锁，喊道：'找丈夫去！别让我丢人，敬畏上帝吧！'每天都是这么闹哄。一天早晨我在院里马厩旁边修理笼头，突然看到她只穿着裙子，光着脚从小门儿跑进院，直朝我跑来，两手抓住笼头，身上沾满了焦油，哆嗦着，哭着……'我不能跟讨厌的人一起过，受不了！要是你不爱我，就杀了我吧。'我生气，用笼头打了她两下子，这时瓦夏从小门儿跑进来，拼命喊着：'别打！别打！'可他跑过来，像疯了似的，抡起拳头，自己用尽力气打她，然后把她摔到地上，用脚踩她，我开始护着不让他打，他抓起缰绳，又用缰绳抽。一边抽，一边像马驹似的咴儿咴儿地叫着。"

"真应该拿缰绳这么抽你……"瓦尔瓦拉离开的时候嘟囔道，"该死的东西，这么折磨我们姐妹……"

"闭嘴！"久嘉对她喊道，"母马！"

"咴儿咴儿地叫着！"马特维·萨维奇继续讲，"他的院里跑过来一个车夫，我把自己的伙计叫来一个，我们仨把玛申卡从他手里夺出来，搀回了家。真丢人！当天傍晚我去探望。她躺在床上，全身都裹着布，进行湿敷，只露着眼睛和鼻子，看着天花板。我说：'您好，玛利亚·谢苗诺芙娜！'她沉默着。瓦夏坐在另一个房间里，抱着脑袋大哭：'我是坏蛋！我毁了自己的生活！主啊，叫我死吧！'我在玛申卡旁边坐了半个来小时，开导她，吓唬她，说：'守教规的死后上天堂；你呢，要跟堕落女人一起下火焰地狱……不要反抗丈夫，去给他深深鞠一躬。’她一句话不说，连眼睛也不眨一下，好像我是对着柱子说话似的。第二天瓦夏病了，好像是霍乱，傍晚听别人说他死了。安葬了。玛申卡没有到墓地去，不愿让人看到她无耻的脸和青色伤痕。不久小市民中间就有人议论，说瓦夏不是病死的，是玛申卡害死的。这话传到了长官耳朵里。瓦夏被挖出来，开了膛，在肚子里找到了砒霜。事情再明显不过了。警察来把她和无辜的孩子都带去，关进监牢里。这个婆娘恶贯满盈，上帝惩罚她……过了八个来月，进行了判决。我记得，她坐在一个小长凳上，系着白头巾，穿一件灰罩衫，消瘦，苍白，神色紧张，看着叫人可怜。身后站着一个拿枪的兵。她拒不认罪。法庭上一些人说她的丈夫是她毒死的，另一些人则证明她的丈夫是痛苦难耐自己服毒自杀的。我是证人。问我的时候，我凭良心做了全面的解释，说：‘是她做的孽。没有什么可隐瞒的，她不爱丈夫，而且性格倔强……’审判是早晨开始的，入夜才做出了判决：发放西伯利亚服十三年苦役。判决之后，玛申卡在我们的监牢里又住了三个来月。我从人道出发常去给她送些茶叶和白糖。她一看到我就全身哆嗦，挥舞双手，喊着：‘走开！走开！’并且把库济卡搂在身边，好像怕我抢走似的。我说：‘瞧你闹的结果！唉，玛申卡，玛申卡，你毁掉了自己的一生！我教你处世道理，你不听嘛，如今哭吧。自己的过错，怨自己吧。’我开导她，她却搂着库济卡靠到墙上，浑身哆嗦着，喊道：‘走开！走开！’往省里解送她的时候，我到车站去送她，往她包裹里塞了一卢布，为了积阴德。不过她没有到西伯利亚……在省里得了热病，死在监牢里了。”

“恶有恶报嘛。”久嘉说。

“库济卡被送回来……我想了想，就决定收留他了。有什么呢？虽是犯人的后代，可毕竟是活人，受过洗礼……可怜见儿的。我把他培养成伙计，要是没有孩子的话，我就把他培养成掌柜的。现在上哪儿去都带着他：让他见习见习吧。”

马特维·萨维奇讲的时候，库济卡一直坐在大门口一块石头上，两手支着脑袋瞅天空，在黑影里从远处看上去像一个树墩子。

“库济卡，睡觉啦！”马特维·萨维奇喊他。

“不错，该睡咯。”久嘉站起来说。他大声打着呵欠补充说：“都千方百计地要按自己的想法生活，不听劝告，到头来是自作自受。”

月亮已浮到院子的上空，它朝一个方向迅速浮动着。它下面的云彩则向另一个方向浮去。云彩远去了，月亮仍然没离开院子上空。马特维·萨维奇对着教堂祈祷了一会儿，道过晚安，躺到车旁的地上。库济卡也祈祷了一会儿，躺到车上，盖着小外套；为了舒服些，他把干草揉压成小坑，蜷着身子躺在里面，身子蜷得很厉害，竟使胳膊肘碰到膝盖上。从院里可以看到，久嘉在屋里点着了一支蜡烛，戴上眼镜，捧着一本小书站到墙角里；一边念，一边鞠躬，念了很久。

过客睡着了。阿法纳西耶芙娜和索菲娅走到马车旁边，打量着库济卡。

“孤儿睡着了。”老太婆说，“瘦得皮包骨头啦。亲娘不在了，没有人好好给他做饭吃。”

“我的小格里沙大概比他大两岁。”索菲娅说，“离开妈妈，在厂里受人家管。主人会打他的。我刚才看着这个孩子，就想起自己的小格里沙来了——心里像刀绞似的。”

沉默了一分钟。

“大概不记得妈妈啦。”老太婆说。

“哪儿能记得呢！”

索菲娅的眼里流出了硕大的泪珠。

“身子蜷得像个面包圈儿……”她心里充满了喜欢和怜悯的心情，抽抽搭搭地说，“可怜的孤儿。”

库济卡哆嗦了一下，睁开了眼睛。看到面前是一张不好看、有皱纹、满是泪痕的脸，这张脸旁边还有一张老太婆的脸——没有牙齿，尖下颏，弯钩鼻子，在这两张脸的上空是深邃的天和奔驰的云彩、月亮，他吓得喊了一声，索菲娅也喊了一声。两人的喊声引起了回声。一种不安的气氛在闷热的空气里传播起来。邻近地方的更夫敲起梆子来，狗叫起来。马特维·萨维奇在睡梦中说了句什么，把身子翻到了另一侧。

夜深了，久嘉、老太婆、邻近的更夫都已入睡，索菲娅走出大门，坐在长凳上。她觉得闷得慌，而且因为流过泪觉得脑袋痛。街又宽又长，往右两俄里，往左也是这么长，看不到头儿。月亮已离开院子，停在教堂后边。街的一侧洒满月光，另一侧则遮着黑影；白杨和椋鸟笼的长影跨过了整条街，教堂的阴影又黑又可怕，宽宽地铺开，遮住了久嘉家的大门和半座楼。街上一个人也没有，静悄悄的。街的尽头偶尔传来隐隐约约的音乐声。这大概是阿廖什卡在拉他的手风琴吧。

教堂的围墙附近有什么东西在走动。看不清是人是牛，也许什么都不是，不过是一只大鸟在树上弄出了沙沙声。这时从黑影走出一个人来，停下，用男人声音说了句什么，就消失在教堂附近的胡同里了。过了不一会儿，在离大门两俄丈来远的地方出现了一个人，从教堂直奔大门这边走来，看到索菲娅坐在长凳上便停下来。

“瓦尔瓦拉，是你吗？”索菲娅问。

“是我。”

这是瓦尔瓦拉。她站了一分钟，就走到凳子旁边坐下。

“你上哪儿去啦？”索菲娅问。

瓦尔瓦拉没有回答。

“新媳妇，可别逛出事来。”索菲娅说，“玛申卡被用脚踩用缰绳抽，你听到了吗？留神哟，可别叫人这么折磨。”

“随便吧。”

瓦尔瓦拉捂着头巾笑了，低声说：

“方才跟神甫儿子玩了。”

“胡说。”

“真的。”

“作孽！”索菲娅低声说。

“随便……有什么后悔的呢？作孽就作孽，宁愿被雷劈死，也比过这种日子强。我年轻、健壮，可丈夫却是个罗锅，讨厌、脾气暴躁，比该死的久嘉还坏。当姑娘时吃不饱饭，没有鞋穿，离开了那种苦日子，看上了阿廖什卡的财富，结果自投罗网，像鱼进了鱼篓似的。跟毒蛇睡也比跟这个叫人恶心的阿廖什卡一起睡好受些。你的生活呢？我的两眼看得清清楚楚的。你的费奥多尔把你从工厂赶回父亲身边，自己又找了一个，把你的孩子夺走，投入牢笼。你当牛做马，一句好话也听不到。我宁愿当一辈子姑娘，宁愿向神甫儿子要小钱、乞讨，宁愿一头扎到井里……”

“作孽！”索菲娅又咕哝了一句。

“随便。”

教堂后边又唱起了忧伤的歌，还是那三个声音唱的：两个男高音，一个男低音。还是听不清歌词。

“夜猫子……”瓦尔瓦拉笑了。

她低声讲起来她夜里如何跟神甫儿子玩以及他对她说了些什么和他有些什么伙伴，她也讲了跟过往官吏和商人玩的情形。忧伤的歌里洋溢着对自由生活的向往，索菲娅开始笑了，她听着，觉得这是罪孽，可怕，而在心里却又感到甜蜜，羡慕，她后悔自己年轻漂亮的时候没有这么玩……

老教堂的墓地里敲了半夜的钟声。

“该睡啦。”索菲娅站起来说，“要不，久嘉该来找啦。”

两人悄悄进了院。

“我走开了，没听到他后来讲玛申卡怎样了。”瓦尔瓦拉在窗下铺着被褥说。

“说她死在监牢里了。把丈夫毒死了。”

瓦尔瓦拉躺在索菲娅旁边，想了想，小声说：

“要是把阿廖什卡弄死，我不会后悔。”

“胡说，可千万别胡说。”

索菲娅快要睡着的时候，瓦尔瓦拉挤到她身上对着她的耳朵说：

“咱们把久嘉和阿廖什卡弄死吧！”

索菲娅哆嗦了一下，什么也没有说，然后睁开眼睛，一眨不眨地凝视着天空。

“人们会发现的。”她说。

“不会的。久嘉已经老了，该死了；阿廖什卡呢，人们会说是醉死的。”

“吓人……上帝会要我们的命。”

“随便……”

两个人都没有睡，默默地想着。

“冷啦。”索菲娅开始全身哆嗦着说，“大概天快亮了……你睡着了吗？”

“没有……亲爱的，你别听我瞎说。”瓦尔瓦拉低声说，“我恨他们这些该死的，自己也不知道说些什么。睡吧，要不，该出朝霞啦……睡吧……”

两人都不说话，安静下来，不久就睡着了。

醒得最早的是老太婆。她叫醒了索菲娅，两人到棚子里挤牛奶去了。小罗锅阿廖什卡回来了，醉得一塌糊涂，手风琴也没有了；前胸和膝盖上沾满了尘土和草叶——大概在路上摔倒了。他摇摇晃晃地走到棚子里，没脱衣裳就躺到雪橇上打起鼾来。当教堂上边的十字架以及后来窗户被冉冉升起的朝阳照得发出耀眼的光焰像燃烧起来似的、树和桔槔的影子在带露水的草地上穿过院子的时候，马特维·萨维奇起来开始忙活了。他喊道：

“库济卡，起来！该套车啦！快！”

早晨的忙乱开始了。一个穿着带绉边的褐色连衣裙的年轻犹太女人牵着一匹马走进院里来饮水。桔槔哀怨地吱呀起来，水桶磕得叮当直响……库济卡满身露水，睡眼蒙眬、无精打采地坐在车上懒洋洋地穿小外套，听着水桶的水晃出来洒到井里的声音，冻得缩着身子。

“大婶，”马特维·萨维奇对索菲娅喊道，“叫醒我们的小伙子，让他来套车！”

这时久嘉也从小窗口喊道：

“索菲娅，犹太女人来饮马，收她一戈比！把他们这些讨厌鬼惯坏了。”

街上羊来回跑着，咩咩叫着；婆娘们在召唤牧童；牧童在吹芦笛，甩响鞭子或者用低沉嘶哑的声音回应她们。院里跑进来三只羊，找不着门在撞板墙。瓦尔瓦拉被吵醒，抱起被褥往屋里走。

“你把羊赶出去吧！”老太婆对她喊道，“太太！”

“等着吧！我才不给你们这帮恶棍干活呢。”瓦尔瓦拉往屋里走着嘟哝道。

车浇完油，套好了马。久嘉手里拿着算盘从屋里出来，坐到台阶上开始计算过客住宿、买燕麦和饮马该付多少钱。

“老爷爷，燕麦费要得贵呀。”马特维·萨维奇说。

“贵就别买嘛。我们是商人，不强迫。”

过客们走到车旁要上车离开的时候，一个情况使他们耽搁了一会儿：库济卡的帽子不见了。

“你把它放哪儿啦，小猪猡？”马特维·萨维奇气哼哼地喊道。“放哪儿啦？”

《困》——《婆娘们》

陈殿兴　译